杜桂萍 主編

清代詩人別集叢刊

彭蘊章集

下

張劍 吳晉邦 輯校

人民文学出版社

松風閣詩鈔卷十五　金井集　古今體詩八十首

元旦朝賀禮成恭紀咸豐元年

聖皇御寓建元初，朔旦風和淑景舒。萬國衣冠朝鳳闕，九天雨露降龍書。求賢喜見羣才集，綏遠從教上策攄。今日鵷班來舞蹈，豐年欲頌兆維旟。

柏靜濤冢宰爲題朝天集即次元韻

閩嶠乘軺職采風，苦心都在一編中。每懷往哲高蹤遠，何幸時賢素志同。隻手轉圜公任重，仔肩分荷我才窮。去冬昌西陵地，余勘有沙水，公奏請改營於望仙山。品評喜見新詩出，比到朝鮮律更工。公前使朝鮮，得詩一卷，余曾題句。

正月十五日扈蹕恭謁慕陵駐黄新莊恭紀

彤雲如欲雪，風勁忽吹晴。大孝神斯格，湛恩民樂生。元旦有旨，普免天下民欠錢糧。深宫修法紀，王路見澄清。宵旰求賢切，上年特命中外大臣保舉才德出衆之人，次第録用。丕基繼述情。

十九日隨班慕陵禮成恭紀

屈指小祥逢上辛，祈年大典肅明禋。正月十四日週歲典禮，因遇祈穀，改於十五日啓鑾，十九日恭謁慕陵。致齋壇宇禮云備，躬奠几筵情未申。儀衛森嚴遵大路，至尊哀慕動羣臣。隆恩門閉猶揮淚，遥望橋山僾愾親。

秋蘭行幄晚次

行幄烟光冷，斜陽墮嶺西。雙橋雙犢飲，一樹一鴉栖。春草縈青嶂，冰流瀉碧溪。僕夫非況瘁，周道盡平隄。

湯惇甫師贈游龍杖賦謝

仙人攜綠玉，嘉植本游龍。入手輕於錫，齊眉瘦比筇。能消幾兩屐，好踏萬山峯。策馬紅塵裏，難尋物外蹤。

百一詩

君子喜聞過，止謗在自修。有容德乃大，不比故能周。弦直雖當戒，交諂亦可羞。辯言出侃侃，職業殷綢繆。所期在共濟，豈復避招尤。毁言入我耳，譬如藥石投。省躬鞭怠惰，養氣屏虚浮。因茲圖進德，何用懷隱憂。

君子交雖絶，誓不出惡聲。何況同袍澤，黽勉保令名。榮辱固有定，毁譽豈無憑。荒途多荊棘，涉世戒任情。激烈道所棄，謙抑得其平。多言無乃躁，淵默斯不爭。返己知有失，悔過善自更。守彼金人戒，庶幾玉汝成。

吳補之同年屬題先世雲衣先生石門詩意圖卽送歸里

石門山色畫如真，欲問桑麻戴角巾。雲衣先生仕建始令時作。留得《筠灟》篇什在，先生所著詩名《筠灟集》。最難循吏是詩人。

楚國山川秋氣清，侯來竹馬競將迎。河陽滿縣花如錦，啼鳥檐前送喜聲。

名德家聲振後賢，翰林風月藥階烟。歸舟載得圖書去，魚鳥江湖別有天。

鳳池十載共揮毫，此別應教夢想勞。清白但堪貽後世，笑看餘事盡鴻毛。

贈陶鳧薌太常

早聞泮水賦重遊，先生於去年重游泮宮。憶脱青衫五十秋。徵詠千言還倚馬，尋芳十里不扶鳩。故園并乏就荒逕，宦海真如不繫舟。喜與後生同秉燭，烹茶掃雪想風流。是時春雪甚濃。

良鄉追懷周晴溪大令

昔年乘傳賦南征，冠蓋將迎第一程。付我家書投故里，適君高館傍巖城。重來已赴修文召，三過頻教旅感生。莫嘆簿書終潦倒，口碑載路有賢聲。

恭逢恩詔以第四子祖賢爲二品廕生用六部主事二月二十八日率同乾清門謝恩恭紀

堯廷延賞煥絲綸，共效嵩呼覲紫宸。政在求賢收夾袋，恩叨任子許垂紳。八傳科第家風舊，累葉簪纓帝澤新。只愧無功膺上賞，焚香勉作不欺臣。

寄陳子鶴蘇州

脱屣功名一笑中，移家船去泛江東。吴儂半醉紅塵裏，大好湖山屬寓公。

虎丘山翠繫人思，憶昔尋芳鬭酒巵。佳景至今忘不得，白公祠畔桂花時。

懷楊雪椒光祿閩中

朝衫脱後幾春秋，我到閩南續舊遊。愛向名山聽梵唄，每逢佳景放清謳。荔支飽啖鬚眉潤，榕樹成陰歲月遒。可憶當年勛寺伴，黄塵一榻夢滄洲。

易州懷古十二首

釜山蒼翠照城東，涿鹿班師駐有熊。掃盡銅頭經百戰，授符玄女助神功。

甘棠茇憩繫民情，北地分封帶礪盟。驅馬黄金臺下過，於今誰是郭先生。

故鼎還燕未策勛，忽聞騎劫代將軍。火牛適中田單計，千載傷心昌國君。

秦國并吞似虎狼，甘羅説趙五城亡。仰天一哭烏頭白，詎料遼東更徙王。

將軍頭可贈知己，壯士股宜斷寇庭。一個藥囊千古恨，送荊徑畔草青青。

酈生妙計塞蜚狐，驃騎屯軍萬甲呼。此地山川分代郡，九邊寶氣入雄圖。

王譚不作美新文，歸隱青山臥白雲。建武中興封爵貴，五侯故宅弔斜曛。

淶水東趨拒馬河，劉琨擊楫渡洪波。禰襠誰可長城撼，石勒孤軍亂鸛鵞。

石瀧觱沸馬跑泉，曾駐三軍貞觀年。聞道虬髯勤遠畧，旌旗十萬渡朝鮮。

牧馬悲鳴塞草秋，紫荊關北接祁溝。休哥暗絕曹彬道，鼓角聲淒到易州。

敵騎奔城折虎旗，五花樓住契丹兒。宣和已嘆王綱弱，遼將猶降郭藥師。

白馬山中斷俗氛，洪崖頂上雪紛紛。煉丹人去今千載，留得石牀栖白雲。

詠物六首

孤鶴芝田得食馴，翻飛一旦出紅塵。雖無負重垂天翼，潔白還堪謝主人。

龍媒千里籋浮雲，上將乘之掃一軍。自服鹽車登峻坂，可憐凡馬竟同羣。

秋鷹脱臂勢摩空，搏擊雲霄趁疾風。飢雀啁啾栖不定，摧殘毛羽一拳中。

錦裝馴象態嶔崟，屹立丹墀達貢琛。一旦驅來貔虎陣，昆陽股戰笑王尋。

燕語雕梁聲最柔，飄搖風雨不須愁。飛鴉啼處兒童惱，浩蕩忘機只海鷗。

黄犢驅來十畝間，一犁春雨傍柴關。不逢寧戚誰相飯，白石南山足力孱。

鳩工易州夜坐魯班廟讀州志作四首

入林深處少風埃，榻後軒窗背嶺開。山月漸移花影去，松濤時挾雨聲來。運斤誰比公輸巧，拒馬還思越石才。此是昔年征戰地，城樓殘角客愁催。

黄金市駿築臺年，擁篲迎門上客延。樂毅二城難報主，荊軻一劫速亡燕。徒餘慷慨悲歌士，莫挽蒼茫未定天。

試上戟山高處望，長城如帶草如烟。州城外有長城故址。

花石朝廷王氣終，窺邊萬馬契丹雄。并州老將征鞍冷，上谷孤軍斗帳空。韓范旌旗成往事，遼金鼙鼓動悲風。於今四海爲家日，直北關山納賮通。三易橋頭慣問津，五公山下往來頻。欲呼姦魄誅馮道，爲弔忠魂祭郭璘。上蔡英風終罵賊，范陽陰德竟通神。漫言地僻無文獻，不少千秋磊落人。

深山風雨萬籟悲鳴獨坐挑燈淒然賦此

豪竹哀絲未是奇，龍吟虎嘯聽生疑。歌來易水箏琶壯，路近橋山風雨悲。殘響猶驚栖鶴夢，新愁并入旅人詩。憶隨豹仗曾經此，戊戌秋隨扈至梁格莊，日暮大風驟至，如聞萬馬之聲。交舊星稀欲語誰。

山村初夏

天空不見片雲飛，明月疎星照翠微。雷出自然消沴癘，春歸無復鬭芳菲。晝看柳絮鋪樵徑，夜聽蛙聲傍釣磯。送盡番風花事歇，一簾紅雨綠初肥。

山行偶作

榆錢滿地午風狂，幾日山中策馬忙。千嶂削成撑秀骨，萬松圍處撲幽香。林間好鳥如相喚，澗底新泉許共嘗。三斗紅塵今滌盡，壺中日月算方長。

憶昔用轆轤體塗次涿州作

憶昔春官下第還，敝車觸暑叩柴關。有時駑馬成驄馬，無術衰年換盛年。貴賤原知身外物，往來猶是眼中山。只愁終老紅塵裏，孤負吳江月滿船。

五月二十六日奉命入直樞廷紀恩一首

橐筆螭坳近帝閽，今來重訪舊巢痕。十年蹤跡風霜飽，幾輩知交笑語溫。諷議多慚三事職，遭逢感荷兩朝恩。何人夾袋藏名字，師德無言道更尊。

送朱慎菴應元出守慶陽

十年樞院慣相隨，喜見鳴騶出一麾。地瘠廉須從儉養，風淳官可作民師。東山夜月懸書幌，西塞秋雲拂畫旗。此去灞橋憑眺處，何人驢背更吟詩。

月夜閒步

手執游龍杖，清宵步月廊。白榆天上種，丹桂露中香。終勝吹燈坐，無殊運甓忙。習勤腰腳健，還欲陟吴岡。

題圓妙觀七星池圖

玄都觀裏多仙蹟，聞説清池應七星。仰視瑶光明紫極，三吴文物地原靈。

策馬金臺鬢點霜，閩山乘傳偶還鄉。問梅舊友皆黄土，賸有丹椒薦一觴。己酉歸里，祀問梅詩社先賢於此。

六十述懷百二十韻

人生重壽考，六十乃曰耆。迢迢周甲子，幸免短折罹。嗟余少薄祜，喪父生及朞。八齡痛喪母，祖母年亦衰。煢煢無怙恃，伯父乘驄歸。慨然念同氣，恩勤撫孤兒。有過必寛宥，諄諄教訓施。幼勿加夏楚，婉言向塾師。甫及成童日，伯父又長辭。自憐不祥人，羸孱慮難支。清夜内鞭策，孤燈照涕洟。

寒暑恆伏案，諷誦無虛時。青衿年十七，伯母顧樂之。自喜教養成，會躡青雲梯。伶仃方有室，人事嘆不齊。伯父終一子，玉堂名早馳。三十忽徂謝，伯道竟同嗟。愴惻理喪葬，敬恭奉衰遲。育子爲螟蛉，烝嘗躬奉祠。伯母遭家難，沈疴僅哺糜。荏苒旋棄養，卜葬西山陲。言終衰麻禮，始復親文詞。吾性愛閒適，科舉非所宜。世業不輕去，黽勉學於斯。詞章并經詁，旁及斯邕碑。凡吾所嗜好，奪此干祿思。十年始一舉，求名心已灰。强行偕計吏，屢擯於有司。車馬六千里，往來筋力疲。道光初元冬，發憤往金臺。勵志求良友，長安歲籥移。春官凡五試，曲木大匠遺。當授學官職，丙戌大挑，當選教職。翻然故里回。里中諸老宿，結社號問梅。吳中問梅詩社創始黄蕘圃、石琢堂兩先生暨先叔父葦間公，余於乙酉夏入社，叨陪末座。後韓桂舲、吳棣華、董琴涵諸先生歸里，先後入社。春秋選佳日，尋芳會以詩。支硎鄧尉間，著屐相追隨。吾廬有小園，三年薙艸萊。養魚更種竹，疊石還編籬。自春及徂夏，幽香百卉腓。頗有終焉志，豈期與俗諧。淺識守無定，山濤進以貲。戊子援例入内閣。紆佩入薇省，簪毫趨鳳池。校文詣天祿，角藝扃棘闈。未遂雲霄志，先抱黄門哀。欲歸歸不得，身如馬絡羈。因循改寒燠，始返江之湄。燕巢雖無恙，鹿車願已乖。傷哉秦掾宦，徐淑死别悲。我無十萬俸，亦營葬與齋。移家出山去，重此理征衣。江湖秋浪闊，數口一航依。登車始出險，芻秣臻帝畿。賃廡黄塵裏，何能效委蛇。幸終題雁塔，無分踐金閨。改秩分虞部，叨榮進一階。是時濫樞直，已將考績期。先於辛卯記名軍機章京，癸巳充補，至乙未成進士，已將三載。論資欣有日，奉職勉無違。泥塗策駑馬，寒宵候鳴雞。吉行隨豹仗，山川路逶迤。再擢爲郎官，積日當一麾。羽檄走連騎，海氛類張鴟。至尊憂宵旰，軍書翦燭裁。俯念臣微勞，拔置清卿儕。鴻臚及勛寺，京兆亦襄治。一歲三遷秩，禁籞仍徘徊。洎副銀臺使，爲丞宗正陪。官閒政稍簡，篇什重尋窺。矻矻老鉛槧，安知是與非。旋膺學校司，閩山駕四騑。自維無才望，不足樹師儀。此邦多先哲，晦翁道統持。漁仲攻經術，聞見日益恢。廣刊古格言，啓迪行與知。髦士設鄉學，考亭賢裔培。西山豫章後，共勉勿荒嬉。勸善誠不倦，懲惡亦用威。養苗必鋤莠，庶使嘉穀滋。海濱土風劣，疾至始求醫。幸未膏盲入，疾在心與脾。藥石療乃已，白我數莖髭。兩兒來省視，舉室念天涯。秋風同度嶺，省墓家山栖。嚴冬棹揚子，淮水冰流澌。孟陬月初吉，謁帝三無私。內殿名奉三無私。聖心念民瘼，清問及災黎。本貳冬官職，秋卿兼攝咨。復命日，上卽命兼署刑部。幾日痛攀髯，鼎湖龍上飛。橋山遺弓劍，蒙賜遺念衣服。瞻仰中藏摧。百職進奔走，司空掌庀材。舊章勤稽攷，求免愆忘訾。先皇未憑几，鶴馭返慈暉。及茲營吉壤，卜地仙山隈。奉命營昌西陵，地在望仙山南華蓋山北。避風兼避水，所懼昧先機。先機如一失，補救亦云微。視彼構堂宇，猶貴植其基。況圖千秋固，重若奠鼇維。所恃同官賢，清白皆不欺。盼此蕆功後，山林騁幽懷。忽聞膺異數，宣召入綸扉。平生無樹立，居寵當思危。自念幼荼苦，樗散成不才。竊禄旣逾分，延賞君恩推。四子祖賢恩廕戶部主事。惟守素餐戒，敢誇抱負奇。知非年五十，伯玉令名垂。今人不逮古，六十當莫嗤。晚節道尤貴，如玉去其疵。不聞忼慨歌，廉吏貧無疑。但憂青蠅玷，豈恤黄口飢。比年江南北，玄冥頻告災。救荒無善策，蓋藏乏京坻。昔時千鍾粟，今或斷晨炊。昔時數仞堂，今或處茅茨。歸田良不易，彳亍臨路歧。辱收方司令，清商夷則吹。余七夕生。荷榭零珠露，槐庭扇涼蕤。所願多秋稼，屢豐萬國綏。懸車書誓墓，何用問蓍龜。南園有老屋，策杖柴門開。闢圃種黄菊，上山采紫芝。擊壤戴堯日，長歌歸去來。

八月初十日宣宗成皇帝誕辰上詣壽皇殿命隨往行禮恭紀

華渚流虹七十春，嗣皇追慕感今辰。言勤法駕瞻遺像，祇謁閟宮攜近臣。便殿從容如昨日，橋山杳渺隔凡塵。今年三至龍泉峪，一徑松楸雨露新。

蒙賜香櫞恭紀

厥包來楚貢，出匣帶微黄。照水橙同色，緣山橘共芳。九重新拜賜，五合好焚香。斗室清芬滿，無煩辟惡方。

閏八月三日蒙賜御製御門聽政示諸臣詩墨刻恭紀

虎門聽政肅朝儀，宸翰親題儆庶司。基命一心盟夙夜，在公百爾勉猷爲。中天法戒期無曠，東魯名言凜勿欺。況履絲綸嚴密地，敢忘至教負君師。

送舒雲溪少司農權篆節制陝甘

禁籞追隨刻漏長，忽聞開府到平凉。纔持玉尺羅佳士，喜見牙旗指故鄉。塞上宣威攜健將，馬前臚拜擁諸羌。灞橋風雪吟情劇，定有新詩付錦囊。

又送雲溪作

西風吹木葉，之子隴頭行。樽酒難爲别，河梁無限情。邊氓資碩畫，蕃部震威聲。策馬歸來日，春明歲籥更。

九月朔日奉命偕定郡王暨基潤野内府溥相度萬年吉地恭紀

平生未習青烏術，帝曰欽哉詎敢辭。幸有賢王爲表率，更求方士作師資。地師爲前河帥文一飛沖、甘石安農部熙、欽天監挈壺正司智博士方達、江西羅上舍萬象。金甌本是千秋固，玉牒從教萬歲期。盡道司空時地利，山川封域匠人知。時余任冬官。

馬蘭峪贈慶秋泉總鎮錫

薊門烟樹帶恩光，度地相逢策馬忙。鈴閣輕裘推重鎮，金章華閥本天潢。山城佳醞浮樽碧，古寺深秋落葉黃。朶殿檢書如昨日，詎知七度换星霜。乙巳四月偕秋泉抖晾《實錄》，同詣乾清宫三日，迄今不覺已七閱寒暑矣。

登平安峪復至成子峪作六首

望山不見高，陟之乃知峻。筍輿踏葉行，白雲封前徑。
登高足力疲，聊憩松陰下。席地酌清泉，歸途仍策馬。
聞道蒼龍背，擎天萬丈高。蜿蜒通一脈，碧嶂拓平皋。
千疊琉璃屏山名，南趨忽西折。斜開成子峪，雙峯森突屼。
昌瑞山形正，真龍趨孝陵。金星山名當面拱，萬笏仰天庭。
石橋冬水涸，驅車橋孔中。想當春泉下，碧浪跨長虹。

登塔子山望馬藺峪

千家烟火聚山坳，雉堞回環守望勞。一塔有情如作鎮，重陽無會獨登高。嶺頭日出開濃霧，松杪風生吼怒濤。未必秋光盡蕭瑟，東來紫氣滿晴皋。

杜高疊盆菊爲山重九前二日偕袁宗山茂才方蔚卿錫恩張日卿元鼎兩孝廉秉燭同玩作詩索和

昔年獨學廬，菊塔名初起。石琢堂先生於獨學廬疊菊爲塔，招飲徵詩。今乃磊成山，雖頑亦可喜。自余住東華，還家日少矣。兹因賦東征，時將赴東陵。辭陛歸私邸。覩此菊花叢，不飲將何待。秉燭爲夜遊，吾黨二三子。既飲必徵詩，唱之自我始。我方去尋山，山中風日美。菊山不可登，登高薊門耳。來朝秣馬行，紅葉山如綺。

松樹溝小憩

猶是岡巒勢，形家曰不宜。未妨聊繫馬，何事更鑽龜。風起聽松吼，澗深履石危。清泉堪試茗，掃葉話移時。

寓齋微雨觀地圖作

旅館飄寒雨，看山且少休。漫誇筇杖健，須向土圭求。腰腳千巖穩，畫圖尺幅收。静觀知脈絡，輿地志旁搜。

喜錢警齋自遵化州來訪

早聞作客遊遵化，今喜他鄉遇故人。爲我脂車勞遠涉，與君把盞更相親。十年蹤跡風花過，一榻琴書學業新。别去殷勤期後會，鶯啼艸緑上林春。

贈文一飛前河帥沖

水曹未及托同官，余至工部，君已外簡。度地今來共據鞍。卻病只求弘景術，耽吟莫似孟郊寒。青烏方伎山經熟，白鶴閒蹤雲路寬。還欲與君西向笑，回京後再往易州。飽看千樹晚楓丹。

薊州卽次

羣山東走繞城樓，此地經行又幾秋。前因隨扈，屢經過此。黄葉亂飛天欲暮，白雲作態雨初收。霜晨筇杖千巖踏，客路茆堂一榻留。四牡駪征畿甸近，只須信宿到皇州。

三音薩碧室四詠

余顏所居室曰『妙吉祥』，穆清軒京卿蔭爲譯清語曰『三音薩碧』，因乞何根雲少宰書之，而系之四詠，以當箴銘。

任天

其來非自致，受之乃任天。仍當勞經畫，詎云聽自然。

安命

秉命在生初，挽回豈有術。勗哉履坦途，跬步慎勿失。

趨吉

吉事順天理，趨之自有祥。不義富且貴，得者凶莫當。

改過

積惡召不祥，袚除在改過。自省心常惺，致決力不挫。

十月朔日恩賜與坤寧宫食肉恭紀

賜胙深宫受福虔，近臣班在百僚前。軍機大臣不論階級，坐次在大學士之上。從容正席桐封貴，諸王坐前列。盤辟搵衣棘陛賢。割肉誰堪天下宰，稱觥人擬衛侯筵。盈廷飽德同稽首，玉粒瓊漿引大年。卓海帆相國、何雨人、魏麗泉兩尚書皆年逾七十。

題陶鳧薌太常七十九歲小像

潯陽本士族，科第自公始。濟濟踐金閨，後賢乃鵲起。彈指四十年，中外流聲美。羣從散如雲，靈光巋然峙。矍鑠哉是翁，下筆不能止。新詩出千篇，久貴洛陽紙。已届杖朝年，丹墀詳視履。祀典肅奉常，齋壇拱而俟。人瑞重昌時，顧問九重喜。導引有丹砂，家風隱君企。殷勤交後生，故事話桑梓。結社問寒梅，風流今渺矣。曩與歸田諸先生結問梅詩社，一觴一詠，致足樂也。何當買扁舟，共泛吳江水。

冬至日登易州永福寺寶雲閣作

今年幾度過盧溝，又見鳩工到易州。風壑雪消堪飲馬，冬山日出好登樓。陽生六琯葭灰動，餉轉千軍桂嶺愁。遥憶帝城簪笏集，龍旂象輅莅圜丘。

由淶水至陶屯作

華蓋山前看曉霞，行行不覺夕陽斜。風寒碉道飄黄葉，雪擁溪流凍白沙。驛路有書馳駿馬，冬塍無穗噪飢鴉。墟烟起處堪投宿，指點陶屯第幾家。

移居

客裏移家曾幾度，東華今喜近宸垣。如舟欲比宛丘舍，掃逕何殊仲蔚園。五夜禁鐘殘夢覺，一庭寒月曉星繁。結廬此地趨朝便，莫厭黄塵車馬喧。

十二月十四日蒙賜御書龍字恭紀

幾暇揮毫墨瀋新，御門詩已遍華紳。春秋蕊榜羅佳士，龍虎璇題賜近臣。別賜御前大臣『虎』字各一方。宸翰頒來輝藻火，天門跳處想精神。豫占改歲豐年兆，定有甘霖潤八垠。

松風閣詩鈔卷十六　賚馬集

古今體詩九十首

壬子元旦蒙恩賜紫禁城内騎馬恭紀

溫室從容遍問年，臣生六十感華顛。循牆古訓思三命，攬轡新恩下九天。烏道王尊曾叱馭，閩嶠三年日度崇山峻嶺。龍驤祖逖愧先鞭。道光辛丑，欲從隆雲章參贊南征不果。征鞍未解蠻烟暗，中禁鳴珂思悄然。時日盼粵西捷音至。

題柏靜濤冢宰盛京賦卷

本是淩雲作賦才，陪都曾控五花來。班張鉅製千言富，豐鎬雄圖萬里恢。帝業龍興階尺土，臣謨虎拜領中臺。彤廷喜起賡颺盛，調鼎方資傅野梅。

初春趨朝口占二首

咫尺東華便駐車，月明宮樹夜啼鴉。清燈一盞趨朝路，撲面春風吹雪花。

退朝漸覺狐裘重，歸去生憎馬足遲。輸與相公腰腳健，驊騮雖好不須騎。春浦相國退朝時，每卻馬不乘。

百舌

籠中百舌鳥，能爲百種聲。或學雞與犬，或如燕與鶯。鼓翅常自樂，得食更有情。惜哉聲不定，如人患無恆。未有心所得，與世漫爭能。多好技終雜，厭故學難成。譬彼琴瑟奏，亂之瓦缶鳴。未若專一者，不混主人聽。

莊衛生太守受祺至京書贈

望海樓頭發浩歌，相逢京國意如何。迂儒螭陛空簪筆，壯士蠻荒尚枕戈。祇盼捷書傳桂嶺，漫勞洗甲挽銀河。彭城回首哀鴻滿，千里關山鄉思多。

送陸稼堂中丞應穀權撫中州

山川能說古人才，曾踏千巖萬壑來。幾度籃輿尋吉壤，重聞畫戟出中臺。匡廬瀑布吟情減，嵩岳晴雲倦眼開。指日駪征辭闕下，一樽未暇共裴徊。

聞三兒祖芬歿於輝縣

父母愛子心，賢愚齊一致。汝雖少不文，猶能了人事。棘闈三見黜，屈志求爲吏。策馬河干行，牽笅三改歲。隄成敘微勞，晉秩叨優異。五載武城丞，貧薄傾其笥。前年擢爲令，衛地牛刀試。勗以守官箴，家書累牘寄。方期能自立，盡心勤撫字。不負一命榮，庶成百里治。何圖罹短折，凶問忽然至。驚疑一紙書，痛甚轉無淚。越日始招魂，含涕寫虛位。逝者長已矣，後事烏能寘。奔喪千里行，弱弟猶强毅。自憐白髮翁，何堪幼孫庇。頻年叨厚祿，僅詠釜鬵溉。老去羨歸田，田磽艱賦税。惟餘屋數椽，還堪風雨蔽。蔬布但苟完，故鄉終樂地。人海逐浮名，素餐道所棄。投杖自省愆，虛聲造物忌。

哭弟

少小痛鮮民，庇賴伯與叔。父田猶可耕，父書曾共讀。汝更善經營，衣食粗能足。幾度逐槐黄，卞和終刖足。棄置從所好，堪輿及醫卜。肆力古文詞，大言或駭俗。天涯有知心，古體周秦目。持用藏名山，壽世心彌篤。脱畧溷漁樵，艱難謀似續。一子已成童，負薪人有屬。除此盃中物，於世無所欲。大暮古今同，六十壽非促。雁行悲折翼，痛我生如獨。憶昔詠蒿莪，分飛兩黄鵠。中年偶相依，聽雨同茅屋。臨池摹碑碣，闢圃栽松竹。頗慕耦耕風，怡然共虀粥。洎我游長安，汝獨栖空谷。彈指二十春，乘軺故鄉復。相隨閩嶠行，卒歲歸舟速。比還省松楸，山徑聯幽躅。蓬窗一樽酒，送我過射瀆。相約早歸田，共玩南山菊。此别竟千秋，攪亂我心曲。

感懷

名位皆外來，骨肉連生理。何堪十日間，哭弟復哭子。念我少荼苦，哀哀失怙恃。同氣有四人，今喪其半矣。惟餘一女兄，雖老猶健在。相見知何時，關山幾千里。蓬頭膝下兒，喪母當稚齒。辛勤盼成立，承家望後起。奈何中摧折，值此宰邑始。捧檄空增嘆，禄養終何俟。嗸嗸衆黄口，哺糜還我待。人事多齟齬，歲月驚遷改。何堪白髮翁，竊禄不知止。自憐薄祜人，居世多憂悔。老矣不勝憂，息心觀流水。

憶閩三首

夏庭鋪落葉，夜樹啼幽禽。此是閩中景，他鄉不可尋。

巷有百年古木，地無三里平原。曉霧低迷城郭，寒泉喧沓冬山。

尺布纏頭赤腳行，越王山下賣花聲。何人肯向溫泉浴，擔得溫泉更入城。

夏日園居

湖隄垂柳碧絲絲，策馬薰風退食時。客到炎天迎欲倦，書來滄海答還遲。厭聞叢薄喧知了，愛聽兒童讀《學而》。巢父一枝聊可借，園林佳景況如斯。園係孔修師別業。

送徐松龕太僕典試蜀川

閩海風濤攬宦情，閒官重喜住神京。蠻烟萬里辭烏石，卿月三霄照錦城。劍閣秋雲迎匹馬，草堂舊址待雙旌。青蓮詩筆相如賦，定有仙才入鑒衡。

六月初六日駕幸玉泉山静明園隨扈恭紀

曾扈先皇法駕來，泉聲依舊歲華催。三年已備宅憂禮，萬象方新景運開。宵旰心還勞楚粵，登臨身已到蓬萊。近臣籌筆軍書急，誰是雲臺宿將才。

送曾滌生少宗伯國藩典試江右

南豐家學本西江，玉尺論文健筆扛。抗疏彤廷才第一，搜奇白屋士無雙。蠡湖秋浪移青舫，鹿洞晴雲擁碧幢。倘荷皇恩三載住，灑將化雨遍蘭茳。

送錫鶴汀少司空齡典試浙江

送君校士到錢塘，不負雙瞳皎夜光。典學楊時尊水部，通經劉向重天潢。六橋柳色霓旌擁，八月濤聲棘院涼。聞道會稽多竹箭，好搜楨幹貢巖廊。

六月初九日萬壽聖節朝罷泛舟至同樂園恭紀

簪笏臚歡覲紫宸，御園佳宴荷恩頻。清歌慷慨思廉吏，大賚騈蕃逮近臣。一曲薰風民解愠，半篙新雨苑流春。虹橋緑水移舟處，恍到蓬萊絶點塵。

住易州華陀廟作

憶别僧寮又一年，今來此地早秋天。滿庭花木禽聲碎，中夜簾櫳月色妍。展卷挑燈忘世事，出門騎馬踏流泉。塵居難得閒中景，計日征塗又著鞭。

童僧二首

埽地焚香誦梵經，兒童知識付空冥。粗蔬他口承師業，智慧今生乞佛靈。反哺應知羨烏鳥，出家依舊作螟蛉。晨鐘暮鼓催年去，只恐貪癡喚不醒。

紅塵那得心無繫，一入空門自在行。不使六根爲汝累，好持五戒了平生。清風明月山中足，白粥黄虀世上輕。彈指百年駒過隙，人間萬事總忘情。

篋中舊藏一扇爲癸卯秋闈中孔修師屬書者已九閱寒暑矣因書華山碑呈還并系以詩

篋中一扇藏九年，攜之曾踏闈山顛。曾攜入闈中。歸至燕臺又三載，始得奮筆磨松烟。華山廟碑八分體，書於先生之小園。時假淀園師寓以居。雖遲報命亦可喜，筆意當更老於前。鳩工易州居相近，師弟踵至有前緣。是時新秋暑未殘，頓覺爽氣來西山。吾師鴻毛輕富貴，萬事隨分心安閒。欲障紅塵聊假此，臥遊華岳看青蓮。

孔脩師示和作復疊前韻言懷奉答

長安走馬年復年，昔時青鬢今華顛。登場傀儡誰束縛，不悟人事如雲烟。君不見淵明歸去柴桑徑，仲蔚高臥蓬蒿園。狂歌不知白日暮，泥飲常倒春風前。鳥啼花笑情自得，山深林密尋無緣。我今老矣如甚殘，蹉跎未了買青山。豈爲竊祿不知止，主恩未報敢退閒。道州烽火今乍息，關心欲問濂溪蓮。

重至望仙山贈魏麗泉尚書

度地初來日，何知有望仙。抽身非自我，改卜亦由天。庚戌春初定於此山之東一里，後因有砂水，改建於此。繞殿栽林木，依山避水泉。往來勞擘畫，屈指已三年。

秋陰二首

秋陰漠漠淡無情，曲几攤書午倦生。睡起軒窗開晚霽，斷霞一片照人明。

啁啾鳥雀伴人閒，花木禪房水石閒。東嶺晴光西嶺雨，最難著筆畫秋山。

柝聲

野柝聲聲喚夢醒，空街敲冷一天星。羈人塞下褰衣泣，壯士軍前枕甲聽。淒入秋風滿巖谷，送將寒月墮滄溟。何人解識聞雞舞，楚粵烟塵望杳冥。

懷祖彝金陵秋試四首

一舉明經十二年，秋風幾度問青天。科名易獲非爲福，文字相知自有緣。久踏槐花成老輩，祖彝挈其姪翰孫同應試。慣移簪艇理殘篇。龍潭柳色應如昨，每憶前遊思黯然。余曾有《龍潭柳》詩，憶舊友而作。

清涼山下雨花臺，曾記當年策馬來。幾度秋光游屐冷，六朝古寺暮鐘催。飄零舊侶黄壚感，風雨孤帆白下開。燕子磯頭逢怒浪，卅年往事首重回。

秦淮河上看潮生，日暮乘舟兩槳輕。楊柳映波秋未老，蜻蜓點水雨初晴。千家燈火無寒色，五夜笙歌有倦聲。此地江山原錦繡，近來蕭索若爲情。

鎖院開時舉子忙，白袍鵠立盡提筐。喜聞主試文章伯，博得諸生意態狂。燭燼三條何慘淡，案臚千卷費評量。幾人收入珊瑚網，分折吳剛桂子香。

壬子秋懷八首

甲子周餘又一秋，老來身世等浮漚。笈書未了平生願，杯酒難澆亙古愁。苜蓿幾時歸戰馬，茭蘆滿地著閒鷗。欲尋燕趙悲歌客，三易橋邊擊筑游。時在易州。

十年前是水曹郎，橐筆樞廬策馬忙。一自鴻臚躋九列，幾回閶𡽀度重陽。攀髯正值星軺復，執笏猶瞻日角光。畚鍤鳩工臣職掌，山陵扈從閱秋霜。

聖主求賢氣象新，漢廷徵召出蒲輪。口碑採錄登循吏，手詔褒嘉答直臣。軺鐸高懸巖谷應，絲綸廣被草萊春。闢門籲俊休風古，象魏欣瞻政事醇。

鸞鳳羣栖玉樹林，鴟鴞枳棘未懷音。封圻久失撫綏術，鼙鼓今勞宵旰心。萬竈移來旗翼翼，三城克處馬駸駸。司農籌餉知非易，只盼檻車早就擒。

平生未肯學申韓，讀律方知明允難。寶籙初膺逢大赦，祥刑佐理喜從寬。畫衣虞陛成龐俗，笞背唐廷戒獄官。自古持平于定國，休從酷吏傳中看。

浮沈宦海幾無家，奉使曾乘八月槎。理學餘風思尚友，文章末技漫相誇。迂儒結習心常苦，樞院新參髮已華。自覺散材膺重任，百僚清議得毋譁。

莫將經濟誤蒼生，制度由來重變更。新法必行終亂宋，驛夫無賴竟亡明。只祈水旱天災少，不患錢刀內府傾。欲盡十年休養術，先聽鼙鼓罷南征。

葑水西頭一畝宮，四時花木各成叢。當年春宴招羣季，此日天涯滯老翁。誓墓無文心卻羨，歸田有錄恨難工。只慙同社諸先輩，收拾烟霞杖履中。問梅詩社諸先生皆游林下十餘年。

山齋讀書十首

乘橋一出仙霞嶺，彈指三年展卷稀。偶向山林搜故篋，渾忘塵土撲征衣。璣衡法象思探奧，河洛心源欲測微。棐几焚香尋繹處，春風沂水瑟方希。

十翼先覘闕里文，庖犧千載述前聞。卦爻氣自《中孚》起，儀象生從太極分。漢代尊師明授受，邵生創說苦紛紜。靈蓍五十通天地，端策人來三沐薰。

結繩以上無文字，鼈足空聞奠古皇。八索已亡勞想像，三墳是僞識荒唐。惟餘孔壁遺編在，猶有今文聚訟忙。堪歎伏生年九十，可能口授免遺忘。

六代文人淪釋老，千鈞一髮仗王韓。詩書續處遺文古，性道原來大路寬。體認後儒心更密，蒐羅往籍義加完。龜山不解《西銘》意，胞與還將兼愛看。

考亭《小學》誘羣兒，愚智皆堪奉作師。朱陸異同休立辨，顔曾睿魯早分歧。惟於訓世宜崇實，若論單心只獨知。罕聽尼山言性道，精微恐啓後人疑。

名物都收《爾雅》中，二程訓詁蹈虚空。庸常詎可稱爲定，格正何堪釋作窮。攘臂諸儒難解惑，平心舊說豈無功。曲臺古本今猶在，新建安溪論不同。

雨粟曾聞造字初，籀斯再變古人書。鵠頭蛟腳今難見，鐵畫銀鉤法不疏。什襲殘碑荒徼外，搜尋蠹簡劫灰餘。可憐祭酒生猶晚，穿鑿何堪更二徐。

大夫宜擅九能才，慕效還從博覽來。須識文章奇偶雜，漫驚體製古今該。百家肴饌嘗初遍，九鼎牲牢擬列陪。只恐野芹無異味，易牙舉箸卻疑猜。

大雅聲沈瓦釜喧，起衰七子古風敦。參軍體俊縱横便，靈運才多刻畫煩。後代仙心沿二派，當時隻手闢重門。天真我愛陶彭澤，好比清泉別有源。

海内名山著作多，蝨身天地欲如何。待看腕底千花發，安得胷中萬卷羅。尺幅青氊消晚歲，兩行紅燭付秋波。東方孱腐情猶壯，短髮蕭蕭撫劍歌。

山行有作

山石犖确折馬蹄，車中行客愁顛簸。行行欲渡一溪水，水中轍深一尺泥。水石行盡岡巒見，萬松繞徑大十圍。幽香撲簾客欲醉，如聞妙諦心胷開。華蓋山青擁螺髻，瑟瑟爽氣從西來。清鐘一杵古寺出，寒蟬滿樹秋風催。石泉淙淙近復遠，山花寂寂幽更奇。停車坐石一長嘯，崎嶇歷盡舒我懷。平生獨抱游山癖，支硎鄧尉曾探梅。黄塵走馬老將至，猿愁鶴怨人疑猜。武夷九曲行未到，《太姥》一圖攜自隨。余入閩未至武夷，友人贈《太姥山圖》，攜歸以當臥游。偶然入山得佳境，何異五岳游初歸。故山舊侣多豪興，芒鞋竹杖何處同徘徊。

望仙山寄懷柏靜濤

殿宇出崔巍，佳城鬱壯哉。觀成資眾策，經始仗君才。華蓋蒼烟裏，平橋緑水隈。地靈基自固，萬禩閟宫開。

山齋秋夜書懷

山齋夜坐月朦朧，領畧幽情一卷中。露下空庭鳴蟋蟀，風來隔牖落梧桐。青燈冷味平生慣，白屋秋心異地同。聞説三吳望雲漢，桔槔聲滿石湖東。

孔脩師寓齋盆桂盛開有詩見示和韻

花石園庭絶點塵，盆移金粟一枝新。秋山佳處堪留客，月窟攀來漫羡人。遍插茱萸情莫遣，師有《悼夢堂令弟》詩見示。濃承沆瀣氣相親。槐黄時節追隨久，滿眼風光又此辰。癸卯秋試提調順天闈，師爲監臨，曾隨侍一月之久，今又屆壬子秋試之期。

秋蟬和孔脩師韻

今年殘暑去還留，聽罷蟬吟欲送秋。疏比瑤琴非有恨，飲餘珠露更何求。飛鴻天際聲相答，老樹山中葉尚稠。悽韻還堪醒俗耳，涼飆吹和響颸飀。

車中看山懷宗山袁生四首

肩輿得得曉燈明，風鐸聲中客夢清。一幅秋山行旅畫，丹青還欲倩袁生。

袁生畫法李營丘，萬壑千巖筆底收。浣盡塵襟情澹宕，閒雲天際共悠悠。

瀟洒君真避俗人，閉門丘壑自生春。閩山踏遍崎嶇路，寫出烟巒面目新。

武夷九曲不曾探，《太姥》空圖路未諳。天下名山多嶄絶，更無平遠似江南。

題元人詩十二首

松雪詩篇似晚唐，峨眉亭句劇蒼涼。空餘故國王孫淚，獨上西湖弔夕陽。

陵川慷慨慕荊卿，憶繫真州虎口生。花月哀吟遭世變，黄金臺下動豪情。

蘭溪州判擅清詞，寒雨殘燈寄友詩。題畫千秋留翰墨，縱横米老醉吟時。

薊門策馬起新愁，落日西風渡白溝。吟到孤雲心迹冷，柴桑高趣卷中收。

避亂吳門賃廡栖，子虚人望伯鸞齊。翠寒詩句追長吉，一曲爭傳《烏夜啼》。

道園骨格劇清蒼，夕露春陽覓句忙。一代文人誰巨擘，歐曾已往數奎章。

詞曲淫哇八十年，寥寥數子古詩篇。清江教授才還雋，磊落長歌似謫仙。

詩名籍甚揭文安，五字長城大曆間。賦月南樓有佳句，參軍俊逸可追攀。
晉卿鑱削六朝餘，韋柳清才律不疎。更有括蒼周處士，此山吟裏半樵漁。
雁門風調玉谿才，洗鍊還從十子來。一代詩名齊曼碩，關河鴻雁出新裁。
百首新翻樂府詞，閒評史事露瑰奇。誰知楊柳樓臺句，大好丰神杜牧之。
疏越朱絃希世音，故應高士傳中尋。戲從城市營丘壑，疊石今傳獅子林。

禪房即景

維摩丈室晚涼生，靜裏光陰別有情。塔近時聞鈴鴿響，山空遥答木魚聲。閒庭雜果因風落，佛榻孤燈照夜明。未得禪門真意味，暫來還覺夢魂清。

齒落有感

我年五十四，齒始落其一。遘疾在閩山，同時三齒脱。兩齒又搖動，塗藥得方術。居然危復安，大嚼求鼎實。及今三寒暑，其一仍梲杌。不復覓醫方，聽其自殘缺。晨餐疑骨鯁，吐視知此物。當年苦挽留，終然與我别。惟人老將至，大暮歸有日。服食祈長生，反恐生機窒。神氣已中積，久視安能必。不如任自然，順受完天質。

哭太師杜文正公二首

炎風苦雨撲雙旌，山左江南秉節行。時因水災赴山東、江蘇查賑。噩夢傳來驚白髮，尊甫石樵光禄年近九旬。使星隕處痛蒼生。非因宏獎悲知己，只爲思艱惜老成。公作完人誰復憾，至尊銜涕若爲情。

曾陪水部更秋官，案牘雖繁仔細看。但覺和光春共被，豈知介節凛難干。傅巖啓沃人誰識，虞陛賡颺願未完。太息天慳遺一老，不教待到萬方安。

弢叔寄詩見懷適余于役易州未及奉答歸次盧溝成一律報之

江郎妙筆豔生花，投我詩篇卻不華。言可起予思校士，貧來驅汝欲辭家。禰衡懷刺情難已，王粲登樓願莫賒。秋盡盧溝風獵獵，葛巾憔悴念天涯。

送程楞香副憲庭桂乞養南旋

禄養何須論嗇豐，萊衣菽水古賢同。冰銜視草西臺峻，玉尺衡文北地工。譜到白華書座右，歸時黄菊照籬東。思親戀闕心無限，都在《陳情》一表中。

香山静宜園儤直恭紀

九老當年佳宴開，乾隆時舉香山九老宴，繪圖中禁，先曾祖尚書公與焉。五雲深處翠華來。蒼顔圖像留中禁，紫閣文章落上台。有御製詩，諸臣賡和。豹仗今隨還信宿，鳳池仍許共徘徊。詞臣榮遇懷先哲，先尚書值南齋四十年。承乏螭坳愧不才。

附録　春浦相國和作

秋林絢爛嶺雲開，曾見三班九老來。乾隆三十六年賜三班九老宴游香山，蓋以文武職及致仕大臣各九人爲三班也，時尚書公爲致仕九老之一。香案詞臣感先澤，樞垣峻望接中台。欣陪儤直簪毫侶，每羨登高作賦才。卅載南齋慚後輩，白頭吟望重低徊。

臥佛寺

夕陽古寺草青青，一臥千秋土木形。善到菩提難自立，甘爲大夢不須醒。拂衣塵海知何日，高枕空山願乞靈。安得真僧來喚起，教他圓覺誦禪經。

讀杜少陵詩和孔脩師韻

劍外蒼涼白髮侵，滿腔幽憤托狂吟。胷中巫峽波濤壯，病裏滄江歲月深。盡掃浮華追正始，力扶大雅振元音。浣花心事存忠愛，接迹風騷思不禁。

附録 原唱

寂寂蕭齋月色侵，閒儺詩卷漫長吟。蟲聲四壁客懷静，花影一簾秋氣深。磊塊自澆名士酒，蒼茫獨創盛唐音。江湖滿地誰知己，千載低徊感不禁。

宿静默寺作呈春浦相國

古寺幽深静掩扉，撲窗風力夜來微。藥鑪酒盞居相伴，竹逕苔門客到稀。曉霧霑衣燈火暗，寒雲披絮雪花飛。金鼇退食芳鄰卜，計日移家便似歸。

贈陶槎仙司馬際堯

白髮相逢話別離，簪毫藥省憶肩隨。摘來蘭芷新篇富，貢到楩楠大廈支。君由常德解木入都。蒿目干戈思舊治，關心泉石數歸期。欲從越水吴山畔，且學巢林借一枝。

皛薌閣學蒙賜紫禁城騎馬詩以奉賀

歸田無計隱金門，三接欣承錫賚繁。鶴步久推腰腳健，驄乘更覺雪霜溫。容臺典禮標清望，時權少宗伯。枌社聯吟重達尊。愧我著鞭先老輩，余於元旦先叨恩賜。來朝並轡謁宸垣。

春浦相國見和靜默寺作再用韻奉答

鳴珂日午下綸扉，晴雪軒窗望翠微。盤錯匡時元老健，從容退食故人稀。雁鴻澤畔勞安集，芻粟軍前滯輓飛。獻替丹忱圖報主，家山雖好敢懷歸。

附錄　和作

玉蝀橋西雙板扉，移家恰喜雪霏微。芳鄰到處追隨共，舊雨年來唱和稀。杜老每懷軍國計，陶公閒看岫雲飛。敂門忽得新詩句，把卷渾忘退食歸。

立春日恭進春帖子詞三首

先甲三陽轉，立春在除夕前三日。元辰萬象新。屢豐占上瑞，寰宇荷皇仁。

隔歲祥霙兆有秋，大田百穀慶霑優。覃敷闓澤裁丹詔，鼓腹春臺遍九州。

恩榜開時教澤深，歡聲早已動儒林。圜橋璧水修文治，南國飛鴞懷好音。明年二月舉行臨雍盛典。

十二月十九日蒙賜御書福壽字翌日又賜龍字恭紀

高廟當年錫福頻，豸冠拜賜記先臣。乾隆中先曾祖由南書房翰林仕至尚書，屢賜『福』字，惟任左都御史時所賜一方，余猶尊藏於家。四朝恩遇曾孫逮，百歲韶光壽寓臻。玉殿揮毫顏有喜，蓬門懸壁坐生春。龍書更荷璇題賚，他日亭中勒石新。余家有東壁亭，石刻康熙朝御書唐人句一首，又《南巡至閶門御製詩》一首，皆賜先五世祖南畇公者。又雍正朝御書楹聯「東澗野泉添碧沼，南園夜雨長秋蔬」二句，係賜先曾祖芝庭公者。又乾隆朝御書「慈竹春暉」四字扁額，係賜先高祖母七十壽者。今蒙賜御書，他日得歸故里，當勒石亭中，以志數傳榮遇。

立春日進春帖子詞蒙賜筆硯箋紙恭紀

應制詩慚燕許工，漫將下里入絲桐。衹因故事宜春祝，得與詞臣拜賜同。結習未忘柔翰弄，韶光將轉墨池融。簪毫待草班師詔，喜起賡歌玉殿中。

歲除蒙賜文綺玉磬恭紀

籌筆無功愧俸錢，歲除寵賚近臣偏。漫誇文采章身美，好聽清聲戛玉傳。黼黻輝時思命服，璆琳鏘處憶宮懸。戰袍未卸鐃歌緩，孤負君恩又一年。

松風閣詩鈔卷十七　金鼇集　古今體詩五十一首

癸丑元旦上詣壽皇殿命隨同行禮恭紀

律轉青陽萬象新，焚香祇謁閟宮春。六飛翠罕來中禁，九拜瑤墀感從臣。孺慕未忘符舜孝，先型遠紹布堯仁。至誠昭格天垂鑒，貔虎南驅百獸馴。

元旦蒙賜荷包金錢恭紀

兩載元辰叨賚予，上年元旦拜賜。焜煌金幣出荷囊。久慚無術司圜府，忝拜多珍賜上方。三品於今還錫貢，五銖自古幾更張。持籌我欲披沙揀，地寶由來無盡藏。時有開礦之議，余頗韙之。

慰高祖壽同歸故里

他時但說還鄉好，江上烽烟此日愁。駿足燕臺懷往事，雁行閩嶠憶前遊。未堪吳市棲梁孟，且向何山學點求。散盡司空千匹絹，王官谷裏始無憂。

仲春穀旦上臨雍講學釋奠於先師藴章分獻兩廡禮成聽講恭紀

昌時崇聖教，踐阼臨辟雍。入學先釋奠，則古欽儒風。長筵列籩豆，佾舞鏘磬鐘。遠紹唐虞統，心傳契執中。深窺洙泗奥，至道履從容。兩楹今協夢，配享諸賢從。杏壇七十子，分列廡西東。後賢附私淑，亦入數仞宫。小子幸承乏，一獻禮則隆。禮成還聽講，典學開愚蒙。干羽修文德，弧矢成武功。皇衷守精一，薄海其來同。

哭潘功甫舍人曾沂

少小同里閈，文壇相角逐。君忽悔浮名，爲善日不足。不惜數頃田，遑論千鍾粟。施濟在鄉鄰，高誼敦任睦。一載列朝簪，遐心寄空谷。閒尋西磧梅，愛玩東籬菊。迢迢三十年，坦坦幽人躅。身居華膴地，刻厲守以樸。躬持太常齋，路施黔敖粥。頻逢饑饉年，餓夫得鼓腹。更推慈幼心，殷勤棄嬰畜。比戶宰耕牛，君獨收而牧。仁術亦多端，悉數難更僕。吳人矜式君，好義耻君獨。慕效爭慷慨，萬戶食君福。年纔耳順過，天胡奪之速。梓里泣吞聲，善人嗟無禄。我齒與君同，畏友常膺服。兩度返故鄉，叩門徒立鵠。閒雲無迹尋，冠蓋嗔其俗。猶有尺書通，武夷圖九曲。濟世未忘情，逃禪豈寂寞。定省踏紅塵，舟車頻往復。難忘白髮親，君死奚瞑目。江上暗烽烟，三吳地相屬。守望各懷憂，水旱土空沃。所恐執干戈，豈獨傷薪木。哲人已云亡，吉凶勞問卜。

二月二十六日孝和睿皇后梓宮奉安昌西陵禮成恭紀

殯宮停處閱三秋，土木工成珠一丘。儉德不教藏玉盌，仙蹤長此閟瓊樓。循塗鳳輦飛塵靜，順軌龍輴引紼柔。大禮於今襄事畢，神輿計日達皇州。

清明日感懷五首

家家上冢祀清明，客裏光陰感半生。聞道故鄉烽火近，春風悵望闔閭城。

白雲深處掩柴關，只許仙禽去復還。避地難追高隱躅，當年悔不買青山。

餘不溪頭好隱居，茅菴未到卅年餘。德清五雲堂遠峯兄所築，地處深山，昔人於此避難。去鄉三日川塗遠，更恐荒山斷筍蔬。

堯峯墓北三弓地，巢父林栖寄一枝。盡道此鄉風土好，結廬人在鳳凰池。地名，余家子弟避地於此山。

聞說移家木瀆濱，近依五柳喜情親。六兒避木瀆，依外家陶宅。忙中倘發清遊興，香雪遥尋鄧尉春。

江聽濤表弟文鳳別二十餘年矣有詩見懷作此奉寄

與子如斯堂江氏堂名上別，年華似水不堪思。新詩寄遠深情託，舊事平生大畧知。甪里幽居塵迹斷，吳船春漲暖風吹。還鄉兩度未相見，他日重逢各白髭。

涿州旅次聞驛報過境

羽檄來何處，嘶風聽馬聲。今宵孤館客，苦憶石頭城。荷戟疲奔命，安車坐擁兵。烽烟暗江左，使我夢魂驚。

弔粵楚吳豫死節諸賢

丹心貫日月，碧血灑山川。列郡寇氛惡，諸賢大節完。效死旌末秩，偷生愧高官。褒榮逾袞繡，無爲涕汍瀾。

陳頌南侍御慶鏞奉詔回籍辦理團練贈行一首

先朝容諍臣，諷議重柏臺。綸言褒抗直，超遷冠羣才。旋以他事去，教授閩江湄。今皇膺寶籙，求賢舉草萊。應詔賦北征，軺車遵帝畿。言更三寒暑，敷陳謨訓恢。故里寇氛暗，嚴城鼓角催。斯人堪保障，帝曰汝往哉。居鄉負人望，弭亂當在茲。欲成衆志城，以休我王師。譬如元氣固，霧露猶能支。君歸當有豸，望歲閩人思。送君燕山道，秋風吹桂枝。所念江河阻，烽烟滿路歧。鴻雁天南翔，晨霜霑客衣。惜別情無限，相見會有期。埽盡荊榛路，康莊策駟來。

恭和御製中秋夜延春閣望月述懷元韻

皎皎中秋月，清輝萬里明。鏡懸思治理，燭照普皇情。弧矢星同朗，欃槍燄已平。虔祈暘雨應，畿甸荷恩宏。

輓李吉人中丞僡

憶昔官京兆，肩隨尹與丞。棘闈共將事，政肅令惟行。道光甲辰，君任京兆尹，監臨鄉試，余以府丞爲提調官。

終朝不謬一，子文善治兵。癸卯科場弊竇甚多，在事者皆干吏議，余亦在列。洎甲辰君爲監臨，場規整肅，無犯法者。推此治畿甸，汲黯嚴且明。詰姦無漏網，折獄仍持平。宵小戒毋犯，驅馳皇路清。旬宣莅江左，引疾歲籥更。今皇承大寶，驄馬平涼征。旋命撫青齊，萊夷震威聲。粤西飛海水，萬騎馳縱橫。烟塵蔽吳楚，狐鼠窟三城。三城攻不下，河北烽火驚。提戈卹鄰難，沁水兵連營。溽暑中邪氣，腹疾河魚攖。班師曾幾日，災鵩翔其庭。遺疏達九重，猶荷丹毫評。向例遺摺不批，公摺獨蒙硃批，并命布政使臣崇恩恭録，焚於靈次。聖主念忠藎，飾終備哀榮。追封賜祭葬，恩禮逾常經。平生廉直望，有待穹碑銘。芬芳流史冊，千載垂令名。宇内方多事，塗炭及萬靈。補救嗟無術，贊襄豈易膺。納約趨户牖，焚香籲青冥。青冥天弧朗，何日掃欃槍。公歿其無憾，碌碌哀吾生。

葬祖芬於通州

故鄉歸不得，埋骨傍金臺。魂魄豈安此，烽烟相逼來。時平孤櫬返，江靜片帆開。吾亦懸車近，吴山欲問梅。

聞周應芝司馬憲曾殉難臨洺關詩以哀之二首

薄宦遊京國，賢書早列名。他鄉敦戚誼，王路播英聲。羣盜忽紛至，下僚恥倖生。旌旗送開府，已度廣平城。

慷慨成仁後，全家顛沛時。閨中雙烈婦，妻蒯氏、妾郭氏均自盡。膝下兩孤兒。骨肉親朋賴，遺孤依其母舅蒯士薌明府賀蓀，沈明府寶桐先爲安集。棺衾父老資。百姓爲之殯殮。褒忠叨帝澤，俎豆列專祠。

聞周敬修侍郎天爵卒

嫉惡真如仇，弭亂任酷法。火烈能威民，豈曰操之急。公昔由守令，開府宏功業。皆以猛濟寬，萑苻爲心讋。前年總師干，桂嶺虎符攝。旋以病去官，未及奏三捷。團兵鎮宿州，狐鼠擒如獵。權宜釋重囚，臂使能馴帖。惟不守臨淮，清議猶未洽。遲回鷁退飛，疑見大敵怯。老去性逾戇，其行終豪俠。錫謚曰文忠，榮名光韎韐。吁嗟潁亳間，虎兕羣觸柙。戰馬未解鞍，疲兵還枕甲。三城久不下，死亡踵相接。公存障一方，公歿人思泣。

聞呂鶴田同年賢基殉難舒城詩以哭之

子非守土臣，城亡可不死。烈哉殉節心，偷生以爲恥。舒城彈丸地，民不習弓矢。賊至羣奔逃，誰與執鞭弭。就義何從容，得正斃斯已。從官朱與徐，朱麟祺帶兵陣亡，徐啓山自盡。捐軀兩烈士。視死盡如歸，英名紀青史。飛章達九重，哀汝情篤棐。追贈尚書階，延賞及其子。寵頒内府藏，俾之喪葬庀。更命建專祠，馨香垂故里。褒忠荷主恩，成仁豈不偉。子死終不死，千載流聲美。

得周容齋汴梁來書知避地初歸作此寄懷

海溢烽烟暗，時賊踞靜海。燕臺雨雪飛。忙中杯酒斷，亂後尺書稀。喜識故人健，知從避地歸。墨池還未凍，暇日彩毫揮。

恭和御製嘉平月朔開筆書福卽事述懷兼示軍機大臣恭親王等元韻

錫福欣覘泰宇平，宸衷咨儆盼澄清。春風將轉吹豳籥，瑞雪連番洗甲兵。拔幟津沽聞捷奏，掃槍吳楚慶功成。凱歌唱叶新韶律，舜陛星雲頌景卿。

感事有作

侈口談忠孝，未必如其人。抵掌論韜畧，甚或殃乃身。君子行素位，訥言守恂恂。非禮誓弗蹈，見義有必遵。甘爲狂士笑，不顧豪傑瞋。豈無好名念，名乃實之賓。返躬常內省，吾自見吾真。

雪用東坡北臺韻二首

彤雲半掩月鉤纖，庭院沈沈白戰嚴。獨抱冬心原上柏，慣嘗冷味水中鹽。埽花三逕夢攜帚，折竹一枝聲壓簷。來日城西試登眺，青螺幻作玉峯尖。

林間陣陣繞飛鴉，門巷泥深斷客車。枯柳有情飄弱絮，老梅無意著新花。空山雲凍樵夫徑，虛室燈寒處士家。笻杖芒鞋行訪戴，郊原莫辨路三叉。

乾隆癸酉冬至高廟御筆擬鮑照數詩一首懸於養心殿壁間迄今咸豐癸丑年冬至已閱百年矣召對於茲載移寒暑跪瞻聖蹟敬和原韻

一人迓天慶，育物止於仁。二帝傳心法，好生德協民。三階時風雨，蒼昊本無親。四海調寒燠，耕桑及良辰。五福備《洪範》，富壽萃厥身。六順先慈孝，恭己以治人。七月思艱難，豈爲嗜欲淪。八極梯航集，感孚冠帶倫。九重守淵默，師保訏謨陳。十思宏納諫，芻言聽諄諄。

恭和御製題習射圖小照元韻

習武深宮志，欽承世德遺。繪圖容體正，應手燥柔知。射鵠端如此，懷鴞鑒在茲。占星弧矢朗，綏寓慰勤思。

十二月二十六日調任兵部紀恩作

攷工圜府計常疎，喜拜恩綸到歲除。換得頭銜古司馬，瞻來手澤老尚書。兵部午清軒有先尚書公手蹟。六官歷五才難稱，曾兼權吏、戶、刑三部侍郎，惟禮部未至。一歲遷三願豈虛。余前由郎中擢鴻臚寺少卿、光禄寺少卿、順天府丞不及一年。匣裏寶刀虹氣躍，請纓還欲問軺車。

祀竈

虀粥何須食萬錢，茶鐺活火酌廉泉。寥寥爆竹迎春巷，落落椒花送臘筵。神馬還堪供豆莢，荒廚幸未斷炊烟。心憐萬戶如懸磬，默祝新年勝舊年。

望江南四首

望江南，鍾山高。昔時笙歌佳麗地，今看戰鏃埋蓬蒿。雨花臺畔烽烟暗，莫愁湖邊狐兔驕。將軍駐馬春徂冬，拄頤修劒難爲豪。采石風寒壯士死，遺黎有恨如江水。

望江南，鐵甕堅。十年兩度羅兵燹，瘡痍滿目呼蒼天。城樓百尺巢梟鳥，彎弓欲射馬不前。戰艦橫江候風水，溯流只到浮玉邊。仰攻銀蒜潮頭落，幾度回帆去藏壑。

望江南，邗溝深。二十四橋污碧血，三月烟花何處尋。虎旅連營鳥不飛，軍門刁斗斜陽沈。奈何師老士心渙，豺狼觸突嘷出林。城門朝開喧鳥雀，瓜步西風浪頭惡。

望江南，思上海。黄浦江邊舴艋移，三月攻城圍未解。旌旗照水揮鸛鵞，颶風吹來介行鬼。射書軍中乞受降，詎知緩兵欲我紿。吴儂避地入深山，茅屋天寒去復還。

歲暮懷人十六首

棘闈曾共閲三旬，十載風光瞥轉輪。此日江南持節去，投艱應屬腹心臣。福元修中丞，廬州。

防河去後駐江干，七邑長城萬戶歡。戎幄參餘多拂意，一腔熱血寸心丹。雷春霆少寇，邗江。

梅嶺乘軺瓜代回，鍾山策馬典兵來。比聞海角烽烟暗，鼙鼓聲中歲月催。許信臣中丞，上海。

諫臺清望出從戎，潁亳荊榛一埽空。手疏屢聞辭守土，健兒文面叩花驄。袁午橋給諫，安徽。

亂後乘驄到鄂州，城狐野鼠使人愁。寇氛復熾横江艦，攬起鄉心到石頭。曹艮甫觀察，武昌。

儀部聲名擅雅才，一麾劇郡聽疑猜。萑苻處處藏魑魅，仗劍終南進士馗。陸毅菴太守，潁州。

文宗雅望士傾心，一臥滄江歲月深。鋒鏑不堪重考校，好留翰墨付儒林。何根雲學政，江陰。

去鄉不及一千里，江北江南戰艦多。駐節危城殘臘盡，言瞻馬首向誰何。孫蘭檢學政，太平。

墨絰從戎渡洞庭，蛟鼉窟裏晚風腥。攜來壯士皆羆虎，江上舳艫千里經。曾滌生前少宗伯，湖南。

清卿廬墓處江鄉，保障吳門天一方。閭左相隨馮太史，枌榆社裏費評量。程楞香副憲、馮敬亭編修，蘇州。

投筆從軍氣自豪，鸛鵞陣裏任翔翱。書生獨抱匡時畧，欲踏滄洲釣巨鼇。馬遠林中翰，金陵。

移家避地住新安，松柏喬柯閲歲寒。聞道皖江烽火近，黄山雲海待君看。胡實甫前太守，徽州。

桂嶺當年出一麾，同舟圖憶舊題詩。誰知人事多乖阻，萬里冰天繫夢思。顧杏樓前太守，粤西以失察首逆，擬戍西陲。

保障危城寇不侵，未堪屬邑亂鴞音。一朝解組身閒甚，遥望家園憂思深。金心畬前太守，潞安。

長蛇封豕逼人來，上郡堅城鼓角哀。小邑彈丸勞守禦，尺書不到我心摧。徐重侯大令，廬江。

民社初膺學撫綏，楚氛相逼怵時危。孑身下邑親朋少，惆悵天涯柏葉巵。家蕭九姪，上蔡。

松風閣詩鈔卷十八　金鼇集

古今體詩百二十九首

恭和御製甲寅元旦養心殿明窗開筆元韻

宸章彩筆試今朝，朶殿香烟紫氣繞。首祚恩綸敷海宇，陽春德澤被臣僚。風和玉琯聲初暖，雪霽瑤林凍欲消。螭陛星雲賡復旦，鼇山燈火近元宵。橐鞬帳下聞三捷，干羽階前奏《九韶》。花傍液池迎旭早，樹栽溫室後霜凋。龍鱗膏潤芬流麥，《麟趾》詩成慶衍椒。聖主承先奎藻炳，煥文遠紹允恭堯。

人日立春恭進春帖子詞三首

韶光回紫甸，暖律轉青陽。風雨三階泰，綏豐四海康。

羽書奏捷盼春先，玉燭均調慶有年。休養同霑膏澤渥，畿疆水利念農田。時命直隸總督講求水利。

協風吹管逢人日，瑞雪連番灑帝畿。大雪盈尺，爲數年未見。祈穀春郊勤法駕，十一日上辛祈穀。至誠感格念民依。

送邵又村少宰燦赴漕督任

密勿參知一載餘，匡時懷抱未全舒。方憂江左多戎馬，卻向淮南走傳車。轉漕頻年浮海舶，搴茭何日問河渠。舡稜雖遠心猶戀，千里郵亭盼捷書。

奉勑敬題御筆新春捷報圖

春光轉處惠風和，朶殿揮毫喜氣多。好繪紅旌馳驛路，如聞鐵甲唱鐃歌。螭坳九列鏘鳴玉，虎帳千屯罷枕戈。傳出皇情圖畫裏，羣生熙皞沐恩波。

送吳蓉圃太史鳳藻假歸省親

南望關山雨雪飛，東風初拂駕征騑。釣鼇舊侶春前別，附鯉家書亂後稀。江上歸帆驚戰鼓，天涯負米戀庭幃。西湖楊柳回青眼，爛熳韶光照錦衣。

恭和御製詣齋宮作三首元韻

兢業淵衷健法乾，如聞帝謂懔諄然。春城曉色迎鑾輅，昭格明禋鑒自天。

祈年大典承謨烈，欽若齋心感昊恩。蒼玉青旂遵砥路，先知稼穡古風敦。

畿甸春前霑瑞雪，神倉玉粒兆斯千。海隅指日銷兵氣，聖德持盈益勉焉。

青蠅篇

君子交既絕，口不出惡聲。何況感知遇，師弟歡平生。綈袍濟汝急，夾袋藏汝名。一朝時勢異，白簡頓忘情。貪廉有著蹟，忠佞有公評。待出他人口，親愛莫能爭。何爲鼓簧舌，讒言亂青蠅。寒心在骨肉，不齒於友朋。無私託大義，其隱實希榮。扶搖鵬萬里，豈復念嚶鳴。詎知飄風急，鎩羽阻南程。時命固有定，天道非杳冥。寄語沽名者，背恩還自傾。

聞官軍收復靜海感而有作四首

萑苻萬眾起南蠻，吳楚塵連幽冀間。只爲黃巾甘作孽，豈因黔首性成頑。江干鴻雁飛鳴苦，塞下貔貅戰陣嫺。三月鏖兵收一邑，津沽南望血流殷。二分明月夢揚州，鼉鼓聲中兵氣收。已見牙旗附城郭，還聞戰艦泊江洲。雷塘柳色春千里，瓜步人烟草一丘。東望陣雲連鐵甕，滿川烽火使人愁。鍾山一載駐雄軍，報捷音書久不聞。文面健兒無鬭志，白頭老將本超羣。清流關險吹殘角，采石磯寒送夕曛。咫尺皖江脣齒倚，鼓鼙聲裏雪紛紛。毘陵南去是吾鄉，鶴唳風聲歲月長。梅里山川民俗懦，蘇臺麋鹿霸圖荒。忽驚海角紅塵暗，遙望城頭黑幟張。欲洗蛟腥先擣穴，水犀萬甲駕艅艎。

人日穀日皆晴占驗家謂人和歲稔之兆書呈壽陽相國一首

兆民安樂百穀成，聖君賢相所經營。何幸方書占驗吉，春光轉處天晴明。畿南猶見旌旗出，江上未息鼓鼙聲。王臣蹇蹇爭抗疏，朝士紛紛慕請纓。祭蜡迎貓問民俗，涉冰履虎廑皇情。燈火萬家幸安堵，豺狼三窟憑堅城。揀金不恤披沙礫，轉粟惟恐遲滄溟。安得熒惑早退舍，仰觀北極明璣衡。豐財和衆歌七德，羽書千里馳紅旌。

杜繼園少司空翰同直樞廷出先世參政湄村先先所著湄湖詩集見示題贈四首

浣花宗派後人傳，掃盡凡庸氣骨仙。山左詩壇執牛耳，新城秋柳漫爭妍。

大曆詩篇斷古風，沿流宋季水趨東。湄湖峭筆追岑李，團扇何曾畫放翁。

宦蹟詩名重藝林，流芬奕葉託根深。去天尺五今猶昔，好奏承平雅頌音。

啓沃功深作帝師，匡襄未竟九重思。尊甫太師文正公。承家報國情無限，午夜鳴珂到鳳池。

編成癸丑年詩一卷呈壽陽相國蒙題絕句三首次韻奉答

撫時感事寫憂情，五岳胷中吐不平。何似《卷阿》賡雅什，萋萋藹藹達丹誠。公詩和平婉約，無噍殺之音。

坦易襟懷大路由，相臣容物度休休。巨川濟處思舟楫，《待漏》披圖蒿目愁。公作《待漏圖》，悄乎其有憂色。

三陽肇啓戰羣陰，帷幄持籌慮更深。盼到貔貅歸塞下，十年休養老臣心。

附録　原唱

獻納論思有性情，體裁風雅氣和平。皋夔自是賡颺侶，誰識卿雲向日誠。
歲莫懷人亦有由，感時嘆逝那能休。若非杜老吟同谷，定是張公詠《四愁》。
雀鼠谷鄰汾水陰，闔閭城接大江深。天涯一種思鄉夢，南北相望共此心。

哀難民二首

羣生作孽降殃多，錦繡膏粱一刹那。莫道人間無地獄，早知化外有天魔。城狐窟近藏荊棘，梁燕巢空入網羅。嘆息崑岡焚玉石，難將沙數算恆河。
鋒鏑餘生劇可憐，室廬金粟付雲烟。黄巾隊裏身爲虜，石礮聲中陣列前。繫帛有書空誓日，投戈無路欲呼天。耶娘妻子知何在，只恐相逢到九泉。

上元夜聞鄰家鼓樂聲

上元不見綵燈明，猶喜春街鼓樂聲。柏葉一樽酬月夕，梅花滿樹憶江城。人烟冷比枯桑社，軍令遙傳細柳營。悵望畿南屯萬馬，夜深刁斗陣雲橫。

春雪初晴過金鼇玉蝀橋口占

日斜驅馬度虹橋，滿眼春光雪後饒。牆外山容横翠黛，湖邊塔影傍青霄。冰開玉蝀波三折，雲護瓊宮路一條。曾記乘船浮太液，此中烟景畫難描。

正月二十三日蒙賜御筆其難其慎四字匾額敬賦一律以志榮幸

幾暇揮毫賜近臣，彩箋捧出墨痕新。艱難宏濟期安國，敬慎常存勉致身。喻到涉冰心戒懼，凛如執玉步遵循。深思一德篇中語，四字璇題誨爾諄。

晴後復雪春寒更甚退直偶成四首

雪深迷不辨西東，已脱貂裘更北風。盡道冰堅泥路滑，退朝莫漫控花驄。

掃盡春泥舁雪溝，唐句。長橋不見水東流。冰天一色渾無際，深鎖瓊宫十二樓。

呼酒圍爐夜未闌，紙窗風急燭花殘。遥憐今夕河間路，篳篥聲中萬竈寒。

羽書千里馬蹄僵，諜騎聯鑣驛路長。聞道盧溝三尺雪，橐駝腫背送餱糧。

詠眼鏡十二韻

水晶裁作鏡，凹凸化工超。視遠渾如近，觀幽亦孔昭。琉璃開世界，星斗現雲霄。照欲重瞳競，明還四目饒。雪霏銀海靜，日暖玉烟消。堪擬然犀炯，何須蠟鳳燒。吳山尋瀑練，台岳顯霞標。紅雨收花氣，青天豁霧綃。螟巢窺豹腳，蝨貫視牛腰。蟾窟分清景，蠶絲畫白描。離婁疑可學，瞽史漫相招。安得遊河朔，飛蠅入望遙。

春日懷徐松龕五臺二首

秉鑑崴嵋歸閉門，婆娑榆社古風敦。嗜奇曾覽吾妻鏡，博物還求子父尊。汾水清時無客釣，太行險處有軍屯。烽烟已遠春光轉，可得攜筇花柳村。

書來已閱兩春秋，壬子冬得松龕書，迄今始擬裁答。欲答還遲附遠郵。閩海潮聲縈舊夢，雁門柳色挂新愁。登壇誰是無雙士，攬轡人懷第一流。北地烟塵漸消歇，側身南望思悠悠。

枯魚過河泣

枯魚過河泣，魚命懸於天。霑鱗無一勺，何能望躍淵。潛鱓嘘毒霧，擊鼓興狂瀾。陰風扇蕭颯，江湖淒以寒。欲憑雷公力，殛之惡水湍。神龍布甘雨，六幕欣沛然。枯魚依蒲藻，赬尾生機全。

二月十一日奉命充實録館副總裁恭紀十六韻

琅函玉笈史臣編，聖主觀文凜奉先。經緯乾坤三十載，昭垂謨訓萬斯年。不矜苛察能容物，共識尊親克配天。黛耜東郊勤稼穡，牙璋西塞靖烽烟。紫光繪像庸勛策，鐵蓋銘功武義宣。振旅湖湘歌馘獻，回瀾揚豫詠笅牽。祥刑五聽歸欽恤，至道一心惟永肩。責己曾頒哀痛詔，憂民自寫短長篇。松楸瞻仰終身慕，壇廟齋居祀事虔。蕊榜春秋賢並進，荒陬水旱賦頻蠲。戒奢每御綈衣儉，卻貢時聞玩器捐。巍蕩榮名輝日月，平康風俗奠山川。環瀛胞與情難已，絕域羈縻運有權。聲色屏餘神更炯，豫遊諺裏度無愆。星雲欲媲堯文焕，櫛沐誰知禹手胼。珥筆書方詞莫贊，千齡盛德此中傳。

十五日散直見羣鷹飛舞於武英殿下知爲戡亂之兆喜而有作

武英殿下飛鷹起，動我雲霄萬里心。南北烽烟驚不定，關山雨雪恨同深。忽看鷙鳥淩風擊，應兆渠魁指日擒。寰宇肅清知有驗，張衡莫放《四愁》吟。

十六日聞參贊郡王僧格林沁都統勝保大破賊兵於河間

何人象郡縱豺狼，北地今看弧矢張。手握龍韜煩上將，躬擐犀甲有藩王。春郊萬騎山雲暗，雪夜千屯野火荒。便欲移師問江左，斗牛南指掃欃槍。

議䘏軍營陣亡將士因思釀亂之由慨然有作

神洲一統州縣千，牧民所恃守令賢。去其害馬羣不亂，諷以佩犢善必遷。萬戶皆得安耕鑿，顓蒙何至甘作姦。聖朝神武開王業，康熙戡亂文教宣。乾隆之季世豐盛，大臣黷貨民力殫。民貧吏虐邪慝作，異端蠭起名白蓮。環攻城邑掠村落，干戈紛擾楚陝川。嘉慶初元始漸息，師勞財匱幸釋肩。朝廷特頒寬大詔，脅從罔治多矜全。大慝雖去莠民在，蘖芽旋復生其間。斂財惑衆亦多術，漫衍宇内五十年。親民之官如傳舍，但幸無事爲苟安。豈無一二循良吏，詰姦鉏暴不避難。徒搏終遭豺虎噬，無斧安得荊榛芟。請兵既恐坐激變，釀亂不如求罷官。因茲塗飾綱紀壞，甘貽後患忍目前。曹滑趙城亂相繼，武岡崇陽復揭竿。削平雖賴施人力，成功得不歸之天。其時姦邪猶畏法，王師所至如飛翰。自從言官禁海市，坐看萬里鯨波掀。大將無功戰士嬉，行軍失律國紀干。官吏偷生盡恇怯，兵民無耻何責焉〔一〕。所賴聖神德澤厚，如培顛木閱歲寒。環瀛十載瘡痍復，金粟百萬水旱蠲。維持國脈使可繼，急蘇民困銷烽烟。今皇御寓崇名教，褒賢獎善茅茹連。儒臣進講勤稽古，博士議禮凜奉先。心哀鴻澤逋賦豁，書達象胥番舶還。方期斯世俗淳美，胡圖僻壤民梗頑。初聞桂嶺啼梟鳥，旋見湘江游毒蝘。欃槍遠指斗牛野，氛祲近逼析木躔。元戎屢易功未就，堅城疊破師無完。三年缺斯憫士苦，六月出車望帥旋。運籌帷幄臣無狀，攬衣夙夜帝罔愆。良由墨吏養癰久，黃巾妖孽遍九寰。城狐社鼠聲相應，誅戮不勝徒實繁。所惜驅來鵞鸛陣，如羆如虎皆桓桓。先軫入狄死猶壯，莫敖荒谷亦可憐。勒名金石弔英魄，極目疆場招斷魂。司馬旌功兼卹難，時任兵部侍郎。皇仁祿及其子孫。公等九京當瞑目，人生一夢如浮雲。嗟余竊祿忝九列，委蛇曾無汗馬勛。惟願羽書奏三捷，得見劍戟消八埏。十年生聚邦本固，萬方綏靖憲典寬。聖人垂拱民氣樂，賢才輔治官勿瘝。傾否濟屯在人事，自今以往當思艱。

【校記】

〔一〕『兵』，底本作『乒』，據《晚晴簃詩匯》卷一三五改。

盆中唐花二株暮春復發

百卉向春榮，時哉得其正。茲花冬出窨，矯揉失本性。早開亦早落，春至難爭勝。何緣落復開，仍與羣芳競。衝寒雖損天，弄姿終及令。良由灌溉勤，不入風霜徑。如彼幼慧人，老去聰明盛。養生無他術，太和常內孕。喟余蒲柳姿，六十衰且病。婆娑覽春華，扶笻發豪興。

寒食書懷

聞道征夫詠《采薇》，荷戈幾度柳依依。焚山介子身終隱，辟穀留侯老未歸。汲得廉泉占井渫，燒將丹竈療年饑。不須寒食增惆悵，烟火春街本漸稀。時商旅不通，城南人烟漸稀。

三月初九日瀛臺入直御槍擊中野鶩賜軍機大臣恭紀

烟波深處水禽翔，聊試神機一發强。介弟行廚先拜賜，恭親王領班。近臣陪鼎許分嘗。大庖不滿春田後，珍膳猶頒太液旁。何日更隨南苑獵，三驅同看角弓張。

張詩舲前輩祥河至自關中奉柬二首

春明門下笑相逢，獨鶴逍遥物外蹤。攬轡猶堪馳虎節，據鞍未許誚龍鍾。早知歸思縈三泖，何幸詩名達九重。江上烽烟還不斷，空山孤負一株笻。

平生未了歸田願，老去重來侍禁垣。藤院閒翻新畫本，藥階還認舊巢痕。到京次日，即拜閣學之命。好留詩句題青瑣，漫攬鄉愁話白門。我亦懸車年漸近，可能把臂息丘園。

三月十二日調任禮部紀恩作

宦情老去已闌珊，恩重時艱敢即安。纔說六卿將遍歷，不圖三月竟遷官。上年十二月，方調兵部。韜鈐未習談兵拙，俎豆嘗聞數典難。共道凱旋儀節盛，欲陳綿蕝話登壇。

碧玉篇答虞山翁二銘尚書心存 并序

余幼時，人稱爲天台僧碧玉後身，長而作詩紀其事。因讀古樂府詩有『碧玉小家女』之句，故詩中改『碧』爲『筆』。比聞翁二銘尚書述嘉慶丙子夏嘗夢身爲僧，有長老授以水蒼玉，如珪形，背鎸『碧玉』二字，命藏之，疑與余有夙緣，并錄所作《碧玉篇》見示。夫夢爲幻境，徵信爲難。然左氏言夢往往奇驗，至如蔡中郎爲張平子後身，前賢記載，豈盡誕耶？爰書數韻答之。

人生本如寄，往復理難知。魂升附神識，魄降隨形骸。聚者既可散，安知去不來。花開發香色，花落留根荄。生理苟未絕，萌蘖終潛滋。鳩鷹互相化，溫肅因乎時。鴽鼠變不復，飛走異其材。惟人變在心，形質原不移。其生雖不移，常以死爲期。窮欲滅天理，禽獸或幾希。卓哉賢哲士，操心凜危微。衾影無愧怍，夢寐辨是非。卽夢堪知死，昭昭復不迷。嗟彼佛門子，何能真性窺。惟因耽虛靜，寡營自息機。又因少嗜欲，日休神不疲。忽然復爲人，智慧固其宜。智慧不可汩，名利勿受羈。還君本來相，庶幾善自持。殷勤畀水蒼，長老意何爲。守身如執玉，告戒當在斯。

甲寅春日得詩一卷壽陽相國有詩題贈和答

木落淮南感長年，休將否泰問韋編。軍儲已採三秋葛，飲御還遲六月篇。老去襟期何日慰，古來詩卷幾人傳。白頭不稱儕桃李，願學松篁節並堅。

附錄　贈作

吟興今年勝去年，春來退食已成編。都將愛國深沈思，付與長言詠歎篇。漫叟襟懷多寄託，香山樂府總流傳。感君得句頻投贈，白首相期志益堅。

禮部謁韓文公祠

膠西已遠河汾近，正學宗傳寄大儒。性道淵源師孔孟，文章流派啓歐蘇。寇軍獨往心無懼，瘴海生還德亦孤。今日春官尊古哲，瓣香虔奉屬吾徒。

方畧館謁留侯祠

泗上真人歌《大風》，運籌帷幄埽羣雄。報韓未遂椎車志，輔漢終成躡足功。黄石授書謀逐鹿，赤松辟穀羨飛鴻。建儲聊借商山皓，脱屣榮名一笑中。

穀雨日入直瀛臺退朝泛舟至西苑門即事書懷

爛熳春光中，亭臺間花木。西苑罷朝參，行過虹橋曲。牆角丁香叢，荼火照人目。夾路菜花黄，沿隄楊柳緑。揚舲趁暖風，清波紋縐縠。參差碧藻流，出沒羣鳧浴。自從羽檄馳，憂憤頟頻蹙。不知天地間，春意還繁縟。羣生有亨屯，造化終亭育。皇心保太和，剝極機將復。

自題詩卷

歲月崢嶸壯志微，況逢時事與心違。高歌終類溺人笑，玩物難辭學者譏。字裏宮商當絲竹，眼中南北望旌旂。枉教《重敘蘭亭本》，去年有《重敘蘭亭本》。觴詠幽情近日稀。

孔脩師生日以五百羅漢石刻本爲壽並系以詩

展卷神遊薝蔔林，三生悟徹去來今。降魔欲藉無邊法，測佛應知未了心。身現金剛終不壞，手擎寶塔尚能任。馴龍伏虎都成幻，長老低眉道力深。

詩舲前輩由陝入都得詩一卷見示題贈

朝天路繞雁門關，直達蠮螉古塞間。鳥道雲遮千里目，馬蹄雪埽萬重山。頻年張蓋游還俗，此日尋詩迹更閒。示我新吟知律細，涪翁三百漫從刪。

五月初三日蒙恩擢任工部尚書恭紀

雁塔題名過强仕，水曹挂籍幾星霜。六年久貳冬官職，三載來參政事堂。屢有恩言增爾秩，恨無勝算獻吾皇。捫心難免鵜梁刺，舊侶還多白首郎。

京畿小旱設壇祈雨上再詣大高殿時應宫一詣天神壇虔禱甘雨疊降遠近霑足遂舉報謝之典恭紀一首

畿内麥秋逢小旱，桑林祈禱聖心虔。綠疇雲罨薰風轉，蒼璧靈壇吉日蠲。出地輕雷消沴氣，隨車膏澤兆豐年。皇穹默鑒憂勤意，粒我烝民雨大田。

題侯官林節母課孫圖節母余氏，爲觀察廷禧之祖母

閩山禮教宋儒開，苦節寒閨毓令才。彤管題名曾八百，幾人綽楔荷恩來。曩余視學閩南，遇有青年守節未請旌者，給與扁額凡八百三十餘人。因刊《彤管揚芬錄》以志其姓氏，俾毋湮沒。其如余太恭人之早荷旌門，又得令孫爲之顯揚者，蓋寡矣。

畫荻辛勤詠《柏舟》，孫枝翹秀素風留。不堪卒讀《陳情表》，爲恨生平未報劉。

題林范亭觀察廷禧詩鈔

黄童對日早知名，君少有神童之目。人海星霜廿載經。已看科名推老輩，君年十七成進士，迄今已閱十二科，年尚未四十。問年還似醉翁亭。歐陽公作《醉翁亭記》時，年纔三十九，記中所云「蒼顔白髮」者，蓋戲之耳。憶從樞院識冰清，倚馬千言筆陣横。君爲觀察李蘭卿前輩之壻，蘭卿亦少年登第，由中書入樞廷，素有神童之譽。難得仙才詩玉潤，青蓮詩句待君賡。卷中多與蘭卿唱和作。

六月初七日入直承光殿口占

萬歲山頭旭日升，湖光遠映曉霞蒸。森嚴豹仗虹橋轉，肅穆鵷班雉堞憑。烏榜掠波聲欸乃，丹梯撥霧足淩兢。石亭玉甕瞻奎藻，殿南石亭藏玉甕爲元時物，上鐫《高廟御製詩》。禁籞清宵實氣騰。

山東臨清州牧張積功與予同舉於鄉高唐州牧魏文翰予同年進士張優於才魏優於德各有政聲二州陷先後殉難詩以哀之

二牧皆吾友，分符各有聲。循良齊古哲，幹濟重時英。守土嗟無力，捐軀恥倖生。臨風一灑淚，兩地望孤城。

聞武昌漢陽復陷感而有作

亂民紛宇內，帶甲滿江河。狐鼠憑城社，鵷鸞入網羅。匡時長策少，死節故人多。羽檄連朝暮，驚心問若何。

六月十八日雨後漪瀾堂入直作

雨後湖天薄霧中，樓臺遠望接空濛。鷺拳掠水生輕浪，荷蓋搖珠弄曉風。古寺清鐘人語靜，平橋仙仗瑞烟籠。鵷班今日無封事，只有金吾控玉驄。是日惟大金吾聯公奏事。

蟻鬭

盈尺空階作戰場，紛紛聚散亦何常。一腔厲氣輕微命，兩穴成軍儼列行。豈有諸侯觀壁上，更無降將辱塗旁。憐他棄甲歸來者，不及南柯夢裏强。

贈河南張縣尉澍

文字相知十載前，張君爲余順天府試所取士。科名憐爾竟無緣。一官簿領匏空繫，千里關河屐欲穿。王路從今馳騄駬，家山何日息烽烟。君祖籍鎮江。暫逢塵海還如夢，漫寫新愁入短篇。

送張賓嵎給諫祥晉觀察粵西

珠江鍾秀氣，君籍番禺。跌宕老詩翁。謂尊甫南山先生。宗派三家外，沈雄七字中。丹山看起鳳，紫陌避乘驄。桂嶺雙旌去，陔蘭馥幾叢。君欲就近迎養。

七月三日召對浴蘭軒作

小艇凫飛水一灣，湖隄侵曉集鵷班。喬柯夭矯南窗樹，疊石玲瓏北牖山。萬柄荷香黄幄外，一林蟬語翠微間。當年深鎖蓬萊地，只許閒雲自往還。

十四日雨後西苑召對蔭清齋作

雨洗虹橋净，微陰罩綠波。秋心漸衰柳，涼意欲殘荷。殿古喬松秀，庭空瘦石多。退朝歸路遠，鳴珮下坡陀。

舊題丁南羽畫十八羅漢詩爲王琴仙侍御本梧藏本琴仙旋出守吉安禦賊殉難詩以弔之

聞君殉節已經年，棖觸翻從翰墨緣。江國烽烟千里暗，孤城保障一身先。琴仙留武弁守城，而自帶兵出戰。賊已敗退，因知我兵單，重來抗拒。琴仙雖遇害，而郡城得以保全。乘駒他日歸祠畔，斗酒何時酹墓前。讀畫敲詩都似夢，不堪重覽《應真篇》。

喜何根雲學使同年桂清還京

烽火江干久駐旌，文宗投筆守孤城。舟師賴作中流柱，焦山下水師戰艦，江東賴以保障。軍令遥聞上將營。君盛稱向提軍壁壘之堅。腕底重教鸞鶴舞，耳邊新斷鼓鼙聲。天倉轉粟東郊近，旦夕驅車達帝京。時任倉場侍郎。

涿州遇雨至涞水作

兩年未唱出西門，策馬棲桑雨氣昏。驛路連朝停警報，吟鞭十里指孤村。平沙斷處扁舟渡，野水添餘亂石吞。不道秋來纔幾日，蕭蕭落葉滿荒原。

秋日車行雜詠十二首

巖城啓處曖晨光，挑菜村農入市忙。未覺烽烟千里近，萬家耕鑿滿康莊。
墟烟起處見孤村，叱犢人歸笑語喧。正是秋田登百穀，篝車滿載到柴門。
盧溝橋下泊漁舟，沙長橋心水不流。空見漁人來撒網，綠波漸少赤鱗游。
肩輿渡嶺復沿溪，行盡郊原桃李蹊。兀坐晝長生午倦，喚人茅屋一聲雞。
琉璃河畔石梁高，盡道崎嶇策馬勞。笑我往來今幾度，風塵那不髮蕭騷。
探幽憶昔遊潭柘，信宿曾來石景山。滿地流泉亭曲水，暮春觴詠幾人閒。癸未三月，徐伯愚銈任石景山同知，邀余偕令叔、重侯同遊潭柘等處。
房山邐迤擁青螺，白石深巖出琢磨。豈有蒲英蓮葉巧，埋沙十丈巨材多。房山石，今陵工取用大材甚多。

荒村忽見滿池荷，搖落西風墜粉多。還有露珠擎翠蓋，十分涼意點秋波。
細雨連纖過涿州，好風吹散一天秋。晚來駐馬金臺畔，天際烏雲濕不收。
雨歇雲行山半遮，漸開晴色見人家。薰風拂處披襟坐，且飲茅亭一椀茶。
日高還未啓州城，城卒酣眠喚不譍。緩帶近聞羊叔子，帳前戲執魯人冰。
一夜秋風撲板扉，畿南戍卒未全歸。千家鐙火裁刀尺，絡緯聲中綻絮衣。

初八日還京召對悦心殿作

丹梯百級聳層樓，高樹清風滿院秋。日出山光明上界，雲移塔影漾中流。書來白羽懷千里，衣拂紅塵到十洲。驛路吟蟬聽欲倦，緑波深處看浮鷗。

吴甄甫制府文鎔禦賊黄州陣亡詩以哭之

公昔捍海之江濱，洪波一躍不惜身。今來禦寇楚江畔，捐軀鋒鏑爲忠臣。衆寡不敵兵不習，公本有待非逡巡。同僚惡言相逼迫，公怒策馬馳烟塵。募卒連營無宿將，鬨然一潰非無因。公死未幾武昌陷，嗟哉參肉何堪啗。幸遭罷斥竟偷生，同奔之人獨伏劍。公雖無術保危城，耿耿孤忠帝心鑒。或議公何小不忍，坐使長江失天塹。春秋責賢固應爾，視死如歸終無憾。

安徽太平府陷孫蘭檢學使銘恩死之

文臣無一旅，慷慨誓捐軀。食盡民皆寇，城空勢益孤。先奔慚懦將，後死重奚奴。白髮招魂處，江干淚眼枯。封翁在籍。

送舒雲溪興阿權鎮泰寧

綸扉橐筆憶追陪，節鉞平涼去復回。驅馬昔曾遊鐵蓋，綰符今喜傍金臺。文臣偶試師干寄，聖主終憐幹濟才。好趁晴光渡淶水，秋山雲霧爲君開。

題花松岑何尚書沙納奉使朝鮮詩墨刻

手持龍節到東瀛，蓬島春風拂使旌。捧冊天邊光盛典，留題海外重詩名。雞林流譽才原富，鸞掖揮毫品自清。石墨鐫華書附鯉，珠璣還欲貢神京。朝鮮人刻石寄將。

閏七月十九日蒙賜石刻御筆畫馬一幀風雲氣壯捧宸翰而傾心苜蓿秋高盼捷音而拭目敬成一律以紀恩榮

脫盡雕鞍七寶裝，殿前屹立四蹏霜。負圖曾見來河涘，解甲終教息華陽。赤水歌謠嗤漢帝，瑤池遊宴薄周王。桃花萬騎追奔電，付與將軍埽八荒。

閏七夕口占

吾生七夕三逢閏，閏到今年又一秋。萬戶流亡驚戰馬，兩番離別弔牽牛。乘槎碧海都成幻，浮蠟紅閨未解愁。月下穿針還乞巧，卷簾重上曝衣樓。

天津徐芳田堉權廣西太平守龍州土匪反禦賊陣亡詩以哀之

西掖讐書侶，道光己丑，君與余同校《平定回疆方畧》。天涯有幾人。蠻荒弄兵革，羽檄走風塵。弱卒難弭亂，危城竟致身。萬山歸骨路，南望暗傷神。

古鏡

雲中明月認前身，莫嘆妍媸看未真。察盡秋毫何所用，只愁眼底失輿薪。

古劍

化龍長劍吐寒芒，豈學鉛刀肯善藏。只爲無緣報知己，匣中一閉幾星霜。

太傅大宗伯濱州杜公石樵先生年逾九十精神矍鑠披覽往籍並臨池染翰不倦因浼令孫繼園少司空翰求書一扇公欣然應之感而賦謝〔一〕

岱嶽欣瞻歲月長，道光初年，曾仰德容於座師帥仙舟先生坐中〔二〕。於今人瑞魯靈光。烟雲過眼神瀟灑，嘗見公畫山水扇〔三〕。珠玉揮毫語吉祥。扇書《郎官壁記》，語多吉祥〔四〕。詩禮憶曾聞子舍〔五〕，昔陪令嗣太師於刑、工二部〔六〕，得聞公家規身矩。科名還喜附孫行。余與令孫雲巢少司馬同年進士〔七〕。仁風揚處懷同暢，願覲環瀛壽且康〔八〕。

【校記】

〔一〕此札原件現存昆侖堂美術館，詳見沈江《彭藴章〈酬石樵詩札〉之考鑒》（《書法》二〇二〇年第二期）。詩題，原札作『太傅大宗伯石樵太年伯大人賜書素箋敬賦志謝』。

〔二〕『坐』，原札作『齋』。

〔三〕自注，原札作『曾見公山水畫幅』。

〔四〕『語多吉祥』，原札作『皆吉祥語』。

〔五〕『憶曾聞』，原札作『曾聞傳』。

〔六〕『昔陪』句，原札作『昔侍令嗣太師年伯於刑、工二部』。

〔七〕『余與』句，原札作『令孫雲巢少司馬同年相契日久』。

〔八〕『壽且康』，原札作『共樂康』。末署『年再姪彭藴章呈稿』。

夜坐獨酌

夜寒人不寐，坐到燭花殘。倦眼因詩豁，愁腸爲酒寬。休兵覘太白，却病學還丹。月下看烏鵲，淩風羨羽翰。

壽陽相國憂勞成疾乞假月餘未得亟見代柬

獨有運籌人，思艱厝積薪。愁中遭謗口，病裏得閒身。天語時相問，公評自有真。藥鑪尋活計，屈指已三旬。

李春生郎中仲良出守夔州臨行以扇索詩題句奉贈

翩翩水曹郎，一麾行蜀棧。夔府古名都，建瓴控江漢。自從楚氛惡，沃土民情變。遷徙之四方，户口存亡半。此地設關梁，榷稅緡鏹算。商旅既不通，安望錢朽貫。君今撫字勞，何能計營辦。欲覩斯民康，守望先團練。坐使金城堅，不孤墨綬綰。故里五羊城，比聞遭寇亂。烽火望江南，與余同一嘆。秋風戒行李，蕭瑟無歡宴。單車冒曉霜，極目南飛雁。聊託《四愁》吟，贈君《青玉案》。

八月二十六日蒙賜石刻御製開誠痛戒因循詩敬和元韻

勵俗應將猛濟寬，轉移風氣胃其難。膏肓有疾求良藥，肺腑何人懍素餐。無曠庶官身共致，勿欺清夜夢常安。九重自寫憂勤意，感激羣僚效寸丹。

聞官軍收復武昌漢陽兩郡

幾載勞師未有功，軍儲飛檄嘆書空。楚氛已掃江南北，《禹貢》應籌賦上中。一騎紅旗傳驛路，千尋鐵鎖斷檣篷。石頭城外孤軍駐，還望湖湘戰艦通。

九月朔日退直口占

槖筆曾經十二秋，重來羽檄滿江洲。長虹餘氣侵箕尾，太白寒芒射斗牛。轉粟還勞浮海舶，和羹誰是濟川舟。祖生擊楫非虛願，早見塵清黃鶴樓。曾滌生少宗伯帥舟師收復武昌。

重九日作

重陽無雨亦無風，西掖歸來日正中。破甕還餘桑落酒，疏籬聊對菊花叢。關心佳節龍山會，極目長天雁陣通。愁聽千家砧杵急，畿南何日返元戎。

簫九姪自上蔡書來見懷四律亢次不暇和韻寄答一首

干戈滿地一儒生，撫字劬勞歲籥更。江左烽烟無樂土，淮西保障有專城。重陽索句知誰健，千里郵書見汝情。聞說板輿今載道，搖搖心欲比懸旌。

白菊

傲骨森森絕點塵，冰心一片見天真。雲中遙對賓秋雁，門外欣逢送酒人。好倩濃霜留畫本，只應明月認前身。笑他紅紫紛相競，不怕空山隱士嗔。

葉潤臣中翰名澧屬題太常仙蝶圖

太常仙蝶久得名，我初未見難忘情。今茲讀畫如見之，栩栩入夢懷莊生。和風慶雲蝶乃出，蜎飛亦與時偕行。君不見霜晨肅殺擊鷹隼，春朝和煦啼燕鶯。況此仙蝶爲瑞應，罕如麟遊鳳鳥鳴。乾隆泰宇曾屢見，賡歌盛事傳彤廷。比年楚粵烟塵暗，羅浮仙侶驚飄零。蟲沙猿鶴隨物化，湘江日夜嗚咽聲，蝶兮何幸依神京。

潤臣題余近稿次韻奉酬

羽書絡繹雁聲中，拭目欣觀彩筆工。鳳閣五花分典麗，蠹編一束笑殘叢。《四愁》漫擬張衡賦，三捷羣推南仲功。時聞曾少宗伯、塔提軍收復武昌、漢陽、黄州。粵嶺烽烟還未息，北山惆悵古今同。尊甫東卿年伯就養於今兄崑臣制府節署。

送根雲巡撫浙江

秉鑑歸來歲未更，又看持節出神京。湖山自昔供吟客，草木於今盡寇兵。浙省於平望汛列水營，以防竄匪。浮海齎糧關國計，救災蠲賦恤民生。上年浙江行海運被災處仍行蠲緩。知君夙抱匡時略，浙水東西聽頌聲。

十月初四日爆直雍和宮召對太和齋恭紀

昔年潛邸地，今日梵王宮。疊石圍松翠，新霜壓菊叢。翼然亭突起，窈矣徑旋通。樂善堯仁仰，殿題『爲善最樂』四字匾額。寬臨繼述同。

短日

短日軍書急，揮毫夜漏深。熊羆思壯士，鴻雁動歸心。誰和郢中曲，難爲江上吟。滿腔憂憤意，何處一傾襟。

煮藥

老來百病漫相攻，愛看方書恨未通。目暗欲投蒼耳子，齒搖慣餌白頭翁。星霜閲後身還健，卷帙抛餘語不工。且向藥爐尋活計，秋深何處覓東風。

輓昌黎魏麗泉大司馬元烺

汾晉早傳循吏名，建牙海嶠振威聲。身膺遐福躋三壽，望重清班久六卿。曾共山陵安兆域，余曾偕公同辦陵工。更陪樞府詰戎兵。今春與公共事兵部三月。於今跨鶴仙蹤杳，太息朝端失老成。

冬日喜錢生警齋至

冀北朔風緊，求名客下車。時艱思報國，年壯恥懷居。履尾干戈地，生嘗從江中丞於廬州軍營。驚心民社初。家貧謀禄仕，未肯問樵漁。

送吳子苾鴻臚同年式芬視學浙江

分陝旬宣詠芾棠，還朝秉鑑水雲鄉。殿前虎拜司儀暫，湖上鶯飛索句忙。瞻岱文人識師表，過江名士費評量。孤山萬樹梅花發，好與何郎共一觴。何根雲同年時撫浙江。

冬至日圜丘大祀上詣壇齋宿隨扈恭紀

九陌風清砥路平，郊壇齋宿乘輿行。敬天念恪勤修典，憂國心勞盼息兵。江上一軍頻告捷，畿南萬騎尚連營。羽書絡繹幾餘少，乙夜披章兢業情。是日軍報較多，上燈後始得繕旨進呈。

壽陽相國因病蒙恩致仕羨懸車之有日感判袂之非遥因成一律奉柬〔一〕

密勿論思十四年，養疴奉詔許歸田。一身盡瘁因籌國，百輩能容爲進賢。豈有遐心託泉石，恨無長策靖烽烟〔二〕。追隨三載緣何淺，珍重金鼇唱和篇。前年卜鄰於金鼇玉蝀橋西〔三〕，時有唱和之作。

【校記】

〔一〕此柬藏於蘇州博物館。詩題，原柬作『甲寅仲冬元月壽陽相國老夫子引疾陳請辭職蒙恩予告養疴羨懸車之有日感判袂之非遙援筆書懷卽以奉贈並呈誨正』。

〔二〕『靖』，原柬作『掃』。

〔三〕『前』，原柬作『壬子』。

望雪

冬盡春回雪未零，三壇祈禱動皇情。十四日舉三壇祈雪之典，上親詣天神壇。西山雲起晨疑雨，北極天高晚更明。鼉鼓連朝喧祕殿，龍鱗萬畝盼春耕。恩膏沛處蒼穹感，十七日有旨蠲緩直隸、江蘇等省被災、被擾地方漕米錢糧。會見和甘遍八瀛。

猛虎吟戒兵無紀律也

弭亂始徵兵，兵驕亂愈甚。妒功死不救，玩法終難任。寇來鳥獸散，寇云金革衽。侵掠及村落，懦將不能禁。毒藥反戕生，惡木竟無蔭。渴不飲盜泉，奈此酒中鴆。

鬡婦吟弔忠烈捐軀也

深巷誰家婦，日暮帷堂哭。丈夫隸羽林，捷勇齊賁育。騁馬據雕鞍，挽强抽金僕。荷戟去從軍，畿南新壘屬。斬馘已無算，泥塗陷馬足。卒潰將無援，夫征嗟不復。上有白髮翁，養乏升斗祿。下有黄口兒，煢煢誰與畜。哀哉杞梁妻，行路爲顰蹙。自從用兵來，瘡痍非一族。江湖數千里，未入吾耳目。

崑玉吟憫遭難士女也

豺狼走城邑，雞犬靡孑遺。登高望百里，邨落人烟稀。十室九遷徙，士女苦流離。或自投古井，褰衣赴清池。或雉經牖下，舉刃手自裁。生時居華屋，死不蔽蓋帷。童稚走顛仆，存亡非所知。得爲他人子，幸獲再生期。蒼蒼胡不仁，孽由自作之。百殃天所降，冥漠豈無司。

祀竈

萬戶今宵祀紫官，三冬無雪月光寒。黄羊空費人間媚，白簡難邀天上寬。帳下熊羆驚歲改，山中貓虎送年殘。祭詩還念蓬廬客，傾盡瓶尊把卷看。

歲暮疊蒙頒賜御書福壽字龍字平安如意四字敬賦

錫福先春壽寓開，龍書炳煥自天來。平安竹寫琅玕字，如意花承雨露培。寶翰頒時重珠玉，蓬廬懸處辟塵埃。只慚報國無長策，江界還需草檄才。

除夕送錢警齋大令世銘之官四川

漫卷詩書作吏行，偏逢殘臘賦西征。蠶叢古塞方籌饟，虎旅中原尚列營。邊徼一官知祿薄，烽烟滿目喜裝輕。敝車憐爾衝寒去，直到春深達錦城。

松風閣詩鈔卷十九　金鼇集

古今體詩六十八首

乙卯正月六日天壇散直偕陶梟薌少宗伯暨同郡諸君子祀文昌尊神於長元吳鄉館禮成恭紀

梓潼神祀廿年餘，自道光癸巳設位致祭後，迄今已二十三年。鄉館儀型溯最初。時太傅潘文恭公暨諸同人以會館爲先大司馬芝庭公創建，並附祀公。第一巍科書不盡，館建於乾隆庚辰，其中狀元題名自丙戌張酉峯宮允始，凡九人，其中三元者錢湘舲閣學一人，以前皆不載。無雙國士望非虚。戴筐星朗人文萃，執爵春融淑景舒。領袖枌榆老宗伯，神絃雅什重瓊琚。

夢遊仙山吟爲陸稼堂中丞作

人生不得遊蓬瀛，餐霞常伴安期生。亦當暫住芙蓉城，手攜仙子周瑤英。仙山縹緲無緣升，聊託幽夢移君情。恍如煉得丹砂成，聳身碧落乘雲軿。仙風琅琅雜鳳笙，忽開奇境羣峯青。松濤萬壑側耳聽，白雲萬丈天冥冥。雲中一鶴飛且鳴，翩然而來誰使令。崖間奔鹿不食苹，飼以芝草斑晶瑩。先生兀坐擁翠屏，儼如卓錫禪定僧。蜺裳侍立兩娉婷，玉姜煉髓三千齡。何人策蹇來相迎，上清童子雙眸澄。山深林遠喚不譍，南柯一枕蘧然醒。醒來不識山之名，繪圖縑素留其形。君不見太白斗酒詩縱橫，夢遊天姥心怦怦。洞天石扉開層層，日月照耀山清明。先生早讀《疑龍經》，芒鞋竹杖千山登。感兹奇夢若有靈，神仙可學儕飛瓊。邇來收視觀三庭，泥丸玉液潤體輕。喟余白髮久星星，終日塵網還相縈。安得從子圖中行，更勝乘槎牛斗凌滄溟。

聞吉雨山中丞爾杭阿元旦克復上海

海澨烽烟暗，驚心歲月更。青旗回暖律，鐵甲破堅城。鷺堠傳書急，龍韜奏績成。中丞蒙恩賞，加績勇巴圖魯名號。鄉關常入夢，喜聽凱歌聲。

聞參贊郡王僧格林沁收復連鎮生擒首逆盡殲其黨即日移師高唐掃蕩餘匪

藩王勇畧冠羣英，北地於今洗甲兵。設阱果能擒困獸，横江還欲翦長鯨。畿南萬騎征鞍解，山左孤城戰壘横。計日移師殄餘孽，嫖姚從此告功成。

曹鼎泉通政恩濙歿十年矣卜葬於都城東郭外爲書墓道碑志感

十年孤櫬託禪房，東郭纔營尺土藏。門第不堪尋舊蹟，妻孥還復滯他鄉。家山路杳烽烟隔，蒿里春深草木長。嘆我白頭歸未得，爲君題墓淚成行。

送詩舲少宰視學順天

詩緣畫癖遺三餘，漫叟難將結習除。宦久何曾抛翰墨，老來未暇問樵漁。閩南桃李思嘉植，先生曾典試福建。冀北雲山擁使車。畿輔近多忠節事，採風到處望旌閭。滄州等處前年被兵，殉難士女恐尚有未邀旌典者，使車所至，急望表彰。

篋中舊藏定武蘭亭本爲道光初陳碩士閣學用光所贈歲久蠹蝕重付裝池因志一律

山陰林下集賢多，曲水風流記永和。一篋芸香難辟蠹，數行古刻羡籠鵞。平生交舊如殘雨，文字因緣嘆逝波。重敘《蘭亭》又三載，黄塵歲月易消磨。

二月初六日經筵侍班禮成恭紀

丹扆箴餘懋惕乾，儒臣稽古啓瑤編。綏疆秉燭親籌筆，典學談經泣講筵。宵旰思艱圖致治，《四書講義》『爲君難』二句。冰淵慎德懔承先。《經書講義》『慎乃儉德』二句。禮成與宴恩光被，更喜飛章凱奏傳。是日得參贊大臣僧格林沁山東捷報，知高唐剿匪大勝。

吴琢如廉使廷棟入覲來京書以奉贈

典郡河間歲月侵，君由河間守洊升今職。巖城保障抱憂深。愛民能盡幾分力，報國無虚一片心。遷秩早看辭墨綬，覲光還欲罄丹枕。願將廷尉持平意，播作畿疆大旱霖。君前在刑部，深明律意，折獄持平。近畿時方憂旱。

見凱旋官兵作

鐃吹聲中返使車，凱旋甲士樂于胥。貔貅殺氣銷軍帳，楊柳春光滿故廬。馬上相看驚歲改，夢中猶似出征初。論功行賞生還慶，舊侶飄零百戰餘。

清明日作

去鄉只爲戀浮名，丘壟常虛薦菜羹。嘆我行年六十四，客中三十二清明。

上巳日隨扈西陵初六日隨駕恭謁慕陵禮成回至秋瀾恭紀

山陵修展謁，肅駕殷皇情。兩載事征戍，勞民役暫停。大禮詎久曠，感兹霜露零。蠲言勤鑾輅，畿西三日程。四陵次第謁，樞臣陪慕陵。成皇猶及事，攀髯歲月更。聖主躬孺慕，下馬動悲聲。羣僚皆愴惻，九叩淚縱横。昨夜風揚沙，是時天朗晴。孝思驗昭格，肸蠁來神靈。念自橋山痛，五年勞甲兵。宵旰修主德，瘡痍恤民生。亨屯關世運，天道豈冥冥。泣籲在天佑，江漢殲長鯨。萬戶安耕鑿，重瞻海内平。

聞武昌復陷陶問雲巡撫恩培死之感而有作

公昔宦京華，諫臺聲卓卓。姓名書御屏，一麾涖南嶽。粵寇方相侵，巖疆軍令肅。倉猝保危城，萬戶今尸祝。超遷陳臬事，持平釋疑獄。江左來旬宣，寬政示民牧。楚北屢瘡痍，撫綏賴當軸。帝簡重賢能，輕車堪就熟。公至收殘兵，黽勉籌金粟。晝巡水上軍，夜聽城頭角。手疏奏九重，猶期命不辱。全力爲江防，寇至却從陸。姦民内相應，戎起莽中伏。奮臂竟捐軀，父老吞聲哭。骸骨幸可收，未葬江魚腹。嗟哉洞庭東，幾度三軍覆。昔時歌舞場，瓦礫今滿目。不聞雞犬音，但見豺狼躅。援兵久不至，節鎮頻退縮。愚民無所依，脅從盈萬族。誅之則不勝，縱之肆荼毒。堅城如摧枯，藐兹蓼與六。作計將安施，設險江流東。下扼小孤山，上守道士洑。何人握重兵，喪師師日蹙。不如楚莫敖，知恥縊荒谷。

胡實甫希周避地休寧遭寇被害詩以哭之

誤憑龜卜移家去，誰料鴻飛網自罹。避地忽然驚寇至，捐軀何必守陴時。寓公白髮情猶壯，故里青山買已遲。早識闤闠城尚在，枉教丘首負心期。

老來漸覺故人稀，半上邙山半退歸。況值狼烟驚斥堠，更聞鵑血灑征衣。詩因哭友音逾苦，論到匡時志亦微。宋玉《招魂》悲不盡，都緣世事與心違。

高唐餘匪殲擒已盡北路肅清蒙恩賞給優敘恭紀

褒勤考績纔三月，本年正月，京察大典，奉旨交部議敘。又拜新綸告捷時。千里羽書還未至，九重勝算已先知。藩王忠勇軍聲壯，介弟謀猷碩畫資。南望烟塵暗吳楚，鯨鯢戮盡詔班師。

題畫鍾馗二首

終南魑魅宅，仗劍嘯聲寒。捷徑何人到，憑君冷眼看。

朝朝啖鬼何能飽，君亦難辭餓鬼名。未若空山常服氣，好臻上壽更神明。

韋君繡茂才光黻吳之詩人也著有在山草堂集予里居時君居城西無緣亟見心交而已近聞吳人多避地山居獨君無音耗詩以志懷

在山泉水清何似，好比新詩不染塵。長享貧中安樂境，豈知世有亂離人。石湖秋月酬佳節，鄧尉梅花玩早春。喟我家園歸計晚，茅庵無地卜芳鄰。

編成甲寅年詩一卷壽陽相國題詩見贈次韻奉酬

翰林供奉饒仙風，公直南齋三十餘年。老來事業攢眉中。公入樞廷時，海氛正惡，近年又有粤匪之患。清聲昔比九皋鶴，遐舉今如千里鴻。秉鈞伊始時猶泰，培植善類麻扶蓬。比年南服勞兵戎，司農籌饟憂心忡。軍興四載，公總理司農，籌畫軍糈，憂勞更甚。詩篇聊爾寫胷臆，不煩雕琢求詞工。病餘竟作支離叟，敘勞還荷君恩厚。北路肅清，公於致仕後尚蒙甄敘。懸車雖已去鵷班，歸田未暇瞻馬首。壽陽古名馬首，公著有《馬首農言》一書，紀農事民俗。坐看江上掃烟塵，待獻凱歌傳萬口。

附錄　原作

北窗危坐吟松風，晚涼拔我炎燀中。長吟未已三嘆息，猛虎自飽哀飢鴻。崑岡玉碎盡抵鵲，誰家髽婦如飛蓬。知君籌筆關軍戎，退食倚燭心忡忡。虞廷賡歌亦咨儆，詩以言志非徒工。卷中每及衰病叟，憂患相知意彌厚。昨聞河北已肅清，江漢滔滔重回首。何當一雨洗甲兵，更復催詩開笑口。

五月十七日上御西苑勤政殿賜奉命大將軍惠親王參贊大臣科爾沁親王僧格林沁暨從征大臣軍機巡防王大臣筵宴頒賞有差禮成恭紀

參謀萬騎凱歌回，飲至從容便殿開。干戚舞餘聽古樂，膳饈分罷酌深杯。題名麟閣應無愧，奉職綸扉許共陪。更盼烽烟靖吳楚，東南諸將策勛來。

題王少鶴農部（錫振）龍壁山房詩鈔用卷中直廬寒夜元韻

變雅傳來激楚聲，杜陵歌泣不勝情。蠻荒策馬風烟暗，螭陛簪毫歲月更。奇峭宛如昌谷集，丰神還似玉溪生。人間箏筑多凡響，聽到雲璈耳暫明。

五兒祖彝至京述家鄉近狀感而有作

少小遊京門，不習故鄉土。俯仰寡歡心，淩風羨遐舉。滯留七載餘，今來歌將父。江上多烽烟，風鶴驚行旅。布帆竟無恙，秣馬經齊魯。故壘已無人，驛路猶旁午。驅車達帝京，解鞍得我所。匣劍攜防身，笈書資攷古。好拂征衣塵，聯牀樂雁序。佳節明榴花，晨餐剖角黍。團坐話家園，茫茫抽萬緒。自從用兵來，遷徙靡安宇。兩三朋舊人，相失不知處。海壖已斬鯨，堅城還踞虎。守望敢辭勞，螳臂難禦侮。民力亦既殫，持籌空畫肚。未著祖生鞭，徒效劉琨舞。我聞重咨嗟，髯張目並努。豈惟念吾鄉，寇氛連皖楚。無術掃欃槍，謀臣爲氣沮。白髮已盈簪，歲月不我與。旦暮填溝壑，何能效補苴。丹扆懍冰淵，赤舄勤握吐。羣才翊皇圖，智畧兼文武。竭茲薪膽情，昇平可復覩。汝曹力正強，黽勉忠誠抒。王路待馳驅，澄清自期許。有時登疆埸，行間聽桴鼓。十乘非所希，一命亦報主。袵席保良民，刀鋸加醜虜。衆志可成城，莫嘆手無斧。

華陽相國屬題荷舟聽雨圖爲公乙未典試江南時作

問梅社裏誦新詩，道光丙戌，公僑寓吳門，與家叔父結問梅詩社。京國相逢辱舊知。猶憶彤廷曾對策，恰先羣彥拜經師。是年春闈，公爲殿試讀卷官，余以二甲得列門牆，是秋公即典試江南。荷香聽雨話清樽，半寫遊蹤半紀恩。鶴髮平章攜玉尺，春風桃李又盈門。庚戌，公典試春官。燕子磯頭記舊遊，江天明月照清秋。於今蘆荻風烟暗，悵望中流士雅舟。廿年十度詠槐黄，自乙未至壬子，凡閲鄉試十科。幾輩重登選佛場。天上玉幢今不見，清涼山色冷斜陽。今科因江南軍務未竣，展緩鄉試。

追懷海洪寺永丰上人

圓寂茅庵四十年，輪回知汝在人間。今生德慧前生種，嶽嶽懷方九棘班。

追懷靈鷲寺一彬上人

曾說天台舊侶招，却從吳苑認垂髫。去時未剗塵根斷，還建牙旗看海潮。

許星叔中翰庚身屬題尊甫玉年先生遺墨山水畫卷回想曩蹤慨然賦此

丁卯風流擅雅才，燉煌縮綬鶴歸來。含毫猶憶詩情劇，生面曾將畫本開。什襲遺編鴣鵲觀，低徊舊事鳳凰臺。西湖宿草空惆悵，澆墓何年酒一杯。

袁浦歸來共一舟，嘉慶庚午夏日事。敲詩讀畫不知愁。清溪甥館悲歡雜，茂苑衙齋歲月遒。策馬秦關歌《折柳》，銜杯燕市憶登樓。紅塵重覽倪迂筆，林壑蕭疎滿目秋。

扇子湖觀殘荷有感

湖山一別幾春秋，策馬重來憶舊遊。落盡紅粧餘翠蓋，十分寒色水西頭。

題惲南田畫山水小景八首

白雲一塢望冥冥，隔岸人家倚翠屏。幾樹梅花春意滿，扁舟江上看山青。

一間亭子三株樹，秋意蕭疏尺幅中。知有倪迂宗法在，草衣摹本妙能工。

富春山色我曾遊，燈火樓臺聚一丘。移艇烟波深處泊，滿江春水碧於油。
緣山修竹自成叢，百道飛泉一峽中。巨石横空人迹少，往來巖下只清風。
茅亭高倚玉山岑，遠樹迷離入望深。夭矯雙松森百尺，聽濤有客話松陰。
倚天絕壁挂枯藤，只許狙公側足登。松竹參差誰結屋，此中高臥有孤僧。
楓林秋色染輕丹，獨客尋詩拄杖還。極目歸帆天際遠，空江山翠有無間。
杈枒古木帶風烟，磐石輪囷臥澗邊。只有數竿修竹淨，臨風婀娜有餘妍。

孔脩師同直樞廷賦呈一首

兩度綸扉駒隙過，重來獻納計如何。同搔白首思籌國，欲點黄金并塞河。戎馬南疆軍稍少，嗸鴻北地苦音多。望公早運扶天手，海内蒼生息荷戈。

附録　和作

瞥眼韶光電影過，樞垣重到感如何。呼庚頻告紓籌策，洗甲誰能共挽河。地密心知垂戒切，材庸身懼受恩多。吾儕努力思宏濟，宵旰憂勤望止戈。

八月初八日查工遵化夜宿夏店書懷八首

鳩工馬首復瞻東，雨霽燕郊落日紅。却憶兒曹同獻策，鎖闈燈火漏聲中。

雨後泥深路曲盤，肩輿彳亍客眉攢。回思度地曾呼渡，秋水秋風幾度寒。

水村禾稼已登場，隔岸人家荷擔忙。幾甸於今還樂土，不知烽火暗江鄉。

茅店曾經信宿來，秋荷依舊向人開。當年頗識幽居味，千里家山首重回。

堯峯墓舍地三弓，更有高山舊梵宮。未卜何年歸掃榻，心如倦鳥夕陽中。

聞説吳儂避地忙，結廬巖谷餍糟糠。十年兩度遭時變，五尺兒童屢去鄉。

鶴唳風聲訝八公，家書頻到訴囊空。布衣疏食平生給，只在山田一頃中。

蒼狗浮雲變相奇，靜觀人事亦如斯。窮通休向君平卜，清夜焚香只自知。

棗林待渡口占

旅客停車驛路邊，板橋斷處聚人烟。秋高露重蟬吟樹，雨後波深馬上船。野寺鐘聲聽不厭，遠山雲氣畫難傳。此身偶出黃塵外，便覺登臨心曠然。

十二日恭詣景陵查勘工程瞻仰明樓方城敬紀一首

沖齡踐祚濟時艱，坐致昇平六十年。戡定三藩清禹甸，撫綏九有樂堯天。寬臨俗美刑章減，厚下恩深正賦蠲。緯武經文開萬禩，邦基永奠慶長延。

山水暴漲車行水中十五日至燕郊適遇大風雷雨時有顛覆之憂幸即放晴日暮艤舟至通州即次望月書懷

久雨山水注，驛路成川塗。行役已勞苦，狂飆吹我車。輿夫走顛仆，征馬立踟躕。所幸旋開霽，待渡扁舟呼。嚴城暮將閉，即次我僕痡。是時千門靜，玩月人歡娛。旅客對清暉，惆悵行蹤孤。炊飯謀果腹，攬衣聽啼烏。無緣乞佳釀，潤我詩腸枯。

過八里橋作

憶從校士初經此，甲辰春，由京兆丞考校順天二十二屬文童。兩度重來渡石梁。壬子秋，奉命赴倉場查辦事件。流水送將人面改，斜陽閱盡馬蹄忙。連營已撤貔貅隊，夾路時聞秔稻香。風景不殊愁緒結，十年旅夢鬢絲霜。

九月初十日順天鄉試榜發四子祖賢中式翌日率同詣圓明園宮門謝恩恭紀

踏遍槐花十九年，祖賢自丁酉至今應南北鄉試十次。同袍幾輩著先鞭。漢廷任子承恩早，元年恩廕授戶部主事。虞陛班師賜秩偏。今夏北路凱旋，余蒙恩賞加三級，祖賢亦蒙賞升銜。科第還思三策獻，姓名已向九重傳。是日召對時，上問：『汝子彭祖賢今年巡防事竣，得何議敘？』追維世業青箱古，紅杏常栽傍日邊。余家自伯祖蔚林公至余，三世以官卷中式者凡十人，今祖賢復以官卷中式，累世叨恩，不勝榮幸。

對菊飲酒示祖彝

對菊還堪把酒巵，花應笑我鬢如絲。江河千里歸舟遠，鴻雁三秋繫帛遲。鐵硯漫嗟消壯歲，銀章豈必是佳兒。庭前木葉紛紛下，蕭颯情懷誰共知。

周采三曾毓屬題陶潤山懷玉所畫藥草山房圖

山粱烹雉老經師，采山令祖十蘭先生與先伯父瑤圃公乾隆丁未同榜，是科首題爲『子路共之』二句，先生用邢氏説，作共具時物解。猶憶家園度地時。先伯父卜葬於支硎山，余從十蘭先生入山度地，幾及一載。馬鬣一丘餘宿草，龍門百尺茁孫枝。冷官無事同搜句，道光初，采三在國學，余在内閣，時聯吟詠。試院難忘共下帷。嘉慶己卯，余初應禮部試，采三即於是科登第。人海相逢皆白首，豪情還託幾篇詩。

寥落吴門老畫師，風流還記采芹時。余與陶潤山同於嘉慶戊辰春遊庠。偶因送别懷千里，爲寫生花筆一枝。隱士滿庭栽藥草，經生終日閉書帷。江楓漁火家山遠，旅客天涯共賦詩。

園居偶述三首

荊扉一閉忽三秋，野蔓枯藤滿地愁。掃徑恰逢梧葉落，披圖還羨竹林遊。沈鳳墀爲余畫《竹林六逸圖》。慣隨曉月趨深苑，閒送斜陽倚小樓。多感主人分廣廈，一枝仍許借淹留。園分孔脩師舊居之半，師今入直樞廷，仍許借居。

東籬佳會莫蹉跎，黄菊開時興若何。送酒無人酬令節，叩門有客賀登科。烽烟滿地名心淡，雨露一天恩澤多。白髮蕭蕭何所慕，百年身世付謳歌。

宗伯幽栖號似園，麟梅谷大宗伯園名。當年歡會此傾樽。壬子夏，梅谷招余偕祁春圃相國、邵又村少宰、穆清軒光祿同飲於此。裴卿挽粟猷彌壯，又村旋以漕帥出都。疎傅歸田道更尊。春圃相國因病致仕。三載屢驚人物换，一堂依舊笑言溫。余與繼園少空同爲孔修師門下士，清軒少宰亦師舊屬。愧無籌國安民畧，日與參知細討論。孔修師新拜參知之命。

冬日園居寄懷晃薌詩舲兩先生城南

園居坐對石嶙峋，車馬無喧遠俗塵。晴日一窗蠅撲紙，秋花滿屋蝶依人。攤書下酒春常住，掃榻烹茶樂有真。白髮詩翁相見少，閒吟索和不嫌頻。

訪廣喬臣侍郎林

出門訪友故交稀，老病人從塞下歸。喬臣因病園寓。家近山林終不俗，心隨鷗鷺共忘機。早知身外無榮辱，豈與人間競是非。舊侶天涯相望處，牙旗南北駕征騑。柏靜濤爲熱河都統，福元脩巡撫安徽，皆與喬臣同事。

喜冕薌宗伯過訪

吾吳詩派溯歸愚，取法唐人謹步趨。宗伯一官今有繼，歸愚先生官至宗伯。遐齡九秩古無殊。歸愚壽逾九十，今冕薌先生年已八十有四，矍鑠健步，當更勝前賢。山林嘯傲前賢迹，簪笏從容晚景娱。歸愚八衮，引退已久，今冕薌尚仕於朝。我亦杖鄉年早過，耆英會裏倘相呼。

凍蠅

冰天蠅不飛，晴窗忽蘇凍。止樊聲漸微，鼓翼勢非衆。夜静傍薰爐，曉寒撲酒甕。雖少吾猶憎，揮麈遠相送。

十一月初五日漪瀾堂召對作

燈火虹橋曙色催，承光門外共徘徊。湖天一望冰如鏡，無復扁舟唤渡來。
侍從身依十二樓，初寒天氣賜珍裘。是日因賜裘，道旁謝恩。可憐將士呼庚癸，挾纊何能遍九州。

嘉平十六日忝拜參知之命紀恩一首呈座師孔脩相國

釋褐纔逾二十春，樞廬橐筆記前因。廣寒夢到星辰近，密勿參知雨露新。蒿目頻年慚借箸，捫心五夜愧頒綸。獨留佳話同朝羨，師弟追隨有幾人。是日孔脩師與葉崑臣同年俱卽真揆席，余與崑臣皆孔脩師門下士也。

附錄 和作

遲到瓊林已廿春，鳳池同領豈無因。樞垣襄贊依光久，講幄旁求拜命新。恩眷喜聞洛故實，宣麻前一日奉諭檢閣中故事。前塵猶記掌絲綸。微忱勉效慙余拙，中外宣勞賴有人。崑臣端揆兼領封圻，勤勞丰著。

附錄 壽陽祁相國和作

漢殿通經井大春，金甌協卜豈無因。不知帷幄論思久，爭羨風雲際會新。師弟同朝三獨坐，拜颺浹日兩恩綸。宣麻數日卽奉經筵講官之命。似聞黃閣宣麻處，已有彈冠相慶人。

簪毫香案幾經春，出入聯鑣亦夙因。一臥城南霜鬢短，回瞻天上日華新。詩揮珠玉分堂帖，分惠春帖絹箋。雪壓蓬茅憶釣綸。極目江湖心萬里，同舟還望濟川人。

二十日偕孔脩相國師同至內閣復至翰林院履任紀事

東閣揮毫憶舊遊，瓊林未宴憾還留。忽邀特簡榮三錫，得共羣英到十洲。中祕絲綸當日掌，承明著作幾生修。玉堂故事人爭說，藥省重叨異數優。嘉慶朝章桐門相國由中書舍人入直樞廷，洊擢綸扉。

除夕書懷

江湖彌望暗烽烟，又到迎春送臘天。愁裏幾回逢改歲，老來還欲賀增年。鄰家簫鼓齊行樂，稚子青紅各鬬妍。獨有衰翁趨闕早，翦燈五夜不成眠。

松風閣詩鈔卷二十　借園集

古今體詩九十三首

恭和御製新正喜雪元韻丙辰

瑞雪慶連朝，霑濡更達宵。謳歌歡四野，颺拜肅中朝。麥隴膏初潤，花畦絮乍飄。撫辰奎藻炳，海寓卜豐饒。

過扇子湖作

去時冰雪望嵯峨，來日春光漾綠波。剝復循環歸大造，生機轉處惠風和。

題陸蘭坡孝廉𤅢翠筠館詩稿

朝來草檄下鑾坡，吳會人傳白雪歌。風雅正聲餘子少，激昂心事近年多。一時名士爭投筆，千里連營尚枕戈。我欲問梅尋舊夢，黃塵走馬感蹉跎。未出山時，隨歸田諸先生結問梅詩社，今思此樂，不可復得矣。

五兒呈乙卯年詩一卷因書一律示之

詩病先醫俗，澄源落想初。次應求格律，端在汰粗疏。一字敲能穩，千言鬬不如。謹嚴唐十子，未肯飾虚車。

二月初十日上御經筵命臣偕吏部尚書花沙納左都御史聯順戶部右侍郎何彤雲直講禮成恭紀

典學孜孜懋聖修，經筵論道仰勤求。中和理自曲臺得，孚惠文從羲畫搜。《四書講義》「致中和」一節，經義有「孚惠心」二句。萬彙昌時歸保合，一心肩處永綢繆。揆文奮武功兼備，兵氣應看六幕收。

二月十七日春雪初晴詣玉泉山靜明園偶直作兼懷壽陽相國城南

湖山一别幾春秋，扈蹕重來憶舊遊。春雪融泥花徑滑，水天開鏡濕雲收。巖前塔影迎眸聳，橋下泉聲入耳幽。遥憶城南風日美，知多清夢落滄洲。

喜慰高至

聞警怱怱歸故里，重來曾未息烽烟。江河險阻驚初定，骨肉睽離夢乍圓。通籍成均仍造士，慰高由學正假歸，今蒙恩升助教。掄才鎖院正求賢。四門還欲修儒業，勿負初心鼓篋年。

春雪連朝餘寒特甚口占二首

已過春分雨雪霏，九重咨儆念民依。連日召對，軫念民瘼。麥苗出土根猶淺，歷盡春寒憂歲饑。

中原河患嘆頻仍，輓粟東南渤海行。畿輔何堪遭歉歲，嗸嗸萬戶繞春城。

壽陽相國和奉懷詩見示復疊前韻奉柬

樞院追隨又四秋，簪毫鵠立瀕前遊。章前侍公樞廷四載，比又共事四年。忠肝每向陳謨吐，躁氣常教侍坐收。解組身閒詩宕逸，蓺花徑僻夢清幽。只憐咫尺城南路，遠比廛寰望十洲。別後相見日稀，徒殷想望而已。

恭和御製玉蘭元韻

清漪玉樹供宸賞，屈指佳辰過浴蘭。一點紅塵渾不染，何須祓濯到江干。
素豔亭亭别館前，飛花飛絮暮春天。宗之瀟灑臨風處，修潔應教重此賢。

恭和御製清漪園即事上巳前一日元韻

御園風景自清華，疊石幽深樹更嘉。檻外湖光新漲合，簷前山色淡雲遮。天回畿甸春千里，地接瀛洲水一涯。麥隴青青占歲稔，持盈還慮物情奢。

恭和御製藕香榭放舟至鑑遠堂元韻

水榭春深碧遠天，湖隄嵐翠漲痕連。風濤萬壑松聲澈，雲路千盤塔影懸。眺徧芳塘魚躍浪，移來畫舫鷺銜烟。賡歌莫慰思賢渴，欲挹清泉活火煎。

恭和御製慎德堂述志恭和高宗古稀詞元韻示軍機大臣內廷翰林等並命賡韻元韻

皇情兢業見乎詞，蒿目時艱切憫悲。五夜勤思圖保泰，四方繼照筮明離。未消宇內干戈氣，所幸民生疾苦知。惟盼武功承祖烈，平成求治益孜孜。

庚戌夏日偕全小汀慶考試教習曾和聚奎堂壁間石刻前明王衷白先生詩今復奉命同典禮闈小汀大司空疊前韻見示次韻奉答

我來鎖院已春深，襆被當年幾度臨。余前任京兆丞，癸卯、甲辰兩次提調秋闈，又武闈、繙譯，並府試大、宛八旗童生，頻來此地。典試欣看同水部，論文還欲讓詞林。花開十里韶光滿，燭盡三條夜漏沈。堪嘆軍書尚旁午，憂勤莫慰九重心。

復疊前韻呈許滇生總憲太夫子乃普

遡說荀陳交誼深，公與余家本多年誼，余又與令兄玉年姻誼，故識公最早。鎖闈今日幸同臨。諫垣領袖爲時望，供奉清華重藝林。公直南齋最久。慧眼明來推識卓，文情豪處想思沈。公老於文律。淵源況是叨私淑，蘊章乙未會試，出公門生黄樹齋少司寇門下。敢負當年取士心。

復疊前韻贈劉韞齋閣學崐

三月韶光棘院深，當年分校幾回臨。君三次分校。衡文曾到干戈地，君由湖南學使旋京未久。典試仍遊翰墨林。茂苑師門知誼篤，君爲余同年盧立峯侍御門生，立峯歿後，君眷念師門倍摯。章江舊侶感音沈。陳竹伯中丞與君同門，余亦與世好，今罷官羈滯江右未歸。好舒雲水光中眼，不負求賢聖主心。

闈中懷孔脩師暨穆清軒少宰杜繼園少司空

海内紛紛勞武事，吾儕默默典文衡。偶來鎖院心難恝，別後軍書夢尚驚。乍聽邗溝收故土，旋聞江浦失堅城。遥知宵旰憂勤切，幾度飛章細柳營。

俞叔鸞太史奎垣闈中題畫蘭詩有憶從前童試時作賦舊事和韻奉答

九十佳辰過浴蘭，晝長鎖院覺心寬。新詩題畫饒風致，細字燈前揩眼看。君作二絕，細字書扇見貽。

還憶揮毫賦水仙，黄童對日羨韶年。出門一笑豪情劇，馨弟梅兄遜此賢。甲辰春，余任京兆丞，在貢院府試，以『水仙花賦』命題，用『出門一笑大江横』七字爲韻。叔鸞童年賦筆清華，早決爲玉堂之品。

乞分校諸君暨監試御史書扇志謝二首

虚堂列坐大羅仙，好比瀛洲雅集年。分校十八人。紅燭兩行人不倦，揮毫疑到蔚藍天。分校皆用藍筆。

贈君青玉漫相猜，碧落雲書信手裁。獨有乘驄真御史，紫泥題字絳宫來。監試御史用紫筆。

彭子嘉太史瑞毓以藍筆爲陸星農殿撰畫蓮花於扇滇生先生已題一絕和韻

供奉清才李謫仙，生花妙筆鬬芳妍。遥知太乙乘船到，頃刻催開玉井蓮。

恭和御製賦得泠泠脩竹待王歸得園字八韻元韻

送喜詩吟杜，裁箋當晤言。喬松森古徑，脩竹倚名園。善也泠風送，歸哉舊雨存。篩金濃蔭遠，戛玉碎聲繁。个个看成字，翛翛聽滿軒。浦雲思帝子，芳草憶王孫。栖鳳千竿穩，迎驄一笑溫。何如楨幹美，珥筆集金門。

恭和御製四月廿九日敬詣黑龍潭謝雨至時潤軒理政有作元韻

虔祈膏澤荷神庥，躬謁龍潭靈貺酬。百級丹梯開古廟，三篙碧漲滿寒湫。新秧門外連畦潤，清蹕山中半日留。望歲情殷民事亟，齋心淵默勵宸修。

孫駕航侍讀楫招閣中應禮部試者四十五人會於城南龍樹院張詩舲少寇前輩繪圖紀事榜發而駕航令叔萊山舍人毓汶以第二人及第詩舲作有會見當階藥中開及第花之句若爲預兆因題一絕

阿咸好事畫圖新，雅慕西園集衆賓。詩讖傳來歸大阮，簪花高詠曲江春。

出闈贈孫生毓汶馬生元瑞

世閥科名累葉緜，師生重訂有前緣。淵源追溯乾隆榜，嘉話傳來百廿年。乾隆元年丙辰恩科，先曾祖由修撰典試山東，生之曾祖中式，迄今咸豐丙辰，閱百二十年，余復得生於禮部試，亦蓺林嘉話也。

數典無忘閱四傳，若於山左有前緣。馬生亦山左人，會試第一。龍吟佳句邀宸賞，拔冠南宮諸少年。今科欽命詩題《游鱗萃靈沼》，李善注：『游鱗，龍也。』馬生宗其說，本擬第九名，進呈時上拔置第一。

園居雨後

雷車輕碾阿香行，摩盪空中霹靂聲。驟雨已過雲腳斷，斜陽還照樹頭明。簷前乾鵲啼初歇，葉底新蟬噪不成。黄犬寄書歸未得，軟紅依舊蔽巖城。

吉中丞爾杭阿鎮江烟墩山殉難詩以哭之

南疆三載久勞師，鐵甕城邊斧鉞持。馬革裹尸曾未得，江魚葬腹有同悲。薊門待築衣冠墓，吳地還開忠烈祠。他日扁舟渡揚子，滿天神雨捲靈旗。

送殷述齋宫庶壽彭視學粵東

五羊城畔陣雲開，重見星軺取士來。時方補行秋試。已有文章堪報國，爰知器識在掄才。家園猶賸籬邊菊，驛路先看嶺上梅。盼到江楓漁火境，塤篪唱和奏《南陔》。

送黄濟川貽楫還蜀省親

閩南盛人才，少小見頭角。黄生舞象年，下筆驚神速。拔之童子軍，勖之勤誦讀。屈指幾春秋，長安歡會續。未彈貢禹冠，竟刖卞和足。生無氄毦情，恬淡中不俗。惟切望雲心，策馬還西蜀。臨行過我廬，遐哉志空谷。湖山堪共遊，惜子歸期促。擊鉢爲贈言，濡毫書滿幅。願生敦實行，一善膺常服。願生覽羣言，千載如在目。積學勵儒修，薪負當不辱。毋爲叩虚靜，禪理談西竺。毋爲甘疏筍，苦慕幽人躅。孝莫若守身，豈徒在勤學。定省有餘閒，鳴琴慰幽獨。我聞峨嵋峯，崢嶸配五嶽。絶徑度猿猱，飛湍奏琴筑。安得從子遊，奮翮雲中鵠。行矣我何言，山川望緜邈。

恭和御製壽辰喜雨得句元韻

卿雲開壽寓，甘澍沛清晨。民瘼勤求切，天心感格神。謳歌聞野老，舞蹈徧羣臣。撫景宸衷慰，揮毫翰墨親。

采山由運同改官員外簽分工部詩以志喜

詩人例作水曹郎，莫嘆蹉跎鬢點霜。國學儲才開馬帳，冷官搜句滿奚囊。回車粤嶺光陰促，謁選京華歲月長。故里烽烟歸不得，且從何遜共清狂。

懷元修廬州軍營

人海茫茫憂思深，還能撫劍發狂吟。愁來恨乏匡時畧，老去徒懷倦世心。憶昔鎖闈還秩共，甲辰秋共事順天闈中，元脩擢盛京侍郎，余亦遷通政副使。憐今戎幄病魔侵。君時因病乞假。關山滿目多荊棘，何日飛鴞送好音。

附錄　和作

鼙鼓荒城秋氣深，那堪倚劍動龍吟。三年烽火凋華髮，百戰風霜見素心。銀漢月明人共望，珠江星落浪休侵。蓬萊縹緲重回首，青鳥何時寄好音。

書贈龔生嘉儁蔣生彬蔚

藥階多半大羅仙，數十年來由舍人登第者，如吴瀹齋、龍翰臣、吴竹巖及今科孫萊山，皆登一甲，趙子白、梁矩亭、陳竹伯皆遊翰苑。嘆我無緣到木天。只有滇南龔水部，堪將衣鉢付真傳。龔生由舍人中式，分工部，與余當日相同。第一科名世本稀，出藍差喜玉堂歸。近時江左通經彦，紅豆潛研望汝幾。蔣生中式第二，與余同。而得館選，又博通經學，故有出藍之譽。

家玉樵兄有詩寄懷奉答二首

少小同居復同學，平生辛苦兩相知。中年作别今皆老，遠道郵書答尚遲。疏布苟完儒者願，干戈未息旅人悲。羨君嘯傲烟霞裏，已到先人志矩時。六世祖雲客公年七十，顔其室曰『志矩齋』，今兄年亦七十矣。

還鄉又閲七春秋，余己酉冬由閩南還朝，道出里門。時事茫茫水上漚。塵海徒增身世感，江天不盡古今愁。羽書紛至難高枕，盾墨磨殘愧運籌。漫幸承恩門閥盛，每懷覆餗我心憂。兄以余拜協揆之命，又典試春官，疊次蒙賜御筆書畫，爲家門光寵，而余自顧不材，忝居重任，彌增悚惕也。

康熙朝五世祖侍講公里居聖祖南巡賜御書二幅泐碑於東壁亭今亭日久將圮余命諸兒葺之玉樵兄有詩志喜奉答一首

歸田無日渺愁余，分俸還堪葺故居。二百年來恩澤渥，三千里外笑顏舒。衣言應共懷堂構，余家衣言堂嘉慶中曾偕兄修葺。述德還期保墓廬。道光戊申，余曾葺累世祖塋，惟丙舍尚未修築。況荷天題頻寵錫，衡茅鐫石待懸車。比年蒙恩頒賜御筆，他時當一并鐫石亭中，以志榮遇。

振山弟有詩寄懷奉答二首

玉樹肩隨有幾人，祖慈居玉樹山房時，諸孫在膝下者惟余兄弟及振山耳。鋤雲共讀倍相親。治生乏術憐同病，避地無方幸已貧。花木我還懷故宅，琴書君慣伴閒身。幽栖仲蔚蓬蒿逕，終勝銅街十丈塵。

老去心憐手足親，飄零賸有兩三人。一居河北二江左，安齋弟就養湯陰官廨，弟與楚翹家居。我滯天涯汝水濱。出岫雲難歸故岫，迷津客更問前津。山房後會知何日，己酉冬，余自閩歸，會諸兄弟於一柏山房。欲向鮮溪理釣綸。

恭和御製七月九日感述元韻

瑤池鶴駕西歸日，愴慕徽音憶隔年。禴祀升香更歲月，山陵遙望護雲烟。有懷直與二人共，罔極長教百慮煎。苑樹秋聲重入耳，殘荷愁滴露珠圓。

太常仙蝶自去夏至今屢至寓齋感而有作

有蝶四足厥翅黃，是名仙蝶出太常。心憎塵世不輕至，偶然飛集人稱祥。去年尋我玉蝀橋，秋風重見來山莊。今春幾度點苔砌，伴人不嫌庭草荒。干戈未息老將至，問有何瑞來翱翔。毋乃天子得名將，桓桓貔虎三軍張。迅掃江上鯨鯢族，坐令日月生清光。又聞江南歲大旱，赤地千里田無秧。其或甘霖旦夕沛，烝民粒食天降康。二者皆在休徵列，得一足以慰我皇。遷官進秩一身事，仙蝶何勞來我旁。

病後聞秋蟬

病裏聞蟬心愈躁，病瘳蟬已帶秋聲。悠揚遠樹斜陽淡，斷續高樓夜月明。羨爾吟風雙翅健，傲人飲露一身輕。會看遺蛻成尸解，早悟浮生本化生。

聞九華山失守懷喬仙姪姪在九華軍營幕中

從戎非汝願，履險爲飢驅。生死傳聞異，蒼黄作計迂。或言逢陌路，曾見掖奚奴。果是真消息，天涯慰老夫。

吉中丞殉難未久向提軍又病故陷城未復逆燄愈張遥望江南慨然有作

掃墓兩旬留，江干阻石尤。己酉冬事。辭家今七載，禦寇閲三秋。名將連番失，兵儲百計籌。旱災吳越共，何處汎秦舟。

兵分勢漸孤，募勇雜姦徒。攫食猙狼虎，臨軍怯鼠狐。采薇歸尚緩，蔓草慮難圖。內患先宜靖，森嚴憶亞夫。

粵海姦民衆，浮航逐利來。依人麾不去，玩法禍之媒。攘奪逾强寇，鄉閭伏近灾。可能回勁旅，掃此劫餘灰。

避地栖空谷，年荒亦不安。鄰來傾甕粟，市遠乏飧盤。鼓枻尋歸路，持戈辨飽餐。時聞風鶴警，晝夜使心寒。

八月十二日召對靜明園涵萬象恭紀

久雨初晴秋氣爽，烟嵐潑翠繞離宮。隔窗鳥語喧林表，捲幔湖光入鏡中。箬艇放篙新漲綠，石梁策騎曉霞紅。甘霖此地欣霑足，江左雲霓望碧空。時聞江浙大旱。

春湖弟作令粵東有詩留別次韻送行

幾度春明坊下別，每教離思落花深。今看嶺樹吹紅葉，待植甘棠憩綠陰。清白相期承世德，廉能不負守官箴。車塵撲盡還航海，憐爾臨行款款忱。

借園八景

壬子春，假孔脩師園寓居半載，今又居此一年矣。庭中有古柏、修篁、藥欄、藤架，牆纏薜荔，籬植黃花，疊石如山，小樓延月，春秋佳日，流覽怡情，因題曰借園，而系之以詩。

古柏

森森古柏後凋姿，歷盡冰霜勁節支。留得清陰消暑氣，薰風庭院午晴時。

叢竹

西窗叢竹景偏幽，謖謖清風滿徑秋。一枕蘧然莊夢醒，羲皇高臥不知愁。

藥欄

階前紅藥我新栽，不及陳根爛漫開。始悟十年期樹木，幾經雨露受滋培。

藤架

簾外枯藤花下垂，花開香色總相宜。盤拏老幹龍蛇伏，絡石穿林態崛奇。

茘牆

薜茘牆邊細雨收，空濛冷翠一庭秋。黄梅時節螔蝓畫，不似人間顧虎頭。

短籬

竹籬門對夕陽開，野草閒花滿地栽。苔徑不堪延俗客，太常仙蝶偶飛來。

疊石

瘦石玲瓏闢逕新，倪迂獅子出風塵。嶙峋縱比淮南小，五岳天涯結比鄰。

小樓

小樓高傍畫堂東，落日開簾面面風。最好清秋明月夜，千家燈火笛聲中。

飛蝗嘆

飛蝗來蔽天，食我田中粟。頃刻空連畦，野老吞聲哭。三冬釜無炊，八口誰爲育。腰鐮帶夕陽，刈穫恐不速。未熟早登場，終勝飽蝗腹。百里秋塍空，羣飛還斷續。惟帝念民依，下詔咨人牧。已成雲漢憂，迅掃螟螣族。三輔吾股肱，斯饑憐蔀屋。或議免催科，或謀哺糜粥。務使民困蘇，不憖遺煢獨。南疆久稱兵，軍餉半黍菽。中原河患頻，嗷鴻飛滿目。旱灾連吴越，巨浸成溝瀆。蝗亦及東南，紛紛見奏牘。國計與民生，籌畫荒年穀。聖主勵朝乾，世運豈終剝。補助沛恩膏，行見天心復。時議發帑賑濟。

八月二十九日奉敕恭題御筆求駿圖敬成七言古詩一章

燕山秋高苜蓿長，驊騮伏櫪思超驤。九重蒿目念吳楚，風塵千里弧矢張。靚茲神駿懷遠畧，安得名將掃八荒。繪圖意在安天下，凜如朽索馭六馬。見蝗有詔恤羣黎，憂旱命官巡四野。宵旰勤勞聖主心，霜蹄入廐豈從禽。早嗤赤水湟中産，何事瑤池域外尋。揮毫尺幅英姿壯，屹立閶闔依天仗。功成應向華山歸，羣空先自金臺訪。由來致治重求賢，騶虞官備風詩傳。果有王良能執轡，何勞祖逖著先鞭。朝廷經緯兼文武，元戎十乘驂如舞。蓮葉千旗畫鳥蛇，桃花萬騎驅貔虎。何時薄伐歸南仲，早奏膚公燕吉甫。年年西塞貢蒲萄，天閑十二揚玉鑣。凱旋還欲康侯錫，恩賚榮酬汗馬勞。

送陸稼堂至盛京閲視永陵水道

遍覽名山歷九州，陪都此去豁雙眸。天臨北極星辰迴，地接東瀛閬嶠浮。沮漆清波來紫塞，邰豳王氣固金甌。憑君試手休祥集，規畫功應萬禩收。

九日感懷

黄葉舞空庭，秋盡天寥廓。短晷逼暮年，我懷已蕭索。況抱饑饉憂，秋田無刈穫。師旅還未休，水旱復相錯。哀此蚩蚩氓，生涯將何託。誰傳辟穀方，活人嗟無藥。孤負登高辰，林昏噪寒雀。籬邊野菊芳，對酒不能酌。

盆桂

寂寞山齋秋桂新，拋來金粟未全貧。石家幾尺珊瑚樹，有色無香枉傲人。

盆菊

籬菊分栽老瓦盆，白衣送酒叩柴門。暫留車馬紅塵客，相對秋光共一樽。

憶寶藏寺舊遊寄懷林岵瞻廉使揚祖關中

憶昔軍書罷，尋山興共幽。辛丑、壬寅間，軍務方殷，同人不敢遠遊，至癸卯事定，岵瞻始邀遊寶藏寺。於今費籌筆，又閲幾春秋。何日聯高詠，開襟滌古愁。題詩寄函谷，應亦夢皇州。

宗山畫金鼇玉蝀風景宛然因題二絶

潑墨烟雲生腕底，閉門五岳臥遊中。長虹跨水非凡境，玉宇瓊樓有夢通。
玉蝀橋西久結廬，蓬萊本是列仙居。三秋來下陳蕃榻，壺嶠風光倦眼舒。

送謝甥嘉孚作令浙江

看汝少年今老大，彈冠忽現宰官身。儒生餘事堪從政，廉吏高懷不厭貧。湖上鶯花宜作客，江干鼙鼓正愁人。相逢幾日重相別，誰識天涯後會因。

山僮

山僮荷擔來，中庭掃落葉。攜歸作爨薪，疏飯聊自給。生涯亦云微，人棄汝俛拾。於世復何爭，古井寒泉汲。

教織歌并序

山西壽陽縣民不知織，前明萬曆間有陝西膚施藍公尚質宰是邑，始教民織，至今利賴。我朝順治間邑生員張所賦爲之記，今邑人爲建祠以志遺愛。相國祁公作歌徵和，未能依韻，謹成一章。

冷壽陽，民不織，無衣無褐中心惻。藍公來，機杼開，千家織布絮作堆。民享其利二百六十有餘載，白叟黄童尸祝思賢宰。公因教織毁其家，閭閻挾纊春無涯。公之精神在蔀屋，子孫負薪楚孫叔。優孟衣冠忼慨歌，古來廉吏去思多。迎神馬首開祠宇，伊耆之樂擊土鼓。山樞俗儉本《唐風》，衣裳曳婁今則同。君不見廉叔度，來何暮？蜀川輿誦聞襦袴，卓哉藍公民所慕。

恭和御製皇考宣宗成皇帝聖訓實録告成御保和殿受書禮成元韻

深仁覆燾燕皇天，卅載幾康慎德先。玉笈編成文特富，金甌鞏處祚長緜。祕藏石室垂千禩，檢校琅函閲七年。朵殿祥雲開五色，鵷班舞蹈聽傳宣。

姜玉溪宮綬以紙索書感成數韻復之

憶昔乘軺過泰安，輿人皆誦邑宰賢。邀我登岱觀日出，我辭于役難盤桓。丙午秋，余視學閩南，道出泰安事。瞥眼風花經十載，百丈紅塵蔽人海。心灰耳冷不聞名，一紙投來喜且驚。方今吏治需才急，問君何事來神京。老驥安肯終伏櫪，簫雲追電天衢行。

十一月朔日蒙恩擢授文淵閣大學士恭紀

參知纔一載，揆席拜新恩。智短難匡國，時危敢養尊。每思避賢路，未忍别君門。重見昇平日，家園把酒樽。

十一月朔日宣宗成皇帝聖訓實録告成上御保和殿受書太和殿受賀禮成蘊章蒙恩賞加二級越日復賜銀幣鞍馬彩緞筵宴於禮部恭紀

天上琅函萬禩垂，文謨武烈後人師。書藏石室泥金檢，賜重雕鞍雜綵施。三品貢餘行大賚，五車載到整朝儀。開筵晉秩君恩渥，多愧三秋授簡遲。章充總裁僅三載。

二銘大司農新拜協揆之命詩以志慶

虞山世閥擅清華，寅亮今看重任加。舊夢前身疑碧玉，見公記夢之作，余有和篇。新恩同日捧黄麻。是日余奉命入閣。軍書曾折東山屐，長君藥房督師邗江，屢聞奏捷。餘慶還簪上苑花。季子叔平今科廷對第一。杜斷房謀裨聖化，昇平重覩願非賒。

哭座師文文端公四首

旃蒙協洽歲，始幸列門牆。洎公贊樞密，三載侍公旁。分攜幾寒燠，鎖闈事同將。羣小多翫法，糾察恨未詳。同時千吏議，罷斥分所當。幸荷聖明宥，寒谷回陽光。

萬里忽遷謫，窮荒白髮新。還朝仍顯秩，淬勵感君恩。乘軺莅南北，鞫獄兼衡文。山川勞跋履，藥裹常隨身。銓衡總百職，筦籥司九門。帝眷方優渥，艱哉盡瘁臣。

樞廷公再至，我時在閩山。比我歸京國，公又旋去官。去官亦不久，畿西共盤桓。鳩工有暇日，唱和心同歡。古寺秋風冷，階前黄菊殘。策馬數相見，傾樽情共閒。鳩工易州時事。

閒身難再得，復擢爲司農。竭慮籌金粟，軍儲千里供。彈指又三載，樞幄重相逢。公本顧命臣，聖主加優容。獻納吐肝膽，精白盟心胷。秉鈞勞夙夜，蹇蹇占匪躬。方期濟艱難，協力亮天功。何圖騎箕日，海宇未銷鋒。遺章達九陛，恩遇優飾終。逝者已無憾，青史留貞忠。吾徒將安仰，目送水流東。

壽陽相國以華岳圖見贈賦謝

平生耽林壑，所志止一丘。岱宗曾登眺，四岳皆未遊。投我太華圖，公意在山陬。蓮花三峯矗，氣象何崒嵂。其高五千仞，天半烟雲收。下有茅龍躅，一去今千秋。金堂與石室，仙蹤不可求。公從政事堂，解組言歸休。當著謝公屐，名山勝景搜。蹉跎爲戀闕，京國還羈留。我未遂初服，世故當分憂。何時攜筇杖，長嘯萬峯頭。披圖坐嗟嘆，仰望空悠悠。

十二月二十八日蒙恩賜御書龍字并御用狐皮蟒服恭紀

宸翰頒來重夜光，作霖憂旱寄心長。龍書磅礴雲千疊，蟒服焜煌錦七襄。潤物寰瀛涵聖澤，拊民挾纊轉春陽。幸邀異數羔紽外，濡翼還憂刺在梁。

靜濤大司農入直樞廷旋拜協揆之命奉贈一首

憶從祕殿理瑤編，乙巳四月，奉命乾清宫抖晾《實録》，始與公共事。度地鳩工又幾年。庚戌同辦昌西陵工程，往來易州，相敘年餘。持節灤陽車乍返，公由熱河都統還朝，任大司農。捧綸樞院袂重聯。羽書未息勞籌筆，黼座思艱在任賢。朝野傾心望霖雨，黄麻詔旨喜傳宣。

附録　和作

佩誦松風閣上编，後塵趨步溯頻年。自乙巳與公共事，迄今一星終矣。不圖薇省花甎侶，更許樞廷玉轡聯。九陛絲綸重端揆，一時手筆景高賢。卽今宵旰煩丹扆，媿乏謨猷敷日宣。

歲暮懷人八首

解組原知生有涯，偏逢兵燹嘆無家。婁江僻處茅廬在，白髮當春且看花。錢伯瑜中丞，太倉。

憶從樞直共揮毫，歸臥滄洲聽海濤。江上烽烟還未斷，狼山遥望陣雲高。王菽原方伯，通州。

谷口風流數老成，一麾還喜近神京。君出守順德。退歸依舊難高枕，汝水東流鼓角聲。鄭春溪太守，羅山。

閩山三載仰謨猷，航海曾聞萬里游。必在圖成償素願，公有則吾必在圖。經綸都向卷中收。劉玉坡制府，汶上。

敦艮家風勵闇修，尊甫廣軒先生理學名家，著有《敦艮齋集》，公承家學，植品甚高。浮沈閩海幾春秋。歸田還復馳戎馬，寇去身閒古籍搜。徐松龕中丞，五臺。

同年鄉舉幾人存，開府南天偉望尊。故里從軍嗟老病，萑苻叢裏息丘園。徐仲紳制府，河南。

荔支聯詠樂時平，一別吟壇歲月更。海澨年來風鶴警，三山遥望不勝情。楊雪椒光祿，福州。

水部同曹君最少，蹉跎今亦鬢如絲。里門禦寇無長策，爆竹聲中獨祭詩。蔣心香水部，蘇州。

松風閣詩鈔卷二十一　借園集

古今體詩六十七首

丁巳正月五日聖駕幸圓明園隨扈至出入賢良門侍班恭紀

瑞雪初晴淑景回，喜隨天仗御園來。銅街曉日明猶冷，玉蝀春冰鑿未開。鼓吹聲和諧暖律，旌旗風動拂寒梅。賢良門外鵷班肅，退食剛聞午漏催。

重至借園追懷座師文文端公

一載結比鄰，重來又是春。未堪多難日，更失老成人。渺矣追先哲，艱哉步後塵。墓廬知不遠，欲薦澗中蘋。

春帖子詞

玉琯初諧角，珠杓乍指寅。九衢聞擊壤，萬戶帖宜春。

蓂開十莢轉韶光，吉亥逢辰迓吉祥。初十日立春，其日癸亥。計日靈壇勤法駕，和風甘雨卜年康。十八日祈穀。乘春施惠布綸音，正月初二、初四日，直隸、山東、山西三省蒙恩普錫春祺。海宇羣知保赤心。江漢旬宣歸召虎，時武漢各郡初復。荊揚從此貢南金。

十二日上御正大光明殿賜宴外藩并在廷文武大臣禮成恭紀

韶光萬里新，宴集御園辰。土鼓中天樂，毛車海國臣。欣瞻王會盛，莊聽雅歌陳。凱飲論功日，登臺人共春。

喜雪

入春三日春未深，飄來白雪明園林。去年虔禱得微雪，今慰聖主憂民心。遺蝗入地無害稼，土脈滋潤同甘霖。誰言此雪不爲瑞，還能澤物消灾祲。鎬京宴罷理歸棹，是日賜宴同樂園。方珪圓璧水之潯。天公玉戲興未已，來朝試眺高山岑。

十四日宣宗成皇帝忌辰隨駕叩謁安佑宮感懷恭紀

侍從年年謁閟宮，每年聖駕在城隨謁壽皇殿，在園則謁安佑宮。孝思永慕仰宸衷。橋山弓劍千秋後，海宇干戈七載中。世運屯亨知有數，神靈眷佑願無窮。何時斥堠狼烟淨，耕鑿依然萬里同。

恭和御製去歲未見雪澤茲節逾立春欣敷時玉預兆登豐然不敢自寬尚冀春雨繼霑以益二麥聊成是什識之元韻

吹到東風灑玉霙，上林喜見砌鋪瓊。鎬京宴裏恩方渥，是日蒙恩賜宴同樂園。蓬島春來氣倍清。隔歲遺蝗應入地，及時好鳥喚催耕。祈年虔舉升中典，昊貺欽承頌至誠。十八日祈穀。

二十日上御正大光明殿賜宴廷臣禮成恭紀

春來三度宴笙簧，湛露恩濃效拜颺。歌舞昇平格干羽，從容殿陛集冠裳。六卿次第叨珍膳，十賚駢蕃出上方。只恐捫心慙報禮，天廚飽飫益徬徨。

園居卽事有感

似聞暇豫唱吾吾，烏鳥猶知嘆集枯。楮幣共珍銅鐵賤，山蕘欲盡癸庚呼。賑饑人擬魚兒泊，退食車回蝎子湖。園中地名。百物由來貴平準，休嗔笑士有樵夫。時余請發帑金買米平糶。

仲春上丁奉命致祭先師孔子禮成敬賦二首

一脈原從敷教來，千秋絕業杏壇開。上承堯舜危微學，下啓漢唐博雅才。德本中庸非立異，心存忠恕道能該。後儒說理都微妙，墮入空虛亦可哀。

曳杖逍遙發浩歌，山頽木壞奈如何。兩楹夢是千秋兆，六籍功垂萬祼多。陳蔡諸賢皆列坐，孟韓以下亦旁羅。馨香直與天無極，默佑生民劫運過。

春郊晚眺

紫陌風和草未薰，燕山節候入春分。栖鴉老樹消霜色，浮鴨清波縐縠紋。村外輕烟遮客路，城頭暮鼓送斜曛。農家望雨情方切，向晚天邊起白雲。

恭和御製文昌廟禮成有作元韻

仙蹤縹緲梓潼尋，玉局千秋德是歆。祀典初升牲醴盛，廟庭新葺檻廊深。戴筐六宿文光炳，司籍三霄雅化欽。陰騭下民恆性復，綏猷默佑聖人心。

儤值清漪園召對玉瀾堂西暖閣和趙蓉舫尚書光元韻

離宮西舍敞軒楹，浩渺鷗波一鏡明。共侍宸遊來勝地，始知人世有仙瀛。峯頭塔勢穿雲峻，湖上烟光帶雪清。靈沼躍魚冰乍泮，欣從紫陌看春耕。

附錄　元唱

玉瀾堂畔敞雕楹，仙界琉璃照眼明。峯影半空横寶刹，湖光一片接蓬瀛。不才敢擬依溫室，此地真疑到上清。更喜夜來春雪透，皇情欣慰問農耕。

二月二十日奉命充上書房總師傅恭紀

三天捧袂有光輝，禁籞春深紫翠圍。貴到桐封猶學古，拈來花管盡新機。甘盤老去曾相識，謂杜文正公。召奭遲留未遽歸。祁春圃相國。自昔師儒推重望，不才承乏愧名微。

錢萍江宗丞寶青惠盆蘭賦謝

園林春色辟輕寒，瓷盎移栽九畹蘭。話到同心無俗態，拈來妙手有餘歡。靈芝共擢空山秀，修竹曾隨古畫看。君家擇石先生善畫蘭竹，余有舊藏畫冊。不比夭桃與穠李，慣塗粉頰倚闌干。

曉行口占二首〔一〕

月落山頭影入湖，湖山雙照兩明珠。鳶飛魚躍清光裏，天水中間辨有無。

雪後東風吹白蘋，洒將春雨滿芳津。愁中不覺韶光媚，一樹桃花紅照人。

【校記】

〔一〕『二首』，底本作『三首』，誤。

以盆蘭分贈柏靜濤協揆有詩見貽和答二首

花瓷分贈挹幽香，豈似梅枝遠寄將。好比素心人共話，清芬滿室興方長。

退朝靜對一鑪香，攜得幽花偶送將。喜與惠風同入坐，時逾修禊覺春長。

附録 元唱

珍重三春王者香，花瓷供養惠遥將。年來領署名言久，臭味如斯意趣長。

恭和御製皇長子周歲之喜有作元韻

瓜瓞開雅什，岐嶷歲初周。一索徵延慶，千祥並迓庥。裕昆基燕翼，逢吉肇鴻疇。喜與春光共，賡颺樂事酬。

贈江鹿門表姪浩

嘉慶丁巳春，余始識之無。塾師爲舅氏，殷勤破其愚。迄今周甲子，舅早歸黄壚。歲月駒過隙，余亦成白鬚。世事如浮雲，感此增長吁。非嘆老將至，王路嗟艱虞。更嗟去鄉久，常使骨肉疏。猶幸舅氏孫，翩然謁吾廬。不憚山川遠，懷抱向我攄。青氊本世業，白眼嗔其迂。有兄謀禄仕，不薄升斗稰。諒因供菽水，豈願拋詩書。汝今且毋躁，研經安布蔬。譬彼力田者，終歲勤犁鉏。斯飢望豐稔，庚癸非終呼。又如行萬里，遑恤我僕痡。太行雖云險，豈肯返半途。執業尚如此，重遠況吾儒。箴言起汝懦，庶無憂德孤。吾衰猶願見，鸞鶴翔雲衢。

送江彣叔表姪之官浙江

閩嶠歸來道氣存，彈冠貢禹漫同論。湖山早入詩人夢，烽火曾驚旅客魂。臢有綈袍憐范叔，謂汪少安大令。休將布被笑公孫。金臺後會知何日，且盡花前酒一尊。

別借園

園林欲別增惆悵，不忘年來師弟情。綠野何能春久住，朱門每見主頻更。藤因緣樹高無際，藥爲移根掬不盈。賸有一雙仙蝶在，闌珊花事夢難成。

新居偶成四首

扇子湖邊我舊居，曉風殘月十年餘。今來重傍七峯墅，湖上春光倦眼舒。

藕花風裏納涼時，折得蓮房侑酒巵。舊侶天涯鴻信斷，年來蕭瑟幾人知。謂朱慎庵、梁海樓、陳堯農諸君。

埽徑還憐破綠苔，鼠姑花對小軒開。故園仙蝶飛難到，好聽呢喃燕子來。

簇簇人家水一灣，魚蝦小市傍柴關。卜居未避塵囂境，還喜門開見遠山。

文文端公將葬先期謁殯於墓堂

數里墓堂近，無緣執紼親。蒼茫千古事，强健隔年人。落日鵶鴉下，春風松檜新。眼看封馬鬣，歸路黯傷神。

蛙聲

鶯啼茂樹上林春，燕語朱門畫棟新。獨有亂蛙無世態，終宵鼓吹伴閒人。

蛛網

謂爾無知卻有知，簷前密網結千絲。蜻蜓蝴蝶秋來盡，枵腹張羅能幾時。

喜鳳竹塘通守覲宸至京

彈指十年間，重逢鬢乍斑。只憂虛歲月，未肯戀湖山。昔自潞河別，甲辰年事。今遊岱嶽還。君前任兖州通守。烽烟猶未息，何以濟時艱。

吳清如員外有詩寄懷奉和元韻

鳳閣巢痕縈舊夢，君由舍人入直樞廷。雞陂故宅稱幽栖。名山挈榼花間酒，古寺籠紗壁上題。人望於今推老輩，鄉心何日慰餘黎。時吴下旱荒〔一〕。聞君白髮情猶壯，曷不春明趁馬蹄。

【校記】

〔一〕『早』，疑爲『旱』之訛。

五月二十四日偰值清漪園由藕香榭泛舟入靈鼉偃月橋至鑑遠堂召對恭紀

靈鼉十丈跨清波，放艇中流意若何。照檻湖光明似鏡，當窗雲影織如羅。天機活處鱗依藻，山色深時髻擁螺。漫擬吴江横寶帶，吴門有寶帶橋七十二孔。斜風細雨片帆過。

題張詠仙大令肇辰萬松雲海圖時詠仙歿已四年矣

黄童江夏早知名，君早歲即著文名。獻策蹉跎换蟀鵳。小邑絃歌初試手，幽居林壑未忘情。山中杜若空留客，天上芙蓉别有城。雲海茫茫仙躅杳，何年月下聽吹笙。

聞顧杏樓歿於粵西詩以哭之

老去常吟哭友詩，《秋帆圖》憶送君時。君出守潯州，余作《揚子秋帆圖》送行。青衿共喜題名早，君與余同日遊庠。烏榜同遊對策遲。應春官試，三次同舟。桂嶺分符疎法網，在潯以疎脱巨憝落職。芷江歸櫬望靈旗。烽烟滿目愁行路，何日家山奠酒巵。

閏五月十九日召見對鷗舫畢命詣萬壽山五百羅漢堂拈香恭紀

巖洞香含古鼎烟，木山嵓岃兩行連。洞中屈曲，衹通一徑，兩旁山石皆用木雕五百羅漢像，或坐或立，皆倚山傍石，有生動之形。一鐙引處方知路，九曲穿餘不見天。丘壑倪迂吳下築，紆回高下，咫尺而有無盡之勢，有似倪高士獅子林。莊嚴道子普門傳。恍從衹樹園中到，共向文殊證四禪。

輿夫有自課其子誦論孟者感而有作

莫笑輿臺賤，詩書解破愚。傲他蕭氏僕，勝彼霍家奴。芝草原無種，飛蓬賴有扶。傳經徒屬望，式穀愧吾徒。

訪壽陽相國不遇越日蒙見貽一詩次韻奉答

繫馬還憐破綠苔，鑑湖深處少風埃。婆娑愛訪高僧去，褦襶空勞俗客來。幾度徵詩囊欲滿，者番掃葉徑遲開。梅檀香裏青松下，日暮應隨獨鶴回。

附録　元唱

沈沈伏雨長青苔，深巷無人遠市埃。松下偶尋雙鶴去，門前偏引八騶來。傳家珠玉容先覩，公以先澤詩翰示觀，屬爲題記。掃徑蓬茅惜未開。日暮蒼茫成獨立，西山目送片雲回。

翁二銘協揆屬題尊甫贈光禄公石室傳經圖公諱咸封仕海州學正有政績歿祀名宦祠

五世荀陳誼，重聯師弟情。康熙丙辰，先五世祖侍講公第一人及第，協揆五世從祖大司寇公第三人及第。乾隆癸卯，贈光禄公與先伯父侍御公鄉舉同年。今咸豐丙辰，文孫同龢第一人及第，余適典春官試。傳經瞻道貌，積善協公評。俎豆匡時報，絃歌雅化成。牙旗滄海畔，父老頌賢聲。文孫藥房詹事督兵邗上，地近海州，當尚有白髮門生感公遺愛者。

七月十二日奉命詣圓明園後湖文昌閣拈香恭紀

文治昭寰宇，馨香格杳冥。地臨蓬島近，駿自玉霄停。陰騭垂千祼，司中炳六星。液池容泛棹，齋肅謁神靈。

送張石琴亮基督師滇南

秋光滿目送君行，世路崎嶇削不平。萬里蠻烟回紇馬，半天甘雨蜀川兵。吳仲雲制府帶兵先由蜀入滇。軍中借箸陳新策，塞下吹笳憶舊聲。我有寶刀堪贈別，一揮南詔爲澄清。

題潘伯寅學士祖蔭獨立圖

謝氏庭前玉樹姿，瓊林早占最高枝。賜遊蓬島歸舟晚，獨立澄懷更詠詩。

同邑王孝廉詠春示先世明相國文恪公詩文集敬題一律

文章冠冕推成化，相業艱難正德年。三載綸扉何勇退，一時朝政屬中涓。故鄉先哲尊商耇，世閥清聲啓後賢。七十二峯鍾秀處，紅塵遥望緲雲烟。

九月十九日靜濤協揆招同人爲展重陽之會

羽書方絡繹，文讌久無期。喜聽莎車捷，時英吉沙爾捷音甫至。聊持菊醞宜。江湖還入夢，風雨更催詩。老圃秋光好，惟應隱士知。

附録　和作

柏　葰靜濤

辰良情少適，遊讌愜心期。園小五星聚，同席五人。樓高九日宜。縱談聯舊侶，小步得新詩。式作濠梁想，觀魚知未知。

園中疊盆菊爲山虞孫喜而賦詩因用其韻

黄花高節出塵寰，好擬淮南築小山。月影紛披斜黛髻，霜華隱約護烟鬟。嶙峋傲骨風烟外，絢爛秋光几席間。絕頂有誰堪躡足，只宜仙蝶偶登攀。

麟梅谷尚書招集似園玩菊卽用展重陽韻

相遇龍山會，殷勤訂後期。籬花秋色晚，霜徑午晴宜。蒿目監門畫，時方賑饑。賞心彭澤詩。解憂共尊酒，此意少人知。

虞孫踏雪來園玩菊夜飲有作

踏雪來看菊，童年意氣豪。陌頭霑霡霂，席上醉蒲萄。酒令依金谷，詩情託素毫。明朝驅馬去，又使我心勞。

虞孫和余作詩筆尚清然文藝末也詩以勖之

德行爲先文藝後，少年所貴淑其身。詞章雖好終餘事，《論》、《孟》書中領悟新。余嘗謂『《論》、《孟》中得一二語，守之勿失，處可爲修士，出可爲良臣』，非虚語也。千秋景仰前賢事，自命當爲何等人。文繡膏粱奚足羡，躬行心得學求醇。《孟子》：『飽乎仁義，所以不願膏粱；令聞廣譽，所以不願文繡。』學者可不知之？

十月上浣同人集杜繼園少司空浣花吟館梅谷卽席賦詩次韻奉答

兩三吟客至，尊酒慰心期。殘菊經霜久，孤松伴鶴宜。籬邊新闢徑，壁上舊題詩。欲問花溪事，惟應工部知。

讀明史作

騂旄漫學封同姓，鼂錯千秋亦可哀。豈有儒生能誤國，祇因未讀《漢書》來。

奪門復辟前朝事，雨帝童謠起古愁。冤獄若無于少保，那知姦檜有深謀。

十月之望靜濤協揆清軒少宰招集香海書堂瑞雪初晴欣然有作

再展重陽秋序過，西風斜日下鑾坡。小園地僻行蹤少，快雪時晴佳想多。花徑懸鐙開夜宴，蓬門彈鋏聽悲歌。萬錢莫向何曾傲，蒿目空倉雀滿羅。

附録　和作

柏　葰靜濤

吏部高風載酒過，雪堂步月仿東坡。撤來蓮炬歸途晚，吟到梅花麗句多。梅谷尚書先有詩。半日偷閒留客話，萬方送喜盼鐃歌。卿曹記取紅旗報，樞廷直房『紅旗報捷』四字，御筆也。一醉同傾金叵羅。

雪中詠漁樵耕讀四首

門外青峯半有無，彤雲一色望模糊。溪邊蓑笠尋漁子，欲繪寒江獨釣圖。

千巖洗盡滿林丹，樵斧聲中落木寒。擔得濕薪何處去，蓬蒿徑裏訪袁安。

秋稼登場種麥齊，昏鴉陣陣暮雲低。柴門一閉行蹤斷，雨玉無聲白滿畦。

高臥空山雪滿庭，紙窗竹屋一鐙青。來朝掃徑安茶竈，留客閒評陸羽經。

沈棟泉際清示平原道中見懷之作和韻

曾結燕臺翰墨緣，别來鴻信寄拳拳。青門紆綬抛書簏，君以司馬分發陝西。白下鏖兵廢硯田。客路風霜交落落，歌聲金石聽淵淵。孤山舊識逋仙面，此去梅花正放妍。岵瞻方伯本君舊交，今在關中。

鎮江克復喜示宗山宗山家丹徒

五載烽烟鐵甕城，一朝狐鼠穴全傾。銷磨壯士人同慨，剗削荒墟路漸平。我喜蘇臺通鯉信，君尋漁屋訂鷗盟。相期放棹金焦畔，卧聽江潮午夜聲。

潘星齋有題松風閣詩四絶寄示次韻奉懷

蓴鱸未許戀吴羹，厭聽江頭鼓角聲。老去朋儕寥落甚，西窗誰共話平生。

乘驄紫禁日曈曨，鳳沼輕舟趁曉風。欣比《卷阿》賡雅什，長依香案五雲中。

君詩萬丈赤城霞，玉字金書蔚國華。我本山林猿鶴侣，暮年始詠上林花。

江干近日捷音多，將帥同心克在和。燕子磯頭春水闊，好移吴榜聽鐃歌。

歲暮懷人

萬里傳聞事愈奇，嶺南劇郡變爲夷。戴逵求死應同憾，蘇武還鄉未有期。總爲求仙成誤國，半因輕敵致勞師。方壺員嶠尋無路，浮海張騫去不疑。

松風閣詩鈔卷二十二　苑湖集

古今體詩五十首戊午

恭和御製上元越二日幸園作元韻

御園法駕喜時乘，湖上春冰泮幾層。膏壤千塍明錯繡，晴雲五色曳輕繒。偶逢游豫心無逸，惟敕幾康福永膺。鼓吹聲中天仗肅，撫辰茂對績其凝。

奉敕敬題御繪瓶蓮七律一首

白描高格勝雙鈎，玉潔花應君子儔。宛爾淩波超百卉，依然挹露閱三秋。畫係丙辰年御筆。心常似水涵濡久，口欲如瓶訓戒留。朵殿揮毫神澹遠，清芬都向卷中收。

王二波騎尉嘉福書來并示見懷之作知連年避地儀徵鄉居蓋不通音問者已三十餘年矣詩以奉答

文章名士集，忠藎世臣家。舊夢蒐軍實，新詞紀歲華。金山玆可眺，銀海早生花。君以目疾解職閒居。相望燕吳隔，離愁寄暮鴉。

淵雅堂中事，依然在目前。楞伽嗟宿草，京國感衰年。避地干戈際，懷人冰雪天。尺書珍拱璧，況復誦瑤篇。

庭中丁香開罷牡丹欲放獨坐沈吟適得宋于庭翔鳳書寄懷一首

花開花落莫春初，斜日閒庭草不除。時事關心頻對客，春光滿目渺愁予。江干未返嘶風馬，海上還驚跋浪魚。此地紅塵連十丈，寂寥應羡子雲居。

謁壽陽相國於城南勤學齋卽事書懷奉柬

萬里烽烟半九州，春光滿眼使人愁。豺狼不盡搜山谷，蛟鱷無端起海陬。兵法誰從黃石授，閒蹤早伴赤松遊。匡時自問操何術，帷幄能分宵旰憂。

附錄　和作

祁寯藻

無邊春色滿皇州，一片飛花動客愁。正是風烟馳海徼，猶勞冠蓋過城陬。纏緜更寫新詩贈，感慨難忘舊日遊。彈指經年重把臂，却瞻貌瘦識心憂。

喜吴紅生觀察葆晉到京書贈一首

揚子江頭寄尺書，道光己酉冬，余歸自閩南，君時爲揚州太守，遣使至京江相迓，余有詩奉寄，不覺已十年矣。蕪城今感劫灰餘。故鄉烽火身難隱，君家固始被兵，遂攜家至淮安舊治避地。舊地清淮迹更疏。分手十年懷遠道，掀髯一笑叩吾廬。城南雅集當時事，回首歡蹤春夢如。

宋契蓮表叔寄詩見懷奉答一首

燕吴迢遞嘆音沈，搔首同驚白髮侵。王謝門才羣從盛，荀陳交誼百年深。枯棊一局樽常滿，花管三春句共尋。猶憶春明揮手處，開緘如見故人心。

感懷三首

畿輔去年旱，斗穀糜千錢。帝念民生困，賑災德意宣。冬雪雖霑足，春耕雨尚偏。哀鴻鳴中澤，安集亦大難。四方轉軍饟，不給心憂煎。何能灑甘霖，流潤滿山川。時有旨展賑一月。

草野起亂民，江山思竊據。六朝錦繡鄉，荊榛滿行路。欲憑天塹險，扼吭以自固。城市括民財，洲渚列屯戍。縱火焚村落，千里騰烟霧。猶未困烏江，還欲爭官渡。赤子嘆仳離，溝壑填無數。比聞韓擒虎，雄軍秣陵駐。檻獸終膏斧，負隅豈如故。厭亂在天心，人力焉能與。

閩山雄萬疊，巖灘下千尋。憶此舊游地，夢想勞我心。武夷九曲處，近日干戈侵。考亭絃歌盛，戎馬馳駸駸。旁趨仙霞嶺，欲逼桐江潯。援軍幸紛集，羽書來好音。緬懷富春渚，烟波深復深。

春暮園居書懷八首

丁香開罷碧桃殘，小院春陰釀暮寒。只有鼠姑還未放，伴人含笑倚闌干。

似虎春風鎮日狂，陰霾東嶺隱朝陽。盼來亭午天開霽，未覺銅壺刻漏長。

瞢騰一睡夕陽低，坐起攤書目尚迷。真率齋中來客少，閒窗試茗暮鴉啼。

驛路紛馳過羽書，攪人清夢五更餘。山顛海角風烟滿，留住春光一畝居。

西湖柳色弄春晴，三月鶯花動客情。忽聽桐江傳警報，錢塘一夜怒潮生。
津沽天險繞江沙，阻截樓船水一涯。明到然犀蛟鱷怕，何勞井底呪羣蛙。
燕子磯邊我舊遊，江干明月照清秋。笙歌叢裏烽烟暗，南北青山惹客愁。
金隄千里斷殘虹，輓粟舟來渤澥東。安得賈生籌上策，江湖依舊一航通。

喜雨

龍鱗未灑清明雨，愁聽禽言喚麥枯。却喜長嬴霑渥澤，新苗抽綠慰農夫。
輕雷隱隱雨冥冥，曉霧籠山午放晴。猶是當年好風景，時聞深巷賣花聲。

四月十六日雷雨交作偶成二首

奔霆將何擊，當擊巨憝人。烝民罹荼毒，海宇何紛紜。吴楚連徐豫，比及浙水濱。勞師已八載，戰馬遲歸羣。東南數千里，極目起烟塵。羽書馳旦暮，宵旰勞至尊。人力嗟難及，悠悠籲蒼天。請奮豐隆椎，擊此釜底魂。未堪禦外侮，先自清中原。

甘雨將何潤，潤此欲槁苗。三春稀渥澤，炎夏滋土膏。雖遲猶補救，喜聽聲瀟瀟。近畿差霑足，息此哀鴻嗸。自從江路阻，滇銅挽輸遙。圜法乃一變，大錢周制嘲。姦民爭趨利，真僞益亂淆。千錢易斗米，老羸溝壑拋。或攜小兒女，輕生赴長濠。蒿目嗟無術，惻隱爲徒勞。一雨天心轉，生意滿蓬茅。

有隕自天視之則生魚也乃畜之池

生魚隕自天，好比三鱣異。潑潑不爲妖，洋洋終得地。涸鮒還清波，濠濮觀生意。所恐赬尾勞，漁人復投餌。

懷燕山松岑二星使天津

退兵且解目前憂，後患紛紛遍海陬。未必我躬能不閱，其如嘗寇盡無謀。弦高犒敵歸秦帥，子柳爲臣弱魯侯。此際難將功罪定，知人論世屬千秋。

扇子湖觀荷二首

湖西未栽花，湖東香出水。一雨花氣銷，零落已如此。
我家荷花蕩，近在葑門外。何時泛笭箵，重訪釣游地。

題汪芾村甥朝棠疏影廬圖

橫斜梅影月明中，仿佛孤山有夢通。芾村自杭至京。憶我探幽香雪海，泛舟兩崦雨濛濛。丁丑春與仲弟由支硎泛舟，雨中渡太湖至香雪海，遊枇杷林下，至石樓石壁，覽全湖之勝而歸。

王少鶴農部歸自通州軍營書以贈之

鯨魚跋浪析津來，藩邸幾東幕府開。科爾沁親王僧駐兵八里橋。堅壁軍容嚴細柳，惱人天氣正黃梅。據鞍草檄攄文藻，捫蝨談兵笑霸才。重聽鳳池搖玉佩，烽烟從此遠金臺。

舍人黃祖纓美才也驟病而逝詩以哀之

簪筆從容鳳閣遊，鹿鳴鼓篋幾春秋。清才便擬登芸館，噩夢何期赴玉樓。一霎沈疴歸大暮，百年壯志付浮漚。嘔心長爪生涯促，白髮西河淚未收。

癸丑春賊陷金陵上元令劉公同纓死之毓棻姪藏其手書扇瀟灑有晉人風格固知忠義之士其翰墨亦不凡也因題二絕

江干鼙鼓陣雲昏，守土從容大義存。五載鍾山埋戰骨，遺黎何處弔忠魂。

題扇書猶慕二王，錄山谷評羲、獻書後。蠹魚不食漫焚香。墨痕欲化萇弘血，灑徧南朝石子岡。

八月朔日上御經筵命臣蘊章致祭傳心殿禮成恭紀

伏羲畫卦開文字，聖學尼山集大成。道統千秋惟主一，皇猷百代在存誠。論題：『凡爲天下國家有九經，所以行之者一也。』瓣香虔奉馨嘉德，經義敷陳協頌聲。祕閣巍峩臣職掌，文淵閣賜茶。賜茶予宴荷恩榮。

中秋偶感示祖賢

最好生涯是冷官，俸錢猶足辦朝餐。尋芳不負花三徑，酣睡何妨日半竿。羅雀門前軒蓋少，啼烏城畔夢魂安。閒來還得親文史，付與兒曹仔細看。

入世逃名亦大難，千人所指是高官。祇慚索米嘲方朔，詎慕敲棋起謝安。送客槐花深院靜，留人桂樹小山寒。風烟萬里愁無盡，醉把《陰符》秉燭看。

恭和御製迎秋夜更長得長字五言八韻元韻

旅望江干客，孤蹤滯水鄉。蓬窗秋乍到，蕙帳夜偏長。潮上生涼意，天空皎月光。挑燈懷舊雨，拂篛壓清霜。鄰笛驚飛鵲，漁歌何斷蛩。荻花聲瑟瑟，蘭渚影茫茫。夢惹湖蒓興，情縈雪稻嘗。淒迷溢浦遠，索句更方徉。

盆桂

丹桂何年種，移來一院香。根疑栽月窟，花欲滿風廊。不惜抛金粟，還宜上玉堂。先他籬畔菊，點綴好秋光。

晚望

閒遊行過釣魚磯，落日炊烟傍翠微。陣陣寒鴉催暮色，兒童放學抱書歸。

王蓬絮

仲秋之月，彗見西北，閲三十六日而沒，以天文家言攷之，蓋名王蓬絮云。

彗星之別王蓬絮，如棉裹棓其行遽。昏見乾方指天樞，迨轉艮維天欲曙。旄頭北向微下垂，掃徧斗垣七星度。彗兮來告何災祥，主火主兵主憂懼。中原兵革擾頻年，四夷交訌勞邊戍。哀哉黔黎亂靡定，天心未厭知何故。昔聞弈射九日落，妖星今在最低處。我欲彎弓向天射，坐看青霄豁雲霧。

喜元脩中丞至京書贈一首

盤錯身來戎馬地，還朝虎拜感君恩。到日召對勤政殿。三軍黍菽紓籌策，皖軍每因乏餉，未能用命。千里河渠細討論。君嘗議黄河改道由山東大清河入海。賴有仁心埋戰骨，余嘗勸君收埋戰骨，君如余言，瘞者數千。幸無惡夢撼驚魂。歸途忽聽傳書急，管鑰何人掌北門。君行後數日，廬郡復陷。

愁來

愁來不識乾坤大，老去何須富貴求。但爲人間弭後患，百年身世本浮漚。

去年九月疊盆菊爲山挈子孫讌飲爲樂雖類溺人之笑猶能勉强成歡今則内患外憂紛然交集撫時感事杯勺難勝對此秋花係之慨嘆

秋花猶似去年開，寂寞籬間酒一杯。海上鯨牙誰可拔，古來駟舌豈能回。南天白羽還揮扇，北地黄金更築臺。極目中原烽火急，安危何處出羣才。

喜同年丁竹溪守存至京奉贈

樞院揮毫摹典誥，榕江草檄擁旌旗。雷沈海底曾籌策，水躍瓶中爲好奇。村落千家驚寇至，耰鉏萬柄聽君麾。功成長揖歸田里，不是封侯亦數奇。

九月二十一日偕值清漪園由藕香榭泛舟入靈鼉偃月橋召對鑑遠堂恭紀

大好湖山别一年，秋光滿目菊花前。鼉梁跨水迎朝旭，雁陣驚寒度曉烟。詩思半從忙裏減，軍情每向暗中傳。珠崖罷擊氛還惡，羽檄頻催心惘然。

四莫歌

莫畏難，莫取巧。莫憂貧，莫嘆老。畏難事不成，古來豪傑何垂名。取巧心還拙，一生所得不償失。原憲貧非病，捉襟肘見賢。希聖廉頗老更强，據鞍顧盼登戰場。吾生不取巧，却有畏難情。吾生不憂貧，至老乃自驚。砭愚訂頑敢自棄，還須熟讀《東》、《西銘》。駑馬不辭九折坂，力小任重憂難勝。冀羣自有千里足，太行巉巖其可登。

送鄭生守廉回閩省親

閩山萬疊陣雲橫，送汝還鄉千里情。奉表蜀都推孝行，省其祖慈於家。通經夾漈重儒生。江天日薄秋無色，石瀨潮來夜有聲。盼到梅花春意動，囊書匣劍又長征。約明春重來。

十月望日虞孫達孫來園玩菊偶成一首

爲訪東籬菊，欣然並轡來。南山如舊識，老圃看新栽。瘦影移花徑，秋心入酒杯。園林多好景，竟夕共徘徊。

偶作九九消寒圖拈春風亭柳送客重迴首九字取其皆九畫以示宗山翌日宗山畫圖以贈因題一絕仍取九畫字成句

飛英洒庭砌，迓客看持盃。風信春前急，茅亭首重迴。

患難思年改二首

患難思年改，烽烟滿目愁。銷兵歸戰馬，春色動神洲。

患難思年改，樓船集島夷。誰攄柔遠策，慕義越裳來。

松風閣詩鈔卷二十三　苑湖集

古今體詩四十八首己未

正月二十日上御澄虚榭之南書房賜王大臣等飯並各賜御書�和衷扁一方恭紀一首

御園嘉宴趁芳辰，斜日軒窗傍水濱。清酒百壺恩誼渥，璇題四字訓詞新。歌成行葦敦磐石，受到彤弓指析津。僧邸將赴津郡防堵。湛露分霑樞密近，鳳池歸去捧絲綸。

麟梅谷大宗伯招集似園賦贈一首

宗伯園林憶舊蹤，幾番餐菊對西風。丁巳秋，偕柏、靜濤相國更番把酒，爲展重陽之會。窨中花木留春住，屋裏江天縮地工。掃徑生憐庭草碧，登樓遠眺夕陽紅。南冠人去無消息，賸有靈犀一點通。時靜濤在獄中。

散值口占三首

趨朝待漏夜披衣，退直青山銜落暉。驛路軍書催不斷，揮毫人共暮鴉歸。

銅街爆竹送新聲，玉蝀橋邊霽色澄。九十韶光還未半，南湖流水北湖冰。

吹到東風節物妍，湖隄柳色半含烟。眼中誰是無雙士，日暮青天響紙鳶。

海上

海上風烟惹客愁，艨艟萬里一沙鷗。仲連却敵誰遺矢，魏絳和戎漫借籌。跋浪長鯨來渤澥，嘶風驛馬度山陬。停兵抗疏情何急，射虎將軍恐不侯。

二月初四日回園寓偶成三首

今年寒意勝常年，幾日東風作勢顛。驚蟄已過冰乍泮，波聲猶澀玉山泉。

園居地僻少風塵，喬木陰中結比鄰。何處清音九皋鶴，主家山第傍湖濱。

斜日上簾初退食，南柯一枕又黄昏。吾廬自愛軒車少，時有騎驢客過門。

重題武夷九曲圖二首

風烟無夢到三吳，愛看閩山《九曲圖》。課士餘閒親翰墨，故吾應是勝今吾。

退老還思此結廬，十年舊夢記模糊。名山今日馳戎馬，留得王官谷在無。

過壽陽相國勤學齋二首

一別已經年，相逢欲暮天。新軍滿江海，舊夢渺雲烟。書共韓碑壯，公書《平淮西碑》，勒石裴晉公祠。詩應閩嶠傳。余倩公題《武夷九曲圖》。攜笻尋古寺，瀟灑擬神仙。

報國心猶在，歸田願未償。病難勝拜跪，老豈問耕桑。召謗持籌畧，延年辟穀方。九重恩禮渥，綠野漫徜徉。

聞番舶將至筮得乾之履

履尾咥人占，《履》六三爻詞。陳兵當戒嚴。于田無祖裼，醫國此鍼砭。无咎歸乾惕，動爻《乾》九三。虧盈筮益謙。錯卦《謙》。皇朝大無外，海國聖恩霑。

檢得去年靜濤書扇詩以哀之

百年塵劫偶逢此，斯人竟罹大辟死。刑官執法殺毋赦，至尊揮淚情難已。憶昔與君共事時，望仙山畔同吟詩。苦心改卜營佳兆，鞏固山陵千萬期。比年樞密追隨久，蘭臭同心意何厚。綸扉遷秩再承恩，天子倚如左右手。秋闈典試暫相違，撤棘相逢開笑口。何圖骫法霍家奴，術類穿窬威假狐。白簡上聞煩逮問，赭衣載路干刑誅。憐君儒雅耽文翰，去年六角曾題扇。彈指薰風將又吹，墨痕還濕驚魂散。咸陽黃犬嗟何人，華亭鶴唳不再聞。痛君胡爲至於此，始知此事有前因。

吳門韓尺五茂才來潮嘉慶戊辰春與余同日遊庠今年八十矣寄示告存詩四首奉答一律

婁江世閥守清芬，采藻英年便不羣。彈指白頭懷舊友，比肩黌序數人文。開尊洛社風流在，結綬燕山出處分。泮水重遊他日事，桑榆好景共斜曛。

送黄莘農少司寇贊湯之河東河帥之任

閩嶠乘軺燕雁飛，余與莘農先後視學閩南。廬陵歸去掩荊扉。君任滿省親回籍，旋奉諱里居。《南陔》已罷吟朱蕚，北極重瞻傍紫微。服闋來京。星驛三春歌《折柳》，金隄千里駕征騑。燈前惜别增惆悵，相對無言瑟欲希。

四月十四日由京至夏店卽次口占

策馬東門行卅里，板橋流水釣魚磯。天邊遠樹知郵到，隴畔枯苗嘆雨稀。野廟賽神喧鼓樂，旅人適館脱驂騑。由來珍重荒年穀，盼望甘霖潤帝畿。

四月十五日偕怡邸暨基潤野少司寇詣平安峪開工恭紀

度地於今經九載，元年九月，偕定邸始行相度。規模先定始鳩工。上年鄭邸偕全小汀尚書暨潤野先定規制。支分昌瑞山形正，峪號平安海寓同。黄壤封函成吉禮，例取穴中黄土封存，候地宫告成，入石牀下穴。青烏方術待論功。堪輿諸人應於興工後先請奬勵。百靈呵護嘉祥至，盼戢干戈歲屢豐。

由馬蘭峪至薊州卽次書懷六首

塔子山前憶舊遊，黄壚增感幾人休。彼時同事定邸暨裕相國、陸中丞今皆下世。我來信宿玄都觀，杯酒難消萬古愁。

西疇望雨盼年豐，油碧車中日日風。山澗當年舟渡馬，今來淺水步行通。

半郵半郭路迢迢，小隱何人此結茅。不是烏衣門巷裏，梁間還有燕營巢。

午雞啼罷午風清，旅客驅車又一程。堪嘆門前山犖确，崎嶇世路削難平。

贏糧浮海達東津，轉運京倉潞水濱。蓄洩還資玉泉遠，千艘遥送挹清淪。

北方水利最難興，幾見桑乾沙土澄。若不穿渠惟鑿井，朝朝抱甕力還勝。

恭和御製四月十六日三壇禮成還宫述閟元韻

虔禱靈壇誠感格，先期早見雨廉纖。十五日得雨。深宫夜靜爐香爇，蹕路雲遮旭景暹。六事桑林天貺迓，幾番麥隴土膏黏。行看紫甸甘霖沛，擊壤堯衢進頌僉。

送袁午橋同年甲三之漕督任

憶陪佳宴杏林初，彈指光陰廿載餘。海内壎箎今有幾，天涯鼓角渺愁予。典軍皖北馳戎馬，轉漕淮南駐使車。相對尊前皆白髮，尺書莫漫故人疏。

福州林鑑塘太史春溥戊午重宴鹿鳴寄詩四首索和未暇次韻別成一律奉答

科名已冠玉堂譜，先生爲嘉慶辛酉翰林，今科目最前矣。著作猶雄金馬才。歸田四十年，著作等身。伏牖不虚駒隙過，杖朝重宴鹿鳴來。百年華閥閩山望，子孫登科第者接踵。五老清尊洛社開。月旦曾叨玄晏筆，余在閩時刊所作《歸樸龕文稿》，先生爲之序，今一别十年，求從前討論之樂，不可復得矣。硯田荒落滯燕臺。

送楊濱石太史泗孫典試閩南

閩山我舊遊，君今秉衡去。江河阻且長，烽烟滿前路。却喜經故鄉，定省慰朝暮。巉巉子陵臺，淼淼延津渡。舟車行役勞，炎天足雲霧。秋風豁吟眸，欣賞託毫素。名賢鳳翽歌，多士《鹿鳴》賦。此邦重儒修，通經訓詁著。考亭與夾漈，西山後塵步。我朝有安溪，苦心辨謬誤。餘風迨今茲，羣才歸陶鑄。願登李膺門，咸待伯樂顧。好搜巖穴材，庶幾棟梁遇。

五月十五夜得透雨志喜

中田麥已枯，甘雨零未渥。濃陰風散之，望雲空額蹙。昨夜聽滂沱，四野欣霑足。隄回柳葉青，池點萍花綠。西眺玉泉峯，百尺初懸瀑。荷笠慶農夫，猶堪飽黍菽。邇來憂百端，此喜堪相告。

盆荷

今年夏苦旱，池水涸不流。池荷半在陸，萎黃似深秋。觀此盆中植，翠蓋亭亭抽。紅葩已敷榮，清香暑氣收。譬彼爲稼者，一溉人功修。朝朝勤抱甕，何異甘霖優。

晉江王生觀光之母安溪陳孺人遭夫喪撫孤守節絶粒二十餘年不飢不疾卒年五十八其同邑陳給諫慶鏞奇其事作傳以徵詩觀光余視學閩南時拔貢也今中鄉科來京應試因書贈之

閩南崇禮教，苦節敦閨門。余所表彰者，八百三十人。彙刊其姓氏，彤管揚清芬。未聞久絶粒，而能形氣存。卓哉王氏母，異事超常倫。貞志堅金石，長留不壞身。事奇理則正，大書勒貞珉。何必修養術，服氣壽如神。

憂來

憂來攪我心，遇事空沈吟。何能駟及舌，還望鴞懷音。因人詎成事，自信亦未深。愚忠陳下策，無助愧周任。

送錢萍矼副憲典試湖北

十年樞院久分勞，一别淒迷首重搔。時陞副憲，初出樞廷。忽聽温綸頒殿陛，許持冰鑑到江皋。楚璽共盼歸征馬，海澨歡聞釣巨鼇。時天津擊沈夷舶獲勝。試問帷中草檄手，如何勝算此常操。

和張詩舲大司空紀恩元韻

通德高門推世閥，數傳風雅盛文章。雲間作賦稱年少，日下聯裾拱帝旁。自昔樞廬半江左，道光十四五年間，樞直同人吳伯新、何雨人、王菽原、萬荔門、王子勤、程楞香、江飲吉、何一山及余共九人皆籍隸江蘇省，時公已外簡矣。於今水部屬吳鄉。公與宋雪帆、潘星齋兩侍郎及余四人皆蘇省。傳家各有青緗在，奎藻昭垂翰墨香。公因建義莊，蒙賜御書扁額，余亦屢叨頒賜御書。

德清徐少梅孝廉表姪芝淦有詩見贈次韻答之

乾元山翠望嵯峩，餘不溪頭撥棹過。舊夢飄零尋故里，余嘗泛棹至君家謁我姑母，與君尊人詠梅兄遊乾元山。新知投契喜登科。君與四兒祖賢同科。文章佳處鋒逾斂，風雅親時玷欲磨。讀所著《聽秋閣詩》，中多鞭迫身心語。大好湖山容一榻，他時珥筆到鑾坡。

題潘星齋侍郎退直侍書圖侍尊公文恭公時作

學書抱俗情，點畫競姿媚。或奔放爲雄，矜心使豪氣。百家各爭妍，終爲好名累。古賢心筆正，意趣毫端寄。規矩協方員，莊敬毋安肆。我昔從文恭，就日宣麻制。趨蹌政事堂，殷勤方策記。退食傍仇池，題扇常叨賜。巖巖魯公書，豈屑干祿字。玉局今歸真，清芬詒後嗣。披兹《退直圖》，捧硯從旁侍。裒然一品集，斯人堪繼志。

七月初八日蒙賜丁巳閏夏御筆畫山水小幅恭紀

幾暇理柔翰，逸興山林寄。圖成丘壑形，尺幅增氣勢。畧彴横清溪，淙淙流石瀨。茅堂似邨居，古井臨苔砌。汲甕置其旁，屈曲長繩曳。列坐却無人，籬落横斜蔽。高原聳一亭，羣峯繞其外。樹木何蕭森，烟雲杳無際。安能城市中，得此清閒地。春日頒璇題，匡弼和衷字。每懷諄誨殷，時惕冰淵志。兹逢秋序新，復拜畫幀賜。丁巳閏夏書，揮毫閱兩歲。今當海氛消，稍慰憂勤意。持此畀近臣，退食臥遊記。暮齒愧無才，不堪任國事。所望靖烽烟，凱歌勞旋帥。鑑湖儻可歸，庶愜林泉思。

送張椒雲方伯集馨赴任閩南

甌越山川我舊游，仙霞南去路悠悠。官衙半踞岡巒勢，使節曾開雲水眸。亂後人情勞撫字，瘠區生計待持籌。考亭祠宇荒烟裏，重整儒風到海陬。考亭書院，余往時所整理也。今聞遭寇，祠宇已毁，待君重整之。

祖潤於園寓疊盆菊爲山漱芳姪來玩有詩三首因和之用其體不用其韻

斗室秋花有晚香，高低盆盎列成行。深宵然燭吟情劇，小阮風流大阮狂。

策馬來傾酒一巵，黄花開徧曉霜時。傲他桃李春園宴，掃盡繁華勁節支。

不須啓戶望南山，曲折岡巒晝掩關。安得長房來縮地，壯遊五岳出人寰。

十月二十日上發下宋臣文彦博富弼傳令讀之慨然有作

炎宋中葉時，契丹來索地。鄭公入虜廷，抗論罷其議。尺土不與人，勉從增歲幣。前者有潞公，守邊張國勢。秦州建牙旗，元昊爲却避。二公皆純儒，共秉忠貞志。雖俱遭謗斥，旋復宏經濟。安石創新法，不以義爲利。賢才思引退，薰蕕豈同器。外侮猶未狂，先自斲元氣。元氣在民生，民怨難圖治。我朝播德威，琛賮遐荒致。豈惟版圖恢，良由恩澤被。宇內久承平，激變始貪吏。粵西起亂民，江流爲鼎沸。十載勞干戈，尚未歌旋帥。海舶復乘隙，鼓浪來窺伺。無力縛長鯨，姑試投以餌。幺麽得志驕，横行益無忌。忠勇賴藩王，海澨殲其類。自慙帷幄臣，未嘗出奇計。更乏折衝才，因人詎成事。惟抱安民心，攘外先治内。努力宣皇仁，垓埏覘清泰。

山邨閒步

笠屐行吟入畫圖，探幽山徑瘦筇扶。鳥啼亦似判憂喜，犬吠豈識分賢愚。荷擔賣花情自適，拾薪炊飯計常迂。萬錢莫學何曾侈，乞食門前有餓夫。

謝客

老來艱拜跪，況復病魔纏。退食惟閒坐，瞬存愛晝眠。心交通四海，尚友契千年。何必望顔色，兩情始快然。

望雪

三壇祈禱聖心虔，微雪初霑送臘前。兵氣未銷憂赤縣，民生日蹙籲蒼天。千尋鐵鎖猶防海，萬斛紅蓮助守邊。北地何堪遭歉歲，邇來斗米貴千錢。

移居

浮家已是卅年餘，老去何求安宅居。只爲故園無橡栗，欲營隙地種瓜蔬。曉燈西掖雙斑鬢，斜日南窗一卷書。莫嘆趨朝今漸遠，光陰彈指及懸車。

除夕蒙賜御書喜字恭紀

龍書頻降九重天，連年賜御書「龍」字。志喜新瞻墨彩鮮。海上紅旌傳捷報，江干白雪兆豐年。況逢壽寓臚嵩祝，行屆元辰敞綺筵。兵氣漸銷民氣樂，一人垂拱作恭先。

松風閣詩鈔卷二十四　苑湖集

古今體詩三十三首庚申

恭和御製御太和殿賜宴詩以紀事元韻

寶籙躬膺紀十春，幾康永敕福頻臻。欣逢壽寓臣民樂，肇舉隆儀鼓舞陳。感格蒼穹惟至德，撫綏赤子詠來旬。始知布惠寰瀛浹，華祝嵩呼頌帝仁。

元日蒙恩賞戴花翎恭紀一首

元辰舞蹈共趨朝，聖壽恩覃及百僚。殊錫欣同大司馬，與穆清軒大司馬同叨恩命。旌功儼插侍中貂。飛來翠羽炎荒遠，貢到瓊枝絕塞遥。會見兜離重譯至，宣威還仗霍嫖姚。

張詩舲大司空壽逾七十蒙恩加太子太保銜奉賀一律

芝綍歡聞下帝閽，褒榮耆宿古風敦。冰銜特晉公孤貴，錫爵還因齒德尊。三壽作朋年共引，與桂燕山相國、許滇生家宰同日拜命。九如答頌道同論。璇題早覩奎章煥，公先以家立義莊，蒙賜御書扁額。爭羨雲間有義門。

聞清江浦被捻匪竄入同年淮海道吳紅生葆晉督戰陣亡詩以哭之

老去常吟哭友詩，烽烟滿地我心悲。可憐淮浦陳兵日，已是睢陽乞救時。明哲幾人皆退守，倉皇一旅獨扶危。大風折纛功難就，留得英名竹帛垂。

送編修郭筠仙嵩燾引疾歸里

瓊島瑤林寄一枝，翾飛仙翮遠塵姿。從戎海澨需才日，歸臥滄江未老時。會見作霖雲出岫，却逢送別雨催詩。班生投筆情逾壯，何必簪毫傍玉墀。君家湘南，尚當用兵，病痊後難賦閒居也。

附錄　和作三首

郭嵩燾筠仙

春風吹徧鳳凰枝，短鬢蕭疏病鶴姿。日暖園林投劾後，雪消江漢放船時。曳裾舊託中朝隱，歸橐新編上相詩。昨夜舢稜猶入夢，夢隨仙仗繞丹墀。

身世非同鳥擇枝，園梅猶惜歲寒姿。無多事業歸閒處，漸老心情異少時。海溢江潯憂國淚，岸花檣燕送歸詩。鄉關又過清明節，叢竹漫天草滿墀。

一曲《陽關》折柳枝，白頭元老古仙姿。上書引疾乖初願，翦燭談兵記往時。夜雨酴醾京國夢，殘春烽火草堂詩。故山歸卧吾生已，屬眼英賢集曉墀。

春寒

今歲春逢閏，春深氣候寒。羊裘憐袖短，獸炭撥灰殘。麥隴抽芽未，花畦放蕊難。窗前一樽酒，微雪下闌干。

春雪

冬盡竟無雪，春來五出飛。天心豐歲轉，民氣樂郊依。瀛海冰山湧，江洲鐵鎖圍。豈惟農望愜，烽火息南畿。

春陰

雪後濃陰積，東風埽不開。花香還醞釀，雲影共徘徊。乍喜斜陽炯，旋看細雨催。夜來天驟暖，破寂一聲雷。

春雨

春雪化爲雨，無聲潤物同。緑秭攀醉客，青篛出漁翁。齊唱田家樂，安知造化功。麥秋還有望，中澤慰嗸鴻。

喜徐少梅春闈上第

白袍鵠立盼泥金，一騎飛來送好音。亂後鄉關驚客夢，時浙中擾亂。中年科第慰親心。新恩許啖紅綾餅，古調猶聞緑綺琴。莫道絜脩先澤遠，看君重宴曲江潯。君先世西灣先生，乾隆間入直南齋，蒙御書『絜脩堂』扁額。

時將立夏忽見遠山積雪有作

朝來寒更甚，積雪滿山岑。恐有愆陽患，終孤望歲心。卷簾飛絮搦，埽徑落花深。無限傷春意，低徊發苦吟。

送漱芳姪毓棻歸里省親

三年往京國，兩度博微名。漱芳中戊午副車，己未舉人。惜別重回首，思親有至情。荊榛滿山谷，烽火暗江城。濟濟青雲彥，簪花欲振纓。

薊州旅次

我行百里雨霏霏，昨日西山見落暉。春旱麥苗還短短，夏寒柳色故依依。板橋流水魚鱗活，野店晴光燕子飛。嵐翠迎人塵慮豁，石門斜日脫征騑。

通州東郊遇大同兵過境不得宿還至州城卽次作

茅店戎裝百輛車，嚴明紀律靜無譁。九邊勁旅來山右，萬馬軍聲壯海涯。赴天津防堵。偶見荷戈思絕域，方勞籌筆憶京華。衝泥還入城闉宿，落日門前噪暮鴉。

四月二十九日聞蘇州失守作

聞說蘇臺下，兵驕將不威。市廛遭烈火，當事誤用姦匪之言，先焚閶、胥二門外民居爲守城計也，寇至而城仍不守，則民居爲徒焚矣。城郭弔斜暉。暗淡風雲慘，飄零骨肉稀。存亡猶未卜，江上有人歸。毓棻姪尚在歸途。

虎阜端陽景，龍舟競渡忙。笙歌今歇絕，蜂蝶漫顛狂。腸斷《蕪城賦》，心驚古戰場。願人無作孽，天必降之祥。

壽陽相國令嗣世長館選奉賀

任子承恩與衆殊，明光召對荷溫俞。令嗣以廕生引見，荷蒙召對。家聲三世玉堂譜，文戰一揮金僕姑。供奉仙班虛左席，扶搖天際快南圖。浮沈郎署轅駒縶，今日驊騮達九衢。

骰疾不能入值辭退樞廷蒙恩允准恭紀

十年趨禁籞，才薄主恩寬。踵頂捐難報，股肱力已殫。養痾容暫息，並賞假調理。解組豈能安。羽檄紛馳日，中宵起永嘆。

九月初四日二次賞假期滿奏請開缺蒙恩俞允恭紀

屈指彈冠卅二秋，忝襄密勿十年周。四方多難東南甚，外侮憑陵宵旰憂。久抱沈痾頻引退，歡聞明詔許優游。家山烽火連天暗，何日江干泛釣舟。

訪古莊營袁氏慶餘堂題贈鏡塘太守繩武

路僻村深別有天，松篁逕裏起炊烟。人來枌社衣冠古，地似桃源雞犬仙。世閥科名懷舊德，聯蹤車馬集時賢。時避地居此者甚眾。義門高躅堪相繼，聚族同居五百年。袁氏自前明洪武間遷居此地。

贈袁春帆典籍鴻翥

珥筆聲華滿鳳池，當年人誦早朝詩。故鄉伏處因多難，客路相逢感舊知。誰道山村雞黍薄，遍嘗海錯鬣鮐奇。是日招飲。抽簪我已辭雙闕，薇省無緣訂後期。

蘇州失陷慰高挈家二十餘口避至海門賊又將至思欲北來無路可通愴焉賦此

大將棄營逃，江南衆兵潰。毘陵及蘇臺，瓦解無遺類。嗟哉避難人，轉徙亦云憊。航海至江北，衣食將何賴。邗溝逼寇氛，僅存通與泰。北行阻沂曹，豺狼還遍地。我亦避地來，尚得栖都會。雖遭風鶴驚，未與烽烟會。汝行嗟無路，跼蹐乾坤大。致書南方友，援手聊相濟。所恐付洪喬，無緣達長吏。骨肉多飄零，清夜不成寐。

花南硯北草堂聽子孫讀書有感

讀書求聞達，所志在匡時。似我逢厄運，束手竟無施。嗟哉鼎折足，智小復何疑。早知鵜梁刺，何用日孜孜。汝曹當避地，猶復勤下帷。其志原可尚，體用當兼資。莫誇詞章富，須探韜畧奇。此輩東高閣，安用清流爲。化機剝終復，旋轉仗羣才。吾老不及見，徒吟《采薇》詩。

保定蓮花池有乾隆丙申御筆賜直隸總督周元理詩鐫碑於亭周字燮堂爲余家舊姻瞻仰古碑追維盛世賦此敬誌

乾隆全盛日，鑾輅暫停時。勝地留宸翰，畺臣荷賜詩。黎川懷故宅，燮堂先生家吳江之黎川，亦刊御詩於堂中。紫甸仰穹碑。司馬傳忠藎，英名史冊垂。曾孫憲曾，咸豐四年於臨洺關同知任內殉難。

冬至日雪

雪花六出兆年豐，剝極陽生一畫中。葭管灰飛傳候室，茶鐺火活慰衰翁。蛟蛇蟄地波方静，鴻鵠翔雲路未通。幾輩驚魂還不定，扁舟飄泊大江東。

旅居自課子孫讀書

四壁蕭然書滿篋，殘編散亂蠹痕侵。僑居館舍生寒色，久宦兒童變土音。不覺宵深拈寸管，祇因日短惜分陰。還思居易齋中事，余幼時書齋名。故里烽烟何處尋。

自君之出矣

自君之出矣，四壁清風吹。缶中無斗粟，嗷嗷黄口兒。
自君之出矣，惡客來相侵。僮奴各奔散，涕淚霑我襟。
自君之出矣，鄰里尋仇怨。身在網羅中，恨無雙飛翰。
自君之出矣，蠨蛸在庭戶。村舍無人烟，瓦礫空場圃。
自君之出矣，豺狼滿路衢。安得北海鱗，貽君錦字書。
自君之出矣，霜雪零空階。念君衣裳薄，日夕望君歸。

守歲

新年應比舊年彊，送臘何勞守歲忙。願祝析津成樂土，更聞牛斗埽欃槍。

饋歲

辭官不踏軟紅塵，饋歲何來寂寞濱。爲有同年門下士，還將科第重閒人。謂恆月川、錫子受、王秋浦、古又希四同年，曹心穀、張翰泉兩門生。

松風閣詩鈔卷二十五　硯北集

古今體詩三十七首辛酉

辛酉人日答同年袁午橋甲三自安徽軍營來書并寄一律

老病辭官歲月更，觚稜北望不勝情。三春江海浮番舶，八月風烟暗帝京。避地有人容暫住，還鄉無夢待時平。滿腔蕭颯天涯淚，人日題詩寄柳營。

三月初六日詣灤陽出古北口作

我行謁帝赴灤陽，鷲嶺雄關鎮朔方。自昔苦寒稱絶塞，祇今避暑有山莊。七騶久駐憑鞍慣，百職羣趨策馬忙。欲慰雲霓中國望，液池瓊島本清涼。

至灤陽蒙召見避暑山莊二次越日還京

引疾辭官今九月，覲光出塞及三春。馬嘶峻嶺層雲上，魚躍晴沙曲水濱。日暖未聞鶯出谷，地寒稀見草如茵。瞻天有路臣心慰，此去桃源好問津。

由灤陽至京道中口占八首

峻嶺巑叢往復還，人家半在翠微間。行來犖确今三日，匹馬嘶風喜入關。

陽春三月礀餘冰，薄笨車行力不勝。盼到酒帘摇曳處，僕夫覓醉喚難譍。

荷戟人來旅店稀，道逢勝克齋兵前往，朝陽旅店爲征兵所踞。幸留茅屋卸征騑。閒凭土銼看芻秣，門外青山銜落暉。

山遙路漸有平沙，幾樹垂楊茁嫩芽。不道崔巍人迹少，牆頭開出碧桃花。

密雲小邑舊稱雄，避地驅車曲徑通。去秋孫男女有避此者。喜見時平歸去早，朝天策馬獨衰翁。

村落人家只兩三，有兩間房、三間房地名，居人皆少。驚心旅客夢難酣。班荊却喜逢冠蓋，途遇沈朗亭大司農、文星崖制府，立談而別。握手風塵揮麈談。

孤村板屋看零星，豈有長亭更短亭。汲井僮來呼飲馬，牛郎山色照人青。

秣馬孫河望帝京，蔥蘢佳氣滿皇城。征衣初脱新茶沸，臥聽林間好鳥聲。

二十五日奉命署理兵部尚書恭紀一首

樞部重來七載過，甲寅春，調補兵部左侍郎。病餘扶杖久婆娑。每懷祖武辭官早，先曾祖曾任兵部尚書，歸田時年未七十。莫報君恩負疚多。海國漸聞通玉帛，中原還未息干戈。欲修戎政宣威德，老去徒聞忼慨歌。

得慰高祖彝避難泰州來書志感

一紙鄉書剪燭看，亂離非復報平安。故人半作無家別，旅客同歌行路難。鴻雁哀鳴嗟力倦，豺狼縱目使心寒。祖彝於宿遷遇盜，仍歸淮浦。何能飛度城狐窟，航海輕舟下急湍。南人北來，惟航海可通。

題友人送窮圖

我聞原憲貧非病，昌黎何有《送窮文》。又聞鍾馗喜啖鬼，張髯伏劍終南山。此鬼冷落無緣趨捷徑，游魂踽踽千秋存。伯有介行爲厲鬼，生前豪富死不馴。此鬼既以窮餓死，西山薇蕨夷齊倫。其或不食嗟來食，黔敖爲粥空長嘆。問君送將何處去，塵世豈有餐霞煮石之神仙。願守固窮節，庶幾君子人。

重五後一日潘木君中丞邀入五老會作

乍過靈山晒藥天，婆娑鶴髮酒樽前。與君壬子生同歲，五老叢中作少年。身世茫茫水上漚，幾人歌舞幾人愁。愁來絲竹難陶寫，瞥眼韶光七十秋。五老者，雲間張尚書祥河，年七十七；商城曹給諫宗瀚，年七十六；滿洲鄂中丞順安、錢塘許尚書乃普，年俱七十五；上元潘中丞鐸，年七十。而余與潘中丞同庚，惟寶坻李侍郎菡年未七十。

木君本有五老圖今作新圖以紀其事用司馬溫公真率齋七人五百有餘歲句序齒分韻得有字

五老作圖始癸丑，春秋八度今辛酉。龐眉半上北邙山，踵至羣賢皆新友。主持雅集仗潘郎，我今七十亦稱叟。序齒來游真率齋，摘取山果剪園韭。當筵署仿溫公法，屏除絲竹酌清酒。七人五百有餘歲，分韻吟詩世稀有。自從薄俗尚奢華，萬錢一食難可口。鸚鵡杯空歌伎散，珊瑚樹碎豪奴手。風烟滿地六軍飢，酣歌恆舞心安否。吾儕歡會不忘憂，豈惟儉約期可久。行看竹杖化青虬，莫問浮雲變蒼狗。坐中三子皆年少，稱觥起祝先生壽。

自題焚香思過圖時年七十

讀書能致用，庶不愧儒冠。於世苟有濟，無慙享大年。憶我初筮仕，宇內方乂安。今及懸車歲，抱火厝積薪。智小難謀大，何弗辭高官。十年贊樞密，南北多烟塵。三載論思任，補救無一端。未覩干戈息，徒聞水旱頻。方憂瘡痍滿，宵旰勞至尊。忽聞歐巴西，憑陵南海濱。背盟據粵地，肇衅辱重臣。朝廷示寬大，猶欲懷以恩。蹉跎遲決策，俶擾析木津。畿疆失險要，風鶴驚帝閽。問是誰之過，彼相不扶顛。雖云已去位，莫逭從前愆。古來醫國手，所貴見幾先。未有隔垣技，烏能療肺肝。況膺心腹寄，首重惟薦賢。當世多豪傑，徵召胡弗傳。詔書省刑罰，折獄吏未寬。錢幣屢更變，民呼來日難。凡此大綱紀，宰臣弼仔肩。奈何身當局，袖手同旁觀。嗟哉鼎折足，撫躬實傀焉。下負平生學，上孤主恩偏。焚香內自訟，悠悠籲蒼天。

寄懷宗滌樓稷辰東河

烏臺一去音塵闊，若木羲鞭逝不停。獻納終傳陽子疏，宣防還注《道玄經》。與君壬子生同歲，願守庚申保百齡。伏櫪尚存千里志，腰間繡澀有青萍。

觀舊藏書畫作

字愛衡山畫六如，坐消長日賦閒居。漫論天下已成事，且讀平生未見書。雅集還思追白富，潘木君邀入日下耆年會。閒蹤何處問樵漁。《榴皮仙蹟》容龕壁，舊藏《東林山榴皮仙蹟》，今以徵詠。貝錦峯前結草廬。貝錦峯，東林山名也。

題許仁山詹事彭壽摹李伯時五馬圖

宋家元祐全盛時，鳳頭驄自于闐來。第一匹于闐進鳳頭驄。番奴曳出騏驥院，姿與錦膊同權奇。第二匹錦膊。好頭之赤照夜白，第三名好頭赤，第四名照夜白。並入天閑毫足齊。最後一匹滿川花，第五匹無名，疑卽李伯時畫殺之滿川花。伯時神筆涪翁詩。五馬之圖等八駿，丹丘牧仲珍籠紗。爲柯丹丘、宋牧仲所藏，後入《石渠寶笈》。拽羅早入《石渠笈》，輝煌宸翰天半霞。乾隆間御題長歌，藏於懋勤殿。什襲琅函藏祕殿，供奉清班始得見。宮詹好古手自摹，卓立天骨開生面。神物何殊赤水洼，壯遊堪赴瑤池宴。好事人懷張仲謨，自逢黨禍賴曾紆。曾紆當黨禍之後轉漕嘉禾，以玉軸遺劉延仲，俾裝而存之。手持玉軸遺延仲，流落畫本傳嘉禾。蘇題韓馬不可覩，世間珍重公麟圖。風烟海內今還擾，桓桓猛將資牙爪。逶迤旌旆畫龍蛇，聯翩羽檄馳騕褭。安得貔貅十萬雄，天弧遠指欃槍埽。

題潘木君中丞鐸洞庭歸帆圖

憶同簪筆值鑾坡，退食敲棊逸興多。秉鑑歸來森畫戟，萍蹤南北嘆蹉跎。汴水湘江歲月侵，蜺旌移處感升沈。羡君宦海抽帆急，一舸秋風伴鶴琴。洞庭木葉渺余愁，欲向長干泛釣舟。故里風烟歸不得，燕臺舊侶話前遊。莫道長安未是家，結廬且種邵畦瓜。聯吟洛社高風溯，相約攜樽共看花。

題張詩舲大司空南北山閱兵圖公任陝撫時作

公持節鉞臨西疆，新詩百篇投錦囊。文人武備非所長，帝命閱伍兵氣揚。仰瞻鶉首弧矢光，函關形勢古莫方。北連湟中西控羌，桓桓猛士來甘涼。蜺旌一麾鵞鸛翔，三軍齊著繡裲襠。夏服箭勁烏號强，營門列隊嘶驌驦。鼓聲一震羣超驤，樓頭吹角旗幟張。何人危坐肆武堂，公嚴賞罰軍令彰。腰間寶劍星吐芒，恩含春澤威秋霜。垂髫黄髮走且僵，環而觀者如堵牆。南山北山暮色蒼，披圖使我心傍徨。方今烽火連蘇杭，蜀川皖水通衡湘。紛紛城邑居豺狼，滇黔戰壘遥相望。陳宋猶聞擊鼓鏜，畿南捷書喜連章。岱宗雲霧還茫茫，安得勁旅埽八荒。如驅虎貔噬犬羊，寰區復覩斯民康。公思鱸魚返故鄉，我望柳色歸吳閶。

詩舲滇生兩尚書嵐樵給諫雲浦木君兩中丞因余七十生辰先期招遊天寧寺雅集賦謝

壯不如人老奈何，官閒歲月莫蹉跎。攜樽列坐清涼界，撫劍還聞忼慨歌。飲露吟蟬低繞樹，翔風靈鵲遠填河。歸田何日堪償願，江上青山客夢多。坐中四人，皆家在大江以南。

鮑小山觀察居憂僑寓雄縣書來見贈五律二首尚未和答復承見懷長律一首次韻奉酬

寰區否泰問天公，世運循環事不同。老去功名塞翁馬，年來談笑越人弓。鵑啼碧血雲山外，竹化蒼梧涕淚中。糺縵卿雲扶舜日，會看六合扇清風。時有日月合璧、五星聯珠之瑞。

七哀詩十月初一日哭迎梓宫作

秋風起兮塞草黄，雲沈沈兮遮帝鄉。關山直北阻且長，遥瞻斗極天茫茫。昔有熊氏之騎龍兮，攀髯莫及臣心傷。矧蒼梧之不返兮，灑血淚於脩篁。嗚呼天傾煉石猶可補，此恨千秋誰與語。

大瀛海兮環神洲，祇宜博望乘槎遊。巨鱗鼓浪兮海西頭，羣張謷鬣兮森戈矛。𢾍師力薄兮網罟收，豐隆折椎兮觸不周，電光閃爍兮天公愁。嗚呼作文祭鱷鱷旋徙，强弓毒矢無庸矣。

漢家離宮三十六，昆明太液遙相屬。翠華巡幸兮艤蘭舟，相如枚皋兮載筆遊。鳧鷖鶺鴒兮隨波翔，茝蘭杜若兮緣隄芳。玄菟樂浪兮撫辰極，南海珠厓兮已罷擊。李廣不封兮因數奇，蘇卿歸來兮猶持節。嗚呼柞棫斯拔兮松柏摧，建章之火何從來。

姬公作洛爲帝京，平王東遷周不傾。灤陽前聖所經營，疑爲後世開金城。不知邊塞非王庭，難與澗瀍相抗衡。讕言簧鼓兮憂公卿，寒暑不時兮災沴生。嗚呼林中梟鳥聲如鴃，安得利劍斫其舌。

山石犖确兮樹輪囷，關關好鳥兮啼陽春。脂吾車兮謁帝閽，雷闐闐兮雪紛紛。回車曠野多荊榛，流泉嗚咽不忍聞。荷戈什百來從軍，云有烽燧驚邊屯。嗚呼世路茫茫多坎坷，神京何日還車駕。

覽九州兮暗烟塵，豺狼逐逐兮甘食人。黔黎何罪兮呼蒼天，謀不臧兮臣之愆。安得賢輔兮方召儔，埽除狐兔兮海之陬。嗚呼十年宵旰皇心苦，遠望橋山淚如雨。

嚴霜降兮黄葉飛，蟬吟寂兮雁南歸。朝馳余馬兮山之麓，夕息駕兮水湄。悲風動地兮神靈來，山林縞素兮臣民哀。重瞳八采兮天日姿，望不見兮肝腸摧。嗚呼歌當哭兮望當歸，城闉日暮飄靈旗。

聞詔恭紀

古之賢王助開國，我朝定鼎親藩力。今茲嗜利謀專權，朋比朝堂作蟊賊。初戒典軍勿用兵，旋脅車駕巡京北。軍心渙散民流離，自謂忠誠無愧色。各興土木謀安居，欲以僻壤爲宸極。我昔憂危百病攻，三月養疴旋罷職。春來謁帝勸遄歸，其如此輩言先入。無何弓劍痛橋山，把持政府矯書敕。主幼時艱兆禍機，兩宮血淚皆霑臆。幸我先皇有介弟，手持密詔如霹靂。陰霾頓豁天地清，遂縛豺狼斬荊棘。垂簾上法宋宣仁，篤棐公旦勤日昃。吐哺握髮求賢才，環瀛重見昇平日。

松風閣詩鈔卷二十六　硯北集

古今體詩九首壬戌

喜壽陽相國應召來京入直弘德殿講筵

避地分攜又一年，重逢堪喜復堪憐。公歸尚有王官谷〔一〕，我老曾無陽羨田〔二〕。昔獻謀猷趨祕閣〔三〕，今資啓沃侍經筵〔四〕。金鼇退食詩篇續〔五〕，更了平生翰墨緣〔六〕。

【校記】

〔一〕『公歸』，稿本作『羨君』。

〔二〕『我老』，稿本作『嘆我』。

〔三〕『昔』，稿本作『共』。

〔四〕『今』，稿本作『獨』。

〔五〕『續』，稿本作『在』。

〔六〕『更』，稿本作『欲』。

祖彝挈家航海而至感而有作

憶自庚申冬，別我歸故里。改歲及陽春，驅車戒行李。道逢不逞徒，矛戟挺而起。探囊無慭遺，惘惘歸淮涘。今茲浮海來，全家杭一葦。風波驚澒洞，晝夜靡所止。抽帆過析津，信宿緇塵洗。同舟各無恙，出險真可喜。佳節正天中，蒲觴酌甘醴。聊慰衰病翁，諸孫識面始。遍訊故鄉人，寥寥堪屈指。其餘半淪胥，傷心感逝水。

題畫二首

踏破芒鞵尋遠山，歸來放筆學荊關。杈枒古木無人徑，只有仙禽自往還。

風烟滿目使人愁，飄泊渾如不繫舟。安得置身圖畫裏，王官亭子號休休。

送潘伯寅典試山左

涼飔猶未轉，溽暑方逼人。送君持衡去，驛路多苦辛。幽冀盛時癘，魑魅夜叩門。齊魯起頑梗，狐鼠憑社村。仰天彌雲霧，市地莽荊榛。荒塗騁遊目，愁思何漫漫。君往秉文鑑，孤懷誰與論。銜命別丹禁，掄才感主恩。敢憚馳驅瘁，搜羅席上珍。嶧山梁父間，大匠求輪囷。取儲楝桴任，九拜貢帝閽。去去勿回顧，鵠立盼車塵。千里共明月，不殊几席親。茱萸啓嘉會，待君酌滿樽。

大疫紀異

天將疫癘代干戈，捧腹呻吟一刹那。須向鍼砭求速效，難期藥餌療沈疴。介行疑有鬼雄至，巷哭時聞嫠婦過。駭説全家朝暮死，獨留稚子涕滂沱。

八月望後聞黄壽臣同年宗漢將歸閩南送行

瞢騰乍醒南柯夢，東海閒尋舊釣磯。垂老何堪重作别，故鄉却喜送將歸。明如秋月還虧缺，淡到浮雲無是非。軒蓋紅塵忙不了，幾人白髮遂初衣。

采菊東籬下〔一〕

采菊東籬下，境曠心亦涼。移栽茅簷近，不使侵微霜。坐對酌清醑，夜來燈燭光。永保歲寒節，病夫行且康。

【校記】

〔一〕稿本《硯北集》此詩下有彭祖潤注：『壬戌九秋，先君養疴京邸，疊菊於檐前，因作是詩。其時右腕腫痛，未曾親錄入藁。癸亥暮春，男祖潤於遺篋中檢出，附錄於後。男祖潤謹記。』。稿本《硯北集》終於此首，後有彭祖賢識語：『先公壬戌詩稿，自題曰《硯北集》，自春徂夏，得詩五首，皆親筆謄寫。旋因案頭書卷繁多，覓之不得，又自訂一本，仍題《硯北集》，得詩四首。今將兩本訂成一本，以免散失。是年詩篇較少，擬歸併辛酉作爲一卷。男祖賢謹識。』。

題馬孝子傳

洞庭東山兩孝子，先後挺生出馬氏。一啼吳市訴父寃，一泛申江歸櫂理。亂離骨肉幸相逢，豪猾姦民伏罪死。精誠耿耿感蒼穹，神靈默佑孝行偉。吾友葉君調生廷琯書其事，盛名他日垂青史。

鶴和樓制義

鶴和樓制義

序

湯　鵬

天之文，激而爲狂飆驟雨，純而爲霽月光風，不霽月光風不足以筦乎天之文也；　地之文，聳而爲孟門呂梁，夷而爲平林止水，不平林止水不足以筦乎地之文也；　人之文，縱而爲横衡直突，歛而爲清節和聲，不清節和聲不足以筦乎人之文也。　是故天之文如其天，地之文如其地，人之文如其人。　始余與詠莪櫜筆樞垣，匪朝伊夕。　見其言必詳以明，動必安以舒，識必周以圓，守必貞以静，則曰：『此吾詠莪之爲人也，吾得之矣。』既而詠莪出其所著制藝，請序於余。　余亟讀，讀且盡，見其不爲亢厲之狀，不爲激楚之聲，不爲險辟之思，不爲膠葛之旨；　而油油乎其味也，亭亭乎其骨格也，款款乎其不能已於發揮也，秩秩乎其在繩墨之内也，雕雕乎其光華也，磑磑乎其積也，纍纍乎其出而彌多、引而彌上也，納納乎其亡所不包舉也，則又曰：『此吾詠莪之爲文也，吾得之矣。』且夫玉出於山，則與山之嚴重同其體；　珠出於淵，則與川之晶瑩一其致。　凡物莫不肖其所自出，而況於文乎？　而況於人乎？　夫詠莪本生世德之家，又得山川之助，是故清節和聲，文如其人。　見其爲人，能使吾之鄙悋消；　見其爲文，能使吾之麤厲釋，豈惟吾哉？　願廣其意以告天下操觚之士，其庶幾乎。　讀詠莪之文，俾去粗厲以從和平；即文以師詠莪之爲人，俾去鄙悋而從光大哉！

道光癸卯季夏，益陽湯鵬拜題。

鶴和樓制義

大學〔一〕

自天子以至於　一節

合上下而壹於修，大學之本在身矣。

蓋大學之教，自天子至於庶人共者也。而其本在修身，所爲合上下而壹之者與？

今夫至不壹者，天下人之數也，而其身則壹而已矣。身既壹而身以内所存無不壹，卽身以外所推無不壹。而要惟身之守所存以裕，所推者爲能握其樞於内外之交，而使至不壹者歸於至壹。故大學之條目，雖繁而其用功則約也。

如由物格以至天下平，明德之事皆在修身先，新民之事皆在修身後，則夫明德之終，新民之始，修身一大端矣。對新民言則明德爲本，對家、國、天下言則身爲本矣。顧或謂身之分有不同，卽修之量有不同，蓋自天子有平天下之責，而下至庶人不過齊其家，以所推之廣狹，疑所本之參差，是未知大學内聖外王一貫之旨者也。

今夫天予人以身，卽并格、致、誠、正之理而予之矣。予之而不禁人以自爲，故聖賢之名通乎貴賤。則夫人自盡其修，遂并齊、治、平之理而盡之矣。盡之而隨所施而各當，故君師之責無閒尊卑。

自天子至於庶人，一也。

修身則存乎身者罔弗賅，由格而致而誠而正，凡所謂復性以踐形者，責之以修，雖天子猶或未違約之以身，雖庶人無難自勉也。萬物備於我躬，秉賦無私，何事强分其畛域，而統上下而策躬行，卽合聖愚而完明德。正而修，誠而修，格、致而修，壹以身爲本之端而已矣。

修身則推乎身者無弗盡，由家而國而天下，凡所謂成己以成物者，知爲身之所積，雖天子不能責諸人；知爲修之所該，雖庶人亦可求諸己也。十五而入大學，倫常皆具，何從區別其等差，而以性情之大同爲實踐，卽以秉彝之至理爲自新。修而齊，修而治，修而平，壹以身爲本之立而已矣。

夫然故凡天下之人，明德之原，返諸身而無或息也；新民之理，裕之修而無或虧也。格、致、誠、正，積厥躬者，非課虛也；家、國、天下，握其機者，非外求也。是本也，齊以之，治以之，平以之，平、治、齊壹，是皆以之者也。是以天子入大學，而元子、庶子，卿大夫之適子，以及民之俊秀皆與焉。胥天下於學，卽胥天下於修身，而本末之辨明也。

舉重若輕，包掃一切，相如賦大人飄飄乎有淩雲之氣。業師錢東生先生

【校記】

〔一〕『大學』，底本無，據《鶴和樓制義目錄》補。下同。

是故君子無所不用其極

有自新新民之責者，當鑒古而用其極焉。

夫至善之止曰極，無所不用，而自新新民之責盡矣。君子亦求至於極耳。傳者繹古訓而言曰：『自新新民之各臻至善也。』豈惟商、周之主則然？

古今來膺斯責者，欲求量無所歉，必先心無所限而力無所遺。蓋有所限則不能必充其量，有所遺則不能各充其量。鑒於往古，可皇然興也。

若《銘》、若《誥》、若《詩》，自新如是，新民而及於命如是，可不謂立其極者與？

是故君子以一身作萬物之覩，未治物，先治心。心判乎醇疵，必求有醇無疵者，所以端治物之原，而聖躬必先臻粹美。

以天下驗吾學之成，本在修，末在教。教分乎純駁，必求有純無駁者，所以竟自修之效，而民心乃各適中和。

所謂用其極也，用以自新，用以新民，不啻兩懸其的而并而赴之，功必兼焉。又若互爲其根而探而得之，道無遺焉。則以爲無所不用云。

極原於天德之尊，先天下而操其柄者，擇術不可自卑。我不立己之極，而自處於卑，於人又何望焉？君子於懋修之際，必不自卑以褻其天，乃至四海之大，有一夫之志氣，猶狃於末俗苟且者，且以爲我治功未盛，卽天德未尊也。而尊其德者無所不至矣。

極存乎王道之大，範天下而正其趨者，程功不可小就。我不導民之極，而自囿於小，獨善又何貴焉？君子於教化所彰，必無小就以隘其道，乃至萬幾之內，苟有纖微之疵，累黷於雜霸褊淺者，且以爲吾德性未宏，卽王道未大也。而大其道者無所不至矣。

夫然議道置法，不臻其至者，必非帝王之學。世運有升降，而大學無古今也。用極者，神明之地常懸一必至之程，而物我同歸，直無一端之稍歉。是以清明在躬，猶不矜心於絕詣；休和滋至，未容留力於小康。

夫然居德善俗，有所偏重者，必非醇備之朝。人己有後先，而明新無厚薄也。用極者，運量所加各還其當然之則，而道化咸舉，要於無美之不臻。是以宸修日懋，廟堂益樹以風聲；民志丕誠，夙夜不弛其祓濯。

後之君子，可以興矣。

心精力果，氣象渾涵，卓然大家矩矱。何一山

『無所不』三字，處處精神迸露，斯爲字，外出力，中藏稜。李少峯

如琢如磨者自修也

繹《詩》之詠琢磨者，而得自修之道焉。

夫《詩》言琢磨，猶切磋之有序也。繹之而知自修之道，固與學俱進者哉。

且學而知之者，君子之存理也，而存理者尤必遏欲。欲之顯者，不抉以大力則不除；欲之微者，不汰以精心則不淨。合顯與微而交致其功，斯由知以進於行，而勉勉者益臻純粹焉。如切如磋，既會其旨於學矣。今夫知求其詳，必資乎學；行求其密，莫先於修。若《詩》所云『如琢如磨』者，可繹也。

大凡物之難治者，必其障之未開，琢所以開其障也。第物之障有形，而心之障無形，恃爲無形，而不知致力則已疎。抑凡物之不純者，必其疵之未去，磨所以去其疵也。第物之疵共見，而心之疵獨見，於其獨見，而不奮全神則已怠。

此如琢如磨，所以孜孜不已也，自修也。

莫患乎躬行之累，不能嚴以防之，防其累者，道在省察焉。夫懋修之業，貴乎始終。神明於規矩之中，非琢不成其器；抉摘於瑕瑜之掩，非磨不發其光。追章未著而圭玷猶留，難畢進修之志也，而省察者深矣。

莫患乎物欲之私，不能力而袪之，袪其私者，道在克治焉。夫修省之功，統乎內外。剖析在大端之表見，不啻雕琢以呈材；淬厲在細行之必矜，不啻磨礲以致潔。鑽堅悉破而刮垢無餘，始愜慎修之願也，而克治者精矣夫。

然自修之功有交盡焉。當琢而不琢，頑然者修怠於初；當磨而不磨，塊然者修隳於後。《詩》若曰：良工豈有他技乎？其發覆也，儼同內省之嚴；其盪穢也，又若繩愆之切。君子觀於此，而不敢抱璞以自安，不敢留汙以自褻。故修之如琢者，正以完昭質於無虧；修之如磨者，益以砥性功於至粹也夫。

然自修之功有遞進焉。知琢而不知有磨，作輟者修何能竟；知磨而不知有琢，躐等者修豈能純？《詩》若曰：治物且無止境耳。其鑿之深也，若除惡者不留餘力；其濯之潔也，若遷善者漸復本明。君子觀於此，而既虞藏垢之在中，復恐留瑕之在外。故磨必先之以琢，玉可攻而修植初基；琢必終之以磨，石可錯而修完全量也。

更觀德容之盛，非盛德至善，其孰能與於斯乎？

無逸思，思乃精；無浮氣，氣乃靜。渣滓盡而清光來，置之張百川、儲中子集中，亦上乘文字也。

刻露明淨，文亦從琢磨後得此純粹精之境。張詩舲

林岵瞻

曾子曰十目所視　一節

凜視指於獨中，明其嚴而知慎矣。

夫獨固視與指所不及也，而自曾子言之，則有十目十手者然，切著其嚴，而獨可不慎乎？今夫小人之爲不善，恃獨知也。使知己所獨知卽爲人所共知，則亦何恃而不慎乎？惟戒欺之君子，常於獨知之地，凜共知之形，而造危境以絕欺心。斯無時自恃爲獨，卽無時或肆其心耳。君子於獨，不以畏人知而始慎也，蓋以獨之中本自有其不可掩者在。昔曾子嘗言之曰：凡人於惡之所起，恆自覺焉，而終怙之者，以爲至隱而莫我察也，而不知無隱之非顯也。人於欺之方萌，欲自懲焉，而姑任之者，以爲至虛而莫可名也，而不知無虛之非實也。顯者視是，實者指是，極之無不顯、無不實，則十目所視、十手所指，是恆情於可羞可怍之事。有人從而詳察之，又從而表暴之，必有凜然懼者。以爲知而在我，未形猶可改圖；知而在人，既發不可復遏也。豈知未形者，卽既發者也。有端倪而後可視，有迹象而後可指，己所及何莫非人所及，而可恃爲未形乎？

常人於非禮非義之端，衆人聚而窺度之，又聚而抉摘之，必有赧然愧者。以爲一人知之，猶冀原情而曲覆；衆人知之，奈何欲蓋而彌彰也。豈知曲覆者，卽彌彰者也。有十目而視無或遺，有十手而指無或遁，獨所知何莫非衆所知，而又誰能曲覆乎？

其嚴乎。

莫嚴於誠中形外之至理。知吾心一啓其機緘，宇宙竟無善藏之地。此日獨知而自揜，異時將衆著而不知。則獨中已具夫衆之形，凜其有必至之機，而視與指并非虛構。我不自視，而瞰我者在至隱；我不自指，而摘我者在至微。一時之相逼而來者，夫固揜之不及揜也，則衾影無敢稍縱矣。莫嚴於好善惡惡之天良。縱吾意自安於錮蔽，清夜總無終昧之情。恃爲獨知而自欺，覺爲共知而必自悔。苟懸衆以防夫獨之念，充其不自安之隱，而視與指原不假人。我能視而自昧，十目偏處於至明；我能指而自寬，十手偏形其至切。兩境之相乘而至者，夫固欺之不可欺也，而隱微何敢容私矣？

此曾子自言慎獨之功也。

意以清而愈刻，筆以轉而愈透，不使一游衍躲閃伎倆。李馥堂

在正其心者　三句

傳者明正心之功，先察忿不中節者焉。

夫正心爲修身之本，其功非一端竟也。彼忿懥而忽有焉，不當先防其失正哉？

今夫心者，身之主而氣之帥也。檢身必悉化其偏心，治心必先消其暴氣。蓋心貴不偏，心之偏皆身之偏；而氣嚴毋暴，氣之暴卽心之暴。省察之功自此始也。

經言修身，而不第求之身者，誠以心筦乎身，而其用爲無方也。全體之渾涵本無私，而各正一端之偶觸。或有激而不平，此固心之累，而不獨心之累也。然則欲修其身者，可不審所在與？

試觀心於情欲未引之時，寂然皆靜也。叩之於靜，末由指一節之疵，幾謂其身無不修，安知夫靜而之動，寂然者將感而勃然也，則當正之於動也。

苟觀心於格致既精之後，湛然常存也。驗於所存，初不見偏端之勝，幾謂其修無不盡，安知夫存而不察，湛然者將變而熾然也，則當正之於察也。

夫學至正心，固已知無不致、意無不誠矣。知之至則是非之心明，而心之所非者猝投焉而勢不可遏；誠之至則羞惡之心實，而心之所惡者積久焉而中不能消。若是乎忿懥之心，人所同有，尤正心者所必有也。苟能不失其正，則謂未嘗有所忿懥可耳。

大抵人情之感，毗於陰柔，而忿懥獨有乘剛之險。天下以德乘剛者，引心於至粹；以情乘剛者，陷心於至危。此際不加省焉，將所謂忿懥者，未嘗不出於是非之心。或人有不仁，而疾之已甚矣；或人有舊惡，而念之逾時矣。得其正，則扶義理者乘剛而中；不得其正，則挾血氣者乘剛而過。儒者涵養十年而始無旁遷之怒者，釋躁之功也夫。

抑凡人欲之滋，鑿由私智，而忿懥不經思慮而來。天下知之不慮者，牖心而入明；欲之不慮者，蔽心而入妄。此際不加慎焉，將所謂忿懥者，未嘗不原於羞惡之心。或惑於旁觀之譖愬，而發之不自禁矣；或參以私意之忮求，而藏之不能釋矣。得其正，則名義所爭以不慮而氣不屈；不得其正，則氣質所逞以不慮而理不存。人當老成閱歷而始覺過激之非者，用壯之悔也夫。

忿懥之不正，卽心之不正；　心之不正，卽身之不修矣，況失正者不一端哉？

思力沈鷙，入木三分。胡實甫

故好而知其惡　美者

美惡之辨宜詳，因思好惡得正者焉。

夫使所好必無惡，所惡必無美，則亦何難於知哉？　惟其不必然也，故思用情得正者耳。傳者謂用情之辟不一端，其原皆出於知，而其究遂分爲好惡者也。顧好惡之先若有知，好惡之後若無知。非無知也，其先以知而不爽者，其後當以知而善轉。乃在人旣有異致，而在己猶設成心。此情之所以辟，而令人思眞知好惡之人也。

如親愛、畏敬、哀矜，皆好之屬也；賤惡、傲惰，皆惡之屬也。好焉者必知其美，惡焉者必知其惡也。使所好必無惡，所惡必無美，豈不足見知之眞而用情無辟哉？　而不能也，則以所好未必無其惡，所惡未必無其美也。

人情之先入爲主也，好惡豈曰無定？　惟其有定，而相加之分量不及持，而偶至相逾，於是非錯雜之中，而未能稱物，已不充其察識之功矣。

人情之一往而深也，好惡豈曰無常？　惟其有常，而驟易之賢愚不加察，而視爲不易，當喜怒未平之際，而稍涉任情，早不盡其聰明之用矣。

若是乎其惡其美，不當於所好所惡中知之哉？

夫使所好不皆美，所惡不皆惡，必其人知猶未致耳。茲之辟者，乃在知既致之人也。知之而好惡不混，亦或知之而好惡不移，則非知之極也。

抑或見美而不好，見惡而不惡，必其人意猶未誠耳。茲之辟者，乃在意既誠之人也。誠於好惡而知不淆，又恐誠於好惡而知不改，則非知之精也。

吾乃思好而知其惡，惡而知其美者。

覘人以大概者，未必能識其詳。假令美之中無惡，惡之中無美，則一其情於好惡，而已自無偏，而無如物情之參錯也。有一眚之愆，一節之善，伏匿以試吾知者，以辟焉者之未察其詳，乃思夫瑕瑜之掩，抉而畢彰；闌闠之親，習而愈察。此際不參私意，斷賴知明處當之人耳。

定人於素行者，未必靜觀其變。假令美者終於美，惡者終於惡，則貞其情於好惡，而已無不當，而無如人事之變遷也。有始終異趣，表裏懸殊，參差以汩吾知者，以辟焉者之未窮其變，乃思夫薰蕕之分，辨於同器；鑒衡之用，應於無方。惟能悉化成心，斯爲知幾其神之聖耳。

以此求之天下或鮮焉，用情豈易正哉？

理精法密，盤旋處虛神迸露，一絲不溢。鳳竹塘

蒙得上文，留得下句，仰承俯注，恰好如題，弓燥手柔之候也。祁涵香

孝者所以事君也　三句

明家國相通之理，孝、弟、慈卽所以成教矣。夫孝、弟、慈止以教家，而事君、事長、使衆之在國者，道不外是。傳者故比類以明之，意謂不出家而成教於國，非易言國也。苟其理本不相通，雖君子亦何能强致？乃觀古今來齊家之事，不過數端。一爲舉以例國，覺其類足以相當，而其理有以相及者，夫乃知至性之所賅甚廣也。何言之？事苟爲情之所同，卽易地而無容歧視，均此上下相維之意，而性天之醇備，散列而著經綸，則情以同原而易給。事苟爲理之至足，卽充類而不待旁推，止此尊卑相繫之情，而宏遠之規模，挾持者在切近，則理以至足而無虧。

蓋國之治也，治於安上全下，事君、事長、使衆，其大端也。要其理則不自國始，觀於家而有孝、弟、慈焉，一也。

宇宙雖大，不過人與人相屬之區。相屬以情，要必相合以分。胡然必拜其父，從其兄，率其子，情至而分明焉，則朝廷經制之原準此矣。

治化何神，不過物與我相聯之故。聯之以誼，要必別之以倫。胡然而此宜尊，此宜友，此宜畜，誼明而倫察焉，則遠近大同之象操此矣。

吾知治國者，舍是而別無所以事君、事長、使衆也夫。然故卽家卽國賅舉焉，而不待更端。但使家之中，上焉答劬勞，中焉盡友恭，下焉謀鞠育，秩秩然門內之規模不殊乎境內，知性分中之流示者精。但使國之中，戴元后如父母，親司牧如父兄，愛百姓如子孫，肫肫然爲治爲齊並至焉，而無煩推及。但使國之中，……公家之恩誼不薄於私家，知秩敘中之取攜者廣。

是則至性至情之蘊，比類而成經世之模；人綱人紀之分，約舉而見用情之合。家也國也，其理一也。或者曰：能自盡於所獨，乃能自盡於所共；能不靳於所親，乃能不靳於所疏。此引端而竟之說，猶未足語成教之君子。行修於身，德孚於家，而教成於國。其事雖有先後，其理則無參差也，而效可知矣。

詮『所以』二字，十分活相，庖丁解牛，批郤導窾，妙在以恬吟密詠出之，更覺倏然塵埃之外。江春巖

康誥曰如保赤子心誠求之

舉慈幼以明家國之通，而誠求之心可按焉。

夫保赤，止慈幼之一端，而家國相通之理該焉。傳者引《書》而釋之，亦還按其心之誠求否耳。

嘗思天子子天下，非恃有子民之分，而恃有子民之心也。顧視民如子者，證乎心之同；而各子其子者，發乎心之實。雖往訓非專言慈幼，而借端乃得其最真。子民之心，當鑒於子子之心耳。

使衆以慈，猶之事君長之道，不待外家而求。要其相通之故，無非恃吾心真實之理。顧慈以衆言，明其理之相通，孰若慈以子言，觀其情之最切？《康誥》不云乎，『如保赤子』。

保惠惟民，保乂惟民，疇弗盡撫綏之力。《康誥》以爲民視民而心之恫瘝猶疎，子視民而心之恩勤彌篤也，故不曰民而曰子也。

子克肯堂，子能負荷，豈遂弛顧復之勞。《康誥》以爲言子而父母之心已難忘，言赤子而父母之心爲尤切也，故不曰子而曰赤子也。

赤子之保，保於吾心之誠耳。欲保民者，舍赤子奚求哉？

天下性情之貴，以其能合形氣之分。彼赤子雖未著其性情，而已早分我形氣。屬則于毛，離則于裏，有視爲隔膜而不能者，此其中有性情焉。蓋赤子之性情未著，而保赤者之心卽相尋於未著也。

生人知識之良，貴其能辨好惡之實。彼赤子雖不識不知，而豈曰無好無惡？笑也有喜，啼也有哀，有目爲冥頑而不得者，此其中有知識焉。蓋赤子之知識乍形，而保赤者之心，遂力索於乍形也。

然則赤子未嘗無心，第患吾心不求耳，或求之而不誠耳。

其不求於心也，赤子無如父母何也。雖云同體之親，而官骸手足之既分，安在痛癢相關，可據爲必然之勢？所恃者，父母之心每不能恝然耳。迫而爲求，而求固非赤子所能呼籲矣。

其求而不誠也，赤子又無如父母何也。秉此蠢然之質，而飲食寒暖之待命，安在精神所注，必無有告瘁之時？所異者，父母之心每不能僞爲耳。積而爲誠，而誠又非父母所能自禁矣。若是而父母之心，不且合乎赤子之心，而保之之術畢周哉？家國相通之理，舉慈幼一端，而孝弟賅焉耳。

此節本卽慈之一端，指其自然之誠，但語氣至『未有學養子』二句始完。文就題點逗，而於全神不觸不背，斟酌可謂盡善。蔡曉沙

貨悖而入者亦悖而出

理財者不能絜矩，於其入，知其出矣。

夫惟能絜矩，故貨不悖入，反是則亦悖出而已。理財者可不凜乎？

且夫天命人心之所繫，惟此順逆之機，而其效於理財爲尤著。順受者易守，逆取者難安，此固理之當然。而或相驚訝於耗敗之餘，亦未嘗一思其所由來也。

言之出且不可悖，而況貨之入乎？伊昔大同之世，貨惡其棄于地，不必藏于己也。神農氏作，聚天下之貨，交易而退，而出入之道以明。若夫平天下而理財，惟是庶邦正供，以奉宗廟社稷之粢盛，一人豈有賴焉？而若之何其悖入哉？

於其背乎天理也而謂之悖，天理至公，而悖入者私也，私則專一之己欲。

於其違乎人情也而謂之悖，人情至普，而悖入者隘也，隘則蹙萬物之生。黷貨如是，有見其入而不見其出者乎？夫亦還之以悖而已。

綜覽古今之變，其悖之顯然者無論矣。乃有主德未盡昏庸，而帑藏銷磨於饑饉；民志不皆離散，而轉輸困乏於兵戎。斯時君臣蒿目，共嗟造物之不仁。及追溯先朝全盛之年，則嘗因某事而悖其入於加賦矣，用某策而悖其入於稱貸矣，規某利而悖其入於榷稅矣，損下益上，彫殘元氣於無形。始知今日杼軸其空，歷歷皆所自召，而非關世運之適然也，如響斯應也。

博觀得失之林，其悖之立至者無論矣。乃有竭民膏以自奉，而車書之混一上轢百王；挾兵力以要求，而金帛之輸將遙傾敵國。斯時豪傑拊心，不解彼蒼之何意。及觀其末世敗亡之轍，則有喜功而悖出於戰爭者矣，有好侈而悖出於遊觀者矣，有耽樂而悖出於聲色者矣，慆淫匪彝，悉罄祖宗之積貯。始悟當日貪欲無藝，事事不啻相償，而非獨後人之不肖也，天道好還也。

是則入已操乎出之原，天子不言有無而毋封靡于爾邦，入之者不外什一之賦。出即顯爲入之報，惟王不殖貨利而廣施德於天下，出之者不踰歲會之常。此順之至也，悖入者鑒之。

振筆直書，包孕許多史事，學人才人一時頫首。楊與山

中二崇論宏議，包羅全史，能於百川先生名作外別樹一幟。江翊雲

篤論危言，可抵讀史一則。顧杏樓

融會全史而出之，識力堅卓，高挹羣言，信是斲輪老手。卓鶴溪

前評盡之矣，尤妙在使事如自己出，看似平易，卻從經營慘淡中來，議論筆力，陶菴不是過也。陳堯農

人之有技　四句丙戌薦卷

心無人己之私，可進想其所好矣。

夫若己有者，其心以爲若己也。至曰好之，卽此若己之心所進耳，大臣何有人己之私哉？

《大學》引《書》以爲吾言一个臣，而探本於其心之休休，此其淡然粹然。若其心一無所有者，而不知天下人之獨有皆其共有；若其心一無所好者，而不知天下人之公好乃其獨好。明乎此，而休休之心，可驗其及人焉。

今夫一个臣之有容也，其心然也，其心之好善然也，蓋心在乎人，在乎人之所有矣。人何有？曰德曰才。德不數覯而才爲多，則試觀人之有技。

且夫人有技而已弗掩其技，其心已不爲不恕；人有技而已使展其技，其心更不爲不誠。而要不足盡若臣者，以其猶有人之見存也。

且夫人有技而已顯之，終自覺其心之勞；己有技而已著之，常不勝其心之快。是可以擬若臣焉，以其并無人之見存也。

以爲若己有之云爾。夫此視人如己之心，非好善極誠不至此。特是天下之善不勝收，才之上有德焉，有技之上有彦聖焉。將操何術以畢伸其若己之心也，僅言有技猶末也；更操何術以畢充其好善之心也，虛恃其心無據也。乃觀若臣於彦聖，初非託於好以塞其責，而實深於好以盡其心。此其心在好之者不自知也。使斤斤焉自謂能好，將無所餘於心之外，卽不能無所歉於好之中。虛願徒殷，天下安用此無聊之知遇矣。若臣自躬親吐握以來，不自解中懷之敦切，乃旁觀竊計，以爲必如是而始稱真好焉，則其心可想耳。

此其心卽受其好者亦不知也。使昭昭然共知其好，將好行於權所能加，必至心限於勢所不及。中藏易匱，天下安用此無本之性情矣。若臣自延攬英豪而後，初不辭智力之俱殫，乃事後追思，以爲雖如是而猶有餘好焉，則其心若揭耳。

蓋至口不逮心，乃曲盡好之實意，而亦非徒於彦聖然也。卽有技之人，何不在其好中，而所謂若己有之者，亦孰非其心爲之哉？

分上下截發，是此題正格。文一筆揮灑，局緊機圓，後二盤旋照下，如樓臺倒影。『文章本天成，妙手偶得之』二語，可以移贈斯文。本房李東原先生原評

瀏漓頓挫，如觀公孫舞劒，共驚神技。曹儷笙先生評

一縷清思盤旋屈曲，如於熏籠上立，屏風上行。吳清如

此謂唯仁人爲能愛人

揭仁人之能，有所以成其愛也。

夫觀仁人於放流之際，似不專於愛人者，然正所以成其愛也。傳者故先揭其能歟。

且夫執博愛爲仁之説，幾疑仁人於天下，無不愛之人，而不知無所不愛，必至於一無所愛。善愛人者，惟能隱寓其愛，乃能曲成其仁，愛於是專而仁於是至矣。如仁人於媢嫉之人放流之如此，此其秉正嫉邪之意，本乎義者，不本乎仁；此其風行雷厲之權，克用威者，非克用愛。此而謂之仁人，此而謂仁人之能愛人，夫誰喻之？

然而仁固不遍愛也。使存一遍愛之心，則必有阻吾之愛者壅蔽焉，而爵賞不行，是欲遍愛而反不能專愛也。

然則仁固有專愛也。使其無專愛之實，終必有奪吾之愛者嘗試焉，而智愚雜進，是不專愛而何能遍愛也。

唯仁人之於人，常若靳用其愛，乃有不靳用之愛，開天下公正之門。

唯仁人之用愛，常若不著其能，而乃有獨著之能，養一世和平之福。

得不謂之能愛人乎？

今夫愛以行其仁，而仁非偏於愛。包荒之流弊，患更深於法術刑名。無他，以愛濟愛，則愛私；

以不愛濟愛，則愛公也。仁人惟不輕於用愛，而廟堂之上有數人焉，實爲宵旰精神所培植。此其能有獨至者，而心以至公而自普，穆然見如天如地之包容。

今夫仁不拘愛之迹，而終不外愛之心。苛察之神明，要無當於照臨怙冒。無他，爲其所愛者，愛有所擇；不爲其所愛者，愛無不周也。仁人惟不泥於用愛，而爵禄之外有大柄焉，實爲盈廷正直所傾心。此其愛有無形者，而權以善用而能伸，豈徒在詔德詔功之令典？

蓋推朝廷寛大之恩，有無所不愛之人者，仁固盡人咸被。而揆聖主裁成之意，有審所當愛而愛者，仁乃輔義偕行。以惡成愛而全其仁，非平天下用人之要道歟？

堅卓雄渾，從國初諸大家得來，妙在絶不鋪排，而題無剩義，此等文可覘福澤。潘星齋

未有上好仁　一節

極言發身之效，一決於好仁而已。

夫上好仁，非欲激下以義，俾終事而守財也。而效未有不至者，則理財一決於好仁耳。

傳者謂吾觀發身之至，兢兢乎惟仁是好者，誠非計其效而爲之也。然必非無其效而爲之，使無其效而爲之，則彼以身發財者，將挾其刑驅勢迫之爲，而自喜操術之甚智矣，而抑知不然。

散財如仁者，可謂好仁矣，特恐或絀於財耳，然而有操乎財之本者。

帝天之戴，愚賤皆知。但使吾心謹好惡之端，疇敢匿性情，疇敢私手足，疇敢計身家。矩之絜也，夫且深入乎民心，而安在區區之貨力？

感應之機，古今不爽。但使吾身祛驕泰之私，不督而自勵，不令而自行，不貪而自富。衆之得也，其效祗原於慎德，初何嘗屑屑於權謀？

此無他，恃有下之義也。惟義所以終其事而守其財，而非遽求之下也，上好仁可矣。上好仁，不必責下以義，而下好義，必欲報上以事與財，是財之源出於義，仍出於仁也。然而好仁者卒鮮，則視爲或然或不然之數耳，嘻其愚矣。

且夫仁者之心，必非有所挾而爲仁。然使一好仁而上下之勢盡反其常，則亦何恃而收發身之效？

且夫不仁者之隱，亦第有所慮而不爲仁。使知一好仁而上下之間各如其願，則亦何憚而不變計以圖？

則且爲好仁之上，慮患於無可患之中；則且爲好義之下，窮變於至不變之日。人各有心，上以心推下，不以心應者有乎？人卽愛力，不愛其心猶愛其力者有乎？人卽各私其財，彼既出之不敢私，我猶防之恐不私者有乎？

如其有之，仁不可爲矣。然而休養之代，恩誼明而尊親篤，尊親篤而率作勤，率作勤而輸將勸。財之不求而自至者，鑒於往古未有或爽也，則其機可決也。

如其有之，財不可散矣。然而封殖之國，征求嚴而怨咨作，怨咨作而法令翫，法令翫而覬覦生。財之積久而必敗者，追念郅隆未有此患也，則其計已左也。明乎仁義之相維，平天下者，惟兢兢以好仁爲心可矣。

題如律吕相生，以黄鐘爲母，餘皆子耳。然非一一吹竽，則與題之節奏不能相似。文通體總發，頗有力量，盤旋三『未有』字，虚神迸現。魏笛生

論語

詩三百 一節

明《詩》教以正人心，一言可該全旨也。

夫《詩》之教莫切於思，明其無邪，而《三百篇》可一言蔽矣。夫子所以正人心歟！且六經惟《樂》通於《詩》，顧《樂》以防淫，而《詩》不删鄭、衛。論者謂於《樂》嚴立之防，於《詩》特寬其例，非也。聖人設教，首正人心，有正用之以爲勸者，有反用之以爲戒者，其義殊而其用不殊，善讀者勿以詞害意可已。

今夫《詩》之爲教，發乎思，託乎言，以正人心者也。然吾删之存三百餘篇，若以詞論，豈必有正而

無邪也哉？蓋《詩》之教固莫切於思耳。

昔先王防民志之奇衺，太史采風，賞罰繫之矣。其時紘歌所被，悉載貞廉忠孝之情，則天真未鑿也。

古風人慮人情之匪僻，名山嘯詠，諷刺闕之矣。其時規誨所陳，不失溫厚和平之旨，則心術未漓也。

如《駉》篇『思無邪』一言，不可以蔽《三百》乎？

貽管歸荑之俗，髡髦猶誓我儀；采蘭贈芍之邦，琴瑟亦歌靜好。風俗有貞淫，而不隨風俗爲轉移者，惟其人性情之正。卽至《東門》、《蔓草》，本爲燕享之詩，乃聞其聲之濫，而斥爲《風》之衰，則諷諭之心如見耳。

《大雅》變一十三篇，意嚴而旨婉；《小雅》變五十八篇，詞切而情傷。政治有盛衰，而不因政治爲升降者，惟其人忠愛之天。卽至《六月》、《烝民》，備述中興之烈，乃嫌其意之夸，而亦列《雅》之變，則怨悱之情默寓耳。

以是言思，足以正倫常焉。《瞻洛》思王，《下泉》思治，可以教天下之人臣也。《蓼莪》思養，《楚茨》思祭，可以教天下之人子也。其他爲兄弟、爲夫婦、爲朋友者，讀《常棣》、《草蟲》、《伐木》諸篇，莫不油然起慕，而康樂和親之俗比比而登，此以古人之思啓後人，而皆歸於無邪者也。

以是言思，必止乎禮義焉。《風雨》思君子，《褰裳》思見正，叔世當慚教化之衰也。《鴛鴦》思有道，《瓠葉》思古人，庸主當悟紀綱之缺也。其他爲孤臣、爲孽子、爲勞民者，讀《青蠅》、《小弁》、《緜蠻》

諸什，莫不憬然生悟，而幽憂煩鬱之情往往而釋，此以今人之思逆古人，而同歸於無邪者也。苟不正其思而致以詞害意，何惑乎『《詩》之失愚』也哉？

金和玉節，戛戛生新，有經籍光，無烟火氣。江鐵君

子謂韶盡美矣又盡善也

論樂而表其極，惟虞帝弗可及矣。

夫美者樂之著，而善者樂之深也。惟《韶》能兼盡之，舜之德所由至歟？

今夫象功昭德，樂莫盛於聲容，而不知聲容之盛，必載德性以俱流。古今來躬揖讓、致平成而被諸管絃以冠德卓絕者，象功則天功代，昭德則濬德升，治統盛而元音播，有令人躊躇滿志者。

古聖人作樂象天，詎惟是審律呂、攷宮縣云爾哉？必將本兢業之心，致明良之治，而後快然無憾，以鳴其豫焉，說在子之謂《韶》。

《大卷》成於黃帝，截筩造律，猶傳邃古之音。而運會未啓其休明，則響奏空桑，質有餘而文或不足。

《大章》制自伊耆，壤祝衢謠，並著時雍之化。而締造尚當夫草昧，則音流葦籥，德克明而功或未遑。

惟《韶》於恭己無爲之下，傳其揖讓之休，而因卽從欲以治之餘，象其平成之化。故第求諸聲歌綴兆之間，而恍然見鳳儀獸舞，凡有血氣者，莫不感孚。胤子雖頑，猶能坐而聽虞廷之戛擊。是以行直視端，聞樂者不圖至此，蓋中天之景運如新矣，盡美矣。苟深窺其濬哲文明之蘊，而穆然思雲爛星輝，瑞之自天者，必非倖致。后夔雖聖，不能起而贊至德之淵微。是以天幬地載，尚論者至矣無加，則協帝之重華非歉也，又盡善也。

則將謂神靈天授，而不知烈風雷雨早經歷試，以諸艱乃播之《韶》，而絕無揚厲焉。天下惟德之大者，爲能處危難而不驚耳。試觀一曲薰風，已解吾民之慍；兩階干羽，無煩弗率之征。眷佑在天心，悉本幾康之聖學，豈非德盛而化神也哉？

則將謂世運獨隆，而不知水火龍蛇無日可紓，其咨儆乃被之《韶》，而自覺和平焉。天下惟德之粹者，爲能成大功而不與耳。迄今溯危微之旨，百王遞衍其心傳；誦喜起之歌，千載如親夫颺拜。休嘉之世運，胥原允塞之宸修，不可審樂以知德也哉。

更觀於《武》，而帝王之升降可知也。

明秀中有恬靜之致，氣度自高人一籌。王惕甫先生評

雍容華貴，躁釋矜平，其絢染處迥非俗手所能到。王井叔

有能一日用其力　足者

爲不求仁者策其力，無以不足自諉也。

夫人惟不用力於仁，乃諉爲力不足耳。夫子以未見決之，力豈不貴能用哉？

今夫人爲一事未有自靳其力者，何至求仁則不然？力本處於至優，自靳力者視之爲至絀，蓋不待謝其責於程能之後，而早已諉其事於致力之先。力果獨絀於仁耶？殆天下終無不靳力之人耳。

好仁惡不仁者我未之見，夫亦以仁之爲仁重，懼其力之弗舉也，而遂不奮其功；仁之取數多，懼其力之鮮終也，而并不圖其始。嗚呼！我以仁屬望於人，而人方藉藉以力不足辭焉，豈知力不分强弱，而赴其機者存乎用；用不爭多寡，而致其決者存乎能。

使其用力之久，而吾才既竭，不免中道而息肩。勇往者訾其力之易衰，循塗者憫其力之告瘁，斯卽閑存未熟，而此中之甘苦不難歷數其生平。

抑其用力之始，而進鋭情殷，竟致一蹶而不振。論學者嘆其力弛於繼，論心者鑒其力奮於初，斯卽克復難期，而此理之艱深固已淺嘗於頃刻。

必如是，是能一日用其力於仁而力不足者，我觀天下，有是人乎？

凡物盈虚之數，不經料量則不知用之云者，吾力盈虚之所自明，卽吾仁進退之所由驗也。期之以一日，則其數至微矣。乃卽此至微之數，以與仁爲緣，而仁未嘗餘於力，力未嘗歉於仁。勵吾神於天理之中，雖柔必强，孰是半途而輒廢，而或援畢世莫殫以相謝，必瞬息曾無黽勉之功矣。此心消長之機，驗諸須臾而已決一日云者，吾仁消長所由判，卽吾力永貞所自基也。於此而能用，則其機乍動矣。乃充此乍動之機，以與仁相赴，而仁未嘗遺於力，力未嘗阻於仁。鼓吾氣於見心之始，近取卽是，方期日進而无疆，而苟無返躬自責之誠心，則百年誰貸仔肩之重與？

是故用力於仁而不知好不知惡者，雖用猶未用也，外馳之力不與仁融也。用力於好惡而不至無以尚不使加者，雖能猶未能也，浮慕之仁，弗與力併也。借曰有之，其如我之未見何？

思清筆摯，題神迸露，理窟中掉臂游行之技。顧南雅先生

君子懷刑小人懷惠

卽外至者徵所懷，刑與惠終不侔矣。

夫刑與惠，皆外至者也。一畏法，一貪利，君子小人所懷終不侔耳。今夫人外至之端，惟其境之所值也，而要莫解心之所蘊。惕吾心者防閑在己，雖必無可慮而慮之惟恐不周；紛吾心者冀倖於人，雖不可必得而得之惟恐不盡。是同爲外至，而一慎其防，一馳其欲，則中之所蘊殊也。

豈惟懷德、懷土已哉？夫既求其得於心，必防其害於身，君子之心愈勘而愈密也；既思耽其所有，必思獲其所無，小人之心亦漸推而漸廣也。

則試由德而進念夫刑，『三風十愆』之訓，凜若盟心。心有所未純而抱慚於清夜，法網之寬不足恃矣。

則試由土而進念夫惠，席豐履厚之遭，各有定分。分所不當得而冀倖於猝投，廉恥之衰爲彌甚矣。夫然，而君子之懷益密焉。安義命者惟君子，不言義而言刑者，勉之以所安，而手足尚覺寬閒；惕之以所危，而神明不勝震悚也。且懷之非云苟免已也，存一苟免之心，必少自修之實，而茲若免之無可免矣，蓋令名思其不辱耳。

夫然，而小人之懷愈廣焉。求財利者惟小人，不言利而言惠者，指爲己之所求，其心尚存顧忌；冀爲人之所與，其術善自覆藏也。且懷之非以倘來視也，存一倘來之見，必無預計之心，茲則計之不勝計矣，卽焚身何知所懼哉？

利害之相因也，惟其心之所據。君子於厚實之加，常恐覆餗貽羞，致昧考祥之吉；小人於科條所飭，猶或包苴撓法，遂其耽逐之求。處身豈有兩途？有戒心者，無往非多懼多凶；有倖心者，無往非患得患失。

禍福之可轉也，視其心之所安。君子苟弛其戒懼，則名節虧於末路，終干鈇鉞之誅；小人苟淡其營求，則愆尤滌於崇朝，猶冀簠簋之飭。初志要皆不改，糾繩念切，幽獨中自懍爰書；貪鄙性生，酬酢時皆成利藪。

在君子行吾素位，卽使懸一賞以爲勸，豈其因以加修，知其所懷不待有刑而始惕也。小人惟利是圖，卽使致其罰以爲懲，夫亦何知自反，知其所懷卽終無惠而不悔也。古今心術，不於所懷定之哉。

筆鋒犀利，舌本瀾翻，緩帶輕裘，千軍可卻。何一山

亦刻摯亦含蓄，功深養到之文。吳清如

吾道一以貫之

聖人以一語傳道，於其將有得者示之也。夫一以貫者，道之體周乎用也。曾子既致力於用矣，子故揭其要以示之。謂夫萬事萬物，皆一理所從出也，而散之見道之分，卽統之見道之合，惟立乎其大者純而不雜，故周乎其賾者感而遂通。吾嘗身體夫斯道之精，而知本勿二勿三之理，爲徹上徹下之功，其用宏而其體約也。

參固有志於傳吾道者也。今夫道之體顯諸用，於用見體之分，省察靡遺，卽是理得心融之候；而道之用藏乎體，於體見用之合，範圍不過，始盡窮神達變之方。

蓋天下物各有本末，舉其本則簡可御繁，持其末則博宜返約，道固吾所以應物者也，而何末之弗賅

於本也？

抑天下事各有內外，裕之內者誠自生明，逐乎外者煩而寡要，道又吾所以處事者也，而何外之弗原於內也？

其體則無不一也，其用則無不貫也。其體卽用，用卽體，又無不一以貫之也。

必謂執一本之散殊者，而歧而視之，此窒礙紛紜之病，必非參所宜防。第以力行方醇，而未獲豁然之一境，恐詣臻篤實，特少神明變化之方；質本謹持，未極肆應咸宜之妙。吾爲參惜，吾更重爲吾道惜也，而無隱之深衷，吾何能自已也耶？

必謂執萬殊之錯綜者，而强而同之，此膠持扞格之情，又非參所慮及。第以省身既久，而尚期善悟於方來，將格致修身，漸達絜矩之變化；倫常竭力，更求至德之統宗。吾爲參幸，吾更重爲吾道幸也，而難聞之性道，吾烏能自祕也耶？

且夫道之原出於天，純一者天理；道之統宗於聖，精一者聖心。

天理流行而不息，以一元持其橐籥，道已貫乎行生。知得一者，協乾坤之撰也。吾道法天，天理既無何不在，卽吾心亦無何不通。萬物皆備之中，久已暢然而各足，此卽敦化川流之蘊所爲充周也。至教無言，致力貴有本耳。

聖心執極而無偏，以一中運其裁成，道已貫乎倫物。知克一者，爲主善之師也。吾道宗聖，聖心既普遍而無私，吾心豈執持而不化。一物未交之際，早已有觸而胥融，此卽守約施博之功所爲準放也。解人可索，會心良不遠耳。

此聖人傳道之言，苟非深造，豈驟以示之哉？

義理精醇，氣體高渾，大家之法，古文之神。費畊亭

如有博施於民而能濟衆

極言愛物之量，於施濟究其能焉。

夫民衆者，愛之所不遺也，博施而能濟，愛之量極矣。子貢故懸擬其有乎，且以造物之不平也，民生其間若有待焉。吾儒以一心參兩大而育羣生，不惟願之殷也，惟功之實；不惟功之實也，惟量之宏。設一旦舉而措之，正有躊躇滿志者。

今夫曲成萬物者，吾儒所以自命也。然而託虚願者功不實，囿小就者量不宏，天下有是人而未必賴其有也，未必舉天下之人盡賴其有也。念自大道爲公之世，吉凶同患，而推解之説不聞；貨力爲己以來，缺陷常留，而補救之權有屬。然則居今日而撫民，且撫民之衆不有施之，何能共濟；即有施之，豈能遽濟？賜以爲非施之難，施而博，博而能濟之爲難。

其施而不博者，惠爲小惠也。加乎耳目之所及，不加乎耳目之所不及，海寓至大，無告者正多矣。其博而不濟者，善爲徒善也。有休養天下之心，無休養天下之術，嗜欲至紛，不給者依然矣。然而民之待施非奢望也，天地之大，物無不得其所焉。衆之待施而濟，非虚語也。痌瘝之下，物無

不被其澤焉，則不得不深冀其有，則不得不厚望其能。

天下不可期之事，或非吾人分內之圖。若施濟而諉非分內，則藐焉中處，何以作宗子於乾坤。博與衆亦有數可稽，非不可期之事也。有人焉引爲分內，異類有必分之痛，而殊方無不浹之情，此理豈虛懸於終古。

天下有限之功，轉屬儒者可寬之責。若施濟而視爲可寬，則相逼而來，奚忍覩顛連於兄弟。博與衆固無遠弗屆，非有可限之功也。有人焉視爲難寬，恩則四海可推，而德則羣黎徧食，其時無不獲之一夫。

民物盈虛之數，灼知焉而纖悉不遺；朝廷補助之經，時舉焉而春秋不倦。其斯極胞與之深衷，而大帲幪之盛德者乎，可謂仁乎？

摩盪如有二字虛神，頂上圓光照見大千世界，文品不在隆、萬以下。江鐵君

行神如空，行氣如虹，一片靈光從十指出。顧杏樓

子釣而不綱弋不射宿

卽取物之有道，而聖心可見矣。

夫釣與弋不能無取於物也，不綱不射宿，則取之有道矣。不可見夫子之心乎？

且聖人之愛物也，近人情而合天理者也。惟近人情，故不必無所取於物；惟合天理，故取之以廉不以貪，取之以明不以暗也。吾黨誌之，有卽小見大之意，而不獨區區在愛物間已。

古無網罟弧矢之利，則禽獸之偪人已甚矣。聖人以致其殺者正人之性命，而物之性命亦正焉，非忍也，取諸物而生人之命於兩間者，有養貴賤之等也。

古無竭澤覆巢之禁，則飛潛之族類無遺矣。聖人以致之生者平物之險阻，而吾心之險阻亦平焉，非私也，留一物而生機之留於斯世者，無窮天地之大也。

若是乎釣弋不必廢，而綱與射宿何爲者？

天下之物莫不死於貪釣之垂以餌也，以儆貪也。彼惟不免於貪，故自趨於死，而於我無憾。若綱則聚而殲旃，雖無欲而靜者，亦不免焉，非仁也。

天下之物莫不生於明弋之發於機也，明可避也。彼惟不用其明，故自罹於禍，而於我無尤。若射宿則掩其不備，雖見幾而作者，猶不免焉，非義也。

以觀吾子，釣而不綱，弋不射宿，取物之有道如此。然則以治物之道治人，聖心蓋可知矣。

其或以兵治天下，順我者存，逆我者亡，非必人人而生全之也。然而聖人之世，武不黷而兵不詐。戒盡殺之非仁，故脅從罔治；恥襲取之非正，故不鼓不前。於此見武在止戈焉。

其或以刑治天下，殺之而無怨，生之而無功，非必人人而矜惻之也。然而聖人之世，法不涼而令不慢。不殄其類，故無孥戮之刑；不誅其愚，故有不識之宥。於此見恩周法外焉。

吾黨誌之，豈獨在區區愛物間哉？

看題極精當極闊大，用筆更極雅飭，文品當不在正、嘉以後。何一山

小中見大，將天地消息盈虚、帝王仁育義正道理都囊括裏許，而無一廓落語，此理足之文也。汪易門

興於詩立於禮成於樂

爲學之效有次第，可歷指其所由得焉。

夫由興而立而成，學者所共期之效也，而要必於《詩》、禮、樂得之，其次第不可歷指乎。且自古爲學之道，莫患乎發之不真，守之不固，養之不醇。聖人者作教以明好惡，謹節文，導和平，而不容已者動其機，不可奪者貞其操，不待强者完其天，其術居六經之半。其功括小學之全，而其始終得力之由，遂歷歷有所專屬。

今天下無所感發，而能真知好惡者幾人哉？好惡真矣，持之不堅而失所守者幾人？持之堅矣，存之不熟而矯所性者又幾人？不有興也，學何以入？不有立也，學何以固？不有成也，學何以純？然而難言之矣。

今將執顓蒙之子，而責以邪正之不明，不得也。及聽夫塗歌巷泣，不勝流連慨嘆，勃然激好惡之良焉。

今將革囂陵之俗，而繩以儼恪之古風，不得也。及覩夫冠裳俎豆，不禁斂容屏息，肅然起莊敬之

心焉。

今將起鬱伊之疾，而返於血氣之和平，不得也。及進以竹濫絲哀，不覺意變神移，豁然消陰陽之患焉。

此《詩》、禮、樂之所由作也。垂之爲教，而轉移在風俗人心之大；秉之爲學，而變化在性情氣質之間。不能《詩》，於何興？不能禮，於何立？不能樂，於何成？

此三者，當循序以幾之，而實詣乃收實效。蓋人情奮發之餘，每慮鋭而易退；謹守之過，又虞執而不融。《詩》、禮、樂以循序之方，遞伸其補救焉。迨至樂其道而不忘諷詠，履其中而不廢準繩，平其心而不撤琴瑟，原非既致夫興、立、成，而不復從事於斯也，終身焉而已。

此三者，當交修以俟之，而專功乃獲全功。蓋人必待美刺而加修，不如經曲之遵在平日；必待防閑而加慎，不如優游之得在從心。《詩》、禮、樂以交修之力，漸進於完醇焉。迨至觀感之妙在無言，德性之堅在無體，太和之豳在無聲，亦非泥迹於《詩》、禮、樂，而舍此更無所得也，假塗焉而已。

學者知所得力，可弗知所致力歟？

爲三『於』字出力，摶捖一氣，陳義甚高。吴棣華先生

中三比從旁指點，得事外遠致，後幅『循序』、『交修』二義，亦周匝無遺，題中三『於』字聽之有聲。

李少峯

民可使由之不可使知之

使民有不得已之心，可不可存乎勢也。

夫天下之理，固可由，而亦可知者也。 然不能以概諸民，明其可使不可使，而不得已之心見矣。今以聖賢治民，而能使民皆爲聖賢，豈不甚願？ 顧勢有所不能者。 民既阻於心，而吾亦窮於力也。夫惟策民力以養民心，斯民雖不皆聖賢，而皆有可至聖賢之理，則力盡而心正，留其不盡耳。從來膺治民之任者，操使民之權，顧有理所及而權亦及者，有理所及而權不及者，而概以民爲無不可使，則未知民之所以爲民也。

蓋民生同此一理，仁者見仁，智者見智，隨其分之淺深，而要歸自得者，理固無不可知也，惟其由也。

而治民亦祗恃此一理，遵之則順，達之則逆，任其人之愚智，而莫遁範圍者，理固無取徒知也，惟其由也。

草昧未有服從，有聖人者爲之君臣，而以貴役賤； 爲之父子，而以長役幼，此豈無其本焉？ 而《詩》、《書》何不言其故？

孩提未親教化，有聖人者觀其啼笑，而著吉凶之禮，觀其飲食； 而垂獄訟之防，又豈無深意焉？ 而古今何終祕其機？

蓋理之當然者，人爲也，人爲故無不可盡。理之所以然者，天命也，天命故有不可窺。德盛化神之世，何難以精微開玄妙之門？而第使祇父恭兄，勉循庸行者，誠恐急求其知，必轉廢其由。由之不安，其所知亦虛而非實。此異端過高之學，瀆其聰明，轉荒其踐履也。學校修而人生八年以上，以至於成人，無日無由之責，卽無日無知之理，不可使知，實不暇使知耳。開天明道之年，何難以高遠顯聖神之業？而第使尊仁畏義，共率典常者，誠恐不繩其由，將必軼其知。知之不真，其所由乃荒而多悖。此叔世教化之衰，庸夫不安於愚，而邪說得乘其隙也。政刑當而朝廷一令之頒，直孚於萬姓，其秀者知而能由，其樸者不知而亦能由，不可使知，原不待使知耳。迄乎化之成也，儒者精思所到，天地直可見諸心；匹夫一念之明，聖神無以易其旨，則皆徐而俟之，而非治民之責也。

淳意發高文，可作一子讀。業師錢東生先生

中二小比遡流窮源，題義迎刃而解，前後直截了當，是名家風格。李少峯

狂而不直　三句

人有本無足取者，矯其性而更失其真矣。

夫狂與侗與悾悾，本無足取，猶取其能直、能愿、能信也。而不然者，不更失其真哉？子意謂氣質

之偏，生人之缺憾也，然能不失其真，則尚有一端之可取。蓋氣質之偏，絀於此者或優於彼，而澆漓之習，拂其性者遂鑿其天。至於各失本真，始嘆向之所謂偏者，猶未爲缺憾也。

今夫謹守足以任道，狂何所取乎？然而猶有取者。以世固有不直之人，抱迂拘之性，而飾循謹以沽名；秉凡近之資，而貌沈潛以干譽者。狂則行事雖越準繩，矢念猶無私曲也，惟其直也。

今夫明敏可與燭理，侗何所取乎？然而猶有取者。以世固有不愿之人，私智足以自矜，而涉世每藏夫機變；小慧未堪及遠，而與人不浹以悃忱者。侗則萬理皆不能明，百行皆不敢僞也，惟其愿也。

今夫材藝足以應事，悾悾何所取乎？然而猶有取者。以世更有不信之人，效薄技以見長，而欺世輒騰其曲説；負奇才以自異，而著書每騁其虛詞者。悾悾則生平無片善之能名，亦生平無一言之失實也，惟其信也。

從來生質之有偏，所貴能祛其弊。嚴其檢束，則心日斂；發其顓蒙，則識日生；振其懦鈍，則才日出。將見狂不終狂，侗不終侗，悾悾者不終悾悾，而變化之功不少。

從來成材之有望，道在克葆其天。心雖肆而行無揜著，識雖昏而氣無虛浮，才雖絀而言無詐妄。將見以狂存直，以侗存愿，以悾悾存信，而瑕瑜之半猶分。

奈之何有狂而不直者，竊輕世肆志之名，以文其智巧。行蹤自託於孤高，中藏不勝其委曲，有是人而天下并無狂矣。率其狂者性本難移，矯其狂者情尤叵測，豈猶是嘐嘐自命者哉？

奈之何有侗而不愿者，假喬野惷愚之號，以飾其姦回。捫心未迪於昭融，制行復漓其誠慤，有是人而天下并無侗矣。守其侗者可牖於明，汩其侗者不安於昧，豈猶是倀倀無之者哉？

奈之何有悾悾而不信者，本不學無術之躬，以生其欺詐。才能不及夫中庸，口舌偏工於反覆，有是人而天下并無悾悾矣。向以悾悾而可恃其無他，今以悾悾而更防其善幻，豈猶是粥粥無能者哉？若而人者，吾何以知之？

立局老成，用意周到。鳳竹塘

峯巒窈窕，引人入勝，總在中二比得離合之妙，熟此可悟鑄局。周容齋

毋意毋必毋固毋我

擬聖人應事之心，純乎天者也。

夫意卽我之意也，由意而必而固，終成其有我而已。毋之者，其惟聖乎？且吾人以一心應天下事，非可以己見參也。苟以己見參之，則心之所發者私，而未事有所期，臨事有所執，發於私者遂成於私焉。甚矣夫，己見之累心，有遞長之機，無迭消之勢也。而聖人乃純乎天矣。

其絕四也，絕所起，則起於意，任物變之自來，而未嘗造一境以待之。不造境何有常境，無常境何有定境，而更何有吾心據爲當然之境，此絕所起之必貫所終也。絕所終，則終於我，明衆理之各適，而未嘗暱其情以就之。無暱情先無滯情，無滯情先無任情，而

必先無一旦發而不實之情，此絶所終之必探所起也。

由意而必而固而我，絶之則必毋之矣。雖然，豈易言哉。以人欲之一發難制也，有導我先幾者，意所以爲累心之首。方其忽焉自動，可否無當於權衡，乃舉此無當之心，毅然而懸爲準的。有如指一程而欲赴，有如矢一願而不移，遂至自是其非，無復天人之交戰。有意而因以有必，有必而因以有固，有固而因以有我者一，人欲之潛滋而已。

以私心之一往而深也，有樂從其便者，我所以爲府過之區。當夫錮蔽已成，彼此强分其畛域，幸而化强分之習，廓然而撤其藩籬。顧其初先入之見未融，又其初逆料之情未化，卽或後緣不繫，莫除眹兆於方萌。毋我而未遂毋固，毋固而未遂毋必，毋必而未遂毋意者一，私心之難淨而已。

他人勉强毋之，有一時或見其毋，移時卽不能毋者焉。意苟未絶根株，則凡由意迭生者皆得乘機以相誘，安能毋必也？未來者擬議而不窮，安能毋固也？已往者纏緜而不盡，冀其成於毋我，而心與理幾幾欲合，幾幾不能悉合，尚有待於克己之功。

夫子自然毋之，有一己不覺其毋，吾黨能歷指其毋者焉。意既不生障蔽，則凡由意遞進者皆已退處於無權，尚何有必也？因物以付者不設成心，尚何有固也？順事而施者不膠成局，推其極於毋我，而動與靜歷歷自參，歷歷不必盡參，乃適得夫從心之矩。

此聖心之純乎天也。

通體總發，卻是化板爲活，匠心獨運，思筆清超。胡實甫

子在川上　一節

明道體之不息，舉易見者以勸學也。

夫川流與道爲體，水之不舍，卽道之不舍也。如斯之嘆，夫子勸學之深意哉。

今夫道與化一者也，道無時而息，則化無時而盡矣。聖人隨物觀化，但覺其流行也順乎自然，其繼續也貞乎常然，其發見昭著也乃盈天地間之無適不然，蓋見化卽見道焉。吾夫子之體道也，策自強不息之力，運純亦不已之心，以臻時出不窮之妙。夫亦一天地之化之無間斷而已，日者隨舉以示人，而於川上發之。

大抵聖心所見，萬物無非進德之機，故樂水有心，彼以抒昭曠之懷，而此以感精勤之志。至道所流，一端已具無窮之藴，故觀水有術，小而喻盈科之進，卽大而覘敦化之原。喟然曰，吾嘗曠觀於逝者之機，不滯乎迹象而亦不離乎迹象也，其在斯乎？

新故之相乘也，以新代故，實以新趨故。一若倚於數以與爲推遷，而非可盡委之數也，有宰乎數之中者，而乃日啓其新矣。日啓其新，則故者無所繫矣。

往來之不窮也，以來繼往，卽以往開來。罔非妙於機以遞相斡運，而非可坐滯其機也，有迎其機以導者，夫乃日見其來矣。日見其來，而往者乃不絕矣。

不舍晝夜，吾於斯而恍然遇之。

蓋萬理絶續之交，力爭瞬息，而瞬息一晝夜所賅，斯之有續無絶者，瞬息無所間之也。任晦明之迭變，而自率其順動之常，不見絶並不見續，無刻而非天理之流行焉，以晝夜作瞬息觀可耳。

萬物盈虧之數，理貫古今，而古今一晝夜之積，斯之見盈不見虧者，古今有以繼之也。任歲月之屢更，而日出其充周之德，不患虧並不患盈，體物而見至誠之悠久焉，以晝夜作古今觀可耳。

惟其逝也，故不舍也，而凡有所舍者未悟於斯矣。

惟不舍也，故爲逝也，而凡不知逝者盍鑒於斯矣。

此聖人之體道而有悟也，勸學之心，不深切哉？

秋水爲神，玉爲骨，思抽乙乙，味藴醰醰，理境上乘。徐檜堂

非禮勿視　四句

示大賢以克復之目，致力貴切身也。

夫視、聽、言、動，切於身者也，致力於克復者，亦禁其非禮而已。示顔淵曰，吾言克己復禮，已者何？非禮而已，非禮之在心者，不可得而指也，在身則顯而可指。然而身常役於心，心亦役於身，故以非禮閑心，不若以非禮檢身，身既協乎天經，而心自全乎天理焉。

有如己之著於身而爲非禮也，自外入者曰視曰聽，自内出者曰言曰動，皆足紊吾當然之則，淆吾有

主之天，而急有待於克者也。

其自外入者，聰明之用，卽開嗜欲之源。有觸於目，非禮也而視之矣；有入於耳，非禮也而聽之矣。視、聽者身，而所以視、聽者心，胡爲知其非禮而姑視之姑聽之也？外來者誘於所甘，以欲爲甘，未有不以理爲苦。克己者先於視、聽克其所甘，而後奮聰明於天理之中，而不覺其苦，勿視勿聽，外來者不得誘矣。屏一私於耳目之前，卽葆一理於性功之內。由視、聽以推，則凡欣羨之自外來者，至於視、聽所不及，而悉如視、聽爲防閑，獨居深念之中，豈必有形聲之接哉？

其自內出者，律度之愆，卽爲悔尤所集。擬之後言，非禮則言過辭矣；議之後動，非禮則動過則矣。言、動者身，而所以言、動者心，胡爲任其非禮而率爾言、率爾動也？中出者紛於多躁，躁形乎外，斷不能靜守乎中。克己者先於言、動克其多躁，乃能協律度於天經之內，而其靜也專，勿言勿動，中出者不紛矣。酬酢少一抱疚之端，卽存養多一慊心之處。由言、動以推，則凡虛妄之由中出者，極之言、動所不加，而悉如言、動爲糾繩，爾室操心之際，何嘗存坊表之見哉？

無紊當然之則，無淆有主之天，故能日用之間，一私不雜；官骸之際，萬理咸賅。其始制外養中，功存勉强；其後由中達外，候幾自然。此克復之全修，而爲仁之要道也。回其勉旃。

詞旨峻潔，妙在無艱難勞苦之態，自爾瀟灑出塵。李子仙

子曰片言可以　全章

能以言服人者，其端見於踐言焉。夫片言折獄，子路之所以可者，子未嘗明言也。記者舉『無宿諾』證之，以是爲服人之見端耳。今夫懸擬一至難之事，而鄭重以許人者，必其人平居有過人之處。探本必於其深，而見端要不在大。祇此人己相接間，以己責人，人無不服；以人責己，己無或欺，其事異而其原一也。子路之忠信明決，修己卽可以治人。『四科』所以列『政事』也，子嘗以『片言折獄』許之矣。侈口而陳禮法，俗吏幾忘内顧之慙，究之民志雖愚，是非豈真盡昧？彼見夫口之所言，非必身之所踐也，其心有還而相詰者也。察辭而摘隱衷，顓蒙尚逞飾非之技，故雖爰書既定，譸張仍未格心。彼第患深文之刻，不恥實意之漓也，其心有狃而不悔者也。若是而期其片言可折，豈不甚難？子曰『其由也與』，何其信之深而許之重也。今夫積誠動物，其事非朝夕之故，而修身踐言，其端在然諾之間。有所疑而姑許，遲回於諸後者，大都見事不明。以不明者治人，適啓僞耳。子路則明燭於幾先，度義偶乖，決絕何嫌耿介；問心適得，奮發豈緩須臾。毅然其必赴，灼然其不欺，卽此所以推誠，而別無神明之術。

有所怯而不勝，囁嚅於諸前者，是謂見義無勇。以無勇者鎮物，是養姦耳。子路則勇生於任大，真誠可鑒，不難應於當機；憂患可分，詎俟諉之異日。無懼者氣伸，不滯者機敏，卽此所以服物，而非徒剛斷之才。

記者連類書之曰『子路無宿諾』，所以證『片言折獄』之說也。排難於鄉曲而違言迭至，必其人素行非賢；救過於隱微而召怨方深，必其人內省多疚。彼獄之折，何獨不然？惟總生平信義之大綱，較然其不爽，則無怍於己者，自無枉於人。神明可質，況愚賤也哉？求諒於失口之餘，所不堪告人者，中藏之薄；踐約於責償之後，所不能自信者，文過之私。彼言之煩，豈不繫此？惟極生平精誠之充積，沛然其有餘，則理勝於中者，自義彊於外。豚魚可格，況倫類也哉？

蓋卽『無宿諾』以觀，知子言非溢美矣。然而子路之忠信明決，子或有觀其深者，不僅在然諾間未可知也。

於兩節交關處發得透，說理諦當，掃盡塵障。張西岑

樊遲問仁　知人

觀仁、知之及人，愛與知各極其用焉。

夫學至及人而止，仁能愛，知能知，子蓋隨遲之問而答之耳。且古今操治人之理者心而已，心之體無不全，而究其用之及人，又可分著其得力之處。何則？心之德足以及人，心之明亦足以及人，設於無不全中分求其用，即於無不全中分著其功，此聖教所爲有叩而輒應也，說在樊遲之問仁、知。

夫仁、知之體，吾黨聞之熟矣，遲之問，蓋欲觀其用也。然而遲當問仁，未嘗於仁之外別懸一詣也。夫子何容心焉。遲問仁，則但論仁之能事而已。夫人之待治者惟仁，愛足及人，而仁之施斯廣。植其基於性命，而人無不各正其性命者。體乾元而合德，藏密者神；鼓萬物而不憂，曲成者廣也。且夫泛言人則至不齊，而愛所及則無不齊，以無不齊之愛加之至不齊之人，一人未弭其缺憾，即一人未被我深恩，斯豈煦煦以爲之？惟仁無私，無私故能遍，苟可被以人之名，即當被以愛之實。愛無盡量，以盡乎人爲量，而有所厚薄於其間者，非仁矣，是則仁之施耳。使遲於此取『愛人』之說而繹之，則即仁之一端，已覺義類無窮而措施莫竟矣。

然而遲又問知，則欲於愛之外旁參一說也。夫子仍無心也。遲問知，則更論知之能事而已。夫人之待治者惟知，知足及人，而知之務乃盡。立其體於昭融，而人無有或遁於昭融者。濬其作哲之源，而神明常湛； 秉其如天之鑒，而幽隱畢彰也。且夫概言人則無不同，而知所及則至不同，以至不同之知加之以無不同之人，一人未窺其底藴，卽一人未被以照臨，斯豈察察以盡之？ 惟知無蔽，無蔽故能通，紛然雜出者人之數，釐然各當者知之數。知無竟功，以竟乎人爲功，而有所混淆於其際者，非知矣，是則知之務耳。

故子言『愛人』，原不知後之問知； 卽知後之問知，亦不能舍愛人而更舉仁之術。子言『知人』，豈遂忘前之言愛？ 正不忘前之言愛，故無庸舍知人而別究知之功。此聖門答問之教也，遲之未達，所以終於答問也哉。

於各還實義中留得未達地步，超超玄箸，擺脫塵氛。李子仙

舉直錯諸枉能使枉者直

舉、錯有化枉之權，用知以成其愛也。

夫枉者之或妨於愛，遲所未達於仁、知之説也。舉、錯行而枉者直，謂非用知以成其愛哉？昔樊遲未達於知人、愛人之説，夫子知其慮斯人之不皆直，而無以全天下之枉者也，告之曰，宰世而有明哲之才，非徒賢不肖之辨明也。有大權焉，顯以區別於倫類之間，卽隱以激發於性情之地，轉移之妙，在用舍間，蓋其運量至神爾。

今夫盡一世之人，不外直、枉兩途；盡古今用人之權，不過舉、錯兩事。特恐所舉不皆直，而枉者猶生僥倖之心；所錯不盡枉，而枉者未化回邪之行。則無以裁成一世之人，卽無以推暨一心之用，知者之不獲全其愛也，必有所大不忍者，而要非知人者所慮也。

則見直者舉矣，舉一直而凡爲直者，必無抱慭遺之憾矣，此於舉見用人之明也，而疇弗勉之。而且枉者錯矣，錯一枉而凡爲枉者，必無濫鄉物之升矣，此於錯見用人之明也，而疇弗愧之。審是而用人之權在舉兼在錯，而神其用人之權以使人者不在直而在枉，使枉者直，吾得而觀其能事焉。

蓋從來名實所加，真僞每虞其相混。激揚之未當，或反貽風俗以隱憂。彼枉者豈盡無良，特見夫上求實行而下應虛文，畸士矯情，反或膺孝弟貞廉之選。斯言僞行堅之習，革其面者，未革其心，及處身於灼見之朝，喜怒有常，如溫肅之不爽其令，卽小人夫亦知所趨避矣。

抑從來聰明自用，讒姦每巧以相嘗。黜陟非至公，愈以啓人心之作僞。彼枉者豈真無恥，特見夫予智自矜而僉壬雜進，遺賢在野，不獲邀弓旌車服之榮。斯彰善癉惡之條，生其畏者，未生其悔，及親見夫如神之鑒，賢愚異類，如日月之畢照其形，卽小人夫亦知所愧怍矣。

是故舉但別夫賢能，而頑讒可格，相形之理，感化者神也。錯僅同於棄置，而刑罰不加，並育之心，含容者大也。此用人之權，無不本知人之明耳。

題解既得，自與上下節不觸不背，老筆紛披，風霜高潔。胡實甫

先有司赦小過舉賢才

歷舉任人之政，宰之大體立矣。

夫有司、小過、賢才，皆爲宰所宜加意也。先之、赦之、舉之，政之體在任人耳。且爲政而逸其身，弛其法，濫其登進，未有能治者也。然或勞其身，苛其法，嚴其登進，而仍不克治者。

其精神雖奮於一時，而度量不容夫萬物，未足以饜人情而臻上理也。

今夫怠事必啓養姦之患，養姦必開倖進之門，矯其弊以握政綱，而任無可分，罪無可宥，賞無可加，俗吏所以師心而失衆望也。

今夫矜能者多求備之心，求備者塞升庸之路，擴其量以端政本，而不名一功，不虐一夫，不遺一善，吾儒所以虛己而操治原也。

夫然，政之體可知矣。

有有司焉，政之所從出也，侵其職，不盡其能，專己太甚，豈統攝之政體與？ 夫人卽甚智，聰明或暗於細微； 人卽甚愚，才識每生於諳練。官守無相冒矣，汝之莅事也謹。吾懼汝庶務之必親也，尚其先之。

而有司正不能無過也，律其大，復繩其小，執法過峻，豈明慎之政體與？夫失足可矜，聖賢不絕自新之路；感恩思報，豪傑或收晚蓋之功。眚災良可原矣，汝之律己也嚴。吾慮汝責人之不薄也，尚其赦之。

而有司未必無賢才也，而賢才又不皆有司也，忽於近，復畧於遠，好善不誠，豈公忠之政體與？夫量能受大，何妨起微賤而共功名；道可匡時，不惜叩隱淪而商經濟。登進不可隘矣，汝之抱負也宏。吾慮汝觀人之少可也，尚其舉之。

有傲心而後掩人之長，有暴氣而後苛人之短，有滿志而後棄人之善，敬之衰，政之敝也。汝惟以見賓承祭之衷默而矢諸，推行之際，斯政之所加事事原於德意，而無敢陵、無敢逞、無敢忽，翼翼乎一家而有天下之規。

人有能皆思自見，人有失皆望原情，人有學皆期世用，恕不推，政不行也。汝惟以不欲勿施之理實而措之，運量之間，斯政之所暨一一順乎人心，而不忍侵、不忍虐、不忍遺，恢恢乎儒者而有大臣之度。

明乎此，則雖宰天下不難也。

崇識宏議，已入陶菴、卧子之室；其謹嚴處又似熊鍾陵，可以俯視一切矣。何一山

宏深肅括，後幅以敬恕作柱，尤見精當不磨。李少峯

無欲速無見小利

卽『欲』與『見』以論政，立心不可不純矣。

夫政非必無速之機，而弊在欲；亦或不遺小利，而弊在見也。戒子夏以無，知立心之貴純耳。夫子意謂，政之難具舉也，舉以出政之心而已。心之所期弊在緩，而弊尤在急也；心之所識弊在暗，而弊亦在明也，舉其弊而祛之，課心卽以立政矣。

商以爲宰而問政，意非若化民成俗，徐俟百年也，不疾而速，旬日可奏功矣。又非若得國行權，表揚偉烈也，苟利於民，尺寸皆報最矣。雖然，猶有進。

論爲政之功，積累數年，誠不若舉行一旦，然可漸及，不可驟期。儒者讀書養氣，而稍存急功近名之念，已覺中藏之多躁矣。

論爲政之識，總理宏綱，誠不若周知庶務，然可兼賅，不可偏舉。儒者道濟智周，而誤用扶衰救弊之權，已覺德心之未廣矣。

此欲速、見小利之心中之也，而謂可以出政乎？

夫人惟矜言功效，乃不按先後以遞施，此鹵莽之愆，當非謹守者所慮。然自患才之不廣，其矢志也必殷；自知力之不宏，其赴功也倍奮。以才力所未到，而心爲之責望，於其先，此謹守之形爲褊急也。

抑人惟自炫才能，乃不擇重輕以次舉，此虛憍之弊，當非篤信者宜防。然崇功不敢期，志漸安於卑近；廣業不敢倖，識轉明於細微。以功業之無窮，而心爲之限量，於其際，此篤信之流爲狹隘也。是故紀綱未備，張弛不顯其機。惟此欲之一心爲可恃，乃所欲在萬世，王道不急近切；所欲在一時，吾才曷稱遠到也。無之哉，急於自見，固懼氣之浮；急於匡時，尤懼行之驟。夫亦凜慎終惟始之志而已。

施措未加，鉅細不分其域。恃此見之所及而能明，乃所見者宏，康濟周乎萬類；所見者隘，智力限於偏端也。無之哉，樂於易就，貪功已失之私；志在無遺，逐末又失之雜。夫亦存正本清源之意而已。

究言其弊，而存心可不純乎？

切定子夏，擇言親切，名貴之氣溢於行間。業師錢東生先生

言必信行必果

志在自守者，可節觀其言行焉。

蓋天下多不信、不果之人，而必信、必果者貴矣。豈得以本末無足觀，而并忽其言行哉？告子貢曰，夫人於身世之間，苟有大端之表見，則一言一行之得失所不爭也。若乃樹立未底於純修，則坊表難輕爲末節。於此有嚴以自守者，力爭得失於樞機，其用心爲已苦也。

賜將求士於孝弟之次，無已，則節觀其言行乎。且不必深觀其言行，而第求之信與果乎，夫信、果曷可少哉？

久要者不忘，而踐言或未能當理；敦善者不怠，而獨行或昧於通方。豈無化裁以盡利者，折衷於學問，則氣質無權也，而此詣難求之三代而下。

激言或致過當，逾時而可以平情；疑行本屬無功，中道而無嫌改轍。特有假托以藏身者，藉口於變通，則防閑盡決也，而末流當守夫一得之愚。

是非取必於信，取必於果，而言行烏足觀乎？

蓋有慕乎君子慎敏之脩，矢諸口者，可質鬼神；措諸躬者，堪貞金石，苟且之心不敢存也。惟信與果，無苟且焉，口惠者實必至，心嚮者願必伸，祇此篤實不渝，爲畢生得力之處而已。

抑有鑒乎豪傑闊疎之病，以拘墟爲不屑，而然諾可輕；以固執爲不通，而節操可改，反覆之餘靡定力也。惟信與果，無反覆焉，修辭而必立誠，見義而必有勇，祇此始終如一，求旦暮自慊於心而已。

是有必於言行之先者焉。夫人惟見理愈明，斯出言愈謹，操行愈危。無他，識足以燭乎言行之先，則所謂信與果者，早預爲之擇，而初無窒礙也。茲則何嘗預擇哉？惟其不擇而必之於先者，其願常殷。推其心，不恥吾身無偉言，第恥吾身有妄言；不憾吾身無奇行，第憾吾身有缺行也，矢之甚篤也。

是有必於言行之後者焉。夫人惟中藏無主，斯出言無驗，制行無恒。無他，力不足持乎言行之後，則所謂信與果者，雖偶然適合，而未可深恃也。茲則豈云偶合哉？蘄其悉合而必之於後者，其力彌專。推其心，忍使天下以予言爲不醇，勿使天下以予言爲不實；忍使天下以予行爲不粹，勿使天下以予行爲不完也，操之甚嚴也。

雖硜硜然不無可訾，而要不失爲自守云。

李少峯

有反剔必字處，有正勘必字處，卻於此處身分不爽分毫，至於意之精純，詞之峻潔，尤見老斲輪手。

君子和而不同　二句戊寅鄉墨

聖人著和同之論，而心術端矣。

夫和與同相似而相反，辨其異而君子小人之品定，心術不於是端哉？

且夫人躬履承平，動曰和爲大順，然貌爲和而一意黨同，亦人心之大患也。抑知公私祇判幾微，品術遂分邪正。惟平心者悉化褊心，舉世咸歸調劑；而徇物者反成忤物，一身莫定從違。品術也，亦心術也，吾爲用人者審之。

今夫一代休嘉之運，和氣所開；盈廷翊贊之才，和衷乃濟。君子所以豫而順、謙而光，藹藹萋萋，稱藎臣者，用此和之時義大矣哉。無如竊其似而爲同者，厥有小人，如之何弗辨。

讀《周禮》而和先孝友，讀《君陳》而和曰從容，和者聖之德，君子乃以和庶事焉。夫嚴於義者必違乎俗，出之以和，則猜忌之情悉化。然而以和平養庸福，雍容唯諾，適成氣節之衰；以和易市美名，姑息優柔，誰任紀綱之責？和之失或流而爲同，而君子則有秩然肅者。故有時事關救弊，不恤與人分謗，而要無遷就之心；道在決疑，縱令獨建讜言，而不露驕矜之色。直以一人謇諤，效其忠於定策持危。采衆論而不設成心，斷己意而可匡過舉，若鹽梅之作羹，交修罔棄矣。迨至民敉懋和，政布咸和，莫非太和所召。知其本原於學問中者，無所忤亦無所暱，而泰交之治隆也。睽之君子，所以占同而異也哉。

讀《虞書》而君儆同寅，讀《周誓》而臣宣同德，同亦物之歸，小人乃同惡相濟焉。夫徇乎欲者易渙其羣，合而爲同，則阿附之情亦若。然而同道爲朋，則曲學雖誣，尚假《詩》、《書》爲門戶；同利爲朋，則虚聲是盜，且援毁譽爲恩讐。同之始亦强附於和，而小人究有紛然歧者。故有時雅託知心，迄乎處患難之交，而視同䟽逖；久稱莫逆，迨至赴功名之會，而頓起猜嫌。直以百計譸張，託其迹於深情厚貌。比匪人者不利堪傷，友便佞者全交難必，若琴瑟之專壹，誰能聽之矣。推之同人于宗，同人于郊，均非大同之象。知其攀援於旦夕間者，以强合不以中孚，而變詐之機伏也。否之小人，安望其和而至也哉？

若夫親君子遠小人，義利之辨明於前，和同之論申於後，聖人所由進退人才，克知灼見者也。

詞旨清華，神情恬雹。衡鑒堂原評

於切實發揮中無劍拔弩張之態，雍容華貴，戛戛生新。本房劉海樹先生評

鄉人皆好之　兩段紫陽書院課藝

概言好惡之偏，未得觀人之正矣。

夫人之好惡至不齊矣，概言之祇得其偏耳。故夫子於子貢之問，而兩以『未可』斷之。今夫萬變者物之情，一定者人之品，觀人者不可徇物而亦不可絕物，審矣。乃泥乎一定之品者，並欲執萬變之情而渾於一，於是徇物與絕物交乘，情之變者渾於同，品之定者轉不著，則持論偏也。

昔子貢以方人著者也，蓋嘗驗從違之理，其端先見於鄉人，而因以皆好皆惡之説進。

人心之至公也，特立之士必無求知世俗之心，而實至者名歸焉。以予情之信芳，而默證於人之好，則所謂『中心藏之』者，既不等揄揚之無據。然而猶有私也。夫飾行沽名之輩，取信於一二人者，不能取信於千萬人，至於鄉人皆好，則非私矣。子貢之問，非以皆好而疑之，正以皆好而信之也。乃自子言之，安知其人非工阿世者也，非碌碌焉畧無崖岸者也，非色取行違而亂德者也。邦家必達，儒修之效可覘；流俗同稱，標榜之功不少，虛譽何堪盡信哉？僞儒曲意逢時，舉世方以爲獨行君子，非異人任，而深識者獨其隱微，且太息而著辨姦之論。此何爲者也，則正惟皆好之，而未得謂之可也。

公論之無憑也，聞達之儒必無立異忤時之見，而行高者駭俗焉。以知希之可貴，而靜驗夫人之惡，則所謂『遯世无悶』者，正不恤沸騰於眾口。然而猶或偶也。夫恃才傲世之徒，見訾於千萬人者，必反見賞於一二人，至於鄉人皆惡，則非偶矣。子貢之問，非以皆惡而嫉之，正以皆惡而異之也。乃自子言之，安知其人非大不情者也，非耽耽焉爲暴於鄉者也，非詭行狂言而戾俗者也。志在聖賢，固可不知非笑；懲於禮義，如何勿恤人言，多口豈盡可憎哉？畸士矯情絶物，舉世盡以爲斯人得志，如蒼生何，而有心者窺其底藴，亦感慨而廣絶交之書。此何爲者也，則正惟皆惡之，而未得謂之可也。

觀鄉人之有善不善，而子貢可以悟矣。

對偶中運以古文，氣息自爾矯矯不羣。院長石琢堂先生

子曰有德者　一節

學有舉本以該末者，爲尚言、勇者訓也。

蓋世皆尚言、勇，而未嘗於德、仁中求之，豈知本可該末，末不可該本乎？

且吾人爲學，心與理爲可恃也，而口之肖心與氣之輔理，亦各有其可觀者在。然而肖心者不能攝心，輔理者不能宰理，故必求之可恃之中乃自有其可觀之本，而逐末者疏矣。

夫子見世之人未立德先立言也，不好仁徒好勇也，嘅然曰：今天下訏謨尚矣，事會多矣，使謂文章之著必非載道而流，則恆性何以探聖訓；使謂剛毅之才必非任天而動，則健行何以協乾元。言也勇也，無弗根於德、根於仁也，而尚言、勇者何心？

欲修德而尚言，以爲聖賢之名理，非質樸所能傳；欲求仁而尚勇，以爲道義之仔肩，非優柔所能

荷。此視德、仁在言、勇之中，而逆而施之。以言混德之真，肆辨論之虛，而據爲藏修之實；　以勇竊仁之似，逞氣質之性，而矜爲天理之公。此視言、勇在德、仁之外，而强而求之。

豈知德、仁本也，言、勇末也，求末於本，其必有也；　求本於末，不必有也。

言以尚文爲貴，而德亦豈遂無文？　人未入乎其中，轉慮敷陳之不盡，不知學者惟天德爲難達，能達天德，更有何不可達者？　其實詣既以心達之，其精意卽以口達之，獨得者德，共證者言，非兩事矣。彼漓其性情之實，騰口而詡才華者，正不少也，而可必其蘊蓄歟？

勇以任事爲功，而仁亦何嘗廢事？　人第觀於其外，初無剛健之可名，不知學者惟不仁爲難勝，能勝不仁，更有何不可勝者？　其私欲先以義勝之，其怠氣隨以敬勝之，靜存者仁，動直者勇，無異道矣。彼參以血氣之私，驟觀而驚果敢者，又不少也，而可必其操存歟？

是故舉本以該末，則不必日著其言，而有言皆性道之文；　不必輕試其勇，而有勇皆閑存之力，無俟別求外著之端。

逐末以求本，則假託乎德之名，德不純而虛詞誤世；　色取乎仁之貌，仁不熟而暴氣動心，所當自檢由中之發。

學者可知所決擇矣。

舉重若輕，有包掃一切之概，中二偶洞曾達腠，七札可穿。魏笛生

精當處逼近熊鍾陵。吳清如

夫子不答　尚德哉若人紫陽書院課藝

有以不答爲教者，聽其言而重其人焉。

夫子之不答适，正以教适也。聽其言而重其人，故於其出而美之。且吾夫子以言教人者也，顧亦有言所難傳而心足相喻者。其人有論古之識，無傷今之心，既默契聖人之心，而言無可贅；即足覘斯人之品，而心已可知也，若夫子之於南宫适是已。

适之以羿、奡、禹、稷問也，論其常，則适言之詳矣；論其變，則近乎憤時嫉俗之所爲，而又以滋天下後世之疑。豈夫子所樂言而适所樂聞哉？而將何以答之哉？

天人相值之故，雖造物亦無成心，古來禹、稷而攖羿、奡之禍幾人，羿、奡而享禹、稷之福者又幾人，遭際何能一轍哉？夫子以不答者相忘於淡泊，知後世之行修不遇，而感慨於是非之倒置者，其人遠而其言已贅也。

惠逆相從之理，在古人祇蹈其常，假令羿、奡無其禍而不爲羿、奡者自若，禹、稷無其福而爲禹、稷者亦自若，亨屯何足動心哉？夫子以不答者默示其機緘，知後世之許身王佐，而發而爲憤懣之文章者，其言立而其人已淺也。

适之出，适之會聖心也。夫子於此，將取适之說而引伸焉以示二三子，則非不答之初心。第默爾無言，又恐二三子之聞是言者，靡所折衷，而無以解其惑也。今夫信天以信聖人者，其人爲何如人，而其心爲何如心乎？

世事之盛衰往復，豪傑爲之動色而驚心，惟自立堅者其天不動。以适之但述往事而不參以時命之說，人定勝天之學問，早致力於平居，自命何等，抗懷何事，夫豈以世故動其天者歟？

吾人之窮達顯晦，舉世爲之憂喜而傾注，惟自信深者其神不擾。以适之但言常理而弗參以尤怨之詞，樂天知命之胸懷，早悠然其默喻，遯世无悶，不見是而无悶，夫豈以境遇擾其神者歟？

子曰『君子哉若人，尚德哉若人』，贊适也，不啻答适也。而适之心見矣，子之心亦見矣。

風骨遒上，吐屬清新，一洗浮靡叫囂之習。院長石琢堂先生原評

君子上達　二句

觀理欲之分途，達之者各無窮也。

夫理欲異而上下分，君子小人，所達各無窮焉。可不慎之於先哉？

今使人爲善爲惡各有止境，則君子小人皆易量矣。善有止境，則善不足喜；惡有止境，則惡不足懼。惟其有不可量者，入乎其中而各不知其所止也，故必慎之於始以辨其微焉。

今夫君子小人之異，異乎循理徇欲之心而已，循理則日上，徇欲則日下。

苟顯呈上下之境，以要其所終，則君子固知自奮，小人亦知自危，無如從入之初，未覩其究竟也。苟微分上下之形，以觀其所始，則君子善基初植，小人惡念偶萌，夫豈知積漸之餘，各臻其極至也。夫有所達之也。達之始，前有所導；達之繼，中有所依；達之後，終有所歸。上也下也，一入其途而卽知其所極，君子必欲窮上之境，小人必欲窮下之境也。一入其途而并不知其所極，上之境無窮，君子弗能止；下之境無窮，小人亦弗能止也，有見其達焉而已。

達之以知，知日闢，境日與之俱闢。心思之用，由淺達深，知無盡者，達亦無盡也，而上下各無自足之心。

達之以行，行日臻，境日與之俱臻。事爲之際，由此達彼，行無方者，達亦無方也，而上下豈有息肩之地。

故君子有未能卽到之境，必力求其速到，躍然者攀躋於聖域，而進以无疆，允升所以吉也。

小人有可以不到之境，亦力求其必到，昏然者汩沒其天真，而伊于胡底，滅頂所以凶也。

夫然，而上者更有其上，不自以爲上，乃所以盡上之階；下者更有其下，不自知其下，乃所以爲下之極。兩相背而形神迴隔，上與下各竭才力而趨；而探本窮原，凜然於理欲微茫之辨。

夫然，而上者一涉於下，偶然失足，已盡棄其上之功；下者思返乎上，中道捫心，且莫逭其下之孽。兩相形而警覺方深，上與下決無中立之勢；而此贏彼絀，可以參聖狂出入之幾。

學者可不慎之於先哉？

精刻之思，廉悍之筆，文壇飛將軍也。何一山

臧文仲其竊位者與

欲誅魯大夫之心，而以竊位貶之焉。

夫得位如臧文仲，宜不得謂之竊矣，夫子欲誅其心，故貶之。

且吾魯有盜臣陽貨者，嘗竊寶玉大弓矣，《春秋》書之，重其物，惡其人也。若夫朝廷爵祿之頒，其視府庫之藏，果孰輕而孰重？乃有人焉，無其德而據之，而舉國不以爲怪，風刺不加，且負重名於當世，非吾徒援筆而貶之，則《春秋》之法，幾不明於天下。

吾嘗盱衡斯世，臣道衰而姦邪用，姦邪用而攘奪行。據邑者有之，奪田者有之，私分公室者有之。此其人皆無竊之名而有竊之實，吾欲正其穿窬之罪，加以斧鉞之刑，蓋在誅不勝誅之數。且其人不爲世重，吾無責焉。若夫吾魯之有臧文仲也，聲稱籍籍，宜非世俗齷齪者比。況乎大夫之位受於君，傳於祖，雖欲竊之，烏得而竊之？顧吾思之。

國家之懸位以待人也，豈惟世祿宜之？而世祿每自私之，私之而共忘其私也，遂公然視爲固有，而無所動於其心，則廉恥之源薄。

大臣之居位而不疑也，非必舉國讓之。而舉國樂其受之，受之而懼弗克受也，必皇然若有所求，以期無辜乎厥職，則靖共之誼彰。

文仲之於位也，其謂之何？ 世有尸位者矣，國是若無關於己，彼第不明於心，而其心轉無疚也，疚焉者并不得謂之尸。世有倖位者矣，功名既得自倘來，彼原無動於心，而其心轉不慚也，慚焉者并不得謂之倖。吾有以定文仲矣。

凡人於所自有之物，視之常覺可輕，至於竊而諱莫如深，有不勝其重視者矣。仲之位本所自有，原可適然處之，乃仲之轉輾於清夜者，忍使失千載之名，而不忍失一日之位，其瘝官也爲能臣所羞稱，其固寵也爲庸臣所弗逮，豈得以讓夷急病之言，善善從長，而掩此中藏之圭玷與？

凡人於所宜享之奉，受之每覺甚安，至於竊而負乘致凶，有不勝其自危者矣。仲之位本所宜享，原可泰然居之，乃仲之固結於隱微者，若有人從而窺其短，若有人從而睨其位，其進思也罔知所以盡忠，其退思也罔知所以補過，豈得以虛器織蒲諸事，仁智皆虧，而勿論立朝之大節與？ 其竊位者與？ 願世之居上位者，遇有柳下惠其人，毋忽也。

高視闊步，不屑作一挑半剔伎倆，而下文已如立竿見影，故是作家。鳳竹塘

子曰吾之於人也　一節

論人無過量之言，觀所譽而益知無毁矣。

夫不以毀譽加人，子蓋自信之矣。觀譽之必有所試，則譽且終無，而何有毀哉？

且吾夫子操《春秋》之筆，以褒貶一世，是非所在，榮辱彰焉。其是曰是、非曰非者，悉協公評，而不參私意。惟於所見瑰琦之行，有時微寓獎掖之權，人或疑持論之寬，而不識其知人之確，則聖心猶未白於天下也。

子嘗言之曰，好善惡惡者，吾與人有同心；隱惡揚善者，人於吾有厚望。使其折衷無定，而漫焉以毀譽相加，則嫉惡且失其真，而奬善更何所望乎？乃思吾之於人。

數其罪不爲毀，誅其隱亦不爲毀，毀者惡不至而蒙其名者也。本乎居心之刻薄，而創爲過高之論，以攻訐當世之賢豪。修晚節者發彼前愆，立大閑者摘其一眚。深文巧詆之風，其流爲法術刑名之禍，此吾所大懼也，而斷斷者不損其真焉。

嘉其行不爲譽，諒其心亦不爲譽，譽者善不足而濫此稱者也。孰於世故之婞阿，而謬託宏奬之名，以牢籠一世之材技。盜虛聲者推爲國士，矜小節者目爲全才。標榜聲華之習，其後卽黨援門戶之階，此吾所深慮也，而亹亹者不過其實焉。毀耶譽耶？問誰實被之耶？

而或謂不言人過，第博寬厚之名，遂於其稱道勿衰者，疑爲言之過當；不知善善從長，亦屬平情之論，而要有不輕許可者，必先加以深求。於無毀譽中而如有所譽，豈竟不能無譽耶？其有所試矣。

從來議論多者揄揚必寡，無毀而譽非所靳矣，乃吾不靳譽而初無泛譽者，稱人之善而逆料其不然，其恥有甚於譏評者也。惟是一行可覘全體之醇，一日可見終身之概，此際若予之太過，異時乃踐之有餘，則所譽不虛矣。不虛則未始有譽矣，而竟誰譽歟？

從來臧否慎者鑒賞必精，無毁譽而譽足榮人矣，乃人榮吾譽而譽不濫邀者，竭吾之明以灼見其將然，其言有謹於謗議者也。惟是道義可卜後來之任，忠孝已徵先見之端，聞者或慮其難憑，言者早知其必驗，則所譽不妄矣。不妄則譽且終無矣，而又誰毁歟？吾惟遵直道之行，俾斯民共遊於三代之隆而已。

如題抒寫而諸法俱備，佳在浩浩落落，無斧鑿之痕，至其用意深厚，尤得聖人立言本旨。李少峯

巧言亂德　一章紫陽書院課藝

德與謀皆足治世，有亂之者而敗矣。

夫天下事，德守其常，而謀濟其變者也。苟爲巧言、小不忍所亂，能無敗哉？

且聖人有不易之理以定天下之經，有非常之原以濟天下之變。其守經也，務使人人各明其本性，故謨訓弗尚新奇，而邪說爲之遏；其濟變也，不必事事皆要於立名，故經綸貴有本末，而小節所弗矜。蓋天下所恃以守常而濟變者，曰德曰謀，有亂之者而致敗也久矣。

德以立天下之大本，天道惟顯，皇降惟衷，有定理以持之，而曲學不得搖其識，若之何有亂之者也？聰明足以欺世，是非倒置於其心；便佞足以悅人，邪正混淆於其口。甚至誘人以機變之術，謹愿者因而情遷；怵人以禍福之談，强毅者因而氣餒。古今來亂德之人，竊我文章而亂者幾輩，假我性

道而亂者幾輩，託我名物象數之微而亂者又幾輩，而其患皆中於巧言。清淨之言亂仁矣，名法之言亂義矣，要結之言亂信矣，聽言可不審乎？且夫德之立也，自有所謂庸言者，以宣其德而示後世，顧聽之無奇，而行之無弊。故有時拒淫詞以衛聖教，遠佞人以清君志，誅左道以壹民聽，誠懼留片語之畸衺，開億萬世無窮之惑也。大經既正，而曲學自消，所謂嘉言孔彰如此夫。

謀以定天下之大功，帝世陳謨，王朝協慮，有精心以運之，而細故不足擾其神，若之何有亂之者也？戮一姦而利天下，或避其殘；拔一國而守數年，或恥其怯。甚至博寬仁之譽，縱罪適以殃民；矜才畧之雄，貪功亦以誤國。古今來大謀之亂，亂於好名者半，亂於輕事者半，亂於私恩私怨之報復者又半，而其患每生於小不忍。用恩不忍，亂在宮闈矣；用法不忍，亂在朝廷矣；用兵不忍，亂在邊疆矣，慮事可不審乎？且夫大謀之發也，所貴以能忍者，成其謀而濟天下，而不敢市惠，亦不敢邀功。故有時激以可恥而不怒，投以可欲而不爭，誣以可懼之名而不動，誠慮逞一朝之意氣，敗數十年籌畫之功也。大本不搖，而小嫌弗恤，所謂有忍乃濟如此夫。

縱横馳騁，一洗萬古凡馬空。院長吳蠡濤先生

胷羅全史，借題發揮，如見陳同甫一輩人物。業師王惕甫先生

君子不可小知而可大受也

審君子之所受，無以小知絀之也。

夫所望於君子者，以其可大受也，小知則不盡其量矣，用人者審之。且人君用賢而不盡其能，猶不用也；賢人見用而不盡其能，猶無能也。有非常之任，乃足盡非常之能，淺試適以形其短，而吝與亦不著其長，用賢者所當致審耳。

今天下有君子焉，心之所藴，葆其聰明者，常不用其聰明也；量之所包，周乎纖悉者，未必形乎纖悉也。故自有君子而知難，自有小知君子者，而君子之受難。

曷言乎知難也？一官一邑，稱爲能吏，無關饑溺之深心；一話一言，錄爲嘉謨，無與天人之學問。知之庸愈於不知乎？是謂小知。

曷言乎受難也？積歲月而書勞，救過不遑，日絀其心思之用；課廉能以報最，鋭情自試，漸漓其涵養之天。知之不轉傷其所受乎？是謂以小知絀大受。

用君子者，在審所不可以成其可耳。屈伸之數，君子不必常處其伸。彼惟學可匡時，不參智術，功名有難就者矣。故一事愆而薄爲無才，淺也；一事合而歎爲奇才，猶之淺也。守天下之大智者，不藏其拙；成天下之大務者，不急其功。運量所加，恢恢乎有堯舜君民之願焉，豈屑爭能尺寸哉？

顯晦之名，君子不必力求其顯。彼惟量能容物，自掩才能，謗讟有可分者矣。故議君子者，力排其短，非也；愛君子者，曲護其短，猶之非也。以共能者讓諸人，而舉其事若不克；以難能者任諸己，而非其時亦不可窺。仔肩至重，兢兢乎有天下萬世之心焉，奚必收功旦夕哉？

因是以思，小知轉不若不知，君子天爵甚尊，一自漫以相知，而仁義禮智之身，忽分品格。大受亦不必果受，君子懷才有素，即使終無所受，而齊治均平之畧，自信行藏。

吾願天下後世用君子者，毋擢草茅而登左右，啓老成以躁進之嫌，知之深不妨受之漸也；爲君子者，毋憂踈逖而慕寵榮，發激論於陳書之日，受之宏不必知之急也。從容下位以養其才，未必非蒼生之福；習聞國是以充其識，庶不疑王道之迂。然而君子效能，亦必小人盡力，庶得用人之道也。

其精悍揮智，譬猶僚之丸，羿之羽，公孫之劍也，而行間字裏更有一種拂鬱牢戾之氣，逼真金嘉魚之文。龔定菴

義蘊閎深，詞恉剴切，求諸古人，其陸宣公奏議之流亞歟？吳清如

子曰辭達而已矣

聖人示修辭之準，無多求於達之外也。

夫辭以達意，求工焉則失旨矣，子故爲修辭者示與。

昔夫子删定六經，垂教萬世，固道德之宗，而亦文辭之祖也。第六經非以修辭，而萬世難期共悟。慮夫聰明之士之尊吾學者，徒習其文辭，而不修其道德，將以今日垂教之書爲口實也，乃舉立言之旨以示人曰：

夫所貴乎辭者，以之訓世，則明理爲先，於王爲憲，於聖爲經，古今之通義也。以之言情，則肖心爲本，忠孝可歌，怨悱可泣，宇宙之大文也。

千載而上有聖人焉，吾不得而見也，乃誦皇世三墳，帝代五典，恍然示我以政，告我以心者，則辭詔之。

五方而外有殊俗焉，吾不得而知也，乃覽九州之志，山海之圖，愕然如聞其聲，如覿其形者，則辭通之。

惟其達也，乃世之雕琢以炫才者，未達而徒騁辭焉；洸洋以肆志者，已達而猶費辭焉；隱怪以鳴高者，過求其達而辭遯焉；艱深以文陋者，誤求其達而辭晦焉。若此者，其亦不可以已乎？

且夫古人無敢求逞於辭，正古人無暇求逞於辭也，方欲專其才力，以赴躬行實踐之途。故鄉國以德行先升，豈賴名山之著作；廊廟以功勛相尚，勿耽柱下之文章。卽有載筆之徒，雍容潤色，且目爲文勝之史，而其道不尊，德業之餘事也。今人事事遠遜古人，至於辭而不甘於遜，究之釋象數以千言，何與性情之事；考蟲魚以累牘，何關制作之精？家自爲說，人自爲書，安見必堪垂後也哉？

且夫古人不欲求多於達，正古人無待求多於達也，非不錫之敷言，用宏覺世牖民之道。而垂象者天開一畫，吉凶悔吝祕其文；傳心者道冠百王，精一危微括其旨。迨至尚文以降，誥誡滋多，不憚占重巽之申，而其源已薄，神聖所不勞也。古人事事詳於後世，至於辭而無取其詳，所以天地之心可見，河洛并無一字之書；聖賢之道易明，睢麟不改連章之句。約而能賅，簡而居要，奚必以多爲貴也哉？此夫子示萬世立言之準也。厥後百家迭出，微夫子言，其不與六經并列學官也幾希。

高挹羣言，非苟爲炳烺，而一種新穎之色流露行間，自然奪目。郭蘭石

氣宇光昌，訓詞深厚。龔濟舫

友直友諒

擇友先於直諒，友之以德重者也。

夫友之所重者德，惟直與諒，皆以德著，非擇友所宜先乎？

且吾人爲學，在主忠信，而取友之道不外焉。蓋忠則不恕人之過，信則有及物之誠，此其德屬之友，而虛吾心以孚其德者，則存乎取友之人。

如益友之有三也，兼備則罕遇其人，分求則先觀其本，蓋道非直不可行，人不諒惡乎執。

夫觀人於誠中之德，大約坦白爲先，深心者轉慮其表暴之過詳，而援以爲戒。不知惟坦白也，吾乃嘉其實意之猶存。

抑觀人於形外之端，大約樸誠爲本，飾行者轉患其性情之太質，而引以爲譏。不知惟樸誠也，吾甚

樂其與人之不薄。

取友者可弗先之？

天下言之無罪，聞之足戒者，莫如直。直固求慊於己，而亦無惡於人，然人知直之無惡於人，而終不敢以直待人者，匡人之過而已。先未能無過，則言之可怍也，斯人乃毅然自成其直焉。《洪範》言德，歸於正直，直者方懼天下之蹈於有過，而乃日進其讜言。

天下設誠於中，致行於外者，莫如諒。諒固不欺乎人，而止求盡乎己，然人知諒之不欺乎人，而或不能以諒示人者，感人以誠而已。先自漓其誠，則發之無本也，斯人乃皦然自成其諒焉。《內則》所肄，衷於簡諒，諒者方疾天下之趨於不誠，而乃獨輸以真意。

直者不擇人而直，不憚其直則直者親；諒者不擇人而諒，能鑒其諒則諒者附。非必吾身兼有直諒之行，而後能友直諒也。若是乎直諒之易友也，直者亦望人之忠告，諒者亦望人之開誠，彼其待應求於斯世，曷常拒人於不屑之途，而我何堪自拒之。

直與直相需，稍不如其直則爲直者棄；諒與諒相待，稍不如其諒則爲諒者疑。是必吾身同於直諒之行，而後直諒爲我友也。若是乎直諒之難友也，直者知人之不能受其言，諒者知人之不能容其拙，彼其待知己而傾心，本易絕人以濫交之路，而我何堪更絕之。

是以君子論交，必先乎此，而又加以多聞，斯受無方之益哉。

作意在處處留下，文筆曲而善達。胡實甫

色厲而内荏　一章

擬無恥者於穿窬，誅其心以儆世也。

夫人即色厲内荏，亦何至下同於穿窬？以其心之無恥同也，故譬之。

今夫人貴賤之分，分於心之有恥無恥而已。可敬之人，不必皆貴也，有恥則貴；可羞之人，不必皆賤也，無恥則賤。以無恥之故而鄙夷之，非持論苛也，其心蓋適相肖耳。

如吾人立身之道，祇恃此表裏如一者，爲足自信於己而無愧於人也。故有直其内方其外者，自成爲大人之行；亦有怯其情餒其氣者，不失爲庸碌之夫。奈之何其色厲而内荏耶？

岸然其貌也，非禮弗履，非義弗爲，外著之威嚴，若悉本剛方之性。而豈知捫心自問，所爲多不可告人。

靡然其志也，見利思趨，見害思避，中情之柔弱，宜莫揜慚恧之形。而豈知飾行沽名，其巧乃足以勝物。

是道也，小人之道也，無以擬之，其猶穿窬乎？

蓋商賈牟利之徒，非無貪念，而其計常用於明。貪於明者，未昧天良；貪於暗者，尤工詭計也。以穿窬之晝伏夜行，羞惡之心容有未盡泯者，特恃爲人所不知，遂泯其羞惡而不覺耳。士君子灼知進退之方，而隱忍乞憐於昏暮；粗識廉隅之勵，而權宜暫納夫包苴，清夜自思，果操何術與？

聚黨横行之輩，不諱惡名，而其術以强爲勝。用其强者，絕無畏志；用其弱者，善自藏身也。以穿窬之探囊胠篋，忌憚之心亦有未盡忘者，惟不能充類盡之，至於無忌憚而不知耳。士君子負乘處多凶之地，而貌爲謹恪以避誅；嗜欲爲柔道所牽，而故峻風裁以掩謗，返躬内鑒，是誠何心與？嗟乎！修士整身勵俗，衣冠動作取法先民，而幽獨中功利未忘，終難雪純盜虚聲之恥。大臣正色立朝，經濟文章皆歸謹飭，而夙夜中靖共或僞，卽以開行私罔上之端。是皆穿窬之盜也，人而知恥，何至以讀書稽古之身，下儕於穿窬耶，可不畏哉？

以恥字貫串全題，上下自然融洽，峻峭之思出以藴藉，尤合口氣。楊與山

前半紆徐爲妍，後半卓犖爲傑，題藴發揮已無餘義，後二小比則興來神往，不厭百回吟諷。周容齋

孔子曰殷有三仁焉

懷仁人於殷，慨周衰也。

蓋孔子時周亦末世矣，以觀天下，有如微、箕、比干之用心者乎？子故言念三仁而重慨殷之有也。

且春秋時有孔子，聖人也，亦仁人也。迹其生平，栖栖皇皇，若有甚不得已者。『吾其爲東周』，欲存文、武之道於來兹也。知其不可而爲之，不忍見天下生民之塗炭也。故孔子者，周之微、箕、比干也。

吾讀《微子》一篇，歷敘古今隱逸之士，類皆抗心遐舉，獨善其身。夫子於此輒自明其心之不容已，

以冀其時之有可爲，其心良足悲矣。記者首列微、箕、比干之事以著於篇，而繼之以『殷有三仁』一語，豈無見哉？蓋周衰猶殷衰也，孔子斯言重有慨也。

意以仁爲天地立心，泰則心之樂，否則心之憂，以是爲天地之紀，不忍絕也，故世亂而爲蒼生繫望之人。

仁爲君親立愛，愛其主則身輕，愛其國則身重，以是爲君親之責，不忍負也，故時危而立千古子臣之極。

今天下待命於仁人孔急矣，乃以某歷聘所經，一二有識之士，既坐待其淪亡；二三同姓之邦，又不聞其匡救。舉天下之人，求一如微、箕、比干者之用心而不可得，吾爲殷幸，吾爲周慨矣。

謂三仁處分之當爲，而匹夫不必矢其志，不知王臣偏於率土，何至以分相絕而自雜。假令三仁者，名不列天潢之貴，位不居師保之尊，而第存夫不忍斯世之心，則逆知喪亂之將開，必不爲旁觀之坐視。安知悲歌易暴，不爲首陽叩馬之民。

謂三仁值時之既迫，而未至不必預其憂，不知履霜馴致堅冰，何忍以時之寬而姑待。我知三仁者，人心當漸歸西土，天命卽未訖有商，早各矢勿負吾君之隱，則本其深情之愷惻，結而爲先事之綢繆。安在靖獻同心，必待西伯戡黎而後。

吁！吾夫子生周之季，用心良獨苦矣。定禮、正樂、贊《易》、修《春秋》，微子抱器之心也；沮於齊、圍於匡、削迹於宋，箕子明夷之難也。聖王不作，天下孰宗，曳杖逍遥，兩楹夢奠，比干封墓，無以異也。則斯言也，慨周衰，行自慨矣。

於千林中拔戟，自成一隊，蒼涼激壯，一往神來。業師錢東生先生

講下作意已明，便知精識所詣，必不好爲異言。至氣體以曲而有直，音節以激而能和，直欲令天、崇名家一齊俯首。林子安

齊人歸女樂季桓子受之

工其歸以間聖，忌聖者有心以受之矣。

夫齊歸女樂，間魯也，桓子受之，罪在桓子矣，《魯論》故書之。且夫賢人在國，則敵國忌之，强臣亦忌之。顧敵不假手於臣，無以中其計；臣不借資於敵，無以逞其姦。敵可恕，而臣不可恕也，故於《魯論》寓《春秋》之筆焉。

不然，齊人歸女樂，《春秋》不書也，曷爲乎《魯論》書之？蓋聖門弟子慨大政之壞，而欲誅其首惡之人，不得不推本於所由來也。當夫麛裘攝相，而嬖人畏威；犧象議禮，而優人伏罪，齊於是來歸四邑之田。犂鉏進曰：鄰之强，君之弱也，臣將翫於股掌之上以得吾志，誠非女無以蕩其心，非樂無以惑其志矣。魯之政在季氏，必季孫欲之而後君可圖也。請衣文衣、舞康樂，陳於高門以聽命。

雖然，工其歸者在齊人，而中其計者仍在魯也。使魯君於此，召使者而謂之曰：昔先君周公，受四代之樂器，垂之和鐘，叔之離磬，女媧之笙簧，寡人與二三臣端冕而聽之，惟恐忘世守焉。今大國以

姦聲亂色，辱既寡人，寡人不佞，弗敢與聞。齊人當無如何矣，而豈知有微服往觀之季桓子哉？夫以鄰國而亂其同盟，包藏禍心之罪，已不容誅，況以臣子而蔽其君父，妨賢嫉能之意，更何所逃罪？《魯論》書『季桓子受之』，罪季也。

敵國相傾，何知仁義，方幸中晏安之毒，而後乘機觀釁，可驟而興問罪之師，女樂之歸何爲者？自有此歸，而古今來疆場之際納重賂以濟陰謀，奉卑詞以長驕志者，皆女樂之類也，可勝嘅與？大臣謀國，先正君心，必使清嗜欲之原，而後國計民生，可徐而議治安之策，女樂之受何爲者？自有此受，而古今來姦佞之徒假近習以蔽君聰，誨慆淫以專國柄者，皆季桓之續也，可勝誅哉？

君子謂帥師墮郈，帥師墮費，自是三桓失便，皆有疑忌之心，女樂之受，其由來者漸矣。書人貶齊也，齊無禮也。不書魯，誅季也，季不得君其君也。吁！齊人不能間魯，而女樂間之；女樂不能間魯，而桓子間之。桓子者，齊人之助，而女樂之階也。至於三日不朝，而彼婦之口可以出走矣，大道之不行於吾魯，豈不以此也哉？

題爲『孔子行』三字立案文，日光注定下句，取鎔內外傳以出之，用筆有飛花滚雪之妙。業師袁韻亭先生。

聲情昌躍，氣味深醇，後二包孕史事，更徵識力，此吾家千里駒也。戊辰十月叔父竹坡公評

博學而篤志　一章

致知卽以存心，仁無外求矣。

夫不先致知，何能力行？學、志、問、思，皆致知之事，而仁在其中。存心豈外是乎？

昔子夏慮空談性命者泛而無歸也，謂夫天下事有詣專乎此，而彼有可以相及者，雖以性命精微之蘊，得其本亦可漸推。顧其所謂本者轉類乎末，而人不知致力也，豈知道問學之極功，卽所以尊德性，而無俟他求也哉？

如吾人之業，有學與問兩端，而必藉志以堅其學，思以通其問，此若下學之功無與精微之詣者也，而正不然。

蓋人惟矜言心得，而不實體諸行習之間，遂至淺陋其見聞，浮游其意氣，放縱其議論，渙散其精神。斯卽性功未著，早無解於氣質之私。

故人惟用力致知，而非浮慕乎性天之奥，祇此不淺嘗輒止，不厭故喜新，不道聽塗説，不馳情遠騖。一爲探本以觀，卽可得其性情之近。

然則人之於學，特患不博耳。如能多識以立其基，類聚以廣其趣，由此達彼以盡其變，學至是理有不明者乎？而猶恐博者之愛而不專也，篤志以精之；久而或怠也，篤志以奮之。學所到皆志所持，斯其氣爲不浮焉。

然則人之於問，特患不切耳。如能參疑信以決所從，審本末以知所重，察先後緩急以明所要，問如是心有不存者乎？而猶恐切者之理由外鑠也，近思以攝之；情不内融也，近思以浹之。問所析皆思所貫，斯其心爲不騖焉。

而吾以求其仁。

輕躁不可言仁，仁固敬之所聚也。兹之兢兢致力者，爲一事而必極之可大，又矢之可久；究一説而既得所未知，又繹所已知，其輕躁不生可知也。修業時養之者熟，而後進德時操之者純，敬常存仁，卽與之俱存。固無待深觀克復，而知不以修業終矣。

虚憍不可言仁，仁固誠之所積也。兹之孜孜不已者，常以一心彙萬理之全，而持之者貞而不變；又以一理辨兩歧之惑，而存之者約而不紛，其虚憍不作可知也。考知能之數，體驗皆真，卽以入理欲之交，幾微必辨，誠不息仁，卽與爲不息。固無待高語閑存，而知其不以知能限矣。仁在其中矣。世之空談性命者，致廣大則失之馳騖，極高明則遁於虚無，豈知聖人下學上達之功也哉？

會得立言之旨，見解既高，出以清真之筆，遂爾掃盡浮靡，獨標醇雅。業師錢東生先生

大德不踰閑乙未會試魁墨

學貴端本，立乎其大而已。

夫大德者學之本，苟或踰閑，則本不端矣。

子夏故以不踰示之準曰，吾人爲學，有範圍之則焉，人知其不敢越也，而不知其有所先。古聖賢兢兢於率履，其心悉協乎範圍，而其道先持乎宏遠。士苟有志落落者，守此數端，已足挈持躬涉世之綱，而爲聖賢所不能易。

今夫名教至寬，而有不得不嚴者，則以人品學術之所關在大德也。

古者書升論秀，必先六德之興。植其基於倫紀之中，而操之一節，概之終身，以是爲制行之原也，而率由者謹矣。

古者雜服博依，尤重大成之詣。裕其學於本原之地，而恢之愈宏，守之彌約，以是爲立身之要也，而檢束者嚴矣。

厥有閑焉，是不易之經也，有定之理也。而或踰之，則人品之累也，學術之憂也。

以今日而尚論古人，史册難憑，豈必發苛求之論。乃或負儒林之望，而行藏之際多歧；膺公輔之名，而倫常之間多疚。未嘗不掩卷太息，憾其大節之有虧。

以今日而訂交當世，葑菲可采，豈遂致比匪之傷。乃或坊表著於羣倫，而門內之言有閒；推解周乎里黨，而獨行之士羞稱。未嘗不割席自甘，薄其大綱之不立。豈不以大德之閑之所關甚鉅，而不踰爲先乎？今試有人於此。

有是非之閑，不以苟且踰；有進退之閑，不以隱忍踰；有去取之閑，不以顛沛踰。磊落之襟懷，本乎醇篤，充其量而義爲正路，仁爲安宅，不難造精微之域以臻粹美之修，非僅以不踰者畢乃事也。宫牆之峻也，未有不踐其庭而能窺堂奥者，不踰乃踐之始也。

臣以忠爲閑，不因疎逖踰；子以孝爲閑，不因親愛踰；友以信爲閑，不因患難踰。光明之履蹈，矢以端嚴，窺其心若規矩誠設，繩墨誠陳，不敢毁道義之藩而詡變通之用，要惟以不踰者謹吾修焉。輿衛之良也，未有不守其轍而能達康莊者，不踰乃守之終也。後之矜鄉曲之行以沽名，襲聖人之言以欺世者，胡不深思。而任達者流，則又并小德之閑而壞之，更可慨矣。

風骨道上，包掃一切。聚奎堂原評

語多包孕，筆有鑪錘，處處留得下句，而又無探下痕迹，故是高人一籌。本房黄樹齋先生評

高揖羣言，匠心獨運，有涵蓋一切氣象。潘芝軒先生評

寬則得衆　則說

綜言帝王之道，治法必本心法焉。

夫寬、信、敏、公，帝王之心法也，而治法不外是焉。

子故舉其要曰，吾稽帝王之治，自堯迄周，首天數，終歸心，誠以帝王法天立心，而人心無不應者也。天主育物，而不忒者其時；天體健行，而無私者其化。惟辟奉天，惟民從乂，落落數大端，千聖百王，胥由此道矣。

蓋嘗觀萬物之生，莫不自求託命。而其心又僞而易離，其力又玩而不振，其欲又紛而莫能周，天以是遺大投艱於真主，而宸修之責備無窮。因而知天心所屬，大旨不嗜殺人。而又患其疑而未靖，又患其偷而不興，又患其壅而不相濟，聖爲之勞來匡直於崇朝，而治法之淵源悉合。

是則得衆、民任、有功、與說，固帝王治世之大端，而其所以致此者，豈偶然哉？

法網之苛日甚矣，手足之無措，而謂能得其心，無是理也。救民生於水火之中，刑章從畧；培元氣於彫殘之後，賦役從輕。臨下以寬，則怙冒之恩共戴爾。

疑畔之風日熾矣，號令之不時，而謂樂趨其事，無是理也。將欲開非常之原，而賞何可或吝；將欲挽積污之俗，而法何可不伸。施信於民，則指臂之從可卜爾。

若夫開物成務，必自奮其精神，而萬物之精神乃出。深宮不切憂勤之志，則民彝未迪，誰開草昧以經綸？人君不親胼胝之勞，則民患未除，誰奠山川而樹藝？敏以爲天下之先，則各勤其業而功惟敘矣。

至於宜民盡利，必先平其喜怒，而百族之喜怒胥恬。專利者患在不均，削奪之權謀徒成怨府；市恩者求難盡給，解推之小惠豈遍寰區。公以順天下之情，則各遂其欲而說无疆矣。

夫然，故寵綏所以作君，有孚所以作命，至不息，大無外。所以作猷而作德，綜典謨而論治，四者皆得其全，聖相承治亦相承，三代上萬化聿興，既同俗同民，無不同其建極執中之道。

亦有時法令極而能容，詛詐行而能愿，制度隮，貧富私。而能革亦能均，酌損益而咸宜，四者不無偏重，天不變道亦不變，千載下一端偶合，雖易人易世，必不易其旋至立應之機。

後有王者，法天立心，則唐虞三代之隆可復見也。

宏深肅括，舉重若輕，後二於一唱三歎中使四『則』字，神情湧現，絕大本領。胡杏白

上下古今，囊羅全史，詞成廉鍔，氣挾風雲。盧立峯

尊五美屏四惡

於政嚴美惡之辨，尊與屏當致力矣。

夫五美四惡，操政之本者也。一尊之，一屏之，爲政不當致力乎？天下子故爲子張約舉之。嘗讀《易》，有消長，卽有吉凶，説者謂聖人寓扶陽抑陰之義者，何也？天下有吉者，機焉，懼其消也，道在扶。扶之力者，求之備。有凶者，機焉，懼其長也，道在抑。抑之盡者，慮之詳。此其理可通於政。

今夫本乎心而微判純疵，推乎政而遂分治亂者，其美與惡之辨乎。約舉其數，有五焉，有四焉。夫此五美四惡者，純疵之實，治亂之原。

蓋以一心操庶績之綱維，播徽猷，先修君德，治化弗臻於醇備，環而待者，議九重劼毖之疎。

以一身作羣生之主宰，無失德，乃以宜民，性情未化其偏私，愆厥常者，傷一代和平之福。

而美如何弗尊，而惡如何弗屏？

天下可貴之物莫患乎等夷視之，而所貴同於所賤，則其用不彰。若五者之維繫天下也，未有政而早立乎政之先，出政者奉爲當然，而初不矜其美，大寶有貴於此者乎？帝德曰峻，皇極曰建，則尊之謂也，《堯典》之所以觀美也。

天下無形之患莫甚乎依違據之，而無形漸至有形，則其患日近。若四者之傾否人國也，行吾政而卽藏於政之中，執政者目爲故常，而不自知其惡，大害有甚於此者乎？嗜欲曰遠，聲色曰去，則屏之謂也，《大有》之所以遏惡也。

然則衆美貴其畢臻，而治化聿隆，尤不使叢脞之偶伏。夫《豐》之盛而爻有一凶，猶云憂也，奈何四者紛然集也？屏之而尊者益尊，《乾》以惕无咎，《震》以恐致福，斯動罔不臧耳。

然則除惡莫先務本，而偏頗悉化，終不見嘉德之偶虧。夫《剥》之盡而一陽來復，猶筮亨也，況其五者燦然備也？尊之而屏無可屏，《泰》之極勿復於隍，《濟》之極勿濡其首，斯德音不瑕耳。聖人在上，師氏詔爓，保氏諫惡，所由清出政之原而臻於郅治也，從政者志之。

高華沈實，戛戛生新，爐火純青之候也。業師錢東生先生

中庸

修道之謂教　離也丁丑湯學院歲試一等一名

修道有復性之功，進言道之切於人焉。

蓋教不能離道而立，修之所以復性也，道具於心，於人烏可離哉？

且吾言率性之道，道本乎天也。顧其當然之則，成乎人事；其自然之理，具乎人心。知其當然也，而盡人可以合天；知其自然也，而即心可以見性。此天人相貫之理，論道者所宜喻也。

率性矣，顧猶有氣稟之偏，未必其與道爲迎，不與道爲拒也，聖人於是乎有教。今夫教者，天事之終，而人事之始也。

食味別聲而後，造物已謝其權，孰爲去其本無，孰爲保其固有？ 訓行以復最初之理，典章悉備，而天經之著在秉彝。 防淫節性之功，君相默司其柄，過則俯而就，不及則仰而企。 損益以扶生質之偏，品節詳明，而人紀之敦在輔相。

此非於道之外別有所謂教也，夫亦曰修道而已。 且夫修之云者，有所因而成之之謂也。 因乎天命之性以成其教，而其教遂爲天下古今所共由之道也。 皇初以前教未設，性之淳悶者，其俗狉獉； 中天以降教已敷，性之昭明者，其民於變。 故知教之所裁制，皆道之所昭宣； 道之所昭宣，皆性之所貫徹。教依於道，道本於性者也。 然則天下無拂性之道，即無違道之教，而更何有離道之事，與離道之人耶？吾乃思夫道也者。

其範圍不過而因物以付也，以吾身爲載道之器，道備於倫常，倫常內有日相接之人，即有日相接之道也。 尊聖教者，當求在在與道相依，而無使有隔閡之處。

其充周不匱而與時偕行也，以吾心爲至道之宗，道存乎行習，行習中有必相際之事，即有必相際之道也。 服聖教者，當求時時與道相合，而無使有絕續之機。

蓋不可須臾離也，然非道本乎性，性本乎天，則聖人雖有禮樂刑政，何恃而化民易易若此。 惟知道之本乎性而不可離，本乎天而不可離，用是修之以立教，而維繫人心，與天不變也。 其可離乎？ 其可離乎？

於『性』、『道』、『教』三字交關處發得透，文氣淳質，非尋行數墨家所能。原評

樸實諦當，詞無枝葉，此等裒然首舉文章，有復古之機，可喜可喜。石琢堂先生評

言簡而義廣，節短而聲長，精理名言，自成一子。汪易門

隱惡而揚善

區善惡於問、察之後，隱與揚各見聖心焉。

夫言之善惡，於問、察後辨之者也，一隱之，一揚之，大舜聽言之心，不可見乎？

且人君莫患乎不知言，既知矣，又莫患乎嫉惡之心與好善之心爭勝，而善善之道不宏。惟專其心於彰善者，推其心直欲使天下易惡而同歸於善。故其聽言也，以容人者作敢言之氣，以虛己者收廣益之功，而其度量爲不可及也。

好問好察如舜，其取諸人博矣，博則善惡雜陳焉；其辨於言審矣，審則善惡皆著焉。於此觀大知之心。

共流驩放以來，其朝已無惡人之立，則所聞者宜無惡言。所謂惡者，或奏權宜之畧而未協常經，或陳補苴之謨而不思流弊。由舜觀之，遂以爲惡焉，而豈若後世辨言亂政之徒？

禹拜皋颺之代，其君卽爲衆善之宗，則進言者難於稱善。所謂善者，或謠諺罔知夫忌諱而幽隱可通，或草茅自貢其悃忱而闕失可補。由舜思之，遂以爲善焉，而豈必後世下詔求言之舉？

且夫言之惡者，必其人不自知其惡也。本乎見事之未明，立心之未粹，而創爲非常之論，以侈遠猷，其識可嗤，其情可諒也。假令指其惡以示人，無論非恕過之道，且安見其所言之必皆惡也，而可以塞言路乎？

且夫言之善者，必其人先自知其善也。本乎觀時之洞切，析理之精詳，而後罄獨見之忱，以抒宏議，其志可嘉，其言可銘也。假令據其善以歸己，在我存掠美之心，又安望其有善之必盡言也，而可以掩一得乎？

隱而揚之，大知之心可見矣。

其在英斷之君，遇事精明，讜論必深其嘉與。及聞夫可咈可吁之語，而或暴其短以矜予智，究其弊以折人心，是有納誨之深衷而無包荒之大度也。舜惟隱惡於揚善之先，故嘉言罔伏於昌時，亦讒說不行於帝世。

其在優柔之主，宅心長厚，蕘言或賴以含容。及聽夫可師可法之言，又或知未確而置若罔聞，信未深而不輕許可，是有赦過之仁心而無表忠之特識也。舜惟揚善於隱惡之後，故庸違者弗登敷奏，亦可績者不倦都俞。

由是執兩用中，而擇審行至，其斯以爲大知乎。

善惡二字看得細，樹義必堅，摛詞無懦。毛子喬

善惡字必如是講，始能襯出大知分量，行文亦宏深肅括，純粹以精。吳清如

君子之道　察乎天地

結言道之所該，約舉之而大小盡矣。

夫由端以極至者，道之費而隱也，舉夫婦天地而大小盡矣，何莫非道之所賅乎？《中庸》若曰：至哉道乎，吾欲測其端倪之始而已，覺滯於形也；吾欲究其極至之程而已，嫌囿於境也。然而離形言道，則已晦；離境言道，則已虚。試爲約舉以究其始終，亦幾乎窮於擬議耳。

如夫婦之愚不肖而聖不能盡，天地之大而人猶有憾，夫婦也，天地也，一君子之道而已。道苟無所憑依，則遁於虛無，而杳然成異端之學。君子之道不然也，近之卽形色而寓，遠之隨蕃變而呈，其憑依爲至實也。道苟無所流示，則窮於體驗，而茫然費探索之勞。君子之道不然也，肇基在倫物之初，充類在乾坤之大，其流示爲至彰也。

惟至實，故自夫婦以至天地；惟至彰，故造端以及其至而無不察。

人與人相接而道生，生乎其形，生乎其性也。夫婦者人之始，人分形而踐，卽道根性而流，是道之小者耳。飲食男女之間，曷嘗窺兩大之精神，而師其體用，乃道在而默契焉者，以形推形而形肖，卽以性合性而性同。道之所謂一而神也。

物與物相維而道著，著乎其境，著乎其理也。天地者物之祖，物附境而恢，卽道依理而闢，是道之大者耳。乾剛坤柔之德，曷嘗盡域中之氣類，而錫以神明，乃道在而流貫焉者，以無外之境絜之無内而境通，即以難知之理準之易知而理合。道之所謂約而該也。

夫然，謂夫婦即一室之天地，天地實終古之夫婦，究陰陽之撰，而求諸跡象者，淺也。道固不膠於其跡，不睹不聞之際，何莫非實理所根荄，特探索於虚，不若睹聞於實，要非夫婦不足見道之大，天地不足見道之小也，貫徹焉而已。

夫然，謂夫婦和而天地之化成，天地否而夫婦之倫斁，執感應之理，而測其機緘者，末也。道又先握乎其原，積形積氣之中，何莫非一誠所充塞，而精微之極，不離形氣之粗，要非以夫婦始而道有初基，以天地終而道有止境也，彌綸焉而已。

《易》之下經始《咸》、《恒》，上經始《乾》、《坤》，端乎至乎，其即君子之道乎？

思精筆湛，作作有芒，理題如此，真斲輪老手。魏笛生

精力彌滿，理窟中掉臂游行。胡實甫

達微入渾。宗滌樓

追王大王　二句戊寅鄉墨

稽成周尊祖之制，禮以遠近差焉。

夫追王尊其號，上祀隆其禮，皆周公成德之事也。由大王、王季以溯先公，其制不以遠近差乎？且一王肇起，必本祖宗積累之功，其業足以裕後者，即其緒足以光前。而近推王迹所基，溯百年之寶命；遠念侯封所始，揚累葉之靈長。蓋自洛都定鼎以還，熙鴻號於無窮，薦明禋而勿替，開國時一鉅典矣。

試觀周公成德之事。夫公固以制禮稱者也，而禮必以尊祖爲先。公曰：於虖，昔我文考，誕膺天命，亦越武王，奄有四方，肆嗣王丕承基緒。豈惟天眷小邦周夫，亦我先人，奕世載德，綿綿延延，以克受茲景鑠。予不思所以報，予何以答前人成烈？

且夫作皋門，立冢土，亶父所以開洪業也；賜穀馬，受弓矢，西伯所以震雄威也。讀《天作》一詩『彼徂矣岐』，僅曰荒之而不及觀成於受命；讀《皇矣》一詩『帝度其心』，亦稱克類而猶然位止乎牧師。厥惟我周大王、王季有王者之德，而無其時、無其位。

若夫定徹田，遂人之制懋焉；作三單，司馬之法備焉。琿琫玉瑤，容止可則，在原陟巘，亦孔之勞。上而高圉、亞圉惟有年，又上而不窋、后稷惟有年，毀祧親盡，皆以先公概之。於是答三靈之蕃祉，展放唐之明文，肹蠁豐融，懿懿芬芬。於鑠哉！追王之制聿降，而上祀之文允協。

皇祖之克君非忝也，自漆沮陶復以來，踰梁山而民歌胥宇，羼塞庫而帝鑒德音。我文、武當年創造而兼蒙業之安，是誰之餘烈哉？迄於今燕天昌後，龍旂來列辟之朝，而創業神靈，未隆尊號，鑒於在天者，當必愀然不安。惟奉以王者之名，則冊祝而告，植璧而前，當公尸之來遊，依然庚戌，告成執瑁，以朝諸侯焉爾。

生民之居歆可溯也，憶台璽叔均以上，十二傳穡事開基，八百載宏規大起。我大王、王季當年憑藉而爲保聚之謀，更誰之遺緒哉？迄於今祀事孔明，駿惠篤曾孫之慶，而有部家室，莫報隆儀，臨之在上者，當必惻然有憾。惟祀以天子之禮，則來雝禘祖，思文配天，奉嗣王以陟降，依然丁未，執籩駿奔，而來侯甸焉爾。

稽盛業於省山，百年之天眷神麻，代商實始乎帝乙。

徵發祥於履武，奕代之神宗聖祖，分支直接乎高辛。

此成德之事也，由是而禮宜下逮矣。

樹骨訓典，選言宏富。衡鑒堂原評

抉毛鄭之藩籬，窺班、馬之堂奧，奇光祕采，騰躍行間。本房劉海樹先生評

夫孝者　一節 乙未會試魁墨

卽繼述以觀達孝，於制作見其善焉。

夫武周之制作，卽文王之志與事也，善繼善述，其所以爲達孝乎。

且聖人以孝治天下，非敢自矜才智也。前聖未竟之志，後聖竟之而道相承；前聖未成之事，後聖成之而法相衍。則謂武周創制天下以自顯，庸者猶未知達孝之旨也。

夫孝固盡乎己者也，抑知盡乎己，皆所以繼述乎人者也。昔舜以孝格天命而孝斯大，乃其所處與武周異，烝乂以格瞍之志，引慝以隱瞍之事者，舜也。洎武周以孝洽人情而孝斯達，乃其所處又與舜異，迪教以繼文之志，覲光以述文之事者，武周也。乃或謂文表服事之忠，而武革殷命；文守藩封之舊，而公朝諸侯。以此疑其繼述，不幾爲誣聖之尤。而俗儒曲爲之解，又以文王於虞芮質成之年改元受命，而牧野之師爲繼志明堂之位，爲述事穿鑿附會，益失其真，烏覩所爲繼述之善乎？

且夫創垂之業，文王爲盛，而制作之大，武周爲隆。古今有王者之德而無其位者，非文王哉？《菁莪》、《棫樸》之休，蒸之在辟雍鐘鼓之日，啓文明之運會而丕揚洪化，誰謂聖人不當有其心？此其志武以王繼，而丹書可拜；公以相繼，而豳雅可歌。要以有天下而文王之德施於四方，爲繼志之善焉，而末節無關至行矣。古今有王者之功而無其時者，非文王哉？《關雎》、《麟趾》之澤，被之在江漢士女之閒，普樂利之淳風而告於神明，誰謂侯國不必有其業？此其事武述於始，而七德著其和豐；公述於終，而六官垂爲法守。要以有天下而文王之功及乎萬民，爲述事之善焉，而盛德光夫大業矣。

聽陳師於《泰誓》，曰『惟我文考』，曰『惟朕文考』，直以麾旄仗鉞之身，上續夢齡之歲月，而丕承之大烈，聖主所以遂顯揚。玩爻義於羲編，繫《隨》曰『西山』，繫《升》曰『岐山』，直從狼跋鴻飛之日，追思羑里之艱危，而誕保之藎忱，家相可以助堂構。

於虖！開七百載井疆之制，風陳葵菽，遠紹公劉之徹田；封五十國同姓之侯，社用菁茅，近法古公之冢土。是又舉文王所欲繼述者而繼之述之，此其所以爲善也，而達孝可知矣。

菑畬經訓，風骨高騫。聚奎堂原評

骨幹堅蒼，氣息淵厚，置之黄岡集中當不能辨。本房黄樹齋先生評

春秋 辛未劉學院歲試一等二名

孝有因時而見者，舉春秋以概之焉。

夫武周之孝，無時不可見者也，概之以春秋，而時無盡者，孝亦無盡矣。

且王者受命而興，必先改正朔矣。異世不相襲禮，故功德之報與玉步而更新；易朔未嘗殊時，故悽愴之心履霜露而如見。有可約舉以概其餘者，夫乃歎孝思維則之後天奉時也。

武周之繼述，於何徵之？今夫孝子思親之念，無日能忘；而聖人追遠之經，因時而定，則試觀諸春秋。

倉庚鳴而求柔桑，是刈是濩之歌，悵徽音其已渺。況萬物樂載陽之候，而西岐抔土，永閟幽宫，能勿撫光陰而心惻。

鳴鵙飛而烹葵菽，康功田功之卽，思盛德以難忘。況草木當黄落之時，而南國甘棠，謳思勿伐，能

無感時序而興懷。其在武王，告成功於遲暮之年，而追維演《易》鳴琴，幾閱玉門之寒暑，問安視膳之春秋，於今難再矣。況當年九齡，夢錫隱然，以易逝之流光默爲付畀，予小子卜年卜世，用緜景祚於无疆，覩青旂白輅之屢更，怦然心動爾。其在周公，陳王業於風雷之後，而遥憶夕陽水滸，幾經西土之星霜，缺斨破斧之春秋，每懷靡及矣。迄於今七年，誕保猶幸，以負扆之歲月上續顯承，予小子植璧秉圭，不盡衰年之孺慕，聽悲角清商之迭奏，彌切永思爾。

土膏動而勤帝籍，春耕思教稼之勞；涼風至而肄兵戎，秋獮法軍田之制。以今日二儀斡運而言，念我先人當日之春秋辛勤倍至也。推之楅衡之祀舉乎夏，殷烝之典舉乎冬，言春秋而冬夏可賅，何時無僾見愾聞之想？

戴弧觸以行，春祭馨思文之烈；將犧尊以獻，秋享報履武之祥。以今日四序遷流而尤，願我子孫異日之春秋繼承勿替也。推之告朔之禮以月行，致齋之期以日計，言春秋而日月不忒，所以持數煩疎怠之平。

觀於宗廟修而祀典備，知時無盡者孝亦無盡耳。

文情斐亹，筆有餘妍。原評

清新典雅，興旺神來，無一點塵俗之氣擾其筆端。辛未三月叔父葦間公評

凡爲天下國家有九經

舉經以賅政，有之者不獨周矣。

夫經固賅政之全者也，推言其凡，而約舉有九。爲天下國家者，豈獨文武已哉？

且從來政之舉，恃乎人之爲。爲之一代而可法者，卽爲之萬世而可常，故不必渾言政也。精神之條貫，其緒可分，亦不必偏舉文武也。聖哲之經營，其原悉合，臣得爲公約舉焉。

天下國家之治，貴知其所以治如此。夫由治後而觀，則知其所以；由治前而論，在識其所爲，嘗俯仰古今而得其凡矣。

體元惟達德，而德則有三，此固爲天下國家所當備，而心有法，治亦有法，猷分秩秩，隱括典謨訓誥之精。

致治惟達道，而道則有五，此又爲天下國家所當修，而常宜陳，紀亦宜陳，基弼丕丕，遞開虞夏商周之盛。

蓋自來天下國家，必有爲之之具焉。其可大可久也，則燦著爲經；其不簡不繁也，則殺列爲九。天以躔度著其經，地以疆理別其經，人以綱常聯其經，經實爲亙古不遷之理，聖人得之以神其布濩，乃默操萬化之權輿。

洛書錫而疇陳，其九《皋謨》矢而德彰，其九《禹貢》成而敘歌，其九九實爲乾元天數之盈，聖人得之以大其彌綸，而不受百王之損益。

是豈獨文有之，武有之，凡爲天下國家莫不有之。

世有升降，而不與世爲升降者，惟此道法之昭垂。勿論文有經以播誠和，繼之者功成七德；武有經而底大定，啓之者謨顯三分。父作子述，固先後之同符也，推之三王之治不相襲，五帝之德以代興，莫不於九者宰其柄，職要職詳，釐然在目。聖人有作，初何事顯庸創制之紛紜。

境有廣狹，而不與境爲廣狹者，惟此典章之明備。勿論文以將王而經始垂，堪溯肇基於西土；武至永清而經已備，更緜郅治於東都。受籙膺圖，固心源之遙接也，卽至秉鈞者奏負扆之勛，啓宇者聆就封之訓，莫不於九者執其樞，之綱之紀，燦然畢陳。《周禮》猶存，豈徒爲翼子詒孫之典則。

臣請詳其目。

筆歌墨舞，神采飛動，精當處直不能增損一字，可謂爐火純青。魏笛生

博也厚也　久也

極言天地之盛，可歷徵其道之體焉。

夫博厚、高明、悠久，道之體固然。非天地之不貳，烏能各極其盛如此哉？

且吾言至誠與天地同體，則天地固先至誠而立極也。乃進推不貳之理，見夫彌上下、貫古今者，無

弗該也，無可尚也，無或息也。夫乃歎一誠之充積，發而爲兩大之精神，而擬諸形容則備矣。

曷言乎道之無弗該也？人第見開方有法，積數有書，謂地之博厚在此。則迹也，而不可以爲道，道之凝非算數所能知。觀於亥、章之步以億計，濮鉛以南，祝栗以北，更爲釋地所不詳，其博也，道之所爲博也。陵原之性别五行，雷出而奮，泉動而坼，又非地官所能掌，其厚也，道之所爲厚也。推之分野所經十有二州，地之博若因天而見；南極所入三十六度，地之厚又得天而彰。無他，道固卑而上行，地之所以不貳也，而敦大者胡弗凝焉。

曷言乎道之無可尚也？人第見勾股可量，渾儀可察，謂天之高明在此。則象也，而不可以爲道，道之形非推步所能見。觀於北斗之樞尊爲極，而象呈居所，共覩覆冒於圓穹，其高也，道之所爲高也。南郊之報位乎離，而義協答陰，羣仰光輝於下濟，其明也，道之所爲明也。推之天有柱而附於地，非地無以見其高；天有曜而出於地，非地不足見其明。無他，道固保合太和，天之所以不貳也，而巍煥者胡弗呈焉。

曷言乎道之無或息也？人第見《乾》貞於九，《坤》貞於六，謂天地之悠久如此。則數也，而不可以爲道，道之精非氣數所能窮。觀於體兼動静，要以有静而無動者，默鎮東西之傾陷，而煩藉手於媧皇，其悠也，道之所爲悠也。化有盈虚，要以見盈不見虚者，不隨元會爲遷流，而豈受推詳於隸首，其久也，道之所爲久也。推之天之開先於地，而其悠久不損乎地；地之數多於天，而其悠久不加乎天。無他，道固合同而化，天地之所以不貳也，而貞恆者胡弗定焉。

非天下之至精，其孰能與於斯？

於樸實頭地中有經籍之光，足覘學力。業師王惕甫先生

是故君子不賞而民勸

本慎獨以勸民，繹《詩》而得不賞之故焉。

夫民之勸也，君子於慎獨中致之。繹靡爭之說，不可恍然於不賞之故乎？今夫慎獨之功，君子所以自勸於善也，而勸民之道不外焉。蓋性善之理，上與民同之；而勸善之機，民自上啓之。明乎此，而斤斤持作福之柄以感發羣黎者，已淺也。

奏假無言，時靡有爭，豈僅言民之勸哉？然民至此有不勸者哉？吾於是深思其故矣。謂駿奔在廟，合歡心於萬國，油然仁孝之感乎，則所謂至德要道以順天下者，尚煩冢宰降德之文，而何以無言者有如是也？謂班胙推恩，明祭義於十倫，藹然歡忻之交浹，則所謂大澤將至待於下流者，亦第庖翟分霑之惠，而何以靡爭者不止此也？

然則以賞勸民，而民勸之真不出也；以賞覲君子之勸民，而君子勸民之實不存也。爵祿之加，豈謂非朝廷之德意？顧有所利而羣趨，苟無所利焉，卽無動於心矣。夫此見利必趨之心，卽爭之所由起也。君子之民靡爭，而謂其以厚實動之乎。

風聲之樹，豈謂非誘掖之深心？顧有所待而後興，苟無所待焉，卽何樂於善矣。夫此有待而行之意，卽言之所以繁也。君子以無言化民之爭，而謂其以虛文維之乎。

蓋觀於《詩》而得不賞之故焉。

商家隆尚質之風，車服旌功，或不尚修文於朝宁。賞之本居其後者，在詩人亦未明言，要其鼓舞之神，千載猶堪想像也。胡然而玄牡升香，卽徵薄海同風之盛，知六百祀駿厲嚴肅，而率履不越，無煩徇木鐸於遒人矣。

殷俗守尊神之教，降祥作善，已習聞顧諟之謨猷。賞之不必於祖者，卽詩人或從其畧，要其感孚之捷，片言可以知治也。胡然而時肜雊鼎，卽在咸仰朕德之朝，知七十年嚴恭寅畏，而降衷於民，不必啓衣裳之在笥矣。

合不怒以觀君子，可知治天下之理，不出慎獨中矣。

題義都從上文看出，切定奏假，切定商詩，何等風神，何等秀采，自是君身有仙骨，世人那得知其故。郭蘭石

孟子

語人曰我不能　我不能

言有堪信於人者，而異形者漫託同辭矣。

夫不能之形，於挾山超海而信其誠然，何至折枝而語人者猶是耶？

今夫人處難能之事，而矢告瘁之言，其必發於心之固然，而非託於口之同然也明矣。乃舉一事以相謝，人共諒其固然之心；而易一境以相嘗，人亦莫掩其同然之口。豈得以難有專歸，而異其形者必無人謝其責也。

彼以挾山超海程能者，夫亦鼓之使不甘處於不能，謂易者能之不足多，難者能之乃足多也。又若寬之使不妨處於不能，謂易者不能乃可恥，難者不能無可恥也。臣於是揣其所以語人者。

必欲自炫神奇，獨闢兩間之幻境，雖聞之足駭，何妨身任而不疑。無如理絀難憑，終自覺其言之怍。

必欲懸諸想像，留爲後日之迂圖，雖苦於所難，姑借侈談爲快意。無如諾輕寡信，將共笑其論之誣。

於此而曰我不能，豈騰口而無稽；於此而不曰我不能，轉違心而失實，是誠不能也。

且夫天下無不樂自顯其能者，偶以易能者相投，而措置同於反掌。及困以力所不勝，彼方因小物之克勤，而自愧鉅艱之弗荷，有悉力以趨之者，然而人情至不可强矣。

且夫天下未有樂自諱其能者，驟以難能者相試，而畏葸甘作旁觀。及告以取之甚便，彼必策舉手之後效，以蓋裹足之前愆，有靡督而自勤者，然而人情至不可測矣。

試卽挾山超海之難，轉爲爲長者折枝之易，奈何忘責我之異勢，而第聞語人之同聲耶？

蓋體庸材赴功之念，不授以至微之物，而無可奏其勞，斯亦天之所限也。於一無所能之中，而命以折枝，若惟恐其仍處於不能，而特舉以勉之。曰此固非若山與海也，庶幾勝任而愉快，縱爾顏孔厚，應難爲決絕之詞。

抑推斯人怠事之心，不詰以至易之端，而未足箝其口，斯亦人之善變也。舍其他可能之事，而畀以折枝，若逆料其必諉爲不能，而特舉以窮之。曰此豈猶是挾與超也，烏庸臨事而遲疑，而朕舌莫捫，究誰禁支離之說。

猶是語人，猶是語人曰我不能，而何以不如向者之可信哉？是不爲也。

彌綸無罅，軒翥有神。胡實甫

權然後知輕重　二句

於不齊者而知之，可取譬於權度焉。

夫輕重長短，至不齊也，惟知之乃得齊之，不可取譬於權度乎？孟子意謂，天下之理，惟統於同者，無待區別之勞。區別者，所以知其異也。若乃顯然有形質之殊，而耳目所加未易矜其智，器數所託轉能著其功，未有任其混淆，而不加以衡量者也。

臣言親親而仁民愛物，謂其本末固不齊也。夫天下莫不有其不齊者焉，而人將何以知之。如有質卽有輕重，百鈞一羽，其顯呈焉者也。質不齊而何以知其質畸輕畸重，出之懸擬則不精。有形卽有長短，輿薪秋毫，其陰寓焉者也。形不齊而何以知其形從短從長，任其游移則不確。

然而知之者無慮焉，則曰有權度在。置權於同輕同重之間，而權昭其信；置權於一重一輕之際，而權著其靈。其信也以有定爲知，其靈也以無定爲知，惟其無定而知之者，乃歸有定也。是則權之用也。設度於長短之錯出，而度不從同；設度於長短之適均，而度不著異。其不同也以無方爲知，其不異也以有方爲知，惟其有方而知之者，應於無方也。是則度之用也。

任舉一輕重長短之形，以驟試於權度未加之會，而責人以何不知其輕重，何不知其長短，則人方相謝之有辭，謂其知之有待也。權度旣加，其知更何待乎？惟其無待，則當幾之立辨宜精，何以輕重長短之形日懸於天下顛倒焉，而失據者仍不少也。藏權度於府庫之內，日積空虛，試舉而用之，而輕重長短，固較然不欺矣。

懸揣一輕重長短之次，以鬬智於權度不及之時，而謂我可不權而知輕重，不度而知長短，在我終自信之太過，猶慮知之無憑也。權度所及，其知豈無憑乎？得其所憑，則有象之洞觀不爽，何以輕重長短之次待判於斯人參錯焉，而相蒙者又不少也。求權度於市井之場，難期平準，苟就世推之，而輕重長短，亦大概無差矣。

於權盈者於度或虧，於度伸者於權或絀，交濟以知其通變，則利用者神。遁吾權者必歸吾度，外吾度者終入吾權，并行以知其範圍，則曲成者當。是非心之衡量乎中者，有以度萬物之情，而何以知其不齊乎？

超雋之思，筆舌互用。胡實甫

君子創業垂統爲可繼也甲戌陳學院歲試一等三名

原君子創垂之心，盡其在人者而已。夫云業與統，則子孫之有王可知，要其創垂之心，則秖爲可繼，君子亦盡其在人者也。告文公曰，自古受命而興者，其先世艱難之意，後人每侈爲發迹之奇。不知宛轉圖維，初無大志，惟是時勢有不可爲之象，而佑啓有不容已之心，此其心可共白於後人耳。

爲善而子孫必王，其理則然。而論爲善之心，雖非有所爲而爲之，亦豈必一無所爲而爲之哉？吾思君子。君子不必有帝王之遇，而不必無帝王之才。雲雷示我以經綸，草昧之中有大業焉。爰始爰謀，敢憚辛勤於締造？

君子未嘗恃子孫之必王，而未嘗不望子孫之能王。成旅可以致中興，顛覆之餘存正統焉。以似以續，待緜基緒於雲礽。

蓋卽其所創所垂，而君子之心可想也。

必欲日闢百里，矜言開國之雄圖，君子不獨無其心，而亦并無其力。所謂業者，一民尺土，皆暴霜露，斬荊棘，以幸而撫有者也。雖異日明堂宗祀，必推原肇造於前謨，而當厥家未定之初，方慮我躬之不閱矣。蓋明其爲創，而所望止在守矣。

必曰欲至萬年，大啓無疆之歷服，君子不獨無其願，而亦并無其時。所謂統者，一傳再傳，皆受冠帶，祠春秋，以幸無翦滅者也。雖異時史冊鋪張，必追溯神靈之遺胄，而當孫謀是詒之日，惟期不忝夫前人矣。蓋明其爲垂，而所冀止乎續矣。

君子惟求可繼而已。

謂歷數之歸，關乎運會，其不待創垂而丕承厥志者，曠世亦或有其人，而要不敢設是心也。讀《黍離》、《麥秀》之篇，而嘆亡國之子孫，雖有聖賢，無所施挽回之力。故明德達人縱爲君子所自信，而要必以可繼者付之憑藉，庶可告無罪於先人。

謂炎黄之裔，降在畎畝，其罔念創垂而世澤遽湮者，古今幾成爲常局，而要不忍存是想也。讀子孫黎民之誓，而嘆附庸之微末，一朝發憤，猶得列謨誥之終。故英雄圖度雖非君子之居心，而要必以可繼者詒之成勞，庶可望迪光於來許。此君子爲善之心，豈云天命是圖哉？

議論透闢，詞旨清新，題理題神，仍復絲絲入扣。原評

上下古今，胸有全史，高談雄辨，倜儻不羣。業師蔣塵緣先生

周公弟也管叔兄也

爲元公明不知之故，當思叛者爲何人也。夫未有弟而疑兄之叛者，陳賈以不知相訾，亦知周公與管叔爲何人乎？且自東征歸而《常棣》之詩作，其辭於兄弟之間，一篇中三致意焉。蓋其始以兄弟爲可恃，其後乃以兄弟爲可傷。使謂聖人料事，當無所不明，亦未卽其人而一按之也。子以周公不知管叔之叛，而竊議聖人行事，則非獨不知周公，并不知公與叔爲何人矣。假令公爲本支之戚，而叔乃異姓之臣，則當朞間王室之年，公必翻然自悔，以爲惜未得一愛我之人，乃至變生意外也，而當愛者則莫如弟矣。

假令公爲疎遠之老臣，而叔乃怙侈之貴胄，則當小腆紀敘之日，公必赧然自慚，以爲何不任夫同志之人，以至釀成此患也，而同志者又莫如兄矣。

蓋由後而觀，在周公負扆當國，衹知盡忠於主，而遑恤其兄，而其初則天顯之情，不容沒也。在管叔助敵忘君，夫且不知有親，而何知有弟，而其初則友于之望，猶未絕也。故當沫土稱兵之際，豈無一二有識之人，預料寶龜之先告？而叛出於所不及防者，則以公固管叔之弟也。猜嫌疑忌，有他族實偪之虞。所恃顧命之元臣，情聯手足，必不至抑當武庚就封而後，豈無二三賢達之士，深思狼跋之可憂？所恃屏藩之重任，特畀展親，必不至積慮處心，有交相爲痡之患。而叛出於所不忍言者，則以叔固周公之兄也。

古來一門之內，不必皆賢，而我周篤慶流祥，《麟趾》之仁風，遍於公族。是卽文王當日，既以多材多藝者望諸公，斷不以無反無側者戒諸叔也。屬毛離裏之恩，公與叔初無厚薄矣。後世同氣之親，或多相忍，而我周受封五十，騂旄之命誓，首重宗盟。是卽武王當日，既以誕保之勛豫屬公爲碩輔，必不以流言之禍逆料叔爲罪人也。式好無猶之下，公與叔並篤孔懷矣。

不可以諒周公之過乎？

議論層出，都收入兩『也』字，指點神理，如題結構，不占下文，是謂愜心貴當。鳳竹塘

舜使益掌火　三句

治人者先治禽獸，虞帝之功也。

夫禽獸以山澤爲淵藪，故能出而偪人，藉非焚之，而何以使逃匿哉？益之功，實舜之功耳。昔庖犧氏作結繩而爲網罟，以佃以漁，蓋取諸《離》。《離》爲火，九四之爻，占焚如焉。後聖人作，使民入川澤山林，不逢不若，亦惟是昭宣天地之光明，以濟佃漁之所不及而已。

如堯憂禽獸之偪，而舉舜敷治，其在《書》曰：「『疇若予上下草木鳥獸』，僉曰『益哉』，帝曰『咨益，汝作朕虞』。」是益爲舜掌鳥獸之官明甚，而相傳以掌火稱者曷故？

粵自燧人鑽木取火，厥後神農稱火帝，號烈山氏，祀爲田祖，《詩》所謂『秉畀炎火』、『去其螟螣，及其蟊賊』者是也。若夫火正一官，祝融世守，或疑中天之咨命，闕而不詳，不知唐虞之世多兼官，非必若後世山虞、澤虞屬於地官，司爟屬於夏官，司烜又屬於秋官也。然則作虞之命，卽以爲使益掌火也可。

蓋以洚洞久而醜類滋蕃，欲假弧矢之威，以傾其巢穴，恐揚州之竹箭，荊州之杶幹，悉索焉而莫奏其功。

灌莽深而人蹤罕至，欲恃芟夷之力，以奪其憑依，恐厥草之惟夭，厥木之惟喬，攘剔焉而不堪其瘁。

益乃思五材並用，火之德原勝於金，一炬非難人之力，豈不如物？

斯時仰而眺其山，林木之叢生，皆禽獸窟也，以焚之者筮火山之旅，而鳥焚其巢，無待高墉之射獲矣。俯而瞰其澤，萑蒲之茁茂，皆禽獸藪也，以焚之者占火澤之睽，而見豕負塗，不必張弧以從事矣。

蓋自禽獸逃匿，天下思益之功，而歸功於舜也。

蓋聖人之養民也，莫先於除害，留一物而足以害民者，舜與益不爲，故渾敦窮奇德在於凶者不少縱。

聖人之愛物也，不先乎仁民，殘一物而可以衛民者，舜與益弗惜，故獸蹄鳥迹盡殲其類而不爲苛。

自是而隨刊之功可奏矣。

經術湛深，觸手都成注脚，尺幅中具有雲蒸霞蔚之觀。鳳竹塘

脅肩諂笑病於夏畦

極言好諂之病，爲不知病者言也。

夫脅肩諂笑，爲之者豈知其病哉？

曾子擬於夏畦，所以醒不知病者耳。意謂吾竊怪夫世之求悦於人者，乃自病其身者也。身本無病，以悦人而受病，且不自知其受病，而第恐未足悦人。此其技何所不至，而其身何日能安哉？

則有如脅肩諂笑乎？

官骸之檢束當嚴，而志切逢迎，不復嚴其檢束。

色貌之溫恭當慎，而心存容悅，未堪守其溫恭。形體之間舉動皆爲媚人之具，而俯仰何以無慚？眉睫之際哀樂無非阿世之資，而情性何能自適？吾見其病矣，夫病有甚於夏畦者哉。

何蓑何笠，而肆其勤於南畝者，不辭曝背之勞，夏畦誠病矣。顧彼第一時之胼胝已耳，而脅肩諂笑者，夫且矢以終身。

或耘或耔，而盡其力於西疇者，遑惜暑雨之苦，病莫甚於夏畦矣。顧彼第一身之勤動已耳，而脅肩諂笑者且更勞其心術。

則見其病於夏畦也，而脅且諂者何心？

蓋夏畦者冀償於倉箱之富，而脅肩諂笑者冀償於名利之途。人情莫不好逸而惡勞，非其心之所樂就，則一也。而要皆以冀償而不得不就矣，夏畦之冀償有盡，而脅肩諂笑之冀償無盡也，病更難瘳也。

抑夏畦者習慣於先疇之黽勉，而脅肩諂笑者習慣於素行之卑污。人情莫不由强而得安，其爲始之强就，則一也。而要皆以習慣而處之若安矣，夏畦之習慣爲良農，而脅肩諂笑之習慣爲鄙夫也，病乃益篤也。

噫！在爲脅爲諂者，始亦以脅諂爲可恥，繼且誚夫不脅不諂之人，以爲未諳世故矣。在受脅受諂者，始第以脅諂爲可喜，繼且憎夫不脅不諂之人，以爲視我蔑如矣。世道人心之日壞，豈不以此輩也夫。

不必窮形盡相，已令若輩聞之汗下，至其用筆之精悍，的自天、崇名家得來。楊與山

有轉愈深，無曲不達。吴清如

吾身不能居仁　二句乙未會試魁墨

揭自棄之弊，知而不爲者也。

夫仁義者，吾身所宜居由也，自棄者諉爲不能，則亦何貴乎知哉？

孟子意謂，人同此身，而或爲仁義之身，或爲非仁非義之身者，非其力有不逮也，奮其力則身成，怠其力則身敗，所可異者，不謝其事於策力之後，而謝其事於用力之先，故雖知所當爲，而卒與不知者等也。

自暴者不知禮義，卽不知仁義之可居可由，無惑乎其不能也。

乃若明知仁之當居也，而自顧吾身，每憚於居焉。憚於居而惰氣所乘，漸蔽其本明之識，反援夫難成之詣，藉口以阻邁征。

明知義之當由也，而内度吾身，又怯於由焉。怯於由而怠心所中，日汩其一隙之知，遂自撫頑鈍之躬，捫心而甘頹廢。

噫！　孰非吾仁，而乃曰吾身不能居；　孰非吾義，而乃曰吾身不能由。

天之所以予吾者備矣，豈於仁義而或靳之也？乃天不靳其理，降衷之恆性非虧；吾自靳其心，繼善之成功無望，當遜謝不遑之下。設有從而敦勉之者，彼必託賦質之愚。不能參仁之奧，諉秉資之弱；不能赴義之彊，而屏之惟恐不速焉。屏仁義於身外，實屏其身於仁義外矣。身之所以承天者厚矣，豈於仁義而竟絕之也？乃身不絕其機，懿好之天良可復；吾自絕其念，秉彝之物則胥捐，當牿亡已甚之餘。設有從而附和之者，彼必幸所見之同。信其不能之不爽，駭所聞之異；持其不能者愈堅，而去之惟恐若浼焉。身去仁義而仁義自在，仁義去身而身將奚屬矣？

此之謂自棄。

有入乎仁義之途，而逡巡卻走者，雖未領仁義之趣，尚未斷仁義之萌，其身猶有轉機也。自棄者未嘗入乎其途，不待逡巡，而先加決絕，則機無可轉矣。機無可轉，卽孽無可逭，而有靦面目之身，奚啻自投於豺虎耶？

有望乎仁義之境，而中情惶惑者，雖未親仁義之教，猶未嫉仁義之深，其身尚堪姑恕也。自棄者并未望乎其境，非因惶惑，而竟若創懲，則情無可恕矣。無可恕之情，而有自錮之習，而幾希禽獸之身，奚啻自墜於淵谷耶？

其與自暴者之不知禮義一也。而安宅之不可不居，正路之不可不由，又何疑焉？

理境瑩澈，筆力清超。聚奎堂原評

樹義精深，運筆蒼勁，如魯公書，力透紙背，非寢饋於正希、陶菴者不辨。本房黃樹齋先生評

諸君子皆與驩言

有挾貴之心者，乃計及與言之人焉。

夫與言亦人之常耳，苟非王驩有挾貴之心，亦何必明人之皆與乎？

想其意謂，夫人所最難者，心之相契；所不吝者，言之相通。故雖頃刻之周旋，亦必以言爲交際。觀於道，殷勤通款曲，一堂之上異口同聲，夫乃知人情原不甚相遠也。

今日公行氏之門而驩弔焉，驩必有慰藉之言，與公行子言之也；公行子必有哀戚之言，與驩言之也。然使與驩言者，止公行子一人，則主賓相對，不亦寂寞之甚耶？而幸也有諸君子在。

諸君子之來，爲公行子來，非爲驩來也，乃一見驩而不啻爲驩來也。

諸君子之言，諸君子自言，非驩能使之言也，乃一見驩而不啻驩能使之言也。

則以其皆與驩言也。

以驩之忝居高爵，豈因與諸君子言而光寵有加？驩未嘗望諸君子之與言也，乃驩未嘗望其言，而諸君子則樂驩之可與言而言。

以諸君子之誼託同僚，豈因與驩言而聲稱籍甚？諸君子亦何必强與驩言也，惟未嘗强與驩言，故驩第覺諸君子之言其所當言。

假令與言者而祇所親愛之人，猶云私也，諸君子不皆平昔之知交，則非私矣。夫晉接之勞，驩本憚之，無如言之娓娓者衆皆然也，謂驢招之，而驢不若是之愚，諸君子所共信也。

假令與言者而不過庸碌之人，猶云諂也，諸君子又皆一時之英俊，則非諂矣。夫儀文之末，驢本畧之，無如言之諄諄者皆不倦也，令驢拒之，而驢不若是之驕，諸君子應共諒也。

吾聞以言媚世，立品者所不屑。若驢之淡泊相遭，豈遂貽譏於附勢？諸君子心乎愛矣，驢何敢轉而生疑？

抑聞以言取禍，有識者所深慮。若驢之真誠接物，何妨傾蓋而論心？諸君子敬而聽之，驢亦可援以自慰。

何不與言者，獨有一孟子哉。

股法一氣，相生排偶，而具單行之勢。至其摹神繪影，非深得嘉、隆人軌範者，焉能辨此。何一山

聽題之妙，繪影繪聲，筆意高淡，在孟旋、思曠間。胡典齋

此丁酉夏日祖芬、祖賢兩兒成均錄科題也，口氣最難逼肖，聊拈此示之。自記

公一位　四句

論諸侯於班爵之初，其位可考也。

夫公、侯、伯、子、男之位，班爵時未嘗紊也，由天子而遞舉之，其位不可考乎？

孟子意謂，吾言典籍之去，不去於天子而去於諸侯，彼諸侯者，實自亂其位者也。伊昔建邦啓土，樹后王君公，無强弱而亦無爭奪，是操何道與？考明堂之位，披王會之圖，未有一人垂拱而列爵不明於天下者也。

則試由天子而論諸侯。

天子以下曰公，諸侯於其國皆稱公，而達於天子，則惟九命者有公之稱焉。自唐公不見於《春秋》，虢公復滅於虞晉，昔之執桓圭而入覲者，其位蓋缺如矣。召公之作《民勞》也，曰『惠此京師』，恤恤乎有尊王之意焉，孰知夷王以下之僭越至此也？我思周先王當宁而朝，立於堂下則南面，上於中階則北面，王曰都哉，庸建爾于上公，公爲一位。

公以下曰侯，諸侯見天子曰臣某侯，而祀於方明，則惟用瓚者立侯之旂焉。乃齊侯自平之二世而爲田氏，晉侯自定之六世而作家人，昔之立阼階而西向者，其位幾虚置矣。宣王之命韓侯也，曰『榦不庭方』，駸駸乎有封建之遺焉，孰知還王而後之淩夷至此也？我思周先王臨軒而命，信圭三采涖爾民，繁纓七就分爾器，汝往欽哉，侯氏再拜稽首，侯爲一位。

侯以下曰伯，五官之長曰伯，一州之長亦曰伯，而稽諸《冬官》，則惟七命七章者稱伯焉。乃自春秋以後，燕伯則六世而稱王，秦伯則一世而稱王，昔之位在西階者，威權至冒上哉。鄭伯之戰繻葛也，爲以臣抗君之始，孰躬圭而立車軹，於今虚無人焉。想當年同姓之伯有振鐸，異姓之伯有東樓，惟有位以限之，故上不得僭於公侯，亦下不致夷於子男也，則伯一位也。

伯以下曰子男，公之孤繼子男，諸侯之適子眡子男，而考諸掌客，惟壹饗壹燕者稱子男焉。慨自共和以降，芊蠻之子僭於王，驪戎之男臣於晉，昔之同膺五命者，興亡至不齊哉。莒子、許男之不祀也，在諸姬殆盡之餘，朝周室而貢包茅，於今不復見矣。想當年門東北上曰諸子，門西北上曰諸男，惟有位以準之，故子不得越於男，男不得降於子也，則子男同一位也。

此周室五等之爵也。

數典如家珍，藻不妄抒，言皆有物，大家風範也。業師王惕甫先生

孟子居鄒　一節 戊寅鄉墨

兩記幣交之事，人地殊而處之者同焉。

夫居鄒處平陸，其地殊矣，季任、儲子之爲守爲相，其人又殊矣，乃幣交同而受與不報亦同，故兩記之。

且事有不相謀而適相類者，因應亦祇率其常，而兩事之互見爲同者並記焉，轉若稱情而各當。然而事不一事，卽地不一地，人不一人，烏得以其事偶同，而其地其人概從缺畧也。

《孟子》一書，記列邦交際者綦詳，獨第六篇中有幣交一事，而斤斤於受報間，何其密也！

且夫幣交何自昉哉？　考諸禮，束錦之饋，同等相爲賜也。君子不以菲廢禮，故幣亦稱交，其在《易》曰『賁於丘園，束帛戔戔』，『戔戔』云者，微之也。交不繫乎其幣也，第既有幣則當受，既有交則

當報。

今夫吾人之交際，卻則不恭；而應事之節文，禮無不答。大夫使人有獻，見於《曲禮》、《内則》諸書者，曰『旋辟，再拜』，曰『稽首，據掌置地』，皆拜受之文。若夫聘之有報，聘也，還玉反幣，厥典隆焉。至於幣交，其文可畧受而不報，於禮非愆，吾以是觀孟子。

有季任者，嘗以幣交矣。惟時孟子居鄒，鄒鄰魯境，任，魯附庸也，擊柝相聞，地甚密邇。而季任方爲任處守，厥責甚鉅。夫守曰監國，似專乎世子之職，而不盡然。在昔衛戰熒澤，『公與石祁子玦、寧莊子矢，使守』，二子爲衛大臣，尚足代宗子之寄。況季固任介弟，誰曰不宜。越久之，又有以幣交者曰儲子，惟時處於平陸，平陸，齊外邑。儲子爲齊相，有進賢之責焉，《干旄》之詩曰，『素絲比之』、『素絲祝之』，言幣交耶，抑不僅幣交耶？儲子遣使者至平陸，殷勤通款曲，與季任之爲處守者等，平陸之人皆知之。

是二事者，不一其地，不一其人，并不一其時，而記者連類書之，以爲其受而不報則同。孟子本鄒人，長遊齊，適平陸，失伍之喻，嘗以告其大夫。曰居，明其爲父母邦也；曰處，明其暫也。而要以他日不見儲子，知孟子於交際間，報施得宜如此。因而追敘其始，著其地，著其人，著其事，與屋廬子之言相發明云。

『星沈海底當窗見，雨過河源隔座看。』靈心妙腕，彷彿似之。本房劉海樹先生評

如行竹籬茅舍間，時遇幽花異石，令人目不給賞。潘芝軒先生評

所以動心忍性曾益其所不能

由動、忍以觀天意，聖賢之多困宜矣。

夫人雖聖賢，豈遂無所不能哉？ 俾之動心忍性以曾益之，天之困聖賢非無爲也。

且夫人聰明才力，若有數以限之者，必非天心所眷佑之人。 天之所佑者，雖其人本有所不逮，必爲之多方策勵，以輔其德而全其才。 顧其所爲策勵者，轉類乎天之所棄，而人不甘受也。 是豈知天意者哉？

苦心志，勞筋骨，餓體膚，與夫空乏而拂亂者，天之意何爲也耶？

蓋以人非聖賢，必各有所不能。 使之卽安焉，則心惰。 惰斯昏，昏斯汩，而畢生之事業，無以立其基。

人卽聖賢，亦豈無所不能。 使之自逞焉，則性驕。 驕斯縱，縱斯荒，而不世之經綸，曷以充其量？

是非動心忍性，則其所不能者正多矣。

心之爲用也靈而明，自役於嗜好而靈者漸頑矣，耽於溫飽而明者漸昧矣。 逸而任之，將汰然無復奮發有爲之氣。 古今來不乏英俊之資，履順蹈常，而才能不及中庸者，可惜也。

性之爲體也靜而一，自驟副其所期而靜者忽躁矣，猝投以非望而一者忽紛矣。 順而遂之，將侈然無復沉幾養晦之思。 古今來不少得天之厚，適志娛情，而功業或留缺憾者，可慨也。

夫乃知動、忍之所曾益，天於是大有權矣。福澤如此，其厚也。當其身之未遇，曾不得與庸流共蔬布之安。謂是才之不逮，何以後此之成就，乃出尋常意計之外也。見近而不能謀遠，需之閱歷以廣其識；守常而不能達變，畀之險阻以練其才。陶鎔者一士，而康濟乃在萬民，得不躊躇而有待也哉。才德如此，其美也。當其時之未通，曾不得效末技於功名之路。謂其命之固窮，何以後此之遭逢，乃爲千古艷稱之事也。能佐霸而不能匡王，純其學問者數年；能致治而不能戡亂，裕其智畧者又數年。困阨者半生，而勛名直垂萬世，得謂造化之無心也哉？世之戚戚於窮困者，亦知天將玉汝於成乎？

不矜才，不使氣，風骨遒上，矯矯不羣。祁涵香

知命者不立乎巖牆之下

能知正命，危地有不蹈者矣。夫巖牆之下，危地也。知命者不立焉，卽順受之道耳。且夫人日蹈危機而輒諉之於命者，非也。順受者明知命之有定，而要未嘗自蹈危機，以冀倖免於萬一，此視履考祥之所由吉也。

命之當順受其正也，是非知命者不能。惟知命者能安命，吉凶不繫其心，原不存畏葸之見。然知命者能立命，禍福惟其自召，豈必無趨避之心。

則有如巖牆之下而立焉者，或恃吾命之在天，而謂巖牆之必不覆，其氣餤足以勝之，則不懼於立。

或謂巖牆之果覆，亦必吾命之所當，其曠達足以忘之，則不妨於立。是豈足言知命？

蓋巖牆原未必卽覆，或閲月而巖者如故，或閲歲而巖者如故。而人之往來於其下者，不知凡幾也，亦似有定數焉，而數固不足以勝理。

且巖牆雖斷無不覆，或覆於立者之未來，或覆於立者之已去。而向之趦趄於其下者，竟得安然也，亦儘堪幾倖焉，而倖又不足以爲常。

知命者不爲也。

跬步之間，出入必慎，任使由徑之輩笑其迂。

循牆之下，傴僂毋忘，直與棟折之凶同其懼。

然則巖牆有盡，而類乎巖牆者無盡，凡事之足以取禍者，皆可作巖牆觀也，奈何立焉者不察也。

巖牆可見，而甚於巖牆者不見，凡患之伏於無形者，皆甚於巖牆者也，奈何立焉者不悟也。

淡泊之境無巖牆，勢利之途有巖牆，知命者不以勢利動其心。

居易之中無巖牆，行險之中有巖牆，知命者不以行險喪其守。

是所謂能知正命耳。

雷霆精鋭，冰雪聰明，是於此事中三折肱者。王若溪

警切足當箴銘，筆意更風霜高潔，刻露清秀。汪易門

惡莠恐其亂苗也

觀莠之似苗，愛苗者所當惡矣。

夫莠苟不足以亂苗，則亦無足惡耳。惟其似苗而恐其亂也，故惡之。且盈天地間皆萬物，而真僞錯焉。於萬物之中，而有一可貴者足以養人之性命，爲當世之所珍。於是有竊其似以亂真者，不可不辨也。

如五穀之有苗也，嘗於神農，而識其五味，取其甘而無毒也，故亙古今而共賴農功。教於后稷，而審厥土宜，取其種之繁滋也，故辨黍菽而廣爲樹藝。

若之何其有莠也？

生於田間，居然芃茂，而取材落實，無能充郊廟之粢盛。不煩播種，自見敷榮，而接畛連畦，未足慶倉箱之積貯。則以其似苗非苗而亂苗也，故可惡也。

含宏者造物之心，莠雖不材，原不禁並育並生，共被無私之雨露。彼樗櫟之不爲世用者，巖穴中自不少耳。然不適於用，而不至爲患於人，故榮落可任其自然，而誅鋤不及。若莠則非其比矣。

美惡者芸生之質，苗雖可貴，亦必待是穮是蓘，方覘嘉種之純良。彼秕稗之未堪精鑿者，刈穫時亦不少耳。然真而不精，究勝於僞而貌似，故簸揚猶勞於異日，而灌溉不分。若莠又非其比矣。嗟乎！蘭蕙當門，尚有必鋤之理，況其爲非種之尤？嘉禾被隴，共欣天降之康，奈何奪土膏之沃？吾願田祖有神，秉畀炎火，急同蟊賊以誅夷，俾秬秠穈芑之儔，懷新於清畛。畟畟良耜，載柞載芟，早效藴崇於薙氏，俾黍稷稻粱之種，擢秀於東皋。惡莠如是，則凡似是而非者可推矣。

手揮目送，落落大方，中間樹意闊大，隱與下意關通，而通篇俱切苗説，不至如莠之亂穀，尤爲老眼無花。楊與山

一莖草化丈六金身，非大智慧不辦。吳清如

君子反經　一節

反經以敵異端，而民自化矣。

夫民之邪慝，由不能與於善也。惟經正則能興，君子故以反經爲要歟。

且人心之變多端，其不能一一而救之也。有正本清源之道焉，其權足以鼓舞一世之心思，而其效

足以消弭一世之患氣，夫亦守其常以制其變而已。異端之害，豈惟鄉原已哉？其類乎鄉原，而爲民心害者，方日出不窮矣。何以敵之，曰有經在，我思君子。

當風俗頽靡之日，欲還淳樸之天，其所操以牖民者，必如治絲之不棼，而皆歸條理。當道統絶續之交，欲纘先王之緒，其所賴以復古者，又如舊物之不失，而非創新奇。夫亦曰反經而已矣。夫經者，天下之常道，堯舜以來之所以治民也。後世民不興於善，而邪慝伏於心者，特未嘗正其經耳。大化陵夷，百家騰躍，爲之民者乃至迷眩其耳目，而羣然奉曲説爲依歸。其間刻薄之資，法術刑名得而誘之矣；聰明之士，虚無清浄得而惑之矣。而索隱行怪之陷民於罪戾者，無論也。哀此下民，其何能淑古今，誰挽及溺之人心？聖人復起，正學昌明，爲之民者一旦震動其性天，而秩然遵蕩平之道路。其間秀而文者，詩書禮樂之靈鼓其志矣；樸而愿者，孝弟貞廉之目繩其趨矣。而耕田鑿井之蕣民於衽席者，無論也。天佑下民，作之君師，古今賴有名教之宗主。

蓋未有經正而民不興，亦未有民興而尚有邪慝者。邪慝之作，由於廉耻不足動之也。經正而仁義禮智之心，勃然自奮，其民皆有聖賢之志，而不惟廉耻之生，蓋唐虞三代之隆風可覩矣。邪慝之作，由於飢寒足以驅之也。經正而尊君親上之意，油然自生，其民知郊遂之可羞，而不識飢寒之可患，蓋井田學校之相維已久矣。

後之君子，其知所重哉。

大處落筆，迴殊漲墨浮烟，獨得雄直氣，發爲古文章，當與熊漢陽抗席。楊與山

一氣相生，渾浩流轉，有古大家神味。汪易門

補編

文獻不足故也足則吾能徵之矣　甲辰提調順天擬墨

徵禮於文獻，不足者終難自信矣。

夫文獻者禮之徵，夫子慨其不足，故夏殷之禮，終莫能徵也，豈敢以所能言者爲能徵耶？今夫圖書者古人之迹，賢哲者古人之心。議禮所由徵信也，若乃考證無資，而徒恃旁蒐於千載，求其信以傳信，先當疑以傳疑。故雖懷古情殷，而慨墜緒之難尋，終不敢謂成書之可勒，仍惟有懸諸想像而已。

杞宋無徵，而謂夏殷之禮，卽於吾言徵之，吾何堪自信乎？蓋吾所恃以信古而示後者，一在於文，

一在於獻。

問嘗博觀載籍，探小正、坤乾之奥義，後儒未必能通。吾欲奮一家之説以遙續心傳，安知必爲古人所許，知斷簡殘編之未可憑也。

又嘗歷聘諸邦，訪安邑、亳都之耆舊，遺徽半已無聞。吾欲起二代之英以共稽往制，亦祇憾夫生不同時，知人往風微之莫能挽也。

文獻不足若是，而禮豈能徵哉？顧或謂網羅散失，吾生具有苦心；補綴典章，吾言尚堪垂後。是不待文獻之足，而即以吾所能言者謂夏殷之禮可徵也，則吾豈敢？

明亦知風霜剝蝕，典冊之留於宇宙者，日就銷沈，斷無由不足而更有足之理。吾望文之足吾願，不已奢乎？而非奢也。尚忠尚質之遺規，作者惟聖，而或得其大畧，未窺制禮之精心；舉其偏端，莫究隆禮之全量。將見無述古之功，而轉蹈泥古之失矣。而豈敢師心自用，漫誇考訂於名山，渺渺予懷，不自知其何所待耳。

明亦知歲月遷流，英俊之老於巖阿者，愈嗟零落，斷無由不足而更有足之時。吾冀獻之足吾見，不已愚乎？而非愚也。尊命尊神之成憲，大乎因時，苟或知之不確，適爲害禮之階；語之不詳，反開廢禮之漸。將見誣古人之罪猶小，而誤後人之罪更大矣。而何敢穿鑿微言，自詡表揚夫絶業，悠悠往古，祇自殫其敏以求耳。

祖述在唐虞，憲章在文武，至夏殷而無所脩明，多聞闕疑，吾黨應明其素志。問官於郯子，訪樂於萇弘，至於禮而聽其湮沒，述而不作，後人應諒其苦衷。

吾雖終不能徵，而夏殷之禮自在，不猶愈於强爲徵而失其意者乎？

體會入微，深情若揭，如此方可代聖賢立言。至神味之淵永，色澤之幽懿，則作者本色也。杜芝農先生

題神不失累黍，議論尤堅卓，有先正名程風範。何一山

伯夷叔齊不念舊惡怨是用希

舉古賢之怨以諷世，爲召怨者戒也。

夫賢如伯夷、叔齊，其視天下之惡居多矣，然猶不念舊惡焉，而嫉惡以召怨者，可勿戒歟？今夫人既離羣而獨立，則其疾惡必嚴，而於人不免取怨。惟天懷高曠者能不繫於其心，疾之每在當幾，寬之恆於異日，故雖自處於至清，而濁世亦無猜忌焉。嘗慨舉世混濁而我獨清者，人必從而非笑之，又從而毀謗之，甚且激而忿怒之。此非獨衆人之不肖，亦其人疾惡已甚，無容物之量所由致也。盍觀伯夷、叔齊？目不視惡色，耳不聽惡聲，律己甚嚴，責人當必不恕。一眚也而儼如大慝，得不動其懲創之情？不立惡人朝，不與惡人言，浼己爲憂，待人何嫌過峻。既往也而不去於心，烏能免夫悔尤之集？審是而夷、齊將爲怨之府矣，而孰知其不念舊惡耶？

方其居貴胄之尊，人孰從而菲薄之？迄乎竄身僻陋，而輕視夷、齊者，殆不少矣。棄公孤之貴而下廁凡民，始之以震驚者，必終之以訕謗。迨其過化存神，顓愚亦爲之感格，於此而猶未釋然。人必因其量之狹，而駭其迹之奇，銷骨鑠金所由來也，而夷、齊乃泯然不介於胷中。

方其居孤竹之邦，人孰從而疑忌之？迄乎遁跡他鄉，而交謗夷、齊者，殆不少矣。舍故土之安而遠託異國，方訝其實偪處此，又何能偶俱無猜？迨其深信不疑，椎魯皆霑其德化，於此而猶或耿然。人必因其蹤之孤，而議其情之誕，羣疑衆謗所不免也，而夷、齊乃曠然一變其初志。

是怨之所以希也。

吾聞放利而行者多怨矣。夷、齊棄一國猶若敝屣，澹於利者，必無斂怨。特恐自處過高，視人概在瑕疵之列，亦必激而不平。夷、齊不然也，彼什伯庸衆之儔，藏怒於心，卒爲衆怨所歸者，可不戒歟？

吾聞躬自厚而薄責人，則怨遠矣。夷、齊苦其行至於槁餓，厚責躬者，尚何蓄怨。特恐秉心太隘，歷久難忘夙昔之愆，亦必嫌而起衅。夷、齊不然也，彼特立獨行之士，鄙夷一世，而卒至仇怨相尋者，胡不思歟？

然而夷、齊非避怨也，亦第行乎我心之安；非貸惡也，所貴開人自新之路而已。故曰：『有一言而可以終身行之者，恕也。』夷、齊且然，况不逮夷、齊者哉？

絕惡之嚴至夷、齊止矣，而人不之怨者，以其能予人以自新也，『不念』二字下得又平淡又渾融，頗難體會。文處處從夷、齊落想，而眼光四射，包括無遺，可見精到之文不必定要握拳透爪也。包羅與管

作相伯仲，而雋永過之，非老手何能辨此？ 陳子嘉

必也臨事而懼好謀而成者也

決行軍之所與，聖人慎戰之心也。

蓋事至行軍，不可不慎矣。臨之而懼，而又濟以謀，庶幾其事可成，而爲子所必與耳。

告子路曰，吾玩《易》至『履虎尾』、『用馮河』，其象皆未出乎險中，故不足與任事也。明乎吉凶之幾者，必始以《乾》之『惕若』，終以《未濟》之『思患』，而後動乎險而大亨貞，信乎師出以律，非其人不妄行矣。

故吾願終身不見行軍之事，惟與二三同志講慎獨之功，明致知之學，謂舉而措之，可勝大任而不疑。

設一旦不幸有行軍之事，僅與什百勇夫觸矢石，而不顧納陷阱，而不知將濟變無才，何以躊躇而滿志？

必也平時存戒慎之心，無事不矢以嚴翼，而一入乎艱難之會，倍斂其精神。

夙昔裕深沈之識，無事不洞乎淵微，而猝投以險阻之遭，益周其智慮。

則臨事而懼，好謀而成者也。微斯人，吾誰與耶？

天造草昧，龍戰于野，其事本爲黎民之所駭，雖聖人不能玩泄以將之。懼則敬心生，敬者德之聚，

惟德動天，事罔不濟矣。湯武革命，大人虎變，其事又爲舉世之所疑，雖聖人能無審慎以圖之。好謀則先幾著，幾者動之微，知幾其神，事皆豫定矣。藉曰無懼，何以奉辭，伐罪誓誥，不憚再三。藉曰無謀，何以養晦，遵時龜筮，必求習吉。能懼則能謀，能謀則能成。定天下之志，斷天下之疑，成天下之務，吾之所與，何待有三軍之事，而始信其人乎。

以經注經，樹義必精，選言居要，此之謂醇而肆，奇而法，起結直入，歸太僕堂室。王省崖先生

精渾諦當，前如振衣千仞，後如勒馬危崖，筆意極似鍾陵，而用八比古法，又合隆、萬風格，真先輩也。宗滌樓

朋友之饋

記聖人之受饋，而先別其人焉。

夫饋亦交際之一端也，出之於朋友，則其情異矣，鄉黨故先別之。

且自禮尚往來，而饋遺之道興焉，似不必問其爲何如人矣。顧不問其人，則所衡量者專在饋之

中；必辨其人，則所結契者若在饋之外。甚矣投贈之來，未可漫無區别，而不先計其人也。

今夫多儀可以用享，薄物亦以明誠，饋之由來尚矣。而必計及其人者，何哉？

朝廷隆下交之誼，豈無筐篚之實，逮於丘園。顧饋出於尊，夫且重之爲賜，榮之爲賚，而非尋常投報所同。

草野敦洽比之情，豈無羔酒之餘，及於里鄰。顧饋出於泛，未必嘉之爲貺，銘之爲恩，而與有無相通並重。

此饋之所以異乎爲朋友也。

豪俠心存慷慨，不惜舉彼之所有，以濟人之所無。其非朋友而亦饋者，廉潔之士轉訝其無因。

庸流謬託知心，又或舉彼之所重，而責我以不輕。其慕朋友而來饋者，禮法之士亦譏其非古。

若夫朋友，其相契在性情，謀必盡忠，言必守信，爲助者良多。既爲助於性情，似不必假物以爲助矣。而假物以申其情者，亦性情之契所不廢。

其相孚在道義，有善必勸，有過必規，得益者不少。既得益於道義，似不必借物以爲益矣。而借物以明其敬者，亦道義之交所時有。

其或因我之饋，而彼亦有饋，與此朋友所以報也。念我饋之之時，初何計今日之報，朋友之心當亦然也。則非報而永以爲好者，有如此饋。

其或我未嘗饋，而彼先有饋，與此朋友所以施也。念朋友饋我之意，初非爲昔日之投，我之心當亦然也。則先施之不必盡能者，有如此饋。

故未爲朋友饋之來，見饋不見朋友也，饋若因朋友而始重。既爲朋友饋之來，見朋友不見饋也，朋友豈因饋而加親。觀於車馬之重不拜，親朋友也；而祭肉則拜者，敬朋友也。

意議層出，心手玲瓏，下文如立竿見影。陸稷民

不如鄉人之善者好之

先定鄉人之善，其好乃可信也。

夫不先知鄉人之孰爲善，而其好遂可信乎？善者好之，斯真善矣，是可明子貢皆好之非。

今天下爲善之人，未有不好善者。而其人爲善人之所好，則亦必能爲善。第以爲善之人，其所遇未必皆好善之人；即好善之人，亦未必盡遇夫爲善之人。故欲以衆人之善，定一人之善，而不先明乎衆人中之若者爲善，則善終不明。

鄉人皆好之未可，誠以賜之心，將欲即好以求善。第概言鄉人，則豈必其皆善者乎？夫鄉人固不皆善者也，而鄉人要未嘗無善者也。

試即以好論，謂鄉人必無一善，嫉俗者固失諸苛；反是而謂鄉人皆善，又未免流於濫。苟不加區別，而相賞何以得其真？

況鄉人豈無一善，遺世者固失諸矯； 特先不知鄉人誰善，故無以用吾明。 苟不溯本原，而尚德曷以提其要？

皆好之說，誠不如求好於鄉人之善者矣。

均是人也，而獨稱爲善者，則必真知其善。 乃於儔人中尊而奉之，其非徇人之虚譽也明矣。 假令虚譽可徇，則此謂善者，彼未必謂善； 彼不謂善者，此未必不謂善也，而何以確指其爲鄉人之善者？ 均是人也，而獨爲善者好，則必相契於善。 乃從庸衆中引而親之，其非一視而同仁也審矣。 假令相視於同，則好其常，不必善而始好； 善其偶，不必所好盡善也，而何以鄭重爲鄉人之善者所好？

蓋天下伐異黨同，聖賢難博羣儕之慕效，故欲借是以作觀人之準，則必分。 好出於善故可貴，好不盡出於善亦無足貴也。 吾不能知斯人之孰善，吾第知善者所好之必善，庶幾用以爲準乎？ 別類焉，乃知概以好爲定論者，雜不如純矣。

抑天下循名責實，美德非關衆口之揄揚，而欲援是以資察物之明，則已隔。 所謂好者雖易知，所謂善者仍未易知也。 吾欲知所好者之善，必先知好之者之真爲善，而泛以相求乎？ 探原焉，乃嘆不明善而衡人者，愚不如智矣。

善者好則不善者必惡，皆惡之與皆好，同一偏耳。

題理雪亮，使讀者如搔著癢處。 此等文看似容易，却極艱難，非深於相題者不能如此落筆。 周容齋

君子而不仁者有矣夫未有小人而仁者也

極言仁道之難，勉君子而儆小人也。

蓋謂君子無不仁，則君子不知勉；謂小人有仁，則小人不知儆也。一危其有，一決其未有，旨深哉！

夫子意謂，夫人賢不肖之分，大抵總生平以爲斷，其偶然之出入原不計也。然使賢者可偶然而出於不肖，不肖者亦可偶然而入於賢，則其所謂出入者亦正相等，而抑知不然。

今夫君子小人者，於其心之仁不仁而分焉者也。

故既定其爲君子，必其心依於仁矣。乃有忌君子者，謂彼雖君子，而此事近於苛，此念近於私，未必心之全乎仁也，則試於君子而求其不仁。

既定其爲小人，必其心習於不仁矣。乃有護小人者，謂彼雖小人，而此言爲直道，此行爲公心，未必心之全乎不仁也，則試於小人而求其仁。

吾見君子或立身過峻，而不諒乎人情；或嫉惡太嚴，而不容夫小過。或猛於赴義，顛危弗卹近乎殘；或急於救時，法令滋張近乎忍。要其心則仍本乎仁也，本乎仁而流爲不仁，其有不仁也，君子所不辭，愛君子者所不必諱也。

吾見小人或寬以容物，無非避謗讟之加；或廉以持躬，祇欲沽潔清之譽。或託於公義，噢咻隱以市私恩；或貌爲忠誠，謹愿適以文奸慝。推其心則皆出於不仁也，出於不仁而著爲仁，其未有仁也，小人所自知，助小人者所不能飾也。

夫然，讀書論古，必先定斯人之品，而後是非能辨於毫釐。觀大節者統驗生平，君子一端之失，可原者其心；小人一善之彰，可誅者其隱。仁不仁，雖各於其黨，而循理尚有片時之失，從欲終無一隙之明矣。

夫然，取友親師，必能燭萬物之情，而後臧否不淆於疑似。懷遠慮者善全交際，君子雖加人以屏棄，而悔過有可轉之機；小人雖結我以歡娛，而異時有相傾之患。仁不仁，貴要乎其終，而有嘉德者究無違心，見惡人者宜知避咎矣。世豈有君子而不仁者，有之亦其偶耳。若小人，則吾決其未有仁者也。

議論極精醇，亦極痛快，合陶菴、大士爲一手。陸稷民

下學而上達知我者其天乎

聖人自明爲己之學，本不求人知也。夫上達本於下學。人之所以莫知也，知我其天，爲己之心可自明耳。今夫人汲汲焉求知於世，則其學必不堪自信，將外以欺世，内以欺心，而卽上以欺天。所謂進德脩

業、遯世無悶者安在乎？我蓋從莫知之日，靜念生平，而竊有以自信矣。不怨不尤，夫固以天之與我，我之承天者，惟此爲己之學，而不計人之知不知也，我自安於下學而已。

學以庸言庸德爲基，高遠未遑躐等，矜名者所不屑爲也。循序焉而孝弟可通神明，敬信無慚屋漏，其效有不期自至者，而孳孳者無敢弛矣。

學以致知力行爲本，神化未敢驟希，炫才者所不肯安也。遜志焉而窮理之極爲盡性，自彊之至爲健行，其境有與時俱進者，而勉勉者無外馳矣。

蓋至由下學而得上達，夫乃嘆天牖其衷，得成斯業，我之爲我，人孰能知之哉？

豈無轍環所至，驚爲聖人復生者，浮慕之知矜言德性，而未窺我自下學來也。知上達而不知下學，猶未知也。

豈無鄉黨私評，慮其博而無成者，淺見之知囿於材藝，而未識我有上達時也。知下學而不知上達，猶未知也。

我於是曠然思夫知我者，既未可求諸人，則惟有信諸天。

古今聖哲之生，每爲天心所屬望。故雖道與時左，必與人以不得不知之勢，俾其學大顯於時。天生我於王綱缺失之餘，斷非無意，乃贊修刪定，猶藏而待後世之表章。宗予其無望矣，而卒不肯異其學以鳴高，不肯貶其學以求合，獨抱此繼往開來之志，冀延斯道心傳，冥漠中當必有默相之者，而天何嘗負我歟？

古今阨窮之遇，或爲天意所裁成。故雖時與願違，實相待以不可小知之才，使其學益彰於世。天試我於歷聘棲皇之日，豈竟忘情，乃攝相宰都，究莫能覩三年之成效。吾衰其已甚矣，而卒不以功利之學阿世，不以隱怪之學誤人，永矢夫憲章祖述之心，期爲生民立命，旦明時計必有降鑒之者，而我何患莫知歟？

寫聖人心事，俛仰低徊，有一唱三嘆之致。鳳竹塘

瓜蔓詞

瓜蔓詞

鷓鴣天　小樓即景

漠漠輕陰落晚紅。曉鶯啼煞畫牆東。滿庭濃綠春歸去，珠箔闌干儘日風。　閒倚醉，趁拋慵。惜花無語小樓空。輕雷欲送南山雨，一角油雲點碧峯。

西江月　春曉

喜鵲一聲醒睡，綠窗曉色朦朧。銀缸粟影逗微紅。暗想隔宵殘夢。　珠箔自開碧網，玉臺替拭青銅。一雙雛燕語春風。獨抱瑤琴三弄。

巫山一段雲　本意

玉帳遊仙夢，飄飖下彩鸞。步虛聲裏佩珊珊。曉月翠裯寒。　瑤席雲鬟墮，珠宮月鬟彎。窺臣鄰女十分顔。羅綺總人間。

滿江紅　春影

碧柳千條，樓臺外、鶯聲送曉。陰晴態、畫工難到。出岫春雲移不定，飛來碧瓦魚鱗繞。更午晴、繁影冪花陰，因風裊。　香徑蝀，穿花巧。泥壘燕，窺簾早。看春人如織，舞裙隊小。寶馬香車三里霧，酒帘遥指尋調笑。換良宵、翦燭鏡屏前，人雙照。

滿庭芳　春聲

鐵馬風微，銅壺漏永，耳邊斷續春聲。花間百舌，弄巧語含情。隔院紅梅吹落，數聲笛、羽調淒清。人在杏花深處，夜雨翦燈聽〔一〕。　漸村歌隊裏，鼕鼕社鼓，布穀催耕。又吹簫寒食，擔出香餳。正是春眠不穩，被鶯哥、喚夢成醒。珠喉囀，雙釵在手，玳瑁拍銀箏。

【校記】

〔一〕『人在』二句，與詞調字數、格律均不合。

閒中好

閒中好，坐敲烏皮几。昨日含蕊花，今開膽瓶裏。

閒中好，磨硯墨花香。療俗先醫熱，沁心冰片涼。

閒中好，隨意折花枝。靜悟甘蕉長，卻從心卷時。

燭影搖紅　繂船

水驛烟波，打頭風緊扁舟去。蒲帆收了看招招，帶索長亭路。歷盡欹橋古樹。繫長繩、青天日暮。半肩秋雨，兩屩春泥，水雲深處。　客子江湖，篷窗靜掩愁無語。暗牽歸夢度前津，款款情千縷。風力吹燈不住。羨他家、橈飛柁鼓。檣烏低轉，陣雁聯行，聽呼儔侶。

更漏子　立夏

梅雨麥秋時節近，落花送盡春光。輕雷隱隱出南塘。紈扇理銀牀。　歌子夜，度山香。招風覓取高堂。桃笙八尺午生涼。紅閨試淡粧。

賣花聲　題秦淮載酒圖

忽憶白門秋。狎鷺盟鷗。兩三人上木蘭舟。醉裏不知誰是主，一樣勾留。　露下夜悠悠。月挂簾鈎。洞簫吹出古今愁。秋雨秋風閒度也，碧海浮漚。

卜算子　和仲山眠琴館作

細乳碧桐花〔一〕，百尺曾棲鳳。清影隨風入畫簾，一枕涼生夢。　石几夜焚香，膝上琴三弄。說與成連大海心，寂寞無人共。

【校記】

〔一〕『乳』，《全清詞鈔》卷二〇作『雨』。

雲仙引 挽黎望厓刺史諱誕登，粤東人

撤瑟園林，停春巷陌，芨棠遺愛長存。潮州廟，柳州神。巫陽下通噩夢，要聽鈞天乘白雲。椰葉風悲，荔枝月冷，象室招魂。

侯來隴雉都馴。有竹馬、兒童迎使君。葉水豐衡，范甑陳鏡，十善餘芬。陂芍植蘭，判衫問髻，七子桑鳩含哺均。凡任六邑一州。風流渺矣，尚餘笠纖，現宰官身。

占春芳 詠黄緑兩色牡丹

羣芳盡，名花發，五色殿春光。不是人間紅紫，緑章早奏天香。

位置費評量。似佳人、初點鴉黄。這雙仙合同心事，休怨衣裳。

燭影摇紅 懷王井叔廣陵

芳草王孫，廣陵三月鶯花暮。春潮江上攬離情，弱柳風吹絮。相憶新詩袖裏，扣苔門、敲碁拂麈。偶耕人出，時鳥嚶鳴，愁余無侶。

花事闌珊，故人無恙荒園住。燈摇殘夢渡江來，脈脈愁無語。風定月明在樹。裊爐烟、游絲一縷。槿奴紅了，梅子黄時，待君歸去。

漁家傲　和仲山望湖樓作

晃眼湖光風不定。青山擁髻窺明鏡。一塔淩虚涵倒影。飛樓迴。疑來圖畫非人境。　油雲行雨過西嶺。斜風捲地長空淨。依舊東坡樓上景。人初醒。一聲佛閣傳清磬。

憶江南　山塘

山塘路，錦繡逐年新。飛絮畫樓三月暮，賣花小市四時春。七里暗香塵。　龍舟鬬，鼓吹出閶門。百盞珠燈星在水，數聲玉笛月開雲。相送醉歸人。

金縷曲　和仲山自題海猨獻鏡小影

第一神仙宅。好滄洲、霧消雲散，月明天碧。掉首鴻濛吾去也，眼底奔湍絶壁。欲鞭起、老龍彈瑟。著個靈楂攜丱女，海漫漫、認爾求仙客。冰宮鏡，生寒色。　崑崙頂上停游屐。幾千春、蓬萊水淺，手撈金魄。喜有狙公能解事，與爾烟霞同癖。聽長嘯、一聲裂笛。滾滾紅塵忙不了，笑諸君、莫是褌中蝨。滄海上，情豪逸。

點絳唇　題潘紱庭睡香花室填詞圖

錦帳流蘇，篆烟裊裊花如霧。按腔休誤。恐被卿卿顧。夫人佩之女史填詞尤妙。　手把蘼蕪，一串新鸚語。情千縷。暮雲芳樹。游戲瓊瑤圃。

沁園春　烟草

午夢初回，宿醉微醒，綺窗寂寥。喚相思舊侶，荷筒細吸；忘憂佳偶，石火輕敲。一抹春雲，半遮粉頰，紈扇風翻度翠翹。吹蘭氣，入柔腸百轉，寒意都消。　條條。金縷頻銷。戀斑竹餘溫拭絳綃。趁銀燈歌席，茗芽鬭馥；繡囊香閣，荳蔻爭嬌。煎涸龍涎，然焦鳳尾，散作紅塵苔砌拋。愁千緒，訴家山何處，閬嶠雲高。

榕窗隨筆

榕窗隨筆

學人藥石

《論語》，五穀也，一日不得則飢，終身食之亦不知其味之美。然終身能食五穀，則終身無病，不須藥石矣。《孟子》如人蔘黄芪，足以補虚使壯。《中庸》如芝草，須辨之真而後可食，否則遇木菌，反中其毒。《老》、《莊》如黄連石膏，遇大熱狂躁者，食之得清涼之效，久服則損元氣。漢儒訓詁如牲牢酒饌，可佐穀常食〔一〕；宋儒語録如世傳丹方，一藥止醫一病，誤服無效，亦不至傷生〔二〕。

讀書須開拓心眼，勿爲古人所囿。胷中有《四書》一部，未有不明是非者，但用吾本明之心，以辨别之，則思過半矣。讀《四書》而爲不善者，皆自欺也，非真不明善惡也。

無聖人之德而著書以擬經者，妄也，僭也。究之傳於後世，仍視其人生平行誼何如，大賢則受大名，小賢則受小名。如子雲之爲莽大夫者，雖有《太玄經》，人不欲觀之矣。〔三〕

先正格言，近人刊以勸世者甚多，然愚未嘗卒讀。蓋四子、五經日在案頭，尚不能時時溫習，何暇終日披覽格言耶？學者誠有志修身，當成童時先從《論語》内擇取一二語，筆之於坐右以勵持循守而勿越。待此一二語操行既熟，再加一二語持之。所持日增，則所詣日醇，較之借格言以觸目警心者，不更切而約乎。

學者能於《論語》中取數語守之，終身已不失爲善士。至於治經，漢人皆專治一經，或通兩經。學問之道，守之貴約也。今人兼習五經，然未得一解，其何如專治一經？十年中如能貫通其解〔四〕，恐〔五〕中年以往，服官從政，必無稽古之功。故治經當在年少時〔六〕。

仁以恕人，非以恕己，故仁字從人。義以律己，非以律人，故義字從我。

細行可以忠孝奪之，忠孝二字則不可相奪。古人勞王事而不得養父母，乃嘆在一時，非終身不得養也。儒者不當以仕宦奪終身之養。

亡國之臣，有因親在不死，因循日久，至仕二姓者，誠爲可憫。然果能盡忠於主，孝之大者也，又何瞻顧焉。

父母既沒，丘墓爲重，古之孝子，有終身廬墓者矣。今人仕宦，往往數十年不得登丘墓。是以朝廷定制，有省墓之假，曲體人情也。先侍講公家居常往來丙舍，終身孺慕，誠可法也。人間知以丘墓爲重，何至仕宦而輒去其鄉者〔七〕，則未知其意之所在也。

嘗問於惕甫師曰：『看書不能記，如何？』師曰：『再看，不然何以《中庸》曰「人一能之，己百之」。』

洞庭王亮生仲鎏曰：『今人好博覽而又不能記，何如讀之省力乎？』余問其故，答曰：『童子初入塾時，資性最下者亦能日讀三五行。今以成人而責以童子之事，每日誦有用書五行，他事仍可不廢也。然積至十年，共讀書一萬八千行，以每行二十字計之，已得三十六萬字，其他流覽者仍在也，豈不省力乎？』

學者於人所共知之書，原不可不知。至學焉而得其性之所近，守之仍貴約也。泛濫而不得所歸，有何益處？

左太沖曰：『玉卮無當，雖寶非用；侈言無驗，雖麗非經。』愚謂非獨詞章家多蹈此病，卽後儒言理學者亦不免焉〔八〕。如張子《西銘》，楊龜山議其入墨，未若孟子『親親而仁民，仁民而愛物』，豈不以其言之侈哉？且啓頑所以自儆，乃至言大而無從下手，非所謂『玉卮無當』者乎？

趙子昂《蘭亭跋》云：『昔人得古刻數行，專心而學之，便可名世。』愚謂詩文亦然，必先有數十篇精熟者，由此觸類旁通，所謂操之貴約也。

朱子曰：『半日靜坐，半日讀書。如此數年，何患無長進？』愚謂雖不必拘定半日，但當靜時多、動時少。蓋讀書亦靜境也，靜則明生，日久當益神智。

最無益者酒食往來，而世人偏重之。志士惜陰，非不得已者，勿應可也。

士人讀書，几案必置明淨處，或庭中有池塘、竹木者更佳，所以養天機、悅性情也。有事則出案應之，事畢卽憑案，不論吟詩、寫字、作文，日無虛晷。如是數年，所學未有不進者；終身如是，未有一無所成者。

慶吊乃酬酢大節。家雖至貧，吊則必到，且必賻；慶則但身到亦可，古先達有行之者。

貧非恥也，無能乃可恥；貴非榮也，無忝乃可榮。子路之縕袍所以『何用不臧』，韓魏公之晝錦所以非止夸一時、耀一鄉也。

讀書而修其身，不仕可也。然子路曰：『不仕無義。』『君臣之義，如之何其廢之？』況世人以此爲顯親，故儒生應試，所以盡君臣之義、順父母之心。讀書求其義理，日久必有心得，可以遷善改過。若徒務詞章、考訂之學，白首猶是人也。艤舟於斷港絶潢，不可以達江河。

【校記】

〔一〕原作『新蔬百果，亦足充飢，不妨常食』，後改作『牲牢酒饌，可佐穀常食』。

〔二〕原作『亦不至於死，但無效耳』，後改作『亦不至傷生』。

〔三〕本條上注『入《讀書記》』，《老學荞讀書記》卷三『讀書劄記補』録有此條。

〔四〕此處原有『方不愧爲學者。若欲兼通二三經』，後删去。

〔五〕此處原有『人壽幾何，無此歲月。況』，後删去。

〔六〕此處原有『先治一經』，後删去。

〔七〕原作『若至致仕之年，則來日無多，急宜引退，身依丘墓矣。乃世有仕宦而輒去其鄉者』，後改作『先侍講公家居常往來丙舍，終身孺慕，誠可法也。人間知以丘墓爲重，何至仕宦而輒去其鄉者』。

〔八〕此處原有『宋以來有作絶大文字，言天下一家、中國一人氣象而不知其命意之歸宿者』，後删去。

修養紀聞

古來書畫家多壽。明之文衡山、董香光，國朝梁山舟、潘三松皆是也。蓋書畫家多静而亦非全不動心，所謂動静交養。若處境又無累其心焉，得不享大壽？

養生之道，戒食異味，戒服金石及大寒大熱之藥，戒大醉大飽，戒輕喜易怒，戒勞逸不時，戒憂樂過節，戒衝寒冒暑，戒機事機心。守此八戒，未有不壽考者。

天地生人，大抵秉賦厚者各有百年之壽。賢智以思慮傷生，愚蠢以嗜欲伐性，故常不及耳。余在內閣，見各省題本耆民百歲以上者，婦人多而男子少，鄉曲多而士夫少，蓋傷生伐性之事，婦人每少於男子，鄉愚又少於士夫，此其明徵也。

［余幼時見養生書云：『夜臥以兩手捧心，兩膝平胷，兩足齊臀，如人在母腹中，雖勞倦之極，精神可以驟復，亦可卻病。』〔一〕用此法頗效。］

［予嘗引重，失手傷右臂。治以粵東丸藥，又流入兩腿頗劇。杭州吴小穀清皋授以八段錦法，行之稍效。又授以膏藥，貼兩三年始愈。八段錦法，無事時可行之。］

［黄帝煉丹，騎龍飛昇，後宫女子從者七十人而莫詳其所往。未若佛家猶有西方極樂國，示人以歸處。］

○秦末宫人玉姜逃入華陰山中，食松葉，遍體生毛如猿猱形。夫所貴乎長生者，將欲保其形也。若化爲異類，曾不若以人形死矣。

○道家戀形，佛家戀魂。聖賢則無所戀，修身以俟死耳，是以聖賢之道獨尊。

○嵇叔夜著《養生論》而不獲令終，修短豈能自主哉？

○今人有茅廬數間在深山中，家不逾八口而有田數頃，衣食足以自給。不入名利之場，不作勞苦之事，自得於己，無慕於人，雖欲短壽，不可得也。奚必如仲長統《樂志論》有此奢願哉？

【校記】

〔一〕此處原有『余自十余歲至今，往往』，後删去。

家祭酌議

自世祿世官之制改，而宗法難行。近世士大夫家通祀四親，而宗法猶然不廢，誠酌乎禮之中矣。惟長兄之與弱弟，相去或三四十歲。大宗主祭必長兄之子、孫、曾、玄，往往長兄之後，已玄孫主祭，則其四親皆已祧矣。而弱弟之子或尚有存，則孫不得祀其祖。而所謂大宗者，又非有世官世祿之尊於定分也，則於理未安也。又有大宗無爵，不當立廟，而支孫顯位，法當立廟者，以不當立廟之人轉得祀其四親，而法當立廟之人至不得祀其高、曾，甚至不得祀其祖，於理更未安也。安溪李文貞祭家廟，以主祭爲族叔之不當立廟者，文貞爲當立廟之人而反不得主祭，是以别設一位於族叔之旁，已爲主祭，族叔爲大宗，祝文同列名。按文貞此法，如族叔外别無伯叔族兄則可，若尚有長者則未可也。子雖齊聖不先父食久矣，愚謂支孫顯爵而高、曾已入毁祧，當於禰廟或祖廟内别設神牌祭祀，仍不得遷木主。士人無爵或祖或曾祖已祧者，當歲時懸影像設祭，不設神牌，以其不當立廟也。至入大宗廟，會祭仍各就其昭穆位，次爵雖尊，不爲主祭。

［余家朔、望必謁家祠。方余受業於惕甫師時，每朔、望必謁師。師問何來，曰『謁家祠』。師曰：『此告朔之犧羊，戒子孫不可廢也。』］

《禮》曰：『嫡子、庶子祇事宗子、宗婦。』則宗子當必嫡子，非嫡子不得謂宗子也。今人嫡庶之辨且不分，何論宗法？

或曰：『石駘仲卒，無嫡子，有庶子六人。卜所以爲後者，石祁子兆。然則祁子雖庶子，既爲駘仲後，不卽爲石氏之大宗乎？』曰：『此但就駘仲之後而言。因無嫡子，不得不以庶子爲宗。若統論石氏之族，未必以祁子爲宗。』

或曰：『使大宗皆庶子，將不得爲大宗乎？』曰：『惟同父者宗之，其同祖以上各有小宗，大宗雖廢而小宗仍在各宗，其小宗之嫡子可也。若庶子可爲宗子，則《禮》之尊宗子何以駕於諸嫡子之上耶？』

子之貴賤分於嫡庶，古禮然也。若庶子之不得爲大宗，則以《禮記》『嫡子、庶子祇事宗子、宗婦』之語，推之未有明文也。自世官世祿之法不行，而宗法猶不廢者，乃古人敬宗收族之深心。嫡庶之辨，大小宗之法，皆推原禮意而已。居今日而論廟制，但當從俗，不失敬宗收族之本意足矣。有能敬宗收族者，雖支庶之微，亦可敬也。

［江西宜黃黃氏宗祠，以科第貴顯者主祭，次者分獻，非生監不得與祭。惟元旦不論貴賤，皆得謁宗祠，各給敖餠二枚。其耆民七十以上者亦得與祭。祭時主祭居中，分獻在後，行禮畢，退立阼階，然後生監等各依昭穆之次行禮。是主祭、分獻不與族人序昭穆，似亦非也。閩俗亦大都如此。江西彭氏宗祠，其祖出仕者，牌書顯爵；祖未仕者，稱隱德祖，皆所謂習俗移人也。］

《中庸》：『父爲大夫，子爲士，葬以大夫，祭以士；父爲士，子爲大夫，葬以士，祭以大夫。』是廟制當從子孫，不得以祖宗爵貴而用貴者之禮也。今人貴賤不常，祭品儀制亦當隨時損益，總就與祭之人，從其爵之最尊者可也。

吾家藺園宗祠，南畇公所建，以祀族之賢者。然以子孫而定先世之賢否，易開爭論之端，蓋人無不各私其親故，勢亦有難行也。今二林公、簡緣公皆已入祠，兩公已祀鄉賢，當無異議。以後須俟親盡則祧，之後方可議入藺園，一則日久而公論自出，一則未祧之先本有家祭，可毋庸也。

仲弟於藺園祠旁附祀族人之無後者，蓋推南畇公之遺意。適余觀學赴閩，道經故里，得致祭焉，誠義舉也。余欲查無後之墓而保全之，不得盡知，而亦無其力，姑存其願，俟之異時。

《文公家禮》：『殤服，年十九至十六爲長殤，十五至十二爲中殤，十一至八歲爲下殤，八歲以下爲無服之殤。男子已娶女子許嫁，皆不爲殤。長殤，服應朞者降九月，中殤七月，下殤五月。應服大功以下亦以次降等。』

安溪李氏曰：『長殤之祀，終其兄弟之身；中殤之祀，終其父母之身。』是可以爲法。

男子已娶不爲殤，蓋言年十九以下也。吾家燦虞兄雖未娶而已游庠，亦不得爲殤，當於家祠附祀於其考妣之旁，親盡同祧，亦隨其考妣。孔子曰：『能執干戈以衛社稷，雖欲勿殤也，不亦可乎？』他如高叔祖進修公之十四而殤，以李氏法繩之，南畇公身後卽當輟祀，乃至今猶附於祧廟，雖云幼慧，亦過中矣。

吾家宗譜條例，貽令公所定也。一曰殤，未成人者例不書，其有幼姿挺拔、殊足傷悼者則書之。又曰幼稚未成人者例不書，今第十一世俱書者，以茲編輯後續修有待也。按，此則下次修譜應將十一世殤童删去而未删，故沿流至今，殤童皆録，非例也。嗣後修譜，應將殤童八歲以上者附名其父名下，世系内削之。其八歲以下者並不得附名，以符貽令公條例。

〇余次子元夔年十二殤，葬於先塋之旁百步之外。家中未立木主，但歲時祭祀，於其母祭案之旁附設一位，可終吾身而止。墓祭則終其兄弟之身，以後但焚紙錢，誌其墓處，不爲人所盜，足矣。［余兄藴珙四歲而殤，不知葬處，宗譜亦無其名。仲姊名崑者，十一歲殤，葬於高山庵先塋之南，墓祭時旁設一位，不别備祭品。余在京生五女，殤其四，惟第四名琪者，四歲頗慧，葬於憫忠寺内，余有詩哀之云：『琪花明瑶林，摧折因飓風。仙人莫復種，種此愁天公。』稿内未刊此詩。］

［《墓祭録》一册，南畇公題簽。丙午十月自京歸，其書已不存，以百數十年長存之物，於十餘年中失之，豈不可慨。此余所以有丈量墓地、繪圖刊入家譜之舉也。此舉仲弟主其事，大宗族孫來保經紀之。］

吾家一廟四龕，從今制也。高祖惕齋公爲南畇公次子，别立廟。余幼時伯父守約公爲宗子主祭，當設三龕祀曾祖、祖父，乃以其元配祔祀，别設一龕，非禮也。後其冢婦歿，又設一龕祔祀於旁；其次孫殤，又祔祀於其母之龕，而祝文俱書而讀之。是夫跪其婦猶可也，至於翁跪而祝其婦，祖跪而祝其孫，於心安乎？於禮順乎？嗣後雖冢婦夫在，不得祔廟；若有翁在，則更不當矣。至殤童之祀，乃其父母兄弟之情，何堪並入宗廟？

嘗問於師惕甫王先生曰：『古者父在爲母服期，今皆三年，始於何時也？』先生曰：『古者尊夫而卑婦，既卑之，弗能重責之也，故出妻再嫁者有之，夫死再嫁者有之。韓文公之女一適某，再適某，三適某，墓志直書之，不以爲諱，視爲當然也。後世夫婦並重，既重之，故責之亦不輕。然今之律仍有同居繼父、不同居繼父之禮，並未禁人再嫁，而人自恥之，此南宋諸儒之有功於世教也。父在爲母服三年，殆始於南宋乎。』

自宗法廢而嫡庶之辨不明，然今曲阜孔氏襲爵者猶爲以嫡子，雖前有庶長，弗襲也。此行古之道也。假使孔氏無嫡子如何，曰：『石駘仲卒，無嫡子，有庶子六人，卜可以爲後者，石祁子兆。』無嫡子，則庶子襲爵禮也。

《檀弓》：『爲伋也妻者，是爲白也母。不爲伋也妻者，是不爲白也母。』先儒有謂孔氏不應兩世出妻，此出母疑是生母。子思明其不可，妻蓋妾耳。然《禮》『庶子爲其生母有服』，而此云不喪，恐非道也。

古詩《廬江小吏焦仲卿妻》，姑惡遣之，至夫婦皆自盡；漢竇玄貌異，天子使逐其妻，以公主妻之，妻爲『縈縈白兔』之歌也寄夫。由今觀之，爲悖常禮，俗而書此，不以爲怪。故吾嘆云宋儒之有功世教不淺也。

尊經莊論

［經者聖人之言，如之何弗尊？故君子三畏，畏聖人之言也。若千載相傳之聖經可以意爲更改，不獨非所以尊經，且千載先儒皆斷爲盲目乎？故曰『多聞闕疑』，『君子於其所不知，蓋闕如也』。］

［先儒解經，後儒不師其說，人各有見，未必盡非也。若改古書以强就己說，則有改於前者，必有改於後者，將古書千載終無定本矣，何堪垂訓？］

［『孝弟也者，其爲仁之本與？』一說『仁』當作『人』，與『井有仁焉』同。愚謂《論語》『樊遲問仁，子曰愛人』，明明兩個字，非但『爲仁之本』，不當作『人』。卽『井有仁焉』亦不必作『人』，蓋宰我言入井可以得仁耳，故子曰：『可欺也，不可罔也。』若作『人』字，則必明明井中有人而後可告焉，何得謂之欺、罔乎？下文『其從之也』句，非告者之言也。］

『誠不以富』二句，引在『崇德』章，正以點醒『惑』字。古人引《詩》不卽不離，往往如此，所謂斷章取義也。改在『齊景公』章，直是何消說得。［『互鄉』章仍照原文亦無不可解，詞意既明，而又補足一二語者，古書中亦豈少哉？］

［先天卦位之誕，古人言之多矣，近日惠氏棟又言之河圖洛書之不足信，古人亦有言之者矣。近代歸太僕、錢詹事等又言之。言之者無罪，尊經故也。］

程子曰：『不易之謂庸。』『庸者，天下之定理。』按，《爾雅》、《說文》等書，無訓『庸』爲『定』者〔一〕。朱子於庸德、庸言二語仍訓『庸』爲平常，可知不作『定』理解矣。按，《釋詁》：『庸，常也。』然則『不易之謂庸』，未若『不易之謂庸』也；『天下之定理』，未若『天下之常理』也。五臺徐廣軒《敦良齋遺書》曰：『庸，常也，用也，當兼二義解。』蓋古訓本作『用』，《疏》云『和之用』也。朱子《或問》曰：『惟其平常，故可常而不可易。』〔二〕此朱子尊程子之意，故易其說而必爲之辭。

［《中庸》『尊德性』節，歸太僕謂語意如直溫、寬栗之類，則是數項截平列而皆所以相濟。五個

『而』字皆有著落，實爲讀書巨眼，掃盡千古葛藤矣。愚謂言君子而不言至誠，當是思誠之學也。」

〔讀書求其義理，日久自有心得，可以遷善改過。若徒務詞章、考訂之學，白首猶是人也。艤舟於斷港絶潢，不可以達江河。〕

【校記】

〔一〕此處原有『豈宋時於《爾雅》、《説文》、《玉篇》等書之外別有訓詁之書耶？此後學所以不能無疑也』，後刪去。

〔二〕此處原有『惟謂之不易則必要於久而後見，不若謂之平常，直驗於今之無所詭異』，後刪去。

學術管窺

董江都卓立於秦燔之後，昌黎、河汾卓立於二氏紛紜之世，皆能□□聖學〔一〕，孟子而後所堪屈指者也〔二〕。必謂河南程氏直接孟子之傳，豈爲公論？

〔魏、晉以來，聰明之士皆趨於佛、老，其卓然不惑如昌黎者，焉得謂非後之孟子？程子曰：『佛有一個覺之理，敬以直内而不能義以方外。』朱子則曰：『彼無父子君臣，吾何禮焉。』程、朱之學無可疑，就其論二氏，則朱子更緊。〕

濂溪『無極而太極』，其學出於道家，蓋由靜處以入於聖門。二程子師之，故有格物窮理之説，究重在知也。朱子隨事體驗，知行合一，聖賢下學而上達，功夫最爲切實而無流弊。其知也，博覽釋、道之書，後乃破壁飛出。其識堅，其力定，其學嚴醇，故應爲道學一大宗。

宗子靜、陽明之學者易墮於禪，高明之過也。爲二子之學而不墮於禪，則所謂『極高明而道中庸』者矣。

［朱子同時及朱子之後，守其學者固不乏人，而遁於禪者亦頗多矣。至明中葉陽明出而紹子靜之傳，未始遁於禪也，而其入門異於紫陽矣。］

顏子之明睿，曾子之篤實，古來學術入手本有兩途，各因其人之資性，要以不落偏頗爲聖門正傳。蕺山劉氏辨二氏之異於聖道，持論極允當，亦極和平，非如他人之徒事慢罵，其涵養可師也。

入孝出弟，謂之小學。六書之學特小學中之一端，《禮記》所謂『學書記』，《周禮》所謂『射、御、書、數』也。今人以講求《說文》爲通小學，不知特小學中之一耳。甚至白首從事於此，試問何時方從事於大學耶？

子曰：『苟志於仁矣，無惡也。』清修之士，不猶愈於沈溺聲色、顛倒名利者乎？不盡因其遁於禪而絕之也〔三〕。惟以佛、道家言釋聖經，使正學混淆、貽誤後世者，人人得而誅之，不必有道之士矣。

漢儒之學，考訂之功多，而修省之意少；宋儒則修省之意多，考訂之功少。今之講漢學者，則辨別之功多〔四〕矣。夫辨別，其學之大者，亦有功經傳。至於一名一物、一字一句之間，斤斤辨別，何如於稍有含糊而修省著力？

聖人但言太極，濂溪必推原於無極，殆從釋典中來。釋氏『舉宗有而無之』，又『並其所謂無者而亦無之』，乃晉人清談之餘緒，本原《莊》、《列》者也。如老子之言則實有此理，非幻想也。莊子之言，則昌黎所謂荒唐之詞矣。世人以老、莊並稱，尚無區別。

【校記】

〔一〕能□□聖學，『聖學』前兩字模糊不能辨識，原作『非常之人』。

〔二〕此處原有『若子雲之以人品見抑，固其宜也』，後刪去。

〔三〕此處原有『是必躬肩正學、堪承道統者，而後可斥清修之士。若名利聲色之人，斶是猶在清修之下，不當以遁於禪爲非也』，後刪去。

〔四〕此處原有『修省之功少』，後刪去。

家規身矩

孝何以爲百行之原？《禮》曰：『將爲善，思昭父母令名，必果；將爲不善，思貽父母羞辱，必不果。』故人苟知孝，必能去惡就善，以守其身，所以爲百行之原。

父母之所愛亦愛之，父母之所敬亦敬之，故曰『三年無改於父之道，可謂孝矣』。

父母在，不敢有其身，不敢私其財，故曰『好貨財，私妻子，不顧父母之養，不孝也』。至於兄弟財利，不可太分畛域。古人九世同居，所以名垂史冊，雖兄弟分居析爨之後，仍當〔一〕有痛癢相關之意。惟貧不忮求，富能推禮，各尊其道。

凡兄弟家財必有一人經理者，或朘削肥己，必有天殃，非獨致開釁端也。

宗族有貧乏者，售其田園屋宇，必厚其值；　平時周助，量力而行。

宗族有賢者，敬重而表揚之，家之光也。

宗族有不賢者，或以非禮相加，須存忍耐，日久彼必自愧而化於善。

近世有親族爭訟者，甚至親兄弟叔姪構訟。雖有曲直之分，然苟有一人肯讓，何至於此，故至親構訟，無論曲直，皆有不是，稍分輕重而已。其造釁之人，當於宗譜削其名，不齒於族。

『其身正，不令而行；　其身不正，雖令不從。』必身之所爲無不正，人自觀而化之，其有不肖者，責之亦服。若己先不正，而嚴以責人，人豈能心服耶？

有勢力之人不可以勢力加於鄉鄰，況親黨耶？　況宗族耶？　故雖微賤之人，非有大過，切勿輕致於官。

奴僕不可打，亦不可惡言詈罵，皆所以遠禍也。有過則撻之，甚者呵斥而遣之，應給銀錢仍給之，勿因過犯而罰其從前應得之財。

○重利之債不可放，久之亦犯天殃。

○公呈惟舉鄉賢、孝子、節婦等，可以列名，餘皆不宜列。

[佃戶宜少比之，亦從輕。]

起居不可太適意，自奉不可太講究，恐以後處境不齊，難爲繼也。中年雖處佳境，亦當常習勞苦，至老方可稍安。

[以上各條上有紅圈者，已錄示諸兒開拓心胸，卽爲家訓。但戒刊刻，以是語不醇也。戊申七

夕，自記。〕

【校記】

〔一〕此處原有『損有餘，補不足』，後刪去。

作善降祥

○善本於性，而習蔽之。古人作善降祥之説，所以歆動後人，使由外以養中也。蓋任恤者惠及路人，何至虞其親族；放生者愛及魚鳥，何至戕其同類，是充其心之愛也。神像尚拜，何至遺其君親、慢其師長；字紙尚惜，何至毁謗聖賢、蔑視道德，是充其心之敬也。所謂由外以養中也。

○凡天地間一事而千百年不廢者，必其中有至理，不可妄議〔一〕，如勸人爲善之書遍於天下是也〔二〕。

○謂世人善惡冥漠中一一而紀載之，則爲神者將不勝其勞，故有感應之説，言其善惡之氣自爲感召，其説最爲切近。然神之在天下見於祀典，豈無福善禍淫之柄？《中庸》曰『體物而不可遺』，又曰『相在爾室，上不愧於屋漏』，聖賢豈虚語哉？

○無殃卽祥，非必果有美事也。如老者以壽終，幼者得遂長，父子篤、兄弟睦、夫婦和，卽祥莫大焉。

○人之有才智如鳥獸之有爪牙，所以禦患也。若逢人搏噬，則是鷹鸇虎狼，鮮不犯衆怒者。

【校記】

〔一〕原作『非也』，後改作『妄議』。

〔二〕原作『南省』，後改作『天下』。

文章流別

〇松雪稱右軍人品高曠，然觀《蘭亭序》，何其於死生之際有不能釋然耶？ 蓋其時崇尚清談，學宗釋、老，是二家者皆不能無戀者也。宋以後人人誦《論》、《孟》，不復作此等語矣。若陸機誚魏武臨終之語，又所謂『放飯流歠而問無齒決』，唐、宋後人亦不復作此等文。

〇《平淮西碑》，段文昌作不過唐人文體，原無過人處。昌黎仿訓誥體，亦古碑中所僅見，宜見駭於俗目。

〇一奇一偶，本天地自然之數。《易·文言》多用偶句，間亦用韻，既謂之文，其體自應爾也。偶體極於齊、梁，蘇公所謂八代之衰也，故必有昌黎出而振之。然觀唐張說之《華山碑》，參以訓誥，何嘗不雄視一代？ 誰謂偶體必無氣骨耶？

老學菴讀書記

老學蒼讀書記卷一

古本大學輯畧

安溪李文貞《大學古本說》序曰：「《大學》自程、朱更定五百年來，不獨持異議者不允，自金華諸子、元葉丞相、明方學士，以至蔡虚齋、林次崖數公，皆恪守朱學，而羣疑朋興，遞有竄動。所不能泯然於學者之心，《補傳》其最也。」

愚按，先儒不能無疑於《補傳》者，約有數端。一者，『格』字古有訓『至』，未有訓『窮』者。今注云『窮至事物之理』，雖有『至』字，實重『窮』字。至《補傳》曰『在卽物而窮其理也』，又曰『必使學者卽凡天下之物，莫不因其已知之理而益窮之，以求至乎其極』，則全以『窮』字爲重，不合訓詁也。二者，此是大學入門第一層功夫，若必窮至事物之理，而後可從事於正心誠意，則入大學者寡矣。三者，古人立教，原重躬行，專務窮理，轉荒實踐。呂氏大臨因程子言『一草一木亦皆有理，不可不察』，誤以『格物』爲憑虚構想。呂氏卒墮於禪，其流弊也。四者，《大學》本千載以來完備之書，自程子爲分經傳，移其前後，而轉云闕其一章，羣疑朋興，所由來也。

安溪謂『不如舊貫之，仍文從理得』，爰作《大學古本說》。其書節次皆從古本，並無經傳之分。蓋

《大學》全篇，古注本皆云經也。至其不引古注，亦不引朱注，而自爲之說，非於斯道確有所見者不能。惟思文貞之爲此書，將以啓迪來學，非遵先儒舊說，則無所依據。況卽從古本，而『親民』仍作『新民』，不合古注。『格物』之『格』，鄭注訓『來』，既不爲程、朱所取；程、朱訓『窮至』，又爲後儒所疑，文貞亦別無見解。此二者，讀之猶未愜於心，不揣闇劣，節錄鄭、孔注、疏，益以朱注，復採李氏之說，彙爲一編。至『格物』之『格』，則從廬陵胡氏邦衡，訓『格』爲『正』。『親民』之『親』，則取王陽明《傳習錄》之語，仍從古注作『親』。其文皆依古本，其義則博採先儒舊說，間附按語，以抒所見，庶有合於文貞《古本說》之意，以俟後之君子正焉。至古本《大學》載在殿版《十三經注疏》，第《注疏》卷帙浩繁，寒士罕能購讀。乾隆間有單刊古本《大學》，恭錄御製詩冠於卷首。今福州府學尊藏經籍，中有是書，曩余視學閩中，猶得恭讀。則古本之賴以不墜者，實因高廟鑒賞之精，而文貞表章之力亦不少也。

大學之道，在明明德，在親民，在止於至善。

《音義》：『大，舊音泰。』按，大學乃成均造士之地，今以大學對小學言，二說可並存。

鄭康成注曰：大學，以其記博學，可以爲政也。

孔穎達疏曰：『親民，在親愛於民。』朱子引程子曰：『「親」當作「新」。』按，王陽明《傳習錄》曰：『下文「如保赤子」、「民之父母」等語，皆是親之之意。親之卽仁之。說親民，便兼教養意，說新民便覺偏了。』又先儒有言，《康誥》『作新民』，乃在沬土淫酗之俗，故必新之。設逢堯、舜之世，民又安用新哉？《大學》一書垂教萬世，不當偏指薄俗。

安溪李文貞《大學古本說》曰：『《書·金縢》「予小子其新迎」，乃親迎也。程子改「新」，當從之。』按，『親』誤作『新』，惟《金縢》偶一有之。必謂『親』、『新』二字古本相通，何以不見他書？卽《大學》『苟日新，日日新，又日新』、『作新民』，何皆不作『親』耶？讀書苟別有心得，原不妨異其解，而特不可改其文，以明尊經之意。仍當從孔疏，作『親愛於民』解。

朱子曰：此三者，大學之綱領也。

知止而後有定，定而後能靜，靜而後能安，安而後能慮，慮而後能得。

李氏曰：承上『止至善』，而言爲學之基也。知止者未能至之，而知所嚮望歸宿也。定謂志意堅定，靜謂心不外馳，安謂所處而安，慮則下文『格物致知』之事，得則下文『意誠』以下之事也。古之入大學者，皆於小學中涵養啓發者素矣，故不患明善誠身之無本。此節之義，蓋小學、大學之關要也，當爲立志存心端本之事。

物有本末，事有終始，知所先後，則近道矣。

李氏曰：『物卽格物之物，事卽物中之事，知本末終始，則知所先後用力有要。』按，以修、齊言，則身爲本，家爲末。以治、平言，則國爲本，天下爲末，餘可類推。所先，卽下文六個『先』字；所後，卽下文七個『後』字。終始是先後之序。

李氏《古本說》附論曰：『「知止」一節之義與朱子異，何也？下文有格物致知之義，不應於此處頓出。而觀後章所謂『於止，知其所止』者，似爲學者示凖的之語，未遽及於精微也。』按，李氏之解『定』、『静』、『安』與朱子《章句》無異，蓋以朱子『處事精詳』、『得其所止』二語爲遽及精微也。

古之欲明明德於天下者，先治其國。欲治其國者，先齊其家。欲齊其家者，先修其身。欲修其身者，先正其心。欲正其心者，先誠其意。欲誠其意者，先致其知。

孔疏曰：覆説止善之事既畢，故此言明明德之理。

致知在格物。

鄭注曰：此『致』或爲『至』。格，來也。物猶事也。其知於善深則來善物，其知於惡深則來惡物，言事緣人所好來也。

按，此乃以物之來驗其知之善惡，非以吾之知辨物之善惡矣，故不爲程、朱所取。然程、朱雖訓『格』爲『至』，實訓爲『窮』，不合訓詁。又失之過高，十五以上入大學之人無從下手處。昔在閩中，見泉州陳御史慶鏞所藏廬陵胡氏邦衡銓《禮記集説》，其中《大學》一書訓『格』爲『正』，不啻先得我心。歸而作《格物三解》，以爲當從『正』字解。《書》曰：『格其非心。』《論語》：『有恥且格。』古皆訓正。趙岐《孟子注》：『惟大人爲能格君心之非。』亦訓爲正。若以正字訓此格字，則猶言正其事物之理使不差也，與朱子『事至物來，隨其理而應之』之説相合。朱子又嘗曰：『爲學功夫不在日用外，只要分別一個是非，而去彼取此耳。』亦與此相合。蓋辨別是非，尚非難事，與窮至其理者功夫奚啻霄壤，且隨事體驗，不流惝恍。而其詣不至過高，十五以上皆可入大學矣。

胡氏曰：『格有三義，《論語》「有恥且格」，正也。此云格物，亦謂正也。致知，明道也。明道者，必明於物理，使一出於正，是格物也。』按，此説既合訓詁，又足以發明義理，可破千載之疑，當從之。

朱子曰：此八者，大學之條目也。

物格而後知至，知至而後意誠，意誠而後心正，心正而後身修，身修而後家齊，家齊而後國治，國治而後天下平。自天子以至於庶人，壹是皆以修身爲本。其本亂而末治者否矣。其所厚者薄，而其所薄者厚，未之有也。此謂知本，此謂知之至也。

朱子曰：『壹是，一切也。所厚，謂家也。正心以上皆所以修身也，齊家以下則舉此而措之耳。』按，『此謂知本』，結知所先後之意。『此謂知之至』，結物格知至之意。

所謂誠其意者，毋自欺也。如惡惡臭，如好好色，此之謂自謙。故君子必慎其獨也。小人閒居爲不善，無所不至，見君子而後厭然，揜其不善而著其善。人之視己，如見其肺肝然，則何益矣。此謂誠於中，形於外，故君子必慎其獨也。

李氏曰：『格物致知之義，上章盡之，故此章直揭誠意，以爲明德、新民、至善之要也。』又曰：『朱子所補，致知格物一傳耳。然而致知、正心、誠意，其闕自若也。誠意傳文迥然與前後諸章別，來學之疑，有由然矣。』按，此李氏從古本之旨也。

朱子曰：誠其意者，自修之首也。自欺云者，知爲善以去惡，而心之所發有未實也。謙，快也，足也。獨者，人所不知而己所獨知之地也。言欲自修者，知爲善以去其惡，則當實用其力，而禁止其自欺。使其惡惡則如惡惡臭，好善則如好好色，皆務決去，而求必得之，以自快足於己，不可徒苟且以狥外而爲人也。然其實與不實，蓋有他人所不及知而己獨知之者，故必謹之於此以審其幾焉。閒居，獨處也。厭然，消沮閉藏之貌。此言小人陰爲不善而陽欲揜之，則是非不知善之當爲與惡之當去也。但不能實用其力，以至此耳。然欲揜其惡而卒不可揜，欲詐爲善而卒不可詐，則亦何益之有哉？此君子所以重以爲戒而必謹其獨也。

曾子曰：『十目所視，十手所指，其嚴乎。』富潤屋，德潤身，心廣體胖，故君子必誠其意。

鄭注曰：嚴乎，言可畏敬也。胖，猶大也。三者言有實於內，顯見於外。

朱子曰：言雖幽獨之中，而其善惡之不可揜如此，可畏之甚也。

《詩》云：『瞻彼淇澳，菉竹猗猗。有斐君子，如切如磋，如琢如磨。瑟兮僩兮，赫兮喧兮。有斐君子，終不可諠兮。』『如切如磋』者，道學也。『如琢如磨』者，自修也。『瑟兮僩兮』者，恂慄也。『赫兮喧兮』者，威儀也。『有斐君子，終不可諠兮』者，道盛德至善，民之不能忘也。

鄭注曰：此心廣體胖之詩也。澳，隈崖也。菉竹猗猗，喻美盛。斐，有文章貌也。諠，忘也。道，猶言也。恂字或作峻，讀如嚴峻之峻，言其容貌嚴栗也。民不能忘，以其意誠而德著也。

朱子曰：《詩·衛風·淇澳》之篇。切以刀鋸，琢以椎鑿，皆裁物使成形質也。磋以鑢鍚，磨以沙石，皆治物使其滑澤也。治骨角者既切而復磋之，治玉石者既琢而復磨之，皆言其治之有緒而益致其精也。瑟，嚴密之貌。僩，武毅之貌。赫喧，宣著盛大之貌。學，謂講習討論之事。自修者，省察克治之功。恂慄，戰懼也。威，可畏也。儀，可象也。

李氏曰：申上節誠中形外之意。學者，格物致知之事，誠意之端也；自修者，慎獨之事，誠意之實也；恂慄、威儀者，心正身修之事，誠意之驗也。

《詩》云：『於戲，前王不忘。』君子賢其賢而親其親，小人樂其樂而利其利，此以沒世不忘也。

鄭注曰：聖人既有親賢之德，其政又有樂利於民，君子小人各有以思之。

孔疏曰：此廣明誠意之事。《周頌·烈文》之篇，美武王之詩。以文王、武王意誠於天下，故詩人歎美之。

《康誥》曰：『克明德。』《太甲》曰：『顧諟天之明命。』《帝典》曰：『克明峻德。』皆自明也。

鄭注曰：皆自明，明德也。克，能也。顧，念也。諟，猶正也。《帝典》，《堯典》，《尚書》篇名。峻，大也。『諟』或爲『題』。

朱子曰：『顧，謂常目在之也。諟，猶此也，或曰審也。天之明命，卽天之所以與我，而我之所以爲德者也。常目在之，則無時不明矣。』按，《釋名》：『題，諦也。』與朱注或說合。

湯之《盤銘》曰：『茍日新，日日新，又日新。』《康誥》曰：『作新民。』《詩》曰：『周雖舊邦，其命維新。』是故君子無所不用其極。

鄭注曰：『盤銘，刻戒於盤也。極，猶盡也。君子日新其德，常盡心力，不有餘也。』按，朱子解『用其極』爲止於至善，較鄭『盡心力』之説更顯。

孔疏曰：茍，誠也。『作新民』者，成王既伐管、蔡，以殷餘民封康叔，殷人化紂惡俗，使之變改爲新民也。

《詩》云：『邦畿千里，維民所止。』《詩》云：『緡蠻黄鳥，止於丘隅。』子曰：『於止，知其所止，可以人而不如鳥乎？』

鄭注曰：知鳥擇岑蔚安閒而止處之耳，言人當擇禮義樂土而自止處也。《論語》曰：『里仁爲美。擇不處仁，焉得知？』孔疏曰：岑謂巖險，蔚謂草木薈蔚。

朱子曰：緡蠻，鳥聲。《毛詩》作緜。《傳》曰：『緡蠻，小鳥貌。』

李氏曰：引《玄鳥》之詩，明至善之當止也。引《緜蠻》之詩，明止之不可不知也。

《詩》云：『穆穆文王，於緝熙敬止。』爲人君，止於仁；爲人臣，止於敬；爲人子，止於孝；爲人父，止於慈；與國人交，止於信。

鄭注曰：　緝熙，光明也。敬其所以自止處。
朱子曰：　穆穆，深遠之意。緝，繼續也。熙，光明也。

子曰：『聽訟，吾猶人也。必也使無訟乎。』無情者不得盡其辭，大畏民志。
鄭注曰：　情，猶實也。無實者多虚誕之辭。聖人聽訟與人同耳，必使民無實者不敢盡其辭，大畏其心志，使誠其意，不敢訟。
朱子曰：　在我之明德既明，自然有以畏服民之心志，故訟不待聽而自無也。

此謂知本。
鄭注曰：　本，謂誠意也。
孔疏曰：　從『所謂誠其意者』至此章『大畏民志』以上，皆是誠意之事，故云『此謂知本』也。
按，朱子《章句》此處又有『此謂知本』四字，程子曰衍文也。下尚有『此謂知之至也』句，朱子曰：『此句之上别有闕文，此特其結語耳。』按，程子將此二句移在『聽訟』節下，故與古本異。

所謂修身在正其心者，身有所忿懥，則不得其正；　有所恐懼，則不得其正；　有所好樂，則不得其正；　有所憂患，則不得其正。心不在焉，視而不見，聽而不聞，食而不知其味。此謂修身在正其心。
鄭注曰：　懥，怒貌。或作懫，或作疐。

孔疏曰：　或不察而不當於理，則失於正也。

程子曰：　『身有』之『身』，當作『心』。　朱子曰：　蓋是四者，皆心之用而人所不能無者，然一有之而不加察，則欲動情勝，而其用之所行或不能不失其正矣。

李氏曰：　『「身有」之「身」，仍當依舊本。　蓋忿懥之類，以心之發乎身者言也。』按，此當從李說。

所謂齊其家在修其身者，人之其所親愛而辟焉，之其所賤惡而辟焉，之其所畏敬而辟焉，之其所哀矜而辟焉，之其所敖惰而辟焉。　故好而知其惡，惡而知其美者，天下鮮矣。　故諺有之曰：　『人莫知其子之惡，莫知其苗之碩。』此謂身不修，不可以齊其家。

鄭注曰：　之，適也。　辟，猶喻也。　《音義》：　辟音譬。

朱子曰：　之，猶於也。　辟，猶偏也。　諺，俗語也。　溺愛者不明，貪得者無厭，是則偏之爲害，而家之所以不齊也。

按，唐《石經》，『辟』皆作『譬』。　惠氏士奇《大學說》云：　『辟讀如能，近取譬之譬。』之其所親愛而譬焉者，謂遜於志而必求諸非道也，如是則好而知其惡矣。　之其所賤惡而譬焉者，謂逆於心而必求諸道也，如是則惡而知其美矣。　推之畏敬、哀矜、敖惰皆然。

所謂治國必先齊其家者，其家不可教而能教人者，無之。　故君子不出家而成教於國。　孝者，所以事君也；　弟者，所以事長也；　慈者，所以使衆也。　《康誥》曰：　『如保赤子。』心誠求之，雖不中，不

遠矣。未有學養子而後嫁者也。

鄭注曰：養子者推心爲之，而中於赤子之嗜欲也。

朱子曰：孝、弟、慈，所以修身而教於家者也。然而國之所以事君、事長、使衆之道，不外乎此，此所以家齊於上而教成於下也。

李氏曰：凡言治國者，不必皆君之事，士大夫之服官涖衆皆是也。《孝經》曰：『君子之事親孝，故忠可移於君；事兄弟，故順可移於長；居家理，故治可移於官。』正此意也。『不出家而成教於國』，有兩義焉：一則不出家而得其理，一則不出家而行其化。

一家仁，一國興仁；一家讓，一國興讓；一人貪戾，一國作亂，其機如此。此謂一言僨事，一人定國。

鄭注曰：一家、一人，謂人君也。戾之言利也。機，發動所由也。僨，猶覆敗也。《春秋傳》曰：『登戾之。』又曰：『鄭伯之車僨於濟。』『戾』或爲『吝』，『僨』或爲『犇』。

堯、舜率天下以仁，而民從之。桀、紂率天下以暴，而民從之。其所令反其所好，而民不從。是故君子有諸己而後求諸人，無諸己而後非諸人。所藏乎身不恕，而能喻諸人者，未之有也。故治國在齊其家。

鄭注曰：言民化君行也。有於己，謂有仁讓也；無於己，謂無貪戾也。

孔疏曰：於己有仁、讓而後可求人之仁、讓，於己無貪戾而後可非責於人。

朱子曰：此承上文『一人定國』而言。有善於己，然後可以責人之善；無惡於己，然後可以正人之惡。皆推己以及人，所謂恕也。不如是，則所令反其所好，而民不從矣。喻，曉也。

《詩》云：『桃之夭夭，其葉蓁蓁。之子于歸，宜其家人。』宜其家人，而後可以教國人。《詩》云：『宜兄宜弟。』宜兄宜弟，而後可以教國人。《詩》云：『其儀不忒，正是四國。』其爲父子兄弟足法，而後民法之也。此謂治國在齊其家。

孔疏曰：此《周南·桃夭》之篇，論昏姻及時之事。言『桃之夭夭』，少好。『其葉蓁蓁』，茂盛，喻婦人形體少壯，顔色茂盛。之子，是子也。歸，嫁也。『宜兄宜弟』者，《小雅·蓼蕭》篇，美成王之詩。『其儀不忒』，《曹風·鳲鳩》篇。忒，差也。正，長也。

李氏曰：引三詩以申明之，此所以不出家而成教於國也。

所謂平天下在治其國者，上老老而民興孝，上長長而民興弟，上恤孤而民不倍，是以君子有絜矩之道也。

鄭注曰：老老、長長，謂尊老敬長也。恤，憂也。民不倍，不相倍棄也。絜，猶結也，挈也。矩，法也。君子有挈法之道，謂常執而行之。『倍』或作『偝』，『矩』或作『巨』。

朱子曰：絜，度也。矩，所以爲方也。言此三者，上行下效，捷於影響。亦可以見人心之所同，而不可使有一夫之不獲矣。

李氏曰：矩之爲器，以一隅而得四方。君子以治國之一隅而得天下之全理，亦猶是也。

所惡於上，毋以使下；所惡於下，毋以事上；所惡於前，毋以先後；所惡於後，毋以從前；所惡於右，毋以交於左；所惡於左，毋以交於右。此之謂絜矩之道。

鄭注曰：絜矩之道，善持其所有以恕於人耳。治國之要盡於此。

《詩》云：『樂只君子，民之父母。』民之所好好之，民之所惡惡之，此之謂民之父母。

孔疏曰：此《小雅·南山有臺》之篇，美成王之詩也。言能以己化民，從民所欲，則可爲民父母矣。善政恩惠，是民之願好，己亦好之，以施於民，若發倉廩、賜貧窮、賑乏絕是也。苛政重賦，是人之所惡，己亦惡之而不行也。

朱子曰：言能絜矩而以民心爲己心，則是愛民如子，而民愛之如父母矣。

《詩》云：『節彼南山，維石巖巖。赫赫師尹，民具爾瞻。』有國者不可以不慎，辟則爲天下僇矣。

鄭注曰：巖巖，喻師尹之高嚴也。師尹，天子之大臣，爲政者也。言民皆視其所行而則之，可不慎其德乎！邪辟失道，則有大刑。

李氏曰：辟者，好惡之偏也。

《詩》云：『殷之未喪師，克配上帝。儀監於殷，峻命不易。』道得衆則得國，失衆則失國。是故君子先慎乎德。有德此有人，有人此有土，有土此有財，有財此有用。德者本也，財者末也。外本内末，争民施奪。是故財聚則民散，財散則民聚。是故言悖而出者，亦悖而入；貨悖而入者，亦悖而出。

鄭注曰：師，衆也。克，能也。峻，大也。言殷王帝乙以上未失其民，德亦有能配天者，謂天享其祭祀也。及紂爲惡，而民怨神怒，以失天下。監視殷時之事，天之大命持之誠不易也。道，猶言也。用，謂國用也。施奪，施其劫奪之情也。悖，猶逆也。言君有逆命，則民有逆辭；上貪於利，則下人侵畔。

朱子曰：《詩·文王》篇。配，對也。監，視也。結上文兩節之意。德，卽所謂明德。有人，謂得衆。有土，謂得國。有國則不患無財用矣。人君以德爲外，以財爲内，則是争鬬其民，而施之以劫奪之教也。蓋財者人之所同欲，不能絜矩而欲專之，則民亦起而争奪矣。外本内末，故財聚；争民施奪，故民散。反是則有德而有人矣。自『先慎乎德』以下至此，又因財貨以明能絜矩與不能者之得失也。

李氏曰：以財用之聚散，明同民好惡之實也。

《康誥》曰：『惟命不於常。』道善則得之，不善則失之矣。

鄭注曰：天命不於常，言不專祐一家也。

《楚書》曰：『楚國無以爲寶，惟善以爲寶。』

鄭注曰：楚昭王時書。善人爲寶，謂觀射父、昭奚恤也。

舅犯曰：『亡人無以爲寶，仁親以爲寶。』

鄭注曰：舅犯，晉文公舅狐偃。亡人，謂文公也。時辟驪姬之讒，亡在翟。仁親爲寶，明不因喪規利也。

朱子曰：事見《檀弓》。此兩節明不外本而内末之意。

《秦誓》曰：『若有一个臣，斷斷兮無他技，其心休休焉，其如有容焉。人之有技，若己有之；人之彦聖，其心好之，不啻若自其口出。寔能容之，以能保我子孫黎民，尚亦有利哉。人之有技，媢疾以惡之；人之彦聖，而違之俾不通。寔不能容，以不能保我子孫黎民，亦曰殆哉。』

鄭注曰：斷斷，誠一之貌。有技，才藝之技也。『若己有之』、『不啻若自其口出』，樂人有善之甚也。美士爲彦。黎，衆也。尚，庶幾也。媢，妒也。違，猶戾也。俾，使也。不通，不通於君也。殆，危也。『彦』或作『盤』。

唯仁人放流之，迸諸四夷，不與同中國。此謂唯仁人爲能愛人，能惡人。

鄭注曰：如舜放四罪，而天下咸服。

朱子曰： 迸，猶逐也。 以其至公無私，故能得好惡之正如此也。

見賢而不能舉，舉而不能先，命也；見不善而不能退，退而不能遠，過也。

鄭注曰： 命讀爲慢，聲之誤也。

朱子曰： 知所愛惡矣，而未能盡愛惡之道，蓋君子而未仁者也。

好人之所惡，惡人之所好，是謂拂人之性，菑必逮夫身。

鄭注曰： 拂，猶佹也。 逮，及也。

朱子曰： 拂，逆也。 好善而惡惡，人之性也。 至於拂人之性，則不仁之甚者也。 自『《秦誓》』至此，又申言好惡公私之極，以明上文所引《南山有臺》、《節南山》之意。

李氏曰： 又以用人之得失，明同民好惡之實也。

是故君子有大道，必忠信以得之，驕泰以失之。

朱子曰： 君子，以位言之。 道，謂居其位而脩己治人之術。 發己自盡爲忠，循物無違爲信。 驕者矜高，泰者侈肆。 此因上所引《文王》、《康誥》之意而言。 章内三言得失，而語益加切，蓋至此而天理存亡之幾決矣。

生財有大道，生之者衆，食之者寡，爲之者疾，用之者舒，則財恆足矣。

朱子引呂氏曰：『「國無遊民，則生者衆矣；朝無倖位，則食者寡矣；不奪農時，則爲之疾矣；量入爲出，則用之舒矣。」此因有土有財而言，以明足國之道在乎務本而節用，非必外本內末而後財可聚也。』

仁者以財發身，不仁者以身發財。

鄭注曰：發，起也。

朱子曰：仁者散財以得民，不仁者亡身以殖貨。

未有上好仁而下不好義者也，未有好義其事不終者也，未有府庫財非其財者也。

朱子曰：上好仁以愛其下，則下好義以忠其上，所以事必有終，而府庫之財無悖出之患也。

孟獻子曰：『畜馬乘，不察於雞豚；伐冰之家，不畜牛羊；百乘之家，不畜聚斂之臣。與其有聚斂之臣，寧有盜臣。』此謂國不以利爲利，以義爲利也。

鄭注曰：孟獻子，魯大夫仲孫蔑也。畜馬乘，士初試爲大夫也。伐冰之家，卿大夫以上喪祭用冰。百乘之家，有采地者也。雞豚、牛羊，民所蓄養以爲財利者。國家利義不利財，盜臣損財耳，聚斂之臣乃損義。《論語》曰：『季氏富於周公，而求也爲之聚斂。「非吾徒也，小子鳴鼓而攻之可也。」』

長國家而務財用者，必自小人矣。

鄭注曰： 務聚財用者必忘義，是小人所爲也。

朱子曰： 自，由也。言由小人導之也。

彼爲善之，小人之使爲國家，菑害並至。雖有善者，亦無如之何矣。

鄭注曰： 彼，君也。君欲以仁義善其政，而使小人治其國家，患難猥至。雖云有善，不能救之，以其惡之已著也。

朱子曰： 『「彼爲善之」句上下疑有闕文誤字。』按，古無其説。

此謂國不以利爲利，以義爲利也。

朱子曰： 此章之義，務在與民同好惡而不專其利，皆推廣絜矩之意也。能如是，則親賢樂利各得其所，而天下平矣。

李氏曰： 申明財用之道，而以用人結之。蓋天下治亂存乎民，民心聚散存乎財，理財公私存乎人。所用之人善否，則存乎君心義利之間而已。

老學菴讀書記卷二

易錯綜卦圖

《繫辭傳》曰：『參伍以變，錯綜其數。』故凡卦，陰陽相對謂之錯，倒轉其體謂之綜，六十四卦兩卦相連者非錯卽綜也。如上經《乾》與《坤》，《坎》與《離》，《頤》與《大過》，皆爲錯卦。下經《中孚》與《小過》亦爲錯，餘皆綜卦，統名反對。《震》與《巽》爲錯而《震》、《艮》同列，《兌》與《艮》爲錯而《兌》、《巽》同列，皆不取錯而取綜。惟上經《否》、《泰》，下經《旣濟》、《未濟》，體兼錯綜。至《說卦傳》『天地定位』一章，始以天地、山澤、雷風、水火並舉，則八卦皆取錯矣，故曰八卦相錯。知此則『天地定位』一章，聖人固自言其爲錯卦矣，又何先天方位之疑哉？下節云『雷以動之，風以散之，雨以潤之，日以晅之，艮以止之，兌以說之，乾以君之，坤以藏之』，仍是兩卦並舉，皆爲錯卦，故演此圖。

上經

乾䷀乾下乾上　坤䷁坤下坤上　此二卦爲錯

屯䷂震下坎上　蒙䷃坎下艮上　以下綜卦八

需䷄乾下坎上　訟䷅坎下乾上

師䷆坎下坤上　比䷇坤下坎上

小畜䷈乾下巽上　履䷉兑下乾上

泰䷊乾下坤上　否䷋坤下乾上　此二卦兼錯綜

同人䷌離下乾上　大有䷍乾下離上　以下綜卦十四

謙䷎艮下坤上　豫䷏坤下震上

隨䷐震下兑上　蠱䷑巽下艮上

臨䷒兑下坤上　觀䷓坤下巽上

噬嗑䷔震下離上　賁䷕離下艮上

剝䷖坤下艮上　復䷗震下坤上

無妄䷘震下乾上　大畜䷙乾下艮上

頤䷚震下艮上　大過䷛巽下兑上　此二卦爲錯

坎䷜坎下坎上　離䷝離下離上　此二卦爲錯

下經

咸䷞艮下兑上　恒䷟巽下震上　以下綜卦三十

遯䷠艮下乾上　大壯䷡乾下震上

晉䷢坤下離上　明夷䷣離下坤上

家人䷤離下巽上　睽䷥兌下離上

蹇䷦艮下坎上　解䷧坎下震上

損䷨兌下艮上　益䷩震下巽上

夬䷪乾下兌上　姤䷫巽下乾上

萃䷬坤下兌上　升䷭巽下坤上

困䷮坎下兌上　井䷯巽下坎上

革䷰離下兌上　鼎䷱巽下離上

震䷲震下震上　艮䷳艮下艮上

漸䷴艮下巽上　歸妹䷵兌下震上

豐䷶離下震上　旅䷷艮下離上

巽䷸巽下巽上　兌䷹兌下兌上

渙䷺坎下巽上　節䷻兌下坎上

中孚䷼兌下巽上　小過䷽艮下震上　此二卦爲錯

既濟䷾離下坎上　未濟䷿坎下離上　此二卦兼錯綜

周易集解異文

唐李祕書鼎祚《周易集解》，其文有與世傳本異者，錄之以備參考。

乾

不易世，不成名。

九四：重剛而不中。

坤

爲其兼於陽也。陰陽合居，故曰兼陽。

訟

終朝三拕之。侯果曰：「《乾》爲衣、爲言，故『以《訟》受服』。」應在三，三變時，《艮》爲手，故云「三拕」。

比

《彖》曰：「《比》，吉也。《比》，輔也。」

小畜

車說輹。按，車與輿同。

履

履虎尾，不咥人，亨利貞。

視履考詳。

泰

包巟。巟，虚也。

否

繫於包桑。京房曰：「桑有衣食人之功，聖有天覆地載之德，故以喻。」鄭曰：「文王囚羑里，而終免於難。」

同人

《同人》曰『同人於野，亨，利涉大川』，《乾》行也。

大有

大轝以載。

匪其尩，無咎。故無咎。虞氏曰：『《震》折足，故尩。變而得正。』《象》曰：『明辯折也。』虞氏曰：『折之離，故「明辯折也」。』

謙

君子以捊多益寡。虞曰：『君子謂三。捊，取也。《艮》爲多，《坤》爲寡，《乾》爲物、爲施，《坎》爲平。』

豫

勿疑，朋盇戠。舊讀作撍、作宗也。《兑》爲朋，《坤》爲衆，《坎》爲聚，衆陰並應，故『朋盇戠』。盇，合也。

噬嗑

噬昔肉，遇毒。

剝

剝。無咎。君子德車。虞曰：『《夬》、《乾》爲君子、爲德；《坤》爲車、爲民。《乾》在《坤》，故以德爲車。』

大畜

《象》以『剛健篤實，煇光日新』爲句。其德剛上而尚賢，能健止，大正也。

君子以多志前言往行。虞曰：『《乾》爲言，《震》爲行，《坎》爲志。』

輿說腹。《坤》爲腹，或作輹。

坎

王公設險，以守其邦。

內約自牖。虞曰：『《艮》爲牖。』《象》曰：『「樽酒簋」，剛柔際也。』

離

如，其來如。按，逆子也。

咸

咸其母。虞曰：『足大指也。』

晉

君子以自照明德。

悔亡。

矢得，勿恤。荀爽曰：『《離》者，射也，故曰矢。』虞曰：『動之《乾》，《乾》爲慶，故曰「往有慶也」。』

睽

見輿曳，其牛掣。虞曰：『牛角一低一仰，曰「掣」。』

先張之弧，後說之壺。虞曰：『《離》爲矢，張弓之象。《兑》爲口，《離》爲大腹，《坤》爲器，《坎》酒在中，壺之象也。』

解

雷雨作而百果草木皆甲宅。

解而母。虞曰：『二動時《艮》爲指，四變之《坤》爲母。』

損

祀事遄往。

益

利用爲依遷邦。

莫益之，偏辭也。偏，周帀也。

姤

羸豕孚蹢躅。

以杞苞瓜。

萃

《象》曰：『「利見大人，亨」，聚以正也。「利貞，用大牲，吉」。』

齎資涕洟，無咎。

困

『不見其妻』，不詳也。

來荼荼，困於金轝。

井

《象》曰：『乃以剛中也。「無喪無得。往來井井，汔至，亦未繘井」。』

鼎

其刑渥。《九家易》曰：『鼎者三足，猶王公承天子也。鼎餗覆，三公不勝其任也。渥者，厚大，言辠重也。』

艮

『不拯其隨』，未違聽也。

厲閽心。《象》曰：『危閽心也。』虞曰：『《艮》爲閽。閽，守門人。《坎》爲心，《坎》盜動門，故「危閽心」。』

《艮》其輔，言有孚。

歸妹

眇而視。

豐

遇其妃主。按，妃與配同。

『豐其屋』，天際祥也。孟喜曰：『天降下惡祥也。』

節

不節若，則差若。按，差古通嗟。

未濟

三年有賞於大邦。虞曰：『變之《震》，體師，《坤》爲鬼方。《坤》爲年、爲大邦。《離》三，故「三年有賞」。』

繫辭

天地壹壺，萬物化醇。按，壹壺即絪緼。

説卦

《震》爲馵，爲專。其於人也爲宣髮。虞氏曰：『爲白，故「宣髮」。馬氏以爲寡髮，非也。』

其於木也爲折上稾。

爲拘。

爲羔。羔，女使，皆取位賤，故『爲羔』。舊讀以『《震》馵爲龍，《艮》拘爲狗，《兑》羔爲羊』，皆已見上。此爲再出，非孔子意也。

雜卦

《謙》輕而《豫》怡也。薦樂祖考，故怡怡。

中庸鍥補

《爾雅·釋詁》：『庸，常也。』許氏《説文》：『庸，用也。』鄭康成曰：『以其記中和之爲用也。庸，用也。』古訓昭然，不可易矣。自河南程氏以記問之學爲翫物喪志，故一切訓詁之書槩可勿論。若此者，誠不害其爲修身，而特未可以説經。蓋自漢以來，大儒説經未有不依訓詁者也。

程子以『中庸』之『庸』爲『不易』，又云『定理』，皆古訓所未聞。朱子於『庸德』、『庸言』仍曰：『庸，平常也。』獨於篇首猶從程子之言，並於《中庸或問》曰：『惟其平常，故可常而不可易。』圓通其説，意在尊程子也。故又云：『但謂不易，則必要於久而後見，不若謂平常，則直驗於今之無所詭異。』蓋朱子意中仍當從古訓矣。《書》曰：『維皇上帝，降衷於下民，若有恆性。』即所謂天命之性也。鄭注曰：『是謂性命，木神則仁，金神則義，火神則禮，水神則信，土神則智。』以五行、五常言性，即是人所受於天者。朱子曰：『性卽理也。』蓋本程子。

按，《説文》，『理』乃玉之文理，亦作治理解。因其有條理之意，當與『道』字相通，故或曰天道，或曰天理，其義一也。古訓未有作『性』者。《易》曰：『窮理盡性，以至於命。』如果性卽是理，聖人何以舉理與性、命並列爲三？ 朱子亦云：『健順五常之德，所謂性也。』惟因程子言『性卽理』，故迂迴以就其說耳。程子言『性分義理、氣質』。鄭氏曰『性者生之質』。按，此蓋言與生俱來，當賅義理、氣質在內。至率性時，自有辨別以定其趨向。既謂之道，必不遑其氣質以汨其義理。下文『戒懼』、『慎獨』，正是率性功夫。鄭言五行則氣質也，言五常則義理也，不可偏廢。至鄭云『天所命生人者』，而朱子必曰『人物之生』，何也？ 豈以下文有『盡人性』、『盡物性』，故必兼物而言以見包括耶？ 然此章方將以戒懼、慎獨鞭迫人心，所謂性道者，似未可兼物而言。

性有上、中、下三品，韓子言之詳矣。然善者多、惡者少。故孟子曰性善，就其多者言之也。孔穎達曰『聖人以降至愚人，分爲九等』，孔子曰『唯上知與下愚不移』，又云『性相近，習相遠』，亦據此中人七等也。《論語》『中人以上』章，邢氏疏亦云：『人才之識，凡有九等。』

鄭氏曰：『中爲大本，以其含喜怒哀樂，禮之所由生，政之所自出也。』朱子詮『教』字亦曰：『若禮樂刑政之屬。』蓋禮樂刑政卽喜怒哀樂之所發，苟能發皆中節，自然致位育之功。而於『致中和』節，又云『初非有待於外，而脩道之教亦在其中』，與前說自相矛盾。信如此，則是聖人在下，不操禮樂刑政之權，亦能致位育之功矣。何以春秋時有孔子，未聞天地位、萬物育耶？ 讀《中庸或問》，朱子未嘗不見及此，特以求之太深而轉落空虛耳。《或問》費許多斡旋，而終未允當。孔穎達曰：『人君能致中和，使陰陽不錯，則天地得其正位；生成得理，故萬物樂其長育。』專指人君說，雖淺近而得當矣。

戒懼與慎獨，原非兩事。朱子分位、育之效，謂一自戒懼中來，一自慎獨中來，又以『中』專屬天地，『和』專屬萬物，俱不可解。按，『保合太和』，天地之和也。『人受天地之中以生』，萬物之中也。天地豈有中而無和？萬物豈有和而無中？《或問》又曰：『未有天地位而萬物不育者，亦未有天地不位而萬物自育者。』信如此言，則位、育不分兩事，又何必以中、和分屬位、育乎？

『執其兩端』，古注以過、不及爲兩端。朱子承上『隱惡揚善』，言『於善之中又執其兩端，而量度以取中，然後用之』。陳義高矣，但恐未必有兩端之善待舜執中，似不若過、不及爲中庸應有之義。蓋過、不及皆不可用者也，隱其過、不及，自必用其中矣。

『知、仁、勇三達德，所以行之者一也』，『一』字義，古注未詳，朱子曰『誠也』。『凡爲天下國家有九經，所以行之者一也』，古注曰『豫也』，蓋因下文有『凡事豫則立』耳。朱子亦曰『誠也』。按，誠爲中庸之本，此兩『一』字非朱子不能知之確而斷之明。

『動乎四體』，鄭注云：『龜四足也。春占後左，夏占前左，秋占前右，冬占後右。』按，上云蓍龜，下不應單指龜說，不若朱注『如執玉高卑，其容俯仰之類』指人說爲允當。

《中庸》分三十三章，始於朱子。後儒議之者，謂古本自『誠者自成也』至『悠也，久也』爲一章，今以『故時措之宜也』止爲二十五章，『故至誠無息』合下『今夫天』、『維天之命』爲二十六章，一章之首用『故』字起，爲他書所罕見。又以言天道、言人道，古無其説爲疑。蓋皆本於程子。

中庸解

《中庸》『率性之謂道』，鄭注：『率，循也。』朱子《中庸輯畧》因之。惟自程子宗孟子性善之説，云『人性皆善而氣稟或異，故不能無過、不及之差』，不復分上知、下愚、中人爲三等，直視爲所差止過、不及耳。朱子宗之，雖訓『率』爲『循』，與鄭注同，而《中庸或問》云：『吾之性，所以純粹至善，而非若荀、揚、韓子之所云也。所謂性者，無一理之不具，故所謂道者，不待外求而無所不備。所謂性者，無一物之不得，故所謂道者，不假人爲而無所不周。雖鳥獸草木之生，僅得形氣之偏，然其知覺運動，榮悴開落，亦皆循其性而各有自然之理焉。』按，此言循性直是任其自然，率性中毫無功夫。果如是，何必戒懼、慎獨，用此苦功耶？又云：『虎狼之父子，蜂蟻之君臣，豺獺之報本，雎鳩之有別，則其形氣之所偏，又反有以存其義理之所得，尤可見天命之本然初無間隔，而所謂道者亦未嘗不在是也。是豈有待於人爲，而亦豈人之所得爲哉？』則更以人之率性與禽獸無異，幾等於牛之性猶人之性矣。

按，孟子言性善，言其本善也，非言其無不善也。故曰：『乃若其情，則可以爲善矣，乃所謂善也。』又曰：『若夫爲不善，非才之罪也。』程子改爲『皆善』，不免語落邊際。而其流失，遂至於此。竊謂天命之性，人力無所施，此章當以率性爲重。彼荀子固言性惡，揚子固言善惡混矣。至韓子言『性有上、中、下三等』，乃本孔子之言，非韓子之言也。性相近，習相遠者，中人也。不移者，上知下愚也。而《或問》云『吾之性，所以純粹至善，而非若荀、揚、韓之所云』，愚不解也。按，上知、下愚、中人皆當循性以求道，而人性既有上、中、下之等差是非，上知斷不能任意而行，皆師乎道。故必於幽獨中辨於微茫，審於疑似，如行路然，不使誤入歧途，而後能引之歸於正道也。故『道也者』二節，實爲率性功夫。若云所謂道者不假人爲，等於鳥獸草木之自生自死，又安用戒慎、恐懼、慎獨爲耶？

至『脩』字，鄭訓爲『治』，本無不合。而朱子改爲『品節』，不知如何爲品節，似不若訓治之明而易解也。其以教爲禮樂刑政，是也。喜怒哀樂發之爲禮樂刑政，發皆中節，則禮樂刑政無不當而天地位、萬物育矣。《中庸》本治天下之書，不極之位育，不足極其功能，原指聖人乘時得位而言。乃《輯畧》云『初非有待於外，而脩道之教亦在其中』，又若無須乎禮樂刑政者，前後自相矛盾，總由索之過深，轉落空虛。

《或問》又云：『然則當其不位不育之時，豈無聖賢生於其世，乃不能救其一二，何耶？』若曰：『但能致中和於一身，則天下雖亂，而吾身之天地萬物不害爲安泰。』信如此，今天下安，賴有聖人乎？《中庸》九經、三重，豈指聖人窮而在下者言乎？至其以天地位屬中，萬物育屬和，然則大本之中可以位天地而不足育萬物，達道之和可以育萬物而不足位天地乎？愚按，『保合太和』，天地之和也。『人受天地之中以生』，萬物之中也。安在位天地之功不在和，育萬物之功不在中乎？此《或問》所謂破碎之甚者，誠不免焉。而朱子辨之曰：『未有天地已位而萬物不育者，亦未有天地不位而萬物自育者。』

則又先位而後育，非中和並致矣。此乃析之太細，而入於歧。故明理之言但求其當，以俟夫人之自得可矣。索之過深，析之太細，古人弗尚也。

愚嘗讀鄭、孔注疏，竊謂語雖淺近，亦足發明聖意，而使人自得之矣。至讀『仲尼祖述堯、舜』，鄭、孔皆以孔子志在《春秋》，行在《孝經》，故以『上律天時』謂指《春秋》編年紀月，『下襲水土』謂紀諸夏之事、山川之異，『小德川流』謂喻諸侯，『大德敦化』謂喻天子，『唯天下至聖，爲能聰明睿知』節謂傷孔子有德而無其命，『唯天下至誠』爲能經綸天下之大經、立天下之大本。謂『至誠，孔子也；大經，六藝而指《春秋》也；大本，《孝經》也』，其說支離，恐非子思本意。朱子則曰：『律天時者，法其自然之運；襲水土者，因其一定之理；大經者，五品之人倫；大本者，所性之全體也。』何等直截痛快！始嘆《中庸》一書，非朱子莫能注。所不滿於首章者，大致沿程子人性皆善之言，遂視率性中毫無功夫，使『道也者』二節實義拋荒，而其以位、育分屬中和，亦有未盡善者歟。

中庸輯畧或問辨疑

朱子因石氏整舊說爲《中庸輯畧》，又作《或問》以釋其疑。今讀其書，說理處勝於先儒，由其見理明而筆足以達之也。至於分章之次，前賢有以『故至誠無息』一章起句卽用『故』字，爲他書所未有，因疑三十三章難爲定論。按，古本原有段落，其意相承，並無分章。至河南程氏好取古書强分經傳，並以意分章，甚至疑有錯簡，顛倒前後，而經籍爲之一亂。其尤甚者，《大學》爲千載完善之書，一經更定，而轉闕其一章。朱子爲補之，自董槐、葉夢鼎至蔡虚齋諸公而下議之者紛然。至我朝安溪李文貞始著《大學古本説》，謂『不如舊貫之，仍文從理得』。文貞生於閩，服膺朱子之學，惟其信之深，故不得不爲之辨，其言曰『將以待千載以後之朱子也』。自是而《大學》之當從古本已有定論矣。《中庸》一書次第雖無錯亂，惟分章不免師心，至其訓釋，則首章尤多可議。《書》曰：『惟皇上帝，降衷於下民，若有恒性。』性所以爲天命也。鄭康成注云：『性者生之質。』今曰『性卽理也』。按，理乃玉之文理，或借作治理、條理解，則猶言道也。古未有以『理』字訓性者。

《易》曰：『窮理盡性，以至於命。』如果理與性爲一物，則言窮理不當再言盡性矣。惟《樂記》『滅天理而窮人欲』，鄭氏曰：『天理猶言性也。』然必有一『天』字方可云『猶言性』，未可但以『理』字爲卽性也。程子以記問之學比於翫物喪志，故自《爾雅》以來一切訓詁之書皆視爲無用而斷以己意，如訓『庸』爲『定』，又爲『不易』之類是也。朱子於『庸德』、『庸言』既從古訓爲『平常』矣，而於篇首仍不敢改『定』與『不易』之文者，所以尊其四傳之師也。程子所以訓性爲理者，則以從孟子言性善。若依鄭説，謂生之質，則未必皆善，故必以『理』字代之，明其有善無惡。而又分出理、氣二字，謂義理之性無不善，其有不善者乃氣質之性也。試問性之能知覺運動者，非卽能行仁義禮智之性耶？一人之身安得有二性？義理、氣質兩相附麗，氣質消亡，義理安附耶？然則何謂性？曰：『天命之謂性』。子思已自言之，未可別參一解也。惟其性不皆善，故必率之以至於道。率性大有功夫，卽『戒慎』、『恐懼』與『慎獨』二節之用心是也。《輯畧》於此處並未暢言其旨，《或問》又牽混入『修道之教』，何耶？韓子曰『性之品有上、中、下三等，上焉者善而已矣，中焉者可導而上下也，下焉者惡而已矣』。是卽孔子所謂『性相近，習相遠』、『唯上知與下愚不移也』。《注疏》亦云：『性有九等，上智下愚而外，其中有七等也。』孟子云性善，蓋誘人使無自棄而已。由孔子之言觀之，則性善之論偏也。如其皆善，孔子何不曰『性相同也』，而云『相近』，又云『上知下愚不移』乎？則知一中人之性，因習而移，故率性之功必當辨於微茫，根於慎獨，方能正本清源，不使走差道路，然後中人可移於上，而不移於下也。子思教人之意，當以率性爲重，『道也者』二節實爲率性功夫。至於『修道之教』，則就治人言之，《輯畧》所謂『若禮樂刑政之屬』是也。夫禮樂刑政，喜怒哀樂之所發也。發皆中節，則禮樂刑政各得其宜，而中和致矣。中和致而天地位，萬物育矣。《輯畧》既以教爲禮樂刑政矣，然不於喜怒哀樂中推出禮樂刑政之中節，乃於『位育』節云『初非有待於外，而修道之教亦在其中』，直似無須禮樂刑政者，索之過深，轉落空虛。按，《中庸》一書，九經、三重莫非治天下之道，不極之日月不過、四時不忒，慶雲見、醴泉出，不足以言天地位；不極之民康物阜、兵革不試，山出器車、河出馬圖，不足以言萬物育。若云聖人不得位而亦可致位育之功，則春秋時有孔子，生於魯襄公之二十二年，至昭公三十一年孔子年已四十矣。何自定公元年至哀公十四年，日有食之者三，地震者一，列國弑其君者二，鼷鼠食郊牛者二，桓、僖宮災一，螽三，隕霜殺菽一，至西狩獲麟而曰『吾道窮矣』？其時天地何嘗位，萬物何嘗育耶？《輯畧》亦自知其說之不可通，又於《或問》言：『但能致中和於一身，則天下雖亂，而吾身之天地萬物不害爲安泰。』愚按，如此言則天下安賴有聖人？恐非《中庸》九經、三重治天下之意也。又以天地位本於中，萬物育本於和，不知『保合太和』非天地之和乎？『受中定命』非萬物之中乎？天地萬物，各備中和，二者不當强爲分屬。《或問》所謂破碎之甚者，誠不免焉。乃又爲之解曰：『未有天地已位而萬物不育者，未有天地不位而萬物自育者。特各有所從來，不可紊耳。』然則大本之中，能感天地而不能感萬物；達道之和，能感萬物而不能感天地，有是理乎？至以中爲出於戒懼，和爲出於慎獨，更不可解矣。此章爲《中庸》之首而《輯畧》、《或問》說得如此支離，不如從孔穎達《正義》『人君能致極中和，使陰陽不錯，則天地得其正位焉；生成得理，則萬物遂其養育焉』，顯而易明，轉爲確當。蓋說理之言愈深而愈晦，愈析而愈歧也。

名篇之義，鄭氏曰：『以其記中和之爲用也。庸，用也。』

『小人之中庸也』，王肅本作『小人之反中庸也』。鄭注曰：『君子而時中者，其容貌君子，而又時節其中也。小人而無忌憚者，其容貌小人，而又以無畏難爲常行，是反中庸也。』朱子曰：『以其爲君子之德，而又能隨時以處中；以其有小人之心，而又無所忌憚也。』按，君子、小人豈在容貌？自不如朱子以德與心言之爲切理矣。

『不變塞焉』，鄭注：『塞，實也。』《輯畧》云『不變未達之所守』，蓋以塞爲通塞之塞。愚按，許氏《說文》，塞下無土者訓窒，爲通塞之塞。去土加心者，引《虞書》『剛而塞』，訓實也。今《書》『剛而塞』亦從土不從心，此塞字宜從鄭氏訓實。

『體物而不可遺』，鄭注：『體，猶生也。言萬物無不以鬼神之氣生也。』《輯畧》曰：『是其爲物之體。』又曰：『其言體物，猶《易》所謂「幹事」。』《或問》又曰：『如木之有幹，而後枝葉有所附而生。』按，二說當以《輯畧》爲長。

『上祀先公』，《音義》：『組紺，太王之父。亦曰諸盩。』

『序爵』，鄭注：『公、卿、大夫、士也。』《輯署》：『公、侯、卿、大夫也。』蓋二王之後，亦來助祭。《詩》曰『相維辟公』，故以侯易士。

『序事』，鄭謂『薦羞也』，《輯署》曰『宗祝有司之職事』。按，廟中執事甚多，不獨薦羞，《輯署》爲該備。

『示諸掌』，鄭云：『示讀如寘。寘，置也。物在掌中，易爲力也。』《輯署》曰：『示與視同，言易見也。』按，示與寘古不通用，《說文》：『示，天垂象，見吉凶，所以示人也。』據此卽可作示人解，不必云『與視同』也。

『人道敏政』，鄭云：『敏，勉也。』《輯署》：『速也。』意同。

『蒲盧』，鄭云『蜾蠃，土蜂。《詩》曰「螟蛉有子，蜾蠃負之」，螟蛉，桑蟲也。蒲盧取桑蟲之子去而變化之，以成爲己子。』《輯署》從沈括說，爲蒲葦，易生之物，蓋承上文『地道敏樹』而言。

『所以行之者一也』，孔疏曰：『百王以來，古今不變也。』《輯署》曰：『一則誠而已矣。』又『凡爲天下國家有九經，所以行之者一也』，鄭曰：『當豫也。』《輯署》亦訓一爲誠，乃得《中庸》一書之要旨。

『體羣臣』，鄭注：『體，接納也。』太淺。孔氏曰『與之同體』，近矣。《輯署》曰：『設以身處其地，而察其心。』又引呂氏曰『視羣臣猶吾四體』，乃親切而明白矣。

『變則化』，鄭曰：『變之久則化而性善也。』孔云：『既感動人心，漸變惡爲善。變而既久，惡人全化爲善人。』按，此『化』字乃化民成俗，大有實際。《輯署》曰『化，則有不知其所以然者』，乃是神化之化，轉落空虛。

『禎祥妖孽』，《音義》：『《左傳》云：「地反物爲妖。」《說文》作䄏。「衣服、歌謠、草木之怪謂之䄏，禽獸、蟲蝗之怪謂之蠥。」《說文》作蠥。』孔氏曰：『國本有今異曰禎，本無今有曰祥。如本有雀，今來赤雀，是禎也。本無鳳，今來鳳，是祥也。妖孽如魯鸜鵒來巢，周幽王二年三川皆震，伯陽父曰：「周將亡矣。昔伊、洛竭而夏亡，河竭而商亡。」周惠王十五年有神降於莘，莘，虢國地，內史過曰：「夏之興也，祝融降於崇山；其亡也，回祿信於聆隧。商之興也，檮杌次於丕山；其亡也，夷羊在牧。周之興也，鸑鷟鳴於岐山；其衰也，杜伯射宣王於鎬。今虢多涼德，虢必亡也。」』《輯畧》但云：『禎祥者福之兆，妖孽者禍之萌。』朱子非忽於典故，謂古人已有言之者，毋庸贅耳。不料後世讀朱子之書，遂不讀古人之書也。

『故至誠無息，至純亦不已』爲二十六章，一章之首卽用『故』字，他書未見。先儒有以此議分三十三章之未可信者。細觀文義，仍當從《注疏》，自『誠者自成也』至『悠也，久也』爲一段，自『今夫天』至『純亦不已』爲一段。

華嶽，《爾雅·釋山》曰：『河南華，河西嶽，河東岱，河北恆，江南衡。』郭璞注：『嶽，吴嶽。』邢疏：『此中國名山也。』《周禮·職方氏》：『河南曰豫州，其山鎮曰華山。正西曰雍州，其山鎮曰嶽山。正東曰兖州，其山鎮曰岱山。正北曰并州，其山鎮曰恆山。正南曰荊州，其山鎮曰衡山。』鄭注曰爲五嶽。華在華陰縣界，吴嶽在西河之西，一名西嶽，卽《禹貢》之汧山，漢《志》云『扶風汧縣，吴山在西，古文以爲汧山』是也。《釋山》又云：『泰山爲東嶽，華山爲西嶽，霍山爲南嶽，恆山爲北嶽，嵩高爲中嶽。』注：『霍卽天柱山，恆卽常山，嵩卽太室山。』邢疏云：『漢武帝移嶽神於天柱，亦爲霍山。』郭注云：『霍山在廬江灊縣西南，別名天柱。漢武帝因衡山遼曠，移其神於此。今土人皆呼爲南嶽。』霍、衡非一山也，今稱五嶽者，皆數嵩而不數吳嶽云。《輯畧》未詳，故附於此。

『尊德性』節，《注疏》謂『廣大如地，高明如天』，固不免泥於上章之說。《輯畧》以尊德性、道問學爲提綱，而截斷下四句，以致廣大、極高明、溫故、敦厚、屬存心爲尊德性之事，以盡精微、道中庸、知新、崇禮、屬致知爲道問學之事，前賢議之者亦不少矣。後得歸震川說曰：『此章當似《皋陶謨》「寬而栗」數句，其功皆所以相濟，不必以尊德性而道問學爲綱，而以下四句分屬之也。』得此論，始渙然冰釋，怡然理順矣。

『杞不足徵也』，鄭曰：『徵，明也。』不若《輯畧》云『證也』。

『仲尼祖述堯、舜』四句，鄭云：『此以《春秋》之義說孔子之德。祖述堯、舜之道而制《春秋》，而斷以文王、武王之法度。律，述也。謂編年，四時具也。襲，因也。謂紀諸夏之事、山川之異。』《輯畧》曰：『祖述者，遠宗其道。憲章者，近守其法。律天時者，法其自然之運。襲水土者，因其一定之理。皆兼內外、該本末而言。』並未指作《春秋》說，可謂能見其大、不落邊際。

『辟如天地之無不持載』四句，鄭注云：『聖人制作，德配天地，惟五始可以當之。』按，此猶泥《春秋》而言也。《輯畧》則曰『此言聖人之德』，何等直截了當。

『川流敦化』節，以『小德川流』喻諸侯，『大德敦化』喻天子。《輯畧》曰：『小德者全體之分，大德者萬殊之本。』俱就聖德言，見理既明，而筆又足以達之，刪卻多少葛藤。愚按，『四時錯行，日月代明』卽可爲『上律天時』注腳，『小德川流，大德敦化』卽可爲『下襲水土』注腳。子思不啻自注之矣。

『唯天下至誠，爲能經綸天下之大經』節，鄭注：『至誠，謂孔子也。大經，謂六藝而指《春秋》也。大本，《孝經》也。』蓋承上文而言，以『孔子志在《春秋》，行在《孝經》』也。《輯畧》曰：『大經者，五品之人倫。大本者，所性之全體。』不貼孔子說。蓋上文『唯天下至聖』至『故曰配天』皆聖人得位之事，故不當再貼孔子說。而『肫肫其仁』三句，卽以『肫肫』貼『大經』，『淵淵』貼『大本』，『浩浩』貼『知化』，脈絡分明，毫無窒礙矣。

古本以『《詩》云潛雖伏矣』至『無惡於志』爲一段，『君子之所不可及者』至『尚不愧於屋漏』爲一段，『故君子不動而敬』至『時靡有爭』爲一段，『是故君子不賞而民勸』至『百辟其刑之』爲一段，『是故君子篤恭而天下平』至『不大聲以色』爲一段，『子曰聲色之於以化民』至『德輶如毛』爲一段，『毛猶有倫』至『無聲無臭至矣』爲末段。《輯畧》本以『《詩》云潛雖伏矣』至『其唯人之所不見乎』爲段，『《詩》曰相在爾室』、『《詩》曰奏假無言』、『《詩》曰不顯惟德』、『《詩》曰予懷明德』皆爲每節首句，而『德輶如毛』不作段，直至終篇『至矣』而止。此又古今本段落之不同，非獨三十三章也。愚按，兩說皆可，惟《禮記》引《詩經》往往在後，又細玩『相在爾室』二句，實切『人所不見』；『奏假無言』二句，實切『不動而敬，不言而信』；『不顯惟德』二句，實切『不賞而民勸，不怒而民威』；『不大聲以色』實切『篤恭』；『德輶如毛』實切『聲色化民爲末』。從古本似更細切。

《輯畧》自二十二章以下，一章曰言天道，一章曰言人道，至二十七、八、九章皆云言人道，三十章、三十一章、三十二章皆云言天道，末章又不言天道、人道，此皆漢、唐諸儒所未言，不知朱子何所本也。

《論語》引有子、曾子之言皆稱有子、曾子，其他如顔淵之賢不稱顔子。舊説謂《論語》乃曾子、有子之門人所記，故尊其師而稱曾子、有子。惟孔子獨稱子，以其書固孔子之書也。《大學》亦稱曾子，曾子之門人所記也。今《大學》、《中庸》二書於篇首卽冠以程子之言，稱爲子程子，是以程子比於孔子而駕乎曾子、有子之上矣。故稱『子程子曰』者，皆爲朱子一家之書，非孔氏之遺書也。古本《大學》、《中庸》在《禮記注疏》内，我朝録版藏於武英殿，其書固未嘗廢也。惜窮鄉僻壤，研經者末由覩其全編。倘有好古之儒，別刊《學》、《庸》古本，俾天下承學之士得以參觀，誠藝林之厚幸也夫！

附記　古本中庸段落

自『天命之謂性』起至『萬物育焉』爲一段。
『仲尼曰君子中庸』至『道其不行矣夫』爲一段。
『子曰舜其大知也與』至『其斯以爲舜乎』爲一段。
『子曰人皆曰予知』至『期月守也』爲一段。
『子曰回之爲人也』至『中庸不可能也』爲一段。
『子路問强』至『至死不變强哉矯』爲一段。
『子曰素隱行怪』至『察乎天地』爲一段。
『子曰道不遠人』至『行險以徼幸』爲一段。
『子曰射有似乎君子』至『其順矣乎』爲一段。

『子曰鬼神之爲德』至『誠之不可揜如此夫』爲一段。

『子曰舜其大孝』至『必受命』爲一段。

『子曰無憂者』至『無貴賤一也』爲一段。

『子曰武王周公』至『示諸掌乎』爲一段。

『哀公問政』至『及其成功一也』爲一段。

『子曰好學近乎知』至『則天下畏之』爲一段。

『齊明盛服』至『所以懷諸侯也』爲一段。

『凡爲天下國家』至『則不窮』爲一段。

『在下位不獲乎上』至『不誠乎身矣』爲一段。

『誠者天之道也』至『固執之者也』爲一段。

『博學之』至『雖柔必强』爲一段。

『自誠明』至『明則誠矣』爲一段。

『唯天下至誠』至『與天地參矣』爲一段。

『其次致曲』至『爲能化』爲一段。

『至誠之道』至『至誠如神』爲一段。

『誠者自成也』至『悠也，久也』爲一段。

『今夫天』至『純亦不已』爲一段。

『大哉聖人之道』至『敦厚以崇禮』爲一段。
『是故居上不驕』至『其此之謂與』爲一段。
『子曰愚而好自用』至『不敢作禮樂焉』爲一段。
『子曰吾説夏禮』至『而蚤有譽於天下者也』爲一段。
『仲尼祖述堯、舜』至『不大聲以色』爲一段。
『子曰聲色之於以化民』至『無聲無臭至矣』爲一段。
共三十二段。

老學菴讀書記卷三

論語朱注補正

人無遠慮章

朱注引蘇氏曰：『人之所履者，容足之外，皆爲無用之地而不可廢也。故慮不在千里之外，則患在几席之下矣。』是但言地之遠近。竊謂時之遠近亦當包括在内，不當但以地言。如『勿謂何害，其禍將大；勿謂何傷，其禍將長』，兼二義說，方爲周帀。

原壤夷俟章

注云：『蓋老氏之流，自放於禮法之外者。』竊謂老氏之學，其說過高，其人未嘗不守禮法，當云莊周之流也。世人以老、莊並論，不知其大有區別。

子謂子夏曰章

注引程子曰『君子儒爲己，小人儒爲人』，似矣。又引謝氏義利之分曰：『凡可以害天理者，皆利也。』竊謂子夏之失未必至此。或務詞章訓詁者謂之小人儒，能身體力行者謂之君子儒乎？抑或求名者謂之小人儒，不求名者謂之君子儒乎？曾子責子夏曰：『退而老於西河之上，使西河之民疑汝於夫子，而罪一也。』名過其實，殆亦近於小人儒，不可不戒。

甯武子章

朱注『不避艱險』四字，得『愚』字真諦。至其引程子曰『邦無道能沈晦以免患，故曰不可及也』，似未切甯武時世。晉拘衛侯，甯子職納橐饘，繾綣從公，烏得謂沈晦？迨晉殺士榮，刖鍼莊子，以甯俞忠而免之，蓋已瀕於死矣，故曰『其愚不可及』。武子何嘗見邦無道而潔身去亂乎？程子又曰『亦有不當愚者，比干是也』，則直以免死爲愚矣。夫甯武之不死，豈其自爲哉？

吾有知乎哉章

注：『叩，發動也。兩端，猶言兩頭。言終始、本末、上下、精粗，無所不盡。』愚謂叩，問也。《記》曰：『叩之以大者則大鳴，叩之以小者則小鳴。』人既有問，必有所疑，疑則必有兩端。故問其兩端，而辨其是非，使去非以就是而已，恐非聖人別示以兩端，故曰『空空如也』。

子見齊衰者章

注云：『瞽，無目者。』按，瞽未嘗無目，特不能視耳。《說文》曰：『瞽，目但有朕也。』朕爲舟之縫，但有朕，目才有縫而已。

棘子成曰章

注：『棘子成矯當時之弊，固失之過；而子貢矯子成之弊，又無本末輕重之差，胥失之矣。』愚按，子貢於子成之言美君子而嘆其失言，又云『文猶質，質猶文』，以明不可偏勝。又云『虎豹之鞟猶犬羊之鞟』，以明有質而無文不可也。其詞已甚周帀，未嘗無本末輕重之次。

子畏於匡顏淵後章

注引胡氏曰：『夫子不幸而遇難，回必捐生以赴之，幸而不死，則必上告天子，下告方伯，請討以復讎。』竊思春秋之世，天子之令不行久矣，而所謂方伯者又安在？誰肯爲夫子申討以復讎者？此真迂談也。

衛君待子而爲政章

注引胡氏曰：『蒯聵欲殺母而輒據國以拒父，皆無父之人，其不可以有國也明矣。夫子以正名爲先，必將具其事之本末，告諸天王，請於方伯，命公子郢而立之，則人倫正，天理明，名正言順而事成矣。』竊思夫子初至衛而即行廢立之舉，能乎？不能乎？所謂正名者，是否廢輒而立公子郢？夫子未嘗明言，千載下何從臆斷？當闕疑焉。

管仲非仁者與章

注引程子曰：『桓公，兄也；子糾，弟也。仲私於所事，奉之以爭國，非義也。故聖人不責其死而稱其功。若使桓弟而糾兄，則管仲之與桓不可同世之讎也。聖人之言毋乃害義之甚。如唐之王珪、魏徵，不死建成之難，而輔太宗，可謂害於義矣。』愚按，此章之旨還是聖人重其有功，即令子糾爲兄、桓公爲弟，管仲始輔桓公，後輔子糾，而有一匡天下之功，聖人亦未必不與之。豈在兄弟之辨耶？

陳恆弑其君節

注引胡氏曰：『《春秋》之法，弑君之賊，人得而討之。仲尼此舉，先發後聞，可也。』愚按，此時政在三家，魯君尚不能自專，孔子無位於朝，豈能興師動衆，出討陳恆？即或能之，豈夫子之所爲乎？

顔淵問爲邦章

三正之説，自古有之。注曰『天開於子，地闢於丑，人生於寅』，則不見經傳，未知何所本也。按，周建子而《豳風》仍用夏正，可見夏正千古不廢。春作夏長，秋斂冬藏，合於四時之正，故行夏時。殷尚質，乘其輅而凡宜質者皆可推；周尚文，服其冕而凡宜文者皆可推，不當泥於一輅一冕也。至『樂以昭德』，非有舜之德，何能用舜之樂？此云『樂則《韶》舞』，非徒用其樂，蓋必有其德，又可知也。程子曰：『孔子斟酌先王之禮，立萬世常行之道，發此以爲之兆。爾由是求之，則餘皆可考也。』愚謂讀是章者，當從程子之言，推廣求之，非以一端竟也。

知及之章

注：『知足以知此理而私欲間之，則無以有之於身矣。』似但指修身說。愚按，此章『不莊以涖之』、『動之不以禮』，皆指治民說。則所謂『知及之，仁不能守之』者，疑謂智取術馭以得天下，而不能行仁以守位，雖得必失也。如此解，方與下二節貫通。

性相近也二節

孔子不言性相同而言『性相近』，可知未必盡同矣。又曰『唯上知與下愚不移』，可知移於習者不少矣。故自漢、唐以來，諸儒說經皆云性有九等，上知、下愚之外，中有七等，皆其可移者也。韓子言『性有上、中、下三等』，與此章之說相似。自孟子有性善之說，而荀氏言性惡矣，揚氏言善惡混矣。至宋程氏欲尊孟子性善之說，而無如孔子有此章『相近』、『不移』之語，不得已而分出義理之性、氣質之性，以義理之性爲皆善，氣質之性爲可善可惡。不知義理非氣質，何所附麗？人無血氣，安有知覺？豈能分而爲二？《商書》曰：『惟天降衷於民，若有恆性。』性固與生俱來，其能視聽言動者，卽其能行仁義禮知信者也。一人之身，豈有兩性哉？此章之注，朱子説得圓活，故無語病。程子則曰：『此言氣質之性，非言性之本也。若言其本，則性卽是理，理無不善，孟子言性善是也，何相近之有哉？』按，此説得太落邊際，直以人性皆同而並不得謂之相近，何信孟子而不信孔子耶？夫信孟子而不信韓子猶可也，信孟子而並不信孔子，雖五尺之童皆知其不可矣。至『理』字乃玉之文理，或作治理、條理解。自有訓詁以來，未有以『理』字訓『性』字者。程子於《論語》及《孟子·告子》諸章屢言性卽是理，不知何本。蓋程子以記誦之學爲翫物喪志，故一切訓詁之書概可束之高閣，而漢、唐諸儒之解又厭其淺近而不遵，直以臆斷，故有此失。如《中庸》以『定』訓『庸』，以『不易』訓『庸』，皆此類也。竊謂儒者讀古人書，見道不同，原不妨別存其説。若以説經，則《爾雅》以來之訓詁殆不可廢歟。按，孟子與告子言性曰：『人性之善也，猶水之就下也。人無有不善，水無有不下。』固力持性善之説矣。然又云：『乃若其情，則可以爲善矣，乃所謂善也。』因其可以爲善，而云性善，則仍視其人之爲不爲。其不爲善而爲惡者亦有之，可知矣。又云：『仁義禮智之心，人皆有之，求則得之，舍則失之。』夫必求而後得，則不求者自有其人矣，豈可混孟子性善之説而謂人性皆同哉？韓子分性爲上、中、下三等，非獨合於孔子，亦豈背於孟子哉？

讀書劄記補

立八純卦而變之，法本京房，蓋古法也。如《乾》一變爲《姤》，再變爲《遯》，三變爲《否》，四變爲

《觀》，五變爲《剥》，上爲宗廟，故不變。退而變第四爻以復其舊，謂之游魂；又退而全變内卦三爻，以復其舊，謂之歸魂。五爲君象，故既變而不復變。由此推之，八卦皆然。此古今以來卦變之定法，其他紛紛異説，皆非古也。

伏羲畫八卦，卽重之爲六十四。觀『耒耨之利』取諸《益》，『日中爲市』取諸《噬嗑》，皆神農事，可知矣。而孫盛以爲夏禹重卦，史遷以爲文王重卦，康成之徒以爲神農重卦者，不辨而自明。

虞廷『五教』，鄭氏曰父、母、兄、弟、子也。蓋本《左氏傳》『舉八元使敷五教：父義、母慈、兄友、弟恭、子孝』，以契在八元中，故云。蔡氏謂父子、君臣、夫婦、長幼、朋友，則本《孟子》『使契爲司徒，教以人倫』，又《中庸》『天下之達道五』也。鄭氏據《左氏》説，偏而不賅，故王伯厚《困學紀聞》曰：『天秩有典而遺其三，惟孟子得之。』

《堯典》『九族』，蔡氏曰『高祖至玄孫之親，舉近以賅遠，五服異姓之親亦在其中』，蓋宗鄭説。而夏侯、歐陽等謂父族四，母族三，妻族二，皆兼異姓有服者，鄭氏駁之。

『六宗』晚出，孔《傳》以爲寒暑、日、月、星、辰、水旱。康成以爲星、辰、司中、司命、飌師、雨師。伏生、馬融以爲天、地、四時。夏侯建、歐陽和伯以爲天、地、四方。劉歆、孔光、王肅以爲乾坤六子。賈逵以爲天宗三：日、月、星辰，地宗三：河、海、岱。晉初幽州秀才張髦上表云『禋於六宗，三昭三穆』是也。按，上云『肆類於上帝』，下云『望於山川』，則此當是天神，不及地祇。故鄭氏曰：『六宗言禋，與祭天同名，謂星、辰、司中、司命、飌師、雨師。』然何以獨遺日月？猶未爲盡善。按，蔡《傳》引《祭法》云：『埋少牢於泰昭，祭時也。相近於坎壇，祭寒暑也。王宫祭日，夜明祭月，幽宗祭星，雩宗祭水旱。』蘇氏亦云：『《祭法》所敘，《舜典》之章句義疏也。』

《禹貢》九州，冀、兗、青、徐、荊、揚、豫、梁、雍也。蔡氏曰：『舜以冀、青地廣，始分冀東恆山之地爲并州，其東北醫無閭地爲幽州，又分青東北遼東等處爲營州，不知何時復合爲九。』孔氏曰十二州，蓋終於舜世。

三江，《黄氏日抄》曰：『程尚書主蘇氏説，指豫章江爲南江，以足經文中江、北江之數。審如其説，則三江皆在上流，於揚州何與？蔡氏闢其説而主庾仲初《吳都賦》注，松江下七十里分流，東北入海者爲婁江，東南流者爲東江，并松江爲三江。其地名三江口，《吳越春秋》所謂『范蠡乘舟出三江之口』者是也。』然其地在蘇、松二府，非水之大者，未爲定論。蓋自班固《漢志》，已非禹時故道，故後儒各持異説。

荊州，『九江孔殷』，蔡氏曰：『《漢志》：「九江在廬江郡之尋陽縣。」《尋陽記》：「九江之名，一爲烏江，二蜯江，三烏白江，四嘉靡江，五畎江，六源江，七廩江，八提江，九箘江。」然尋陽乃《禹貢》揚州之境，未足爲據。胡氏以洞庭爲九江者得之，曾氏亦謂：「『過九江至於東陵』，東陵，今巴陵。」上即洞庭，九水所合，故名九江。』按，九江爲今洞庭，有沅、漸、潕、辰、敘、酉、澧、資、湘九水，皆合洞庭，東入於江。《山海經》云『洞庭之山是在九江之間』，則九江在荊而不在揚，審矣。

敷淺原，蔡氏據《地志》謂：『今江州德安縣博陽山也。晁氏以爲在鄱陽者，非是。』或以其山小而庳，更以廬山當之。或又謂在崇陽之西，其山峭峻，乃敷淺原也。不知既名爲原，當是高平之壤，不當以崇山峻嶺求也。

『導山導水』，蔡氏謂南條、北條之說，以江河爲紀，蓋本唐之一行所謂兩戒山河也。北戒，自三危、積石，負終南地絡之陰，東及太華，逾河，並雷首、厎柱、王屋、太行，北抵常山之右，乃東循塞垣，至濊貊、朝鮮，是謂北紀。南戒，自岷山、嶓冢，負地絡之陽，東及太華，逾河，連熊耳、外方、桐柏，自上洛南逾江漢，由武當、荊山至於衡陽，東循嶺徼，連東甌、閩中，是謂南紀。故蔡氏以王氏三條、鄭氏四列之說爲非。

《洪範》『天乃錫禹洪範九疇』，先儒以爲神龜負書出洛，其文戴九履一，左三右七，二四爲肩，六八爲足，五居中央，即《易》『帝出乎震』一章八卦之方位。故《離》爲九，《坎》爲一，《震》爲三，《兌》爲七，

《坤》爲二，《巽》爲四，《乾》爲六，《艮》爲八，如洛書之數也。自伏羲畫卦以來，止有此方位。

《詩》三百篇，作者何人？所指何事？即《關雎》一詩，已多異説，其他又何論焉？研經之士，當遵古訓。《詩序》或謂子夏作，或謂毛亨作，主毛説者居多。子夏親承聖教，毛公亦去聖未遠，學《詩》者當從古序，審矣。《左氏傳》載列國聘享賦詩，固多斷章取義，然如伯有賦《鶉之奔奔》，亦誚爲牀第之言。他如鄭伯享趙孟子，太叔賦《野有蔓草》，鄭六卿餞韓宣子，子齹賦《野有蔓草》，子太叔賦《褰裳》，子游賦《風雨》，子旗賦《有女同車》，子柳賦《蘀兮》，此數詩者，朱子皆以爲淫奔之詩，何以當時見善於叔向而趙武、韓起不聞見誚也？按古序，《野有蔓草》，思遇時也。《褰裳》，思見正。《風雨》，思君子。《有女同車》、《蘀兮》，皆刺鄭忽也。至古序於《衛風·桑中》謂『刺奔』，《鄭風·溱洧》謂『刺亂』，朱子俱改爲淫奔者所自作。夫《詩》不外勸懲，刺所以爲懲也。若淫奔者自作之詩，聖人何取焉？徒使童年讀者啓其邪心，直以《詩》爲誨淫之具，其有關於世道非淺也。他如《有狐》刺時，而云『寡婦見鰥夫而欲嫁之』；《木瓜》美齊桓公，而云『疑亦男女相贈答之詞』；《王風·采葛》懼讒，而亦以爲淫奔之詩；《丘中有麻》思賢也，而云『婦人望其所與私者而不來，故作此詩』；《將仲子》刺鄭莊公也，而云『淫奔之詩』；《遵大路》思君子也，而云『淫婦爲人所棄，故自敘其悲怨之詞』；《山有扶蘇》亦刺忽也，而云『淫者戲其所私者之詞』；《丰》刺亂也，而云『婦人所期之男子已俟乎巷，而婦人以有異志不從，既而悔之，乃作此詩』；《青衿》刺學校廢，而云『此亦淫奔之詩』；《揚之水》閔無臣，《出其東門》閔亂，而皆謂『淫奔之詩』，不知朱子於千載而下，何所據而知之？先儒謂其説本於鄭漁仲，不知漁仲於千載下，又何所據而知之？竊觀朱子作《小學》，兢兢以正人心、端蒙養爲本，又其持論謹嚴，不隨流俗。其偶有沿誤，悉本程子，初非斷以己意。其於程子，則尊而信之，如孟子之於孔子矣。其他侯、呂、游、楊之輩，皆理學名儒，尚未盡信其言。漁仲何人，朱子肯從其臆說而改古序乎？孔子曰『鄭聲淫』，言其樂聲淫，非謂其詩盡淫也。如謂其詩淫，則夫子言『放鄭聲』矣，何不删之？秀水朱氏彝尊《經義考》引尤西堂侗曰：『高忠憲講學東林，有執《木瓜》詩問難者，謂：「『投我以木瓜，報之以瓊琚』，其中並無男女字，何以知其謂淫奔？」坐皆默然。惟蕭山來風季曰：「卽有男女字，亦何必淫奔？張衡《四愁詩》：『美人贈我金錯刀，何以報之英瓊瑤。』明明有美人字，不爲淫奔也。」言未既，有拂然而起者曰：「美人固通稱，若『彼狡童兮』，得不以爲淫奔否？」曰：「何必淫奔？子不讀箕子《麥秀歌》乎？『麥秀漸漸兮，禾黍油油兮。彼狡童兮，不與我好兮。』箕子所謂受辛也。受辛，君也，而狡童之誰曰狡童淫者也？」忠憲遽起揖曰：「先生言是也。」吾不知朱子聞之，以爲何如？』是則漁仲之序，其不滿於人心也久矣。吾不知朱子自取之乎，抑後人僞託乎？朱升曰：『朱子於《詩》，本歐陽氏之旨而去序文、明吳才老之說而叶音韻，賦興比各得其所，可謂無憾。』王禕曰：『朱子《集傳》訓詁多用毛、鄭，叶韻則本吳才老。東萊呂氏有《讀書記》最爲精密，朱子實兼取之。』然則《集傳》之作，固博採先儒而推重於後儒矣。惟朱升但言『去序文』，而未言自序，豈《集傳》本無序，後人因其無序而以漁仲作補之耶？後之君子欲起而正之不難也，但以古序易今序，餘仍其舊，毋庸自綴一詞而已粹然完書，足信今而傳後矣。

王伯厚《困學紀聞》曰：『騶虞，騶吾，騶牙，一物也。』騶虞爲天子之苑囿，又謂騶御、虞人，故曰『《騶虞》者，樂官備也』。

《學記》言『大學始教』，『《宵雅》肄三』，燕禮工歌《鹿鳴》、《四牡》、《皇皇者華》是也。鄉飲酒用樂亦然。樂旣畢，皆間歌《魚麗》，笙《由庚》；歌《南有嘉魚》，笙《崇丘》；歌《南山有臺》，笙《由儀》。間歌，一歌一吹也。此六詩者，皆爲燕饗賓客，上下通用之樂。或以《魚麗》以上爲文、武詩，《嘉魚》以下爲成王詩者，非也。

張揖曰：『大雅之材三十一，小雅之材七十四。』或曰以篇數言也。

絲衣，一曰繹賓尸。高子曰：『靈星之尸也。』《漢書·郊祀志》注云：『龍星，農祥也，晨見而祭之。』郝氏曰：『此祈蠶之詩。龍星卽房星，東方蒼龍之宿，蠶爲龍精。』

韋昭云：『肆夏一名樊，韶夏一名遏，納夏一名渠。』呂叔玉云：『肆夏，《時邁》也。樊、遏，《執競》也。渠，《思文也》。』

太史采風，所以知其風俗，至作者何人，言者何事，當時未必盡詳也，況千載而後，必欲指其人其事以實之，異說所以紛紜也。即如《古詩十九首》，惟《冉冉孤生竹》一篇相傳爲傅毅作，餘皆不知作者何人，而要無害於諷誦。竊謂讀《國風》亦然，《桑中》、《溱洧》等詩，知其爲刺可也。

魯隱被弑，君臣兄弟之變也。鄭伯克段，母子兄弟之變也。周鄭交質、祝聃射王，君臣之變也。魯桓被戕，夫婦之變也。《春秋》始隱、桓，殆誌其變乎！

《禮》：『外事以剛日，内事以柔日。』《詩》曰：『吉日維戊，既伯既禱。吉日庚午，既差我馬。』皆剛日也。郊用辛，釋菜用上丁，皆内事也。陳氏曰：『先儒以外事爲治兵，然巡狩、朝聘、會盟之類皆外事。内事如宗廟之祭、冠昏之禮是也。』

『定猶與』，《疏》曰：『《說文》：「猶，獸名。與，亦獸名。」皆進退多疑。』按，鄭《注》『與』本作『豫』，《說文》：『豫，象之大者。』賈侍中說不害於物，鄭用賈說，故孔《疏》即以《說文》解之而不復改字也。

『立視五巂』，《疏》曰：『巂，規也。車輪一周爲一規，乘車之輪高六尺六寸，徑一圍三得一丈九尺八寸，五規爲九十九尺。六尺爲步，總爲十六步半，在車上所視，則前十六步半也。』

執玉，無藉者謂圭璋特達，不加束帛，當執圭璋時，其人則襲也。有藉者謂璧琮加於束帛之上，當執璧琮時，其人則裼也。其以執圭而垂繅爲有藉，執圭而屈繅爲無藉者，非也。古人之衣，近體有袍襗之屬，其外有裘，夏則衣葛，或裘或葛，其上皆有裼衣，裼衣上有襲衣，襲衣上有常著之服，則皮弁服及深衣之屬也。掩而不開謂之襲，開而見出其裼衣則謂之裼也。皆陳氏澔說。

《禮器》：『不麾蚤。』麾，快也。祭有常時，不以先時爲快。『不樂葆大』，葆猶褒也。器幣自有定制，不以褒大爲可樂。所謂『祭祀不祈』者，《周禮》大祝掌六祈，小祝有祈福祥之文，皆是有故則行之，不在常祀之列。

『鼎俎奇而籩豆耦』，自一鼎至九鼎皆奇數，其十鼎者，陪鼎三，正鼎亦七也。十二鼎者，陪鼎三，正鼎亦九也。《禮器》：『天子之豆二十有六，諸公十有六，諸侯十有二，上大夫八，下大夫六。』又詳見《儀禮圖》。

八蜡，先嗇一，司嗇二，農三，郵表畷四，貓虎五，坊六，水庸七，昆蟲八。農，古田畯之有功於民者。郵，郵亭之舍也。標表田畔相連畷處，造爲郵舍，田畯居之，以督耕者。坊，隄也。水庸，溝也。昆蟲，螟蝗之屬。

『明水涚齊』，明水，陰鑑所取月中之水。涚，猶清也。《周禮》五齊：一泛齊，二醴齊，三盎齊，四緹齊，五沈齊。

『縮酌用茅』，《周禮》三酒：一事酒，二昔酒，三清酒。縮，泲也。酒色清明，故謂之『明酌』。言欲泲醴齊，則先用此明酌和之，然後用茅以泲之也。『醆酒涚於清』，醆酒，盎齊也。言盎齊先和以清酒，而後泲之，不用茅也。『汁獻涚於醆酒』，獻讀爲莎，謂摩挲秬鬯及鬱金之汁，又和以盎齊而泲之。

《内則》。櫛，梳也。縰，黑繒韜髮者。韜髮作髻訖，横插笄以固髻。總，亦繒爲之，以束髮之本，而垂餘於髻後以爲飾。拂髦，振去髦上塵也。髦，用髮爲之，象幼時翦髮爲鬌之形。冠之纓結於頷下，結之餘者下垂爲之緌。端，玄端服也。衣用緇布而裳不同，上士玄裳，中士黄裳，下士雜裳。韠，以韋爲之。紳，大帶也。搢，插也，插笏於帶中。韠之言蔽也，古者席地而坐，以臨俎豆，故設蔽膝以備濡漬。在冕服謂之韍，他服謂之韠。

『左佩紛』以拭器，『帨』以拭手，皆方巾也。刀、礪，小刀與礪石也。觿，狀如錐，象骨爲之。小觿，所以解小結者。金燧，用以取火於日中者。右佩玦，射者著於右手大指以鉤弦。捍，拾也，韜左臂收拾衣袖以利弦也。管，筆彄。遰，刀室也。大觿，所以解大結。木燧，鑽火之器。晴則用金燧，陰則用木燧。偪，束其脛，自足至膝。綦，屨頭之飾，即絇也。著，猶施也。朱子曰：『綦，鞵口帶。古人皆旋繫。』

『婦事舅姑』，衣紳，玄端綃衣之上加紳帶，士妻之服。箴、管，箴在管中。縏、袠皆囊屬，貯箴、線、纊也。衿，結也。纓，香囊。

『請肄簡諒』，肄，習也。簡，書篇數也。諒，言語信實也。一説簡者簡要，使之習事務從其要，不爲迂曲煩擾也。

『笏，天子以球玉』，『大夫以魚須文竹，士竹本象可也。』陸氏音『須』爲班，《疏》引庾氏説以鮫魚須飾竹成文。應氏曰：『《爾雅》「魚曰須」，魚之所以鼓息者在須，大夫近尊而屈，故飾竹以魚須；士遠尊而伸，故飾以象。』

『笏，度二尺有六寸，其中博三寸，其殺六分而去一。』笏皆中廣三寸，天子、諸侯則從中以上稍稍漸殺，至上首止廣二寸半，是六分三寸而去其一也。大夫、士又從中殺至下亦廣二寸半，故惟中間廣三寸。

《周禮·攷工記》『大圭長三尺，終葵首』，言上殺也。《方言》：『齊人謂椎爲終葵。』《左傳》：『分康叔殷民七族，有終葵氏。』則又一説。

《禮運》一篇，陳氏《集説》謂疑出於子游之門人所記，間有格言，而大同、小康之説則非夫子之言也。此論良是。按，『謀用是作，而兵由此起』似老子之言。孔子宰中都，路無拾遺，器不彫僞，鬻牛馬者不儲價，賣羔豚者不加飾。爲魯司寇，國人誦之曰：『衮衣章甫，實獲我所。章甫衮衣，惠我無私。』使孔子久於其道，雖外户不閉，無難也。然而《論語》一書終未言此上理，止於慕周公而止矣。後儒好爲大言，如王陽明《尊經閣記》，與子游門人之言同類耳。

老子曰：『古之善爲道者，非以明民，將以愚之。』民之難治，以其智多。李斯因之欲愚黔首，遂有焚書坑儒之事。立事可不慎乎！然其言『以智治國國之賊，不以智治國國之福』，乃名言也。以智巧防民，而民之姦僞日出而不窮；以實意孚民，而民之天良感動於不覺。治道之隆汙，豈不以此也哉？

《春秋少陽篇》：『伯夷姓墨，名允，字公信；叔齊名智，字公達。夷、齊皆其謚。』按《謚法解》，安心好靜曰『夷』，執心克莊曰『齊』。周有夷王，以夷、齊爲謚，其説亦通。《地理志》：『遼西令支有孤竹國。』應劭曰：『故伯夷國。』按《路史》：『禹封炎帝後姜姓於台，是爲默台，成湯元年始析封孤竹。』

《史記·伯夷列傳》感慨天道之是非，用意如屈原《離騷》，又慕俠客之義而爲之立傳，殆未脱戰國人習氣。

無聖人之德而著書以擬經者，僭也。究之傳於後世，仍視其生平行誼何如。若子雲之爲莽大夫者，雖有《太玄經》，人不欲觀之矣。

學書劄記補

《説文》『上』、『下』二字於六書爲指事，一在下爲地，自地引而上之，故爲上。一在上爲天，自天引而下之，故爲丅。段氏玉裁以上當從二，下當從一，失指事之意矣。

二足而羽曰禽，四足而毛曰獸。故凡『鳥』字，篆文皆從二足，爲自隸書改爲四點，而鳥、獸不分矣。『焉』字乃江淮鳥名，亦從，今亦改爲四點，俱沿隸字之訛。

老學蓭讀書記卷四

尊經筆解

經者聖人之言，如之何弗尊？ 故君子三畏，畏聖人之言也。 若千載相傳之聖經可以意爲更改，不獨非所以尊經，且千載先儒皆斷爲盲目乎？ 故曰『多聞闕疑』，『君子於其所不知，蓋闕如也』。

先儒解經，後儒不師其說，人各有見，未盡非也。 若改古書以强就己意，則有改於前者，必有改於後者，將古書千載終無定本矣，何堪垂訓！

『學而時習之』，《集注》不言所學何事，但言『明善復初』，其所該者廣矣。 至『吾十有五』章則云：『此所謂學，卽大學之道也。』愚按，『時習』章爲《論語》二十篇之首，記此以明聖人之全體。 安溪李氏以學爲《詩》、《書》、《禮》、《樂》，蓋據《禮記》『春秋教以《禮》、《樂》，冬夏教以《詩》、《書》』，然以詮此章，尚覺太小。 竊謂此章所謂學乃學爲聖人也，『有朋自遠方來』，三千弟子也； 『人不知而不慍』，不怨天不尤人，下學而上達，聖人畢生之全體也。

『誠不以富』二句，引在『崇德』章，正以點醒『惑』字。 古人引《詩》不卽不離，往往如此，所謂斷章取義也。 改在『齊景公有馬千駟』章，便索然無味矣。 至『其斯之謂與』句，邢昺《疏》從王氏說曰『此所謂以德爲稱者歟』，未言其上有闕文。卽疑其有錯簡，亦當將『其斯之謂與』句移在『崇德』章『亦祇以異』之下。

『不至於穀』，孔曰：『穀，善也。』按，《洪範》『旣富方穀』，亦善也。言人三年學而不至於善者，不易得也。其語氣猶孟子言『雖欲無王，不可得矣』。

『顔淵問仁』章，按，《左傳》：『仲尼曰：「克己復禮，仁也。」』疑古有此語而孔子引之以論楚靈王，則此『爲』字當如『乾爲天』、『坤爲地』之『爲』，至下文『爲仁由己』始作行仁解耳。『天下歸仁』，朱子曰：『歸猶與也，一日克己復禮而天下之人皆與其仁，極言其效之甚速而至大也。』若是則說向外面去，仁人豈有好名之心乎？愚謂此卽『己欲立而立人，己欲達而達人』，天下之人皆歸仁人度量之內也。宋儒說理，往往索之過深，而此視歸仁獨淺，殊不可解。

『互鄉』章曰：『唯何甚。』孔云：『言門人惡之一何甚也。』又云：『與其虛己自潔而來，當與之進，亦何能保其去後之行？』按，此則下二句乃申明『唯何甚』之意，似無錯簡。惟孔以不保其往爲去後之行，則『往』字與上『退』字同。不如朱注以往爲旣往，退爲將來，較有次第。然先言『與其進，不與其退』而斷之曰『唯何甚』，又恐門人疑其從前之不善，故云『不保其往』以申明之，亦未始不可。古人之言，亦多有類是者。

『執圭』，《集注》曰：『諸侯命圭。聘問鄰國，則使大夫執以通信。』包咸曰：『爲君使，聘問鄰國，執持君之圭。』未言『命圭』也。《正義》曰：『諸侯之臣聘天子及聘諸侯，其聘玉及享玉，降其君瑞一等，故《玉人》云「瑑圭璋八寸，璧琮八寸，以覜聘」是也。』按，此則大夫聘問鄰國，所執者君之圭，非君之命圭也。

『井有仁焉』，何晏《集解》曰：『問有仁人墮井，將自投下從而出之不乎？』朱子從劉聘君説，謂『「有仁」之「仁」當作「人」』，與孔意同，而孔則不改字。愚謂宰我言入井可以得仁耳，猶任人問屋廬子曰：『以禮食則飢而死，不以禮食則得食，必以禮乎？』設言不可行之事以窮禮也。此則設言不可行之事以窮仁也，似亦不必改爲『人』。

『子欲居九夷』，馬氏曰：『東方之夷有九種。』《正義》曰：『畎夷、于夷、方夷、黄夷、白夷、赤夷、玄夷、風夷、陽夷。又，一曰玄菟，二曰樂浪，三曰高麗，四曰滿節，五曰鳧臾，六曰索家，七曰東屠，八曰倭人，九曰天鄙。』但『玄菟』等周時皆未通中國，《論語》講言行居多，所謂下學上達也，故子貢嘆性道不可得聞。聖人知性道之難以言傳，故使人從言行入門而徐俟其自得，夫子之教卽三代學校所以教人也。

如何『高』、『堅』、『前』、『後』，如何『卓立』，惟顔子知之，他人不能道也。吾道如何『一貫』，惟曾子知之，門人不能喻也。忠恕者，門人之所能喻，故曾子告之，欲其卽忠恕以求一貫也。後儒之學不逮曾子，何能識一貫之旨？至『顔淵喟然歎曰』章，朱子但采取程子、吴氏、胡氏之説而未嘗斷以己意，亦足見其謹也。

國朝蠡縣李氏塨曰：『朱子解「敬事而信」爲主一無適，似解「静」字意。』細思之良是。朱子於『其事上也敬』曰謹恪也，於『居敬而行簡』曰中有主而自治嚴，惟於『道千乘』章訓爲主一無適。愚按，敬有畏懼之意，《詩》曰『敬天之怒』，又曰『敬之敬之，天維顯思』是也。又有詳慎不苟之意，故仲弓以

『敬』對『簡』。《大學》『靜而後能安』，朱子曰『靜謂心不妄動』，與主一無適意相近。

『作者七人』，古本合上『賢者辟世』四句爲一章，『作』訓『爲』也，言爲此有七人也。包氏謂長沮、桀溺丈人、晨門、荷蕢、儀封人、楚狂、接輿。王弼曰伯夷、叔齊、虞仲、夷逸、朱張、柳下惠、少連。鄭康成曰伯夷、叔齊、虞仲，辟世者；荷蓧、長沮、桀溺，辟地者；柳下惠、少連，辟色者；荷蕢、楚狂、接輿，辟言者，七當爲十字之誤。按，此章與上合一，當以古本爲是。鄭欲改七爲十，則又非矣。其以荷蕢、楚狂、接輿爲辟言，殆以『趨而辟之，不得與言』、『及子路反見，至，則行矣』爲辟聖人之言耶？似不如有違言而後去者爲是。《小學紺珠》曰：『七人，一作伏羲、神農、黄帝、堯、舜、禹、湯。』

『弟子入則孝』章，注曰：『謹者，行之有常也。信者，言之有實也。』按，謹本訓慎，朱子因避廟諱而易爲常，但古無其説。又按，慎與誠古訓同，何如易爲『行之有誠』，則既避諱而於訓詁亦當矣。

《論語》『里仁爲美』章『擇不處仁』句，當作擇術解，與孟子同意。朱子作擇里解，與孟子互異矣。觀下章『不仁者不可以久處約』，亦説安仁。《論語》記言往往以同類者記於一處，雖分兩章，猶一意也。如『性相近』兩章，亦互相發明。

《微子》篇『子路復至，而丈人已行，則不仕無義』數語，向何人説？古注謂對二子説，朱子謂福州有宋初寫本，『子路』下有『反子』二字，蓋子路反而夫子告之也。按，此當無疑義，而朱子不敢斷爲當從所見本者，朱子之謹也。

諸子偶評

鬻子爲文王之師，蓋周、召之儔也。其曰：『察吏於民。民至卑也，而使之取吏，必取所愛。十人愛之則十人之吏，百人愛之則百人之吏，至萬人愛之則卿相矣。』《書》曰『人無於水監，當於民監』，其即此意也夫！竊謂選將者尤當於此加意焉。

釋、老皆言：『孔子，吾師之弟子也。』然孔子曰：『吾今日見老子，其猶龍乎！』如其師事，何不以古聖賢擬之？其説之誕妄無疑矣。第孔子不輕訾議，故云『吾不知其乘風雲而上天』，固聖人之宏，亦以見老子之無可訾議也。

《管子》一書，雖云霸術治國之本也，觀桓公欲封禪而止之，將死勸公遠易牙、開方、豎刁，匡君以道，可謂忠矣。至其石壁之謀、菁茅之謀，《左傳》、《國語》皆無所紀，殆傳之失實，無足取也。

晏子於齊，遇國難而不死，崔杼以民望而舍之，亦幾危矣。迄乎景公之世，乃得建白焉，諫倉廩則歌而流涕，登牛山則獨笑於旁，惟景公爲能納諫，故其説行。他如吴稱天子，楚縛齊盜，皆不爲所辱，真折衝樽俎之才矣。

《莊子》：『天下莫大於秋毫之末，而泰山爲小；莫壽於殤子，而彭祖爲夭。』此何説耶？韓退之目爲『荒唐之詞』，非過也，而後世多以老、莊並稱。朱子注《論語》『原壤夷俟』曰：『蓋老氏之流，自放於禮法之外者。』吾未見老子之放於禮法外也，當改莊周之流，則允當矣。

荀子之性惡，欲人遷善也。揚氏言性善惡混，欲人之自省也。與孟子之言性善，誘人毋自棄，其意一也。韓退之曰『性之品有上、中、下三等』，與孔子『性相近，習相遠』、『唯上知與下愚不移』之言相合。然退之曰『孟子醇乎醇者也，荀與揚大醇而小疵』，此以見韓子之道宏，其心恕也。迄宋儒欲宗孟子性善之説，力排荀、揚，並以韓子《原性》爲非，以爲得孟子之傳者惟河南程氏，而孔子性近習遠之言亦概置勿論矣。孰是孰非，千載下必有辨之者。

文中子《中説》十卷，伊川謂其『極有格言，但被後人添入壞了』。然房、魏數公皆爲其徒，恢文、武之道，以濟貞觀治平之盛，見於司空圖所撰碑，恐非程子所能及。然自漢以來，僭擬聖人自通始。朱子斥《中説》有數端，特不言其擬經聚徒，殆爲周、程諸子諱歟！

朱子作《太極圖注》，曰：『自周襄王至有宋五星集奎而濂溪出焉，非天所畀，孰能與於此？』竊嘗觀其圖説，曰『陰静』，曰『陽動』，曰『坤道成女』，曰『乾道成男』，曰『萬物化生』，曰『無極而太極』，蓋《參同契》之流，道家言也。《易》有太極，不言無極也。其《通書》亦《太玄經》之一班，並不如程、朱之釋《易》、蔡氏之釋《書》，猶能羽翼經訓，而天何以示之祥？况以分野攷之，奎在降婁之次，魯之分野。周子非魯人，卽其徒二程亦非魯人。夫有伏羲而後有龍馬之瑞，有周文而後有鳳鳥之祥。孔子不得位，猶嘆『鳳鳥不至，河不出圖』；周子雖賢，亦不過尊爲孔氏之徒，未嘗行道於當時，安得有五星之瑞？

張子《西銘》不出仁孝二端，其言孝則無可議矣，其言仁則楊龜山所謂『疑於兼愛者』，殆不得免焉。孔子言志曰『老者安之，朋友信之，少者懷之』，見萬物各得其所之象。然第就目前所接之人，而因物付物，非能盡天下之人而使皆得其所也。雖民胞物與，不外聖人欲立、欲達之心，但好爲大言，便恐堯、舜猶病。故子曰『能近取譬』也，又曰『言之必可行也』。讀《西銘》，令人無從下手處。

董仲舒爲漢代大儒，其書之傳於後者惟《春秋繁露》，餘不可得見。觀其《賢良策》曰：『今師異道，人異論，百家殊方，指意不同，是以上無以持一統，下不知所守。臣愚以爲諸不在六藝之科、孔子之術者，皆絕其道，勿使並進。邪辟之說滅，而後統紀可一，法度可明，民知所從矣。』真西山《大學衍義》曰『先儒推論其功不在孟子下』。惜武帝不能置之丞弼之地，使紀綱世教，而嚴助、朱買臣輩以縱橫進，張湯、周杜之徒以刑名用，晚年巫蠱之禍，江充一人爲之，蓋兼刀筆口舌之能者也。

古來言性不同辨

客有問曰：『古來言性不同，何也？』

答曰：言性雖不同，而其意則同。其不同者，語言文字之流失也。孔子曰：『性相近也，習相遠也。』又曰：『唯上知與下愚不移。』明性有上、中、下三等矣。孟子言性善，叔琳黃氏《日抄》云『推其本然者』也。愚按，孟子蓋欲誘人爲善，雖立論稍偏，而未始與相近之說背也。荀子曰『人之性惡，其善者僞也』，唐楊倞《注》訓『僞』爲『矯』，是則矯枉以歸於正。而棲霞郝氏懿行《荀子補注》曰：『「僞」古與「爲」通，《史記索隱》、《堯典》『平秩南僞』，「僞」作「爲」，春東作，夏南爲，皆耕作、營爲、勸農之事。』嘉定錢大昕《十駕齋養新錄》云：『《性惡篇》又云「不可學、不可事而在天者謂之性，可學而能、可事而成之在人者謂之僞」，是「僞」卽「爲」字，則其言善者，爲也，乃惕人之任其性而趨於惡也。』揚子曰：『人之性也，善惡混。修其善則爲善人，修其惡則爲惡人。』蓋欲人擇善而從也。是以古來孟、荀並稱，荀、揚亦並稱，自周末至北宋之初千餘年未有異論，不意宋儒出而大分軒輊也。殆未博觀羣書，攷其異同，故有此失乎。漢之鄭康成，唐之孔穎達，皆云人之性，上知、下愚之外，中有七等。昌黎韓子《原性》有上、中、下三品，『上焉者善而已矣，中焉者可導而上下也，下焉者惡而已矣』，此皆守孔子之言者也。韓子之言曰：『孟子醇乎醇者也，荀與揚大醇而小疵。』夫韓子論性既宗孔子而不宗孟子，若在後儒，必將本孟子而非之矣，遑論荀、揚乎？以此見韓子之道宏，其持論平也。

客曰：『宋河南程氏於《論語》「性相近」章云：「此言氣質之性，非言性之本也。若言其本，則性卽是理，理無不善，孟子言性善是也，何相近之有哉？」是直信孟子而不信孔子矣。夫信孟子而不信韓子可也，信孟子而並不信孔子，雖五尺童子皆知其不可，而大儒言之，何也？』

答曰：此卽所謂語言文字之流失也。彼何敢不信孔子哉？特欲堅持其人性皆善之說，不得不創爲義理、氣質，而以相近者爲氣質，皆善者爲義理。夫亦詞之遁耳。試問人之所以能行仁義禮知者，非卽其能知覺運動者耶？一人之身豈有二性？氣質消亡，義理安附？故古今止言一性，未有歧而二之者。必欲如程子之言，只可比濂溪《太極圖》分陰陽消長，陽爲善，陰爲惡，陽長一分，卽陰消一分；陰長一分，卽陽消一分。義理、氣質同在太極圈內，而以一性賅之，庶幾不分爲二，而與相近之言不異矣。然此乃吾之臆說，恐非程子之意也。大抵程子之言易落邊際，朱子於此章自爲注曰：『此所謂性兼氣質而言也。』觀其下一『兼』字，則義理之性亦在其中矣。程子之言，朱子第附自注之後，不爲正解，毋亦疑其稍落邊際乎？叔琳黄氏云：『性者，人得之天以生者也。夫子一言以蔽之曰「性相近」，至孟子當人欲横流之日，推其本然者以曉世，故專以性善爲説。不知夫子言性相近，指其實然者。故他日言「中人以上」、「中人以下」，「生知」、「學知」，人品節節不同，皆與相近之言無戾。孟子專言性善，推其本然者，故他日言「二之中」、「四之下」，「性之」、「反之」，人品亦各各不同，終歸於夫子相近之説。學者亦學夫子而已，夫子言性只此一語，何後世學者言性之多也？』嗚呼！論性於南渡以後，微斯人，其誰與歸？

孟子私淑諸人論

按《史記·孔子世家》：『伯魚生伋，字子思，年六十二卒。嘗困於宋，作《中庸》。』又《孟荀列傳》：『孟軻受業於子思之門人。』孟子自言：『予未得爲孔子徒也，予私淑諸人也。』如果受業於子思，何不言子思而言私淑諸人耶？惟曲阜孔氏《闕里文獻考》載子思年十六適宋，與宋大夫樂朔論《尚書》不合，朔不悦曰：『孺子辱我！』遂圍子思，宋君駕而救之。子思既免，曰：『文王囚於羑里，作《周易》；祖君屈於陳、蔡，作《春秋》；吾困於宋，可無作乎？』於是撰《中庸》之書四十九篇，後往來於齊、魯、宋、衛間，所如俱不合，已而返魯。其徒數百人，而道卒傳於孟子。孟子之受業也，蓋在返魯之後。子思教以自大自異，又教以高遠。蓋本於孔子九代孫鮒所著《孔叢子》，然亦未言授孟子以《中庸》也。宋河南程氏於《中庸》篇首曰：『子思恐其久而差也，故筆之於書，以授孟子。』豈孟子自言及

《史記》、《闕里文獻考》所記皆不足信而可以臆斷耶？卽如《闕里文獻考》所載孟子果受業於子思，而其言子思在宋作《中庸》時年十六，及其老而返魯，孟子始受業焉。此四十餘年中，豈其徒數百人皆不可授以《中庸》，必待晚年後進之徒而授之耶？夫《闕里文獻考》大致本《孔叢子》，孔子九代孫鮒所著，其言純駁參半，原未可盡信。士生千載後，卽不信《史記》，豈可并孟子自言而亦不信耶？

二程子當有區別論

自來兄弟齊名者，如蘇氏之有軾、轍，宋氏之有庠、祁，其著述言論各不相混。惟朱子注《論》、《孟》、《學》、《庸》等書，於二程子之言槩稱程子，並無區別。後之讀者究不知爲明道之言耶，爲伊川之言耶。夫兄弟雖同出一師，其天資學力所至未必盡同，則其言論著作所見亦未必盡同。豈可混而同之，如出一人？著書者無此體，引書者亦無此體也。按，明道自成進士，出爲鄠縣簿、晉城令、鎮寧軍判官、知扶溝縣，所至各有善政。其居京職止八九月，章疏十上，多所嘉納。極論青苗、取息等事，皆不用。哲宗卽位，召爲宗正寺丞，未行而卒，年五十四。迹其生平，惟監西京竹木務一年，日以讀書講學爲事，餘實無暇著書。而伊川屢薦不起，授職屢辭，充崇政殿說書，一時士人歸其門者甚盛。及爲蜀黨所攻，削籍竄涪州，徽宗初復宣德郎，任使居住，遂還洛。崇寧二年，奪取復官。大觀元年，卒於家，年七十五。大抵閒居之日多，而享壽又高，其言論著述當倍於明道，其門人亦多於明道可知也。而伊川自言：『嘗狀明道先生之行，我之行蓋與明道同。異時欲知我之行，於此文求之可也。』是以程門弟子不分其兄弟之言。傳之南宋，又幾及百年，朱子孰從而分之？夫二子之行，愚不能知。觀其從政，則明道勇敢有爲，事功卓著，抗論新法，力抵安石，堪繼乃考伯溫之風烈。伊川惟論經筵之事，餘無所表見，謂其行與明道同，竊以爲不然也。

邵氏方圓圖論

堯夫受學於北海李之才挺之，演爲《先天方圓圖》。先儒謂挺之受於陳摶，明歸震川云：『此邵子之學，非伏羲之書也。諸經遭秦火，《易》以卜筮獨存，漢儒傳授甚明，不過保殘守缺而已。今既規横以爲圓，又填圓以爲方，前列六十四於横圖，後列一百二十八於圓圖，太古無言教，何若是之紛紛耶？』然《易》之爲道無所不賅，苟無害於聖經，則類此者不少，何妨並存於天地之間。惟不當創爲伏羲之說，等於三墳之僞耳，此則傳之者過也。堯夫固賢者，不當因是而貶之。史稱當熙寧三年新法初行，天下騷然，四方仕宦皆欲投劾而去，堯夫曰：『正賢者所當盡力之時。新法雖嚴，寬得一分，則民受一分之益。投劾而去，何益？』故司馬溫公稱其有經世之才也。伊川與堯夫同居洛，堯夫欲以此圖授之，伊川終不與言《易》，此伊川識力鑒定也。晦翁生平篤於伊川，而惟作《本義》不與《正義》同，爲可惜也。

漢武帝使江充治巫蠱獄，得木人甚多，太子懼而自殺。後田千秋訟太子冤，乃作思子宫，悔無及矣。長子已死，不得已而立幼，乃先殺其母曰：『國家所以亂，由子少母壯也，不聞吕后耶？故不得不先去之。』嗚呼，何其忍也！迨成帝秉政，王氏外戚横行，莽移漢祚，豈能逆料？殘忍之傷國脈，有由來矣。

唐太宗佐高祖定天下，其功偉矣。惟用房玄齡之謀，殺建成、元吉，以圖自立，本實先撥，豈賢主之所爲乎？太宗爲唐開創之君，先以武功，後以文德，貞觀之治，三代下僅見。然未幾而有武氏、韋氏之淫亂，迄乎天寶，幾亡其國，何哉？史稱帝寵元吉妃楊氏，生子明，欲立爲后，以魏徵諫而止。後之瀆亂人倫，天道昭彰，皆其報也。後世人君可不引爲龜鑑哉！

宋神宗當定鼎後幾及百年，正孔子所謂『勝殘去殺』之時，於此而勤求治理，重農桑，育人才，除苛政，立不拔之基，誠千載難逢之會也。況其時賢哲挺生，如韓琦、范仲淹、富弼、趙抃、歐陽脩、司馬光、蘇軾，用以中外輔弼，自漢、唐以來，人才之盛未有若此者。天之佑宋，可謂至矣。乃誤於王安石一人之言，變更成法，安石得以排斥異己，使忠良不安於朝廷，非遭貶逐，即自引去。韓琦疏入，已罷青苗矣。鄭俠圖上，曾罷十八事矣。吕惠卿請仍用新法，帝即從之，遂下鄭俠於獄，是誠何心？炎宋國本卒壞於新法，孟子所謂『安其危而利其災，樂其所以亡者』，其宋神宗之謂矣。要其隱微沈痼之病，本於嗜利。故孟子告梁惠王曰：『何必曰利？亦有仁義而已矣。』人君有嗜利之心，則仁義不施，而民不聊生矣。民不聊生，則亂亡踵至矣，可不懼哉！

宋高宗南渡，半壁幸存，其時天下人心未去也。若能信任李綱、趙鼎爲之相，張、韓、劉、岳爲之將，發憤爲雄，神州可復。乃信任不堅，黜戮相踵，用秦檜姦謀，發金牌十二，俾忠武十年之功，廢於一旦。甘受詔諭之名，稱臣之辱，惟恐淵聖還朝，天下不爲己有，忍心事仇，無恥甚矣。南宋百四十年偏安之祚，乃天之佑宋，非其君之力也。

明成祖封於燕，蓄志不軌，卽不削奪諸藩，亦未必不叛。當其來朝，行皇道入，登陛不拜，御史劾其不敬，卓敬又密奏，而建文帝置之不問，仁厚之至矣。夫以建文之仁，卽用羣臣議削藩封，亦斷不至於獲罪。而成祖必欲行篡弒之事，心術不侔，奚翅黑白。劉璟謂其百世後逃不得一個字，況親如三王，不克自全，一人秉忠，赤及九族，無復人心矣。及其棄金陵、都燕京，復日事征討，未幾而有土木之變。嚴刑酷法，果足以致太平耶？如果能之，則暴秦至今存矣。

讀朱子全書

昔孟子之功在距楊、墨，韓子之功在闢佛、老。迄乎南宋，如楊、墨、佛、老者充斥於兩間，距之而不勝距，闢之而不勝闢也。然惟其不勝距、不勝闢，而人皆知爲是楊、墨也，是佛、老也，有不待距之闢之而有志者自不爲矣。惟託迹儒門而流入異端者，問其人則某大儒三傳、四傳之弟子也，觀其書則或楊或墨，或佛或老，歧途錯出，莫識指歸，而猶自以爲吾師之言如此也。世之學者謂古大儒之言如此，將靡然從之。此則吾道中之楊、墨、佛、老，其害尤深，古今以來，南宋爲甚。將欲距之闢之，有倍難於孟、韓者。蓋前之異端顯而可指，後之異端微而難辨，不有朱子，誰與正之？昔程子曰：『佛有一個覺之理，敬以直内而不能義以方外。』朱子曰：『彼無父子君臣，吾何論焉？』以此見程子之道寬，朱子之道嚴也。故程門高弟墮於禪者三人，而朱子之徒不聞有是，其立教殊也。程氏之門人如楊、呂、游、侯輩皆能服其師訓者，何至遂流於二氏？迨至南宋，則已四子再傳、三傳之徒，其所謂語錄者紛如矣。

故《中庸或問》，如論楊氏講『未發之中』，引莊周『出怒不怒』之言以明之，謂：『楊氏之言多雜佛、老，其失類如此。』又論游、楊講『悠悠大哉，修德凝道』曰：『其諸老氏之言乎？誤益甚矣。』呂氏講『知風之自』謂本程子之言，朱子謂其『習於佛氏「作用是性」之談，而不察乎了翁序文之誤，學之不講，其陋至此』。游氏謂『無藏於中，無交於物，泊然純素，獨與神明居』，朱子亦謂其『非儒者之言，自成自道』。游、楊皆以『無待而然』論之，朱子謂：『其說雖高，然於此爲無當，且又老、莊之遺意也。』又有本程子之言，後儒述之，朱子疑爲記者之誤者，《或問》中不止數條，皆其門人屢傳而失其本意。朱子去程子不及百年，而傳疑已若此，況數百年後，而謂其言可盡信耶？然非朱子出而正之，則異端曲說皆得託程門弟子之言，而程子之學將湮於其徒矣。故朱子之有功於程子不淺，即其有功於斯道不淺也。其不能一一而正之者，殆以舉其要爲先歟？抑以程子爲四傳之師而不敢盡違其論歟？舉其要爲先者，守約也；不敢盡違師說者，謹也。夫何病焉？

曩余視學閩南，行至建陽縣長橋，朱子裔孫數十人來迎，執《朱子全書》相遺。余受而讀之，如《柏廬家訓》、翁森《讀書四時樂》皆載焉，以此見盛名之下率多附託，並其子孫亦不辨也。既而問其俗，知其婦人所戴兜曰『文公兜』，所持杖曰『文公杖』，兜以蔽面，杖以防身，文公之教也。其他託於文公者尚多，雖未必其然，亦足見前賢過化存神，入乎人心者深也。朱子之於閩，不啻孔明之於蜀，而朱子不得其位，繫人思慕爲尤難。余既重整建陽考亭書院、建安畫沙洲祠堂，各設經蒙學館，籌給經費，俾文公後裔絃誦其中，無復從前樵牧之風矣。及讀《全書》，知文公因石氏𨯪舊説作爲《中庸集畧》，又慮其説之不明，更爲《或問》以發明之。二書本合爲一，今離而爲二。《或問》一書，學者不可得見，因取汪武曹《四書大全》中本重刊，以散給生徒。余几席間亦置一編，朝夕省覽，始知《或問》一書於程門再傳、三傳之徒持論偏頗、流於二氏者力爲辨正，析及微茫，蓋大有功於程氏者也。迄今玩索十餘年，又悟此中問答亦間有出入參差，疑未必盡出文公之手。甚矣，讀古人書若是其難也！

讀皇極經世

邵子《皇極經世》以元統會，會統運，運統世，三十年爲一世，十二世三百六十年爲一運，三十運一萬八百年爲一會，十二會十二萬九千六百年爲一元。以六十四卦除《離》、《乾》、《坎》、《坤》四卦，餘六十卦自《復》起左旋。《復》卦起於冬至子半，每五卦配二氣，以一卦直七十二世，五卦直三百六十世，六十卦直四千三百二十世，爲十二會，積十二萬九千六百年。其説不見經傳，未知始於何人，大約戰國時鄒衍談天之餘緒也。其書皆康節子伯溫字子文編次，以之占驗前代興亡。如云王莽篡漢，歲在己巳，於卦直

《革》，應己日，乃《革》之象。司馬炎篡魏應《乾》符，《乾》爲馬。東晉初爲《革》，元帝以牛後馬，應『鞏用黄牛』之象。宋之政治稱元嘉，應『孚於嘉，吉』。唐太宗貞觀之治，《乾》上《坤》下，天地貞觀。五代世卦分《大過》之九二，其爻屬内《巽》，受命姓氏、國號類皆應《巽》木，如宋、齊、梁、陳與隋姓楊皆是蕭茅屬，陳象棟，齊卽《巽》以齊之之義。宋之姓劉，楊之名堅，皆不離《乾》、《巽》等語。大約附會穿鑿居多，未見其驗也。然其占小事則驗。程子悟其加一倍法，而堯夫驚服，未知其如何立法也。伯温亦端人，壽七十八。

讀大學衍義

昔蘇子瞻進《陸宣公奏議》，謂：『人臣之效忠，譬如醫者之用藥，藥雖進於醫手，方多傳於古人。若已經效於世間，不必皆從於己出。』夫宣公相唐德宗，其事固經效於世間矣。若西山之著《大學衍義》，當南渡時不爲世用。迄明丘瓊山補之，自前明至我朝，皆爲經筵講貫之資，更在《宣公奏議》之上。蓋宣公救蔽扶衰，權衡乎當代；而西山明體達用，楷模乎千秋。其以格、致、誠、正、修、齊爲綱，本乎《大學》；其列爲十二條，則又不泥乎《大學》，實治亂存亡之龜鑑也。西山自言以爲『君天下之律令格例』，殆不虚矣。故非獨爲人君者必當置之座右，時自提撕，卽人臣有佐治之責者，内而樞要，外而封圻，亦當家置一編以爲觀摩，庶幾隨事省察，以期有補。自承平日久，士大夫皆務詞章，以爲文采風流，堪自表見。其志行超出儕輩者，亦不過研求經學，以爲根柢，仰窺性道，以務自修。其爲經濟之學或寡焉，爲經濟之學而不流於功利者又寡焉。余自惜讀此書之已晚，而不禁惓惓有望於當世之士也。

跋

先文敬公道光丁未視學閩省，自編《歸樸龕叢稿》十二卷，陸續刊成，未歸一律，還朝後於咸豐丁巳續刻四卷。晚年所著，塗乙滿紙，但編目録，未分卷帙，取放翁意，名曰《老學菴讀書記》。其中條辨有署於前而詳於後者，有散於前而聚於後者，不無文異義同、重規疊矩之處，尚非定本也。昔閻徵君潛丘《劄記》、惠徵君松崖《筆記》均編自後人，往往徵引有已見於行世諸書中而未盡删汰者，蓋一爲手定，一爲編録。後人重手澤，未敢妄有去取也。今夏校寫一通，釐爲四卷，付諸梓人，亦猶閻、惠兩家書之例云。

同治丙寅，男祖潤、祖壽、祖賢、慰高、祖彝、柱高謹識。

詩文拾遺

詩文拾遺

詩

擬漢樂府二首

青陽

青陽開動，萬物遂生。衆庶熙皞，游歌太平。句芒執矩，萌芽引達。跂行蠕息，戶蟄畢發。殷靁南山，出豫乘陽。土脈滋動，農田孔臧。時雨旦至，帝澤溥將。

西顥

西顥沆碭，乾坤肅清。柳谷納日，虛中西成。雲天空明，山水嶔潏。慊恨神心，斂攝肌骨。火金迭代，去文就質。循環無端，發育萬物。

獨漉篇

獨漉獨漉，泥深沒足。沒足何傷，我行郤曲。雄雞高冠，不能奮飛。公輸削木，可用爲儀。煮茶作羹，腹飽口苦。不惜口苦，欲煮無釜。阪則有榆，隰則有蒲。豈無䌛羽，獨集於枯。孰吹暖律，回春寒谷。羲輪在天，光照巖壑。麒麟集椒，鸑鷟翔郊。山足軒翥，巢父安巢。

擬梁樂府江南弄

南枝北閣春歸去，鬱金苑裏鶯啼樹，東風吹柳罥飛絮。罥飛絮，落誰家。思公子，遠天涯。《江南曲》

蟬梳掠髩鴉額黃，輕金嬌節舞鴛鴦，歌臺暖春音繞梁。音繞梁，吹龍笛。玳瑁燒，珊瑚擊。《龍笛曲》

吳儂低唱清溪調，儂情蓮子花儂貌，搴衣攘腕回巧笑。回巧笑，墮明璫。《采蓮曲》，娛君王。《采蓮曲》

周氏五畝園贈蓉裳員外光緯

伊人風度稱山林，一臥平泉歲月深。蘆荻波光秋澹澹，樓臺雲氣晝陰陰。苔牆墨潤雙鉤帖，石几涼生三疊琴。醉裏忽聞傳玉靶，爲君投筆起雄心。蓉裳新闢射圃，築漱六亭習射。

約井叔鄧尉探梅

薄醉師雄千日酒，閑吟何遜一章詩。劇憐瘦骨知春早，未必寒香爲我遲。茅店孤村人獨夢，小橋流水夜相思。來朝月上空山路，烟外同攜鐵笛吹。

玉階怨

芳樹逢搖落，玉階生暮寒。中宵看明月，天上自團圞。

鉏雲園小憩詠池中殘荷

荷榭人歸月在門，水晶簾外報黄昏。初擎冷露沈珠彩，漸拂涼風退粉痕。采斷香溪憐越女，佩寒秋渚弔湘魂。還能留蓋鴛鴦睡，卻勝分栽到玉盆。

偶興二首

何因築室傍靈山，萬朵青芙一手攀。臥看閒雲生蘚壁，醉邀明月入柴關。野梅無主春先發，獨鶴依人夜自還。長嘯歸來投木榻，鳴琴流水聽潺湲。

不然覓個水雲鄉，釣艇漁扉歲月長。綠鴨放時春水活，白鷗飛去晚烟涼。篷竿嫋嫋蘋花合，茶竈浮浮柏葉香。欸乃聲中人睡去，西風吹夢落瀟湘。

集陶題杜拙齋厚菊隱圖〔一〕

野外罕人事，歲月共相疏。紫芝誰復采，深谷久應蕪。秋菊有佳色，好風與之俱。良辰入奇懷，心念山澤居。草屋八九間，時還讀我書。深得固窮節，君情定何如。

養真衡茅下，荒草没前庭。秉氣寡所諧，遂與塵事冥。漉我新熟酒，杯盡壺自傾。閒居三十載，菊爲制頽齡。谷風轉淒薄，寒花徒自榮。懷此貞秀姿，遺我遠世情。

【校記】

〔一〕此詩亦見於道光本《松風閣詩鈔》，詩題無『厚』字。

獨遊獅山

古廟無人門自開，山僧沽酒出山來。同龕彌勒不知飲，怪底佛龕生緑苔。斷鈴殘桷鎮相連，花木禪房別有天。堦下一叢天竹子，未經霜信已封棉。

夜發鶯脰湖遇風次日曉渡

昨來鶯脰無風波，寒流平徹青銅磨。今還不覺狎而翫，衝風夜渡船横斜。篙師柁工盡失色，湖雲荒荒浪頭黑。迴舟中流渡不得，激水奔騰似追北。曉來風定湖氣清，昨如暴怒今如平。須臾變幻不可測，令我觀水知人情。由來禍患不在大，每於所忽生險怪。江湖浩蕩成夷途，咫尺風波鶯脰湖。

池邊

池邊月影花影，竹裏泉聲鳥聲。曬藥空庭雨歇，焚香古壁雲生。

自題聯牀夜雨圖示仲山弟翊二首

居然放筆學荊關，著個茅堂深樹間。似此青山無雨意，便題夜月亦清閒。

八分小篆互相師，共擬頭銜署墨癡。不負燈花開昨夜，朝來覓得耿勳碑。

北瓜

北瓜亦是南中物，肇錫爰知命意深。天上匏星躔近斗，古來碩果道消陰。獨留堅質疑投木，惜少微香比鑄金。耐久應慚諸蓏屬，歲寒誰共後凋心。

石鼓文〔一〕

奇文匿靈迹，千載揚輝光。今與《車攻》存，昔與《華黍》亡。細觀點畫異秦法，推測時世知岐陽。宣尼刪《詩》不曾錄〔二〕，後儒百喙紛箕張。歐公集古號博物，三疑發難心彷徨。或疑宇文周世作，韋韓豈盲蘇豈狂。我今後蘇七百載，嘉禾缺月尋茫茫。潘迪音訓宗薛説，至今十一難可詳。填金誨盜適貽害，剝落星斗飛欃槍。不合持論背前哲，瑯函玉笈名山藏。

【校記】

〔一〕此詩亦見於道光本《松風閣詩鈔》，詩題作『岐陽石鼓』。

〔二〕『宣尼』，道光本《松風閣詩鈔》作『孔子』。

嵩山開母廟石闕銘〔一〕

塗山息燭過辛壬，彼候人兮操南音。壁經不傳化石事，得無好怪非聖心〔二〕。黄熊入淵亦駭耳，兩蛟挾舟驚不死。乾坤睢盱事茫昧，陰陽災異闕文史。亮非史闕聖不書，荒誕《鴻烈》、《隨巢子》〔三〕。漢時廟貌存嵩山，離立石闕蒼厓間。秦燔《詩》、《書》未全出，故宜譎説騰人寰〔四〕。改書啓母作開母，避諱直與野雞班。洪适釋隸不釋篆，武氏闕詳兹不辨。《嵩高記》作盧元明，野王《輿地》披圖經。誤指開母陽翟婦，不從避諱求其名。是皆博物千慮失，後來補缺蒐羅密〔五〕。至今卻曉命名意，豐熙未僞五行志〔六〕。不然此石和鈞同，宜先洛汭御母從。何爲久留沒荒谷，不登世室享鐘鏞。或言空桑破竹古來有，君獨何爲訝開母。武昌亭女蜀臺人，鶴別龍飛心不朽。心不朽兮形還留，蘿冥冥兮鬼啾啾。女媧死後無顏色〔七〕，天上支機終古愁〔八〕。

【校記】

〔一〕此詩亦見於道光本《松風閣詩鈔》，詩題中『嵩山』上有『漢』字。

〔二〕『無』，道光本《松風閣詩鈔》作『毋』。

〔三〕『黄熊』六句，道光本《松風閣詩鈔》無。

〔四〕『秦燔』二句，道光本《松風閣詩鈔》無。

〔五〕『是皆』二句，道光本《松風閣詩鈔》無。

〔六〕『豐熙未僞五行志』，道光本《松風閣詩鈔》作『羽淵化熊同怪異。隨巢鴻烈何足徵，著書欲詑豐熙僞』。

〔七〕『無顏色』，道光本《松風閣詩鈔》作『天誰補』。

〔八〕『天上』，道光本《松風閣詩鈔》作『河漢』。

天發神讖碑〔一〕

秣陵巖山三段碑，童敲牛礪埋蒿萊。孫吳割據發神讖，揚厲功德天巍巍。其石四方廣背文三面，皇象大書華覈詞。此碑不以象書重，誰輩後圃亭籌思。乃從八百一十五年後，託宋轉運胡宗師。至今可讀八十有餘字，沈著痛快懷瓘知。張懷瓘目爲『沈著痛快』。篆書到此百鍊剛，員規一變爲矩方。懸針纖削倒薤軟，不如太阿出匣森寒芒。同時國山玉檢藏，登封勒銘雲漢章。國山謹嚴沿漢法，此碑横絕直與殳璽通津梁。惜哉所遇非真王，不偕頡籀爭低昂，不然壓倒祖龍六石無輝光。

【校記】

〔一〕此詩亦見於道光本《松風閣詩鈔》，詩題作『吳天發神讖』。

碧落碑〔一〕

碧落碑乃在絳州龍興宫，碧落尊像何嵸巃。大書深刻著其背，直疑鬼斧非人工。觀其拓文籀史法，欲讀聱牙失喤呷。如登包山發禹書，魂魂熊熊出玉匣。碑言有歟五十有三祀，欲尋甲乙敦牂紀。當是總章之三年，蒼龍庚午稽前史。李訓誼譔諶四人，竝是韓王元嘉子。云爲先妃造石像，文辭繁縟過銘誄。李唐一代祖玄元，崇尚《道德》五千言。坐令人世慕碧落，欲資神力昇天門。立碑書勳廢典禮，造像祈福羞屏藩。又傳碑文未刻石，道士閉戶經三夕。啓戶雙雙白鴿飛，蜿蜒龍蛇乃在壁。竝驚奇事訝仙鬼，異說何從破堅僻。獨論書法嗟神妙，轟轟寒鋒脱堅鞘。陽冰《峿臺》畧相仿，令問浯溪豈能到。書碑名氏無專屬，廬陵歐公《集古録》。黄公撰，陳惟玉。憐爾千秋還寂寞，此碑此字誰能作。

【校記】

〔一〕此詩亦見於道光本《松風閣詩鈔》，詩題作『唐碧落碑』。

題新陽許茂才爾著松下聽泉圖

不厭入山深，搴蘿上玉岑。閒觀流水意，獨抱歲寒心。逸事傳調鶴，清風入鼓琴。惟留采藥徑，蠟屐許相尋。

丹陽聞桔槔聲〔一〕

八月高原小旱逢，桔槔聲動赤曦中。龍鱗細灑秧田雨，犢背横吹牧笛風。南紀一江資水利，西成再熟半人工。火雲自有爲霖日，歡笑三農説歲豐。

【校記】

〔一〕此詩亦見於道光本《松風閣詩鈔》。

別意往返

得意翻憎別，當年卻羨人。贈言君寄取，莫染素衣塵。
馬鞭休繞臂，惜此遠行人。自有靈犀在，風前解辟塵。

秋感八首〔一〕

天倒銀河地上流，大梁城闕萬人愁〔二〕。中州形勝青山在，巨浸包含白骨收〔三〕。《瓠子歌》傳千載事，水衡錢費十年籌。同時直北秋湟甚，已見星軺駕八騶。

潞河襟帶衛神京，輓粟由來百萬輕。北嶽愁霖騰罔象，天門熛電掣鶩鯨。不須錢穀咨周勃，但願河渠得賈生。前席有人膺訪問，冀籌上策答昇平。

有客方乘使者車，河堤自昔布金沙〔四〕。淇園伐盡千竿竹，宿海浮來八月槎。轉餉官符飛赤仄，蠲租天語下黄麻。蘭陽城角纖纖月，還照江洲蘆荻花。

泰岱峯高梁甫卑，崇朝雲雨滿東陲。麤裘兩覩誅姦少，枹鼓三軍讓善誰。僕射功高爭坐帖，將軍威振紀功碑。莫尋恩怨繩豪傑，世上紛紛朱亥椎。

【校記】

〔一〕其一、其五、其六、其七已見《松風閣詩鈔》卷一。除最後一首，其他三首亦見於道光本《松風閣詩鈔》，題作『秋感七首』。

〔二〕『天倒』二句，道光本《松風閣詩鈔》作『誰挽銀河地上流，搴茭楗竹萬家愁』。

〔三〕『包含』，道光本《松風閣詩鈔》作『波濤』。

〔四〕『有客』二句，道光本《松風閣詩鈔》作『絳節森森擁使車，濁流萬頃望無涯』。

郯城

識得雲龍紀，疑經獨抱殘。千秋滕世子，同惜是彈丸。

聽雪

冰宮昨夜起樓臺，戰退龍鱗百萬回。水腹堅冰鳴破甕，樹頭皚甲出銜枚。未容集霰先聲奪，只許寒鴉報信來。擁被北窗清不寐，蓮壺漏盡曉鐘催。

掃雪

來時珍重去時嫌，縛帚丁寧僮約嚴。竟與落花同薄命，可應吟客取傷廉。嘔心詩卷稱名慣，消渴茶鐺粉骨添。分付龍公須擇地，等閒庭院漫堆鹽。

臘月朔日寒甚夜微雪

今年寒意勝常年，幾日西風作勢顛。炙硯朝窻磨水骨，擁書夜榻聳吟肩。臘梅疏索花遲發，獸炭嶙峋火不然。稍慰三農來歲望，玉龍鱗甲乍飛天。

蔣我持泰均貽瓦鼎并索書詠雪詩

琥盂水冷鸜晴凍，投刺忽來舒徵仲。歲寒特見故人情，不獨童心愜好弄。苔花蝕銅青緑色，陶人直追丁緩北。一耳三足蓋紐環，腰紋熨貼雲雷刻。燒木擣屑團火紅，瓶梅笑口開春風。焚椒祭詩佐吟客，無令頭腦嘲冬烘。昨宵滕六錢太一，萬二千斛飛瓊屑。灰裹陰何徹骨寒，持以報君煩不律。

倣長慶體送井叔之揚州〔一〕

新詩忽號《題襟集》，已遣離情挂客舟。同里何能終日見，遠行不覺望風愁。無多知己君天末，是處名山我舊遊。殘夜鄉心瓜步雨，昔時佳句海門秋。丙子歲，余與井叔同舟渡江，井叔有『海門秋氣接天來』之句。曾聞蓮幕迴青眼，爲有蘐堂倚白頭。曾賓谷中丞曾邀遊幕府，君以親老辭。差喜陳琳工作檄，今應陳大令雲伯先生之騁。不教王粲獨登樓。二分明月雲間鶴，萬里烟波江上鷗。去去自言歸計早，要舒錦帶淬吳鉤。

【校記】

〔一〕此詩亦見於道光本《松風閣詩鈔》。

花下和尤春樊丈興詩韻

花下吟詩月到門，閒如獨鶴下叩樊。心空觸物成懸解，境曠澄觀息衆喧。導引一龕名蟄户，搜羅千卷似龍原。時平非學爰居避，卻勝蘭成臥小園。丈有一龕，顔曰「蟄户」。

烹茶

閒居無所嗜，瀹茗午清時。敲石燒松子，穿花折竹枝。輕烟侵户散，香氣出簾遲。作使煩蕉葉，番風幾度吹。

七夕生辰

六年前有聯吟句，甲戌秋，同井叔、易門作《七夕》詞。此後秋風無好懷。避俗只求千日醉，飯僧聊設八關齋。病兒挈榼盛山果，稚女穿鍼繡佛鞋。涼露一天秋寂寂，坐聞蛩語上苔堦。

孟冬七日將之都門次易門送別韻

岱雲河雨話離程，明月天門賦別甥。陸杲風神真好學，張融舉止浪齊名。年年分手常爲客，草草論心無限情。欲鑄金丹采靈藥，三山縹緲隔寰瀛。

除夕宣武門圓通觀用楊誠齋普明寺睡覺韻〔一〕

閉門風雪夜，掩卷對孤檠。不辨椒花味，空憐曝竹聲。殘香留睡鴨，古劍作龍鳴。紘索南中調，催將客夢成。

【校記】

〔一〕《松風閣詩鈔》卷二、道光本《松風閣詩鈔》另有《除夕宣武門圓通觀作》，首聯相同，不用楊萬里韻。

首春〔一〕

首春人事少，冰雪境同清。簷鵲噪初定，寺鐘時復聲。唐花空有色，漢碣儘無名。一室閒觀物，悠然遺世情。

【校記】

〔一〕此詩亦見於道光本《松風閣詩鈔》。

題鶴山馮舍人啓蓁夢遊弇山圖

風雅寢正聲，小儒逐波靡。勝國中葉時，起衰有七子。空同恣雄傑，信陽一何綺。折衷二子間，接迹推元美。雅音貽貞觀，仙心瀹正始。四部總羣言，千秋編正史。巋然名山業，誰與相角掎。迢迢三百年，莽莽四千里。一再夢弇山，悟兹因緣理。的的驪淵珠，筐篚來南海。騰精玉吐虹，澄觀犀照水。高文儷琲珏，春葩雜秋蘤。嗜古逮蟲魚，乙甗復丁簋。雅頌歌承平，斑筆螭頭珥。槃敦列詩壇，還當執牛耳。

秋曉〔一〕

朝陽明北林，喜鵲翻初景。遥天淡無際，露氣虛庭耿。深巷喧市聲，短籬見人影。羣動亦已紛，我意尚云静。盥手弄古鏡，照見鬢髮炯。託思空悠悠，閒情與之永。

【校記】

〔一〕此詩亦見於道光本《松風閣詩鈔》。

題畫

紅塵日日閉柴門，歲暮窮愁憶故園。倩寫南方冰雪景，臘梅疏索亦溫存。

悲秋〔一〕

虚堂秋氣迴，延佇致復佳。寒聲忽而至，悲思與之來。孤鴻墮哀響，側月澌薄輝。念違登臨興，益增坎壈懷。《四愁》張衡感，《五噫》梁鴻哀〔二〕。辛苦謝鄉土，流宕凋歲時。鎔金金作水，磨石石成灰。感時悟物理，拉雜中藏摧。華陰一道士，辟穀栽紫芝。自言鍊形後，皓首還童姿。巖阿饒霜露，百卉同淒其。俯視江河下，仰觀星斗移。誰持蒲柳質，而與松喬期〔三〕。鄒生暖律奏，魯陽日戈揮。二子今已矣，古人安在哉！

【校記】

〔一〕此詩亦見於道光本《松風閣詩鈔》。

〔二〕『四愁』二句，道光本《松風閣詩鈔》無。

〔三〕『松喬』，道光本《松風閣詩鈔》作『喬松』。

相逢行〔一〕

相逢大道間，緋幨七香車。不知何年少，駐馬問君家。君家誠易知，易知復難忘〔二〕。丹霞爲君門，白玉爲君堂〔三〕。流蘇金縷帳，翡翠合歡牀。牀前雙尊酒，作使邯鄲倡。冰絃鳴鸍鳿，汾匏吹鳳凰。葳蕤珍珠衱，颯遝紅羅裳。纖纖作細步，精妙世無雙。鯉尾自憐妾，猩脣自憐郎〔四〕。桂枝炊玉粒，素綆汲寒漿。明星何爛爛，零露何瀼瀼。樓閣何翼翼，冠珮何鏘鏘。長兄爲廷尉，中兄拜平羌。兄弟一時來，車馬溢康莊。玉匣金曲戌，雕弓繡裲襠。入門東西望，觀者滿路旁〔五〕。何用謁公卿，出入擬侯王。何用窺市井，賞賜百千强。不知人間世，更有貧賤場。舉手謝年少，願君長樂康〔六〕。

【校記】

〔一〕此詩亦見於道光本《松風閣詩鈔》。

〔二〕『君家』二句，道光本《松風閣詩鈔》無。

〔三〕『白玉』，道光本《松風閣詩鈔》作『紫雲』。

〔四〕『纖纖』四句，道光本《松風閣詩鈔》無。

〔五〕『觀者滿路旁』，道光本《松風閣詩鈔》作『顧見雙鴛鴦。鴛鴦七十二，羅列自成行』。

〔六〕『願君』句，道光本《松風閣詩鈔》作『來日正未央』。

懷井叔廣陵

雛鳳清聲如老鳳，詩家壁壘一番新。推敲我欲兼師友，形影誰能判主賓。負米不辭行百里，上堂今日只偏親。歲寒特有綈袍贈，寥落天涯幾故人。謂曾賓谷中丞、陳雲伯大令暨陳小雲別駕。

秋曉口占

夜見蟾蜍五色華，平明乾鵲噪簷牙。泥人一穗殘燈火，引入茶爐便熟茶。
寒蟬高樹噪新涼，晞髮空庭初日黄。何物令人毛骨爽，好風吹過木樨香。

題拙齋獨立圖

手執如意獨立者爲誰，姓名隱逸不使人間知。散人頭銜自署爲菊隱，欲尋芳躅葑水之東湄。問津課孫作圖亦無數，拙齋先有《問津》、《課孫》二圖，徧徵題句。此圖獨立道貌何嚴哉。卻如大江前横出門笑，安排擊節拄杖吟詩來。又如懸崖絶巘不可陟，收束芒鞵昂首且徘徊。坦坦履道胡爲而弗履，君言世上舉趾成顛危。獨立不懼遯世心無悶，壯頊滅項自古庸愚哀。執笏立朝幾輩譏青史，執枹立軍舍管皆凡才。

不如獨立寬閒寂寞鄉，放眼人間才木蹐童孩。吁嗟乎，不出戶庭跬步知通塞，時行則行安命復奚疑。

呵筆

惜此生花筆，淩寒凍不開。文章憑浩氣，齒頰擅仙才。慧豈牙間拾，春從腕底回。何人工粉本，倩寫嶺頭梅。

炙硯

望望犂星沒，誰憐石友寒。春波流不盡，雲氣湧無端。雀尾香初染，鸜睛墨就乾。溫其真比玉，冷眼漫相看。

題顧鐵卿茂才祿頤素堂詩集〔一〕

我從十年前，早聞鐵卿名。故人王綬之，論詩氣縱橫。平生少許可，刺刺稱鐵卿。何圖失綬之，始讀鐵卿詩。纏緜古歡曲，悽絕美人詞。紀遊或適興，豪端瓊屑飛。雲物恣雕繪，草木生光輝〔二〕。神理得諸古，意象乃在茲。始知不輕可，所可必有奇。綬之今已矣，冰雪少人知。

【校記】

〔一〕此詩亦見於道光本《松風閣詩鈔》。

〔二〕『紀遊』四句，道光本《松風閣詩鈔》無。

禽言〔一〕

麥枯

麥枯麥枯，三春不雨蒼天呼，奈此食粟九尺軀。

咄咄怪

咄咄怪，黄口小兒死赴羣仙會。兒母焚香兒父拜。驚倒鄰家翁百歲，咄咄怪。

【校記】

〔一〕本爲三首，第一首《於忽乎》已見於《松風閣詩鈔》卷八《禽言三首》中。

春樊丈招集延月舫題明黄忠節公手書孝經〔一〕

漳浦先賢述作林，飄零遺墨重南金。銀鉤鐵畫傳經訓，鶴降鸞飛感古今。先五世祖南畇公《質神錄》多載忠節公訓。〔二〕抗疏匡時奇士節，著書講學大儒心。蕺山《人譜》應同寶，道脈千秋一貫尋。

【校記】

〔一〕此係問梅詩社第二十七次雅集所作。

〔二〕自注，《問梅詩社詩鈔》作『《質神録》多載石齊先生訓』。

輓黄復翁丈

寒雨送驚飆，一葉疏桐落。玩月石湖舟，忽負中秋約。梅社聯吟兩載餘，散人蹤迹溷樵漁。閒情翻弄唐人集，七月間丈戲集唐魚玄機詩數十首。博物紛披宋槧書。丈多藏宋本書，名所居曰宋廛。一瓣心香奉山谷，六月十二日黄山谷生辰，丈集同人懸像致祭，有詩成帙。千秋雅尚憐公復。落落前賢述古心，寥寥韻事誰能續。辭榮壯歲一官輕，漉酒柴桑保令名。豈有靈丹工導引，最難垂死氣縱横。孫曾林立侍左右，稱詩説禮不絶口。先生南面擁百城，此樂人間豈易有。浮雲自散水自流，人生何必彭鏗壽。

集汲雅山館拈得望雪不拘體韻〔一〕

寒雲片片濕朝暉，准擬龍宫試雪飛〔二〕。宿麥待占三白讖，早梅還欠一分肥。山僮縛帚安茶具，樵子停歌補篛衣〔三〕。且召青州老從事〔四〕，北臺同眺醉言歸。

【校記】

〔一〕此係問梅詩社第三十二次雅集所作。

〔二〕『宫』,《問梅詩社詩鈔》作『公』。

〔三〕『子』,《問梅詩社詩鈔》作『客』。

〔四〕『老』,《問梅詩社詩鈔》作『六』。

集延月舫詠壁間囊琴以題爲韻和葦間叔父〔一〕

焦尾抱三尺,焚香寫素襟。箏琶聒人耳,惜此太古音。試聽朱絃歇,清風還滿林。寄語囊中錐,何如壁上琴。

【校記】

〔一〕本爲二首,其一已見《松風閣詩鈔》卷四,題作《囊琴》。此係問梅詩社第三十三次雅集所作。

集五柳園題海忠介公墨蹟徐師竹孝廉所藏〔一〕

跌宕書成山谷體,清新吟罷杜陵詩。書杜詩四首〔二〕。無勞千載詞人筆,廉直聲名婦孺知。

雲霄片羽有光華,輝映南州孺子家〔三〕。傳語後人心筆正,永和風格笑簪花。

【校記】

〔一〕此二詩亦見於道光本《松風閣詩鈔》，詩題作『題海忠介公手書少陵詩冊』。此係問梅詩社第三十四次雅集所作。

〔二〕自注，道光本《松風閣詩鈔》、《問梅詩社詩鈔》無。

〔三〕道光本《松風閣詩鈔》下有自注『書冊爲徐師竹孝廉藏本』。

五九消寒集食舊齋叔父偕竹堂蒔塘春帆三先生各賦迎春花敬和二首〔一〕

竹柏耐寒柯葉勁，礬梅含笑出風烟。亭亭弱植冬心在，四皓叢中一少年。

餞臘尊前花削金，消寒五九出新吟。欲憑好語傳詩讖，許趁東風入上林。時蘊章將赴春官試，叔父暨三先生詩均寓期望之意。〔二〕

【校記】

〔一〕其一亦見於道光本《松風閣詩鈔》，詩題作『五九消寒叔父偕竹堂蒔塘春帆三先生各賦迎春花和韻』。此係問梅詩社第三十六次雅集所作。

〔二〕《問梅詩社詩鈔》無此自注。

題石竹堂先生焚香思過圖二首

七十懸車已廿年，後生模楷白雲篇。溫公每事堪言處，猶自焚香夜告天。
空山樗櫟遇良工，敢擬中郎識爨桐。撰杖尋梅春有信，槐花催客太悤悤。

（以上清道光刻本《澗東集》）

翁離

擁離花築美人屋，春風吹襟氣芬馥，一日三薰復三沐。

木蘭從軍行

木蘭小家女，代父履戎行。功成不受賞，馳馬還故鄉。咄哉漢諸將，止舍輒論功。公孫憩大樹，不屑與衆同。堪嗤楚王子，爭囚訟穿封。介推不言禄，千載仰高風。

陌上桑

昔有秦羅敷，采桑城南隅。使君欲共載，守志終不渝。富貴人所慕，妾愛貧賤軀。息嬀雖不言，其如事二夫。懷哉青陵臺，雙飛鵲與烏。眷念彼姝子，卓犖綱常扶。

（以上清道光刻本《松風閣詩鈔》卷一）

題潘紱庭曾綬陔蘭書屋詩鈔二首

荊山一片玉，鶉尾騰虹光。問君何能爾，可以琢圭璋。玉德本純粹，他山石亦良。願收攻錯益，登之君子堂。雲雷刻琲琖，繅藉列纁黃。卞和雖不作，此意未能忘。

漢濱有遊女，神蹤不可求。交甫持玉佩，恍惚無緣投。安得雙飛翼，從子雲中遊。莊誦東門詩，如荼匪匹儔。何因遇彼美，貽我春蘭幽。春蘭香不滅，楚客心悠悠。

感懷四首

一彈朱絃琴，泠泠清客心。問君何能爾，中有太古音。古人去已遠，古音猶可尋。神理豈不貴，器數功並參。不然尼山聖，一貫萬理涵。區區小技術，不若師襄諳。

斑斑者猛虎，虎猛不在斑。胥臣蒙其皮，乃使陳蔡奔。咄哉昆陽城，股戰不得前。勝者用其似，敗者用其真。真似君何擇，勝敗從此分。沒羽視知石，悔煞李將軍。

蜃樓起海上，金碧淩穹蒼。忽隨飄風散，海波空渺茫。愚夫坐嗟詫，造化理則常。是非日月精，難與天久長。不然河漢女，終日成七襄。萬古不消滅，六合皆文章。

睢盱昔未祛，人心含質樸。肇自書契興，聰明恣雕斲。名象日以繁，才智日以角。窮力出新巧，疲精索幽邈。著書累萬言，於道或無覺。所以軒轅臣，造字聞鬼哭。

雨後潘星齋曾瑩邀登掬月亭觀瀑

小亭傍疊石，曲折成岡巒。飛甍如牙啄，建瓴勢鬱盤。急雨匯奔注，空潭沸狂瀾。塵居慕山水，聊作瀑布觀。或嘲盈易涸，所患在無源。我爲瀑解嘲，其源來自天。常憑神龍力，歕薄宇宙間。《禹貢》北條水，至今存幾川。茲水獨千古，年年溉民田。卻溯發源處，不在崑崙山。

山房花發飲諸兄弟二首

種樹十年前，四時花畧備。樂此春夏交，濃陰常滿地。枝頭好鳥聲，頗愜幽人意。蜂蝶趁顛狂，簸弄韶光媚。倚闌當午風，不飲心先醉。一從長安遊，孤蹤感羈滯。偶與素心人，尋芳入古寺。北地春多風，花在風塵際。每念故園春，輒復添離思。

離思慰今朝，山房雜花馥。得與諸兄弟，開軒同寓目。喜見紫荊枝，猩紅明照屋。鼠姑雖著花，瘦小不盈掬。有花差勝無，解飲卽不俗。昨歲秋無禾，猶生蘗與麯。醉鄉倘可遊，堪抵荒年穀。

春日扈蹕次桃花寺

春山如列屏，烟雲互迴抱。離宮枕其顛，峻阪開馳道。行帳圍山腰，懸旌出林表。古寺名桃花，入門花四繞。俄聞仙仗來，玉輪嘶騕褭。天語九重傳，抽毫屬制草。策馬下層巖，林間宿飛鳥。

扈蹕薊州道中作

輦路貫巖城，屬車繞其外。燈火漸微茫，仄徑聞林籟。犖确轉崖根，盤紆入雲際。曉日散鴉羣，清風吹松蓋。天仗迴層嵐，爐香雜烟靄。前路近橋山，神靈拱守衛。

久雨初晴邀胡典齋農部增瑞登園寓拱宸樓

積雨豁新霽，涼風迎素秋。吟蟬催午夢，喧極情更幽。政簡晨退食，撫景懷清遊。門前萬柄荷，花落翠蓋稠。青山繞屋西，雲霧今朝收。勸君攜美酒，與我登高樓。登樓眺三山，黛色青如沐。遠舍生孤烟，平林帶餘緑。關河亦已秋，歸鴻望極目。念彼霜雪晨，無復開軒樂。覽睇趁晴暉，夷猶日不足。弦月照東楹，鳴琴慰寂寞。

林岵瞻比部揚祖招遊西山寶藏寺

林逋抱清癖，山水心夙慕。嘯侶登高峯，秋光冷烟樹。我因塵網牽，良會虛前度。佳節近重陽，煩君重攜具。停驂古寺門，共踏芒蹊路。精舍景清幽，寒葩綻晨露。開軒縱遐矚，畫景披尺素。樓閣聳參差，岡巒莽迴互。湖光盪秋陰，塔影迷輕霧。平林乍經霜，殘緑時一遇。極目天際鴻，陣陣東南翥。覽眺愜幽懷，詩情得所助。頗念江上山，林壑饒深趣。胡爲滯天涯，久別釣遊處。兹遊洵可樂，惜哉光景遽。延佇曾幾時，西岩日將暮。空谷生悲風，萬竅忽號怒。曶霍驅烟雲，迷離使心怖。山靈莫我嗔，尋蹤下山去。奇峯面面看，一步一回顧。

嘲雜色菊花

秋菊有佳色，色貴得其正。初度錫嘉名，黄華紀《月令》。愛此晚節香，不與凡卉競。傲如曾點狂，清比伯夷聖。獨立霜天中，瘦骨撑逾勁。是以陶彭澤，栽遍柴桑徑。邇來花變態，紅紫紛相映。悦目世所珍，媚俗毋乃病。蒼蒼澗底松，古今抱貞性。

觀弈

下弈矜意氣，糜爛而戰之。中弈鬬智巧，崎嶇道亦危。上弈不嗜殺，先自固藩籬。若愚復若怯，籌畫在先幾。布置既得地，戰守乃咸宜。人或妄攻擊，罹網靡孑遺。又或投以餌，不顧如沙泥。僞遁誘深入，亦不事窮追。强敵坐沮喪，智勇兩無施。當局雖屢變，勝算常自持。静觀弈中理，可以悟兵機。還當脩内政，勿務勞遠師。

購得關中古碑拓本皆近拓不足珍因割取完文手自裝池以便臨摹并紀以詩

關中多古碑，好事搜巖谷。藺紙拓其文，攜之燕市鬻。不惜畫叉錢，購此塡書簏。近拓豈足珍，瘢疵輒盈幅。缺月隱雲霧，畫肚不能讀。鉏莠見嘉禾，芟莽出良木。庶免披尋勞，冀可臨摹熟。不煩考訂家，嘵嘵金石錄。

詠古八首

抱甕行灌園，不辭龜手苦。豈無桔槔具，機事吾烏取。拙與勤爲緣，巧與惰爲伍。達如道旁人，終輸參也魯。

昔聞蘇門山，山居有隱士。竹實堪療飢，丘壑清且美。劇談逢步兵，茫茫探太始。忽聽鸞鶴聲，長嘯風雲起。

列騎安容膝，方丈甘一肉。遺榮豈云高，徇憂不爲福。卻使還黃金，閉門求食粥。羅網滿人間，高飛慕鴻鵠。

黄瓊辟不就，死乃奠雙雞。徒步哭江夏，千秋知己悲。吁嗟一繩力，何堪大樹維。寄言林宗輩，無爲重棲棲。

朝廷徵諫官，山人辭不到。誰言索價高，所恐虛聲盜。不見陽道州，猶被退之誚。嵩山少室間，豹隱潛光耀。

兩薦不一官，淡泊明去就。窈然懷玉心，韞櫝非求售。一遇蘇子瞻，目爲元德秀。通天巖裏雲，風吹不出岫。

明月是吾燭，吾廬歸太虛。諸君六幕內，晏息吾與俱。青篛拂竿來，桃花肥鱖魚。行吟烟波裏，落落遊皇初。

空山苦清寂，家釀聊養和。但見醉侯醉，不聞歌者歌。門前一頃田，種朮不種禾。酒德竟無頌，著書成一家。

書宋葉夢得避暑錄話後

石林宋詞臣，繾綣從南渡。一除尚書丞，恩恩罷職去。結屋居卞山，絕意馳王路。避暑留陳編，堪資博聞助。烽烟蔽江淮，海角遷龍馭。簪笏集臨安，升沈在朝暮。寥寥社稷臣，惴惴投荒慮。孤鶴謝樊籠，渺矣雲間翥。此書等稗官，兼錄零章句。非矜著作才，涉筆成佳趣。其言兵與醫，民命相托付。嘗試未敢輕，尤吾服膺處。豪士急功名，千秋人國誤。

炊烟

登高望鳳城，萬戸炊烟起。飢渴齊賢愚，勞生非得已。極目青漫漫，人間血與髓。或以心計求，或以軀命市。或因起獄訟，或致忘廉恥。生人有大欲，飲食乃其始。自非采薇客，焉得忘情此。誰傳辟穀方，懷哉赤松子。

樵父詞

上山行採樵，枯木横當路。便欲施斧斤，云是他家樹。山田有人耕，枯木有人護。自從畛域分，取攜不得誤。入山亦已深，敝衣壓霜露。安得無人蹊，容我採樵去。

牧童詞

放牛上高坂，飲牛下深陂。牛馴牧童喜，横笛當風吹。秋草已萎黄，牛今乏食時。幸不驅力作，小休堪忍飢。日出遊隴畔，日落返茅茨。田家飽餐飯，焉知牛瘠肥。

憶吴郡馬岡山

蒼蒼郭西山，邐迤自相屬。馬岡雖一卷，離衆妙於獨。峭壁生陰雲，靈湫洒飛瀑。僧舍㔶三弓，枯松枕頽屋。屋後有疎篁，清風奏琴筑。雖無千仞觀，却喜一丘足。我昔遊兹山，攀蘿縱遐矚。愛此特立蹤，有似高人躅。

（以上清道光刻本《松風閣詩鈔》卷二）

蛇無齒

蛇無齒，爾何能。餓夫行乞借爾形，囊中擲出使我兒童驚。亦知蛇不嚙，無能戕我生。乞人當戶立，恐爲行路輕。不如與爾一錢使速去，清風明月門前路。

星齋見示惜花之作并南雙調曲又惠手畫蝴蝶團扇卽次惜花韻代柬

春來多雨良游負，春去閉關詩百首。李杜藩籬力披撤，蘇黄閫閾恣騰蹂。昨朝一讀《惜花》篇，醇味真如飲美酒。羡君詩境梯巉巖，應憐餘子彳階走。餘技猶敲風月詞，纏緜欲過屯田柳。南雙絕調比何似，初炙笙簧動櫻口。丹青況復妙有神，風流直接衡山叟。去年贈我紅豆圖，今番紈扇仁風受。亭亭赤繖正當空，助我迎涼倚窗牖。扇頭不畫乘鸞女，畫成雙蝶飛前後。亂紅無數芳草邊，只少瑤姬掃花帚。請翻一闋惜餘春，瓊簫好付花奴手。連朝欲雨風更晴，亭角榴花開徧否。

題顧杏樓工部元凱桐葉題詩圖

君詩醰醰美且旨，一卷冰雪宜書柿。君詩燦燦朝霞烘，千林錦繡宜題楓。胡爲不楓不柿題青桐？桐兮幹直如吾道，百尺雲霄置身早。及茲炎夏滿清陰，葉盡窗延冬日好。樹猶如此解宜人，何事狂歌泣鬼神。水曹十載冷如水，惟有詩篇和若春。

久雨初晴書齋偶興

立秋十日苦淫雨，窮巷泥深常閉戶。霧氣侵書長蠹魚，漏痕蝕壁走蠍虎。空牀長簟桁上衣，恨無風日吹曝之。雜糅腥臊臥掩鼻，時恐沴癘攢骨肌。今朝夢醒東窗紅，開簾颯颯生秋風。清商入律溽暑退，陰霾豁霽遙天空。人言秋氣悲，我覺秋氣爽。鬱蒸一以散，志意因之廣。曝衣拂簟趁新涼，一卷殘編對夕陽。斗室塵氛消欲盡，不須蘭麝更焚香。

挽徐師竹大令

送君宦粤西，追憶如昨日。粤西有章疏，具言某令卒。在閣署見題本始知。使我擲筆魂飛揚，爲君黄泉訴怨長。弱齡意態青雲上，貧病中年氣猶壯。一舉賢書宦不成，蠻烟瘴雨一身輕。已嘆入貲空破産，更嗟行役徒勞生。經綸未及爲時用，炎荒孤櫬髯奴送。回首黔敖拯歲饑，善人無禄千家慟。早知身死一官休，帶郭千鍾敵小侯。何不東皋看耕作，妻孥還免饑寒憂。

（以上清道光刻本《松風閣詩鈔》卷三）

送黄惺溪師德濂之官滇南

秋風獵獵天泬寥，秋日杲杲懸清霄。客心已逐賓秋雁，飛度衡山萬里遥。萬里乘軺豈得已，有田不歸如湘水。憶從蓬萊仙吏班，一麾地近中條山。久居瘠土守悃愊，每念民瘼身痌瘝。采蘭去去沅江曲，且開三徑栽松菊。蒿莪一旦悲鮮民，從今報國爲臣身。蒼生願望時不失，誰知吏議當貶秩。河東小醜何鴟張，發姦擿伏嗟無術。小謫猶堪領一州，點蒼山色豁吟眸。斷無溢浦天涯淚，竹馬家家迎細侯。

灌花吟

朝灌花，暮灌花，春風吹來抽碧芽。花開果熟待幾時，折花啗果人酣嬉，辛勤灌花誰復思？

驢車吟

驘力健，驢力微。驘行疾，驢行遲。力健行疾騁足陟崎嶇，力微行遲俯首取坦途。君不見揚鞭九陌花驄驕，秋霖三日泥蛙跳。始知徒步者，擇地未爲勞。

游龍杖歌和湯敦甫協揆師韻游龍，蓼也。其老者可製爲杖

良材溷迹依蓬廬，田夫野老相嬉娱。一朝大匠爲分區，不與凡卉爭榮敷。蔓枝刪碧花削朱，獨留直幹陪飛鳧。其中堅勁不數株，餘植庭際儕扶蘇。三秋日薄霜露餘，挺然特立與衆殊。手攜緑玉行踟躇，當時階前燦鄂跗。倘同蔓草揮斤鋤，安得几席蒼顔扶。百尺青藤還易枯，對茲堅節珍珣玗，非公識拔辱在塗。剝落鱗甲摧虬鬚，誰憐嘉植埋荒蕪。今看夭矯淩空虚，葛陂幻相來鴻都。神仙挾之紫閣趨，靈扉一叩登玉除。感公培植心勤劬，奇材輩出云何吁。游龍作杖古所無，邛州之竹卻不如。莫嫌

作苦比堇荼，晚境直與甘蔗俱。讚揚靈壽清芬鋪，笙簧鼓吹聲喁于。從今筇節年年儲，未容跬步離斯須。後生雅操其從吾，杖仁杖義懷永圖。

芥園秋讌圖爲金眉生州司馬安清題并懷前漕使李雲舫

同年湘棻

轉漕使者我舊游，雪中並轡之易州。召棠書院數晨夕，斷決疑獄詳稽勾。庚子十一月，雪中偕雲舫同隨隆雲章大司農讞案易州，住召棠書院。歸來從軍粵南去，雲舫從隆大司農參贊粵軍。韜畧未展心懷憂。一麾出守覲丹陛，主恩仍許鵷鸞儔。雲舫由寧國守入覲，改太常少卿，持節邗江。清卿持節邗江路，邗江南北通咽喉。夷氛方張羽書急，一軍扼塞資勝謀。功成保障烽火息，拜命轉漕津沽頭。幕中從事亦人傑，磨盾曾經費策籌。時平選勝作文讌，放歌攜手登高樓。比來使君歸讀《禮》，從事紆綬海之陬。我從京華見畫本，良朋聚散嗟三秋。郵筒題詩寄千里，因君令我懷安丘。雲舫山東安丘人。

乙巳歲暮檢點藏書數十種爲余初出樞廷時相國穆鶴舫師所畀因紀以詩

一年三百六十日，得坐春風百八十。樞直兩班輪替，一年入直各半。別時貺我五車書，重之不啻瓊瑤笈。

憶從地志披《元和》，輿圖考訂賅山河。師曾以《元和郡縣志》見贈。一書數年未卒業，況茲積卷供搜羅。樞垣橐筆周星紀，未窮經史心常悔。那堪悠忽負閒官，眼昏齒豁將何待。蕭齋對雪理殘編，感我蹉跎年復年。安得閉關謝塵事，日與古哲相周旋。

（以上清道光刻本《松風閣詩鈔》卷四）

題黄杏川刺史魯溪胥江送别圖圖爲出宰蜀中時所繪

憶别蘇臺路，來尋蜀國春。桑麻經歲長，桃李逐年新。君連次分校鄉闈，得士甚多。犢佩民堪化，蠶叢俗本淳。此行真不負，寄語故園人。

送鄭春溪水部喬林出守順德

樞院追陪久，傾心谷口風。樸誠留古意，商榷仰虚衷。秩滿星移後，交深水淡中。一麾非得已，霖雨補天功。

送松濤上人歸蘇州

未識參寥面，鄉書一紙傳。繙經來日下，呪鉢憶江邊。屈指登車候，關心欲雪天。遥看征雁影，遮莫度寒烟。

送汪少安鳴和歸里和韻

驅馬日將夕，送君神黯然。鄉心元亮徑，别緒子荊篇。踏雪來朝路，飛花昨夜筵。勞人無限意，收拾付吟鞭。

何絜人大令覲揚屬題楓江吟社圖圖凡四幀皆非吴人作無似楓江面目者因爲重繪一圖并題

約畧楓江景，橋邊岸幘吟。寺鐘醒俗耳，漁火照清心。薄宦空塵慮，新詩振古音。他年同結社，把臂入山深。

（以上清道光刻本《松風閣詩鈔》卷五）

題朱條生茂才(棆)偶存詩稿

耽吟何必盡求名，隨分高低見性情。況有山川增氣概，未妨今古一縱横。雷蒸鷲嶺雲難斷，雪澤龍荒草更生。此意何人堪會得，漫從沅澧摘芳蘅。

九日登高寄仲山

高臺尊酒對斜陽，有客孤吟天一方。紅日西飛催短鬢，白雲南去是吾鄉。寒花寂歷經秋雨，落葉蕭疎帶夜霜。嘹唳一聲歸雁響，羈人心迹共涼涼。

（以上清道光刻本《松風閣詩鈔》卷六）

題易晴江太史(長楨)南遊吟草

朝辭花縣到瀛洲，夕駕蘭橈戲白鷗。粵嶺星霜縈别夢，薊門烟樹話清秋。崆峒七字蟠奇氣，淮海千篇寫壯遊。銅斗拍殘燕市月，南飛一唱思悠悠。

題宋穉宣景宣秋江歸棹圖

瓜皮艇子一鷗輕，蘆荻中間自在行。天際白雲縈客夢，江干黄葉引詩情。米家書畫歸裝富，吴國山川秋氣清。正是故園榮菊候，欲從南雁問前程。

題太倉錢雨桐表叔綺望樓遺詩

鮮水年年泛一航，余家鮮溪。荀陳交誼淡彌長。弱齡往事縈殘夢，先輩零篇挹古香。範水模山留畫本，先生喜潑墨作山水，余曾乞畫扇。分梨覓棗傍書牀。衣言堂北傳經處，問字曾隨弟子行。

題柏靜濤少宰葰奉使朝鮮詩即和卷中渡鴨緑江韻

蜺旌幾日住行臺，山海雄關曉色開。北極分輝卿月朗，東瀛望氣使星來。館人愛客封庭樹，驛路題詩掃壁苔。應識梯航皆效順，皇華五善仗仙才。

（以上清道光刻本《松風閣詩鈔》卷七）

題馬湘蘭女史畫蘭竹〔一〕

尺幅冰綃蠹墨痕，雙鉤妙筆態溫存。嬋娟不作申申詈，香草迷離楚客魂。

綠雲嫋嫋出塵姿〔二〕，道是冰霜勁節支。日暮天寒憑翠袖，頗教人憶少陵詩。

【校記】

〔一〕此係問梅詩社第四十七次雅集所作。

〔二〕『綠雲嫋嫋』，《問梅詩社詩鈔》作『綠筠婀娜』。

檢舊藏篆隸碑版拓本追懷故友杜拙齋

秦漢殘碑百種收，蒐羅曾閱幾春秋。余集篆隸碑版，自壬申歲至戊寅共得若干種，拙齋助余考訂編次，又閱兩年之久。

蹉跎未黑池中水，每憶揮毫借月樓拙齋所居樓名。

三藐菴送樹齋師典試山左歸途偕艮甫遊古寺

軺車初駕馬騣騣，驛路吟蟬動客心。極目槐花千里共，江南丹桂久成林。師於戊子歲典江南試，艮甫即所得士。

郭外浮圖佛子家，歸鞭聊此一停車。滿庭風日秋光好，白髮園丁手灌花。

杏樓有詩見和仍疊前韻奉酬六首

試院揮毫列坐前，玉峯三月艷陽天。余與杏樓同係嘉慶戊辰春遊庠，覆試日同坐相識。同儕共羨飛聲早，一舉明經卅八年。君於是秋卽中副車。

邗江四友話燈前，己卯同舟，君與胡實甫、盧立峯三人。江上春風二月天。雁塔題名看接踵，憐余挾策幾多年。實甫、立峯、杏樓於庚辰、壬午先後登第，余獨遲至十餘年。

暮餐每趁晚鐘前，道院春花冬雪天。辛巳冬至壬午春，同寓城南圓通觀。一判升沈分手去，重逢故里又經年。

卜宅椒山故里前，消寒九九雪晴天。詩篇往復吟情劇，是我抽毫藥省年。椒山故里在查子橋，杏樓初居之。余初入薇垣，又卜居焉，每偕丁卯橋吳小穀諸君消寒聯詠於此。

思親淚落墨車前，負土傷心罔極天。一自移官儀部去，迴翔郎署感流年。君奉諱服闋，始由水部改選儀部。

畫戟風清桂嶺前，征程數到菊花天。好償舟楫經時願，不負琴書待渡年。

花間

花間攜笛三弄，石上横琴獨眠。涼與閒情共劇，月隨好夢同圓。

（以上清道光刻本《松風閣詩鈔》卷八）

五月十日因患瘍請開署缺得旨允准恭紀

前年軟脚始辭官，去年病瘳還京門。謁帝灤河歸幾日，復權樞部領諫垣。老馬伏櫪猶戀主，飛鴻在野莫避丸。世途崄巇交態幻，瘈狗狂吠不擇人。猶幸朝堂有公論，翻雲覆雨爲徒然。喟余才薄鼎折足，隻手不任擎青天。今兹罷官復以疾，青蠅或更止於樊。問心不欺自無疚，藥爐香裏吾高眠。

文

重刊上蔡謝子語録跋

古之君子尚德而不尚言。孔子曰：『文，莫吾猶人也。躬行君子，則吾未之有得。』此雖夫子謙言，亦可知以躬行爲本矣。故《易》曰：『默而成之，不言而信，存乎德行。』自宋儒門人多述其師説爲語録以擬孔門《論語》一書。其精心體驗而出者洵足發明聖訓、昭示來學矣，其或索之過深而流於晦，析之愈微而入於歧，亦不免焉。故大儒如伊川，後人猶議其門人多墮於禪。其實吕大防輩皆尊師説，何至惑於異端？夫亦於其言論偏駁處訾議之耳。若是，則有言誠不如無言矣。上蔡謝子爲程門高弟，觀其去矜主敬，知命樂天，亟爲二程所許可。徒以朱子有『細觀終不離禪解』之語，至不得與楊、尹二儒同祀兩廡者數百年，豈非《語録》累之耶？兹上元潘木君巡撫河南，請於朝，得旨從祀。道之顯晦，亦若有時數焉。木君復刊其《語録》，以垂久遠，尚友之意深矣。然謝子之得從祀廟庭，仍於其行，不於其言也。有其行，故其《語録》可傳，非因有是《語録》，而遂定其爲人也。後之君子，知立言之不易，夫亦默而識之，敏於行而慎於言可也。

咸豐丁巳閏五月，長洲彭蘊章敬跋。

大學之道

學以大爲歸，聖經先原其道焉。

夫學何以名大？蓋對小學而言也。欲示其學，可不先原其道乎？嘗思虞廷設教胄之官，實爲千古學校所由始，卽人才所由出也。

顧人才之盛，必先陶謝於君師。其趨不正，則學以駁而不純；其體不宏，則學以偏而不舉。故唐虞之書曰《大訓》，所以作之君；孔氏之書曰《大學》，所以作之師。

昔曾子嘗述夫子之言，而首原其道曰：先王教人之術，小學爲先。自入孝出弟，以至射、御、書、數之文，當人生十年以上，早諄誨而發其蒙。比及成童，乃必淬勵其精神，以期臻內聖外王之詣。

先王淑世之方，鄉學爲近。自春誦夏絃，以至敬業樂羣之節，經父師造就之餘，已涵養而存其性。迨入成均，乃更漸摩其俊秀，使各盡下學上達之功。

此大學所由名也，夫不有其道乎？

馳騖乎事功之迹，而發不由中，侈其大者學已僞，僞則軼乎學之閑，而烏足語道？浮慕乎高遠之程，而轉遺其近，詡其大者學已荒，荒則迷乎學之塗，而烏足語道？又或誤入歧趨，謂奥賾之端，探索必盡，幾非神聖之姿，不可與入大學。夫豈道之共由者乎？又或妄思躐等，謂聰明之士，頓悟可期，將廢循序之功，亦可以入大學。夫豈道之漸達者乎？

若是者，非吾所謂道也。吾欲究其學，不得不原其道。學必因人而施教，大學則不因人而殊。一人由之，千萬人可共由之。道所爲，無偏無黨也。以學立天地之經，卽以學作帝王之則，豈不恢之彌廣乎？而握要以圖，道固範圍而不過；循塗以赴，道又推暨而不窮矣。道必與時爲變通，大學則不因時而異。當世宗之，千萬世靡不宗之。道所爲，可大可久也。學不與古今爲升降，亦學不與否泰爲盛衰，豈不亙古立隆乎？而正路是由，道非異端所能託；周行可示，道非捷徑所能求矣。明德、新民之皆歸至善，是足挈道之綱，而爲正學之宗乎。

力大思精，包掃一切。處處針對下文，而於題界不溢絲毫，洵斯題之標準，亦予後學之矩矱也。曷勝欽佩。晚杜翰讀敬誌

大學對小學言，認題獨真。『道』字作『路』字解，體會尤細。理法雙清，虛實俱到，宏深肅括，卓然名程。晚匡源拜讀謹識

『大』字、『學』字、『道』字還得切，認得真，縱横上下，高挹羣言，實爲後學之準。受業文祥敬誌

語必透宗，墨無旁瀋。探原竟委，而出之以淳意高文，使人矜躁盡釋，猶見隆、萬先程矩矱。王拯謹注

劄記

《周武王踐阼記》有楹之銘、戶之銘、牖之銘，其楹銘當爲題楹之始。古人寓儆戒之意，至後人宜春帖之作，則皆取吉祥語，或寫詩句，或止數字，爲必以數字屬對也。

（以上中國國家圖書館藏稿本《硯北集》）

哀琪女〔一〕

琪花明瑤林，摧折因颸風。仙人莫復種，種此愁天公。

（《榕窗隨筆·家祭酌議》）

【校記】

〔一〕題目爲整理者所加。

寒夜不寐

僧寮對宇鐘聲動，是我清宵不寐時。遙憶小樓今讀賦，可能磨墨更吟詩。少年自勵存乎志，遠道傳言恐已遲。願爾愛身兼愛古，書紳一語勿忘之。

（彭慰高等《光禄大夫武英殿大學士先文敬公行狀》，中國國家圖書館藏稿本《硯北集》附）

和霽峯家三兄藴楷采石磯登太白樓

綺裘仙蹟久消沉，海上神鯨不可尋。壁動龍蛇飛閣迥，天寒星斗大江深。風騷涕淚詩千首，開寶興衰一襟侵。知有滄洲容嘯傲，蒼苔異代感登臨。

（符葆森編《國朝正雅集》卷八十，遼海出版社二〇一七年版）

竹朋同年見示近作題贈〔一〕

重遊蒼玉洞蒼玉洞在汀郡東城外，兩度聽新吟。去年承示詠梅諸作，今年又示遊閩諸什。清絕詩中味，超然絃外音。拚閒應亦偶，變俗不由今。翰墨兼風雅，歐虞作者林。

（李佐賢《石泉書屋詩稿》題辭，紀寶成主編《清代詩文集彙編》本，上海古籍出版社二〇一〇年版）

【校記】

〔一〕《石泉書屋詩抄》題辭中有彭藴章詩二首，此爲其一。其二爲《松風閣詩鈔》卷十二《竹朋同年見示近作題贈》其一。

天地節而四時成嘉慶戊寅江南

節象通於兩大，而氣化之成可見矣。

夫節之布於四時者，皆天地氣化所由成。於水澤之象詞著之，旨深哉！嘗占雷水之《解》矣。其辭曰『天地解而雷雨作』，蓋得乎氣之解散焉。顧春氣主散，雷雨之布施者，無虞其不足，故取之二月之《解》。而秋氣主收，時序之平均者，常留其有餘，故取諸七月之《節》。

蓋《節》爲七月大夫之卦，《恆》爲侯，《同人》爲卿，《損》爲公，而皆自《否》來。《否》之反對爲《泰》。《泰》，天地交也。《節》三陽，有天地交泰之象焉。天地之道，遇《泰》而亨；天地之時，因《節》而著。

《節》之内互爲雷，早體乎在天爲《壯》、在地爲《豫》之形，而機緘日益，乃不取《益》而取《節》，知盈虚有數，可參消息於十言。

《節》之外互爲山，又體乎山天爲《畜》、地山爲《謙》之象，而積厚期豐，乃不取《豐》而取《節》，知往復有常，可驗星躔於四仲。

嘗考卦氣之圖，《坎》、《離》、《震》、《兑》爲四正，主四時。其爻二十四，主二十四氣。辟卦十二，主十二月。其爻七十二，主七十二候。其餘六十卦，卦主六日七分。其爻三百六十，主三百六十五日四分日之一，當一歲之數，《繫詞》所謂『當期之日』者也。蓋陰陽之用，天地之妙，四時之成，莫大乎《節》。而必取上《坎》下《兑》之卦者，則又有説。

蓋《坎》之初六值冬至，九二值小寒，六三值大寒，六四值立春，九五值雨水，上六值驚蟄，《節》之乘陽氣而遞臻者，具見施生之妙用。則凡《節》屬乎陽，而《復》之時鶡鴠鳴，《臨》之時雁北鄉，《泰》之時獺祭魚，《壯》之時鷹化鳩。萬物之生成，何一非四時之調劑？一言節而流行不忒，已握化成久道之原，故侯卦存乎恆德。

抑《兑》之初九值秋分，九二值寒露，六三值霜降，九四值立冬，九五值小雪，上六值大雪，《節》之侯陰生而迭至者，默操肅殺之大權。則凡《節》屬乎陰，而《否》之時白露降，《觀》之時雷收聲，《剝》之時草木落，《坤》之時虹藏不見。兩間之鼓盪，何莫非一氣之節宣？一言成而循環無端，已覘節而言之之義，故卦氣起自《中孚》。

惟聖人德配天地，四時以和，萬物以成，所由氣化調，而休嘉應也。

根据仲翔之旨暢發消息，恰合此題義藴。

（朱昌壽《漢儒易義針度》附《近科文式》，《四庫未收書輯刊》本，北京出版社二〇〇〇年版）

道光刻本松風閣詩鈔第三冊前言〔一〕

余於乙酉冬刊甲戌以後詩三卷曰《澗東集》； 丙戌至辛卯作曰《花南集》； 壬辰至乙巳作曰《竹西集》，各三卷。乙巳冬，删而存之，改編年爲分體，釐爲八卷，共得詩七百九首，題曰《松風閣詩鈔》，刊於京師，而《澗東》、《花南》、《竹西》之名不復存矣。丙午作題曰《硯北集》，是秋視學閩南途中作別題曰《乘軺集》，到閩後作又別爲《問心集》各一卷，皆未分體，仍附於前刊八卷之後，以俟他日删定。

戊申四月，硯北山樵自記。

卷之九　硯北集　古今體詩五十六首丙午春夏

卷之十　乘軺集　古今體詩六十一首丙午秋冬

卷十一　問心集　古今體詩九十三首丙午冬至戊申春

卷十二　問心集　古今體詩一百十二首己酉閏四月止

【校記】

〔一〕此標題爲整理者所擬。

墨林今話書後

余之獲交於霞竹也，因拙齋杜君。霞竹善畫山水，拙齋工八分，嘗以道光元年上巳修禊於蓮溪顧氏草堂，吴中諸畫師及書家畢至。余不善畫，輒爲諸畫家題詩，山林樂事，不可多得也。余又嘗爲霞竹題《破樓風雨圖》，又題其詩卷，雖皆愁苦之音，却寓曠達之致。繼而出處殊途，風流雲散，君竟以窮困終，可慨也矣！今哲嗣仲蘺將集資刊君所著《墨林今話》若干卷行世，可謂有子矣。近世士大夫鳴鐘列鼎，而於先人手澤或視爲無足重輕，至飽蠹魚之腹者不少矣。仲蘺坐守寒氈而能志存善述，可不謂賢乎？己酉冬日，余自閩南視學還朝，道出清河，獲睹是編，結習未忘，因書數語於後，以復仲蘺。長洲彭藴章。

（蔣寶齡《墨林今話》，李保民校點本，上海古籍出版社二〇一五年版）

峽陽屏山書院記

劍津爲朱子講學往來處，其西溪沿流而上曰峽陽，巨鎮也。乾隆初，分駐南邑，邑丞所轄一十五圖。道光二十六年，楊君應斗宰是鄉，修廢舉墜，謂峽陽民風樸而未淳，士習端而近嗲，皆由薰陶之術未周。乃與諸士紳議立書院，陟巘降原，相其形勢。睇及屏山之麓曠遠清幽，曰：『此可爲育才地矣。』爰捐俸倡始，以次題捐，咸踴躍佽助。於是營基購址，庀材鳩工，中建講堂，刊奉朱子《白鹿洞教條》。復構後堂，以祀四賢，前後東西兩廊門廡外擴地數畝許。堂之背又隙地十餘畝，周圍繚以牆垣，更繞以旁舍，共得五十一棡，遂顏其堂曰『屏山』。始於戊申四月十八日，成於本秋八月十二日，閱己酉而工竣。余以丙午奉恩命視學閩疆，按試至津，知峽陽應試生童甚夥，歷科科名不絕，歲科試竣，還朝奏報。庚戌春，應孝廉鑾階來會禮部試。應君蔚華，余己酉所拔南邑高才生，亦以内廷召試入都，晤於邸舍。二君皆峽產也，以新建書院碑記請余。惟國家敦崇教化，詔中外郡縣咸修學宮，勅諭學臣加意教育，旁及僻壤山陬，無不得設義學書院。凡以廣德心，以一士習、儲民材以待朝用也。且教立則經正，經正則庶民興行而無邪慝，其極至於道路相讓，風俗仁厚，而刑罰措。今楊君能以經術潤飾吏事，權篆數月卽汲汲於講學之區，以化民成俗。徵諸一事，其爲治之不苟可知矣。而諸生生長理學名邦，濡染授受淵源，當益奮興，求爲有體有用之學，以明、新、至善之道爲必可由，以孝弟忠信、禮義廉恥爲不可缺，以枉尺直尋、飾非怙過爲必不可爲，以博學篤志、切問近思、主敬行恕、存養省察爲不可不勉。而及上溯周、程，遠宗洙泗，於以自内文明之治。他日進則爲名公卿，退則宣上之德，觀感閭里，以同風俗，以副聖世。不遺荒遠，永久無斁，作人之意，豈不懿歟！方今聖天子恭默思道，日與大臣表章正學，講求正心誠意，本心法爲治法，此尤士君子爭自濯磨、亟欲報效之秋。夫士行爲民俗之根，牖民以淑士爲鵠，固非獨係一鄉一邑也，亦在勉之而已。余故徇二君請，爲約畧其言使鑱諸石，至其題捐、役費、租田、約禁，另碑故不書。

清道光三十年歲次庚戌仲夏之望，賜進士出身、工部右侍郎兼管錢法堂事務、前提督福建省學政加三級詠莪彭蘊章撰。

（吴栻等修〔民國〕《南平縣志》卷一三，《中國地方志集成》本，上海書店二〇〇〇年版）

筠心堂存稿序

古之稱循吏者，所居民富，所去見思。雖政教不相沿襲，而其本仁育物，不尚細苛；以禮齊民，不爲苟簡者，未嘗不先後同符。蓋惟道德之華發爲經濟，故處則實學裕於躬，出則實政被於民也。瀹齋張先生係出先六世祖仁簡先生之門。康熙初，仁簡先生去官歸里，倡教於文星閣下，以程、朱之學啓迪後進。先生默識心融而歸本於躬行實踐，嗣由庶常改官欒城令，旋擢寧州牧，出其所學以爲政，所謂本仁育物、以禮齊民者。方諸古人，庶幾無愧，沒後從事文星閣下。余居鄉時，春秋展祀，追慕風徽，未嘗不心嚮往之，而無由誦其詩、讀其書，以想像其爲人也。今年秋，先生來孫福泰郵示先生所著《筠心堂稿》若干卷，屬爲序。發篋讀之，根柢深厚，粹然儒者之言。昔先侍講稱先生文貫綜經史，根據理要，真能知先生之深者矣。抑余更有慨者。古之鄉先生歸田息影，惟與其徒從容論道，一時承其啓牖者涵濡砥礪，動以古人自期，故得處爲醇儒，出爲良吏。晚近以來，師道不明，執簡受業之輩大抵舍本逐末，沈溺於科舉之學。一旦出而臨民，茫然無所措手，世遂以迂疏寡效鄙夷之。豈古今人不相及哉？是在維持世教者權其輕重而奮然有以振興耳。是爲序。

咸豐四年十月，同里後學彭藴章譔。

（張孝時《筠心堂存稿》，紀寶成主編《清代詩文集彙編》本，上海古籍出版社二〇一〇年版）

怡志堂詩初編序

伯韓同年由翰林入諫垣，京居多暇，每以篇什相切磋。其詩倜儻有奇氣，自别去還鄉，身居戎馬之郊，目覩哀鴻之狀，撫時感事，觸境寫懷，又曠然一變其體，而詩律更臻醇古。紬繹數過，欽服無已。丁巳夏，長洲彭藴章。

（《怡志堂詩初編》，紀寶成主編《清代詩文集彙編》本，上海古籍出版社二〇一〇年版）

奉政大夫際唐胡公墓碑

君諱會勳，字覲堯，號際唐，爲宋進士大理寺評事謚剛簡公後。至諱照萬者，爲君之曾祖。君祖諱中鯉，世有隱德。父諱諦錫，生三子，君其季也。性至孝，父早世，母李夫人晚年多病，君躬調藥餌，盡心奉養，歿時祭葬盡禮，伯仲皆推孝行，人無間言。所居里名上棟，聚族不下數百家，有疑輒決於君。

君正言指示，衆皆遵行。里中有挾睚眦啓釁者，君弗校，人益敬憚，和協如初。初習舉業，攻苦倍至，十數試輒遭擯，君處之恬如。嘗修吉安宗祠，力任勸輸事，崎嶇山谷，再閱寒暑。又修里中宗祠，并修家譜，增刊剛簡公《象臺首末》遺書。所居距江遠，每苦旱，乃倡捐錢若干，濬塘八，至今稱沃壤焉。遇歲歉輒舉平糶，其餘修造橋梁、道路等善舉不勝書。鄰人有築屋侵地，族人不允，君勸令勿校，事遂寢。課孫宗元甚嚴，比登賢書，猶督責不勧。卒於道光己亥年十二月初六日，葬羊牿嶺祖塋。生於乾隆庚辰年八月初一日，享壽八十，授九品職，以孫宗元官誥贈奉政大夫、兵部職方司員外郎、加一級。配氏蕭先卒，誥贈宜人。子二，長煥鑑；次煥霄，咸豐元年制科舉孝廉方正，欽賜六品服，以子宗元官封如制。孫宗元，道光乙未舉人，兵部職方司員外郎，加一級；次宗禮，九品職，出爲伯父後；次宗典，九品職。孫女一。曾孫八，曾孫女九，玄孫二。宗元乞余銘墓，距公之葬已二十餘年矣。宗元志在論譔其祖考之德行功烈，以明著於後世，所以崇孝也，遑問時之遠近哉？《論語》曰：『惟孝友于兄弟，施於有政。是亦爲政，奚其爲爲政？』若君之敦行醇修，勇於爲善，庶足當之矣。銘曰：

勇以律己，恕以待人。型家訓肅，睦族情敦。詩書啓後，紹述前芬。竇家五桂，于公駟門。卜君世澤，大庇後昆。勒茲貞石，千載有聞。

（彭際盛等修〔光緒〕《吉水縣志》卷五十七，《中國地方志集成》本，鳳凰出版社二〇一三年版）

奉政大夫徵士秋朗胡公墓誌銘

君諱煥霄，字星南，號秋朗，宋進士大理寺評事謚剛簡十九世孫。君之曾祖諱中鯉，祖諱諦錫，世有隱德，爲江右望族。父諱會勳，博學勵行，里中敬憚，以孫宗元官誥贈奉政大夫、兵部職方司員外郎、加一級。母氏蕭，贈宜人，生子二，季卽君也。幼承家訓，以完人自期。咸豐元年制科舉孝廉方正，欽賜六品服，人咸稱名實相副。吉水膺斯選者，我朝蓋自君始也。君見善如不及，邑中改建文廟，重新仁文書院，修理城垣，倡集賓興會，無不竭力捐助，以期集事。族人有無子者，爲撫其兄之子爲子，俾延似續。族人有得舊券一紙，約值數千金，欲持以索逋，君多方開導令焚之。有速訟者，里鄰直之，君曰：『橫逆可受，訟不可興也。』其人聞而愧服，事遂寢。君性恬淡，不樂仕進，幼業儒，一再試於有司，不售，遂足不履城市者四十餘年。居恆流覽經史，願以布衣老。課子宗元讀書甚嚴，道光乙未科舉人，兵部職方司員外郎、加一級。咸豐八年，以宗元官誥封君爲奉政大夫，配劉氏封宜人如制。次子宗禮，九品職，出爲伯父後。次宗典，九品職。女一，適同邑九品職曾心海。孫裕徵、友徵、壽徵、儀節、儀翰、藻徵、儀和、儀順，孫女九，曾孫二。君生於乾隆戊申年正月初十日，歿於咸豐八年二月十二日，享壽七十有一。九年十月，葬於村居右山，宗元乞余爲表幽之文。余祖籍江西，與江西士大夫相識居多。近年權兵部尚書，得聞宗元之名而愛重之。今按君生平存心立品不忝前人，所謂世濟其美者也，爰不辭固陋而爲之誌，并系以銘曰：

吉水之濱，篤生完人。躬行孝弟，廉讓是敦。剛方不折，正直路遵。爰以行舉，古道今存。錫之章服，以榮其身。義方式穀，疊被恩綸。保茲世澤，累禩常新。繼承勿替，視我斯文。

（彭際盛等修〔光緒〕《吉水縣志》卷五十八，《中國地方志集成》本，鳳凰出版社二〇一三年版）

桐華竹實之軒詩鈔序

詩以道性情，故天懷高曠者，其詩必超脱塵氛。而其懽愉愁苦之殊，又各隨境遇爲轉移，所謂詩中有人。不如是，則其詩不載性情以出，非真詩也。

小榆爲余同年友，既入翰林，將致通顯，乃以微痾引退，不復有進取之志。嘗與詞人墨客，登山臨水，發爲詠歌，自得春風沂水之樂。有時病臥一室，覽閒庭之花草，感時序之推遷，則如管寧藜牀，嵇康鍛竈，孤蹤落落，不知身在城市中也。令兄月川，歇歷中外，總領封圻，而小榆棄青紫若敝屣，視軒冕如桎梏，又與李愿盤谷先後同符者矣。

余爲塵網所牽，不獲與君以文字相切磋，及君之歿，始讀其詩。近體佳句，嗣響晚唐；古詩疏鬯，風骨高騫，各極其妙。雖早歲辭榮隱居家衖，而有和平之氣，無抑塞之情，非天懷高曠而能如是耶？是編爲君友文鐵仙先生選定，凡若干首。月川將付剞劂，乞余言以弁其卷端，而以試帖一卷附焉。

同治元年壬戌仲春，長洲年愚弟彭藴章拜撰。

（謙福《桐華竹實之軒詩鈔》，多洛肯點校《和瑛文學家族詩集》本，上海古籍出版社二〇一八年版）

附錄

附錄一　自訂年譜

同治元年十一月十一日，內閣奉上諭：　前任大學士彭藴章敬慎持躬，老成練達。由部曹洊登卿貳，渥荷文宗顯皇帝知遇之隆，簡任綸扉，參預機務，均能恪恭盡職。咸豐十年間，因病開缺。上年病痊銷假，卽命署理兵部尚書。朕御極之初，復命署理都察院左都御史。本年夏間，復因病劇，請開署缺，當經降旨允准。方冀安心調理，克享遐齡，茲聞溘逝，軫惜殊深。著賞給陀羅經被，派郡王銜貝勒載治帶領侍衛十員卽日前往奠醊，加恩照大學士例賜卹，任內一切處分悉予開復，應得卹典該衙門察例具奏。伊孫戶部學習員外郎彭達孫著俟服闋後，作爲候補員外郎，用示篤念耆臣之至意。

欽此。

諭賜祭文

維同治元年十二月戊寅朔越六日癸未，皇帝遣禮部右侍郎龐鍾璐致祭于前任大學士彭藴章之靈曰：　朕維志矢靖共，懋績著卅年之望；　謨資弼亮，推恩思一德之遺。惟亮采之勳隆，宜飾終之典渥。彝章載考，琱俎式陳。爾前任大學士彭藴章任事恪恭，持躬敬慎。薇垣視草，早分祕省之勤；　蕊榜簪花，榮與巍科之選。歷著藎猷於郎署，洊躋華秩於卿寮。赴閩嶠以掄英，星軺周莅；　典禮闈而校藝，月鑑高懸。職徧六官，飭五材而工虞久掌；班崇百揆，閱十載而密勿勤襄。書齋總典學之司，講幄重嘉謨之告。既而引疴解職，俾開缺以安心；嗣復起疾登朝，攝司戎而勵翼。朕承大統，眷篤老成，緬東閣之成勞，權西臺而視事。辭官累月，切盼瘳期，告逝崇朝，遽聞遺疏。爰沛恩綸而賜奠，并頒經被以示榮，典重易名，賞延後嗣。於戲！風淒黃閣，常懷調鼎之勳；露渥丹宸，不盡騎箕之感。爾靈不昧，式克歆承。

諭賜碑文

朕維績懋台衡，碩輔樹當朝之望；恩推故舊，貞珉垂後世之型。既展祀而肆筵，更揚名而勒石。爾原任大學士彭蘊章持躬敬慎，莅事周詳。珥筆薇垣，簪花杏苑，蜚英聲於郎署，著峻望於卿階。歷六部而宣猷，恪恭匪懈；首百寮而端揆，篤棐彌深。勵翼樞廷，允矣辰猷之告；殫心綸閣，欽哉日贊之思。闈嶠量才，衡操玉尺；禮闈選士，鑑澈冰壺。經筵則啓沃時殷，史館則折衷悉當。凡一時非常之遇，皆先朝特達之知。肆在朕躬，眷懷耆宿，暫總柏臺之職，冀調梅鼎之勳。引疾籲陳，許解職而俾資調攝；淪徂遽告，覽遺章而追念老成。特加優卹之恩，用舉易名之典，謚曰文敬，狀厥生平。於戲！梁棟望崇，百世之榮名不朽；松楸氣鬱，千年之華表常存。貽爾後昆，欽予時命。

前任大學士臣彭蘊章跪奏，爲天恩未報，臣病垂危，伏枕哀鳴，仰祈聖鑒事。竊臣江南下士，學淺才疏。中式道光乙未科進士，蒙宣宗成皇帝特達之知，由部曹洊登卿貳。文宗顯皇帝御極以來，渥承寵眷，在軍機大臣上行走，洊擢至武英殿大學士、管理工部事務、上書房總師傅，賞戴花翎。咸豐十年六月，骸疾沈重，奉旨：『彭蘊章精力漸不如前，著毋庸在軍機大臣上行走，以示體恤，欽此。』臣卽請假調治，未見痊愈，旋經奏請開缺，蒙恩允准。十年三月，骸疾稍痊，親赴灤陽行在銷假，奉旨署理兵部尚書。我皇上御極之初，復蒙恩命，署理都察院左都御史。本年夏間，忽患外瘍，氣血兩虧，骸疾復發。具摺籲請開缺，奉旨允准。現在中原多事，正臣子馳驅報國之時。臣方冀病體漸痊，重效犬馬之勞，仰答高厚鴻慈於萬一。詎料入冬以來，正氣更虧，肝旺脾衰，動卽喘逆，病入膏肓，自分萬無生理。伏願皇太后勤求治理，皇上聖學日新，力籌用人行政之方，以致長治久安之盛。臣雖在九原，實有榮幸。臣志瞀神迷，語盡音竭，無任依戀銜結之至。謹望闕叩頭，口授臣子繕遞遺疏，恭謝天恩，伏乞皇太后、皇上聖鑒，謹奏。

年譜

詒穀老人手訂

乾隆五十七年壬子七月七日卯時，生於蘇州葑門磚橋上塘狀元第衣言堂東南鶴和樓下西房，名琮達，小字鐵寶。時先祖妣錢太夫人年六十二歲，先考蘭臺府君年三十二歲，先妣江太夫人年二十六歲。姊三人，二前母顧太夫人出，一同母。遡吾彭氏，自明洪武間學一公由江西臨江府清江縣來蘇，是爲遷吳始祖。五傳至我九世祖梧山公諱天秩，嘉靖辛酉舉於鄉。八世祖蓼蔚公諱汝諧，萬曆庚子舉於鄉，丙辰成進士，甫旬日卒於京邸，國朝康熙二十三年詔入鄉賢祠。七世祖敬輿公諱德先，以諸生貢太學，屢試南北闈不第。六世祖一菴公諱瓏敦，氣節立，慎交社，順治丁酉順天鄉試亞元，己亥進士，令長寧。居官慈愛爲懷，以廉直不容罷斥，歸，深究性命之學，從遊者三百餘人，歿後弟子私謚曰仁簡先生。五世祖南畇公諱定求，康熙壬子舉於鄉，丙辰會試、廷試皆第一，授修撰，官至侍講。歸田後，優遊道德之塗，闡發程、朱之藴，如是數十年，爲世通儒，歿祀鄉賢。高祖惕齋公諱正乾，醇謹厚德，克延先緒。曾祖芝庭公諱啓豐，雍正丙午舉於鄉。明年丁未會試第一，廷試卷列第三，世宗親擢第一，授修撰，直南書房。乾隆初擢侍講，累遷至兵部尚書。以廉明能文受兩朝知遇，歷官所至，因事獻納，多切中時務。晚主紫陽書院，論文必經經緯史，平生坦懷接物，不知人世有機械事，卒年八十有四，祀鄉賢。配宋太夫人，贈中憲大夫鼎來公女。祖應山公諱紹咸，篤於孝友，侍母瘍疾，滌瘡塗藥，半載無倦容。後以芝庭公致仕歸，晨昏侍奉，遂絶意進取，以增貢生終。配錢太夫人，贊善培園公女。應山公六子，我父蘭臺府君諱希涑，居第四。少通敏善悟，十六補諸生，食廩餼，乾隆丙午舉於鄉。幼失怙，哀毁如成人，事母依依孺慕，曲得歡心。持躬應物一本樸誠，終身無華美之飾、聲色之好。讀南畇公書，識性道之學；聆芝庭公訓，得制義之軌；習於叔父二林公，畧涉内典，故能端本行，崇實學，屏浮華，卓然自立也。配前母顧太夫人，聰慧過人，性情肫摯，翰林待詔芥亭公諱世旼女。吾母江太夫人篤心苦行，孝謹慈和，贈修職郎慕村公諱仁女。

五十八年癸丑，二歲。十月初一日，仲姊殤。十三日酉時，府君歿於尚書第玉樹山房，殯於拱星樓下。府君生於乾隆二十六年辛巳六月十一日丑時，年三十三歲。葬於吴縣高峯山陳巷村，地名高山菴。墓後靠山西北角有一小廟，卽高山菴，向中有遠山三小峯，形如筆架，西南、西北大山兩座，如旁拱形，卯山酉向，兼甲庚三分，顧太夫人先葬焉。冢南數步一小冢，仲姊墓也。

五十九年甲寅，三歲。五月二十八日戌時，江太夫人遺腹生弟尹達。

六十年乙卯，四歲。十二月除府君服。

嘉慶元年丙辰，五歲。正月二十日，叔祖二林公歿於文星閣，余往送殮。

二年丁巳，六歲。二月入塾，受業於母舅江守愚先生廷楨，館居易齋，時居尚書第。

三年戊午，七歲。仲弟入塾。

四年己未，八歲。正月受業於蔡靜侯先生鳳占。二月初五日卯時，先妣江太夫人歿於尚書第玉樹山房，殯於蘭陔草堂，時年三十三歲，十二月合葬於府君墓。是年恭遇覃恩，叔父葦間公以禮部主事加一級，貤贈府君奉直大夫，先妣均贈宜人。夏，余移居玉樹山房樓下，依祖母居，三姊及仲弟仍居樓上。

五年庚申，九歲。二月，余移居樓上。四月初二日，伯父瑤圃公由御史告假，挈眷自京歸，暫居留耕小築。堂兄遠峯公以庶常告假，隨侍歸家。六月初三日巳時，祖母錢太夫人歿，年七十歲。十月，叔父葦間公由禮部郎中丁憂，挈眷歸。十二月，伯父修田公由貴州學政丁憂，挈眷歸。葬錢太夫人於吳縣堯峯山應山公之墓，地名柴場村。應山公生於雍正癸丑年九月初二日，歿於乾隆壬辰年五月二十四日，年四十歲。錢太夫人生於雍正辛亥年十一月初三日。柴場村墓坐東朝西，緊靠高山，其前丙舍是年始築。十二月十七日，余依伯父瑤圃公、伯母朱太夫人居留耕小築。時遠峯兄已赴京散館，嫂金宜人患病漸劇，仲弟依叔父葦間公、叔母瞿太夫人，三姊依伯父修田公、伯母張夫人，皆於十七日分散。

長姊依伯父秋嶽公、伯母錢太夫人，先於十六日遷去。時長姊年二十歲，三姊年十歲，余年九歲，仲弟年七歲。是年伯父瑤圃公爲余改名藴章，號曰詠莪，弟尹達改名翊，皆以原名爲字。

六年辛酉，十歲。二月十二日，金氏嫂歿於留耕小築。三月余患爛喉痧，三日夜不醒，趙來章、卜三英診治，及愈，皮皆蜕。四月隨伯父移居衣言堂西成裕樓下，庭中蜀葵花極盛。是年長姊適同里汪晴川茂才澐爲繼室。時余仍與仲弟同塾，自正月至六月塾在衣言堂宅，七月至十二月塾在尚書第，以葦間公住尚書第拱星樓故也。九月遠峯兄歸，冬葬金氏嫂於吳山嘴。

七年壬戌，十一歲。九月伯父母送遠峯兄就婚於清江浦吳菘圃河督署，余亦隨往，館於稼園，一月始返。舟中帶《左傳》，伯父授讀。是月汪晴川姊丈歿。

八年癸亥，十二歲。夏始作破承開講，冬作起比。遠峯兄偕吳氏嫂歸。

九年甲子，十三歲。正月受業於黄亦秋先生春霆，府學廩生。三月完篇。七月曾祖芝庭公入祀鄉賢祠，修田公赴京補官，遠峯兄挈眷往清江。

十年乙丑，十四歲。六月伯父患瘧甚劇。是年冬，伯父爲余締姻於德清徐氏，爲前任河南涉縣令東麓公振甲長女，江南副總河心如端長妹。

十一年丙寅，十五歲。正月受業於袁韻亭先生實樹，府學茂才。始應童子試，考長洲縣，文題『盍各言爾志』、『國人皆曰賢』，詩題『池塘生春草』，覆試三次，始作賦，第一題『野竹上青霄』。二月府考，文題『寧固』，未覆試。八月赴崑山應院試，文題『祭於公』、『王之爲都者』，案發，以詩疵見擯。九月初六日子時，伯父瑤圃公歿。公生於乾隆二十三年戊寅九月二十七日寅時，年四十九歲。時遠峯兄在京供職，諸伯叔父以余爲瑤圃公撫育，命代主喪，仍持朞服。十一月遠峯兄奔喪歸。

十二年丁卯，十六歲。遠峯兄在家時與余講八股法，頗有悟。三月葬伯父於吴縣善人橋墓，前伯母陶太夫人先葬焉。冬，叔父葦間公、竹坡公同遷居婁門大儒巷，堂名中合。遠峯兄往依其外舅吴河帥於濟寧，兼掌教書院。伯父修田公典試福建，道出吴門。

十三年戊辰，十七歲。正月應縣試。文題『或問子産』一節，覆試四次，正案名列第三，縣尊韋協恭。二月府試，文題『鯉退而學禮，聞斯二者』，覆試三次，正案名列第八，府尊瑭瓌。三月院試，文題『揖所與立』，次題『避水火也』，詩題『春羹芼白菘』，取入長洲學第十名，覆試改爲第九名，四書題『孰謂微生高直』，經題『當其可之爲時』，學使爲江西萬和圃侍郎承風。偕嚴華峯先生壽圖、袁韻亭師同登玉峯。四月二十八日入學，是日雨，未申始晴。五月肄業正誼書院。七月初六日赴鄉試，附汪淵亭竹林舟，伯父秋嶽公送至舟中。錄遺，正取第十名，題『力不能勝一匹雛』。寓秦淮河房，與汪易門甥棨同居一室。甥與余同入泮，後凡鄉試必偕行。余患黄癉病，八月初始愈，愈即入場。時伯父修田公任内閣侍讀學士，余編入官卷，坐黄字號，與顧珠亭璜、陳桂軒仁榮同號相契，後遂訂交。珠亭後改名麟珍，兩人皆是年同入泮者。報罷，知卷出來安令伍士超房，薦而不售。

十四年己巳，十八歲。讀王農山《蘭雪堂制藝》，學爲華贍之文。八月科試一等十名，文題『齊明盛服』二句，詩題『卷幔五湖秋』，覆試題『質勝文則野』一章。考古學，取蘇太兩屬第十二名，賦題『仁壽鏡』，詩題『夾路稻初香』，第二韻云『三秋魚米境，再熟水雲鄉』。學使滿洲研農侍郎玉麟稱爲冠場，刻入試牘。九月往清江浦就婚於徐，時東麓公已逝世，心如任江南河道副總督，伯母舅朱曉江送余往寓吴菘圃河帥署中。十一月二十八日就婚，成禮時心如副帥以督工在外，仲舅雲客司馬章由東河假歸，辦嫁妹事。十二月初九日，遠峯兄殁於京，余歸省伯母朱太夫人於家。以二十三日起身，河凍不能行，至寶應起旱肩輿，至揚州始登舟南下。是年十月，三姊適同里謝屺望茂才騤。

十五年庚午，十九歲。歲朝立春，余時在揚州旅店，初四日到家。三月復至清江，吴氏嫂由京回至清江，菘圃先生迎至署，余挈婦往見。四月挈婦歸里，五月初二日到家，居鶴和樓下。余復獨往清江，六月初三夜，歸。舟行至丹陽之黄泥壩遇盜，僕人周德、沈三皆被傷，逾年盜就獲。七月聞吴氏嫂殁於清江。八月往江寧應鄉試，薦而未售。是科起官卷改坐新號。十月，遠峯兄暨吴氏嫂柩先後到家。

十六年辛未，二十歲。三月歲試一等二名，題係《中庸》『春秋』二字，覆試改爲五名，題『鳶飛戾天』二句，學使爲諸城劉雲房侍郎鐶之。八月二十四日卯時，長子慰高生。十二月遷葬瑶圃公、陶太夫人於吴縣西隆池，時陶太夫人葬已三十餘年，開壙，銘旌字猶宛然，逾時見風即滅。又遷金氏嫂柩與遠峯兄、吴氏嫂合葬於西隆池墓之穆位，其幼殤之一子一女祔於旁，并建祠屋，皆伯父秋嶽公經辦，余同往相度。十二月十七日，以慰高爲遠峯兄後。先是瑶圃公殁，郡中紳士公呈請以公入祀鄉賢祠，嘉慶十三年督撫題准，至是始送神位入祠。

十七年壬申，二十一歲。十月初七日，次子元夔生。余科試二等二名，肄業紫陽書院，始葺碧梧廬爲讀書處。

十八年癸酉，二十二歲。春，受業於蔣塵緣先生景曾，甲子舉人，始授以墨藝作法及經文考據。遇文期，作三文一詩，次日繕寫，與闈中同。如是數月，文機頗暢。八月應鄉試，文已中式，因策中訛字見遺，主司惋惜。

十九年甲戌，二十三歲。正月歲試一等三名，四書題『君子創業垂統』二句，經題『是以有袞衣兮』三句。考古學，取蘇太兩屬第六名，賦題『玉皇香案吏』，詩題『匣劍囊書赴知己七言八韻』，學使爲新城陳雪香侍郎希曾。覆試古學時適遇大雪，題云『雪中集』，試者五十六人，各呈勵志酬知詩四章。余作五言古四首，頗蒙激賞。二月二十二日丑時，長女生。始受業於王惕甫先生芑孫。余意欲學爲古文，先生云須先將《史記》、前後《漢書》熟讀方可問津。余畏其難，乃求學爲詩，先生授以漢、魏至唐人作若干首，時誦習焉。自是閱一二月，得詩數十首，就正於惕甫先生。先生幼子井叔茂才嘉祿，年未弱冠，詩才宏富，與余交最厚。居本相近，晨夕過從，論詩文不倦。時余無他友，惟井叔一人而已。夏，蘇城大旱，地生毛。始學篆書，問業於茂才嚴介堂先生寅，又學畫山水，旋卽棄去。始葺食舊齋樓房爲讀書處。

二十年乙亥，二十四歲。春，仍肄業紫陽書院。時石琢堂先生韞玉主講席，頗賞余文，必居超等，因是每課必到。是年刻府君詩稿續編，惕甫先生序。前母顧太夫人著有《芸暉閣詩草》，舊版剝蝕，亦重刊焉。始購篆隸碑版，兼習隸字。與杜拙齋厚交，拙齋工八分。三月初七日戌時，次女生。八月科試二等五名，古學取蘇太兩屬第六名，題『黃鍾養九德賦』、『擬顔延年五君詠』。

二十一年丙子，二十五歲。春時騎馬遊靈巖、天平諸山，刻《古賦識小錄》。先是，遠峯兄長女締姻河南商城程鶴樵國仁之第四子家穎，於甲戌年來就婚。家穎字小棠，人極溫雅，好名人書畫，與余尤相契，至是年六月以病歿。冬，姪女扶柩歸，時鶴樵任山東臬使。仲弟捐監，與余同應鄉試，騎馬游明孝陵、清涼山。榜發，皆薦而不售。十二月二十一日丑時，第三子祖芬生。

二十二年丁丑，二十六歲。正月歲試一等一名，四書題『修道之謂教，道也者，不可須臾離也』，經題『下管　象武』二句，覆試題『詩云潛雖伏矣』兩節。古學取蘇太兩屬第六名，覆試改第一名，賦題『說文解字』，詩題『竹閉緄縢七言八韻』，覆試『木雞賦』、『擬古吳趨行』，學使爲蕭山湯敦甫侍郎金釗。二月游支硎山，寓居何亭。僧人善燒筍，每晨飽餐而出，乘肩輿任意所之。時梅花盛開，塵襟頓豁，共得詩五十餘首。居七日，仲弟泛舟來邀余游玄墓，乃鼓棹太湖，同登朝元閣，眺漁洋諸山。復乘肩輿過香雪海，穿枇杷林，至石樓石壁而還。元夔損右足，醫治無效。四月二十一日，伯母朱太夫人病歿，年五十四歲。余撰《行述》一篇，十月葬朱太夫人於西隆池瑤圃公墓。十二月二十二日，叔父竹坡公歿，年四十八歲。仲弟移居鶴和樓下，與余同作篆隸，終日相對。至杭州，送徐心如葬於青龍山。

二十三年戊寅，二十七歲。葺一柏山房，栽花木數種，取庾蘭成《小園賦》『花隨四時』句以顏其圃，自號小園。刻府君文稿，胡實甫希周參訂焉。四月食饑。五月大雨雹。八月應鄉試。初至金陵，小病，比入場乃愈。是年官卷坐地字號，榜發中式第十九名，文題『君子和而不同』二句、『追王太王王季』二句、『孟子居鄒』一節，詩題『一樹百穫得人字』，主試爲黃梅帥仙舟侍郎承瀛、東陽盧秋槎侍御炳濤，房師爲天門劉海樹太守珊，時官安徽天長令。伯父修田公時官少司寇，閱《江南題名錄》，具摺謝恩。仙舟師云予卷可中十名，因官卷故抑之。

二十四年己卯，二十八歲。正月赴京應禮部試，同舟四人，胡實甫工部、盧立峯農部毓嵩、顧杏樓禮部元凱，三人於庚辰、壬午兩科皆成進士。二月二十日到京，住孫公園，伯父修田公宅。比出場，伯父以從耕失儀，吏議左遷，奉旨補授福建按察使，將出京。余尚候榜，移住西皮市叔父葦間公寓。寓中疊石爲山，頗多喬木，韓桂舲尚書崶顔曰『疑埜山房』，胡實甫同寓焉。謁山陽汪瑟菴尚書，請作府君文稾序。四月下第，偕實甫同歸。閏四月二十九日未時，第四子祖賢生。夏旱。七月叔父葦間公擢湖南常德守。九月二十三日，伯父修田公歿於福建任所，年六十三歲，十二月柩至家。

二十五年庚辰，二十九歲。正月赴京，偕實甫同行。德州被水，改行山路。登泰山，至濟南訪程鶴樵中丞，到京住延壽寺街長元吳會館。下第歸。七月撰《先妣江太夫人行述》。

道光元年辛巳，三十歲。四月朔，日月合璧，五星聯珠。伯父秋嶽公舉孝廉方正。五月二十九日丑時，第五子祖彝生。刻瑤圃公詩稿，石琢堂先生序。九月往曹河徐雲客官署。十一月到京，寓南横街圓通觀。

二年壬午，三十一歲。會試卷出湖南黄惺溪檢討德濂房，薦而不售。時何一山同年桂馨散館來京，同寓圓通觀，與余講論八股，頗得其益。秋移寓會館。叔父葦間公自常德假歸。

三年癸未，三十二歲。春，會試不第，歸。夏大水。六月二十二日，次子元夔殤，秋，卜地於高山菴墓之西北葬焉。至武康送徐雲客葬。

四年甲申，三十三歲。自課慰高暨從姪孚甲。四月二十六日丑時，第三女生。始葺望雲堂爲家塾。

五年乙酉，三十四歲。四月入問梅詩社，黄蕘圃主政丕烈倡始。八月泛舟石湖，爲問梅詩社，同石琢堂先生、張蒔塘大令吉安、尤春帆舍人興詩、叔父葦間公唱和。後董琴涵太守國華丁憂服闋，韓桂舲尚書、吳棣華京卿廷琛乞假歸田，皆與焉。始刻《澗東集詩稿》三卷。九月初八日丑時，第六子祖壽生。

六年丙戌，三十五歲。正月進京，寓兵馬司中街盧立峯宅。會試卷出德化李東原編修儒郊房，額滿見遺，挑取謄録第四名。是年大挑二等，以教職候選。四月偕歸程氏姪女回里，途中遇雨，舍車登舟，甚屬勞苦。

七年丁亥，三十六歲。二月由教諭改官内閣中書。五月十九日丑時，第七子柱高生。

八年戊子，三十七歲。正月歸程氏姪女回京，朱太夫人之姪友松逢慶送往。上巳日，余亦起程入都，住兵馬司中街程小槐中翰家頲宅，小槐乃小棠之兄也。六月到内閣行走，移寓渣子橋，與同鄉蔣雲簪比部泰階爲鄰。接家書，知内子徐夫人得咯血癥。冬，校對《方畧》。移寓教場五條胡同胡實甫宅。

九年己丑，三十八歲。會試不第，仍留京。秋，校對《國史》，恭遇覃恩，贈先考妣從七品，本身妻室并受封。

十年庚寅，三十九歲。三月，徐夫人在家爲長子慰高娶婦於錢唐吴氏省菴觀察耆德女，先嫂吴宜人之堂姪女也。五月移寓下斜街。時《方畧》告成，接充校對武英殿刻本，又繕校軍機清檔，比書成，均邀議敘。十月十一日申時，徐夫人歿於家。十一月初二日，余始接家書，告期服假二十日。夫人生於乾隆五十五年庚戌十一月二十一日寅時，年四十一歲。當夫人歿時，兒女皆幼，余又在外，内事皆長姊，外事皆仲弟爲之料理。夫人之弟重侯大令竑料檢醫藥，遲留數月，友愛亦可欽焉。

十一年辛卯，四十歲。春，寓上斜街梁吉甫舍人逢辰宅，舍人工八分，與余同直，甚相契。宅與錢伯瑜太史寶琛爲鄰，伯瑜乃錢太夫人從子，亦朝夕過從話舊。五月十四日考取軍機章京，二十三日引見記名。六月振山弟藴策來應順天鄉試。二十一日，叔父葦間公歿於家，年六十八歲。九月告假，偕振山同歸。時馬棚灣決口，淮安至揚州運河阻梗，繞湖而行，風浪險甚。十月十三日到家，時徐夫人歿已逾朞年矣，柩尚停於家。十一月權移徐夫人柩於葑門外同善局。十二月次女適崑山汪谷音妹丈世鈺曜炳，秋嶽公外孫也。卜地於長洲縣長涇廟橋，葬徐夫人，并自營生壙焉。

十二年壬辰，四十一歲。二月十二日，續娶於義烏朱氏，爲雲南保山令虛齋公士龍孫女，太學生地山公炳長女，舅氏江守愚公之姻親也。是年年荒，穀賤，家用浩繁，納糧緊迫，不能入都。遲至夏間，多方借貸，方能成行。是年仍與詩社諸先生倡和數次。九月十七日挈家登舟，十八日由胥江開舟，留慰高夫婦於家。長女已許字同里潘梅溪觀察筠浩次子紹椿，將遣嫁，亦留於家，而以屬長姊焉，其餘五兒一女皆挈同行。京口守風三日，渡江至揚州，聞上游瓦窑鋪決口，水勢洶洶，不敢前進，又住三日。至瓦窑鋪守風三日，乃渡湖，自卯至酉始收高郵運河口。此行甚險，是時河流入高堰，王家營渡河處清水一泓，打槳徑渡，不用風帆，爲從來所未見。十月初四日到京，杏樓已爲余定屋椿樹頭條胡同，賓至如歸，次日到閣銷假入直。

十三年癸巳，四十二歲。會試卷出湖南龍伯華編修瑛房，薦而不售。先是，壬辰冬右臂受傷，又延入右骽，步履艱澀，至是年夏大劇，多方醫治稍愈。七月補軍機章京，在二班行走。

十四年甲午，四十三歲。長女歸於潘，未及成禮，壻紹椿暴病而亡，行路哀之。八月十三日，慰高長子翰孫生。是年夏，蒙恩賞人蓡三兩。恭遇冊立覃恩，貤贈叔父竹坡公儒林郎。

十五年乙未，四十四歲。會試出場後，即赴海子隨扈，潘芝軒相國世恩在行幄中閱考作首藝，擊節歎賞，決爲掄元。次日王省崖相國鼎閱之云可元可魁，不出五名。榜發，中式第二名，文題『大德不踰閑』、『夫孝者』一節、『吾身不能居仁由義』二句，詩題『王道平平得平字』，座師爲滿洲鶴舫相國穆彰阿、道州何仙槎尚書凌漢、滿洲孔修侍郎文慶、湖州張小軒侍郎鱗，房師爲宜黄黄樹齋給諫爵滋。余卷爲小軒先生所中，鶴舫相國擬置第一，因仙槎先生得浙江張君景星卷，欲置第一，乃改余卷爲第二。三月十三日，伯父秋嶽公歿於家，年七十七歲。四月十六日，覆試一等十名，題『大道若大路然』一節。殿試二甲五十名，引見，奉旨分部學習，籤分工部都水司，軍機大臣奏請仍留軍機處行走，奉旨『知道了，欽此』。七月初九日寅時，第四女生。十月恭遇孝和睿皇后萬壽覃恩，得從五品封典，先府君贈奉直大夫，先妣均贈宜人，本身妻室并受封。三子祖芬南歸娶婦。

十六年丙申，四十五歲。隨扈東陵桃花寺，駐蹕之日適湖南武岡州軍報至，日晡始退直。八月移寓上斜街。十一月初五日亥時，第五女生。九月軍機議敘，保舉尤爲出力，俟學習期滿遇缺即補，奉旨『依議』。十一月祖芬娶於嘉善周氏，乙酉副榜容齋農部爾墉女。

十七年丁酉，四十六歲。四月祖芬挈婦到京，充方畧館纂修。十月初四日，慰高次子葆孫生。戲畫山水。

十八年戊戌，四十七歲。春，隨扈西陵。四月二十八日，本部奏留候補。五月腹疾甚劇，徐曰谷明經宗暘醫治，乃愈。八月爲祖賢娶婦於紹興陳氏，乙未進士、後升山東巡撫慈圃比部慶偕女，慈圃乃徐夫人之妹壻也。十一月補虞衡司主事，仍兼都水司。十二月患腹疾甚劇，告假一月。移寓沙土園。

十九年己亥，四十八歲。四月第五女殤。九月初六日，祖賢長子虞孫生。秋，始刻制義稿。

二十年庚子，四十九歲。三月十三日，慰高第三子玉孫生。四月初一日，祖芬雙生子達孫、适孫。

是月爲祖彝娶婦於杭州王氏，癸巳進士若溪比部積順女。與考試差。六月初四日，升都水司員外郎。九月祖彝中順天副榜二十名。十一月保送御史，旋隨扈西陵，途次隨軍機大臣雲章大司農隆文往易州，會同近堂制軍訥爾經額審泰寧鎮那移白椿一案。十九日回京，時御史已先一日考試，未及與考。十二月初九日，升製造庫郎中，仍兼都水司。

二十一年辛丑，五十歲。正月二十八日，祖賢長女生。三月玉孫痘殤。七月初七日爲余五十初度，何一山舍人、盧立峯侍御、顧杏樓儀部、吴偉卿比部、吴崧甫太史、曹艮甫、馬吉人兩比部、蔣心香水部、金心畬太史、李古廉比部、馮景亭太史、潘星齋太史、陶皀薌觀察均有詩見贈。是日祖彝長子錦孫生。十一月祖芬以縣丞分發東河。适孫殤。

二十二年壬寅，五十一歲。正月二十六日，祖芬第三子補孫生。二月二十六日，祖賢次女生。三月充方略館收掌官。四月長元吴會館添蓋屋十一椽，請於芝軒相國，題曰『羣玉山房』。錦孫痘殤。五月二十六日，升鴻臚寺少卿。十八日，召見一次。八月初二日，召見一次。十月初三日，升光禄寺少卿，召見一次。二十三日，充軍機領班章京，補方略館提調。

二十三年癸卯，五十二歲。二月初七日，祖賢第三女生。四月初十日，升順天府府丞，十二日謝恩，召見一次。十八日祖賢、祖彝迴避，回家應鄉試。是日謁聖廟。二十五日，考金臺書院。七月十九日，考試繙譯生童，余入闈提調，二十七日竣事。閏七月二十五日，樞廷告假。八月初六日，入闈提調，孔修師、陳子鶴大京兆孚恩爲監臨。江南榜發，慰高中式十二名，族弟藴煒同榜中式。十月派充武闈校射大臣。先是，第三女許字同里韓小舲觀察篋第四子文稑，十一月來就婚。是年場中多故，十二月吏部議失察處分，降四級留任，又罰俸一年；　又降二級留任，又罰俸一年。國史館《一統志》告成，議敘加一級，紀録二次。

二十四年甲辰，五十三歲。正月考大、宛文武童生并八旗武童。二月慰高來應會試。三月二十四日，至通州考二十二屬文武童生，四月二十四日回京。五月考八旗文童。祖彝國子監肄業期滿，以教諭候選。七月十一日，入闈提調繙譯。二十二日，樞廷告假。八月初六日，入闈提調鄉試。二十五日，闈中得知御門奉旨升任通政司副使，二十七日具摺謝恩，奉旨『知道了，欽此』。九月十一日出闈，十二日下園，具摺恭請聖安，蒙召見一次。余在樞廷十二年，至是以大九卿始不入直。十五日到通政司衙門，十月二十三日值日，召見一次。爲祖壽娶婦於陶氏吉雲姊丈曎熺女，秋嶽公之外孫女也。

二十五年乙巳，五十四歲。正月祖芬東河出力，賞六品頂戴。二月初九日值日，召見一次。三月初三日御門奉旨補授宗人府府丞，初四日謝恩召見，蒙訓以『人先立品，不可自滿，方能爲國家出力等因，欽此』。初五日到宗人府衙門，時宗令爲定郡王載銓，左宗正爲鄭親王烏爾恭阿，右宗正爲貝勒綿偲，左宗人爲貝子綿岫，右宗人爲順承郡王春山，堂主事李惺甫藻，其兄爲余戊寅同年，同直内閣孫沛農家良，爲内閣後輩。派會試稽查接談換卷。四月初三日，派會試磨勘官。祖芬補山東臨清州武城縣縣丞。二十三日派抖晾《實録》，廿六、七、八三日偕少宰柏葰、閣學慶錫、陳詹事憲曾同進乾清宮敬謹抖晾，仍依圖分架安設。因二十九日忌辰，於三十日復命。六月慰高第四子科孫生。九月十七日亥時，第八子祖潤生。二十五日，祖彝長女生。十一月初二日，奉旨稽查右翼宗學，初三日謝恩，召見一次，初七日到學，嗣後每月十六日到學稽查。始刊《松風閣詩稿》八卷。是年恭遇孝和睿皇后萬壽覃恩，先考妣受從二品封，以本身從二品封貤贈伯父秋嶽公。

二十六年丙午，五十五歲。正月科孫殤。五月考試差，題『同民心而出治道論』，詩題『歲寒知松柏得知字』。八月初二日，宗學錄科，會同邢午峯大理福山、黄矩卿閣學琮，卯刻出題一文一詩，酉刻出榜，散。初四日奉旨簡放福建學政，初七日具摺謝恩，召見一次。二十九日出京，祖壽從。九月姪鳳高南闈中式，十月初一日，抵蘇州，初二至初五掃墓。十月二十二日，祖芬第四子驥孫生。二十九日祖賢次子蕃孫、祖彝次子福孫同日生。十一月初九日抵閩，十二日接篆發摺。途次得詩一卷，名《乘軺集》。仲弟自蘇從余至閩。聞祖賢、祖彝應順天鄉試，挑取謄錄。

二十七年丁未，五十六歲。正月二十日接邸報，知上年十二月十六日奉旨補授都察院左副都御史，仍留學政之任，拜摺謝恩。二十四日出棚，先至延平。慰高會試不售，取景山學教習。五月初五日，祖壽長女生。七月初五日，祖芬第五子驄孫生。十月二十九日，考過七府二州，旋省拜摺。十月初三日，眷口由京抵家。十一月十六日，考福州府。柱高就婚徐氏，廬江令重侯長女，徐夫人之胞姪女也。驥孫殤。

二十八年戊申，五十七歲。正月二十八日，起馬按臨福寧，歲科并考，二月初六日歲考起，至三月初六日科考畢，拔貢七人，俱擇屢居一等之人充選。莊衛生太守受祺邀登龍首山望海樓，因志以詩。初八日起馬旋省。夏刻《試牘酌雅》、《徇鐸莊言》、《試律鏗鏜》、《歸樸龕叢稿》。奏請裁減漕船幫費一摺奉旨交部議准通行，有漕省分一律查辦。八月福州科試，九月十七日出棚科考延平起。十九日水口途次奉上諭，於八月二十五日補授工部右侍郎，兼管錢法堂事務，仍留學政之任，拜摺謝恩。十二月考龍巖州。

二十九年己酉，五十八歲。正月初一日，龍巖篸挂。三月二十二日，科試完竣還省，慰高、祖壽先於十二日到署。祖壽長子�孫生。五月十一日，祖芬長女生。七月錄遺，會考拔貢，丁憂者四人。八月會考優貢，取六人。九月二十日交卸，二十三日起身，十月二十八日到蘇，告假二十日省墓。祖芬河工保舉，留於河南，以知縣補用。柱高挈婦回家。十一月初九日，爲歸汪氏長姊預祝七十壽。十二日玄妙觀蓬柏山房致祭詩社諸先生。二十日起身北上，挈慰高同行。二十六日至丹徒，水淺不能進，起旱，至京口簰灣乘舟，遇大風雪，不得渡，泊舟三日。三十日渡江，十二月初一日至揚州，水路堅冰，初八日由寶應起旱至淮關，初九日到清江，初十日大雨，十一日渡河。十五日祖賢第四女生。二十日至泰安，聞孝和睿皇后升遐，易素服，二十八日至河間，聞哀詔，易縞素，摘冠纓。三十日至涿州住宿。

三十年庚戌，五十九歲。正月初三日到京，住保安寺。初四日下園，初五日遞摺復命，召見於奉三無私殿，是日卽奉旨兼署刑部右侍郎，初六日具摺謝恩，召見。十二日奉旨偕定郡王、孔修師、薌生侍郎靈桂同辦昌西陵工程。十四日宣宗成皇帝升遐，十五日襆被入工部住宿，二月初一日恭送宣宗成皇帝梓宮由乾清宮至圓明園正大光明殿奉安。十一日賜遺念衫一件、荷包一對、玉一件。派充會試搜檢官。四月十七日，眷口到京。派掃青墳青大臣。二十六日祖彝次女生。五月派考教習閱卷官，與魏麗泉大司馬元烺、小汀少司寇全慶偕闈中，和壁間王東白先生韻贈兩公，小汀亦和韻贈余。祖壽游庠。七月輶孫殤。九月扈送梓宮至慕陵，隨帶加二級。派赴慕陵祭告山神。初五日慰高奉旨以國子監學正學錄用，初七日具摺謝恩。十月派充武殿試讀卷官。十一月西陵查工，看出昌西陵沙水，奏移於望仙山。是年正月二十六日，恭逢文宗顯皇帝登極，恩詔加一級，贈祖考暨府君皆光禄大夫，貤贈伯父瑤圃公光禄大夫。恩詔應以一子承廕，以四子祖賢名咨吏部。孝和睿皇后上徽號，恩詔請本身應得封典。宣宗成皇帝上徽號，恩詔貤贈叔祖二林公光禄大夫。

咸豐元年辛亥，六十歲。正月隨扈，謁慕陵，改正石臺五供石橋尺寸。二月祖賢考試引見，奉旨內用，二十八日率同謝恩。三月偕實甫大司空阿靈阿赴望仙山督工，住二十日。祖賢簽分戶部山西司主事。五月因病告假十日，二十一日銷假，召對問歷任官階。二十六日跪安，召見定於二十七日。偕實甫大司空仍赴望仙山督工。是日奉旨在軍機大臣上行走，又奉旨毋庸辦理昌西陵工程，二十七日具摺謝恩，召見，又與軍機大臣同召見。是時軍機大臣大學士鶴汀先生賽尚阿出使粵西辦理軍務，同堂爲壽陽相國祁春圃先生寯藻、上元何雨人大宗伯汝霖、滿洲雲溪少司農舒興阿、滿洲清軒京卿穆蔭。六月祖芬署河南輝縣知縣。七月賜榆次瓜，以後每年蒙賜。八月十五日，賜佛手、月餅。閏八月初三日，賜御書《御門述志詩》橫幅。九月初一日，奉旨偕定郡王、潤野少司空基溥相度萬年吉地，初八日先往東陵。初九日祖彝第三子綸孫生。十月賜哈密瓜，以後每年蒙賜。翰孫游庠。十一月查估西陵歲修工程。派恭理孝和睿皇后喪儀，偕豫親王、惠親王、潤野少司空同事。十二月十四日，賜御書『龍』字一方，歲暮賜緞匹、燕窩、冰魚、鹿肉、蜜羅柑、福橘各件，以後每年蒙賜。

二年壬子，六十一歲。元旦賜紫禁城騎馬，賜荷包并金銀八寶、金錢二枚，以後每年蒙賜。京察大典，奉旨『工部右侍郎彭藴章自參樞務以來克盡厥職，著交部議敘等因，欽此』，旋准吏部知照加一級。奉旨偕定郡王、芸臺相國裕誠、楚江大宗伯奕湘、潤野少司空、陸稼堂中丞應穀覆勘萬年吉地。是月爲翰孫娶婦，同里吳氏壬辰殿撰崧甫少宗伯鍾駿長女。二月隨扈至西陵奉安宣宗成皇帝梓宮，奉旨入陵寢門行禮，工部執事加二級，軍機加一級，復蒙賜袍褂一副、大小荷包各一對。二十一日祖芬歿於輝縣，時適題補修武縣知縣，未及赴任。三月初一日，仲弟歿於家。四月隨扈西陵行釋服禮，還奉宣宗成皇帝神牌升祔太廟，覃恩加一級，以本身正一品封貤贈叔父葦間公，隨扈蒙賜袍褂二副、荷包二對。初八日祖芬遺腹生子莪孫。二十二日隨聖駕下園，借孔修師園寓以居。派閱新進士覆試卷。命祖壽赴輝縣，爲祖芬經理喪事。五月端午日，賜紗袍褂四副，細葛、宮扇、香囊、錠子、宮佩各件，以後每年蒙賜。十一日賜宴同樂園，賜袍褂、荷包、銅瓶、甆器、貢墨、白花香各件。十九日賜人薓六兩。二十三日賜珍膳三品。六月初六日，賜珍膳四品。初九日萬壽聖節，賜宴同樂園，賜紫檀嵌玉如意一柄，袍褂、荷包、貢墨、帽緯、鼻烟、甆瓶各件。初十日賜銅瓶、甆瓶、甆器、芽茶、蓮頭香各件，以後每年蒙賜。七月欽差通州查辦事件。赴昌陵，漆飾孝和睿皇后梓宮，住四十餘日。八月慰高補學正。九月派閱宗室舉人覆試卷。隨扈東陵，賜袍褂一副、荷包一對。十月隨駕入城，住西安門内，恭逢冊立皇后，覃恩賜坤寧宮喫肉，以後每年蒙賜。賜貂皮、烏雲豹皮、羊皮各種，端硯一方，燕窩一匣。十一月赴東陵覆勘吉地，并查景陵妃園寢工程。兼署戶部右侍郎，兼管錢法堂事務。十二月派管理溝渠河道，派磨勘各省鄉試卷。賜御書『福壽』字。立春日進春帖子詞，蒙賜筆硯箋紙，以後每年蒙賜。賜御書『龍』字，賜緞疋、玉器等件。除夕進如意，蒙賜還。

三年癸丑，六十二歲。元旦隨駕謁壽皇殿，以後每年隨駕恭謁。初二日賜重華宮茶宴，賜青玉磬一聯，端硯一方，竹如意一柄，貢墨、甆椀、銅鑪各件。人日慰高告假，偕祖壽南歸。二月充臨雍釋奠分獻官，派揀選江蘇道府等官。十四日赴西陵執事，奉安孝和睿皇后梓宮，祭告山神，二十九日回京，以恭理孝和睿皇后喪儀，議敘加三級，工部執事加一級。三月初二日，孝和睿皇后神牌升祔太廟，恩詔受光祿大夫封，元配徐贈一品夫人，繼配朱封一品夫人。初七日兼署吏部左侍郎。四月三媳率同孫男女輩來京。五月賜御服紗袍三件。六月二十六日，柱高長女生。七月暫厝祖芬柩於通州梨園。八月懷慶解圍，軍功加一級。九月二十八日，賜紫銅手鑪一件、藏犀角一隻。十一月賜烏雲豹皮三百個、羊皮一百張，以後每年蒙賜。二十六日調補兵部左侍郎。二十八日以上年捐輸軍餉銀三千兩，奉旨交部從優議敘，隨帶加五級。

四年甲寅，六十三歲。正月二十三日，賜御書『其難其慎』四字匾額。二月十一日，奉旨充實錄館副總裁官。三月十二日，調補禮部左侍郎。五月初三日，奉旨補授工部尚書，十六日到任。七月初四日，賜御筆畫馬石刻一幀。祖彝第四子鶴孫生。九月十四日，賜石刻御製詩一幅。二十四日翰孫長子碩士生。十月十一日，祖賢第五女生。十二月派管理溝渠河道，派稽查京通十七倉，賜御書『龍』字，賜御書『平安如意』四字匾額。

五年乙卯，六十四歲。正月京察，奉硃諭交部議敘。上海克復，祖壽以辦理文案賞戴藍翎。三月初三日，隨扈西陵，初九日回京。四月派閱考試御史卷，派閱考試試差卷。北路肅清，奉旨交部從優議敘，旋經兵部議，以軍功加三級。十七日賜大將軍、參贊、從征一、二品大員、軍機大臣、巡防大臣宴於南海勤政殿，余以軍機預焉，蒙賜緙絲醬色蟒袍一件、江綢袍褂一副、大荷包一對、小荷包四對、玉壺二柄、玉鑲如意一柄、銅鑪一副、帽緯一匣。五月祖賢巡防議敘，賞加五品銜。八月赴東陵查工。九月祖賢官卷中式五十一名舉人。派閱宗室覆試卷。十月恭遇覃恩，贈祖府君、府君皆光禄大夫，本身并受封。先侍講公歸田後，恭逢聖祖仁皇帝南巡，特賜御書二幅，泐石於東壁亭，歲久傾圮，命慰高等修葺，十一月落成。十二月十六日，奉旨以工部尚書協辦大學士，二十日到内閣翰林院任，二十四日充經筵講官。

六年丙辰，六十五歲。正月賜宴廷臣，賜御製詩横幅、如意一柄、玉罇一件、蟒袍一襲、鼻烟一瓶、墨一匣、瓷器二件、宴一席。慰高團防議敘，特賞助教。二月初十日，經筵直講，賜宴一席。派閱各直省鄉試補行覆試卷。三月初六日，派充會試正考官，得士馬元瑞等一百九十一人，宗室中式二名，延煦、豁穆歡。四月派閱會試覆試卷，派揀選湖南同知州縣等官，派閱新進士朝考卷。七月初一日，祖賢三子協孫生。八月慰高補助教。祖彝南歸。十月充玉牒館副總裁。十一月初一日，《宣宗成皇帝聖訓實録》告成，賞加二級。同日奉旨補授大學士，管理工部事務，派閱南書房考試翰林卷。初十日奉硃筆授爲文淵閣大學士。祖賢詳校《實録》，議敘免補主事，以本部員外郎不論題選卽補。十五日到内閣任。二十七日到翰林院、工部任。十二月初一日，充册封懿妃正使，蒙賜袍緞、帽緯。初三日以《實録》告成，蒙賜韂馬、銀幣，賜宴於禮部。派管理溝渠河道，派稽察欽奉上諭事件處，派充文淵閣領閣事。二十八日賜御服平金狐皮蟒袍，賜御『書』龍字、燕窩一觔。

七年丁巳，六十六歲。正月十二日，賜宴正大光明殿。十三日賜宴同樂園，賜袍褂、帽纓、銅鑪、瓷瓶各件。十四日隨駕謁安佑宫。十六日派管理户部三庫事務。二十日賜宴廷臣，賜白玉如意一柄，蟒袍一襲，玉餅、鼻烟、帽緯、甆器。二月初五日，奉命致祭先師孔子。初十日派閱考試御史卷。祖賢補戶部山西司員外郎。十七日江蘇督撫奏獎勸捐撫卹官紳，祖彝以知縣雙月選用，祖壽補缺後以同知升用。二十日命充上書房總師傅。二十五日詣上書房。三月初四日，奉派恭填《宣宗成皇帝實錄》內廟諱、文宗顯皇帝御名。初六日慰高截取引見，記名外用。四月派閱考試孝廉方正卷。孝靜康慈皇后永遠奉安禮成，余以管理工部，奉旨賞加二級。五月慰高截取同知，分發浙江。翰孫以六部主事候選。七月祖壽以同知分發浙江。協孫殤。八月爲葆孫娶婦，寶山沈氏筱谷觀察文煜女。十月初五日，祖壽次子傅孫生。柱高以光祿寺署正分發行走。十一月第四女適同里汪杏春通守景純第三子朝棠，二十五日贅壻入門。二十八日祖彝由縣令改官郎中，分刑部江西司行走。

八年戊午，六十七歲。正月奉硃諭，京察交部議敘，玉牒告成議敘。時工部承辦金櫃不合舊式，偕總裁等參奏，自請議處，余罰俸一年，不准抵銷。二月初二日，翰孫次子筠士生。三月江蘇督撫奏獎團防官紳，祖彝奉旨議敘，翰孫蒙賞員外郎銜。派閱考試試差卷，派閱宗室鄉試覆試卷。七月奏請將京旗兵米酌給實銀一摺，奉旨交議，旋據王大臣、戶部會議准行。二十一日葆孫長子藹士生。八月十六日，祖賢第六女生。九月恭送《實錄》、玉牒、冊寶至盛京。隨駕入城，在東華門行禮。充武英殿大學士。派承辦萬年吉地工程。奏請察舉孝廉一摺，格於部議不行。十月慰高充浙江鄉試同考官，得士朱聯輝等九人。十二月賜御筆石刻匾額三幅，一『齋莊中正』，一『桂林一枝』，一『天保九如』。慰高海運保舉，奉旨從優議敘。

九年己未，六十八歲。正月十八日，賜宴廷臣，賜如意、蟒袍、玉碗、鼻烟、袍緞、帽緯等件。二十日偕惠親王、科爾沁扎薩克親王等蒙賜飯於澄虛榭之南書房大觀齋，賜御書『匡弼和衷』四字匾額，又各賜酒杯一隻。二月爲虞孫娶婦於杭州張氏，辛丑進士惕齋太守興仁女。三月葆孫游庠。赴萬年吉地開工。四月派閲庶吉士散館卷，派閲新進士朝考卷。五月充國史館正總裁。六月刻《歸樸龕續稿》。順天科場案議結。先是，有考官之僕誣扳祖彝託送關節，傳訊虛誣，至是得以昭雪。賜御筆畫山水小幅。七月十四日，祖壽次女生。八月祖賢升雲南司郎中。硃諭『彭藴章於管理處所俱免其帶領引見，欽此』。九月初三日，翰孫長女生。姪毓棻順天中式五十名舉人，覆試一等一名，上頗嘉獎。祖壽署嘉興縣知縣。派閲考試翰詹卷。十月柱高次女生。十一月派閲考試御史卷。爲達孫娶婦於南城曾氏，癸卯舉人笙巢侍讀協均女。十二月賜御書『喜』字一方。移寓阜城門内馬市橋小麻線胡同。

十年庚申，六十九歲。元旦賞戴花翎，賜廷臣筵宴於太和殿。十六日偕惠親王、科爾沁札薩克親王等蒙賜飯於長春宮，復賜『齋莊中正』石刻匾額并賜酒杯一隻，及江綢、袍褂、燕窩、藏香等件。恭遇覃恩，贈曾祖考、祖考、府君大學士，并貤贈伯父瑤圃公。葆孫歲試一等。四月翰孫長女殤。赴萬年吉地查工，歸，保舉堪輿彭定瀾等，獎敘有差。派閲庶吉士散館卷，派閲新進士朝考卷。五月足疾甚劇，面奉諭旨『在軍機處辦事量力，預備召見，欽此』，自後每出入命内侍扶掖以行。初一日虞孫長女生。六月初一、初二、初四、初五日均未進内，召見，初六日面奏俟萬壽節後請免軍機處差使，上頷之。初九日萬壽聖節，賜宴同樂園，骽疾益劇，力不能支。初十日奉上諭『大學士彭藴章近來精力漸不如前，著毋庸在軍機大臣上行走，以示體恤，欽此』。十一日具摺謝恩，另摺請假，奉旨『賞假一個月，欽此』，自園回城。七月假滿，足疾未愈，奏請開缺，奉上諭『彭藴章奏病未痊愈，懇請開缺一摺，彭藴章著再賞假兩個月，安心調理，欽此』。初十日葆孫長女生。上意巡幸木蘭，具摺挽留。八月初八日，上自園啓蹕，巡幸木蘭。九月初一日，以假期屆滿，病未痊愈，奏請開缺，另片奏吉地工程扣繳節省一成銀一萬二千兩，交存於宗人府庫等因。初九日接奉初七日上諭『彭蘊章著准其開缺，安心調理，欽此』，附片奉硃批『知道了，欽此』。初十日具摺謝恩，并奏明出都就醫。十八日奉到謝摺硃批『卿久任樞垣，備悉時事，現在辦理軍務，如有見及之處并採訪輿論民情，仍應隨時具陳，交附近地方大吏代遞，欽此』。九月二十二日，杜高長子庚孫生。三十日至保定。十月遷葬祖芬柩於永定門外十里莊蘇太義園。十一月遵旨密陳時務六條，力請回鑾，奉硃批『知道了，單留中，欽此』。祖彝回南接眷。接家書，知長姊避地蘇鄉，於七月初五日歿。接祖壽由上海來書，知嘉興失陷時受傷七處，暈絕墜馬，鄉民捄送村莊得生，并往杭州驗明傷處，一目幾盲，巡撫令赴楓涇招鄭勇進剿嘉興，嗣因募勇未集，改令赴上海籌餉濟浙。

十一年辛酉，七十歲。二月回京，三月病痊，赴行在，蒙召見二次，奉諭回京。祖賢奉旨以五品京堂在任候補，具摺謝恩。二十五日奉二十三日旨『朱鳳標現在隨扈，彭蘊章著署理兵部尚書，欽此』，具摺謝恩。派查三庫，派閱考試廕生卷。五月接家書，知三女避居泰州，於三月初三日歿。杜高次女殤。二十三日翰孫三子泰士生。聞祖彝挈眷北來，行至紅花埠遇盜被劫，折回。六月祖賢長女適濟寧孫湞浦明經毓珠子桐。七月十九日，聞十七日文宗顯皇帝龍馭升遐，即赴內閣舉哀。二十日在乾清門外齊集行禮畢，赴兵部住宿。八月朔，日月合璧，五星聯珠。九月初七日，奉旨『萬青藜現在入闈，都察院左都御史著彭蘊章兼署，欽此』。初九日葆孫次子清士生。虞孫、達孫應順天鄉試，挑取謄錄。十六日祖壽第三女生。二十七日詣石槽，恭迎聖駕。二十九日到京，三十日宮內遞牌，十月初一日詣清河，恭迎梓宮。初三日到京，初四日派充武會試辰字圍校射。初五日開棚考試，十一日竣事，取中六名，十二日復命。先於初七日奉旨『朱鳳標著調補吏部尚書，兵部尚書著萬青藜補授，欽此』。初九日皇上登極，升殿受賀，余尚在武闈。是日奉旨『都察院左都御史著王慶雲補授，未到任以前著彭蘊章署理，欽此』。十二日復命交卸兵部署任。命擬覆試舉人四書文題、詩題。十三日奉移梓宮於觀德殿，恭送行禮。二十日領賞遺念珠皮袍一件、玉扳指一個、瑪瑙烟壺一個，即在梓宮前舉哀叩頭。十一月初一日、皇太后垂簾聽政，補服進內，行三跪九叩首禮。初四日賞坤寧宮喫肉。初五日虞孫次女生。杜高改官鹽場大使，分發山西。十二月十六日，因前辦平安峪吉地工程堂官扣繳一成銀一萬二千兩存於宗人府庫，而端華名下扣繳銀兩并未存庫，奏明請旨飭查。又片奏熱河山內伐木備建隆恩殿，竊恐新木潮濕，未能堅固，請飭派員履勘三山等處座落或寬大廟宇，選擇木料移往建造，奉旨留。賜麅鹿如外廷例。

同治元年壬戌，七十一歲。正月初一日，進乾清宮朝賀，余以署總憲，在殿前簷下站班監禮。初二日賞坤寧宮喫肉。二月祖賢以京察一等，奉旨記名以道府用，旋升鴻臚寺少卿，余具摺謝恩，在養心殿叩頭。翰孫改官知縣，分發廣東。三月派充會試搜檢官，又充總司稽查。祖壽第三女殤。四月患腰間外瘍，告假十日，又展假二十日，仍未痊愈，遂於五月初十日奏請開缺，奉上諭『前任大學士、署都察院左都御史彭蘊章著准其開缺，安心調理，欽此』。十二日具摺謝恩，奉旨『知道了，欽此』。祖彝挈家浮海來京。鎮江軍營奏獎勸捐出力人員，翰孫蒙賞藍翎。二十日祖壽第四女生。八月祖賢升通政司參議，具摺謝恩，令祖賢呈遞。虞孫傳補國史館謄錄。余骰疾復發，艱於舉動，延醫按摩，日二次，迄未見效。登極恩詔應以一子或一孫承廕，以祖芬長子達孫名咨吏部。十月達孫考試引見，奉旨『內用，欽此』。具摺謝恩，令達孫呈遞。二十四日達孫簽分戶部雲南司員外郎。葆孫以同知不論雙單月候選。

附録二　傳記資料

會試同年齒録

彭藴章

幼名琮達，字詠莪，號小園，行一。乾隆甲寅年七月初七日生，内閣中書、軍機處行走，本衙門撰文、内廷方畧館協修、國史館分校、方畧館總校，加二級，紀録四次。江蘇蘇州府長洲縣廩膳生，民籍。

九世祖天秩明嘉靖辛酉舉人。

八世祖汝諧明萬曆庚子舉人，丙辰進士，行人司行人。著有《蔚菴逸草》。國朝康熙二十三年，巡撫湯文正公奏奉旨入祀鄉賢祠。

七世祖德先明歲貢生，舉鄉飲大賓。

六世祖瓏順治丁酉順天鄉試亞元，己亥進士。推官改授廣東長寧縣知縣，封翰林院修撰、國子監司業，贈光禄大夫、吏部右侍郎，加一級。

六世祖母氏施敕贈安人，誥贈一品夫人。

六世祖母氏袁敕贈安人，誥贈一品夫人。

五世祖定求康熙壬子舉人，丙辰會元、狀元。日講起居注官，翰林院修撰，國子監司業，翰林院侍講。丁巳順天鄉試正考官，回籍後杜門向學。乙酉南巡，特賜御書二幅，勒碑建亭於家。旋奉旨設局揚州，校刊《全唐詩》。癸巳赴京祝嘏，賜宴暢春苑。著有《南畇詩文集》、《儒門法語》、《明賢蒙正錄》，奉旨入祀鄉賢祠，贈光禄大夫、吏部右侍郎，加一級。

五世祖母氏李敕封安人，誥贈一品夫人。

高祖正乾國學生，考授州同，舉鄉飲大賓。封承德郎、左春坊左中允，贈光禄大夫、吏部右侍郎，加一級。

高祖母氏周壽逾八十，乾隆十六年御賜『慈竹春暉』四字扁額，敕封安人，晉封一品太夫人。

曾祖啓豐雍正丙午舉人，丁未會元、狀元，翰林院修撰，入直南書房，充日講起居注官。敕授承德郎、左春坊左中允，誥授光禄大夫、經筵講官、兵部尚書，歷充雍正己酉河南、壬子雲南、乙卯江西，乾隆丙辰山東、辛酉江西、壬午浙江、乙酉順天正副考官，雍正癸丑會試、乾隆戊午順天鄉試同考官，兩次提督浙江學政。乾隆乙丑、辛未、癸未、丙戌殿試讀卷官，甲戌、丙戌拔貢朝考閱卷官，丙申東巡召試閱卷官。致仕後主講吴中紫陽書院。乾隆三十五年，入京祝嘏，與香山九老會，繪圖賜杖。壽逾八十，著有《芝庭詩文集》。嘉慶八年奉旨入祀鄉賢祠。

曾祖母氏宋敕封安人，誥贈一品夫人。

祖紹咸府庠增貢生，誥贈中憲大夫、刑部奉天司郎中，提督貴州學政，加二級。晉贈通奉大夫、内閣侍讀學士，加四級。晉贈榮禄大夫、刑部右侍郎，加一級。

祖母氏錢誥封太恭人，誥贈夫人，晉贈一品夫人。

父希涑乾隆丙午舉人，卒年三十三。著有《蘭臺遺稿》、《二十二史感應録》，敕贈儒林郎、内閣中書，加二級。貤贈奉政大夫、禮部祠祭司主事，加二級。

母氏顧諱韞玉，號絳霞，崑山翰林院待詔諱世敓芥亭公女，著有《芸暉閣詩草》，敕贈安人，貤贈宜人。

母氏江同邑贈修職郎諱仁慕邨公女，敕贈安人，貤贈宜人。

恩撫胞伯父希洛乾隆癸卯舉人，丁未進士，誥授朝議大夫、福建道監察御史，加二級。前兵部職方司郎中，著有《簡緣詩草》、《證學編》，嘉慶十四年奉旨入祀鄉賢祠。

恩撫伯母氏陶誥贈恭人。

恩撫伯母氏朱誥封恭人。

永感下受業師：

江守愚母舅名廷楨元庠生。

蔡靜侯夫子名鳳占。

黄亦秋夫子諱春霆府庠廪生。

袁韻亭夫子名寶樹貢生，候選訓導。

蔣麈緣夫子名景曾嘉慶甲子舉人，安徽阜陽縣訓導。

王愓甫夫子諱芑孫乾隆戊申召試，賜舉人，華亭縣教諭，國子監典簿。

石琢堂夫子名韞玉乾隆庚戌狀元，山東按察使。

高伯叔祖始乾貢生、曰乾、永乾庠生、景澤康熙癸巳舉人，刑部湖廣司主事、尚祁乾隆丙辰舉人，福建松谿縣知縣。

曾叔祖啓鎬候選布政司理問。

堂曾伯叔祖遵儒附貢生、惇儒庠生、效儒庠生、啓賢庠生、啓韶吏目、啓華、啓煥吏目、啓乘監生、啓運、啓榮、啓豫。

胞伯祖紹謙乾隆丁卯舉人，山東曹州府、桃源同知，壬午鄉試同考官、紹觀乾隆丁卯舉人，丁丑進士，翰林院侍讀學士，日講起居注官，文淵閣直閣事。己丑會試同考官，辛卯山西主考，武英殿提調，國史館提調。

胞叔祖紹升乾隆丙子舉人，丁丑會試中式，辛巳進士。著有《二林居集》、《一行居集》、《測海集》、《觀河集》。紹濟湖北黄梅縣縣丞。

堂叔祖紹晉國學生。

從堂伯叔祖紹文縣丞，借補直隸趙州吏目、紹益、紹綏、紹福、紹震、紹曾、紹堉、紹安。

胞伯父希濂乾隆丁酉舉人，甲辰進士，刑部右侍郎，署吏部右侍郎，福建按察使。壬子順天鄉試同考官，嘉慶丁卯福建正考官，提督貴州學政，兼翰林院編修、祝華候選州同，道光辛巳舉孝廉方正，欽賜六品頂帶。

胞叔父希鄭乾隆戊申舉人，己酉進士，禮部主客司郎中，湖南常德府知府，署岳常澧道、希萊附貢生，貤贈儒林郎、内閣中書，加二級，出嗣。

堂伯父希韓乾隆乙酉舉人，議敘知縣、希范乾隆甲午舉人，廣東合浦縣知縣。

堂叔父呼嵩國學生、希曾乾隆甲寅副榜，直隸景州知州，湖北光化縣知縣、希沆國學生、希儼庠生、希俊、希億庠生、希偉、希佺。

從堂叔父希鎮庠生、希侃職監生。

從堂伯叔父希純山東寧海州同、希軾、希堯、希煜、希熚、希淦。

胞弟翊監生。

堂兄蘊輝嘉慶戊午順天鄉試亞元，己未進士，翰林院編修，國史館、文穎館纂修。

堂弟蘊柯監生、蘊極、蘊恭監生、蘊梧、蘊栝庠生。

從堂兄蘊琨乾隆己酉拔貢，湖南澧州石門縣知縣、蘊琳候補江西縣丞、蘊枌貢生、之枚庠生、蘊璨貢生、蘊楷貢生、蘊綎監生、蘊爕監生。

從堂弟蘊策庠生、蘊綬、蘊維、蘊紳、蘊壽、蘊易、蘊美。

從堂弟奎光、蘊冕。

從堂兄弟蘊珠、蘊玉、蘊珖、蘊詩、蘊醇。

胞姊二長適同邑附貢生，例贈修職郎、候選訓導汪諱澐，欽旌節孝。次適同邑增生謝，名騤。

堂姪鳳高、壽高、繼高、承高、遇高。

從堂姪昺文庠生、廷榮、孚甲庠生、仁榮、恩霈、仁被、仁霑、仁普、元潤、景福、仁森。

從堂姪采、文銑、華墀。

從堂姪孫來保。

娶徐氏浙江德清人，賢良方正、特授甘肅岷州知州諱志丙冠聲公孫女，河南涉縣知縣、贈資政大夫、江南河道總督諱振甲東麓公長女，太子少保、江南河道總督諱端心如公，東河、曹河同知諱章雲客公胞妹，現任安徽當塗縣知縣名竑胞姊，敕封孺人，敕贈安人。

繼娶朱氏浙江義烏人，雲南保山縣知縣諱士龍虛齋公孫女，太學生諱炳地山公長女，庠生名標介泉公恩撫姪女，敕封安人。

子慰高監生，出嗣堂兄編修公後、祖芬監生、祖麒監生、祖彝、來高、柱高。

女雲高字同邑候選員外郎潘紹椿，夫亡過門守節、月高適崑山候選州同汪曜炳甥、霞高字同邑韓文梃。姪孫翰孫。

族繁不及備載，世居蘇州城内葑門磚橋。

會試中式第二名，覆試一等第十名，殿試第二甲第五十名，欽點六部主政簽分工部都水司，奏留軍機處行走。

（《道光乙未科會試同年齒録》，哈佛大學圖書館藏）

光禄大夫武英殿大學士先文敬公行狀稿本

彭慰高　等

右先大夫文敬公《自訂年譜》一卷，始於乾隆壬子，迄於同治壬戌十月。維時骽疾沈重，動則喘逆，遂絶筆於此矣。嗚呼痛哉！先公由内閣中書成進士，歷部曹，洊躋卿貳，渥荷累朝知遇之隆，不由翰苑而登揆席。感恩圖報，未敢稍即晏安。本年五月，腰間偶患外瘍，疊蒙賞假。先公深恐誤公，請開署缺，荷蒙恩准。夏末秋初，外瘍愈後，精神較健，尚能伏案著書以娱永日。詎料九月以後骽疾增劇，正氣日虧，頻進參苓竟無一效，於冬至後口授遺疏，并諭不孝等曰『病體至此，恐無生理，三朝寵眷，未報涓埃，爾等各宜勤慎供職，努力讀書，以冀仰酬萬一』，遂於十一月初九日亥時棄養。嗚呼痛哉！遺疏上，九重悼惜，遣王率侍衛十員奠醊，賜陀羅經被，予謚『文敬』，諭賜祭葬。飾終之典，增榮泉壤，此則世世子孫捐縻難報者也。泣念先公服官三十餘年，敬慎恪恭，終始不渝，早在聖明洞鑒之中。恭繹謚法，勤學好問曰『文』，夙夜儆戒曰『敬』，仰見聖主之知先公深也。先公十載樞垣，承宣密勿，嘉謀入告，溫樹不言，不孝等固無由纂述。至於碩德清操、嘉言懿行，不孝等平日見聞所及者，敢不和淚濡血，詮次大凡。

先公至性過人，每以早失怙恃不及事親爲憾，歲時祭祀輒欷歔不懌。壬辰八月，先公將攜家北上，置酒於一柏山房邀叔父、兩姑母來別，相與道幼時孤苦並嘉慶庚申分依諸伯叔父時事，各嗚咽泣下。丙午秋，視學閩中，道出吳門，與長姑母相見於舟次，潸然出涕，姑母訝問，則曰『孤兒得有今日，愈增悲痛耳』。己酉在閩時，郵寄廉俸，命大宗從孫來保修葺始祖以至尚書公墓，迨任滿還朝，請假省墓，瞻仰松楸，依依不忍去。當瑤圃公之撫育先公也，愛勞兼盡，教以植品勵學並作文之法。先公苦志藏修，奉命維謹。洎瑤圃公、朱太夫人先後棄世，盡哀盡禮，無異所生。己卯歲，先公家居，叔父來居鶴和樓，昕夕晤對，繪《聯牀聽雨圖》以誌其事。丙午復挈赴閩中，相聚數月，謂『老年兄弟闊別十餘載，此境不可多得也』。先公之孝友有如此。族祖佑人貧而無子，瑤圃公爲立族祖純叔子宗慤爲嗣。瑤圃公歿後，宗慤貧無依，先公助之授室，爲謀生理。族祖盛周幼孤奇窮，先公屢出資令謀衣食，復以屋居之。自任京僚後，每歲除必寄俸餘以贍族人之貧乏者，先公之敦睦有如此。嘉慶甲戌、己卯，道光癸未，水旱頻仍，先公每出穀勸捐，舉行平糶，分別極貧、次貧戶口多寡，自一升至三升，止較市價每升減十文，多賴以存活者。癸未水災後，各鄉有食糠麩甚或有吞敗絮而隕命者，先公偕徐師竹大令琢倡救饑會，以米麵雜糧減價出糶，並備豆麥票自一升至三升，止密訪極貧之戶散給各鄉，另撥白金埋葬黎里鎮浮棺，並贖取蕪湖災民之出賣者，計自捐募捐之款共縻白金二千有奇。復於蘇州同善局勸募、惜字、施棺、恤嫠、施衣諸善舉，有不敷者出資自任之。戊申江北、己酉蘇郡水災，捐資解交蘇藩庫備賑，並飭不孝等設廠留養災民。癸丑江寧、鎮江陷，蘇郡難民麕至，留養亦如之。先公之任卹又如此。

先公博聞彊誌，才思敏捷，自童試以至殿廷試，輒首先交卷。曾九試春闈，矮屋中每左手執卷，右手執筆，直書不起草、不設號板，同舍無不駭服。少攻詞賦，出入漢、唐諸名家，不徒以駢麗爲工。治經尤精於《易》，潛心漢學；詩法盛唐，晚年尤力追少陵；制義枕經葄史，不屑爲餖飣之學；《說文》、篆、隸靡不精心討究。著有《古本大學集解》、《歸樸龕初删稿》十二卷、《續稿》四卷、《鶴和樓制藝》、《澗東集詩稿》三卷、《松風閣詩稿》八卷、《瓜蔓詩餘》一卷，自督閩學後每歲刊一卷，集名不一，而仍冠以『松風閣』，先後刊行者二十一卷。居鄉時刊《古賦識小錄》，在閩時刊《中庸或問》、《試牘酌雅》、《試律鏗鏜》，士林爭先傳誦。尚有詩、古文若干卷，《榕窗隨筆》一卷待刊。

先公居恆無他嗜，公餘之暇惟日手一編。使閩時諸生執贄來謁者悉屏謝之，自後概以書集爲贄，閩人至今稱道之。己酉冬，差竣入都，道出袁江，河帥知先公資斧不繼，率屬餽贐千金，先公卻之。庚戌奉命督辦昌西陵工程，戊午奉命督辦定陵萬年吉地工程，先公嚴飭屬官各矢清慎，登樞堂後力卻親故餽遺，此先公之劬學砥節，欿然不自足，介然不可易者也。

先公坦懷接物，胷無城府，表裏如一。服御不喜鮮華，雖居首揆，寒素一如諸生時。家人偶製新衣，輒以物力艱難諄諄諭誡。甲申、乙酉間課不孝慰高讀，戊子入都後猶時手書馳諭嚮學之方，並示《寒夜不寐》詩，云：『僧寮對宇鐘聲動，是我清宵不寐時。遙憶小樓今讀賦，可能磨墨更吟詩。少年自勵存乎志，遠道傳言恐已遲。願爾愛身兼愛古，書紳一語勿忘之。』嗚呼！先公之期望不孝者無窮，而不孝學業荒落，屢躓春闈，迄無以承先志，撫衷循省，咎戾滋深。壬辰秋，先公攜家北上，京曹清暇，仍自課祖芬及不孝祖賢、祖彝、祖壽等。辛亥以來，從公勞勩，然退直後恆樂與不孝柱高、祖潤及諸孫輩論文。每命一題，必反覆指示；每删改一藝，必講解其所以然，雖至深夜無倦容也。稍有進境，輒嘉賞之。至立身處世之道，往往援古人行誼、先世清芬以相印證，俾不孝等知所取法。本年十月十九日，先公氣喘甚劇，醫來不能自起，是夜尚與不孝祖潤講經論古，滔滔不倦。嗚呼！此先公之本身作則而策勵後人於靡窮者也。

先公視學閩中，訪知朱子後人居建安者爲大宗，其分居建陽者亦復不少，縣城外考亭書院爲朱氏子姓延師課讀之地，經費不支，講課久輟，又距城二百餘里之嘉禾里朱子墓堂再燬於火，亦未重建。遂捐廉爲倡，集銀四千七百兩有奇，分作考亭書院經費，以朱氏族長司其出入，建造嘉禾里墓堂，並置田備建安縣紫霞洲文公祠義學經費，輯有《徵信録》三册。輶軒所至，給扁表揚貞烈節孝七百三十餘人，羅列姓氏，彙爲《彤管揚芬録》一册。閩俗多溺女、停葬、械鬬之風，作《勸止溺女文》、《育嬰三善說》、《戒鬬示》，又手輯問心堂課士條約，彙訂一册，題曰《徇鐸莊言》，并重刊先侍講公所輯《儒門法語》及先祖光禄公所著《二十二史感應録》，遍給生童，俾端趨向。歲試汀州時有武童頂替及一人兩名者，漳州考試古學時有舞弊者，又覆試卷與正場卷或縣府試卷文理筆跡不符者，各示懲戒。比科試時，士子咸知儆惕，無敢再犯。己酉選拔考録優貢，悉以考績最優者充其選，以故士論翕然。此先公之尊賢育才，闡幽光、敦薄俗，與士類相期於道義者也。

凡此數端，皆《年譜》所未及詳，謹附綴譜末，用備國史採擇，且冀有道君子之文以垂不朽焉。不孝男慰高、祖賢、祖彝、祖壽、杜高、祖潤泣血謹述。

門下士翁同龢填諱。

門下士黄貽楫恭校。

（中國國家圖書館藏稿本《硯北集》附）

光禄大夫武英殿大學士先文敬公行狀

彭慰高　等

曾祖啓豐，任兵部尚書，贈光禄大夫、武英殿大學士，妣宋氏，累贈一品夫人。祖紹咸，增貢生，贈榮禄大夫、刑部右侍郎，晉贈光禄大夫、武英殿大學士，妣錢氏，累贈一品夫人。父希涑，舉人，贈光禄大夫、武英殿大學士，妣顧氏、江氏，累贈一品夫人。

先公諱藴章，字琮達，號詠莪，又號小園，世爲蘇之長洲人。生二歲而孤，八歲遭江太夫人喪，逾年錢太夫人棄養，世父侍御公撫育之。自念阨窮坎坷，遂篤學勵行，苦志讀書。年十二，侍御公授以文法，十七補邑諸生，十八娶徐夫人。從蔣麈緣先生游，爲文必經經緯史，復從王惕甫先生授詩學源流。嘉慶戊寅，食廩餼，是科恩榜中式鄉試第十九名。自己卯至癸巳，七赴禮闈。丙戌已入彀額，溢取謄録，大挑授教職。戊子改官内閣中書，分校《方畧》暨武英殿刻本。庚寅冬，徐夫人卒，先公自是有内顧憂。辛卯乞假歸，卜葬徐夫人於長洲縣之長涇浜，並自營生壙。壬辰朱夫人來歸。先是，同里諸耆宿之在林下者結問梅詩社，先公隨常德公後亦與其列，及是再續前游，極唱酬之樂。

是年九月入都，癸巳補軍機章京，乙未會試中式第二名，殿試二甲，奉旨分部學習，籤分工部都水司，軍機大臣奏請仍留軍機處行走，時年四十有四。戊戌補虞衡司主事，庚子遷都水司員外郎，十一月保送御史，旋因隨扈西陵，復隨大司農隆文、直隸制軍訥爾經額會審泰寧鎮那移白樁案，未及與考，十二月遷製造庫郎中。壬寅五月，擢鴻臚寺少卿，十月轉光祿寺少卿，充方略館提調。癸卯遷順天府府丞，提調闈務，是科闈中多故，部議降留者凡六級。甲辰考試大、宛文武童生、八旗武童，復試通州各屬，是科仍入闈提調，遷通政司副使，始不入樞廷辦事。乙巳遷宗人府府丞，宣宗面諭以『人先立品，不可自滿，方能爲國家出力』，公謹受命。欽派抖晾《實錄》，復派稽查右翼宗學。

丙午八月，命提督福建學政，十一月至官，十二月擢左副都御史。閩南爲先儒講學地，朱子後人居建安者爲大宗，考亭書院爲朱氏子姓讀書之所，經費不支，講課久輟，又距城二百餘里之嘉禾里朱子墓堂再燬於火。先公捐廉修復，并言於僚屬紳士，集貲四千七百餘金爲考亭書院經費，以賢裔朱振鐸主其事，并建嘉禾里墓堂，置田建安，備紫霞洲文公祠義學經費，輯有《徵信錄》三冊。輶軒所至，表揚貞烈節孝七百三十餘人，彙成一冊，題曰《彤管揚芬錄》。閩俗多溺女、停葬、械鬬，著《勸止溺女文》、《育嬰三善說》、《戒鬬示》，又手輯課士條約，題曰《徇鐸莊言》，并重刊先侍講公所輯《儒門法語》，先祖光祿公所著《二十二史感應錄》，遍給生童，俾端趨向。歲試汀州，有武童頂替及一人兩名者，漳州考試古學有舞弊者，又覆試卷與正場卷或縣府試卷文理筆跡不符者，懲治不少貸。比科試，士風肅然一清。戊申奏請裁減漕船幫費，奉旨交部議准通行，有漕直省一律查辦。八月擢工部右侍郎，兼管錢法堂事務，各屬選拔考取優貢悉以屢居優等者充其選，以故士論翕然。

己酉九月任滿，明年正月還朝，兼署刑部右侍郎，命偕定郡王、尚書文慶、侍郎靈桂恭辦昌西陵工程。宣宗升遐，賜遺念服物。充會試搜檢官、掃青填青大臣，五月充考試教習閲卷官。九月扈送梓宮至慕陵，派祭告山神。十一月西陵查工，察出昌西陵沙水情形，奏移於望仙山。咸豐辛亥，隨扈謁慕陵，改正石臺五供石橋尺寸。五月命在軍機大臣上行走，奉旨毋庸辦理昌西陵工程。九月命偕定郡王、侍郎基溥相度萬年吉地。十一月偕豫親王、惠親王、侍郎基溥恭理孝和睿皇后喪儀。壬子正月，賜紫禁城騎馬。二月隨扈西陵，奉安宣宗梓宮，命入陵寢門行禮。四月隨扈西陵，行釋服禮。七月欽差通州查辦事件。十一月赴東陵覆勘吉地并查景陵妃園寢工程，兼署戶部右侍郎，兼管錢法堂事務。十二月充管理溝渠河道大臣。癸丑調兵部左侍郎。二月充臨雍釋奠分獻官，赴西陵執事，奉安孝和睿皇后梓宮，祭告山神。甲寅二月，充實錄館副總裁，三月調禮部左侍郎，五月擢工部尚書，十二月充稽查京通十七倉大臣。乙卯十二月，命以尚書協辦大學士，充經筵講官。丙辰充會試正總裁，十月充玉牒館副總裁，十一月奉旨授爲文淵閣大學士，十二月充冊封懿妃正使，派稽察欽奉上諭事件處，派充文淵閣領閣事。丁巳正月，管戶部三庫事務，二月充上書房總師傅。戊午九月，充武英殿大學士。己未五月，充國史館正總裁。

當咸豐初粤寇起，不數年間蹂躪幾遍天下。會賊北犯，軍事益棘，公殫精竭慮，寅入亥出，寢不解帶。事平，力辭甄敘。由是文宗倚畀日隆，遂領樞務。時事艱虞，益以求才戡亂爲急。内而大學士瀋陽文文肅、今尚書高陽李公，外而胡文忠、曾文正、駱文忠、今大學士陝甘總督左公，文宗知人善任，預儲平定中原將相，識者謂公推挽之力爲多。庚申元旦，賞戴花翎，五月餟疾甚劇，面奉諭旨『在軍機處辦事量力，預備召見』，自後出入給扶。六月面奏俟萬壽節後乞免入直，上頷之。初十日奉上諭『大學士彭藴章近來精力漸不如前，著毋庸在軍機大臣上行走，以示體恤，欽此』。旋具摺請假，賞一個月。七月假滿，疾未愈，奏請開缺，奉上諭『彭藴章著再賞假兩個月，安心調理，欽此』。臥病月餘，夷船内犯，京師戒嚴，載垣等奉上北巡，先公具疏請留，報聞。九月假期屆滿，病仍未愈，奏請開缺，奉上諭『彭藴章著准其開缺，安心調理，欽此』。具摺奏謝，復奉硃批『卿久任樞垣，備悉時事，現在辦理軍務如有見及之處，並採訪輿論民情，仍應隨時具陳等因，欽此』。十一月遵旨密陳時務六條，力請回鑾，奉硃批『知道了，單留中，欽此』。明年疾少間，赴行在再入對，仍乞回鑾，會上疾，未遽俞允。旋命署兵部尚書兼查三庫。七月文宗升遐，賜遺念服物。九月命兼署左都御史，十月充武會試校射，解署尚書任，仍署左都御史。壬戌充會試搜檢官，又充總司稽查。四月腰間偶患外瘍，乞假十日，展假二十日，不愈，遂請開缺，奉上諭『前任大學士、署都察院左都御史彭藴章著准其開缺，安心調理，欽此』。夏秋間，外瘍就愈，精神較健，猶能伏案著書，詎料九月以後餟疾增劇，正氣日虧，頻進參苓竟無一效，於冬至後口授遺疏，并諭不孝等曰『病體至此，恐無生理，三朝寵眷，未報涓埃，爾等各宜勤慎供職，努力讀書，以冀仰酬萬一』，遂於十一月初九日亥時棄養。嗚呼痛哉！遺疏上，九重悼惜，遣王率侍衛十員奠醊，賜陀羅經被，予謚文敬，諭賜祭葬。飾終之典，泉壤增榮，世世子孫，捐糜難報。恭繹謚法，勤學好問曰『文』，夙夜儆戒曰『敬』，仰見先帝之知公深也。

先公坦懷接物，一秉至誠。庚戌兼權少司寇，同官某尚書詆公於上前，謂不赴部辦事。會召對，垂詢及之，因回奏輪日赴刑、工二部，上鑒其不欺。洎入樞廷，早朝必先於人，退直必後於人，憂勤惕厲之思，自通籍以逮崇班，始終一轍。平生至性過人，每以不及事親爲遺憾。壬辰將北上，置酒邀叔父、兩姑母話別，相與道幼時孤苦事，各嗚咽泣下。督閩學時，道出吳門，長姑母迎見於舟次，先公潸然出涕，姑母訝問，則曰『孤兒獲有今日，愈增悲痛耳』。己酉郵致廉俸，命大宗從孫來保修葺始祖以次墓十二世，他如捐貲贍族、遇災平糶、傾囊助賑，事無鉅細，悉力行之。律己嚴正，不苟取與。友人招飲，有以優伶侑酒者，卽拂衣辭歸。不孝幼時嘗侍飲於葑溪同善局，時諸先達爲一席，先公暨諸後進及不孝爲一席，席間私謂諸後進及不孝曰：『諸先生文章經濟足爲師資，惟所造已止於是，我輩苟能自立，安在必出諸先生下？所謂弟子不必不賢於師也。』督閩學時，道出泰安，適值重九前一日，太守法豐阿訂次日登高之敍，公辭之，作詩示意，有『攜笻豈不風流慕，駐馬其如供億勞』之句。迨試福寧，經白鶴嶺，值大雨，羅源令以路險請留一宿，先公恐重累地方，竟冒雨去。按部不取官中一物，家丁有誤攜試棚一硯者，立予責逐，越二百里函書還硯。龍巖產素心蘭，一日試畢，州牧以四大甎爲獻，卻之，州牧固請，先公曰：『吾固知蘭爲土物，取不傷雅，奈沿途夫役之勞何？』卒不受。任滿還朝，道經袁浦，河帥率屬餽賮千金，堅卻之。贊樞院十年，卻金無算。恭辦定陵工程，歸羨餘銀萬二千兩於宗人府庫。迨登政府，維持大局，戶部鈔票獄興，載垣等奏請傳訊翁文端。爲排陷計，先公以傳訊大臣非政體爭之，上是公言，乃止。庚申六月萬壽節，肅順等議進優劇，先公力持不可，用是寖爲羣小所嫉。文宗朝京察硃諭褒敍者三，殿廷閱卷二十四，歲時頒賜暨恭宴重華宮，賜飯澄虛榭，賞賚珍異外，特賜御筆『龍』字、『喜』字、『福壽』字，『其難其慎』、『匡弼和衷』、『平安如意』、『齋莊中正』、『桂林一枝』、『天保九如』諸匾額暨山水、畫馬諸宸翰，駢填充積，光耀門閭。文宗知先公善詩，時出御製命和，援筆立應。作文才思敏捷，自童試以迄殿廷試，輒首先納卷。矮屋中每左手執卷，右手執筆，直書不設庋板，洋洋數千言若宿構然。南方多蚊，少時讀書，入足於甕，自忘其勞。少攻詞賦，出入漢、唐；治經尤邃於《易》，潛心漢學；詩法盛唐，晚年力追少陵而不襲其貌；制義華實相宣，不屑爲餖飣之學；《說文》、篆、隸靡不探究精微。著有《歸樸龕古文》十二卷、《續編》四卷、《澗東集》三卷、《松風閣詩鈔》二十六卷、《制藝》二卷，刊行於世。

先公生於乾隆五十七年七月初七日，卒年七十有一，累授光禄大夫；娶徐夫人，累贈一品夫人；繼娶朱夫人，累封一品夫人。子八人：慰高，癸卯科舉人，二品頂戴，鹽運使銜，浙江候補道；元夔，十二歲殤；祖芬，河南修武縣知縣，先卒；祖賢，二品廕生，乙卯科舉人，兵部侍郎兼都察院右副都御史，湖北巡撫；祖彝，庚子恩科副貢生，道銜，刑部郎中；祖壽，附貢生，湖北補用知府；杜高，兵部主事；祖潤，癸酉科舉人，三品銜，浙江候補知府。女四：長適候選員外郎潘紹椿，欽旌貞孝；次適浙江鹽經歷汪曜炳；次適安徽候補同知韓文秕；次適戶部郎中汪朝棠。孫十八人：翰孫，附貢生，三品銜，廣東知府，前署廣州、惠州府事；葆孫，附貢生，分發試用同知；虞孫，山東補用直隸州知州，前清平縣知縣；達孫，一品廕生，戶部員外郎，福建候補同知；補孫，候選鹽大使；福孫，己卯科舉人，員外郎銜，刑部主事；晉孫，附貢生，議敘鹽大使；驄孫，庠生，五品銜，知縣用，廣東候補縣丞；綸孫，庠生；莪孫，東河候補同知；鶴孫，候選鹽知事；傅孫，州同銜；申孫，中書科中書銜；詒孫；庚孫，光禄寺署正；汶孫、穀孫、文孫。孫女十八，曾孫十一，曾孫女九。

嗚呼！不孝慰高生四月，即出爲編修公後，七歲而繼祖母朱太夫人即世，吾父母復顧復之，幼孱弱善病，所以貽吾親憂者歲輒三四。及就外傅，每出塾，先公必舉朱子《小學》、劉念臺先生《人譜》，爲不孝示以準繩。不孝自乙酉始親承提命者三載，每授一藝命一題，必反覆講論，惟恐弗悟，零篇斷句必節取其長。後供職京師，常寄詩以時策勵。己酉聞先公疾，偕祖壽馳赴閩南，依侍數月，時方編定詩、古文詞，獲與繕校之役。是冬隨侍北行。壬子、癸丑間，軍書絡繹，一日數召對，不暇問家事，然竊窺先公精力過人，方謂期頤可卜，詎意憂勞成疾，不十稔遽以不起。嗚呼痛哉！先公嘉謨碩德，書不勝書，謹即見聞所及詮次崖畧，用備國史採擇，惟是十載綸扉，不言溫樹，不孝等無由備知，烏敢緣飾，冀立言君子鑒其誠焉。光緒六年六月，不孝男慰高謹狀。

門下士翁同龢填諱。

大學士彭文敬公神道碑銘

潘祖蔭

文敬公之葬也，尚書順德羅文恪公既志其墓；歲甲戌，公繼配朱夫人卒於京，公子慰高、祖賢等扶匶歸，合葬於公之阡，屬祖蔭文其神道之碑。祖蔭於公家爲世婣，壬子通籍，公爲閱卷，以故事稱師弟子，不敢以不文辭。祖蔭竊維我朝自太宗之世改文館、置大學士，暨歷世祖、聖祖，大率損益明制，以內閣司票擬爲政本所自出，至世宗時設軍機處以議大政，出內詔命，其職實兼唐、宋之中書、門下省、樞密院及翰林內制，軍國之事無不統，而內閣特以優賢揚歷爲勛德者舊之極位，故雍正以來必大學士兼軍機大臣者爲真宰輔，其簡畀至慎且嚴，文武張弛，碩輔相望。越我文宗顯皇帝御宇十有一年，值天下多故，粵、捻、苗、回潢池交訌，海西之夷復跳梁其間。文宗宵旰焦勞於上，徵兵籌餉，駱驛填委，警報日數十，至廷寄、手諭一日百發，其時以閣臣綜樞務者，實惟文敬公爲最專且久。蓋公自咸豐元年以工部右侍郎奉旨在軍機大臣上行走，洊歷兵部、禮部侍郎、工部尚書、協辦大學士、文淵閣、武英殿大學士，至十年始以足疾輟值軍機，未幾遜位，而文宗已巡幸木蘭，次年遂晏駕矣。天下之士觀於文宗之聰明聖武，又當極難爲之時，羣臣百司廩廩然救過不暇，其重臣當艱鉅之任者覆餗相屬。而公從容承旨，楮傾奠危，剷平要堅，舉得其契。雖巨寇鴟張，魚爛鼎沸，卒能恢我王略，以次翦除，命帥擇賢，布列中外，以成穆宗中興之業。蓋廟謨素定，而亦公匡贊之力爲多也。公奮起孤童，艱苦力學，澹泊堅定，裕於其素，發爲文章，婁雋得名。以舉人官內閣中書，選值軍機。至道光乙未成進士時，公年已四十有四矣。改工部主事，仍值軍機，纍升員外、郎中、鴻臚、光祿寺少卿，充軍機章京領班，升順天府府丞，遷通政司副使，以班大九卿不入值。蓋在樞廷者十二年，明習掌故，以精能稱，其膺文宗之特簡實由於此。公少時潛心經術，通知義訓。深維程、朱之學切於身心，逮乎服官，躬行實踐。洎督福建學政，所至表揚宋儒，不遺餘力。率僚屬修考亭書院，重建朱子墓堂及紫霞洲文公祠，拔其後人爲貢生，凡李延平、羅豫章、真西山、蔡九峯諸儒之裔皆採訪甄拔，爲多士勸。在閩三年，歷都察院左副都御史，以至侍郎，皆留視學事，一以正人心、厚風俗爲己任，士漸於教，觀摩奮興，至今垂爲程式。故公歿，福建督撫有請祀名宦之疏，雖以公子官九卿爲部例所格，而公造士之澤正未有艾也。公始入政府時，定郡王方用事，其後怡王載垣、鄭王端華及肅順專恣作威，大獄婁興，公支拄其間，不激不隨，時以正言匡捄其禍，科場、鈔票等獄皆婉辭調護，開悟上心。雖爲肅順等所忌，不安其位，以疾求罷，而灤京之行，公方在告，拜疏諫止，既不能得，猶婁陳時務。至於明年，公疾少間，遂亟赴行在，一再入對，固請回鑾，文宗亦深鑒之，命署兵部尚書。穆宗繼阼，復有署左都御史之命，且擢公子祖賢爲通政司參議。公已疾作，未幾謝世。烏虖！觀公之退不忘君，與先帝之所以待公者，而後知古大臣之進退非恒情之所能推測也。

公諱藴章，本名琮達，後以爲字，又字詠莪。先世名學一者，在明洪武間自江西清江遷江南蘇州之長洲。六世祖瓏，順治己亥進士，知長寧縣，有惠政；五世祖定求，康熙丙辰會試、殿試皆第一，官侍講，兩世以理學名其家。曾祖諱啓豐，雍正丁未復以會試、殿試第一入翰林，以文學受純廟知，官兵部尚書；祖諱紹咸，增貢生；父諱希涑，乾隆丙午舉人，三世皆贈光禄大夫。曾祖妣宋，祖妣錢，妣顧及江，皆贈一品夫人。公生於乾隆壬子七月七日，薨於同治壬戌十一月九日，年七十有一。配徐夫人，河南涉縣知縣德清徐公振甲之女；繼配朱夫人，國子監生義烏朱公炳之女。咸以勤約佐公，婦德母儀，著於遠邇。子八人，女四人。徐夫人生浙江道員慰高，元夔，河南修武縣知縣祖芬，兵部侍郎、都察院右副都御史、湖北巡撫祖賢，刑部郎中祖彝，浙江候補同知祖壽，兵部主事柱高及女三。朱夫人生内閣中書祖潤及女一。壻潘紹椿、汪曜炳、韓文稑、汪朝棠。孫十八人，曾孫十人。公居家之孝友以及歷官次第、文章著作皆已詳志中，不更贅，謹敘其大者，係以銘曰：

中書政本，帝資調燮。台垣有象，臣位之極。赫矣聖清，世選勳德。枚卜有命，吴居其七。樞密之司，執帝者機。一日數對，非材不治。造辟吁咈，萬方印施。在昔有蔣，再世樞要。我祖文恭，繼贊宣廟。惟公嗣興，協契定陵。枉矢裂維，矯以直繩。力折苞枿，响茲羣萌。黄扉故事，階於詞苑。簡自庶僚，棣棣可算。公之登庸，益承帝眷。臣躬蹇蹇，獨際艱虞。内弭陰隟，外銷毒痡。中興有基，公神告徂。上從先帝，騎箕鼎湖。佳城鬱鬱，茂苑之阡。永裕後昆，視此山川。

門下士潘祖蔭拜撰。

（以上《彭文敬公全集·自訂年譜》附）

光禄大夫武英殿大學士文敬彭公墓志銘

羅惇衍

咸豐中以漢大學士領機務者，曰長洲彭公。公之先世自明嘉靖以至國朝，通儒循吏，巍科顯秩，緜延弗絕。五世祖贈光禄公、曾祖光禄公會試、廷試皆第一。洎公以進士起家，不階翰林而登宰輔，一門十世三百餘年之久，隆名異數，不替滋豐。故天下語名閥者，必首彭氏。公相文宗凡六年，以疾去位。再起，以大學士署兵部尚書。今上御極，命署都察院左都御史。同治元年十一月初九日，以疾薨於京第。上聞震悼，飾終之典一如故事，謚曰『文敬』。越七年，其孤太僕寺少卿祖賢請告於朝，奉柩歸葬，乞余爲銘幽之文，余不獲辭。

按狀，公諱藴章，字琮達，一字詠莪。曾祖諱啓豐，雍正丙午舉人、丁未進士，仕至兵部尚書； 祖諱紹咸，增貢生； 父諱希涑，乾隆丙午舉人，三世皆贈如公官。曾祖妣氏宋，祖妣氏錢，妣氏顧、氏江，皆一品夫人。公生二歲而孤，八歲遭母江太夫人喪，依世父以居。篤於學，於書無所不讀。天姿警捷，爲文章不起草，入號舍不設皮板，左右手執紙筆，立就數千百言。十七歲補縣學生，食餼。戊寅舉於鄉，由大挑教諭改内閣中書，旋充軍機章京。乙未成進士，由工部主事洊升郎中，纍遷鴻臚寺、光禄寺少卿、順天府府丞、通政使司副使、宗人府府丞。丙午視學福建，遷都察院左副都御史、工部右侍郎，兼管錢法堂事務。任滿還京，兼署刑部右侍郎。辛亥充軍機大臣。壬子賜紫禁城騎馬，兼署戶部右侍郎，兼管錢法堂事務。癸丑調兵部左侍郎。甲寅充實錄館副總裁，調禮部左侍郎，遷工部尚書。乙卯協辦大學士，充經筵講官。丙辰充會試正考官，玉牒館副總裁，授文淵閣大學士，充領閣事。丁巳管戶部三庫事務，充上書房總師傅。戊午進武英殿大學士，辦萬年吉地工程。己未充國史館總裁官。

公爲人純粹精白，外恂恂和易而中峻整敏幹過人。爲軍機章京者十二年，習樞廷掌故。咸豐初元粵寇起，軍事蝟集，上稔公能，置左右。會賊北竄直隸，事益棘，公殫竭智慮，深更入對，寢不解衣，鬚髮爲白。事平推功將帥，力辭甄敘，上倚公益深，遂領機務。而駱文忠、胡文忠、今大學士曾公方合謀辦賊，中間屢進屢卻。上任之不移，卒復武漢，安全楚，定東征之計，訏謨碩畫，悉公贊成之。九年夷舶犯天津，爲守兵擊退，上賞公花翎，宴在事王大臣於圓明園之澄虚榭。酒行，王大臣畢賀，公獨以謂勝不可恃，宜加兵一萬付僧格林沁，并飭嚴防北塘海口，上韙之。當是時，載垣、端華、肅順等漸驕蹇用事，憚公持正，思有以間公者。會科場案起，而公從子毓棻中副榜，公子祖彝亦與試，遂取其卷反覆揣擬字句以爲關節，磨卷紙幾爛。窮治經年，卒無驗。而戶部鈔票獄與載垣等奏傳訊翁文端，爲排陷計，公以傳訊大臣非政體力爭，上是其言，乃止。十年六月萬壽節，肅順等議偕權臣進優戲，公力持不可，諸人者乃益嫉公。是年春，遘骽疾，初給扶，漸憊不起。上憫其劬，遂解公機務，再給假調理。公既臥病不兩月，而夷舶果由北塘內犯，京師戒嚴，載垣等奉上北巡。公具疏挽留不能得，疾益篤，遂請開缺，上允公奏而仍命公條時務之急以聞。公陳六事，力請回鑾。明年病少間，亟起赴行在，再入對，仍乞回鑾。會上疾，未遽許，而旋委公以部務，蓋上之眷公終始十年無少異，而公視國家遭時多難，惓惓依依，若創痍毒螫之迫於身而家人父子之不忍暫離也。

公自登政府，京察硃諭褒敍者三，殿廷考第文字者二十四，歲時頒賜御書畫、尚方珍異不可勝紀。自奉廉祖遺田數頃，及貴無稍加。辦定陵工程，歸羨餘銀萬二千兩於庫。學問該博，以朱子爲宗。爲學政，修建陽朱子廟堂，籌考亭書院經費。明《易》象，精小學，而詩尤工。文宗萬幾之暇，與公討論源流，娓娓不倦，屢以御製賜和，蓋知公邃於此也。生平著作行於世者，《松風閣詩草》二十六卷，《歸樸龕古文》十二卷，《續編》四卷，《老學蒼讀書記》四卷，《制義》二卷。公生於乾隆五十七年七月初七日，享年七十有一，以同治八年十二月二十四日葬長洲縣九都二十四圖生字圩。夫人徐氏先公歿，繼娶朱夫人。子八：　慰高，癸卯舉人，浙江候補知府；　元夔，殤；　祖芬，河南修武縣知縣，早卒；　祖賢，二品廕生，乙卯舉人，太僕寺少卿；　祖彝，庚子副貢，刑部郎中；　祖壽，浙江候補同知；　柱高，兵部主事；　祖潤。女四：　長適潘紹椿，次適汪曜炳，次適韓文秕，次適汪朝棠。孫十八人，孫女十七人，曾孫六人，曾孫女三人。銘曰：

於爍顯廟，神武義軒。運偶艱虞，盜起金田。禽獮草薙，廓清摧陷。宵旰十年，惟公毗贊。公斡元化，推能弗居。姦不旁撓，任賢勿疑。頻煩政要，絡繹軍籌。口誦手宣，心與綢繆。蹇蹇者躬，番番者髪。不有身形，遑惜杌隉。今皇嗣統，削平宇宙。志曰承先，人惟任舊。公胡不留，公實前勞。成功弗覩，攀髯上霄。公之盛孅，難可具列。畧公餘事，銘公大節。忠貞世篤，遠望斯存。旣塞余悲，亦遺後昆。

賜進士出身、經筵講官户部尚書、武英殿總裁順德羅惇衍拜撰。

（蘇州博物館藏《彭氏宗譜》卷十，光緒癸未重修衣言堂刻本）

彭氏宗譜　小傳

詠莪公諱藴章，字琮達，號詠莪，又號小園，蘭臺公長子。嘉慶戊寅舉人，由軍機中書中式道光乙未進士，授主事，簽分工部，洊擢京卿，荷三朝知遇之隆。累官至軍機大臣、武英殿大學士，管理工部、户部三庫事務，上書房總師傅、軍機大臣，賜紫禁城騎馬、賞戴花翎。予告後，復奉命署兵部尚書，兼權都察院左都御史。服官三十年，中間領樞垣者十載，敬慎恪恭，始終不懈。會當時事艱虞，焦勞成疾，每出入便殿，命内侍扶掖以行。文宗萬幾之暇，揮灑宸章，輒命賡和；間出古今圖籍命題，公援筆立就，進御輒蒙褒獎。年七十有一，生於乾隆壬子七月初七日，卒於同治壬戌十一月初九日。特旨照大學士例賜卹，遣王奠醊，賞給陀羅經被，諭賜祭葬，予謚『文敬』，權葬京城十六里外甄家墳。公孝友性成，通籍後每念幼時孤苦，未嘗不淚涔涔下。視學閩南，表章理學，俾多士知所矜式。至今閩人感誦，籲大吏題請崇祀名宦，以子祖賢官九卿，格於例，不果行。配徐夫人，年四十有一，生乾隆庚戌十一月二十一日，卒於道光庚寅十月十一日，累贈至一品夫人，葬長洲縣九都二十四圖生字圩長涇浜。繼朱夫人，累封至一品夫人。子慰高、元夔、祖芬、祖賢、祖彝、祖壽、柱高、祖潤。慰高嗣遠峯公爲子。元夔十二歲殤。

（中國國家圖書館藏《彭氏宗譜》卷三，同治丁卯重修衣言堂刻本）

彭氏宗譜　小傳

文敬公諱藴章，字琮達，號詠莪，又號小園，蘭臺公長子。嘉慶戊寅舉人，由內閣中書軍機章京中式道光乙未進士，授主事，籤分工部，洊擢京卿，荷三朝知遇之隆。道光丙午提督福建學政，咸豐丙辰會試總裁。官至軍機大臣、武英殿大學士，管理工部事務、管理戶部三庫事務，經筵講官、上書房總師傅，賜紫禁城騎馬、賞戴花翎。咸豐元年，以工部侍郎入參樞政。時承平日久，將罕知兵，粵匪捻匪，相繼擾亂。兩粵、兩楚、兩江、河南、山東、山西、直隸紛紛告警，徵兵籌餉，千緒萬端；廷寄手詔，日發數十件，夜深尚未退值。公親承密勿，惟以任賢戡亂爲務，文宗信任既專且久。五年，僧忠勤王督師平粵逆於連鎮，生擒逆首林鳳詳、李開芳等，檻解京師，戮於市，北路肅清，此天下轉危爲安一大關鍵。凱撤賞功，公以中原未平，辭不敢居。蓋公志在從此廓清寰宇，不徒以畿輔奠安爲幸。時滇黔苗回作亂，蘇、杭淪陷，西夷交訌，儲才經武，秉承廟謨，運籌方畧，搘持艱鉅，蒿目焦勞。而載垣、端華、肅順專恣作威，屢興大獄。科場案內，周納祖賢、祖彝傳遞關節，上以供無實據必不傳訊慰公，嗣得昭雪。鈔票案起，承審王大臣奏請傳訊翁文端，公以失優待大臣體諫止，上從之。文宗三旬萬壽，肅順面奏偕軍機大臣進優劇，公力諫，上嘉納。時公步履蹇澀，出入便殿，命內侍扶掖。十年六月，奉硃諭『大學士彭藴章近來精力漸不如前，著毋庸在軍機大臣上行走，以示體卹，欽此』。八月，上幸灤陽，公方以骰疾乞假，拜疏挽留。九月朔，疾劇，陳請開缺，奉旨允准，具摺謝恩。奉硃批『卿久任樞垣，備悉時事。現在辦理軍務如有見及之處，並採訪輿論民情，仍應隨時具陳，交附近地方大吏代遞，欽此』。十一月，遵旨密陳時務，並請回鑾。十一年三月，病少瘥，趨赴行在，面請回鑾，奉旨署兵部尚書，兼署都察院左都御史。文宗升遐，穆宗繼祚，復命署左都御史。同治元年，腰間患外瘍，陳請開缺。年七十有一，生於乾隆壬子七月初七日，卒於同治壬戌十一月初九日。遺疏上，特旨照大學士例賜卹，遣王奠醊，賞給陀羅經被，諭賜祭葬，予謚『文敬』。歿之夕，家人聞空中有樂聲。時蘇州未復，權葬宛平縣甄家墳。

公孝友性成，通籍後每念幼時孤苦，未嘗不淚涔涔下。視學閩南，表章理學，俾多士知所矜式。己酉選拔多寒畯力學之士，歿後閩人感誦，籲大吏題請崇祀名宦，以子祖賢官九卿，格於例，不果行。同治朝平定中原，文武大臣，内而文文肅、李文正，外而胡文忠、駱文忠、曾文正、左文襄，戮力同心，網羅俊傑，克致中興，固由先帝知人善任，而識拔推挽，維持調護，公之力爲多也。文宗萬幾之暇，揮灑宸章，輒命賡和；間出古今圖籍命題，公援筆立就，進御輒蒙褒獎。累賜御筆書畫、御用袍褂，歲時什物珍玩，恩賚不絕。公清操素勵。使閩時，諸生執贄來謁者悉屏謝之。任滿回京，道出袁浦，江南河道總督率屬贈銀千兩，公却之。咸豐戊午，奉命督辦定陵工程，節省銀一萬二千兩，去官日奏明交存宗人府庫。友朋持贈先後卻金逾萬，雖居首揆，寒素如諸生。

公博聞强記，才思敏捷，自童試以至殿廷試，輒首先交卷。少攻詩賦，出入漢、唐諸名家；治經尤精於《易》；《說文》、篆、隸莫不究習；制義枕經葄史，不屑爲餖飣之學。著有《松風閣詩稿》二十六卷，《歸樸龕古文稿》十二卷，《續稿》四卷，《大學古本輯注》一卷，《鶴和樓制義》二卷梓行於世，《榕窗隨筆》一卷待刊。同治乙丑，東南平定，祖賢任太僕寺少卿，奏奉諭旨開缺扶柩回籍，葬公於長洲縣九都二十四圖生字圩長涇浜。晉贈榮祿大夫、湖北巡撫，兼署湖廣總督。配徐氏，德清諱振甲女，年四十有一，生於乾隆庚戌十一月二十一日，卒於道光庚寅十月十一日，合葬公墓。繼朱氏，義烏諱炳女，年七十有三，生於嘉慶壬戌十一月初十日，卒於同治甲戌六月十六日，祔葬公墓之昭。子慰高、元夒、祖芬、祖賢、祖彝、祖壽、柱高、祖潤。慰高嗣遠峯公後。元夒十二歲殤。女四，長字潘紹椿，未婚壻歿，過門守節四十二年，撫嗣子成立，欽旌貞節。次適汪曜炳，在室時刲臂療母疾，欽旌孝女。次適韓文稑，次適汪朝棠。

（蘇州博物館藏《彭氏宗譜》卷二，光緒癸未重修衣言堂刻本）

彭文敬公傳

董　沛

彭蘊章，字琮達，一字詠莪，江蘇長洲人。兵部尚書啓豐曾孫。以舉人官內閣中書，選值軍機。道光十五年成進士，授工部主事，歷員外郎、郎中，累擢通政司副使，始以班大九卿不入值。在樞垣者十二年，明習掌故，勤能稱職。二十五年，擢宗人府丞。明年，督福建學政。所至崇文教，厚風俗，士奮於業，至今感頌。修考亭書院，建朱子墓堂，拔其後人爲貢生。李延平、羅豫章、蔡九峯、真西山諸儒之裔，皆加甄錄。在閩三年，歷左副都御史、工部侍郎。還都，兼署刑部。

咸豐初，南北軍興，文宗知蘊章才，命領機務，洊擢工部尚書、協辦大學士。六年十一月，授文淵閣大學士。八年十月，晉武英殿大學士。方是時，群寇蝟起，虐焰徧天下。海西夷船屢犯畿東，軍事奏報，朝夕填委。藴章殫竭智慮，恆丙夜入對，寢不解衣，鬢髮爲白。其議設皖南、歸德二鎮，議守天津北塘，皆碩畫也。胡林翼、曾國藩等建議東征，時有前卻，藴章裨贊廟謨，顯力倚任，卒成大功。怡王載垣、鄭王端華、大學士肅順等專恣作威，興鈔票、科場諸大獄，中傷朝士，藴章婉辭調護，開悟上心。雖以正議爲姦黨所忌，不安於位，而上終眷顧不衰。車駕北巡，藴章已以疾在告上疏，挽留不能得，猶復陳時務六事。疾少間，趨赴行在，固請回京。上深鑒之，命署兵部尚書。穆宗登極，復命兼署左都御史。藴章疾復作，同治元年五月具摺乞休，詔允之。十一月卒，年七十有一。遺疏聞，賜邺如例，予謚『文敬』。

藴章原本家學，誦法洛、閩，爲朝野推重。入内閣不由翰林，異數也。膺殿廷考校之任凡二十四，咸豐六年充會試考官，得士稱盛。拜御書畫及尚方珍異，不可勝紀。所著詩集二十六卷，文集十二卷，續文集四卷，讀書記四卷，並行於世。

（《正誼堂文集》卷七，紀寶成主編《清代詩文集彙編》本，上海古籍出版社二〇一〇年版）

彭文敬公傳畧

金安清

公諱藴章，字詠莪，蘇州長洲縣人。彭氏自明洪武由江西遷吴，五百年中，道素相承。達而在上者，爲名臣，爲碩輔；窮而處約者，亦多終身爲善士，祀鄉賢，踵相接。理學、文章、科第之盛，海内莫與之京，不特爲江左一隅望族而已。而合族子弟千百，類皆修謹守家法，無王謝裙屐之習。先人貽謀之善，夐乎尚矣。

公曾祖諱啓豐，爲雍正丁未會、狀，甲第與侍講公同，實當時詞林第一盛事。官至兵部尚書，負入相望。以同列微嫌，降補侍郎，休致回籍，不復仕。闡實學，矜式後進，壽至八十餘，世所稱芝庭先生是也。

公生二歲而孤，母夫人亦逝，育於祖母錢太夫人。姐弟四人，零丁弱小，人所不堪。賴伯、叔皆聞人，卵翼之。十七，入縣庠。嘉慶戊寅中式舉人，一時文名籍甚。兼長詩、古文詞，旁及書畫篆隸，靡勿通曉。鄉先輩中，潘文恭公、韓桂舲尚書、石琢堂、吳棣華兩殿撰，皆折輩行訂交。倡問梅詩社，有『吳門七子』之目，蓋朱酉生、王井叔皆以詩文有稱於時也。而王愓甫先生尤雅重公，知爲偉器。

乙丑入都，春官報罷，改官中書，入值樞閣。道光乙未會試，總裁已定元，以他卷詩頌聖故，抑置公卷第二。朝考二甲。榜下，用主事，簽分工部。未入翰林，人皆惜之。公先後在樞曹十數年。其長穆、潘二相，荷宣宗殊眷，凡門下士，各有趨向。公獨於奉職之外，不言溫樹。下直，手一卷，闇然如儒生。祁壽陽默欽其賢，故咸豐初元，與杜文正公一力推舉。戊戌，補虞衡司。越一年，升員外郎，擢郎中，年已五十矣。宣宗知公久在樞直，小心謹密，可大用。壬寅年五月，特授鴻臚少卿，轉光祿寺。次年，升順天府府丞。再一年，升通政使司副使。以列大九卿，始不與軍機章京事。越歲，升宗人府府丞，授福建學政。閩中爲人文藪，而吏胥之弊亦最甚。公視事後，一矢公明，甄拔淹滯，布勸善各説，如禁溺女、惜物力，皆輶軒所未暇者。公孜孜爲之不少倦，輿論翕然。又以東南漕弊日甚，有損國計，特具疏條陳。宣宗深賞之，補左副都御史。未滿任，又擢工部右侍郎。至己酉秋還京，兼署刑部右侍郎。

文宗登極，留意耆碩。賽丞相督師粤西，樞廷乏才，公遂奉命在軍機大臣上行走。時豐工河決，髮寇初起，軍書旁午。公在值久，諳習先朝故事，旦夕入對，時然後言，無不當上意者。壬子京察，奉旨『彭蘊章自參樞務，克盡厥職，著交部議敘』，兼署戶部右侍郎，調兵部左侍郎，復調禮部左侍郎。甲寅五月，升工部尚書。乙卯十二月，即以工部尚書協辦大學士。丙辰，充會試正考官。十一月，真拜武英殿大學士，仍管理工部事務。

舊例，樞相皆以滿洲耆臣領之。惟道光中曹文正以漢臣居首，爲異數。潘文恭在綸扉幾二十年，猶有待，而自文文端薨後，遂總樞柄。當時不由翰林而登揆席者，以公爲第七，皆自來未有之曠典也。由公清勤忠謹，其結主知也深。居位時，值海内鼎沸，寇氛遍天下。大農仰屋，京餉終年不一至。公沈幾濟變，不務求赫赫名，默贊大計。凡造膝謨訏，惟以慎惜人才、寬假卿勒爲主。故駱文忠、胡文忠、曾文正在湖南、北募勇籌餉，事事不由中制，皆大變祖宗成法，而朝奏夕可，無纖毫詰難，使諸公得盡展其才。他省從而效之，兵食日盛，卒成蕩定之功。皆公秉樞十年，能達大體，識時宜，休休有容，弼成咸、同兩朝中興之治，使囿於成憲，互相牽掣，雖有良臣、猛士，未由展布。一代之安危，殆不可問。此公相業關係之最大者。由今溯古，覆轍孔多。而文宗及公明良一德，聖君賢相所分庇於師武臣力者，事後平心以思，不可没也。

迨己未、庚申間，端華、肅順浸用事，氣燄出樞廷上。公一力守正，不爲撓。肅順深嗛之，以科場事嗾案中人誣公子以通關節。時右相柏葰亦爲肅忌，已文致下獄，人皆爲公危。公怡然曰：『我家世受國恩，以科名致通顯，惟以「衡文無枉，入場無競」二語爲世世則效，子孫亦相忘而化之。問心無愧，何所懼乎？』讞獄者百計羅織，無所得，事始白。而公年近七十，自度不足與權要抗，適患腿疾，遂乞病。文宗鑒其誠，先令免軍機大臣行走，繼許開缺。

值外釁急，駕幸木蘭，公專折力陳其不可。事雖不果，朝野壯之。旋奉硃諭『卿久任樞垣，備悉時事，現在辦理軍務如有見及之處，並採訪輿論民情，仍應隨時具陳，交附近地方大吏代遞，欽此』。公力疾出都門，寓保定，遵旨密陳時務六條，仍力請回鑾。其時肅順權益專，侵之者禍卽叵測。而公直攻所主，無纖毫瞻顧意。公之拳拳君國始終不渝，至矣。辛酉二月，以上仍在熱河，聖躬多不豫，公眷戀行幄不能釋。三月卽起病出覲行在，召見二次，涕泣陳時事。文宗爲之動容，允卽還京。奉旨署兵部尚書。七月，文宗升遐。公在署哀號幾絕，作七言古四章，沈痛悲愴，時人比之於箕子之歌。旋命公署左都御史，迎駕石槽，恭送梓宮。蒙遺念珠皮袍一件、玉搬指一個、瑪瑙烟壺一個。皇太后垂簾聽政，復命專署左都御史。都門賢士大夫，皆望還公樞柄。而公已病篤，陳請開缺，上不得已，允之。自秋及冬，所患日劇，十一月遂薨，年七十有一。

遺疏上聞，無一語及私。奉上諭：『前任大學士彭蘊章，敬慎持躬，老成練達。由部曹洊登卿貳，渥荷文宗顯皇帝知遇之隆，簡任綸扉，參預機務，均能恪恭盡職。咸豐十年，因病開缺。朕御極之初，命署左都御史。夏間病劇，請開署缺，當經允准。兹聞溘逝，軫恤殊深。著賞給陀羅經被，派貝勒載治帶領侍衛十員，前往奠醊。加恩照大學士例賜恤，該衙門察例具奏。伊孫戶部學習員外郎彭達孫，著作爲候補員外郎，用示篤念耆臣之至意。欽此。』旋賜祭葬，予謚文敬，取夙夜儆戒之義，洵足以盡公之生平矣。

公家世華胄，遭際文宗朝，始終恩眷優異。位極人臣，門生故吏半天下，乃畢生以清謹自守。本籍所居老屋僅避風雨，猶明時故宅。膴仕四十年，無片椽之益。祖遺薄田五百畝，未加尺寸。京師淀園，皆賃廡以居，京師馬市橋小麻線衚衕宅第，乃祁壽陽故宅，半購半贈。公薨，甫逾十年即售去。雖以二三千金購屋，力有不逮也。終其身莊敬自持，與人交，數十年如一日，無疾言遽色，無諧詞謔語。自以幼失怙恃，於家庭骨肉恩禮尤摯。故人子弟，待以舉火者，無慮數十家。論政崇寬厚，以培元氣、慎名檢是務，非關大利弊，不輕爲入告。其《就科舉興孝廉》一疏，尤關世道，而泥於部議，不果行。居位時，以『拜爵公門，感恩私室』爲戒，有李沆、王旦之風。後進有鋒穎躍冶者，恆力戒之，期以遠大。惟左恪靖、文協揆未遇時，爲之薦引而卒成名臣，此外門無桃李也。公早年美丰儀，身長玉立，溫雅爲真名士。入朝，進止不逾尺寸。使闈時，已近六十，猶霞采四映。自入樞後，始漸清癯，然神姿鶴峙，望而知爲君子人也。當官日，履中無倚，不苟異同。穆相柄政久，迨罷斥，有爲之牽染者，有佔風倒戈者，惟公溫不增華，寒不改葉，名才涉愛憎之口，翛然自遠於塵外。咸豐初，柄臣有以才術自倨者，公朝夕苦口進規，不以齟齬屈志也。至端、肅用事，公孤立其間，持之堅而出以婉，不惡而嚴，九關虎豹卒無以中之。公之先後自處，迨非深於學問者不能。古人危行言遜，默足以容，公其庶幾也乎。

公先娶徐氏，繼娶朱氏。丈夫子七人：長，舉人，出嗣弟後；次，夭；三，河南輝縣；四，舉人，太僕寺卿，廉幹，最有聲；後官湖北巡撫。五，庚午副榜；六，廪生，浙江同知；七、八，皆業儒。女子二，孫十，曾孫一。公以乙未登第後，春官繼起無人。姪己未捷秋闈，進呈卷，楷極華整，文宗嗟賞者再。故庚申會試，公先期乞假，不與總裁列。而仍未售，以軍功得知府。

評曰：流寇之禍，闖、獻爲最。顧擾攘十七年，所蹂躪者僅秦、蜀、楚、豫四省及皖北一隅耳。若滇、黔，若兩粤，若浙、閩、江西、山東，固晏如也。思宗勵精圖治，洪、盧、孫皆才畧過人，而一蹶不振。良由其時居綸扉者多媢嫉僉人，任台諫者復蜩螗僨事，徒使帥臣扼腕，諸將離心，而籌餉又無他計畫。雖天命有歸，寧不關人事乎？髮捻之變，失地遍於寰宇，而捻、回及西洋，復乘釁其間，其艱危十倍於勝朝矣。三代以下，論相如諸葛武侯、王武侯、李文饒、寇忠愍、韓公、范公及張江陵，皆以一人之才，籠罩天下；丙、魏、姚、宋、李文靖、王文正及明之三楊，則薈萃天下之才，成一人之量，殊途同歸。其旋乾轉坤，則一也。欲知宰相之賢否，但視天下之安危。始危而終安者，非有人焉於其間潛移之、默運之，可乎？四時成序，而寞然不尸其功。君子之澤，吾未見其止也。

余與公累世有姻連，論行輩爲父執。辛丑冬，始在京都晉謁，公方以工部侍郎直樞密也。嗣以詩文書畫相往還十餘年，歲時書問不絕。咸豐初，始以第二女字公孫。余躁妄好論時事，不修名檢。公始規之，終厭之。且有讒於公謂余趨捷徑、求速化者，潘君玉泉入都，公首及其事，深惜其愚。余性頑鈍無恥，不欲剖其誣，惟守『親無失親』之義而已。故公以大學士、軍機大臣領班十年，余從未恃故舊之誼有所干。浮沈一官，未沾斗祿，未繫寸組，有當時月日可按也。公於余無所慊，余於公亦無所負，可謂道義相終始矣。今爲公作傳，固不敢以葭莩有所粉飾，亦不敢以萑蒯故爲然疑。惟推一朝時局，尋繹當事苦心，是其所是，非其所非，質諸鬼神，俟諸後世而已。

（彭翼仲《彭翼仲五十年歷史》，載姜緯堂、彭望寧、彭望克編《維新志士愛國報人彭翼仲》，大連出版社一九九六年版）

清史列傳　彭藴章傳

彭藴章，江蘇長洲人。由舉人捐内閣中書。道光十二年，充軍機章京。十五年，成進士，以主事用，分工部，仍留軍機處行走，十八年，補官。二十年六月，陞員外郎。十二月，陞郎中。二十二年五月，授鴻臚寺少卿。十月，轉光禄寺少卿。二十三年四月，陞順天府府丞。十月，充武闈校射大臣。二十四年，授通政使司副使。二十五年三月，擢宗人府府丞。十一月，稽察右翼宗學。二十六年八月，提督福建學政。十二月，補都察院左副都御史，仍留學政任。

二十八年五月，奏請裁減漕船幫費，略言：『漕船開兑之初，衛官即向旗丁需索，近來爲數愈增；又沿途委員催趲有費，至淮安漕運衙門查驗有費，抵通州倉場經紀花戶有費。欲減旗丁幫費，宜探本窮源，節其出項。又請設立官夫，覈定夫價，每船過三牐，定以夫價若干，毋許勒索，州縣辦漕，應令有漕督撫察其潔己愛民者，每歲酌保一二員；辦理不善者，劾一二員。其各省運漕官及通州坐糧廳，如能潔己剔弊，亦准漕運總督、倉場侍郎保奏，不稱職者劾罷。』疏入，下部議行。八月，擢工部右侍郎，兼管錢法堂事務，仍留學政任。二十九年，以捐備本籍賑銀，下部優敘。三十年，回京，尋兼署刑部右侍郎，充考試漢教習閱卷大臣、武殿試讀卷官。

咸豐元年五月，命在軍機大臣上行走。十二月，遵旨嚴察私鑄，奏言：『本月十四日召見時，蒙發下小錢，背有「寶源局」字樣。跪看之下，實係私鑄。當即面交監督扎克丹等赴局詳查。據覆稱「抽查兩局庫存錢文，皆無此項小錢。至兩局匠役人數衆多，易起弊端」。臣等不敢以查驗無蹤，信其必無私鑄，惟有嚴飭該監督等隨時稽察，有犯必懲。』得旨，報聞。二年正月，賜紫禁城騎馬。京察屆期，上以蘊章自參樞務以來，克盡厥職，加一級。是月，命恭理孝和睿皇后喪儀。四月，充會試覆試閱卷大臣。五月，海運米石短絀，上以倉場侍郎朱嶟所奏情形與戶部前奏兩歧，諭令蘊章偕兵部左侍郎宗室恩華秉公查奏。尋奏稱：『查驗坐糧廳公文清册，此次米石在天津不過蒸熱，到通州始見潮濕，坐糧廳仍加風晾，始行驗收。與該侍郎原奏『據經紀供稱河干未能挑晾，以致轉運後米身縮收』之語不符。其經紀在津出結，係屬向例，該侍郎不得諉爲不知。又稱現在米石尚未驗收完竣，應請敕下該侍郎仍責成坐糧廳及大通橋監督，認真查驗，如有潮濕短少情弊，卽行嚴究懲辦。』允之。十月，捐輸軍餉銀三千兩，命交軍機處存記。十一月，兼署戶部右侍郎，兼管錢法堂事務。三年三月，孝和睿皇后永遠奉安禮成，議敍加四級。尋兼署吏部左侍郎。八月，以河南懷慶解圍軍功，加一級。十二月，復以歷次捐輸軍餉，議敍隨帶加五級。調兵部左侍郎。

四年二月，充實錄館總裁。三月，調禮部左侍郎。五月，陞工部尚書。十一月，會議閩浙總督王懿德等奏請寬民間銅器之禁，應以五斤以上不准打造私藏，五斤以下仍准民間照常使用。又議伊犁將軍宗室奕山等奏支發各款，或全發現銀，或減成給領，或折錢支放，所議雖與部定章程未能盡合，惟伊犁爲西路極邊地方，不惟與京城各別，亦與甘肅口内不同，變通覈減，自當因地制宜，未便拘泥部章，勉强比合。又議塔爾巴哈台參贊大臣英秀奏請暫裁兵額，覈其所奏，不但體恤蒙古官兵，兼可撙節常年經費。其節省銀兩，應令該大臣於撥調經費時聲明扣除，以昭覈實。議入，均如所請。十二月，稽察京、通十七倉。五年正月，復屆京察，命下部議敍。

二月，會議葉爾羌參贊大臣常清奏裁新疆防兵，略曰：『葉爾羌滿洲換防兵較多，其由内地派往者，裝銀車價，費於口外數倍，故旗營不如綠營之省，口内又不如口外之省。今既將葉爾羌滿洲防兵裁撤，則烏魯木齊各旗營歸伍之兵，可代綠營差遣，綠營即可多派防兵抵内地調派，以節糜費。應請敕下烏魯木齊都統於綠營内照撤回旗兵之數，添派兵二百五十名，赴葉爾羌等城換防，咨明内地照數少派。如此轉移，於經費尤可節省。』均如所議。四月，充考試試差閱卷大臣。復以山東馮官屯蕩平軍功，加三級。

時閩、粵等省商民交易，多用洋錢，福建巡撫呂佺孫因奏請改銀，仿照洋錢式樣鑄造。藴章等以内地之錢仿照外夷式樣，有乖體制，議寢之。五月，直隸總督桂良奏查明直隸用鈔情形，藴章等會議：『改票用鈔、收銀買鈔之法，行之近省，於京餉既有裨益；行之遠省，於民力亦可寬紓。該督既以驟行爲難，自不妨寬以時日，逐漸轉移。至官票一項，户部概行頒發，則度支可無漏卮之慮；不停搭收，則閭閻自無疑畏之生。』議入，上韙之。

六月，署吏部左侍郎沈兆霖奏請暫設巡撫，專辦皖南軍務，諭令軍機大臣、大學士會同該部妥議具奏。藴章等奏言：『安徽一省，介居大江南北。自粵賊占踞江面，巡撫督兵廬州，與江以南之徽、寧、池、太、廣四府一州文報多阻，故福濟曾有鞭長莫及之奏。賴浙江巡撫派兵協守，撥餉協濟，有急則飛咨向榮同選弁兵前往救援。今該侍郎以浙江兼顧難周，請暫設皖南巡撫，誠爲救時之策。惟立法貴乎因時，而於事必求有濟，以保守地方而論，則在官員之能否，而不在階級之崇卑；以攻剿賊匪而論，則不在文職之增多，而在武弁之得力。若添設巡撫，則疆域既分，難保不互相推諉。臣等公同商酌，皖南原有徽、寧、池、太、廣兵備道一員，擬請暫改爲皖南道，專轄徽州、寧國、池州、太平、廣德五屬，仿臺灣道例，加給按察使銜，以資督率。再請添設皖南總兵一員，統轄徽州、寧國、池州、蕪采、廣德五營，以資鎮守。』如所議行。

八月，署陝西巡撫宗室載齡奏請黃金定價抵銀行使。蘊章等遵擬：『試行章程十二條：一、定成色；一、平價值；一、交官之項，宜分別覈辦；一、收納地丁，宜於串票內添注數目；一、解部之款，宜與白銀並解；一、協撥餉銀，宜搭解黃金；一、各省放款，宜視所收之數酌量搭用；一、部庫放項，宜隨時酌辦；一、出納均平；一、收放黃金，宜就現銀款內分搭；一、官銀錢號，宜令各省一體開設，藉資兌換；一、產金省分，宜令試行開採。』從之。十二月，命以工部尚書協辦大學士，充經筵講官。六年三月，充會試正考官。四月，充會試覆試及朝考閱卷大臣。十月，充玉牒館總裁。十一月，宣宗成皇帝實錄、聖訓告成，賞加二級。補授大學士，管理工部事務，派閱考試南書房翰林卷，命爲文淵閣大學士。十二月，命稽察欽奉上諭事件處，充文淵閣領閣事。七年正月，管理工部三庫事務。二月，命恭填宣宗成皇帝實錄內廟諱、文宗顯皇帝御名，充上書房總師傅。閏五月，戶、工兩局試鑄鐵錢，蘊章等遵議章程，請以工部寶源局應鑄鐵制錢，即在鐵錢局西北廠內添鑪鼓鑄，分交戶、工兩局管理；

一切稽察督率事宜，請卽由工部錢法堂侍郎辦理，以專責成。允之。八年正月，京察屆期，並以玉牒告成，兩邀議敘。四月，充考試試差閱卷大臣。七月，命督修萬年吉地工程。

先是，京師糧價昂貴，旗民生計維艱，蘊章奏請酌撥庫款採買米石，允之。至是，復請將京旗兵米酌增，畧言：『自改用大錢後，城中糧價昂貴，民不聊生。疊荷皇恩，加展賑濟，自五月以來，又加米折，每石京錢一千。然民生疾苦，未見轉機。每思拯救之方，幾於束手無策。臣近知旗人應得之米，年來分成折錢，現在兵丁所領止有實米二成，其餘折色則以米之高下、定價之多寡，多者每石京錢四千，少者止京錢兩千。自入夏以來，京師大米一石，市價至京錢三十千，旗人持此一石之折價，多則買米一斗有餘，少則不過數升。民生之蹙，其患不獨在無銀，而並在無米。伏見本年海運總數多於上年，似可將兵米酌量加增，而減其折色。又查各旗營養育兵以及鰥寡孤獨小甲米石，八旗約計不過四萬餘名，每名歲支米一石六斗。此項人等最爲孤苦，擬請推廣皇仁，全行給放米石，毋庸折色。儻部臣覈計，或慮米石不敷，則自前年以來有提存部庫採買米石銀十萬八千兩，近存四川解京穀價銀二十二萬六千兩，山東解京漕米銀六萬兩，山西米價銀三萬兩，陝西四萬九千餘兩，共銀四十七萬餘兩，堪以採買米石，加放兵米。又有河南停運採米節省運腳銀二萬兩，堪爲買米轉運之費。實無須另籌款項。伏乞皇上飭下戶部，迅籌加增米石，覈減折色，稍補餉銀之不足，並計通倉米石何項短缺，則採買何項，以資搭放，實於旗兵生計大有裨益。』得旨，下部議行。

十二月，御史王德固奏請於河南歸德府添設總兵一員，蘊章等議稱：『歸德爲豫東門戶，向設參將一員，營伍本屬單薄，應將歸德營改爲歸德鎮，設總兵一員，駐紮府城，設立左右兩營，添設遊擊、都司各一員，中軍守備二員，千總四員，把總八員。』如所議行。九年正月，奏請特開恩榜，畧曰：『鄉舉里選之法，始於成周。漢時，舉賢良方正、孝悌力田，又命郡國舉孝廉。東漢舉士，以孝廉一科爲最盛。其時循吏尤多，誠以百行孝爲先，六計廉爲本。能孝則可移於忠，能廉則必歸於正。取士之方，實已操其要也。自晉至隋，以詩賦取士，至唐而仍隋舊。厥後科目有三：曰秀才，曰明經，曰進士。秀才試以策，明經、進士試以經策，皆重考覈，而舉行之法不聞焉。宋之科目亦重進士，試以九經、三史，後分經書、詩賦爲兩科，迄於南宋，兼行不廢。元舉經明行修、經策、詩賦分爲三場。明代取士，始用四書文三道，鄉試中式者爲舉人，會試於禮部，又中式對策，則有進士及第出身之目。今之鄉會試實沿其制。夫以四書、五經取士，原望能明聖賢之訓，必無畸邪之行，故可以治民行政也。無如士子徒習其言，不修其行，吏治日非，民風日薄。居今日而欲正人心、維風俗，則孝行之典所當參用也。我皇上樂育人才，甄陶庶類，以近年未開恩榜，欲加惠士林，聖意殷拳，儒生之幸。臣竊維恩科之設，皆因恭逢慶典，計咸豐十年恭遇我皇上三旬萬壽，允宜開科取士，以副聖主闢門籲俊之懷。查向來恩科，皆於萬壽之年舉行會試，先期一年舉行鄉試。今當以咸豐九年己未舉行鄉試，十年庚申舉行會試。惟念各省自用兵以來，尚有未舉行乙卯鄉試之處，或乙卯雖已舉行，而本年戊午尚未開科。若令天下於明年舉行鄉試，恐或因道途梗阻，或因貢院未修，士子仍不獲觀光，德意所加未能普徧。若令察舉孝廉，則其事易行，而士林得以均霑。至其取士之法，應參用今之優行生員及孝廉方正兩途之例，舉於學校，考於學政，會考於督撫，然後試於朝；而孝廉一科，既准其與舉人一體會試，是以特設之科爲恩榜，重人品而拔真才也。至會試則仍循舊制，不加參改，若是則取之於學校，仍由文字進身；歸之於會試，仍從文字成名，而中加考行一科，庶幾文行交修，兩無偏重矣。嗣後海内清平，每遇恩榜，仍可踵而行之。蓋十年中三次正考，皆以文取士，偶加一孝廉之科，以行舉賢，似不至紛更舊制，而於簡拔人才之道亦參酌古今而互用。』疏入，下大學士九卿議，尋議以窒礙難行，奏寢之。

四月，充庶吉士散館閱卷大臣。五月，充朝考閱卷大臣。旋充國史館總裁。八月，命於管理處所俱免其帶領引見。九月，充考試翰詹閱卷大臣。十二月，刑部具題湖北民人蕭文秀毆傷胞叔蕭怔禮身死罪名，諭令彭藴章等議奏。尋奏稱：『此案蕭文秀欲毆弟，適傷胞叔，卽與誤傷無異。該署撫胡林翼擬以斬決，實與情罪未符。況旣云適傷，又稱有心逞兇，殊屬兩歧。』得旨，改爲斬監候。十年正月，恭遇上三旬萬壽，賞戴花翎。二月、三月，歷充順天鄉試覆試、會試覆試、庶吉士散館閱卷大臣。五月，以足疾，面奉諭旨，在軍機處辦事，量力豫備召見，出入命内侍扶掖以行。六月，諭毋庸在軍機大臣上行走，以示體恤。旋因病賞假一月。七月，奏請開缺，復賞假兩月。九月，復奏請開缺，允之。尋奏出都就醫，諭曰：『卿久任樞垣，備悉時事，現在辦理軍務，如有見及之處，並採訪輿論民情，仍隨時具陳，交附近地方大吏代遞。』十一月，密陳時務六條，報聞。十一年三月，疾痊，署兵部尚書，派查三庫。九月，兼署都察院左都御史。十月，充武會試校射大臣。

同治元年五月，復因病奏請開缺，允之。十一月，卒。遺疏入，諭曰：『前任大學士彭藴章，敬慎持躬，老成練達。由部曹薦登卿貳，渥荷文宗顯皇帝知遇之隆，簡任綸扉，參預機務，均能恪恭盡職。咸豐十年，因病開缺。上年病痊銷假，卽命署理兵部尚書。朕御極之初，復命署理都察院左都御史。本年夏間，復因病劇，請開署缺，當經降旨允准。方冀安心調理，克享遐齡。茲聞溘逝，軫惜殊深。著賞給陀羅經被，派郡王銜貝勒載治帶領侍衛十員，即日前往奠醊。加恩照大學士例賜卹。任内一切處分，悉予開復。應得卹典，該衙門察例具奏。伊孫戶部學習員外郎彭達孫，著俟服闋後，作爲候補員外郎，用示篤念耆臣之至意。』尋賜祭葬，予謚『文敬』。

子慰高，舉人，浙江道員；祖芬，河南修武縣知縣；祖賢，舉人，湖北巡撫；祖彝，刑部郎中；祖壽，湖北同知；柱高，兵部主事；祖潤，舉人，浙江道員。孫翰孫，廣東知府；虞孫，山東濟寧直隸州知州；達孫，戶部員外郎；福孫，舉人，甘肅武威縣知縣；縠孫，戶部主事。

（《清史列傳》卷四十五，王鍾翰點校本，中華書局一九八七年版）

清史稿　彭藴章

彭藴章，字詠莪，江蘇長洲人，尚書啓豐曾孫。由舉人入貲爲内閣中書，充軍機章京。道光十五年，成進士，授工部主事，仍留直軍機處。累遷郎中，歷鴻臚寺少卿、光祿寺少卿、順天府丞、通政司副使、宗人府丞。督福建學政，遷左副都御史。二十八年，疏言：『漕船衛官需索旗丁日益增多，沿途委員及漕運衙門、倉場花戶皆有費，欲減旗丁幫費，宜探本窮源。又州縣辦漕，應令督撫察其潔己愛民者，每歲酌保一二員；辦理不善者，劾一二員。運漕官及坐糧廳如能潔己剔弊，准漕督、倉場保奏，不稱職者劾罷。』下部議行。擢工部侍郎，仍留學政任。咸豐元年，命在軍機大臣上行走。四年，調禮部，尋擢工部尚書。五年，協辦大學士。六年，拜文淵閣大學士，管理工部及戶部三庫事務，充上書房總師傅。

八年，京師旱，糧價踴貴，旗民生計益艱，蘊章奏請撥款採米，允之。復疏言：『自改用大錢，城中米貴，疊荷加恩賑濟，又加米折，然民生疾苦未見轉機。臣聞兵丁所領止有實米二成，其餘折色定價，每石京錢四千至三千不等，大米一石市價京錢三十千。持此折價買米，不過升斗。民生之蹙，不獨在無銀，並在無米。本年海運多於上年，可將兵米酌量加增。又各營養育兵及鰥寡孤獨小口米不過四萬餘名，每名歲支一石六斗，擬請此項酌給米，毋庸折色。自前年以來，有提存部庫採買銀，又存四川、山東、山西、河南、陝西解京米價銀，共有四十七萬餘兩，堪以採買米石，加放兵米。又有河南停運節省運脚銀二萬兩，堪爲轉運之用。伏乞飭部採買，以資搭放，實於旗兵生計大有裨益。』疏入，下部議行。

蘊章久直樞廷，廉謹小心，每與會議，必持詳慎。鈔票、科場諸大獄，婉辭調護，與肅順等意忤。兩江總督何桂清素以才敏自負，蘊章誤信之，數於上前稱薦。十年，江寧大營潰，蘊章猶言桂清可恃。未幾，蘇、常相繼陷，桂清逮治。文宗以蘊章無知人鑒，眷注寖衰。適有足疾，扶掖入直，命毋庸在軍機大臣上行走，以示體恤。尋奏乞罷職，出都就醫。詔曰：『卿久任樞垣，備悉時事。現在軍務如有見及，並採訪輿論民情，隨時具疏交地方官大吏代遞。』蘊章密陳時務六則，報聞。十一年，病痊，署兵部尚書，尋兼署左都御史。同治元年，復以病乞休。未幾，卒，依大學士例賜卹，謚文敬。子祖賢，官至湖北巡撫。

論曰：文宗初政，杜受田以師傅最被信任，贊畫獨多。祁寯藻、彭蘊章皆久領樞務，翁心存數論軍事，久筦度支。三人者並與肅順不協，先後去位；同治初元，聯翩復起。寯藻、心存三朝耆碩，輔導沖主，一時清望所歸焉。

（趙爾巽等撰《清史稿》卷三八五，中華書局一九七七年版）

蘇州府志　彭蘊章傳

彭蘊章，字琮達，一字詠莪，啓豐曾孫。以舉人官中書，充軍機章京，道光乙未成進士。改主事，累官尚書、軍機大臣、武英殿大學士，前後值樞垣最久。明習掌故，敬慎恪恭，受文宗特達之知，入内閣不由翰林，異數也。時中原多故，内寇外侮，警報沓來。蘊章殫竭智慮，寢不解衣，鬚髮爲白。嘗議設皖南、歸德二鎮，又議固守天津北塘，皆一時碩畫。胡文忠、曾文正等建議東征，蘊章裨贊廟謨，專力倚任，卒成大功。鈔票、科場諸案起時，大臣用事者屢興大獄，多連朝士。蘊章婉辭調護，頗爲姦黨所忌，以疾求罷。車駕北巡，蘊章方在告，密疏挽留並陳時務六事。疾間，趨赴行在，固請回鑾，文宗亦深鑒之。以迄穆宗，恩遇如一。同治元年卒，年七十有一。賜祭葬，謚文敬。文敬原本家學，誦法洛、閩。道光朝視學福建，修考亭書院，建朱子墓堂，諸儒之裔皆加甄拔。膺殿廷考校之任凡二十四，充會試總裁一，督學政一。所著詩文集四十二卷，讀書記四卷，並行於世。國史臣工列傳，羅惇衍撰。墓志潘祖蔭撰，神道碑合纂。

（李銘皖、馮桂芬等纂修《〔同治〕蘇州府志》卷八十九，《中國地方志集成》本，江蘇古籍出版社一九九一年版）

詠莪伯兄五十壽序

彭　翊

道光辛丑七月七日，爲詠莪伯兄五十壽辰。遥望京邸三千餘里，不克奉一觴、列諸從子前爲永日歡，謹爲文郵寄以申其誠。

我彭氏自國初以來科第仕宦不絕，尤莫盛於乾隆、嘉慶間。今則維兄一人爲進士、在仕途，所以承門祚、庇宗族者亦綦重矣。兄自幼蜚聲庠序，鄉試中式官元，會試中式亞元。其闈墨風行四方，揣摩之士家絃而戶誦之，則文章之見重於時。初筮仕入綸閣，以撰文知名，分校《方畧》。繼值樞庭有年，軍機諸大臣倚重之。成進士，分工部，洊陞今職，宦績之成就已如是。未第時以詩名重，吳中有『七子』之目。篆隸書畫皆臻其妙，卽蓺事亦無不超於儕輩。歲饑，捐貲糴貴販賤以活窮黎，恤嫠施衣，歲時不絕。我家世以樂善稱，兄實足以繼之。收租田較析產時增十倍，而一柏、望畇以次式擴，則堂構播穫之貽於子孫爲可稱也。於衣言則重興再造，於持拙則待後守先，功在先人，尤非泛泛，此皆人之所以誦兄者也。

某獨念吾上世享全福、臻大耋者惟尚書公爲最，有丈夫子五人，而孫、曾林立，此天倫之樂最難得者。兄未及五十，有子六人，孫亦五六人，得乎天者，爲足繼尚書公矣。天既不靳於所難，其他功名富貴所易視者反靳之而不與，有是理哉？吾祖、吾父積德累仁，皆不及中壽，其培之深、植之厚，若蓄其精英而有待焉。以我家二百年言之，侍講公木之始華也，尚書公再花而盛者也，吾祖、父在秋之藏、冬之閉，兄其復當春融之會，榮悅逌遂，欣欣未艾，固非人之所能幸致也。

回憶己未、庚申之間，一家離散，煢煢兩孤子分撫於伯叔，視諸從昆弟父母具慶者起居奉養，不啻如天上人。他年得至成人，無夭札慮，飽饘粥，守墳墓，已爲大幸矣。惟兄能自樹立，科第仕宦，克繼家聲，而天倫之樂又足上媲於尚書公，何其盛也！所謂畜而有待，非人所能幸致者歟。某不肖，伏處田園，幼承文字之教，長託門戶之蔭，而得優遊自樂於文墨之間，皆兄之賜。奉筆追維四十餘年前後所以爲兄誦，并爲家門誦，不覺其言之不能已矣。是爲序。弟翊拜撰。

（彭慰高等《彭氏宗譜》卷十一，蘇州博物館藏光緒癸未刻本）

詒穀堂授田分書

先文敬公位登宰輔，兩袖清風，僅遺嘉、道年間所置立、建、功、佳、令號田六百八十七畝有奇，坐落長、元兩邑。當時尚稱腴壤，每畝值二三十金不等。除經伯得有嗣產無庸分授外，長、元搭配，均爲十分，以一分永爲祭產，仍存立號舊名，計田六十八畝八分八毫。以兩分作慈親旨甘之奉，列爲壽號，計田一百三十六畝七分七釐三毫。誦清早世，四孤兒理應優恤，撥予養贍兩分，列爲梧號，計田一百三十七畝六分九釐。商耆以下五人各授一分，經伯定爲經、訓、乃、菑、畬五號，謹於祖考蘭臺公忌辰祭畢，筵前拈鬮。商耆得畬號，計田七十畝八分八毫；秉常得菑號，計田六十八畝八分七釐四毫；壽史得訓號，計田六十八畝三分一釐八毫；德身得乃號，計田六十七畝五分三釐四毫；貽牟在滬，代拈經號，計田六十八畝八釐。雖分田無幾，而先人遺業艱難，凡我手足以及後昆務當謹守勿失。至於田數稍有不齊，限於地址催甲，並非畸重畸輕。爰立是書，各執一紙，以示後人云。同治丁卯十月十三日立。壽史、秉常、經伯、商耆、貽牟、德身率姪聰孫、達孫、補孫、莪孫。

（彭慰高等《彭氏宗譜》卷十一，蘇州博物館藏光緒癸未刻本）

彭翼仲五十年歷史

彭詒孫

幼稚時代

文敬公身後無遺財，伯父中丞公力肩其任。時中丞公官戶部官員，僅有烏布，尚未顯達，丁艱後入不敷出，支持極難。文敬公之門生故吏半天下，歲時餽遺，賴以不匱。

自文敬公薨，家計已中乾。伯父中丞公不忍遽收小門閭，恐傷繼祖母心。甲戌遭大故，遂改變方針，鋭意克儉。售去相國第，分其財於諸昆季，偕叔父扶柩歸葬。

遺傳性及家計

文敬公身後，清風亮節，一錢不名。子孫不能特拔者，賴芍亭公繼起，周贍備至。待先考友愛尤篤，以故長安之居，不甚爲難。乙酉秋，中丞公捐館舍，來源頓絶，家遂中落。至是，全家十數口，專恃印結費爲生活。左支右絀，漸與質庫相往來。歲時急需，惟有典當一法而已。

（姜緯堂、彭望寧、彭望克編《維新志士愛國報人彭翼仲》，大連出版社一九九六年版）

魏源師友記　彭蘊章

蘊章字詠莪，江蘇長洲人。道光八年，由舉人官內閣中書，與默深爲同寅，蓋默深亦以是年到閣也。按，蘊章《自訂年譜》：『少受業於黄亦秋、袁韻亭諸先生之門。嘉慶二十二年丁丑歲試一等一名。道光三年會試不第。六年入京再應，以額滿見遺，挑取謄録第四名。是年大挑二等，以教職候選。逾年，由教諭官內閣中書。十五年中試第二名進士，官至文淵閣大學士。』同治元年壬戌冬十一月卒。蘊章服官三十餘年，敬慎恪恭，始終不渝。著有《松風閣詩鈔》二十六卷，《歸樸龕叢稿》十二卷、《續稿》四卷，《老學𦫳讀書記》四卷。其詩雍容揄揚，沖和夷淡，有燕許、王孟高致。晚年中原多事，蒿目時艱，憂思慨慷，激爲吟詠，則又少陵忠君愛國之忱也。羅惇衍、祁寯藻、王嘉禄均有序。至於與默深訂交，大約在官內閣中書時。

（李柏榮編纂《魏源師友記》卷三，岳麓書社二〇一〇年版）

附録三　掌故軼事

養吉齋叢録

吴振棫

滿、蒙、漢軍大學士，不必盡由翰林出身。漢大學士，國初亦皆特簡，嗣由吏部進本，惟翰林出身者，始開列。亦有以資勞入閣，不由翰林者。如趙國麟，康熙己丑進士，乾隆四年授文華殿大學士；孫文靖士毅，乾隆辛巳進士，五十七年授文淵閣大學士；費文恪淳，乾隆癸未進士，嘉慶十二年授體仁閣大學士；章文簡煦，乾隆壬辰進士，嘉慶二十二年授文淵閣大學士，皆不由翰林出身。頃彭公藴章，道光乙未進士，咸豐六年亦授大學士。

（《養吉齋叢録》卷一，童正倫點校本，中華書局二〇〇五年版）

金壺遯墨　門外漢

黄鈞宰

長洲彭詠莪相國未由館選，初被協揆命，謝恩摺云：『登揆席而未經詞館，計本朝不過數人；由部曹而洊陟綸扉，在微臣甫逾廿載。』宿南廳帥石芝太守云：『舊制大學士莅任，皆詣翰林院署，入登瀛門降輿，諸後輩長揖迎之。先是有某公者亦未經館選而大拜，將至院署，諸詞林序立門内以待，而某公於門外降輿，拱手自稱曰門外漢也。』

（《金壺遯墨》卷二，王廣超點校《黄鈞宰集》本，陝西人民出版社二〇〇九年版）

舊典備徵　漢大學士人數

朱彭壽

按，漢人官大學士者共一百十九人，其出身大都爲翰林授職之員，惟魏文毅裔介則爲散館之給事中，張文端鵬翮、閻文介敬銘，則均爲散館之主事，朱文端軾、鹿文端傳霖，則均爲散館之知縣。而洪文襄承疇、費文恪淳，則均爲刑部主事，彭文敬蘊章則爲工部主事，王文勤文韶則爲戶部主事，杜文端立德則爲中書科中書，孫文靖士毅、章文簡煦，則均爲内閣中書。按，孫文靖於雲南巡撫罷後曾賞編修。謝清義陞、宋文康權、王文通永吉、孫文定廷銓、吳文端琠、田文端從典、趙相國國麟，則均爲知縣。衛文清周祚、李文襄之芳、余相國國柱，則均爲推官。然皆起家進士。内李相國建泰、金文通之俊、党相國崇雅，始居何職未詳。至由舉人出身者，僅左文襄宗棠一人云。

（《舊典備徵》卷一，何雙生點校本，中華書局一九八二年版）

凌霄一士隨筆　彭蘊章升遷之速　　徐凌霄　徐一士

彭氏以榜下主事官至首輔，其《拜協揆謝恩折》語，傳誦一時。黃鈞宰《金壺遯墨》云：『長洲彭詠莪相國未由館選，初被協揆命，謝恩折云：「登揆席而未經詞館，計本朝不過數人；由部曹而洊陟綸扉，在微臣甫逾廿載。」』遺集未刊此折，蓋編集時稿已不存（集中所刊奏折極少），而時人榮之，遂傳此數語耳。彭於道光十五年（乙未）由内閣中書、軍機章京成進士，以主事分工部。至咸豐五年（乙卯）十二月以工部尚書協辦大學士，知遇之隆，騰達之速，爲漢人部曹中所稀見。蓋久充軍機章京，著才敏，屢邀拔擢，咸豐元年遂以工部侍郎爲軍機大臣。更以謹密承主眷，倚畀益深也。（其子慰高等述其言行有云：『先公十載樞垣，承宣密勿，嘉謀入告，溫樹不言。』）然其二十七歲膺鄉舉（嘉慶二十三年戊寅）後，累躓名場，迨捷春闈，已四十四歲矣。其詩有《乙未三月應禮部試畢扈蹕南苑》云：『鎖院春風角藝還，簪毫更逐侍臣班。南宮七發皆虛擲，不及中黃玉弝彎。余應闈已八度。』又《觀榜》云：『觀榜於今十七年，成名縱晚亦欣然。同袍寥落余顏宋，衮衮諸公早著鞭。顏君子鎬、宋君子昌皆余江南同榜，今復同登。漫言得失了無關，千里風塵幾往還。可惜華詞刊落盡，未堪珥筆侍蓬山。』良足代表科舉時代文人晚遇之心理。彭中第二名，其《自訂年譜》述此云：『會試出場後，卽赴海子隨扈。潘芝軒相國（世恩）在行幄中閱考作首藝，擊節歎賞，決爲掄元。次日王省崖相國（鼎）閱之云：「可元可魁，不出五名。」榜發，中式第二名。文題《大德不踰閑》，「夫孝者」一節，「吾身不能居仁由義」二句。詩題《王道平平得平字》。座師爲滿洲鶴舫相國（穆彰阿）、道州何仙槎尚書（凌漢）、滿洲孔修侍郎（文慶）、湖州張小軒侍郎（鱗），房師爲宜黄黄樹齋給諫（爵滋）。余卷爲小軒先生所中，鶴舫相國擬置第一，因仙槎先生得浙江張君（景星）卷，欲置第一，乃改余卷爲第二。』張鱗於出闈日卽卒，彭輓以詩云：『嬰桐爲世棄，拂拭感公知。一面緣何吝，師於出闈日逝世，不及謁見。終身慕亦宜。題名看蕊榜，執贄奠靈帷。惆悵音容隔，悠悠托夢思。』以屢試不售之士而掇高魁，對於特承知賞之主司，感慕之深，亦人情所同然已。

（《凌霄一士隨筆》，徐澤昱編輯，劉悦斌、韓策校訂本，中華書局二〇一八年版）

十朝詩乘　彭文敬由部曹洊陟綸扉

郭則澐

故事，漢大學士多用編、檢出身者。彭文敬起家郎署，獲躋協揆，以爲異數。其謝章有云：『登揆席而未經詞館，計本朝不過數人；由部曹而洊陟綸扉，在微臣甫逾廿載。』一時傳誦。然文敬早歲亦蹭蹬名場。自嘉慶戊寅登賢書，迨道光乙未成進士，相距已十有七年。……乾嘉鼎甲多出樞直，而公並不得入翰林。……後來躐登台輔，殆非初料。

（《十朝詩乘》卷十五，卞孝萱、姚松點校本，福建人民出版社二〇〇〇年版）

彭中堂陳請查辦古吳老農書本

彭中堂收拆匿名書函原奏

大學士彭藴章奏爲收獲匿名書函係除蘇州漕弊請旨查辦事。切臣城内寓所收到一函假稱家信，拆閲乃匿名書函，自稱古吳老農。又有刻本數頁，名爲《吳農苦告》，後有淮州蓋思氏跋，亦不書名姓。大致言蘇城漕弊，紳衿官吏各飽私橐，重斂鄉民。其中鄉紳中惟鈕巷潘奉公完漕，侍郎潘曾瑩家也。又云其外彭等串通官吏，以熟作荒，不完條漕，蓋指臣家及諸紳家也。竊思匿名書函，本不查辦。此事上關國課，下朘民瘼，又牽涉臣家，不敢壅於上聞，謹將原信及刻本進呈。請旨飭下江蘇督撫，按照所言各款嚴行查辦，如所稱以熟作荒、不完條漕，鄉紳則指名恭奏，生監則斥革懲辦。且此等弊竇非勾通漕書所不能行，應查舞弊漕書，嚴加根究。倘州縣徇私，或形同聾聵，一併參處，以清弊源。至蘇城爲錢糧最重之區，其弊不可殫述。臣在籍時，卽未深知其細，今離鄉已久，更屬茫然。但就臣一姓而言，則累世以耕讀爲生，自國初以來列入紳戶，迄今二百餘年，生齒日繁，業田日衆，與臣皆早分門戶，各自謀生，賢愚不一，其中難保無營私射利之人。就臣一身而言，則止有田五百餘畝，分隸長、元、吳三縣，爲恩榮戶，每年完納條漕，從無挂欠，爲數細微，不難查核。惟有請旨飭查，有犯必懲，以息人言，而昭公允。此外所言漕弊，總請交該督撫查核辦理，所有收獲匿名書函緣由，謹奏。

查辦古吳老農書本

咸豐九年二月二十三日准

兵部火票遞到

軍機大臣字寄咸豐九年二月十四日奉上諭。據彭奏收獲匿名書函歷陳蘇州漕弊請旨查辦一節，已明降諭旨，令該督撫查明紳戶內有何人以熟作荒，不完條漕，指名參處，並將刁生劣監及勾通之蠹吏、徇私之州縣分別查明懲辦矣。蘇郡爲漕糧最重之區，近年因被兵被災，蠲緩頻加，以紓民力。若紳戶以熟作荒，必至小民以荒作熟。倘不嚴行禁絕，必至民欠日多，蠹吏與有力之家分肥中飽，上虧國課，下朘民生，其害不可勝言。該督撫等必當破除情面，澈底清查。至刻本內向有州縣收漕概令漕總包辦，淨得餘銀，私造大斛、大斗，踢斛淋尖，致有七折八扣名目，開倉數日，即行設柜勒折。設柜數日，又即截串加償。上司每年索取漕規，視爲定例。漕書經造，廣置田畝，混立花戶，取預買醜米存頓開兌之處，以備起運。又去任官員占田包價，廣東游民從而效尤，種種弊端，實爲漕務大害。即如所稱六年分亢旱成災，而經造捏造竹冊，每畝索錢七百文，名爲買荒；七年分上忙條銀，每錢收錢二百八十八文，加倍徵收。使非實有其事，何能似此言之確鑿？至於捺貼謄黃，塗抹成數，尤堪痛恨。著何桂清、徐有壬嚴密訪查，逐款禁革。必先上司不受漕規，然後能督率州縣；州縣皆知潔己，然後紳衿、書吏無從把持。該督撫等務當實力查辦，不得畏難推諉，亦不准稍有瞻徇，庶可蘇民困而絕弊源。所有匿名書信並刊本，均著發給閱看，將此諭令知之。欽此。

原信

詠莪彭中堂閣下。農等蔀屋餘生，茅檐待盡。仰惟仁政，邈伊古風。痛朘削之無厭，慨循良之不作。樂歲而溫飽難圖，凶年則溝壑委瘠。揆其禍本，實在苛徵。在皇上如天之仁，久已恩綸疊布；而州縣虐民自利，遂乃膏澤中屯。況吾吳賦則之重甲於天下，逋糧之責積於累年。捶楚桁楊，早痛深以入骨；頭會箕斂，更害切於剝膚。嗟見日以無從，困覆盆而曷告。中堂善政夙成，清風遠著。出納王命而絕無壅遏，敷陳民瘼而誠可感孚。追山甫之遺蹤，尤著貞良之望；邁國僑而長世，洵推慈惠之師。既立達以爲懷，實痌瘝之在抱。農等爰敢直陳隱痛，上叩臺端。伏求俯察艱難，曲垂矜憫，舉輿情以入告，俾民隱而上聞。庶幾聖天子惻然哀念，切責有司，稅斂均平，以甦民困。固東南億萬姓再造之恩，亦國家千百禩無疆之福。而中堂造德於黔黎，自獲延庥於蒼昊，公侯萬代，禱頌無窮。所有下情，具如苦告。古吳老農百叩。

書本

……乃近今州縣謀缺收漕，帶領貪黷幕友門丁，縱容姦惡漕總，串通豺狼差役，經造地總，捏報災分，致招連年水旱蝗風，又將災分先儘貪狠鄉紳。蘇城鄉紳惟鈕巷潘奉公完糧，此外彭等串通官吏，以熟作荒，不完條漕。不知鄉紳身受國恩，何以不思報效輸將？同鄉桑梓，何以不思憐恤保衛？但知自己便宜，既負皇恩，以熟作荒，致令鄉民以荒作熟，尤爲欺上虐下，充滿囊橐。坐燈船、狎娼妓、吸鴉片、習賭博，種種揮霍，無惡不爲，以逞其慾。……

予游幕四方三十餘年，每訪求民生疾苦，託諸歌謠，以待採風者。年來橐筆江蘇，熟知漕弊之害民惟蘇松爲尤甚。今春小寓胥江，得與老農相識。一日者，老農喟然嘆曰：『時世之壞，不可救矣。』予叩其説，老農書此吴民苦告一篇示予，與予所聞無異而語較詳焉。予讀而憫之，因刻諸版，冀賢有司自反，賢紳士見而哀矜，行清漕而革漕弊，救吴民於水火，培國家之元氣，豈非當今第一功哉！古吴老農所謂不可救者，終未必不可救也。

戊午秋日，維州藎思氏跋。

長元吴三縣會詳藩臬首府爲詳覆事

……若夫紳戸民戸之分，江蘇積習相沿，由來已久，始自何年，現亦無從追溯。然紳戸内充己奉公者，亦不乏人。卽如潘、彭各紳，應完條漕概照定章完納，惟該紳等族大丁多，難免無揑名影射。此外或僥獲科名，或報捐銜職，因而恃符抗欠者，亦間有之。倘謂勾通官吏以熟作荒，斷不敢如此顛倒。

（《彭中堂陳請查辦古吴老農書本》，中國國家圖書館藏清咸豐九年四月間錄存鈔本）

臚陳江蘇漕務

何桂芬

……折內所指大學士彭藴章合族之田共有四萬餘畝，是其應納錢糧亦復不少，並言其間難免不知自愛，假借影射抗欠把持之事。既然如此，卽當律以科條，懲一儆百。乃復究其所以抗欠把持之故，曲爲寬解。然則爲盜賊者，亦可究其所以爲盜賊之故，而不加罪乎？又稱彭藴章久任在外，不能使之奉公守法。夫普天率土，莫不尊親，誰敢不奉公守法者？彭藴章不能使之，容或有説，封疆大吏有地方之責者，顧亦不能使之乎？由此觀之，州縣之不能治紳衿，必紳衿有所挾也；至大吏之不能治州縣，要亦不敢臆斷。合觀折內條列，各有所苦，跡近處處開脱，有意彌縫，措詞未爲平允。現當國用支絀之時，人心不古之日，若輩見此條奏，必更膽大妄爲，有所藉口。一省如是，省省如是，誠恐相率效尤，吏治人心更有不可問者，不僅財用不足之可患也。現今之際，嚴一分尚積重難返，寬一分更江河日下。伏願皇上仍飭封疆大吏於萬難措置之日，寓力爲整頓之方，雖不可操之過蹙，亦不可聽其遷流。夫官愈大則責備愈周，位益尊則責任益重。爲大臣者，務宜澄敘官方，破除情面，不可有意瞻徇，亦不可畏難苟安也。

（何桂芬《自樂堂遺文》，清同治八年刊本）

漏網喁魚集

柯悟遲

二月中，京都有人匿名細陳蘇屬漕弊利害條款，刷印遍路潛貼，見者閧然。另有信一函，自稱古吴老農，專言漕弊，潛致彭中堂啓，書中求請肅清積弊之意。中堂者，卽藴章也，亦吴人，現居首輔，然而官聲素不廉潔，其家向不完糧，此事自知難隱，卽粘款奏聞。上諭仍著督撫細查利弊嚴辦，而督撫仍視爲具文。地方凋敝，至於此極。而吾耳聾目瞶之餘，苟有見聞不平，其感慨嘗於深山遠水之間，隨暮雲而散。古吴老農，不知何許人也。其鬱勃之氣，雖係匿名，敢於京都刻印飛遍，羡矣慕矣。有人一律云：『沈沈烟霧鎖天衢，那得清風一旦驅。架上衣冠嚴束帶，案頭燈火作癡迂。畧存舊畫因無稅，儘賣良田只爲租。我欲捕蛇鄰笑毒，重陽還恐有茱萸。』此雖鄙陋，而有深慮，不知古吴老農暗合否耶？

（《漏網喁魚集》，中華書局一九五九年版）

王韜日記

王　韜

咸豐九年三月二日壬申。……午後，往訪楊野舲叔岳。野翁年近七十，而起居尚健，近在同仁堂司會計，頗有餘暇。里中於行善公事，較爲認真，每逢朔望，必集議事，堂主，金質人也，舊爲吴門彭氏所奪，醉酒樗蒱，凡事皆廢。近有以匿名揭帖投致彭中堂者，謂之吴漕糧之弊，吴中縉紳勾結官吏，以熟作荒，多不納糧，鄉民坐是大困。其能奉公守法者，爲訥庵潘氏，卽侍郎潘曾瑩家也。他若彭氏及諸紳，特威福而抗糧者，其弊不可枚舉。其論已有刻本，不著姓名，第署『吳中老農』四字而已。彭中堂已據實奏聞，謂族中果有不肖子弟犯此者，著地方官一例褫革嚴問，官吏矇蔽，一體治罪。故諸彭近皆畏事，而以堂仍還諸質人焉。

（《王韜日記》，中華書局二〇一五年版）

能靜居日記

趙烈文

同治六年八月十四日甲午。……滌師來久譚，偶論及潘文恭《思補齋筆記》所錄，皆科第師生之錮習而已。間有掌故，亦止於翰林榮遇，政地垂二十年，無一語及國是，其生平概可見矣。師曰：『止此猶不足異。嘗見彭文敬自撰《年譜》，於庚申大禍之時，但書云「蘇州失守」，下不系一字之感傷，斯謂之無人心焉可也。猶記在都時，道光三十年，宣宗賓馭，潘忽上薦賢之疏，首林少穆，次姚石甫，朝論翕然歸之。夫林、姚以夷務觸聖怒，遠戍錮獄，禍皆不測。其時潘正主揆席，得君之際，不稍匡救。大行骨肉未冷，遂翹君失以自文，其用心尚可言耶！顧以此轉得盛譽，是非〈之〉不明也久矣。』余曰：『然。凡人之作爲、成就，皆在有心，若其喪心，何所不至。咸豐末年，陸東漁致書周弢甫論時事，洋洋數千言，弢甫詫以相示。烈曰：「陸殆將死矣。」弢甫愕然問故，烈言「力甫先生死於江蘇，且又蒙謗。是此一片土實陸氏子孫搶地呼天之所，既指捐江蘇官，已非孝子用心，尚腆顏抗論，不謂之失心不可。」

未幾，陸果戕於盜，稱戈者且辱及其考。忠孝一心，臣子一例。觀潘、彭兩先達之言行，我皇祚不幾幾綴旒耶！』師撫髀稱快曰：『非足下，吾孰與論此。』

（《能静居日記》，樊昕整理本，中華書局二〇二〇年版）

書昆明何帥失陷蘇常事

薛福成

兵部尚書總督兩江昆明何桂清，字根雲，家世微甚，弱冠入翰林，循資八遷而至侍郎，督學江蘇。值粤寇傲擾江南北，頗屬幕客草疏陳兵事，糾劾疆吏之退縮僨事者，持論多侃侃。文宗奇其才氣，改官浙江巡撫，年未四十也。撫浙數年，通判徐徵攸其同官王有齡之驟遷道員，訐告巡撫奬薦不公。何帥奏陳顛末，語稍亢激，天子責之，引疾罷歸，已首途矣。適闕兩江總督，上詢軍機大臣：『此官以籌餉爲命脈，孰能勝任者？』大學士彭藴章奏稱：『何桂清在浙江餉徽州全軍數萬人，未嘗闕乏。』上韙其言，授兩江總督。彭相故與何帥同年進士，何帥頗謹事之，彭相亦傾心推轂，以謂夷艱濟變，英傑者儔也。何帥復力薦王有齡籌餉精敏，擢江蘇布政使。由是總督、藩司呼吸一氣，攬巡撫徵餉察吏之柄，有齡愈益發舒。巡撫趙德轍不能事事，移疾去。未幾，幫辦軍務提督張忠武公國樑攻克鎮江，何帥以籌餉功加太子少保。咸豐十年春正月，張公總統諸軍攻克九洑洲，何帥又以籌餉功加太子太保。當是時，何帥渥承眷倚，慷慨談兵，訏謨輻湊，聲譽翔洽，與湖北巡撫胡文忠公林翼相上下，天下稱何、胡兩宫保云。……何帥簡任兩江也，軍機大臣長洲彭相力薦之。金陵大營既陷，上慮蘇、常必危，彭相輒奏云何桂清駐常州，籌畫精詳，又有張國樑、張玉良驍健絶倫之將，文武協力，戰守有餘，寇奚能爲？不數日警報狎至，則蘇、常相繼陷矣。上訝彭相言不讎，且無知人鑒，解彭相軍機大臣。尋自陳衰病，請致仕，許之。

（薛福成《庸庵海外文編》卷四，紀寶成主編《清代詩文集彙編》本，上海古籍出版社二〇一〇年版）

書宰相有學無識

薛福成

又有相國某公者，以咸豐初年入政府，後遂爲首相，力薦何桂清兼資文武，必能保障江南。迄蘇、常告陷，猶不悟，力庇桂清，謀貰其罪。與端華、肅順等共事，肅順尤横恣，某公未嘗迕之。庚申之變，乞病予告，亦以同治初元徵起。某公條議時事頗備，不自上疏，詣軍機大臣請代陳之。其大旨謂楚軍遍天下，曾國藩權太重，恐有尾大不掉之患，於所以撤楚軍、削曾公權者三致意焉。是時曾公負朝野重望，天子方倚以平賊，軍機大臣見而哂之。由是不獲再用，但有旨暫權都察院事，以疾篤辭，遂卒。夫此二公者，學非不淹雅，行非不廉謹也，而一任天下事，不能當乎人心若此，則利害之私撓乎中，愛憎之公變於外也。《秦誓》曰：『以不能保我子孫黎民，亦曰殆哉。』幸而二公早退，不竟其用耳。其識固難與公孫弘比倫，其學亦尚不如匡衡等，而其希世用事，依阿苟容，隳壞國事於冥冥之中則一也。余故表而論之，以爲宰相不可無識。識擴之欲其閎，審之欲其定，乃能不爲私意所淆，不爲俗論所拘，夫然後居宰相位，可不負生平所學矣。

（薛福成《庸庵文續編》卷下，紀寶成主編《清代詩文集彙編》本，上海古籍出版社二〇一〇年版）

雪橋詩話三集

楊鍾羲

乙未一榜，朱伯韓外如安丘馬升俊秀儒、長洲彭詠莪蘊章、南皮張振齋鏷、海豐吳子苾式芬、宿松羅有光遵殿、蘇完瓜爾佳瘦僊銘岳、貴筑黄星北輔辰、漢軍蔣雲卿霨遠、旌德吕羲音賢基、長沙鄭篠三敦謹、會稽陶益芝恩培、項城袁午橋甲三、日照丁心齋守存、順德羅兆蕃惇衍、涇陽張黼侯芾、徐溝喬健侯松年皆有名當時，而漢陽之葉、昆明之何爲同譜之玷。李越缦《枯魚過河泣》一首，爲叢生也。詞云：『枯魚過河泣，何時悔復及。借問爾魚生何方，滇池黑水何汪洋，溅溅小鲇差鱮魴。荷花三百里，游戲樂未央。魚潑刺兮飛上天，揚鬐小擊能三千。蓬瀛一躍花滿川，液池清藻浮澄鮮。天子賜顔色，鮫鱓與周旋。浙西浙東一千里，環以三江五湖水。魚去十洲往游尾，忽潛忽見帝心喜。雷轟電馳江海昏，潢池鼉黿翻乾坤。魚化爲鵬復爲鯤，大江左右魚吐吞，鼉黿以外唯魚尊。揚鱗五采磨雪牙，扈從千百鰷鰽鯊。旁人不識魚，疑是龍與蛇。鼉黿斗起揚塵沙，宛轉奔迸魚不如鰕。忽然網張魚就縶，市人沽酒看魚磔，刀砧在前魚啜泣。語魚不須泣，江耶浙耶盡涸竭，咄爾枯魚悔何及！』

（《雪橋詩話三集》卷十一，北京古籍出版社一九九一年版）

文廷式日記

文廷式

光緒十二年六月二十六日：……吾鄉山水清拔，風俗醇茂，爲南省之冠。而近時人物，特爲頽靡。蓋自戴文端開妨賢病國之風，曹振鏞繼之，秉鈞者二十年，天下實受其弊。其後如潘世恩、彭蘊章之流，皆一脈相傳者也。庸回柄國，其不亡者，恃德澤之厚耳。至吾鄉後起之士，亦頗沿大庾之遺風。程裔采之謬妄、李鴻賓之姦邪、陳孚恩之黨附、胡家玉之貪黷，固不足道。卽有叨竊恩命，內列卿貳、外膺疆寄者，皆無寸功之可録、無一事之可書。處非其據，莫甚於此。今其來者，抑又滔滔。而鄉人猶謂省運不佳，或又謂巧宧之無術，而不自愧人才之消乏、節氣之頽敗、從仕者之庸妄負國家，可恥孰甚！因覽廬阜之嶔崎，而太息於人才之不競，故附記於此。

（汪叔子編《文廷式集》卷十一，中華書局二〇一八年版）

清稗類鈔　肅順薦胡文忠曾文正

徐珂

肅順於咸豐年間始爲御前大臣，貴寵用事。入軍機，屢興大獄，竊弄威福，大小臣工被其賊害，怨毒繁興，卒以驕横僭儗，獲罪伏法。然是時粵寇勢甚張，而將帥之有功者皆在湖南，朝臣如祁文端公、彭文敬公尚瞢焉不察，惟肅知之深，頗能傾心推服。平時以座客談論，常心折曾文正公之識量，胡文忠公之才署。蘇、常既陷，何桂清以棄城獲咎，文宗欲用文忠督兩江，肅曰：『胡林翼在湖北，措置盡善，未可移動。不如用曾國藩督兩江，則上下游俱得人矣。』上曰：『善。』遂如其議。

（《清稗類鈔》薦舉類，中華書局二〇一〇年版）

推十書　清學者譜敘錄

劉咸炘

彭氏不言門戶異同，而末流近鄉愿。尺木入於禪，而後世多譏其家傳扶乩説近因果。詠莪立朝以伴食稱，而阻用曾文正，貽笑天下。彭氏之學，遂不能與倭、唐、羅、李同論矣。

（《推十書（增補全本）》丙輯，上海科學技術文獻出版社二〇〇九年版）

曾胡談薈　國藩遭忌不獲行其志

徐凌霄　徐一士

薛福成所記謂：『又有相國某公者，同治初元徽起，條議時事，詣軍機大臣請代陳之。其大旨謂楚軍遍天下，曾國藩權太重，恐有尾大不掉之患，於所以撤楚軍、削曾公權者三致意焉。軍機大臣見而哂之，由是不獲再用，但有旨暫權都察院事。』光緒甲辰，揅蝨談虎客所輯《近世中國祕史》轉載薛記，按，語謂此一相國某公爲翁心存，實則非是，蓋彭蘊章耳。蘊章咸豐元年以侍郎入軍機，後薦擢武英殿大學士，爲軍機大臣領班。何桂清之督兩江，實蘊章力保，與福成所敘『以咸豐初年入政府，後遂爲首相，力薦何桂清資兼文武，必能保障江南』正合。心存官體仁閣大學士，未值軍機，名實均不得曰首相也。同治帝卽位後，起用舊臣，命心存以大學士銜管理工部事務，並在弘德殿授讀，甚優禮，與『不獲再用，但有旨暫權都察院事』亦不符。蘊章則正奉命署理左都御史，恩禮視心存遠遜耳。再觀薛記他端，亦均合彭事，不合翁事，是福成所指之又一相國爲蘊章無疑。惟《近世中國祕史》當時銷行頗廣，讀者不察，據爲典要，遂致以訛傳訛，故畧爲考證，以存其真。至曾、翁兩家，確嘗有因公相乖之事。心存子同書官安徽巡撫時，縱容苗沛霖，致釀巨變，爲國藩嚴劾，逮問定斬監候之罪，事在同治元年，而與心存無涉也。蘊章之戚金某，爲蘊章作傳，極稱其賢，謂：『凡造滕謨訏，惟以愼惜人才、寬假銜勒爲主，故駱文忠、胡文忠、曾文正在湖南北募勇籌餉，事事不由中制，皆大變祖宗成法，而朝奏夕可，無纖毫詰難，使諸公得盡展其才。他省從而效之，兵食日盛，卒成蕩定之功。皆公秉樞十年，能達大體，識時宜，休休有容，弼成咸、同兩朝中興之治。使囿於成憲，互相牽掣，雖有良臣猛士，未由展布。一代之安危，殆不可問，此公相業之最大者。』傳末並綴以評，謂：『今爲公作傳，固不敢以葭莩有所粉飾，亦不敢以萱蒯故爲然疑，惟推一朝時局，尋繹當事苦心，是其所是，非其所非，質諸鬼神，俟諸後世而已。』如所言，是蘊章在樞垣時，固嘗左右曾、胡，俾集大勳也。何前後相戾若是，福成所記未足盡信歟？金某雖自矢可質鬼神，而仍不脫阿好之私歟？抑蘊章髦而智昏，遂有後此過舉耶？舊京故記者彭翼仲，爲蘊章之孫，昔相晤時，忘以此質之也。（蘊章別號詒穀老人，故翼仲名詒孫。）

（《曾胡談薈》，中華書局二〇一八年版）

曾胡談薈　曾胡力薦左宗棠

徐凌霄　徐一士

曾、胡對左宗棠，均嘗力薦。咸豐十年，林翼《敬舉賢才力圖補救疏》謂：『左宗棠精熟方輿，曉暢兵畧，在湖南贊助軍事，遂以克復江西、貴州、廣西各府州縣之地，名滿天下，謗亦隨之。其剛直激烈，誠不免汲黯太戇、寬饒少和之譏。要其籌兵籌餉，專精殫思，過或可宥，心固無他。臣與左宗棠同學，又兼姻戚，咸豐六年，曾經附片保奏其在湖南情形，久在聖明洞鑒之中。』（時官文方有奏劾宗棠之事，故林翼委婉其詞。至六年之片，係稱其『秉性忠良，才堪濟變』。）國藩亦疏請簡用宗棠，謂：『左宗棠剛明耐苦，曉暢兵機，當此需才孔亟之際，或飭令辦理湖南團防，或飭赴各路軍營，襄辦軍務，或破格簡用藩臬等官，予以地方，俾任籌兵籌餉之責，均候聖裁。無論何項差使，惟求明降諭旨，俾得安心任事，必能感激圖報，有裨時局。』宗棠之獲大用，曾、胡與有力焉。而宗棠自負才過曾、胡，不肯自承爲所援引，未免氣矜之過。惟對於薦己之京官潘祖蔭、宗稷辰，則於家書中謂：『皆與吾無一面之緣，無一字之交，留意正人，見義之勇，非尋常可及。』深致感激之意。殆以二人非能與己爭名者歟？據金某所爲彭蘊章傳畧，謂『左恪靖、文協揆未遇時，爲之薦引，而卒成名臣』，似蘊章亦嘗推薦宗棠者，然此事未見旁證，宗棠亦未嘗言之，未知其確否也。

（《曾胡談薈》，中華書局二〇一八年版）

熱河密札疏證補

章士釗

長洲由舍人部曹，致之首揆，其科第皆視諸八座爲後進。咸豐六年丙辰，以大空參政務。未幾，首輔黃縣以憂去，次輔漢陽總粵師，長洲遂躐長樞密，將順取充位而已。比年國事日亟，上知宰執無能爲，頗任宗王及御前大臣，樞密之權漸替。三吴不守，長洲家在南，深悔去年不早乞退，遂移疾。假滿，益循縮不任事，今得此旨，而天下事已決裂不可爲矣。或謂長洲之在樞府，時御前某大臣驕甚，凡樞臣擬旨，徑取筆塗抹之，長洲雖不敢違，然嘿然自守，不肯曲附。而同官如匡公源、穆公蔭、杜公翰、文公祥，尤恭謹承順恐後，於是樞柄盡移於御前諸貴，而長洲終以不爲所喜，受其排擠云。（此段引自李慈銘日記。）

蘊章在樞府日，唯阿取容，從無建白，外間戲以彭葫蘆稱之，久之聞於上。一日，曾國藩奏某處大捷，文宗臨朝嗟賞。蘊章忽曰：『國藩以一書生，出總師干，權力漸盛，不可不防。』文宗云：『今天葫蘆亦開了口了。』肅順將此語述之幕僚，傳諸曾耳，頗爲畏懼，軍事不免趨於保守。（此段爲惲公孚語。）

（《章士釗全集》卷八，文匯出版社二〇〇〇年版）

附錄四　藝文評論

道光本淛東集題詞

美人不在粧，烈士不在剛。敷辭競華豔，豈足爲文章。至人棲崆峒，文字如粃糠。未聞好毛羽，自炫古鳳凰。彭君抱真樸，風雅含鏗鏘。崇蘭謝雕飾，漪漪揚其香。君家尺木公，文繼韓歐陽。立言薙枝葉，訓俗陳梯航。遺編奉師說，羽翼繼後行。靈機握冰鏡，至道潛璣囊。拂箋玉樹華，濯筆咸池鄉。日月含精英，自然發清光。努力上金臺，雲漢相翺翔。願持五色絲，爲天補袞裳。

嘉慶己卯正月，心青居士孫原湘。

弓因九合燥，金以百鍊剛。發源在經史，掞藻爲詞章。如農務力穡，精鑿勤揚穅。獨角蒼麒麟，九天白鳳皇。君詩經百改，元音振鏘鏘。榛蕪薙平莽，蘭蕙發古香。湛如濯秋水，艶若升朝陽。詞峯峻立壁，文瀾浩浮航。吾友數欽吉堂夏秋圓，君才足雁行。二君皆先子泖東所得士，最所激賞。勉扶大疋輪，無底探書囊。嗟余少孤露，兀鬱居愁鄉。茅心就蕪塞，蓬首消容光。久慙風鷁退，敢隨雲鶴翔。看君如飛仙，琳宇軒霞裳。

己卯七月，和孫子瀟太史韻，井叔王嘉禄題。

黄河倒流河伯顛，白沙捲地驚飆旋。金堤十丈相綿延，下有村落通人煙。官衙一弓地本偏，終日危坐如枯禪。龍門暴腮傷阿連，家書不報泥金箋。把卷未讀困且眠，持杯欲飲心茫然。隴西公子來自燕，入門意氣仍翩翩。峻嶒詩骨瘦益妍，澄波萬頃鄙吝蠲。雞蟲得失慎勿煎，高歌百慮足洗湔。牛腰一束手自編，傾筐倒篋琳瑯篇。就中歌行筆似椽，淋漓濡染神氣全。豈獨古調驚時賢，工部吏部輝後先。其餘腹笥撐便便，刻畫造物工鑱鐫。有時含毫句欲仙，芙蕖初日空澄鮮。有時得意忘蹄筌，逍遥齊物蒙莊詮。對此直欲羅丹鉛，願書萬本右手胼。男兒生爲塵網牽，名場刺促繭自纏。君家負郭二頃田，葑溪之水清且漣。曷不歸理書畫船，五湖煙月相洄沿。不然坐嘯高樓巔，百城南面遠市廛。笑謝僕僕蚊蝱緣，顧我鐵硯磨將穿。春秋三十猶寒氈，輒復著論嘲青錢。比因陳篋窮鑽研，廢詩不吟今兩年。譬如好鳥學語諓，轉令舌本成拘攣。睹君長城五字堅，那禁見獵垂饞涎。作歌聊用舒迍邅，蛙鳴蚓唱愁鈞天。吾家甕頭酒若泉，與君醉舞爲蹁躚。丈夫快意且目前，共保百歲追彭籛。

庚辰夏五，畢韞珍題於曹河官舍。

讀書望三古，有志乃有詩。其源在知道，孔子屢歎之。鞶帨謝其工，性情得所治。落落數百言，斯文實總持。

總持者伊誰，吾師二林老。棲心天地根，朱陸發其奧。晚乃逮無生，清梵何悲眇。繼聲有猶子，惜哉已宿草。

猶子醇且篤，喆嗣嗣其音。逮聞高曾業，邈然述古心。問津漚波翁，一乘觀其深。所造日以邃，觸物成高吟。

高吟企賢關，下詢芻蕘者。師門呼負負，愧彼識途馬。悲智括儒禪，聞隘行斯寡。多君志古心，臨風自抒寫。

庚辰冬日，子蘭江沅題。

六經《詩》居一，載道文在茲。尼父刪定後，無邪繫人思。《鴟鴞》、《烝民》詩，知道專屬之。過此工繪事，遂多枝葉詞。漢魏逮唐宋，諸體日紛岐。陶韋最近道，天成非人爲。窈然清且邃，時人那得知。斤斤格律分，尋流未窮源。白首勤蛾術，末由望崑崙。君家多醇儒，文章黜浮繁。幼知詩言志，孤抱翀霄騫。誦芬清澤衍，停雲朋誼敦。逍遙山水趣，擷取經籍言。編成志士詩，一鳴息衆喧。技也進乎道，踵武通德門。

庚辰長至後三日，月舫道人尤興詩題。

竊聞詩言志，一真窮百思。雅音寄眇旨，乃親切言之。郊島境寒瘦，未見臺閣爲。使廁身沈宋，豈竟無華詞。性情固有近，境界因所宜。必自異其趣，終究形神岐。中乾而外强，英雄敢人欺。操此律作者，如形之影隨。我少從舅氏，服膺不俟詩。而卽以詩論，益信辭無枝。先德世彌劭，高才學久資。

澤躬於溫厚，露爽亦瑰奇。有時自抒寫，清轉華妙姿。鏘鏘九苞鳳，長鳴在朝曦。昂昂千里驥，良材非不羈。如蘭香澹澹，輪囷生紫芝。如琴德愔愔，清越汎朱絲。不爲蝕土劍，而其光陸離。不爲斷古錦，而其文葳蕤。諸妙畢具陳，名貴羅鼎彝。何必張勁弩，談笑可卻羆。何必呼真宰，象罔始探驪。强臺路咫尺，鄴架書紛披。我自行我法，真氣大宅彌。所慚碔砆質，狀此玉溫其。冀有一端合，敢索長者規。

道光辛巳六月，甥汪棨謹題。

詩乃心聲發，如何語不刊。龍鐘拈禿管，鳩集到吟壇。藉以襟期啓，兼之禮數寬。君才殊卓卓，仙骨本珊珊。照耀三珠樹，莊嚴七寶闌。清心皈玉局，洗髓轉金丹。德種千祥萃，文雄一氣盤。蓬山先注籍，竹院合傳餐。霏屑談多妙，入泥醉未拚。虛懷同紵縞，薄質卻羅紈。自歎莊生櫟，彌馨謝氏蘭。一篇真跳出，四座特傳看。曼倩三千牘，招賢百尺竿。門風推獨步，社飲正聯歡。柳汁衣初染，梅花韻耐寒。人間話天上，西笑望長安。

乙酉孟夏，題贈卽和汲雅山館讌集元韻，蒔塘張吉安。

清門文采久同欽，鑄就顏淵百鍊金。萬選共驚遺國士，一官尚喜在儒林。青山氣爽初支笏，白社緣深再盍簪。自古大材成必晚，歲寒松柏守初心。

丙戌仲夏，獨學老人石韞玉題。

吳中談詩者，先有歸愚翁。學古得正聲，振俗留全功。堅金出冶鑄，礪石相磨礲。波瀾謝壯闊，體格長尊崇。後來一衰降，此技成雕蟲。發情止禮義，破散歸虛空。先民乃是程，吾儕敢雷同。彭子與我連，相望一畝宮。君家傳名理，累葉精研攻。二林峙中流，狂瀾回其東。測海與觀河，六義生陶鎔。知交悉瑰艾，酬和聽笙鏞。風徽成往迹，世業追前蹤。二林結遺友，淵雅王惕甫先生文師雄。全力自搏象，精思邁雕龍。君昔問所業，一一求始終。不爲弄晴鳩，不作號寒蛩。秩然陳歌詩，意態惟雍容。所願保堂構，自肯勤垣墉。廟寢有鼎彝，山谷長杉松。匪徒閱歲年，更可恢凡庸。凡庸亦多子，刻意分纖穠。富貴動貧賤，老成誤兒童。紛紛悅耳目，渾渾無心胸。喜君異俗情，未亂明與聰。樸學能共尋，雅誼引何窮。故綴有韻文，遺則前修從。話別方歲寒，久要如日中。會合旣無定，責勵長在躬。展卷繼以燭，悠然思古風。

同邑宋翔鳳。

門第烏衣世所矜，綺才文譽早飛騰。觀書獨抱千秋鑑，焠掌常親五夜燈。兀兀遺編窮正變，遙遙舊德溯高曾。傳經合衍河汾派，君受業於王惕甫丈。宿世原推靈鷲僧。謂前身天台僧碧玉。孝子蓼莪珠淚迸，天孫機杼錦雲蒸。七夕生日。聯牀聽雨懷兄弟，落日開樽憶友朋。六代江山憑弔遠，三秋波浪感懷增。呈來瑞相崑岡玉，貯得清光瑤島冰。甲第葭莩欣接武，午科姓氏昔同登。蘭臺丈與家君同年。廿年舊夢鸞旗影，萬里重霄彩筆淩。廟器如君堪有幾，轅材愧我了無能。新詩雒誦忘宵永，殘月微微屋角升。

尤崧鎮稾。

彭蘭臺遺詩序

王芑孫

余及事彭尚書，而與二林先生有忘年之契，因識諸彭群從。蘭臺當日年最少，以材敏愛于尚書，尤爲二林所稱許。年十六補諸生，又十年舉于鄉。自尚書棄養，二林之學佛益專。蘭臺習其説，幾乎非西方之教勿言。然不廢科舉，一再試春官，余猶見之京師。別去未幾，二林以書告君之喪，年甫三十三耳。彭在吾吴二百年，世世積德，内脩其行，而外力于科舉，以是爲家法。吴人之喜爲善類，取信于彭氏。其一門相次登朝通顯，獨蘭臺不遇而夭，皆數之不可知者。蘭臺平生著書，有《淨土聖賢録》、《二十二史感應録》，大指不離乎佛。其殁也，不自悲而悲世之迷不識佛者。二林以書貽余，亦不悼其殁而羨其西歸之早。凡其相證相知，別自有在，余豈足以知之哉？蘭臺殁二十年，其子藴章時時過余話舊，因出蘭臺所遺詩，屬余增訂。蘭臺詩，二林前已刊行，顧其意主於佛，蕭寥乎多遺世之音。余兹以世間人用世間法，于二林所録外，增著九十餘首，俾藴章刻傳之。雖未知於作者意何如，要之以世間法論世間文字，當如斯矣。藴章幼孤，惇學而文，慨然有志誦先述德。以余之孤于世，藴章不我遐遺，復續往時二林之遊，其意量有過人者。茫茫天壤，數不可知而有可知。蘭臺異日殆將食報于是，然則其不達而無年，誠未足悲也。

（王芑孫《惕甫未定稿》卷四，紀寶成主編《清代詩文集彙編》本，上海古籍出版社二〇一〇年版）

題澗東集 王芑孫

卷中擬古之作追尋漢、魏，摹拓晉、唐，往往清詞灑雪，妙手雕瓊，餘亦緣情適興，安雅可誦。尤所高出一時者，有和平之響，無噍殺之音；有婉約之情，無叫囂之習。此如鳴鳳在竹，自與鴉鵲異聲者也。

嘉慶乙亥小除夕，楞伽山人王芑孫對雪讀一過。

（彭蘊章《澗東集》卷首，中國國家圖書館藏清道光刻本）

王井叔傳 陳文述

吳下多才俊之士，徐氏鷗隱園在城西隅中，有廣榭曰清華池館，饒水花林木之勝。君與朱酉生、沈閏生、潘功甫、吳清如、彭詠莪、韋君繡諸人結社賦詩，余目之曰『吳門七子』。

（《頤道堂文鈔》卷八，紀寶成主編《清代詩文集彙編》本，上海古籍出版社二〇一〇年版）

匏廬詩話

沈濤

吴門壇坫之地，東莊、北郭，著美當時。乾隆間，習庵、竹嶼諸公復有『七子』之目。近時朱酉生綬、沈閏生傳桂、王井叔嘉祿、潘功甫曾沂、彭詠莪蘊章、吴清如嘉洤、韋君繡光黻稱『吴門後七子』，又加曹艮甫楙堅、蔣濟懷志凝、褚仙根逢椿爲『十子』。就中酉生、井叔最爲翹楚，人又目爲『朱王』，以比阮亭、竹垞。井叔才調宏富，酉生格律精嚴，陳雲伯嘗戲反趙秋谷語云：『王貪多，朱愛好。』

（《匏廬詩話》卷上，張寅彭主編《清詩話三編》本，上海古籍出版社二〇一四年版）

吾廬筆談　汀郡山神土地

李佐賢

丙午春，出守汀郡，七月抵任。途受暑熱，誤投方藥致汗閉，作熱四晝夜不解。覺魂離其舍，飄飄乎御風而行，足履樹杪，不能自主，忽集於九龍之巔。九龍者，衙後之主山也。片時，少定，見左右二人夾輔而立，左者武像，衣戰袍；右者文像，衣土色袍。兩人俱無言，余默識曰：『武者乃山神，文者乃本衙福德神也。』方猜疑問，山忽躍起。余驚曰：『九龍乃山名，真如龍之躍乎？墜將奈何？』乃一起一伏，恰到余榻前。二神終無言，但目余而去。余甦醒而汗出，旋改瘧疾，月余而愈。愈後懸額於福德祠，並建山神廟於祠旁，以垂永久。同年彭詠莪學使爲作記鐫石，記中但言山神而不言土地者，畧也。今閲此記，爲記其實如此。

（《吾盧筆談》卷七，《石泉書屋全集》本，清光緒元年利津李氏刻本）

北東園筆録　彭莊二家惜字

梁恭辰

余以公車抵京，始屢晤彭詠莪（藴章）。蓋詠莪與吉甫伯兄爲至交，故與余兄弟皆契好。稔知其累世科第，甲於吴中，間詢其家門鼎盛之由，詠莪曰：『吾蘇彭氏與武進莊姓，世皆稱爲積善之家。雍正丁未科，余曾祖芝庭公（諱啓豐）與武進莊公（名柱）者同榜。莊母太夫人夢三神人議是科鼎甲，一神曰：「論先世陰德，莊與彭相埒，惟本人惜字一節，莊不及彭。」一神曰：「果爾，即改彭爲第一可矣。」及臚唱後，始知莊本擬元，而芝庭公則以第十卷改爲第一。此事當時熟在人口，莊因此益專意惜字。後兩子俱中鼎甲，長爲方耕侍郎（存與），乾隆乙酉榜眼；次爲本醇學士（培因），甲戌狀元，此余兩家惜字之報可據者如是。而世人不察，輒謂予家專奉文昌，得揀筆籙之術，遂於科第如探囊取物。余家自國初以來虔奉文昌則信有之，筆籙事近渺茫，本非可以爲訓，未敢爲吾子告也。』

按，彭芝庭尚書係雍正丁未會狀，而其祖南畇侍講定求實先爲康熙丙辰會狀，祖孫以會狀相繼者，海内無第二家。而其後嗣科第尚蟬聯不斷，僅就余所稔知者，如修田侍郎希濂曾典試吾閩，葦間太守希鄭與家大人司官禮部，遠峯編修藴輝與曼雲公爲己未同年，今詠莪亦成進士，入樞直，擢少京兆，其少子又於庚子中北闈副車，知其先世積德之深、食報之遠，似尚不僅惜字之一端也。』

（《北東園筆錄》初編卷一，《筆記小説大觀》本，江蘇廣陵古籍刻印社一九八三年版）

越縵堂讀書記　歸樸庵稿

李慈銘

《歸樸庵稿》十二卷，文敬督學閩中時刻也。予題其首云：相國之文，局于學識，體格未成。然生長故家，久官禁近，耳目濡染，自有見聞。較之憑兔園一書平進臺閣者，猶爲解事僕射耳。其辨《論語稽求篇》、《書許氏説文後》及《中庸鍥》諸文，則又强作解事之害也。文敬後居政府，識闇而忮，卽可于此覘之。數言可以盡文敬一生政事學業矣。同治癸亥十月三十日。

（《越縵堂讀書記》，由雲龍輯本，中華書局二〇〇六年版）

庸閒齋筆記　高僧轉世

陳其元

余前記家文簡相國及晴岩編修，以爲高僧轉世矣。因憶故友歙縣程印鵲太守兆綸事。太守之封君賈于蘭溪，與城外廣濟庵老僧最契。一日，見僧來，逕入内室，追而問之，則已舉一子矣。太守生五六歲時，封君攜之入庵，登堂入室，恍若素習。返卽大病，云欲歸去，幾瀕于死。自是不敢復往。至十餘歲及三十歲，兩次被人强拉以遊，歸又大病。從此望門却步。此太守親爲余言者。余與太守曾同遊石門坎之六松亭，太守在溪邊獨立，余自上望之，儼然一老衲也。比見長洲彭文敬公所爲《靈鷲兩僧傳》，則文敬公亦似由竺國來者。因卽錄其文曰云云。觀文敬公所述如此，則文敬公固自以爲筆玉後身矣。昔人謂世之登大位、享大福者，星、精、僧三項人爲多，其信然耶！

（《庸閒齋筆記》卷三，楊璐點校本，中華書局一九八九年版）

小匏庵詩話

吴仰賢

長洲相國彭文敬師督學福建時，有政和縣監生某屋後圍牆蠣粉脫落，露出城甎六塊。縣令詳請照違制斥革訊究。公判曰：『田宅踰制，固憲典所必加；羅織成冤，亦糾參所不貸。監生某行非梟獍，居本蓬蒿。牆内城甎，難科違制。數僅同于六鷁，非有百雉之觀；屋復購自十年，已閱兩家之業。欲指爲盜竊，則毁城證自何人；欲擬以僭踰，則築室成于誰氏？況蠣粉剝而始見，知出無心；若蠆尾令而必行，是爲枉法。難允褫鞶之請，聊紓刻木之銜。』其事遂寢，士林頌之。公胚胎前光，菑畬經訓，尤喜研究程、朱之學。嘗受業于王惕甫先生，所作詩、古文辭皆有法度，仕至三公而生後不名一錢。相傳公前身爲天台僧筆玉，故性行高潔，終日欽欽，能以小心肩大任，非尋常慧業文人比也。著有《松風閣詩》二十六卷、《歸樸龕叢稿》正續十六卷。

文敬公少時有《田家四時吟》，《冬》云：『篝車上西疇，西疇刈稻時。閉門舂石臼，當風揚竹箕。

相將輸稅去，多寡卻不知。何用識多寡，父母不我欺。我田亦云少，猶贍來歲糜。豈惟三冬日，可以無寒飢。』讀此如置身三代盛時。咸豐壬子《秋懷八首》之一曰：『莫將經濟誤蒼生，制度由來重變更。新法必行終亂宋，驛夫無賴竟亡明。只祈水旱天災少，不患錢刀內府傾。欲盡十年休養術，先聽鼙鼓罷南征。』時公入直樞廷，蒿目時艱，立言正大。

（《小匏庵詩話》卷八，張寅彭主編《清詩話三編》本，上海古籍出版社二〇一四年版）

彭岱霖詩序

孫衣言

予始以翰林直上書房，長洲彭文敬公方在政府，每於殿廬瞻仰風範，殆類魏、晉間人。時公子芍亭中丞猶在曹部，與予同史局，間得往復議論。見其沈密詳整，勤事特甚，真能世其家者也。予藩江寧，芍亭由京兆尹出藩江西，辱顧余於瞻園，與之飲酒而別。不數年，遂擢鄂撫。又數年，予以九卿內召，因老病匄閒家居，而公季子岱霖太守來綜吾溫商，征秩垂滿，輒以課最爲上官所留。每念平生紀群之遊，常欲一見，而衰朽不能復出，殊悵悵也。一日，太守先之以書寄示所著《玉屏山館詩集》，命爲之序。猶憶在內廷時，蒙文敬公賜讀《松風閣集》，予賦詩答謝，有『上相鈞陳依日月，詞人華屋接神仙』之句，公頗以爲善。今讀《玉屏詩》，雍容都雅，與《松風》韻調無異，而集首中丞一序，論詩之旨尤切，于以見其父子兄弟自相師友，淵源甚盛，非里巷寒生、蹇淺褊隘者所能望也。

吳中故多宦族先師，文恭潘公、文端翁公皆以名德碩學爲國元臣，後賢踵興，至今猶繫天下之重。彭氏望於長洲垂二百年，自一庵、南畇、芝庭諸公，仍世甲科顯官，世德積厚。文敬公以進士起家，由樞屬洊歷卿貳，遂正揆席。中丞宣力封圻，外庸繼著。今太守又當天子分憂之任，就官浙河，可以想見故家之澤，世臣喬木之庇既遠且大。要之，皆以儒術爲本。吾國家仁爲法守，康熙、乾隆兩朝民物殷阜，而普免民賦之舉皆至四五，湛恩洋溢，浹於異類，萬年丕圖，實基諸此。今雖軍事就平，警備未已，不能無取於民，而節用愛人，自强根本，太守方爲國伊、呂，同其戚休，其用心必有如宋諸君子者。則予所歎慕，又豈獨文詞之美也哉？光緒戊子四月。

（《遜學齋文續鈔》卷二，紀寶成主編《清代詩文集彙編》本，上海古籍出版社二〇一〇年版）

粟香隨筆　彭蘊章詩

金武祥

彭南屏太守寄贈其祖詠莪相國蘊章文敬公詩文全集《歸樸庵叢稿》十六卷、《松風閣詩鈔》二十六卷。相國邃於古學，尤工樂府，張南山先生《藝談錄》載其句云：『碧月破天出，白雲隨地生。』又云：『但於世所趨，嗜之宜淡泊。』所謂身在寰中，心超塵外也。

（《粟香隨筆》三筆卷七，謝永芳校點本，鳳凰出版社二〇一七年版）

虞初支志

王葆心

壁將軍二事記歸樸龕叢稿(文畧)

青垞曰：　彭文敬相國自命再來人，吾鄉謝默卿觀察謂其自知爲碧玉僧，耽禪悦，不以文名。然承其家二林居士後，儒、釋雙修，文簡潔可喜。此篇著墨不多，而塞外荒寒之狀如繪。末紀戰績，頗能寫出凱旋時雄武氣象。

(王葆心編《虞初支志》卷三，上海書店一九八六年版)

今傳是樓詩話　江湜彭藴章相知

王逸塘

江弢叔集中爲彭表丈作者甚多，《答見懷里居之作》云：『未識家園樂，嘗知行旅愁。此生堪自斷，於世本如浮。長者遙相憶，新詩難卒酬。惟應今夜雪，催夢到皇州。』彭謂長洲彭文敬公詠莪藴章也。詠莪既卒，弢叔爲詩哭之，有句云：『薦士不徹天，時也我有命。終感廿年知，心親非貌敬。』蓋知己之感深矣。詠莪有《松風閣詩鈔》，《歲暮寄懷弢叔里居》云：『白雪光中逼歲闌，故園高臥十分寒。閒鷗有夢還鄉穩，獨鶴無棲得食難。不見軒車過陋巷，曾攜書劍度危灘。何時重與論經詁，更似閩山舊日歡。』又《題弢叔集道堂詩卷》云：『盤硬昌黎句，翻新山谷詩。兩賢生異代，只手在今茲。刮目三年學，傾心一字詩。夢中誰授筆，使爾冠當時。』又序弢叔詩云『古體皆法昌黎，近體皆法山谷，無一切諧俗之語錯雜其間，可傳於後而不適於時』云云。弢叔不能諧俗，憔悴以終。身後之名，久而彌永。士固不必以適時爲得計也。

（《今傳是樓詩話》，張寅彭主編《民國詩話叢編》本，上海書店出版社二〇〇二年版）

凌霄一士隨筆

徐凌霄　徐一士

清代應試者多減年，而亦有增年之事，則以童試冀藉篤老爲宗師所憐，易於見錄，而鄉闈觀光，復可以耄齡邀恩賜舉人之榮也。道光間福建學政彭蘊章示禁童生假稱年老，文云：『青春不再，方深慨嘆之情；白首有期，何不須臾之待。該童等問年已屆杖朝，覿面依然斑鬢。童試妄思弋獲，賓興卽可邀恩。積習相沿，居心不正。未卜青衿之廁，徒滋絳縣之疑。名器不可濫邀，宜加稽核；人品端於始進，慎勿虛浮。』詞甚雋永。彭氏長於文事，其《城磚砌牆判》亦可誦：『政和知縣詳：監生某屋後園牆蠣粉脫落，露出城磚六塊，請照違制，斥革訊究。彭氏判曰：田宅逾制，固憲典所必加；羅織成冤，亦糾參所不貸。監生某行非梟獍，居本蓬蒿，牆內城磚，難科違制。數僅同於六鷁，非有百雉之觀；屋復購自十年，已閲兩家之業。欲指爲盜竊，則毁城證自何人；欲擬以僭逾，則築室成於誰氏？況蠣粉剥而始見，知出無心；若蠆尾令而必行，是爲枉法。難允褫鞶之請，聊紓刻木之銜。』文既工，而事理明晰，尤有老吏斷獄之致。

（《凌霄一士隨筆》，徐澤昱編輯，劉悦斌、韓策校訂本，中華書局二〇一八年版）

花隨人聖庵摭憶　宣南洗象

黄濬

居舊京日久，初伏浴頻，兒輩頗叩宣南洗象故事。此須六七十歲人，光緒中葉曾居北京者，方及見之。予入都晚，但見宣武門内迤西之象房橋，云象房在兹，後改爲法律學堂、貴胄學堂，其後又改爲參議院、衆議院。二十年來，卽北京人，亦無話洗象者矣。……至後此如彭蘊章《松風閣詩·幽州土風吟·洗象》云：『宣武城南塵十丈，揮汗駢肩看洗象。象奴騎象游玉河，長鼻捲起千層波。昂頭一噴一天雨，兒童拍手笑且舞。笑且舞，行蹇蹇，日暮歸來洗貓犬。』……則力求變調，其實亦無甚新語。

（《花隨人聖庵摭憶》，李吉奎整理本，中華書局二〇〇八年版）

歷代畫史彙傳補編

吴心穀

彭蘊章，字詠莪，長洲人。官至大學士，謚文敬。工書，善詩，偶写山水得倪、黄高致，惟宜小品。

（《歷代畫史彙傳補編》卷三，香港博雅齋一九七七年版）

清民兩代金石書畫史

龔方緯

彭蘊章，字詠莪。啓豐從曾孫。工詩，善書。偶寫山水得倪、黄高致，尤宜小品。

（《清民兩代金石書畫史》卷七，宗瑞冰整理本，鳳凰出版社二〇一四年版）

國朝詩鐸

張應昌

村塾（詩略）

齋中讀書作（詩略）

知病吟（詩略）

（張應昌《國朝詩鐸》卷一九，顧廷龍主編《續修四庫全書》本，上海古籍出版社二〇〇二年版）

晚晴簃詩彙　彭蘊章　　徐世昌

彭蘊章，字琮達，一字詠莪，長洲人。道光乙未進士，官至武英殿大學士。乞休，旋起，署兵部尚書，兼左都御史。謚文敬。有《松風閣詩鈔》。

詩話：文敬系出南畇，生平、學行以紫陽爲宗，尤服膺安溪李文貞。精於《易》學，久參密勿。值中原多故，蒿目時艱，發爲歌詠。『乾隆之季世豐盛，大臣黷貨民力殫』，洞見亂源，可稱詩史。

五首

讀番禺張南山大令維屏聽松廬詩鈔服其五言律之妙因題一首以彷彿其詩境云（詩署）

遠行篇（詩署）

停車八仙塘（詩署）

議卹軍營陣亡將士因思釀亂之由慨然有作（詩畧）

壽陽相國以華岳圖見贈賦謝（詩畧）

（《晚晴簃詩彙》卷一三八，聞石點校本，中華書局二〇一八年版）

全清詞鈔　彭藴章　　葉恭綽

鷓鴣天　小樓卽景（詞畧）

卜算子　和仲山眠琴館作（詞畧）

（葉恭綽編《全清詞鈔》卷二〇，中華書局二〇一九年版）

詞綜補遺　彭藴章　　林葆恆

彭藴章字琮達，一字詠莪，江蘇長洲人。道光乙未進士，武英殿大學士，謚文敬。有《松風閣詩鈔》。《吴縣志》：『文敬前後值樞垣最久，明習掌故，敬慎恪恭，受文宗特達之知。入内閣不由翰林，異數也。時中原多故，内寇外侮，警報沓來。文敬殫竭智慮，寢不解衣。胡文忠、曾文正建議東征，文敬裨贊廟謨，專力信任，卒成大功。同治元年卒，年七十一。』

燭影揺紅　船縴（詞畧）

瓜蔓詞

鷓鴣天　小樓卽景（詞畧）

（林葆恆編《詞綜補遺》卷五六，張璋整理本，上海古籍出版社二〇〇五年版）

清畫家詩史

李濬之

彭藴章，字琮達，號詠莪，長洲人，啓豐曾孫。道光乙未進士，官大學士，謚文敬。山水小品情微沖淡，極似雲林。有《松風閣詩鈔》。

題畫二首（詩畧）

觀畫（詩畧）

（李濬之《清畫家詩史》庚下，中國書店一九九〇年版）

錢仲聯

清詩紀事　彭蘊章

彭蘊章，字琮達，一字詠莪，江蘇長洲人。道光十五年乙未進士，歷官武英殿大學士、兵部尚書兼左都御史，謚文敬。有《松風閣詩鈔》二十六卷。符葆森《國朝正雅集》引王嘉祿云：『彭氏爲吾吳望族，尺木、秋士兩先生外，諸先達皆究心舉業，惟詠莪篤志古學，取法特高，故所爲詩獨得正聲。』

又引吳清鵬序畧：『詠莪初擬古而有神仙樂府二十篇，古詩十九首，非擬古也。有出世之想，故假以託於仙事；有入世之感，故借以發其古懷，亦曰寄興游情於茲始焉耳。既而取之陶、韋以潔其體，參之太白以逸其氣，兼之杜、韓、白、蘇諸家以博大其情，則務欲其盡變也。若夫縱心而言，隨物而應，詩有天德之機，有自在游行之趣。其理質而真，其氣靜而細，其思清窈而曲達，其語和近而溫醇。真故不浮，細故不亂，曲達故不澀，溫醇故不激。』

又《寄心盦詩話》：『詠莪相國於古樂府用力最深，而尤深於漢、魏。《古離別》起四語云：「涼飆起千里，游子辭故鄉。出門一揮手，離別自此長。」如出仲宣、公幹之手。王井叔題句云：「有時含毫句欲仙，芙蕖初日空澄鮮。有時得意忘蹄筌，逍遙齊物蒙莊詮。」似猶未識其古厚處也。』

戴文選《吟林綴語》：『彭文敬公藴章文章功業，烜赫一時，詩名亦洋溢中外。庚午夏，文敬公眾孫鞠人莪孫二尹赴秦需次，道出梁園，朝夕過從，出文敬公《松風閣詩》見示，披讀一過，知其以老杜爲骨，而沈雄古健，則上凌七子，下接黄門，洵非諺所謂「紗帽詩」也。』

徐世昌《晚晴簃詩彙》詩話：『文敬系出南畇，生平、學行以紫陽爲宗，尤服膺安溪李文貞。精於《易》學，久參密勿。值中原多故，蒿目時艱，發爲歌詠。「乾隆之季世豐盛，大臣黷貨民力殫。」洞見亂源，可稱詩史。』

錄五首

筆玉僧（詩署）

乙未三月應禮部試扈蹕南苑（詩署）

觀榜（詩署）

輓座師張侍郎小軒（詩署）

（《清詩紀事》道光朝卷，鳳凰出版社二〇〇四年版）

附錄五　相關酬贈

石韞玉

八月潮日彭詠莪孝廉邀至石湖舉行詩社即事成篇

秋色平分日正佳，清游同問水之涯。滿湖烟雨銀蟾隱，一路笙歌畫舫排。地近上方香市集，人如小阮竹林偕。夜深忽聽山陽笛，感舊詩成共愴懷。同社黄子新亡，故及之。

春朝集彭詠莪孝廉齋中詠迎春花

歲歲詩人欲問梅，無邊春色在瑤臺。此花更在梅先發，迤逗春光破臘來。

檢點羣芳紀歲華，小叢初綻鬱金芽。從兹引動春消息，看遍長安道上花。詠莪將計偕北上，故末句及之。

（以上《獨學盧稿》卷四，紀寶成主編《清代詩文集彙編》本，上海古籍出版社二〇一〇年版）

四月十九日彭詠莪舍人招集網師園

彭子金閨彦，枌榆暫息身。時逢浣花節，客聚問梅人。紅藥思前度，青雲屬後塵。追維竹林會，感舊獨傷神。頻年令叔葦間太守每到芍藥花時輒招集此園，今不勝人琴之感矣。

贈彭詠莪舍人

尚書斗山尊，昔我承明誨。轉燭六十年，復見後生輩。君抱瑚璉器，英奇邁羣隊。克家繩祖武，幸有典型在。荊山産良璧，懷寶先自愛。居易以俟命，勿計顯與晦。委心任運行，百事少尤悔。願采芻蕘言，權作韋絃佩。

季秋四日同人集池上草堂餞彭詠莪舍人分韻得小字

節近重陽秋氣清，幽人草堂風日皎。張筵置酒集衆賓，觴酌流行四座繞。紫薇舍人人中英，早歲才名達天表。尚書盛德著鄉邦，後賢自卜箕裘紹。即今身到鳳凰池，萬里鵬程此其兆。衰年送別尤依依，才子爲官定矯矯。他日金鼇背上行，獨立蓬萊衆山小。

重九日虎丘登高和彭詠莪舍人詩韻

此生事業已蹉跎，空憶虞廷九敘歌。佛刹逃禪逢粲可，詩壇同調有羊何。《吳都賦》裏青山近，郢客聲中《白雪》多。羡爾鳳凰池上客，尚留清夢在雲蘿。

（以上《獨學盧稿》卷五，紀寶成主編《清代詩文集彙編》本，上海古籍出版社二〇一〇年版）

韓對

端午後二日詠莪中翰招同人山塘水閣觀競渡爲詩社第五十六集以一樓山向酒人青分韻得樓字

不觀競渡十前久，乘興今朝一倚樓。民俗近因珠桂儉，詩懷老愛竹林遊。同社七人。滿斟綠醑餘香艾，隔水紅裙妒石榴。也當沅湘來弔屈，旌旗簫鼓獨龍舟。今歲只一龍舟，可知物力之艱。最憶宫衣拜賜優，荷囊七寶繡香毬。在朝日，每歲端午拜宫紗及七香佩囊之賜。散材猶照江心鏡，野性還同水上鷗。萬里回疆看搗穴，一尊吾輩合登樓。只慚飽饜筠筒飯，鼓腹誰寬旰食憂。

（《還讀齋詩稿》續刻卷一，紀寶成主編《清代詩文集彙編》本，上海古籍出版社二〇一〇年版）

詠莪舍人寄和梅社百集詩仍疊韻奉酬

一別無端三載期，閒情脈脈寸鱗知。每因花月思良覿，更越關河索和詩。自古席珍遲特達，早時天骨露權奇。官閒暫賦歸來好，準把茱萸共舉巵。來書九秋擬欲假歸。

論交孔李世相仍，晚出詞場拔幟曾。葭末近慚匹秦晉，小孫締婚令媛。龍頭終見步高曾。自憐巴曲音逾下，喜得隨珠價倍增。從此竹林還舊觀，名高二阮合同稱。梅社有君叔姪，本係七人，君歸當復舊。

詠莪復寄書與詩頗以西陲不靖爲憂次韻答寄

每得君詩似飲醅，開椷奕奕覺神來。禁中誰抗常楊手，閫外終期頗牧才。萬里預籌軍餉急，兩城未報陣圖開。聞兩城圍尚未解。五年慙愧康衢老，又數春歸江上梅。

（以上《還讀齋詩稿》續刻卷四，紀寶成主編《清代詩文集彙編》本，上海古籍出版社二〇一〇年版）

哭彭葦間

君以六月二十一日歿於陸墓鄉之遠塵精舍，余以八月朔日到京，聞耗猶在疑信間。後晤令姪詠莪，始知其確，乃作此詩。

三吳數門閥，韓彭鬱相望。靄靄大馬公君祖芝庭先生，吾祖同游庠。紀羣逮吾輩，鄉貢互頡頏。君伯兄修田登丁酉賢書，余亦以是科拔萃。仲兄瑤圃又與吾兄聽秋同癸卯鄉榜。君時年最小，繼起騁騰驤。籍籍三鳳稱，當代名聲揚。我再入雲司，粉署同含香。吾兄猶計偕，公車留帝鄉。當時金蘭契，兼及娣姒行。過從無晝夜，直取形骸忘。有無相黽勉，推解傾筐箱。人事多乖誤，出沒隨參商。我奉簡書去，周歷閩粵湘。一官君蹭蹬，坐老儀曹郎。洎我内召還，相見涕滿裳。哀哉君兩兒，宿草鴿原荒。君又一麾出，單騎南楚疆。低顔作外吏，俗味非慣嘗。幡然決挂冠，蕭瑟看空囊。我後亦引疾，秋風送歸航。嘆君頭亦白，故態餘清狂。夙聞問梅社，結自蕘翁黄蕘圃。蕘翁既殂謝，此會終光昌。迭互執牛耳，君與石琢堂尤春樊張蒔堂。令姪才俊茂，詠莪，用杜句。張軍旗鼓當。喜我故無恙，招要登其場。一月一二集，賞奇出琳瑯。君每一篇就，老氣横秋霜。前年舉百集，盛事誇吳閶。後先入社者，或去或存亡。已深聚散感，説著神慘傷。猶喜四五人，雖老頗健强。羡君儀幹偉，飲啖踰尋常。今年我北征，隨班祝堯觴。臨歧一尊酒，贈言凡幾章。或勸當復起，明廷載賡颺。君詩特真摯，善道吾中腸。謂言涓涓忱，稍稍高厚償。閒雲早還岫，好待籬菊芳。誰知彼一時，便當永棄將。君詩真善禱，君命忽已喪叶。到都剛三日，凶耗聞倉皇。然耶其否耶，疑信猶傍徨。及見阮咸後謂詠莪，具言日月詳。又言易簀時，非寢又非堂。先期棄家走，微疾棲禪房。一子負螟蛉，覓醫來城坊。醫來不及藥，怛化歸溟茫。嗚呼信然矣，令我行悵悵。君豈菩提種，人間偶徜徉。一朝厭世去，去來了無障。果爾亦不惡，誰歟壽無量。君本達者流，視身如粃糠。苦念同社友，倏焉殲我良。落落數晨星，舉目增悽惶。而我隔南北，道路阻且長。歛不憑其棺，病不見其方。故人眼看盡，自顧瘠且尫。前途復幾許，壑舟知何藏。恨無縮地法，飛越隨鶼鶬。終當輓靈輀，送君歸北邙。夢成蒿里曲，撫枕起且僵。遲遲舟解纜，惻惻淚盈眶。

十一月二十九日始舉社會一百十七集又爲頭九消寒會飲棣華池上草堂時余方自北歸詠莪舍人亦請假在里棣華賦二律紀事卽次其韻

勞生賦罷重行行，池上清流許濯纓。會舉消寒仍梓里，人傷懷舊竟蓉城。前屆社集係葦翁作主，今已歸道山。文通作賦毫全禿，摩詰還山夢覺清。更問院梅著花未，要扶筇竹一枝輕。梅社自積善院觀梅始，近歲花時社友必往一集。

感時空負雪盈頭，淮水湯湯汗漫遊。列郡已看胥及溺，故畦敢怨蕩無秋。昇平合有人能答，高厚深慚我莫酬。滿酌青雲翔步客謂詠莪，匡時經濟豫綢繆。

（以上《還讀齋詩稿》續刻卷五，紀寶成主編《清代詩文集彙編》本，上海古籍出版社二〇一〇年版）

題彭詠莪舍人花南集後三絕句

問梅入社盡華顛，綠鬢輸君最少年。不向旗亭爭畫壁，愛看闌藥劈吟箋。

長慶風裁建安骨，獨彈古調出新詞。無心我已雲歸岫，漫道曾賡《天保》詩。辱題《岫雲》拙草有『千里來賡《天保》詩』之句。

從容珥筆直樞廷，會見詩聯在御屏。上界鸞凰發清嘯，有人高臥故山聽。

四月十九日詠莪招飲網師園爲詩社一百二十三集卽事賦詩得四絕句

藥鑪經卷坐消磨，惆悵三春冉冉過。一誤豈容今再誤，不妨著個病維摩。上屆滄浪亭之會，余因病未赴，今乃力疾往焉。

每過名園得酒傾，招要歲歲屬彭鏗。幸逢小阮能追賞，轉益山陽感舊情。每歲花時，葦翁必借此園舉社集，今葦已物故，令姪仍繼前躅。

牡丹落盡委泥沙，芍藥伶仃未放芽。國中向年芍藥最盛，今年厄閏無花。却喜紅稀添綠暗，可知葉有勝於花。

去年今日別家時，余以去年今日北行。別去歸來未可知。天幸衰顔重入社，一杯相屬醉何辭。

仲秋四日社集花間草堂餞彭詠莪舍人還朝以珮聲歸到鳳池頭序齒分韻余因病未赴分得聲字却寄是爲詩社第一百二十七集

風雪歸裝下玉京，故園握手倍關情。筍班小別鵷鸞侶，梅社仍聯鷗鷺盟。苦憶竹林摧一老，君歸時，令叔葦翁已仙逝。重圓玉鏡喜雙清。君於春杪續妻。相依未久卽相別，又促陽關第二聲。萬里驍騰壯此行，御屏風上早題名。樞廷共竚裁雲手，薇省遥傳戛玉聲。旱暵幸逢甘澤霈，離愁欲訴病魔嬰。出山端合爲霖去，原隰風清動旆旌。門閥東吳兩抗衡，君才真不墜家聲。舊姻況復兼新特，老輩從來畏後生。高厚難酬憑寸悃，消磨未盡只詩情。明年九陌春風暖，一騎看花遍鳳城。

八月二十五日詩社第一百二十八集集池上草堂再餞詠莪舍人余因病未赴分韻得蘭字率賦一律却寄

病骨經秋强起難，同心孤負臭如蘭。花間邀月虚留座，前期集琢堂花間草堂。池上流觴怯倚闌。丈室維摩纏藥裹，皇州仙客理征鞍。竹林聚散渾閒事，珍重松筠葆歲寒。

重九日詠莪舍人招同社於虎阜登高爲詩社一百三十集余仍因疾未赴賦此却寄

舍人瀕發一樽開，海湧峯頭載酒來。許掾苦無濟勝具，維摩懶上講經臺。黄花有約猶相待，白髮無情莫漫催。此會明年同健在，燕雲吳樹思悠哉。

（以上《還讀齋詩稿》續刻卷六，紀寶成主編《清代詩文集彙編》本，上海古籍出版社二〇一〇年版）

孫原湘

送彭詠莪孝廉蘊章赴禮部試

豈樂事行役，況兼風雪寒。獨懷飢溺志，敢惜道途難。畚鍤民勞止，供輸國計殫。聖朝求治策，努力向長安。

（《天真閣集》卷二五，王培軍點校本，人民文學出版社二〇一九年版）

黄丕烈

玄機詩思圖跋

七月十日之夜，風雨大作，夜眠不寐。仍想集《魚集》句爲詩，然記憶不清，只好先製題以待。此時光景正與《魚集》中『滿庭木葉愁風起，一首詩來百度吟』情緒合也。遲明梳洗既畢，佛堂香火亦竣事。遂磨墨伸紙，隨臥時所製題爲之，寫畢益覺筆歌墨舞，神采飛動也，病魔爲詩魔戰勝而退矣。喜而書此。

別日南鴻纔北去，花叢自遍不曾裁。蓬山雨灑千峯小，兩朵芙蓉鏡裏開。其三　詠莪、功甫來歲俱上春官，定看遍長安花矣。蓬萊伊邇，芙蓉鏡下及第，此二君也。

（黄丕烈《蕘圃藏書題識續録》，《黄丕烈藏書題跋集》，上海古籍出版社二〇一五年版）

張吉安

八月十八日詠莪邀遊石湖時蕘圃新逝卽席感賦次葦翁韻

石湖勝地城西偏，棱伽茶磨相鉤連。潮生之日看串月，吴中士女年復年。多君選勝竹林集，著我如泛苕谿船。卽席五人不成醉，汪陂千頃傷逝川。未聽鄰笛意淒愴，轉苦客舫聲喧闐。地下何人老春釀，閣中懷古清秋便。須臾雲氣四山滃，空濛雨意千絲緐。後之視今今視昔，黄公壚畔然乎然。

食舊齋消寒賦得迎春花卽送詠莪孝廉北上應試

臘鼓喧傳將餞臘，春盤簇坐正迎春。卻憐花亦如人意，食舊齋中話一新。

燦燦黄金耀日暉，迎來喜氣溢春闈。金腰帶取嘉名錫，應瑞還占金帶圍。

水僊數本瑞香叢，合與迎春妙化工。忽憶少時都下夢，晴窗花氣攬涪翁。

傳得師門衣鉢詩，況教故物屬君家。他時補入羣芳譜，便是春風及第花。題係竹翁拈出。

（以上《大滌山房詩録》卷七，天津圖書館藏道光刻本）

詠莪移尊汲修館賦得送臘分韻得瓊字

昨夜醉司命，臘鼓春雷鳴。陽和通地脈，寸草心已萌。消寒梅社續，治具竹林并。拈題曰送臘，賦詩以餞行。伏獵漫沿誤，膢臘曷以名。一字且未識，十韻何由楃。春樊書來，以十韻爲率，余病未能也。詩腸既枯澀，歲事方峥嵘。癡騃向誰賣，擲筆還投瓊。

詠莪招集山塘賈氏水閣分韻得山字

修禊纔過觀競渡，轉頭景物十年間。紅男緑女經番换，錦纜牙檣取次刪。耘老臨流開水閣，寓公當日感船山。船山曾寓此閣。惟應阮巷清風在，免使黄壚淚雨潸。

題彭詠莪孝廉詩藁

爲誦清芬奕葉春，齋名食舊意彌新。當風楊柳何多態，出水芙蓉不染塵。合把黄金爭寫像，固知碧玉是前身。君自知前身爲碧玉僧。年來我亦空諸相，香火留連過去因。

（以上《大滌山房詩録》卷八，天津圖書館藏道光刻本）

陳文述

吴門朱綬沈傳桂王嘉禄吴嘉洤韋光黻彭蘊章潘曾沂諸君年未及三十而詩文皆卓然可傳是可喜也作七子詩

歸愚老去宗風墜，又見吴中七子才。伯仲之間見何李，文章餘事亦鄒枚。大名各爲千秋計，生面誰將一代開。領袖從來賴英絶，翦燈吟罷重徘徊。

（《頤道堂詩選》卷一三，紀寶成主編《清代詩文集彙編》本，上海古籍出版社二〇一〇年版）

家曼兄官溧陽署齋有連理古桑一株大合抱數百年物也兄葺其旁屋爲桑連理館舊雨過從者讌集其中錢松壺改七薌爲作主客圖頻迦辛蘿爲文以紀之兄書來索詩爲書一千五十字以寄竝示卷中諸子

……我文非秦漢，詩亦沿陳隋。終日手一編，餘事百不知。東漢班孟堅，中唐韓昌黎。蚍蜉撼大樹，骨力終卑靡。近年才更退，霜雪空吟髭。秃筆感江淹，斷錦嗟丘遲。鷗盟志澹泊，瘦骨皆清羸。舒雅已告逝鐵雲，蕭琛亦就衰樊邨。近得畢公孫子筠，天馬不受羈。繼起多英彦，七子各賦詩吴嘉洤、朱綬、沈傳桂、韋光黻、王嘉祿、彭蘊章、潘曾沂諸君。集我蘭臺聚，斲削慙工倕。……

（《頤道堂詩選》卷一四，紀寶成主編《清代詩文集彙編》本，上海古籍出版社二〇一〇年版）

留别吴門

春陰如夢雨絲絲，惆悵蘇臺折柳枝。遠道祗攜先友集，謂梁山舟、奚鐵生、洪稚存、孫淵如、楊蓉裳、吴穀人、王惕甫、秦小峴、彭甘亭、吴澹川、張船山、趙北嵐、吴枚菴、舒鐵雲、王仲瞿、樂蓮裳、劉芙初、錢謝菴、邵夢餘、蕭子山、王井叔、家曼生諸君集。贈行不少女郎詩。諸公文讌勞相憶，潘榕皋、石琢堂、齊梅麓、謝椒石、董琴涵、張麗坡、萬浣筠諸君。七子騷壇我所思。兒子裴之先與王井叔、朱酉生、沈閏生、潘功甫、彭詠莪、吴清如、韋君繡結社賦詩，余定爲吴中七子。又以孫子和、蔣澹懷、曹艮甫、陸東蘿、曹稼山、戈順卿、褚仙根爲後七子，仲二波、葉茗生、沈式如、沈蘭如、陳小松、喬鷺洲、劉小春爲續七子，畢子筠、顧春洲、顧子兩、程蘅鄉、畢石卿、黄友蓮、蕭晉卿爲廣七子，仲子湘、石鶴笙、黄飲漁、潘覺夫、保生、星齋、紱庭爲新七子。伊墨卿題余楹櫋曰七子詩壇。千里征程三月别，重來還與好風期。

潘功甫彭詠莪尤榕疇招集網師園

松外斜陽暈酒冰，詩壇豪氣各飛騰。風廊落葉僮初掃，烟閣空池客自憑。黏岸枯萍緣斷纜，墮檐殘果動懸罾。西溪空有漁莊在，秋雪垂綸悵未能。

（以上《頤道堂詩選》卷二二，紀寶成主編《清代詩文集彙編》本，上海古籍出版社二〇一〇年版）

宋翔鳳

書彭詠莪藴章汪孝婦吴氏詩後嘉慶十二年事

吾鄉風俗宜粹美，孝婦乃出臨頓里。手扶老翁出火厄，返救老姑相藉死。明知火烈良可畏，自辦堅心那能止。孝婦未必有子孫，阿翁貧老空生存。煩君持詩達官吏，當爲乞請旌其門。孝婦何必請旌門，但思風俗從此敦，誰書彤史爲討論。

（《洞霄樓詩紀》卷九，紀寶成主編《清代詩文集彙編》本，上海古籍出版社二〇一〇年版）

王嘉禄

歲莫雜詩示小雲稼山功甫詠莪

瓦檐凍雨霏，甆盎孤花媚。九衢爆竹聲，逼此將盡歲。窮居思涼涼，習愁人境外。青紅憶韶年，稍長漸知畏。及此叢百憂，拊膺一長喟。積悴疲形神，久病損聰慧。蕭晨聞索逋，剝啄驚夢寐。蓋篋虚衣裘，荒廚斷糗糒。出門欲誰告，十事九不遂。歸來廢書坐，不飲兀如醉。去日良可知，來程彌用惴。銜感非一端，詎止家室累。俯仰身世間，愁然墮淒淚。

弱齡抱微尚，庭詰承青箱。紅褌雙錦髻，出登結客場。下筆辭纚纚，萬言驚老蒼。宗駒許符拔，雛鳳希歸昌。十五舉秀才，英氣青霞翔。豈知鉛刀用，一割摧鋒芒。再試再不第，忽忽經十霜。五陵舊同學，裘馬生輝光。俯首就塵靮，低顏學時粧。揚蛾眾女前，顧影彌自傷。側聞朝廷上，新進嚴眥郎。巨鱗躍滄海，健翮排天閶。學成豈無用，唏哉舊業荒。

寒門久凋謝，先子起振之。文章古作者，行誼今人師。一官卒未達，退老荒江湄。頗願後有繼，遺經教諸兒。兒年日以盛，親年日以衰。行能百無肖，衣食親憂滋。一朝痛風木，長抱終天悲。霜露旦晚降，流光去若馳。生無半菽養，萬鍾亦奚爲。而況久貧賤，雞豚缺歲時。白頭累慈母，井臼持朝炊。生男有何好，長成墮門楣。中夜念及此，氣結摧肝脾。

脊令原上鳴，荊樹門前榮。念我同氣人，手足聯恩情。伯也困累試，一衿未得青。他途冀尺寸，期會阻進征。廢然守家弄，抱書同鑿楹。仲氏席先蔭，錫爵方髫齡。羽林習騎射，武庫羅甲兵。偏裨敢自薄，兜鍪奮功名。十年官不補，持版羞逢迎。每懷旅瑣瑣，輒動心怦怦。際此歲華急，想見客夢驚。寒衣幾時具，全家戰風聲。荒雞夜三號，此雨應同聽。

鹿車挽少君，鴻案舉德耀。曩賢伉儷篤，白首永情好。喟余賦命窮，所處獨顛倒。早年壻江夏，淑女嫺姆教。鳴佩無愆儀，奉匜克諧孝。結褵五易歲，忽抱黃門悼。中道相棄捐，一慟失聲噭。并無弱息留，倍覺孤影弔。不娶媿王維，重婚作溫嶠。新人入門來，德言雅能肖。善病資參苓，工詩樂綦縞。

淒然感故雖，墓樹白鴉噪。酹酒影堂前，指向新人告。

一昔慕交遊，高誼薄雲日。匪云鶩聲華，實願進名德。倜宕聯簪裾，淋漓盛文墨。酒酣露肝膽，氣盛動顔色。年運相推排，時命異通塞。一朝凌青雲，下謝井泥憶。或來反唇譏，頗訝覆手亟。金亦有時鑠，石亦有時泐。嗚呼誼不古，所關士心術。一篇《公叔論》，十讀三嘆息。平生感恩處，忽有淚沾臆。落然此數人，歲寒矢蓬蓽。相期惜景光，榮逵各努力。

除夕詠莪貽牡丹唐花賦答

疏雨暗庭除，閉門意清絶。忽枉故人書，名花豔初折。灼灼植青瓷，棐几供施設。翠影倚寒風，紅香媚微雪。移燈夜相玩，坐對銀釭徹。下有水仙人，珊珊持玉玦。遺世渺風華，先春見孤潔。言貞富貴心，亮此冰霜節。

（以上《嗣雅堂詩存》卷二，天津圖書館藏光緒刻本）

曉起簡詠莪

曉起放孤鶴，開門寒色重。不知一夜雪，已没萬山峯。凍樹鳴樵斧，驚鴉散寺鐘。興懷鮮水客，載酒倘過從。

幽居簡詠莪

幽居清道心，開户曉涼侵。天末長風至，邨中萬木陰。浮雲一鳥過，初日亂蟬吟。欲問蒹葭客，低徊秋水潯。

雨夜有懷詠莪之德清

濁酒不成醉，宵闌坐引斟。窗風驚別夢，木葉碎愁心。永憶扁舟遠，遥憐秋水深。故園歸及早，莫負菊花吟。歸自鹿城，與君有看菊之約。

秋日簡詠莪

寄傲南窗下，深秋日養痾。殘花經雨重，高樹受風多。夢境隨鷗鳥，詩情冷薜蘿。牀頭新釀熟，遲待接䍦過。

（以上《嗣雅堂詩存》卷三，天津圖書館藏光緒刻本）

贈詠莪

幾番翦燭共吟詩，步屧南園載酒時。大雅文章歸典則，舊家子弟好威儀。黄金贈客羞言俠，白眼看人自負奇。待向名山求不朽，豈惟身到鳳凰池。

山齋落梅和詠莪韻

催逗春光竹外新，斜枝那待十分春。澹烟籬落雲無影，疏雨簾櫳玉有塵。可奈摧殘先到汝，與同幽怨更何人。飄零別抱華年感，正意前身是此身。

誰吹羌笛倚高樓，莫認楊花到陌頭。深院東風魂欲墮，小池寒月影初浮。冰霜閱歷俱成夢，桃李繁華早替愁。悵絕空山花撲面，蹇驢烏帽問前遊。

將之邗江詠莪以長句相送因亦留別

珍重河梁惜別篇，再無情重似彭宣。孤懷黯黯臨當去，款語深深記得全。二月飛花寒似雪，一江春水遠于天。旗亭綠遍新楊柳，何處思君不惘然。

人日同人集芳草堂送詠莪赴禮部試

笠屐居然冒雨來，草堂例有一尊開。早春俊味山廚韭，前路詩情水驛梅。客醉又催紅燭上，君行須換綠袍回。漢廷三策誇年少，不數相如作賦才。

（以上《嗣雅堂詩存》卷四，天津圖書館藏光緒刻本）

汪棨

七夕詞和彭詠莪母舅韻

碧海雲天不計年，年年良會此重圓。青鸞報罷填烏鵲，誰信吹簫別有仙。

七襄雲錦展中宵，睆彼牽牛路豈遥。漫道銀河清淺甚，情波溢起又藍橋。

報章此夕暫停梭，脂轄前途已促歌。別恨恰教明月照，而今羞見是嫦娥。

渺渺含愁意若何，通詞果否託微波。一宵不理支機石，無字迴文恨較多。

夜靜天街送嫩涼，娟娟秋露潤青蓊。洗車不用絲絲雨，生怕柔情似水長。

不學流黃當畫圖，比肩形影未嫌孤。一天風露雙鸞鳳，惱殺心情是小姑。

一曲離鸞悵陌頭，禱來私識獨登樓。有人今夜思雙語，也向天涯看女牛。

盼到佳期眼倍青，人間私語倩誰聽。怪來綺閣穿鍼女，底事閒他夜夜星。

一種嬌癡恨未平，箋天纔罷曉烟横。紅牆不度游仙夢，神女生來未有情。

天船無復渡河時，幾見珊珊佩玉遲。賸有牽牛花上露，淚痕記取是相思。

彭詠莪母舅繪花十八種彙成一冊以十八人分詠之因分得水仙

江南雲水本前因，貌取寒花意逼真。但爾守身如玉潔，淩波何處更生塵。
人傳小草在山中，苔契蘭言孰異同。莫訝步虚聲寂寂，揭來古洗正春風。
清詞山谷老人裁，礬弟梅兄品第賅。證取前因香一瓣，可能持上紫宸來。
不數燈前丰格淡，照江白鳳正璘彬。詩人枉自多才思，作賦惟教擬《洛神》。

明孝陵和詠莪母舅作

秋爽高原石像凋，臨濠王氣久蕭條。半生事業憑孤劍，一統江山壯六朝。幸有寶書存屋社，不教玉盌出耕樵。長松猶作龍蟠勢，深鎖寒雲晚未消。

（以上《漱潤齋詩存》卷上，哈佛燕京圖書館藏光緒刻本）

送彭詠莪舅氏入都

記昔乍游黄金臺，短衣薄笨吹飛埃。恰逢束裝欲南下，我送舅氏西城隈。又記戊子三月始，孝廉船上片帆駛。桃花春水浪拍天，我送舅氏鮮谿涘。行篋儘有珠璣裝，單欠風詩題渭陽。自嗤閣筆但乾笑，非復少年意氣狂。翹首春明三載住，風雪殘冬來楮素。一事當時更歉懷，不曾和得黄梅句。紫薇省中聽漏長，芍藥階前染翰香。一枝花管彤廷放，記取王褒頌語詳。謂考取軍機題。自入絲綸供職勤，中書羣羡中書君。嗚珂常傍九霄月，落墨爭看五朶雲。去秋休沐辭儤直，圖南暫暇淩風翼。顧我適當毦辰，見時各慰雲泥憶。酒場詩社故鄉多，餘事屏當更縷覼。快領清談霏玉屑，經旬屢唱高軒過。又是秋風一度信，幡然不寄鱸魚興。珮聲擬向鳳池歸，桂枝香裏行期定。卻憐攖塵逐隊游，爾日萍蹤寄石頭。白門楊柳不堪折，空念中流擊楫儔。況兼贈行乏詩料，兩番舊例今重效。方去未去情轉延，親朋餞飲續期會。添到幾幅新吟箋，我亦搖毫雜唱和。未能藏拙真無奈，細揣首塗頻展期，天教待補從前過。所羡飛騰今昔殊，所嗟今吾仍故吾。寫來不覺盈尺紙，合作三回送別圖。更祝登瀛朗珠斗，一官一集才名偶。郵示還當報醜詩，那容再斂薑芽手。

（《潄潤齋詩存》卷下，哈佛燕京圖書館藏光緒刻本）

梁章鉅

歸帆雜詠

吳門耆舊盡詩翁，送別情深句愈工。一櫂烟波數巡酒，不知身在畫圖中。石琢堂廉訪、韓桂舲尚書、尤春樊舍人、汪閬原觀察、彭詠莪舍人暨朱蘭坡、吳棣華兩同年合製《葑江話別》畫册贈行，並飲餞於葑門舟次。

（《退菴詩存》卷二〇，紀寶成主編《清代詩文集彙編》本，上海古籍出版社二〇一〇年版）

張維屏

彭大司空寄示松風閣詩集中有二十年前見贈之作賦此奉酬

鍼芥千秋合，瓊瑤五字投。仙人老彭裔，飛夢到羅浮。贈我笙鶴句，懷君鸞鳳洲。天風吹浩浩，松籟互相酬。君所居曰松風閣，敝廬亦名聽松。

（《松心詩錄》卷十，陳憲猷標點《張南山全集》本，廣東高等教育出版社一九九五年版）

斌良

菊月五日散直後約同卓海帆尚書朱橡堂侍郎楊疊雲冏卿游寶藏寺早齋即席

石鏄新紅細綴椒，瘦藤引勝陟迢遙。前塵如夢詩空憶，退想隨緣境轉饒。淨域清涼陳白氎，祇園咫尺近丹霄。持螯莫負登臨約，三過還思折簡邀。是日陳子鶴、彭詠莪樞庭諸友挈榼來游，相值寺中。

（《抱沖齋詩集》卷二八，紀寶成主編《清代詩文集彙編》本，上海古籍出版社二〇一〇年版）

張祥河

彭詠莪侍郎見示近刻金鼇集並承贈詩即和元韻奉答

明光宣召又相逢，儤值金鼇記昔蹤。中禁才人真地望，平生秀氣自天鍾。君思莼菜三吴遠，我看薇花卅載重。余通籍授中書舍人，至是拜閣部之命，已三十五年。白髮多情勞慰藉，更無依倚過眉筇。夕郎青瑣宜風月，更逐裴盧入掖垣。蒙恩併署少宰。別墅峯多鶯得意，舊巢客换鳳留痕。山陽嘆逝如聞笛，海上驚潮欲到門。有約時平歸隱好，肯教松菊負田園。

（《詩舲續稿》卷一六，《小重山房詩詞全集》，紀寶成主編《清代詩文集彙編》本，上海古籍出版社二〇一〇年版）

寄懷彭詠莪大司空隨扈易州即次其贈别元韻

金鼇退食是公餘，習靜遊塵盡掃除。察典朝端推首最，捷書河上慴東漁。拏雲篆學龍文鼎，承惠篆書聯語。喜雨詩隨豹尾車。話到石湖天鏡閣，欲將丰采照鄉閭。

和凫鄉少宗伯與文孔修大司農倡和元韻卽賀孔翁協揆之喜

何年海表靖群氛，白髮籌邊慣夕曛。人在紗籠中禁望，賢於夢卜舉朝聞。潞公自此精神固，山甫從來夙夜勤。和氣一堂師若弟，兼謂詠莪尚書、繼園侍郎。衣冠都惹御鑪芬。

（以上《詩舲續稿》卷一七，《小重山房詩詞全集》，紀寶成主編《清代詩文集彙編》本，上海古籍出版社二〇一〇年版）

五月二十六日蒙恩擢授工部尚書謹紀

忝領臺垣剛半載，冬卿洊濯荷綸章。敢云繩武星辰上，先文敏公任刑部尚書。差幸依光日月旁。專席恰符三獨坐，彭詠莪相國管理工部，曾任副憲。綿竹坡總憲現署工部尚書。一堂難得四同鄉。謂詠翁暨潘星齋、宋雪帆兩侍郎，均籍隸吳中。多慚水部詩名在，東閣官梅例有香。

（《詩舲續稿》卷一八，《小重山房詩詞全集》，紀寶成主編《清代詩文集彙編》本，上海古籍出版社二〇一〇年版）

箋賀彭詠翁相國元旦賞戴花翎詩卽次元韻

元日元公賦早朝，舉頭恩重弁羣僚。籃輿樹下真披翠，紫殿風前好珥貂。杜律移來增典雅，謂用杜詩『大司馬』、『侍中貂』一聯天然典雅。貢冠彈處極逍遥。讀書折節新豐語，相業他時數宋姚。

廿四日詠莪相國招集宣南龍樹院和韻呈教

龍爪槐陰別有天，江亭風月落尊前。多公手紀游河盛，僂數睢陽五老年。聚散空塵海上漚，黄羊野馬不容愁。連珠合璧臨張宿，轉瞬奇祥八月秋。本年八月朔辰刻，日月合璧、五星連珠，同會於正南方東偏張宿度内，主天下文明。

長洲彭相國索題東林山榴皮仙蹟

白酒釀自東老家，吕仙過之醉筆斜。好客收書誰悟得，世間樂事原無涯。秦中曾讀海蟾碑，劉海蟾碑以瓜皮作書，世稱瓜皮碑。十韻詩成字字奇。今喜東林留古篆，瓜皮臨罷又榴皮。

神物沉淪已十年，貞珉付勒重彭籛。他時安置白雲觀，燕九嘉辰會列仙。

同人稱觥天寧寺爲長洲相國七月七日七十壽卽和原韻

老壽香山詩謂何，謂將自在補蹉跎。香山詩：『以閒爲自在，將壽補蹉跎。』今朝揖佛來看雨，此地憑高可放歌。戀主恩深參國政，洗兵水淨仗天河。微聞遠避門闌客，靜默談經別趣多。

（以上《詩舲續稿》卷一九，《小重山房詩詞全集》，紀寶成主編《清代詩文集彙編》本，上海古籍出版社二〇一〇年版）

吳清皋

夏日寓園雜興

龔定庵魏默深吾畏事，彭詠莪梁吉甫最契親。所居連巷陌，不出懶冠巾。落月疑牽幌，空雷想過輪。也應候涼爽，細得往來頻。

（《壺庵詩》卷一，紀寶成主編《清代詩文集彙編》本，上海古籍出版社二〇一〇年版）

吳清鵬

易梅詩并序

彭詠莪藴章舍人有顧南雅學士畫梅一幅，梁吉甫逢辰公子見而欲之。公子固多藏，舍人請以羅兩峯山人畫梅爲易，公子弗許。舍人亦有難色，乞詩爲判。

放眼向天地，萬物皆許爲盜竊。忽然異肝膽，一身便已分楚越。我笑東坡與晉卿，當日區區較馬石。未能了雞蟲，幾至鬬蚌鷸。而況梅與梅，一梅豈二物。得隴望蜀無乃貪，在楚猶晉亦何擇。乃知二子亦狡獪，要看吳生能剖決。我家籬落春風枝，歲歲花時不禁客。二公他日能相訪，雪裏同來看紅白。

（《笏庵詩鈔》卷七，紀寶成主編《清代詩文集彙編》本，上海古籍出版社二〇一〇年版）

翁心存

奉賀彭詠莪相國元旦賞戴花翎卽和紀恩詩元韻

春風元日紫宸朝，上相崇班冠百僚。特賞元功彰孔翠，由來累葉珥金貂。樞垣聯騎三花粲，穆晴軒大司馬同拜恩命。霜鬢論兵十載遙。聞道越裳今讋伏，兩階干羽媲虞《韶》。

（《翁心存詩文集》詩集卷十七，張劍輯校本，鳳凰出版社二〇一三年版）

龔自珍

辛巳除夕與彭同年藴章**同宿道觀中彭出平生詩讀之竟夜遂書其卷尾**

亦是三生影，同聽一杵鐘。挑鐙人海外，拔劍夢魂中。雪色憺恩怨，詩聲破苦空。明朝客盈座，誰信去年蹤。

（《龔自珍全集》第九輯，王佩諍校本，上海古籍出版社一九七五年版）

曹楙坚

乙未長至日同年馬比部學易**舉消寒第一集賦得長句二首卽示同年嚴編修**良訓**工部彭**藴章**胡**希周**陶**惟模

鄉音爛漫喜同官，欲問金吾飲未闌。四座星郎貂服貴，詠莪以軍機章京得服貂。一天霜氣鳳城寒。消磨世事催華髪，指點時光應射干。老大不須愁俸薄，今宵得酒且爲歡。

錦帳金鑪夜直衾，西曹無事集華簪。幾番鐙火消寒會，卅載江湖感舊心。暢好酒懷判酩酊，早知宦路異升沈。天風吹得銀河凍，回首瓊宮不可尋。『天風吹我下瓊宮』，東坡句。

庚子十一月七日消寒第一集用乙未卽事原韻二首示同年吴舍人嘉洤金編修眗善馬比部學易工部陶惟模彭蘊章蔣德馨比部李清鳳蔣錫綬

上竹鮎魚笑此官，詩情休似宦情闌。香熏畫省猶爲客，幼竹未娶，古廉亦索居。身住瓊樓不覺寒。未倒缾罍卿莫去，若譚鐘鼎我無干。中廚商略南烹味，麩炭籠鑪卜夜歡。『日暮半鑪麩炭火』，香山句。

那有華鐙照錦衾，離披菊影上朝簪。盆菊將殘矣。珠璣自出才人手，清如出示近著。花月難消壯歲心。萬瓦霜鋪天漠漠，九衢車斷漏沈沈。鄉思又逐征鴻發，菰葉橫塘夢許尋。時有鄉人南下者。

（以上《曇雲閣詩集》卷五，紀寶成主編《清代詩文集彙編》本，上海古籍出版社二〇一〇年版）

詠莪見示松風閣詩鈔卽題奉柬四首

剽剝誰能埽臼科，未妨心苦作陰何。喻糜點定詩千首，比似清風客已多。魯直自稱『清風客』，晚歲刊定詩三百八篇，見石林《避暑錄話》。

藕花涼透扇湖風，散直閒嘶柳下驄。自有少陵詩史在，漫將金石比歐公。君收藏篆隸碑版，集中有《金石詠絕句》三十五首。

日下裁箋記舊聞，有《幽州土風吟》。江湖回首惜離羣。與君各有黄壚感，宿草荒時爲定文。予刻蔣澹懷《心白日齋遺集》，君刻王井叔《嗣雅堂遺集》。

周北張南日往還，今春移居，與君爲前後鄰。杯前酒膽近來孱。他時判得錢千萬，同看楞伽一角山。

讀彭秋士先生遺集題後先生名績，長洲人，二林族父。與吴縣汪縉大紳、張岡崑南、沙維杓斗初、鎮江楊磊石漁、瑞金羅有高臺山爲詩友。遺集六卷，詠莪宗丞藏之

燭昏月未上，開卷一回吟。風露飽蟬腹，雲天清鶴心。命窮有至性，調古希知音。何日訪殘碣，蘿烟荒隖深。葬九龍隖。

詠莪校刻王井叔嘉祿嗣雅堂遺集爲賦此篇

遊晷不停景，浮雲奄以馳。之子捐館舍，廿三載於兹。墜歡渺難數，江水流瀰瀰。灰釘萬事已，存者幾卷詩。雖爲名父子，衰門莫支持。覆醬與投溷，其事容有之。賴有金石交，出錢付劂剞。鐙昏手校定，不顧兩目眵。敗頁走蟫蠹，幽光動蛟螭。憶昔共酬唱，興酣筆淋漓。俊遊有蔣趙，正當芍藥時。甲申三月在揚州事。惟君最跌宕，衆或謡蛾眉。秋心破横竹，春氣揚華蕤。芬芳頗自喜，逋陗亦難爲。天若假之年，所造不可知。鬼伯一何酷，掩卷重嘆咨。此編幸流播，冥冥見交期。可惜芳草堂，藏書賣無遺。

（以上《曇雲閣詩集》卷七，紀寶成主編《清代詩文集彙編》本，上海古籍出版社二〇一〇年版）

琵琶仙

石帚自制黄鐘商調也。辛丑九日，詠莪招飲，賦呈此解。孤懷泬寥，不自覺商聲之觸指矣。

霜葉吹空，宦情冷、奈我棲遲京國。衰鬢還對黄花，西風最蕭戚。秋漸老、江亭怕倚，爲經了、幾番離席。月桂緣遲，烟蘿夢窈，心事誰識。　再休負、紅燭開尊，且同把、雙螯醉今夕。看到翠荒苔古，早蛩螿聲寂。星闇淡、關河雁去，想戍樓、盡是寒色。試問蒓脆鱸香，甚時歸得。

（《曇雲閣詞鈔》，紀寶成主編《清代詩文集彙編》本，上海古籍出版社二〇一〇年版）

文慶

和彭詠莪同直樞庭（擬）

瞥眼韶光電影過，樞垣重到感如何。呼庚頻告紓籌策，洗甲誰能共挽河。地密心知垂戒切，材庸身懼受恩多。吾儕努力思宏濟，宵旰憂勤望止戈。

和彭詠莪紀恩詩（擬）

遲到瓊林已廿春，鳳池同領豈無因。樞垣襄贊依光久，講幄旁求拜命新。恩眷喜聞咨故實，宣麻前一日奉諭檢閣中故事。前塵猶記掌絲綸。微忱勉效慙余拙，中外宣勞賴有人。崑臣端揆兼領封圻，勤勞聿著。

（以上彭蘊章《松風閣詩鈔》卷一九附）

柏葰

和藩尚倫泰靈薌生桂彭詠莪蘊章少空基潤埜大長秋溥諸同事

廉吏不可爲，斯言聞有素。窺其意所存，無乃憫流俗。我輩受殊恩，報稱毫無具。承命葺陵園，肝膽要披露。況值國恤頻，糜帑方處處。倘存染指思，何以答恩遇。但恐眾工師，陋習沿故步。無論萬斯千，先爲留成數。應示坦白衷，阻彼夤緣路。裁損此陋規，萃財在料物。其他眾督修，必須籌寬裕。彼有車馬費，彼有酬酢苦。一切旅貲繁，不能皆己出。我籲工料堅，小費未可怵。庶幾效子來，神基萬年固。願言告同志，風聲貴先樹。

題少空彭詠莪同年松風閣詩集

高閣聽松松入風，波濤萬斛瀉空中。掣鯨戲翠篇章富，咀徵含商氣象同。文軫已周閩嶠遠，奚囊不類聖俞窮。嚼梅試向芸窗讀，手筆誰能杜下工。

督工易水詠莪贈詩卽和

一疏得佳壤，君言大矣哉。原勘地未佳，奏改。成城推眾志，逐隊媿吾才。于役仙山下，頻年易水隈。告功追曩昔，顔笑一時開。

（以上《薛箖吟館鈔存》卷六，紀寶成主編《清代詩文集彙編》本，上海古籍出版社二〇一〇年版）

詠莪相國因余入直樞廷旋晉協揆惠詩誌喜謹步呈政

佩誦松風閣上編公詩集名，後塵趨步溯頻年。自乙巳與公共事，迄今一星終矣。不圖薇省花磚侶，更許樞廷玉轡聯。九陛絲綸重端揆，一時手筆景英賢。卽今宵旰煩丹扆，媿乏謨猷敎日宣。

政府鮮暇已過重九喜聞西域蕩平與同人擬補登高之舉詠莪相國卽席有作依韻請政

辰良情少適，游讌愜心期。園小五星聚，樓高九日宜。銜盃聯舊侶，擊鉢得新詩。試作濠梁想，觀魚知未知。

香海書堂殘菊猶盛清軒少宰偕同人過談詠莪相國卽席成什奉和

吏部高風載酒過，雪堂步月仿東坡。是日恰值十月之望。撤來蓮炬歸途晚，吟到梅花麗句多。梅谷大司寇亦有詩。半日偷閒留客話，八方送喜盼鐃歌。卿曹記取紅旌報，樞廷值房懸御筆『喜報紅旌』四字額。一醉同傾金叵羅。

詠莪樞相以書懷八章紈扇見贈適有感觸卽用元韻報之

盼到雲濃雨腳低，曰蒙曰僭日淒迷。洗兵望斷天河水，辜負林鳩逐婦嗁。
猿鳥頻年畏簡書，友生戎馬死生餘。武侯不作鄴侯逝，若個山中問隱居。
滬渚連檣似宛虹，火輪閒阻直沽東。胥濤不解膠舟計，轉粟翻憂海上通。
校藝曾爲白下游，兩番聽徹秣陵秋。空憐文筆千軍埽，滿地烽烟滿眼愁。
昔年四鎮變蟲沙，今日樓船天一涯。莫向莫愁湖上望，笙歌銷歇但鳴蛙。

楊花榆莢態輕狂，禁籞春深正豔陽。耐煞玉皇香案吏，蓬壺日影十分長。
名花一朵雨風殘，我正傷春怯嫩寒。何事曉鶯啼不住，凭欄無語淚闌干。時幼女夭逝。
浪說人間重晚晴，黄昏已近不勝情。年來髭髮星星早，塵海浮沈媿此生。

（以上《薜箖吟館鈔存》卷八，紀寶成主編《清代詩文集彙編》本，上海古籍出版社二〇一〇年版）

詠莪分贈盆蘭（擬）

珍重三春王者香，花瓷供養惠遥將。年來領署名言久，臭味如斯意趣長。

（彭藴章《松風閣詩鈔》卷二一附）

祁寯藻

香山直廬次彭詠莪藴章**少司空韻**

秋林絢爛嶺雲開，曾見三班九老來。乾隆三十六年，賜三班九老宴遊香山，蓋以文職、武職、致仕老臣各九人爲三班。君曾祖尚書公時以兵部侍郎致仕，爲九老之一。香案詞臣感先澤，樞垣履跡接中臺。欣陪儤直簪豪侶，每羡登高作賦才。卅載書齋慙後輩，白頭吟望重低佪。謹案，乾隆辛卯，恭逢皇太后八旬萬壽，賜三班九老宴遊香山。畫院艾啓蒙繪圖。文職九老：顯親王衍璜、恆親王崇志、大學士劉統勳、協辦大學士官保、吏部尚書託庸、戶部尚書素爾訥、刑部尚書楊廷璋、刑部侍郎吳紹詩、工部侍郎三和。武職九老：都統四格、曹瑞、散秩大臣國多歡、散秩大臣銜甘都、副都統伊崧、阿薩哈岱、李生輝、富僧、阿色瑞察。致仕九老：刑部尚書銜錢陳群、內大臣福祿、禮部尚書陳悳華、兵部侍郎彭啓豐、禮部侍郎銜鄒一桂、副都御史呂熾、內閣學士陸宗楷、詹事陳浩、國子監司業銜王世芳。

詠莪先生宿静默寺見贈次韻奉答

玉蝀橋西雙板扉，移家恰喜雪霏微。芳鄰到處追隨共，頃移寓御河橋西，與君比鄰。舊雨年來唱和稀。杜老每懷軍國計，陶公閒看岫雲飛。敂門忽得新詩句，把卷渾忘退食歸。

題詠莪少司馬癸丑歲詩稿三首

獻納論思有性情，體裁風雅氣和平。臯夔自是賡颺侶，誰識卿雲向日誠。

歲莫懷人亦有由，感時嘆逝那能休。若非杜老吟《同谷》，定是張公詠《四愁》。

雀鼠谷鄰汾水陰，闉闍城接大江深。天涯一種思鄉夢，南北相望共此心。

詠莪少司馬以近作見示賦答

吟興今年勝去年，春來退食已成編。都將憂國深沈思，付與長言詠嘆篇。漫叟襟懷多寄託，香山樂府總流傳。感君得句頻投贈，白首相期志益堅。

（以上《鐶觥亭集》卷三二，《祁寯藻集》，任國維整理本，三晉出版社二〇一三年版）

彭詠莪司空賦詩見贈次謝二首

直廬近接喜頻年，起草晴窗共硯田。論事不阿言必盡，存心獨厚古之賢。鳴珂尚憶虹橋月，揮翰仍分鶴鼎烟。領取瓊瑤珍重意，報君惟有《説山》篇。

但媿懸車未及年，況逢多難忍歸田。消磨歲月終無益，際會風雲自有賢。千里長江看洗甲，一時高閣想淩烟。何期藥裹繩牀畔，頻辱《陽春白雪》篇。

和詠莪司空中秋見懷舊作

對月尚懷人，詩成慰採薪。感君言外意，憐我病餘身。衆口紛難理，孤衷獨抱真。試看盈闕處，弦望本依旬。

（以上《諼訑亭後集》卷一，《祁寯藻集》，任國維整理本，三晉出版社二〇一三年版）

詠莪司空以松風閣詩近刻見示賦答

北窗危坐吟《松風》，晚涼拔我炎燀中。長吟未已三嘆息，猛虎自飽哀飢鴻。崑岡玉碎鳳皇泣，誰家髽婦飛秋蓬。知公籌筆關軍戎，退食倚燭心忡忡。虞廷賡歌亦咨儆，詩以言志非徒工。卷中每及哀病叟，憂患相知意彌厚。昨聞河北已肅清，江漢風烟重回首。何當一雨洗甲兵，更復催詩開笑口。

（《鏝釻亭後集》卷二，《祁寯藻集》，任國維整理本，三晉出版社二〇一三年版）

彭詠莪協揆以紀恩詩見示次韻奉賀二首

漢殿通經井大春，金甌協卜豈無因。定知帷幄論思久，更羨風雲際會新。師弟同朝三獨坐，公與葉崑臣相國乙未同年，俱出孔修相國門下，同日拜命。拜颺浹日兩恩綸。宣麻後，即奉經筵講官之命。似聞黄閣宣麻處，已有彈冠相慶人。

簪豪香案幾經春，出入聯鑣亦夙因。一臥城南霜鬢短，回看天上日華新。詩成珠玉分堂帖，頃承分惠春帖絹箋。雪壓蓬茅憶釣綸。極目江湖心萬里，同舟還望濟川人。

（以上《鏝釻亭後集》卷四，《祁寯藻集》，任國維整理本，三晉出版社二〇一三年版）

奉和詠莪樞相春雪初晴玉泉山見懷

曾記山椒紅葉秋，聯吟駢騎奉宸游。林巒入畫春仍駐，珠玉揮豪興未收。講幄晴餘香案静，詩筒遠寄草堂幽。卻從塵海瞻天上，桃李門高接十洲。

詠莪相國示讀松風閣近作有題余所贈華岳圖詩次韻奉答

我本晉鄙人，結廬近濳丘。老病滯京國，家山虚臥遊。夢中青蓮華，遠接天西陬。卌載兩經過，惜未攀巖嶒。古翠落襟袖，一紙空復收。每望太行雲，遥指仙掌秋。公今作霖雨，傅巖應旁求。此圖合持贈，我亭已休休。聚米畫山谷，静對資冥搜。中條太華間，元氣爲詩留。坐聞松風聲，心有江海憂。曾雲已蕩胷，公詩有『岱宗曾登眺』之句。玉井方洗頭。尚憐失群雁，汾水心悠悠。

閏夏雨後長洲相國見訪適避暑慈仁雙松之下未獲晤談詩以謝之

沈沈伏雨長青苔，深巷無人遠市埃。松下偶尋雙鶴去，門前偏引八騶來。傳家珠玉容先覩，頃以先澤詩翰示觀，屬爲題記。埽徑蓬茅惜未開。日暮蒼茫成獨立，西山目送片雲回。

（以上《謾紞亭後集》卷九，《祁寯藻集》，任國維整理本，三晉出版社二〇一三年版）

詠莪相國以其曾大父芝庭尚書詩翰長卷屬題

緬昔乾隆初，文思帝神聖。四表仰光被，百寮熙庶政。明良皋賡颺，聲律夔歌詠。維時歲丁丑，令節始春孟。南巡奉慈娱，吴越重申命。侍從悉枚馬，謀謨僉魏邴。饔軒衢壤嬉，藻采江山靚。公以金閨彦，歸養有餘慶。南陔愛日循，北固瞻雲迎。天顔紆一笑，萬象烟波浄。揮弦景風長，授簡丹霄敻。

琴麗從薊野，欸乃到吳榜。地接海門潮，天旋斗車柄。豹尾鏘共陪，龍章燦交映。奏御百餘篇，細書寓恭敬。百年存風格，清腴勝瘦硬。當時趙北宴，聯句觀鐙檠。蔣溥汪由敦秦蕙田劉綸外，二錢維城、汝誠英爽競。長白兩儒臣介福、夢麟，簪豪興飛泳。公時若隨扈，亦必載名姓。即今展遺翰，出處得明証。恩榮邁同直，感激根至性。固知眷禮殊，合與沈德潛錢陳群併。樞相公曾孫，家學秉先正。念茲三世澤，寶若千秋鏡。琳琅披長卷，累月讀未竟。遐稽帝堯典，時切疇咨儆。近誦《卷阿》詩，尚貽聞望令。清芬誦端揆，末學景前行。願覩干羽舞，載賡卿雲盛。

尚書諱啓豐，雍正五年以修撰入直南書房。此卷乾隆二十二年聖駕再巡江浙，公恭和諸詩，自啓蹕至回蹕渡江，多至百八十九首。恭檢高宗《聖製詩二集》、《趙北口行宮同扈蹕儒臣聯句》中未載公名。蓋公於二十年以內廷侍郎請養回籍，意當時迎鑾江上、隨駕浙西、蹕路往還，先後奉敕賡和所作，至送駕渡江，更未隨從，故駐蹕天寧寺以後，無恭和作也。詠莪相國得尚書手翰於京師舊家，裝卷屬題并記。咸豐七年七月。

（《䍀𦈢亭後集》卷一〇，《祁寯藻集》，任國維整理本，三晉出版社二〇一三年版）

奉和長洲相國仲春杠過城南草堂見贈之作

無邊春色滿皇州，一片飛花動客愁。正是風烟馳海徼，猶勞冠蓋過城陬。纏緜更寫新詩贈，感慨難忘舊日遊。彈指經年重把握，却瞻貌瘦識心憂。

（《禨䀆亭後集》卷一三，《祁寯藻集》，任國維整理本，三晉出版社二〇一三年版）

武夷九曲圖歌爲彭詠莪相國作此圖公門下士袁崇作，絹本長丈六尺，帀月始就

平生足迹十萬里，每遇佳勝窮躋攀。就中閩游更奇絶，海嶠一年重往還。尚憐崇谿山，清景交臂失。空吟洞天詩，莫乞輞川筆。老來臥病不出城，見山已覺雙眼明。何期南窗下，翻作北苑行。一曲桃源舟一葉，再曲屏風雲錦疊。三曲始見玉女峯，石磴瀉泉風吟松。四曲五曲忽疏朗，龍劍飛落蓮華掌。試劍石、仙掌峯。六曲空翠來，七曲幔亭開。鸞車鶴氅下寥廓，林杪踴出金銀臺。千巖萬壑看不足，纔過清溪八九曲。一聲鐵笛破秋夢，滿幅烟嵐點春綠。袁虎詩家流，畫筆亦兼顧虎頭。洞庭仙人袖此卷，題句示我當臥游。二十年來感今昔，浮槎同作三山客。羽檄紛馳星渚橋，旌旗明滅仙霞驛。武夷君，在何處？可許扁舟從此去。回頭却望太行陘，團月亭邊即歸路。

（《禨䀆亭後集》卷一五，《祁寯藻集》，任國維整理本，三晉出版社二〇一三年版）

詠莪相國春日枉過敝齋頃復手書詩扇見遺次謝二首五月三日

閒居漫五年，又過艷陽天。每枉沙隄騎，時披野徑烟。憂時情更切，得句世爭傳。回憶金鼇路，同

舟望若仙。海漕千艘至，天心一雨償。尚思洗兵甲，未暇羨柴桑。僧已成新塔，今春慈仁老衲化去，松下之游亦減矣。醫難檢舊方。仁風日披拂，餘景且相羊。

（《殳斨亭後集》卷一六，《祁寯藻集》，任國維整理本，三晉出版社二〇一三年版）

送楊濱石編修泗孫典試閩中次詠莪相國韻

憶從春申浦，奉使閩中去。一歲再往還，了識浮槎路。文星躔南斗，炎嶺轉秋暮。獨塹俗士駕，兩接仙舟渡。庚子歲使閩，途次與星使往來相遇。維時海防急，鷺嶼塞氛霧。崢嶸日月邁，蕭條鬢髮素。朝廷廣登進，恩榜展秋賦。君侍承明廬，論思有撰著。名邦待衡鑑，古賢導趨步。必求通經士，肯使儒術誤。錦鄉泛歸棹，歐劍得新鑄。遙想壽觴舉，江雲迴北顧。北固山又名北顧。還見綺里翁，三山話昔遇。君差旋擬便道省覲，時季仙九自閩督告歸，僑居虞山已數年矣，與尊甫研培先生時有觴詠。

自嘲二首

留滯周南太史公，著書猶欲見東封。可憐畫裏殳斨老，祇想茅齋手植松。孫綽遂初築室畎川，齋前一松楚楚可憐，見《世説新語》。

息翁何事以翁名，出入鏗然策杖行。張許翁彭應暗笑，樂天猶有白鬚兄。詩舲長余八歲，湞生長六歲，邃龕長二歲，詠莪長一歲，皆內廷舊侶也。今年邃龕以末疾請退，三公皆康彊在朝。

（以上《縵犿亭後集》卷一七，《祁寯藻集》，任國維整理本，三晋出版社二〇一三年版）

徐繼畬

彭詠莪司空拜協揆之命寄詩致賀

欣聞甌卜已登庸，布路沙隄共幾重。夜聽仙音宫樹發，朝看金帶院花濃。共傳中國相司馬，喜見南陽起臥龍。滿目嗷鴻都望歲，願公早就富民封。

絲綸閣下擅文章，清切才高鵷鷺行。內相人皆稱陸贄，尚書誰敢比黄香。籌邊夜召衣霑露，憂國年多鬢染霜。爲祝堂餐須努力，時方多難賴康强。

黄巾擾擾遍南東，吴楚蒼黎水火中。出柙何人嬉乳虎，荷戈幾輩化沙蟲。淮西獻賊須裴相，貝水平妖待潞公。戰勝廟堂知不遠，捷書飛報小旗紅。

八閩猶記使車巡，玉尺量材長短均。碧海搜奇沈密網，紫陽遺緒見功臣。姚崇自是匡時相，絳老甘爲就役民。一臥空山忘歲月，無勞冠劍拂清塵。

（《松龕先生詩集》卷下，紀寶成主編《清代詩文集彙編》本，上海古籍出版社二〇一〇年版）

朱琦

題彭詠莪相國松風閣詩卷再次前韻

師門臺席冠羣臣，公及崑臣同年與文孔修師並時入相，稱爲佳話。虛己調和在用人。聖主卽承宣室召，素衣尚涴洛陽塵。巨編餉我松風古，佳句思賢測海新。家集中多思賢之作。亦欲況懷辭一語，舊爲臺諫憚呈身。

（《怡志堂詩初編》卷八，紀寶成主編《清代詩文集彙編》本，上海古籍出版社二〇一〇年版）

福濟

和彭詠莪相懷廬州軍營之什（擬）

鼙鼓荒城秋氣深，那堪倚劍動龍吟。三年烽火凋華髮，百戰風霜見素心。銀漢月明人共望，珠江星落浪休侵。蓬萊縹緲重回首，青鳥何時寄好音。

（彭蘊章《松風閣詩鈔》卷二〇附）

李佐賢

題彭詠莪同年蘊章樞垣趨直圖

殿瓦凝霜階浸月，天上疏星半明滅。樞院深沈魚鑰開，侍臣五夜趨金闕。畫圖開卷索題詩，春明舊夢堪回思。蘂榜名忝附驥尾，紅綾宴罷看花時。掌握絲綸十二年，輸君先著祖生鞭。黄扉接武星辰近，丹詔恩多雨露偏。待漏披衣天未曉，鳴珂聲靜趨直早。夙夜誰知匪懈心，傳神繪出丹青好。輶軒今過仙霞路，珊瑚都化桃李樹。歡然道故又逢君，舊時真面留紈素。老眼摩挲子細看，還將心事語同官。手攜玉尺來閩海，宵夢猶牽玉宇寒。我聞此語憶疇曩，棖觸西清鈴索響。待從香案幾經年，金華殿上勞追想。汀水南流雁北飛，何時重許鑾坡上。

（《石泉書屋詩鈔》卷三，紀寶成主編《清代詩文集彙編》本，上海古籍出版社二〇一〇年版）

梁景先

題彭詠莪相國樞垣趨直圖

我作水曹郎，摳衣晝諾趨公堂。公爲樞密使，橐筆從公深嚴地。嵩華崔巍黄河深，光耀久依韓太尉。披圖載詹舊須眉，七葉金貂劇華貴。爾時司膳光禄卿，鹽梅便調傅説羹。圖作於任光禄卿時。釣龍臺畔藥籠滿，躋鳳池頭珂佩清。使閩差旋，入直軍機。書中夜馳未央，御燭分輝照蓮炬。霜晨月夕歷寒暑，敕賜宫袍賚燕許。乙卯元日特賜蟒袍。捷書中夜馳未央，御燭分輝照蓮炬。東南烽火今八秋，聖主宵旰公廑憂。恩詔口宣蒼黎舞，邊機指畫帷幄籌。卽看海宇清塵氛，明堂飲至策元勳。進賢冠在淩烟閣，天子爲召曹將軍。畫師爲沈鳳墀供奉。

（梁章鉅《樞垣記畧》卷二六，何英芳點校本，中華書局一九八四年版）

林壽圖

長洲彭相國遺酒與同直飲七峯别墅醉後十一疊前韻

賤無骨相叨黄封，索米或恐化羣蜂。久聞光禄官酒紅，思博爲吏私取供。謀腹未果首已蓬，蚓食蝎飲居七峯。給事筆札慚弗工，相公象應招摇東，手酌北斗天漿濃。辱承膏馥潤枯槁，衆醒獨醉羞雷同。接䍦倒著如山翁，看人冠佩銘鼎鍾。南征將相渴觸暑，以我方彼嗟遭逢。江淮杼柚十室空，望蝗不災稻可豐。相公白首百寮上，想屏杯杓憂時慵。

（《黄鵠山人詩初鈔》卷九，紀寶成主編《清代詩文集彙編》本，上海古籍出版社二〇一〇年版）

孫衣言

答彭相國見詒詩稿

一編珠玉粲當前，物望於今亦許燕。上相鈎陳依日月，詞人華屋接神仙。吟呻長慶秦中曲，慘澹春陵賊退篇。三輔有蝗南國蹙，須公用意向前賢。

（《遜學齋詩鈔》卷一〇，紀寶成主編《清代詩文集彙編》本，上海古籍出版社二〇一〇年版）

王拯

奉酬彭大司空惠題海王邨館詩卷之作次韻

紫禁簪毫夙有聲，金鼇老筆倍深情。欣看曉鳳尊儀羽，愁聽宵鼉亂柝更。玉珮雍容常晏退，春風澹藹自平生。朝端爭說山公度，會整金甌答聖明。

（《龍壁山房詩草》卷七，紀寶成主編《清代詩文集彙編》本，上海古籍出版社二〇一〇年版）

奉題詠莪樞相樞垣趨直圖往爲光禄少卿時作也圖有記乃典學閩中作

金蓮學士舊聲名，青紫班頭早列卿。今日璣衡調玉燭，一星龍尾特分明。緋衣先插侍中貂，五夜金門最早朝。猶有昇平傳故事，尚方珍賚問勤勞。待捷甘泉夜嚮晨，燈簾重展畫圖親。春風第一螭頭影，曾夢觚稜向海濱。憀慄清霜曳玉珂，槐衙風景近如何。樓桃笑倚詩情在，日日西山爽氣多。淀園直廬，所居爲拱宸樓。公贈楹帖，有『山翠滿窗人倚樓』之句。

（《龍壁山房詩草》卷九，紀寶成主編《清代詩文集彙編》本，上海古籍出版社二〇一〇年版）

歸自潞河科爾沁王軍幕詠莪相國贈詩次韻奉酬

秋風灞岸客歸來，海嶼頑雲喜暫開。藩翰陳師思采芑，機衡持國望調梅。早朝有句憐新詠，相國出示新刻松風閣丁巳年詩。橫海何人想異才。長媿書生負戎馬，東南諸將起雲臺。時吳楚諸軍數報大捷。

（《龍壁山房詩草》卷一〇，紀寶成主編《清代詩文集彙編》本，上海古籍出版社二〇一〇年版）

江湜

福州王叔蘭道徽**久困小試今見識賞作詩呈彭詠莪表丈**蘊章

閩川名士古來稀，唐黃璞作《閩川名士傳》，凡列五十餘人。此士如何困布衣。漫道東坡失李廌，終看永叔拔劉煇。文章鑑賞歸前輩，人物權衡轉一機。應有高才知嚮學，榕村星火掩荊扉。

（《伏敔堂詩錄》卷四，左鵬軍校點本，上海古籍出版社二〇一三年版）

彭表丈囑於秋間來至建寧並作文見送呈三詩爲別

無田詎可占家食，作興乃當賦遠遊。除卻親慈無足戀，平生未解女兒愁。

欲買麻沙里下刻，建州秋日再遊時。旁人卻笑一來往，錯過吾家綠荔支。福州荔支，以江家綠爲上品。

辱賞年來爲學勤，送行詩說復云云。老親夙有譽兒癖，當見掀髯讀此文。

彭表丈屢賞拙詩抱愧實多爲長句見意

筍輿篋舫兩年間，苦調勞歌不盡刪。豈可向人獻窮狀，山谷云：『詩來獻窮狀。』此用其意。更令讀者損歡顏。嚴滄浪言：『孟郊詩讀之令人不歡。』旅懷伊鬱孟東野，句律清奇陳後山。他日無成還志短，詩名幸與二君班。

彭表丈重整考亭書院檄學官爲之師籌其經費甚備將賢者之後得以一力於學湜與觀成賦詩四首

東周開聖學，南宋繼儒風。邑以徽公著，名將闕里同。唐人先壟沒，唐侍御史黃子棱作亭以望先壟，名『望考亭』。考亭之名里本此。陳氏畫屏空。考亭里中陳氏，朱子爲作《聚星堂畫屏贊》，見文集。巍煥看祠宇，當年一畝宮。

書院何年築，遠懷劉克莊。庭中虛講席，室右尚經牀。使節新來謁，深衣儼在堂。慨然興學意，於道有輝光。

孟縣昌黎裔，廬陵永叔孫。自然賢者後，歷世大其門。朱氏源雖遠，儒宗澤尚存。況今承教育，弦誦遍山村。

奉席親師範，先時頗未能。耕春多綠野，課夜少青燈。文史今爭習，門材會勃興。何當傳絕業，賢域是攀登。

（以上《伏敔堂詩錄》卷五，左鵬軍校點本，上海古籍出版社二〇一三年版）

問彭表丈近疾戲呈此詩

我聞子程子，平生不爲血氣使。以身徇慾爲深恥，蜀道歸來方暮齒。又聞劉元城，身侵瘴癘南荒行。溫公教之慎寢興，嗜慾退聽百疾平。今人未見前賢風，達時欲償微時窮。曲房複帳奉娛樂，豈知身在蛟龍宮。公惟不蓄鑾與素，儤直無愁犯曉露。南來襆被宿行臺，未省衣篝須妾護。卻疾恃有堅固身，況今行道德日新。閩人興學感仁氣，如卉木之當陽春。古稱吉人爲善自求福，善言天者可勿卜。觀其自養取諸頤，繕性攝生只此足。明年報政歸且速，囊輕腳健建溪曲。雲中招手武夷君，相待題詩遍崖谷。

（《伏敔堂詩錄》卷六，左鵬軍校點本，上海古籍出版社二〇一三年版）

與彭表丈書言三吳水利復呈一詩

天迴日月轉時機，使節方歸謁帝扉。新政欣逢今上聖，故鄉猶困隔年饑。知公素抱惟民物，聽我狂言果是非。亦欲因親說貧況，區區恐被昔人譏。

答彭表丈見懷里居之作

未識家園樂，嘗知行旅愁。此生堪自斷，於世本如浮。長者遥相憶，新詩難卒酬。惟應今夜雪，催夢到皇州。

寄懷彭表丈四首

今代名臣選，於公望眼開。官貧資舊德，道正絀時才。莫歎千秋抱，遥聞萬口推。平生真實意，亦望早歸來。

海國從遊日，儒宗課士年。檄書箴末學，廟祀續先賢。美政無虚日，高文更百篇。一從送歸使，吾道且江邊。

帝城前歲雪，有句寄袁安。卿月能流照，蓬門足傲寒。去冬見懷詩有『白雪光中逼歲闌，故園高臥十分寒』之句。

士原多命蹇，公特惜才難。慚愧酬知具，於今是釣竿。

憶公時屈指，六十壽初高。方進蘧瑗德，真宣吉甫勞。霜濃趨政府，漏下接賓曹。安得聞餘論，窮鄉破鬱陶。

（以上《伏敔堂詩録》卷七，左鵬軍校點本，上海古籍出版社二〇一三年版）

吴中喜雨詩寄彭表丈

莫道神龍不自强，力興雷雨敵驕陽。欲爲百越洗兵馬，先遣三吴蓺稻粱。農戶漸安南畝業，書生也受北窗凉。如公亦舉爲霖手，豈直區區霑此鄉。

得彭表丈書見懷近況且勸以出遊賦此爲報

家食無田得歲遲，多公千里寄相思。更迴陸贄草麻手，重寫昌黎《薦士》詩。直性應難親世故，高情空欲助天慈。杜詩：『千請傷直性。』又曰：『一物自荷皇天慈。』不知何物堪持報，獨望經綸及聖時。

（以上《伏敔堂詩録》卷八，左鵬軍校點本，上海古籍出版社二〇一三年版）

重至福州使院述事感懷五十韻寄彭表丈京師

昔從彭先生，入閩窺滄瀛。時當海宇宴，鎖院參文衡。輶軒與去聲觀俗，哀此蚩蚩氓。早知泉州悍，作詩憂亂萌。予己酉年有《泉州》一詩。粤匪既擾楚，遠陷江寧城。此邦卽蠢動，會剿勞輸征。五年我重至，適有風鶴驚。先生夙所懷，回首瞻帝京。伏聞樞密地，盛著清直名。要當贊宸算，早使風塵清。我生雖腐儒，憂國心至誠。敢陳閩中事，庶幾詳而明。聞賊未動時，先將楚事偵。紅錢土匪會，小刀相劫盟。紅錢會、小刀會，皆匪徒聚衆之名。械鬭之長技，欲以金甲鳴。會兵從遠調，逃歸當刖黥。兵叛巧鉤結，共變鯢與鯨。亦有負山寇，倡和於延平。挺槍大焚掠，奪城爲堅營。是時全閩亂，市閉田休耕。我聞邊方事，難以吏法爭。大醜便解散，酋首猶凶獰。便宜倘可從，請將往冊呈。國初得臺灣，施琅作軍聲。後平朱一貴，藍帥猶忠貞。最後擊蔡牽，我將名長庚。閩人治閩寇，勢易功輒成。意取習山海，見險身猶輕。今當擇豪酋，釋罪加弁纓。責以縛餘賊，庶使搜捕精。又聞堅壁法，先將村社并。清野入堡內，外無米穀牲。賊來無可掠，餓若絶乳嬰。此方制流寇，先抵十萬兵。况經聖諭頒，不獨閩可行。惟聞疆吏翫，文牒虛承迎。先生正憂國，白髮添幾莖。吾言特遠寄，再拜心同傾。潭潭使臣署，舊宇仍朱甍。西偏敞書屋，奇石臨檐楹。老榕尚濃茂，有鳥鳴嚶嚶。昔年文酒讌，賭韻相酬賡。杖履有遺迹，使我離愁縈。其東爲賓館，庭蕉正飄英。昔我下帷處，文史多題評。先生就談藝，坐此忘深更。爰有掃除隸，來說前院彭。又感我行蹤，重來誰使令。世變正未已，飄搖愧微生。嗚呼念時艱，未敢多言情。

（《伏敔堂詩錄》卷九，左鵬軍校點本，上海古籍出版社二〇一三年版）

重經挽舟嶺有懷

憶從彭丈按汀州，嶺路盤盤踏幾郵。山雨每隨行蓋轉，客詩都在驛牆留。還朝五載公多瘁，避亂一身吾再遊。心望太平還有象，莫論窮達共歸休。

重登延平使院樓有懷

大夫舊日登高興，用《毛傳》『大夫登高能賦』之意，指彭詠莪表丈。獨客重遊縱目時。城郭參差元自在，谿山寂寞復何之。別來兵革驅窮士，亂後乾坤索好詩。直北風塵五千里，欲將感嘆寄京師。

（以上《伏敔堂詩録》卷一〇，左鵬軍校點本，上海古籍出版社二〇一三年版）

彭表丈見懷近況

敢以一身計，慁公憂國心。斯時勞見憶，於我感尤深。江海連年戰，雲山獨客吟。寄懷憑夢去，京闕夜沉沉。

寄彭表丈四首

許國誠爲本，艱難況邇年。惟公持一德，契主邁羣賢。匡濟功無近，訏謨道已全。笑顔如昨日，今見畫凌烟。

昔侍輶軒暇，窺公志意深。權衡經世術，飢渴愛才心。此日登臺輔，平生洞古今。時哉功業就，額手寄長吟。

公此應憐我，華年誤遠遊。驛烽驚客夢，嶺石阻歸舟。聖世偏容逸，皇天獨賦愁。夙蒙期許意，一付水東流。

且望提攜便，生涯逮養親。由來負米役，最困讀書人。黄閣存知契，青山洽隱淪。惟思傳一集，聊慰百年身。

（以上《伏敔堂詩錄》卷一一，左鵬軍校點本，上海古籍出版社二〇一三年版）

呈詩留别彭表丈

久從闒嶠夢京師，喜見元臣矍鑠姿。名世襟懷文集在，憂時心事鬢毛知。公期草野無遺士，我覺湖山有好詩。到得錢塘卻回首，不如長侍退朝時。

前蒙彭表丈賜詩有湖山早入詩人夢之語又寄一聯云大好湖山供吏隱無邊風月暢詩懷因書一絶自贈

官雖買得計非癡，饒個西湖慰賤時。比較東坡偏有福，吾今宰相許吟詩。

（以上《伏敔堂詩錄》卷一三，左鵬軍校點本，上海古籍出版社二〇一三年版）

奉懷彭表丈三首

國步艱時白髮新，避權政府試抽身。恰當大海迴瀾處，自作中流砥柱人。清白有名歸物望，倉黄無恙慰情新。還憐宏濟紓籌策，日爲江南一愴神。

兩家先隴共青山，老屋同焚一里間。引疾公無歸去路，奔喪我亦夢中還。百年姻婭傷心極，萬里烽烟聚首艱。爲報餘生仍海嶠，正依南斗哭鄉關。

卽此全閩橐筆從，衡文對酒早成空。記從幕席陪高論，已怪輶軒有變風。自史冊來多事在，半天下亂十年中。遭時公老吾逾壯，不論窮通總是窮。

（《伏敔堂詩録》卷一五，左鵬軍校點本，上海古籍出版社二〇一三年版）

寄懷彭表丈

大夫七十有一歲，報國何拘致仕年。身以罷權全晚節，心緣憂世久華顛。能扶正氣終酬主，未靖南疆且避賢。羈跡正思重獲侍，將臣何日掃烽烟。

（《伏敔堂詩續録》卷一，左鵬軍校點本，上海古籍出版社二〇一三年版）

寄表丈彭文敬公靈右詩五首 前月於邸報中知公薨逝，後數日乃接公去秋病中手書

窮通同此時，皆非樂久生。公爲謀國病，我作蹈海行。無期復相見，知與死别并。昨果得公訃，又得來書驚。書由病中寫，千古留深情。

捧公八行書，墮我兩行淚。公書濕在紙，我淚濕在地。在紙寄來乾，在地不可寄。淚乎入黄泉，達我哭公意。地下庸鬼多，此哭鬼所忌。

寄淚知不達，思公惟夢親。自經喪亂後，方作不寐人。朝來畫公像，雖喜鬚眉真。故鄉久無社，像於何處陳。緘畫恐飛去，復作龍與麟。

龍麟爲時瑞，維公生亦晚。逮參政事日，兵戈已在眼。憂國劇退朝，記看輟午飯。故園有書堂，疊石如雲巘。一自雜風塵，主人遂不返。

薦士不徹天，時也我有命。終感廿年知，心親非貌敬。燕閩五千里，道遠賊又盛。欲會正人葬，惡由海之徑。時各路均有梗阻，惟海道入京爲便。寄詩侑清酌，苦語神其聽。

白鶴嶺驛館曾隨彭文敬公阻雨留宿重過題二絶句

十六年前踏此山，已迷屐齒石苔間。舊時阻雨留題處，驛館無人門冑關。

不獨中朝失老臣，一時賓從剩吾身。會將感嘆呵巖壁，白鶴飛來笑煞人。

（《伏敵堂詩續錄》卷二，左鵬軍校點本，上海古籍出版社二〇一三年版）

伏敵堂詩錄自序

……後三年丁未，從表丈彭詠莪先生於閩中。先生喜言詩，始呈前作。先生讀之，驚曰：『汝筆力已到昌黎、山谷，後必大成。吾爲作序，俟汝集行世，以吾文附焉，幸矣。』余見先生語重，急避席謝不敏。先生曰：『吾爲汝媢長，豈欺汝者？且吾文雖不工，亦豈妄爲人作序，汝第勉之。』余自是思欲勉副先生之期，作之益勤。凡從先生遊閩中三年，詩益富。

（《伏敔堂詩錄》卷首，左鵬軍校點本，上海古籍出版社二〇一三年版）

郭嵩燾

和彭相國（擬）

春風吹偏鳳凰枝，短鬢蕭疏病鶴姿。日暖園林投劾後，雪消江漢放船時。曳裾舊託中朝隱，歸槖新編上相詩。昨夜觚稜猶入夢，夢隨仙仗繞丹墀。

身世非同鳥擇枝，園梅猶惜歲寒姿。無多事業歸閒處，漸老心情異少時。海澨江潯憂國淚，岸花檣燕送歸詩。鄉關又過清明節，叢竹漫天草滿墀。

一曲《陽關》折柳枝，白頭元老古仙姿。上書引疾乖初願，翦燭談兵記往時。夜雨酴醾京國夢，殘春烽火草堂詩。故山歸臥吾生已，屬眼英賢集曉墀。

（彭蘊章《松風閣詩鈔》卷二四附）

王守銳

出都呈彭詠莪師依贈别元韻

冰鑒三秋朗，鉛刀一割難。西風驚旅夢，匹馬去長安。鳴鶴雲霄近，歸鴻海國寬。依依望蘭省，霖雨慰宸歡。

（杜柳坡、杜悦鳴合編《閩東詩鈔》，周瑞光編《太姥文獻搜遺》本，海峽文藝出版社二〇一七年版）

附錄六　道光本澗東集序次

王嘉禄序

題詞（孫原湘、王嘉禄、畢韞珍、江沅、尤興詩、汪棨、張吉安、石韞玉、宋翔鳳、尤崧鎮）

目録

王芑孫評

卷上　古今體詩一百首

甲戌

擬古十二首

蘇許公應制

王待詔野望

王朝散送友

楊盈川從軍

陳拾遺晚次

張中令望月

李供奉北樓

劉長卿秋眺

韋左司草堂

杜工部悲秋

白尚書宴散

李書記曉起

將進酒

長相思

鉏雲園八詠

漱玉亭

延綠軒

涵青閣

待月坡

見山岡

蜨夢龕

漪漣橋

放生池

況公祠

乙亥

秋夜

周氏五畝園贈蓉裳員外光緯

黎里

餘不溪

丙子

約井叔鄧尉探梅

支硎中峯晚眺

詠古四首

明蹇文成公畫臥龍松障子歌

夜意

玉階怨

鉏雲園小憩詠池中殘荷

題畫二首

葵

明孝陵

秣陵懷古四首

秦淮水榭聞琵琶聲

棲霞夜泊

龍潭舟次和井叔韻

續成夢中句

十月望夕追懷程小棠家穎

江守愚母舅歸自甘肅賦呈

冬杪雨後步南園

偶興二首

丁丑

雜詩四首

何亭月下

春日花山

支硎吾與菴題壁

石佛洞

汪孝婦詩有序

集陶題杜拙齋厚菊隱圖二首

獨遊獅山二首

野步

卷中　古今體詩一百二首

戊寅

己卯

郵亭題壁

疑埜山房二首

芳草

項王墓

碧玉僧有序

耳疾自嘲

苦旱四首

拙齋示述懷詩賦贈

詠雞冠花

秋感八首

贈方外鏡菴二首

堯峯墓舍落成誌感

程鶴樵中丞國仁見貽蓍草賦謝

庚辰

徐州

郯城

由沂州府至泰安四首

登泰山觀海日

濼水源有序　二首

胡實甫希周上第錄別二首

刺促行

行曹濮間作

與戴蕚峯同年壽南分途遇雨即次書懷

曹河官舍晤徐雲客司馬章　二首

曹河答太倉畢菊農韞珍

邗江舟次二首

秋窗即景三首

宋西樵丈簡見貽所作篆書同時獲見丈所摹趙松雪白描麻姑仙像因題

題泖東西林寺寄亭上人所藏愓甫師書卷

題王井叔嗣雅堂詩集

重九夜雨

山房十詠

古柏

叢竹

新松

盆池

短籬

雪澗

疊石

甘蕉

花牆

月洞

待雪

聽雪

踏雪

掃雪

臘月朔日寒甚夜微雪

贈江鐵君明經沅

蔣我持泰均貽瓦鼎并索書詠雪詩

天台吏有序

卷下　古今體詩八十三首

辛巳

述祖德詩

登穹隆山

題虞山蔣霞竹寶齡霜葉簃詩稿

霞竹索題所作破樓風雨圖

倣長慶體送井叔之揚州

上巳集蓮溪坊顧氏草堂修褉二首

流水禪居看桃花

菜花二首

嚴華峯丈壽圖舊藏漢孝廉柳敏碑拓本仲山弟以古隃麋易之戲作柬嚴丈

德清徐重侯竑歸自山左下榻小園翦燈夜話卽送返櫂清溪二首

松棚十二韻

花下和尤春樊丈興詩韻

烹茶

介堂示自勵詩次韻奉酬

七夕生辰

孟冬七日將之都門次易門送別韻
除夕宣武門圓通觀用楊誠齋普明寺睡覺韻

壬午

首春
紙鳶
題鶴山馮舍人啓蓁夢遊弇山圖
上巳口占
通州沙淩齋同年思祖屬題尊甫肖峯先生桐陰讀書遺像
陳綬卿孝廉慶恩以晚香玉見貽
中秋望月感懷二首
秋曉
題畫
悲秋
相逢行

癸未

題宋定城令趙諱用墓碣搨本碣在滸墅之南岡
嚴介堂春郊散步圖四首

祈麥曲
蠶市謠
春日山居
懷山陽毛子喬孝廉松齡
懷井叔廣陵
庭梅嘆
夏夜
秋暮書懷
中峯精舍

甲申

嘉定潘望之同年鴻誥見示所著詩題贈四首
秋曉口占二首
介堂誦新詩頗愜予意題贈奉柬四首
題拙齋獨立圖
白木老人歌有序
呵筆
炙硯

集汲雅山館拈得望雪不拘體韻

集延月舫詠壁間囊琴以題爲韻和葦間叔父二首

集五柳園題海忠介公墨蹟徐師竹孝廉所藏　二首

五九消寒集食舊齋叔父偕竹堂蒔塘春帆三先生各賦迎春花敬和二首

題石竹堂先生焚香思過圖二首